DE ZAAK ALASKA SANDERS

JOËL DICKER BIJ DE BEZIGE BIJ

De waarheid over de zaak Harry Quebert
Het boek van de Baltimores
De verdwijning van Stephanie Mailer
Het mysterie van kamer 622

Joël Dicker

De zaak Alaska Sanders

Vertaald door Angela Knotter

2022
DE BEZIGE BIJ
AMSTERDAM

Oorspronkelijke titel *L'Affaire Alaska Sanders*
Oorspronkelijke uitgever Éditions Rosie & Wolfe, Genève
Omslagontwerp bij Barbara
Omslagillustratie © Museum of Modern Art, New York, USA Photo
© Fine Art Images/Bridgeman Images
Foto auteur Jeremy Spierer
Vormgeving binnenwerk CeevanWee, Amsterdam
Druk en bindwerk Wilco, Amersfoort
ISBN 978 94 031 8741 9
NUR 302

debezigebij.nl

MIX
Papier van verantwoorde herkomst
FSC® C004472

Bij de productie van dit boek is gebruikgemaakt van papier dat het keurmerk van de Forest Stewardship Council (fsc®) mag dragen. Bij dit papier is het zeker dat de productie niet tot bosvernietiging heeft geleid.

Voor Marie-Claire Ardouin,
zonder wie niets mogelijk zou zijn geweest

De dag voor de moord

Vrijdag 2 april 1999

De laatste die haar levend had gezien was Lewis Jacob, de eigenaar van een tankstation aan Route 21. Om halfacht maakte hij aanstalten de winkel naast de benzinepompen te verlaten. Hij ging met zijn vrouw uit eten om haar verjaardag te vieren.

'Vind je het echt niet erg om af te sluiten?' vroeg hij aan zijn medewerkster die achter de kassa stond.

'Geen probleem, meneer Jacob.'

'Dank je, Alaska.'

Lewis Jacob bleef even naar de jonge vrouw staan kijken: wat was ze mooi. Een zonnestraaltje. En altijd de vriendelijkheid zelve! In het halve jaar dat ze daar nu werkte, had ze zijn leven veranderd.

'En jij?' vroeg hij. 'Plannen voor vanavond?'

'Ik heb een afspraakje...' Ze glimlachte.

'Zo te zien is het niet zomaar een afspraakje.'

'Een romantisch etentje,' vertrouwde ze hem toe.

'Walter boft maar,' zei Lewis. 'Het gaat dus weer beter tussen jullie?'

Alaska haalde slechts haar schouders op. Lewis gebruikte een raam als spiegel om zijn das goed te doen.

'Hoe zie ik eruit?' vroeg hij.

'Helemaal goed. Ga nu maar, anders komt u nog te laat.'

'Fijn weekend, Alaska. Tot maandag.'

'Fijn weekend, meneer Jacob.'

Weer schonk ze hem een glimlach. Een glimlach die hij nooit meer zou vergeten.

De volgende ochtend om zeven uur was Lewis Jacob terug om het tankstation te openen. Zodra hij binnen was, deed hij de deur van de winkel weer achter zich op slot zodat hij zich rustig kon voorbereiden op de eerste klanten. Plotseling werd er keihard op de glazen deur gebonkt: hij draaide zich om en zag een hardloopster die met een van angst vertrokken gezicht stond te schreeuwen. Snel maakte hij de deur open en de jonge vrouw stortte zich op hem terwijl ze gilde: 'Bel de politie! Bel de politie!'

Die ochtend zou het leven in een stadje in New Hampshire ingrijpend veranderen.

Proloog

In aanloop naar wat er in 2010 gebeurde

De jaren 2006 tot en met 2010 staan ondanks de successen en de roem in mijn geheugen gegrift als moeilijke jaren. Ze vormden ongetwijfeld de achtbaan van mijn bestaan.

Voordat ik u het verhaal ga vertellen van Alaska Sanders die op 3 april 1999 in Mount Pleasant, in New Hampshire, dood werd aangetroffen, en voordat ik uitleg hoe ik in de zomer van 2010 bij het onderzoek naar dit elf jaar oude misdrijf betrokken raakte, moet ik dan ook kort ingaan op mijn persoonlijke situatie op dat moment en met name op het verloop van mijn prille schrijverscarrière.

Die had in 2006 een bliksemstart gekend met een eerste roman waarvan miljoenen exemplaren waren verkocht. Ik was amper zesentwintig toen ik toetrad tot het selecte clubje van rijke en beroemde schrijvers en naar de top van de Amerikaanse bestsellerlijsten werd gelanceerd.

Maar ik zou al snel tot de ontdekking komen dat de roem zo zijn weerslag had: mensen die me van het begin af aan volgen, weten hoezeer het enorme succes van mijn eerste roman me uit balans zou brengen. Ik was zo verpletterd door de bekendheid dat ik niet meer tot schrijven in staat was. De schrijver was leeg, de inspiratie op, de bladzijden bleven blanco. De teloorgang.

Toen kwam de zaak Harry Quebert, waarvan u ongetwijfeld hebt gehoord. Op 12 juni 2008 werd het lichaam van Nola Kellergan, een meisje dat in 1975 op vijftienjarige leeftijd was verdwenen, opgegraven in de tuin van Harry Quebert, een levende legende uit de Amerikaanse literatuur. Die zaak trok ik me erg aan: Harry Quebert was mijn docent aan de universiteit maar vooral ook mijn beste vriend destijds. Ik kon niet geloven dat hij schuldig was. In een eenzame kruistocht trok ik door New Hampshire om mijn eigen onderzoek te doen. Hoewel het me uiteindelijk lukte zijn onschuld te bewijzen, zou onze vriendschap de geheimen die ik daarbij over hem ontdekte niet overleven.

Het onderzoek leverde me stof voor een boek, *De waarheid over de zaak Harry Quebert*, dat in het najaar van 2009 verscheen en zoveel succes had dat ik daarmee mijn naam als schrijver van nationaal belang vestigde. Dat boek was het bewijs waarop mijn lezers en de critici sinds mijn eerste roman hadden gewacht om me definitief in de schrijversstand te kunnen verheffen. Ik was niet langer een eendagsvlieg, een vallende ster die door de nacht was opgeslokt, een uitgebrand lopend vuurtje; ik was nu een door het publiek erkende schrijver die alle recht had zich onder zijn gelijken te scharen. Dat voelde als een enorme opluchting. Alsof ik mezelf had teruggevonden na drie jaar ronddolen in de woestijn van het succes.

In de laatste weken van 2009 maakte een sereen gevoel zich van mij meester. Op 31 december vierde ik de komst van het nieuwe jaar op Times Square te midden van een uitgelaten menigte. Dat had ik niet meer gedaan sinds 2006. Sinds de verschijning van mijn eerste boek. Die nacht voelde ik me goed als onbekende tussen de onbekenden. Mijn blik kruiste die van een vrouw die ik onmiddellijk leuk vond. Ze dronk champagne. Glimlachend stak ze mij de fles toe.

Wanneer ik denk aan wat er zich in de daaropvolgende maanden zou gaan afspelen, zie ik steeds weer dat tafereel voor me dat me de illusie had gegeven eindelijk rust te hebben gevonden.

Uit de gebeurtenissen van 2010 zou blijken dat ik het helemaal mis had gehad.

De dag van de moord

Zaterdag 3 april 1999

Het was zeven uur 's ochtends. Ze rende in haar eentje langs Route 21, door een groen landschap. Met de muziek op haar oren had ze een lekker ritme te pakken. Haar benen gingen snel, ze had haar ademhaling onder controle: over twee weken zou ze aan de start van de marathon van Boston staan. Ze was er klaar voor.

Het voelde als een perfecte dag. De eerste zonnestralen beschenen de velden vol wilde bloemen waarachter het uitgestrekte White Mountain National Forest opdoemde.

Ze was al bijna bij het tankstation van Lewis Jacob, op precies zeven kilometer van haar huis en besloot nog iets verder te gaan dan ze eigenlijk van plan was geweest. Ze passeerde het tankstation en rende door tot aan de kruising bij Grey Beach. Daar nam ze de onverharde weg waar het op hete zomerdagen wemelde van de dagjesmensen. De weg kwam uit op een parkeerplaats waarvandaan een wandelpad tussen de bomen van het White Mountain National Forest door naar een groot keienstrand aan Lake Skotam leidde. Terwijl ze de parkeerplaats van Grey Beach overstak, registreerde ze onbewust dat er een blauwe cabriolet met nummerplaten uit Massachusetts stond. Ze nam het pad richting het strand. Toen ze bijna tussen de bomen vandaan was, kwam ze abrupt tot stilstand bij het zien van een silhouet op de oever. Het duurde een paar seconden voordat het tot haar doordrong wat daar precies gaande was. Ze stond verlamd van angst. Hij had haar nog niet gezien. Vooral geen enkel geluid maken, haar aanwezigheid niet verraden: als hij haar zag, zou hij haar ongetwijfeld ook te grazen nemen. Ze verstopte zich achter een boomstam. De adrenaline gaf haar uiteindelijk de kracht om voorzichtig terug te kruipen over het pad en het, zodra ze dacht buiten gevaar te zijn, op een lopen te zetten. Ze rende zoals ze nog nooit had gerend. Ze had expres haar mobiele telefoon niet meegenomen. Wat had ze daar nu spijt van!

Ze kwam weer op Route 21. Ze hoopte op een passerende auto, maar niets. Ze voelde zich alleen op de wereld. Dus trok ze maar een sprint naar het tankstation van Lewis Jacob. Daar zou ze hulp kunnen vinden. Toen ze eindelijk buiten adem aankwam, stond ze voor een dichte deur. Maar ze zag de pomphouder binnen en ramde daarom net zo lang op de deur tot hij opendeed. Ze stortte zich op hem en schreeuwde: 'Bel de politie! Bel de politie!'

FRAGMENT UIT HET POLITIERAPPORT

VERHOOR VAN PETER PHILIPPS

(Peter Philipps werkt al vijftien jaar als politieambtenaar in Mount Pleasant. Hij was als eerste agent ter plekke. Zijn verklaring is opgenomen op 3 april 1999 in Mount Pleasant.)

Toen ik de oproep van de centrale hoorde over wat er bij Grey Beach aan de hand was, dacht ik eerst dat ik het niet goed had begrepen. Ik heb om een herhaling gevraagd. Ik bevond me in de zone Stove Farm, niet ver van Grey Beach.

Bent u er rechtstreeks naartoe gegaan?

Nee, ik ben eerst gestopt bij het tankstation aan Route 21 waarvandaan de getuige het alarmnummer had gebeld. Gezien de situatie leek het me belangrijk met haar te praten alvorens in te grijpen. Zodat ik wist wat me op het strand te wachten stond. De getuige in kwestie was een jonge vrouw die zich doodgeschrokken was. Ze vertelde me wat ze had gezien. In de vijftien jaar dat ik politieman ben, was ik nog nooit met zoiets geconfronteerd.

En toen?

Toen ben ik onmiddellijk ter plaatse gegaan.

U bent alleen gegaan?

Ik had geen keus. Er was geen moment te verliezen. Ik moest er zijn voordat hij ervandoor ging.

Wat gebeurde er vervolgens?

Ik ben als een gek van het tankstation naar de parkeerplaats van Grey Beach gereden. Toen ik daar aankwam, zag ik een blauwe cabriolet met een kenteken uit Massachusetts staan. Ik heb mijn geweer gepakt en ben het pad naar het meer op gerend.

En?

Toen ik het strand op kwam gestormd was hij nog steeds met dat arme meisje bezig. Ik begon te schreeuwen om te zorgen dat hij ophield, en hij hief zijn hoofd en keek me strak aan. Hij begon langzaam in mijn richting te lopen. Onmiddellijk begreep ik dat het hij of ik zou zijn. Vijftien jaar in dienst en nooit een schot gelost. Tot vanochtend.

DEEL EEN

Gevolgen van het succes

Lentesneeuw daalde neer op de enorme loodsen aan de oever van de Saint Lawrence waarin de filmstudio's waren ondergebracht. Daar vonden sinds enkele maanden de opnamen plaats voor de verfilming van mijn eerste roman, *De G van Goldstein.*

HOOFDSTUK 1
Na de zaak Harry Quebert

Montreal, Quebec
5 april 2010

Het toeval wilde dat de opnamen ongeveer waren begonnen op het moment van verschijnen van *De waarheid over de zaak Harry Quebert.* Door mijn succes in de boekwinkels waren mensen nu al enthousiast over de film en de eerste beelden waren in Hollywood met veel heisa ontvangen.

Terwijl buiten een koude wind de sneeuwvlokken in het rond joeg, kreeg je in de studio's het gevoel dat het hartje zomer was: in het decor van een buitengewoon echt aandoende drukke straat leken de acteurs en figuranten dankzij een paar krachtige schijnwerpers te baden in het licht van een verzengende zon. Het was een van mijn lievelingsscènes uit het boek: op het terras van een café, te midden van hordes voorbijgangers, zagen de twee hoofdpersonen, Mark en Alicia, elkaar eindelijk weer voor het eerst nadat ze elkaar jaren uit het oog waren verloren. Praten was niet nodig; hun blikken waren genoeg om al die verspilde tijd zonder de ander in te halen.

Ik volgde de opname van achter de beeldschermen.

Met een plotseling 'Cut!' maakte de regisseur een einde aan het betoverende moment. 'Het staat erop.' Naast hem herhaalde de eerste assistent zijn mededeling via de zender naar iedereen: 'Het staat erop. We zijn klaar voor vandaag.'

Onmiddellijk veranderde de set in een mierenhoop. Terwijl de technische mensen hun spullen inpakten, zochten de acteurs hun kleedkamers weer op, teleurgesteld nagekeken door de figuranten die graag even met hen hadden gepraat of een foto of handtekening hadden gekregen.

Zelf maakte ik een wandelingetje door het decor. De straat, de trottoirs, de lantaarnpalen, de etalages... alles zag er zo echt uit. Ik ging het café binnen en bewonderde de aandacht voor detail. Het voelde alsof ik door mijn eigen boek liep. Ik schoof achter de toonbank, die uitpuilde van de broodjes en de taartjes: alles wat op het scherm te zien zou zijn moest waarheidsgetrouw overkomen.

Mijn inspectie was van korte duur. Een stem stoorde me in mijn overpeinzingen. 'Ben jij van de bediening, Goldman?'

Het was Roy Barnaski, de onberekenbare algemeen directeur van Schmid & Hanson, de uitgever van mijn boeken. Hij was die ochtend onaangekondigd uit New York komen aanwaaien.

'Koffie, Roy?' vroeg ik en ik pakte een leeg kopje.

'Doe maar zo'n broodje, ik sterf van de honger.'

Ik had geen idee of die dingen voor consumptie geschikt waren, maar zonder me daar druk over te maken gaf ik hem er een met kalkoen en kaas.

'Weet je, Goldman,' zei hij, nadat hij een gulzige hap had genomen, 'die film wordt een knaller. Er is trouwens ook een speciale uitgave van *De G van Goldstein* in de maak; echt helemaal fantastisch.'

Degenen onder u die *De waarheid over de zaak Harry Quebert* hebben gelezen weten alles over mijn haat-liefdeverhouding met Roy Barnaski. Voor de anderen: de relatie met zijn auteurs is sterk afhankelijk van het geld dat ze binnenbrengen. Zo werd ik twee jaar geleden nog volledig door hem aan de schandpaal genageld omdat ik mijn roman niet op tijd had aangeleverd, terwijl ik nu, na de verkooprecords van *De waarheid over de zaak Harry Quebert*, een prominente plaats in zijn eregalerij van kippen met gouden eieren heb verworven.

'Je moet wel met je hoofd in de wolken lopen, Goldman,' vervolgde Barnaski, zich er ogenschijnlijk niet van bewust dat ik totaal niet op zijn gezelschap zat te wachten. 'Eerst het succes van je boek, en nu deze film. Weet je nog dat ik twee jaar geleden hemel en aarde heb bewogen om Cassandra Pollock de rol van Alicia te laten spelen en dat jij me dat ernstig kwalijk nam? Moet je kijken hoe goed dat heeft uitgepakt. Iedereen vindt haar geweldig!'

'Dat zal ik niet snel vergeten, Roy. Jij had iedereen wijsgemaakt dat wij een relatie hadden.'

'En dat heeft zijn vruchten afgeworpen! Ik heb altijd goede ingevingen, Goldman. Daarom ben ik ook de grote baas. Ik ben hier nu trouwens ook om iets heel belangrijks met je te bespreken.'

Toen ik hem zo onverwacht bij de opnamen had zien opduiken had ik eigenlijk wel geweten dat hij niet zonder goede reden naar Montreal was gekomen.

'Wat dan?' vroeg ik.

'Ik heb een nieuwtje dat je leuk zult vinden, Goldman. Ik wilde het je graag persoonlijk komen vertellen.'

Barnaski draaide eromheen, dat was geen goed teken. 'Voor de draad ermee, Roy.'

Hij stak van wal: 'We staan op het punt een contract voor de verfilming van *De waarheid over de zaak Harry Quebert* te sluiten met MGM! Dat wordt echt kolossaal. Zo kolossaal dat ze op korte termijn een principeovereenkomst willen tekenen.'

'Ik geloof niet dat ik daar een film van wil maken,' verklaarde ik buitengewoon koeltjes.

'Wacht maar tot je het contract ziet, Goldman. Het ondertekenen alleen al levert je twee miljoen dollar op. Je krabbelt je naam onder aan een bladzijde en hoppa, twee miljoen dollar op je bankrekening. En dan hebben we het nog niet over je aandeel in de winst van de film en de rest!'

Ik had absoluut geen zin hierover in discussie te gaan.

'Praat maar met mijn agent of met mijn advocaat,' zei ik om er een einde aan te maken, wat Barnaski ongelooflijk irriteerde.

'Als het me om de mening van die kloteagent van je te doen was geweest, Goldman, was ik niet helemaal hiernaartoe gekomen.'

'Kon het niet wachten tot ik terug was in New York?'

'Terug in New York? Jij bent erger dan de wind, Goldman: nooit lang op één plaats.'

'Harry zou geen film willen,' zei ik op verongelijkte toon.

'Harry?' Barnaski stikte er bijna in. 'Harry Quebert?'

'Harry Quebert, ja. De discussie is gesloten. Ik wil geen film omdat ik er niet nog een keer mee in de weer wil. Ik wil die zaak vergeten. Ik wil het verleden laten rusten.'

'Moet je die huilebalk nu toch horen,' viel Barnaski die niet tegen tegenspraak kon uit. 'Er wordt baby Goldman een lepel kaviaar voorgehouden, maar hij heeft kuren en wil zijn mond niet opendoen.'

Ik had er genoeg van.

Barnaski kreeg spijt van zijn botte woorden en probeerde het op suikerzoete toon goed te maken.

'Laat me het project aan je uitleggen, beste Marcus. Je zult zien dat je dan wel anders zult piepen.'

'Voorlopig piep ik ertussenuit.'

'Zullen we vanavond samen eten? Ik heb een tafel gereserveerd in een restaurant in het oude centrum. Acht uur?'

'Ik heb vanavond al een afspraak, Roy. We spreken elkaar in New York.' Ik liet hem daar staan met zijn nepbroodje in zijn hand en liep het decor uit richting de hoofdingang van de studio. Net voor de grote klapdeuren stond een cateringtentje waar ik iedere dag na de opnamen een kop koffie haalde. Ik trof er elke keer hetzelfde meisje: ze stak me al een kartonnen beker koffie toe voordat ik ook maar iets had gezegd. Ik glimlachte om haar te bedanken. Ze glimlachte terug. Mensen glimlachten vaak naar me. Maar ik wist niet meer naar wie ze glimlachten: naar de medemens die ze zagen of naar de schrijver die ze hadden gelezen. Op dat moment haalde ze een exemplaar van *De waarheid over de zaak Harry Quebert* onder de toonbank vandaan.

'Ik heb het gisteravond uitgelezen,' zei ze. 'Ik kon het gewoon niet meer wegleggen. Zou je het misschien voor me willen signeren?'

'Met alle plezier. Hoe heet je?'

'Deborah.'

O, ja, Deborah. Dat had ze me al tien keer verteld.

Ik haalde een pen uit mijn zak en schreef op het schutblad de tekst waarmee ik altijd signeerde:

Voor Deborah,
die nu de hele waarheid over de zaak Harry Quebert kent.
Marcus Goldman

'Fijne dag nog, Deborah.' Ik gaf haar haar boek terug.

'Jij ook nog een fijne dag, Marcus. Tot morgen.'

'Morgen ga ik terug naar New York. Over tien dagen ben ik er weer.'

'Tot binnenkort dan.'

Ik wilde al weglopen toen ze vroeg: 'Heb je hem ooit nog gezien?'

'Wie?'

'Harry Quebert.'

'Nee, ik heb nooit meer iets van hem gehoord.'

Ik liep de studio's uit en dook in de auto die op me stond te wachten. Heb je Harry Quebert ooit nog gezien? Sinds het verschijnen van het boek werd dat me om de haverklap gevraagd. En iedere keer deed ik mijn best antwoord te geven alsof die vraag me niets deed. Alsof die me niet elke dag bezighield. Waar was Harry? En wat was er van hem geworden?

Na een stuk langs de Saint Lawrence sloeg de auto af naar het centrum van Montreal, waarvan ik de wolkenkrabbers al snel voor me kon zien opdoemen. Ik hield van deze stad. Ik voelde me er goed. Misschien omdat daar iemand op me wachtte. Sinds een paar maanden was er eindelijk een vrouw in mijn leven.

In Montreal logeerde ik in het Ritz-Carlton, altijd in dezelfde suite op de bovenste etage. Ik was amper binnen of de receptionist sprak me aan om me te vertellen dat er in de bar iemand op me zat te wachten. Ik glimlachte: ze was er.

Ik trof haar aan een tafeltje naast de open haard waar ze, nog gekleed in haar pilotenuniform, nipte aan een Moscow Mule. Zodra ze me zag, begon haar gezicht te stralen. Ze zoende me, ik sloeg mijn armen om haar heen. Hoe vaker ik haar zag, hoe leuker ik haar vond.

Raegan was dertig, net als ik. Ze was lijndienstpiloot bij Air Canada. We hadden nu drie maanden iets met elkaar. Met haar naast me voelde mijn leven vollediger, volmaakter. Dat gevoel werd nog versterkt door het feit dat het me ongekend veel moeite had gekost iemand te vinden die ik echt heel leuk vond.

Mijn laatste serieuze relatie was al vijf jaar geleden – Emma Matthews heette ze – en had maar een paar maanden geduurd. Tijdens het afronden van *De waarheid over de zaak Harry Quebert* had ik me dan ook voorgenomen aan mijn liefdesleven te gaan werken. Ik had me in de avontuurtjes gestort, maar zonder veel succes. Misschien had ik mezelf te veel druk opgelegd. Al snel was zo'n ontmoeting ontaard in een soort sollicitatiegesprek: terwijl een meisje nog maar amper een paar minuten met me zat te praten, vroeg ik me al af of ze een goede partner voor mij en een goede moeder voor mijn kinderen zou zijn. En het volgende moment dook mijn moeder als een ongenode gast uit mijn hoofd op. Ze trok een stoel bij, nam naast het arme meisje plaats en ging op zoek naar zo veel mogelijk onvolkomenheden. En mijn moeder – of liever gezegd haar spook – werd de scheidsrechter van het afspraakje. Dan fluisterde ze me de afgezaagde vraag toe waar ze altijd nogal dol op was geweest: 'Markie, denk je dat zij de ware is?' Alsof we ons gelijk voor de rest van ons leven moesten vastleggen, terwijl we eigenlijk nog niet eens wisten of we het eind van de avond zouden halen. En aangezien mijn moeder grootse plannen voor me had, voegde ze eraan toe: 'Zeg eens eerlijk, Markie, zie je je al in het Witte Huis voor de uitreiking van de Presidential Medal of Freedom met dit meisje aan je arm?' Dat werd dan meestal op enigszins laatdunkende toon gezegd, met de bedoeling dat ik haar zou dumpen. En dan dumpte ik haar. Zo zorgde mijn arme moeder er onbewust voor dat ik vrijgezel bleef. Totdat ik, ook dankzij haar, Raegan ontmoette.

Drie maanden eerder
31 december 2009

Zoals elk jaar op oudejaarsdag ging ik langs bij mijn ouders in Montclair, in New Jersey. We zaten koffie te drinken in de woonkamer toen mijn moeder me weer eens die idiote vraag stelde die me altijd zo ongelooflijk irriteerde.

'Wat kunnen we iemand als jij, die alles al heeft, toewensen voor het nieuwe jaar, lieverd?'

'Dat ik een verloren vriend terugkrijg,' antwoordde ik gepikeerd.

'Is een van je vrienden overleden?' vroeg mijn moeder, die niet had begrepen over wie ik het had.

'Ik bedoel Harry Quebert,' verduidelijkte ik. 'Ik wil hem heel graag weer zien. Weten wat er van hem is geworden.'

'Die Harry Quebert kan me wat! Hij heeft je alleen maar problemen bezorgd. Echte vrienden bezorgen je geen problemen.'

'Door hem ben ik schrijver geworden. Ik heb alles aan hem te danken.'

'Je hebt helemaal niets aan wie dan ook te danken, behalve aan je moeder, aan wie je je leven te danken hebt. Markie, je hebt geen vrienden nodig, wat jij nodig hebt is een vriendinnetje. Waarom heb je geen vriendinnetje? Wil je me geen kleinkinderen geven?'

'Het valt niet mee iemand tegen te komen, mama.'

Mijn moeder probeerde een zachtere toon aan te slaan. 'Markie, volgens mij doe je niet genoeg je best om iemand te vinden, lieverd. Je gaat niet genoeg de deur uit. Ik weet dat je soms urenlang in een album met foto's van Harry en jou zit te staren.'

'Hoe weet jij dat?' vroeg ik verbouwereerd.

'Dat heb ik van je werkster.'

'Sinds wanneer praat jij met mijn werkster?'

'Sinds jij me niets meer vertelt.'

Op dat moment bleef mijn blik rusten op een ingelijste foto van mijn oom Saul, mijn tante Anita en mijn neven Hillel en Woody in Florida.

'Weet je, als je oom Saul...' bromde mijn moeder.

'Toe mama, laten we het daar nu niet over hebben.'

'Ik zou gewoon graag willen dat je gelukkig bent, Markie. Je hebt geen enkele reden dat niet te zijn.'

Ik wilde weg. Ik stond op en pakte mijn jasje.

'Wat ga je vanavond doen, Markie?' vroeg mijn moeder.

'Ik ga uit met vrienden,' loog ik om haar gerust te stellen.

Ik gaf haar een kus, ik gaf mijn vader een kus, en ik vertrok.

Mijn moeder had gelijk. Ik had thuis een fotoalbum waarin ik me elke keer dat ik overvallen werd door nostalgische gevoelens begroef. Dat deed ik nu trouwens ook zodra ik terug was in New York. Ik schonk een glas whisky in en bladerde door het album. De laatste keer dat ik Harry had gezien was precies een jaar geleden. Op een avond in december 2008 had hij bij mij op de stoep gestaan voor een laatste confrontatie. Daarna geen enkel teken van leven meer. Omdat ik had willen bewijzen dat hij de moord waarvan hij werd beschuldigd niet had begaan en zijn naam had willen zuiveren was ik hem kwijtgeraakt. Ik miste hem vreselijk.

Uiteraard had ik pogingen gedaan hem op te sporen, maar die waren op niets uitgelopen. Ik was regelmatig teruggegaan naar Aurora, in New Hampshire, waar hij de afgelopen dertig jaar had gewoond. Urenlang had ik door het stadje gelopen. Urenlang rondgehangen bij zijn huis in Goose Cove. Op alle mogelijke tijdstippen. Om hem terug te vinden. Alles te kunnen goedmaken. Maar Harry dook nooit meer op

Terwijl ik in het album verdiept was en steeds weer dezelfde herinneringen ophaalde aan hoe het tussen ons was geweest, ging mijn vaste telefoon. Heel even dacht ik dat hij het was. Ik rende naar het toestel. Het was mijn moeder.

'Waarom neem je op, Markie?' vroeg ze op verwijtende toon.

'Omdat jij me belt, mama.'

'Markie, het is oudejaarsavond. Je zei dat je met vrienden uitging. Je gaat me toch niet vertellen dat je weer alleen thuis naar die vervloekte foto's zit te kijken! Ik zal je werkster vragen ze te verbranden.'

'Ik zal haar moeten ontslaan, mama. Door jou raakt een hardwerkende vrouw haar baan kwijt. Ben je nu tevreden?'

'Ga je huis uit, Markie. Ik weet nog dat je eerst altijd naar Times Square ging voor het aftelmoment naar het nieuwe jaar. Bel een paar vrienden en ga naar buiten. Dit is een bevel! Je moet altijd naar je moeder luisteren.'

Zo kwam ik dus op Times Square terecht, in mijn eentje, want in werkelijkheid had ik helemaal geen vrienden in New York die ik kon bellen. Aangekomen bij het plein, waarop honderdduizenden mensen stonden, voelde ik me goed. Rustig. Ik liet me meevoeren door de mensenzee. Toen zag ik een meisje dat champagne uit een fles dronk. Ze glimlachte naar me. Ik vond haar gelijk leuk.

Bij het inluiden van het nieuwe jaar kuste ik haar.

Zo kwam Raegan in mijn leven.

~

Na onze eerste ontmoeting was Raegan me verschillende keren in New York komen opzoeken en we zagen elkaar in Montreal wanneer ik de opnamen bijwoonde. Eigenlijk kenden we elkaar na een relatie van drie maanden nog amper. We konden alleen maar afspreken tussen twee vluchten of twee draaidagen. Maar die avond in april in de bar van het Ritz in Montreal was ik me bewust van heel sterke gevoelens voor haar. En terwijl we zaten te praten over al-sla-je-me-dood-wat doorstond ze de moedertoets met glans: ik zag haar voor me in verschillende situaties in het leven en in elk daarvan leek ze perfect naast mij te passen.

Raegan zou de volgende ochtend om zeven uur naar New York-JFK vliegen. Toen ik voorstelde ergens te gaan eten, zei ze dat ze liever in het hotel wilde blijven.

'Het restaurant van het hotel is heel goed,' zei ik.

'Jouw kamer is nog beter,' zei ze met een glimlach.

Dus trokken we ons die avond terug in mijn suite. We genoten uitgebreid van het gigantische bad en keken vanuit het hete, schuimende water naar de sneeuw die achter het grote raam nog steeds over Montreal neerdaalde. Daarna bestelden we roomservice. Alles leek zo makkelijk, er was sprake van een soort vanzelfsprekendheid tussen ons. Het enige wat ik jammer vond, was dat ik niet méér tijd met Raegan kon doorbrengen. Hoe dat kwam? Door de geografische afstand – ik woonde in New York en zij in een stadje een uur ten zuiden van Montreal waar ik nog niet eens was geweest –, maar vooral door haar propvolle werkrooster dat haar bijna volledig opeiste. Onze hereniging van die avond vormde trouwens geen uitzondering op de regel: ook nu was de nacht maar kort. Om vijf uur 's ochtends, terwijl de rest van het hotel nog sliep, waren Raegan en ik alweer bijna klaar voor vertrek. Door de openstaande badkamerdeur bleef ik even naar haar staan kijken. Gekleed in haar uniformbroek met daarboven alleen nog maar een beha stond ze zich op te maken, terwijl ze intussen een kop koffie dronk. We gingen allebei naar New York, maar niet samen. Zij door de lucht, ik over de weg, aangezien ik met de auto naar Montreal was gekomen. Ik bracht haar naar luchthaven Trudeau.

Toen ik voor de terminal stopte, vroeg Raegan: 'Waarom ben je niet komen vliegen, Marcus?'

Heel even aarzelde ik: ik durfde haar de echte reden voor mijn keus niet goed op te biechten. 'Ik vind het prettig rijden tussen New York en Montreal,' loog ik.

Met die verklaring nam ze maar half genoegen. 'Je hebt toch geen vliegangst, hè?'

'Natuurlijk niet.'

Ze gaf me een zoen, vergezeld van een 'ik vind je toch wel leuk, hoor'.

'Wanneer zie ik je weer?' vroeg ik.

'Wanneer ben je weer in Montreal?'

'12 april.'

Ze keek in haar agenda. 'Dan overnacht ik in Chicago en de daaropvolgende week vlieg ik naar Toronto heen en weer.'

Bij het zien van mijn teleurgestelde blik voegde ze eraan toe: 'Daarna heb ik een week vrij. Ik beloof je dat we dan tijd samen gaan doorbrengen. We sluiten ons op in je hotelkamer en komen er niet meer uit.'

'Zullen we anders een paar dagen weggaan?' opperde ik. 'Geen New York, geen Montreal. Alleen jij en ik, ergens.'

Ze knikte enthousiast en schonk me haar mooiste glimlach. 'Dat zou ik heel leuk vinden,' fluisterde ze, alsof dat iets was wat ze eigenlijk niet mocht toegeven.

Ze omhelsde me nog een keer innig voordat ze uitstapte en mij achterliet met hoopvolle gedachten over wat er tussen ons zou kunnen zijn. Op het moment dat ik haar het luchthavengebouw in zag verdwijnen besloot ik spijkers met koppen te slaan en een romantisch tripje te organiseren naar een hotel op de Bahama's waarvan ik mensen hoog had horen opgeven: Harbour Island. Ik begon onmiddellijk op mijn mobiel te tikken om de website van het hotel te bekijken. De locatie, op een privé-eiland, zag er paradijselijk uit. Daar zouden we haar vrije week gaan doorbrengen, op een fijn zandstrand aan een turquoise zee. Ik reserveerde gelijk en ging toen op weg naar New York.

Ik doorkruiste de East Townships tot aan Magog – waar ik stopte voor koffie – en ging daarvandaan richting het zuiden, naar het stadje Stanstead op de grens van de Verenigde Staten, bekend om zijn bibliotheek, die als enige ter wereld in twee landen ligt.

Bij de grensovergang vroeg de Amerikaanse douanebeambte die mijn paspoort controleerde werktuiglijk waar ik vandaan kwam en waar ik naartoe ging. Toen ik antwoordde dat ik van Montreal naar Manhattan onderweg was, zei hij: 'Dit is niet de kortste route naar New York.' In de veronderstelling dat ik verkeerd was gereden vertelde hij me hoe ik weer op de I-87 kon komen. Ik luisterde beleefd zonder ook maar een moment van plan te zijn zijn aanwijzingen op te volgen.

Ik wist heel goed waar ik naartoe ging.

Ik ging naar Aurora, in New Hampshire. De plaats waar mijn vriend Harry Quebert het grootste deel van zijn leven had doorgebracht, totdat hij met onbekende bestemming was vertrokken.

De dag van de moord

Zaterdag 3 april 1999

Een Chevrolet Impala met sirene en zwaailicht reed in volle vaart over Route 21, de weg die het stadje Mount Pleasant met de rest van New Hampshire verbond. Aan weerszijden van de strook asfalt lagen velden vol wilde bloemen en met waterlelies bedekte meertjes, en daarachter de bomen van het enorme White Mountain National Forest.

Sergeant Perry Gahalowood zat achter het stuur. Naast hem tuurde zijn partner sergeant Matt Vance op een kaart van de regio.

'Je moet nu bijna naar rechts,' zei Vance toen ze net een tankstation voorbij waren. 'Een weggetje het bos in.'

'De plaatselijke politie heeft vast iemand neergezet om ons de weg te wijzen.'

De twee politiemannen hadden geen idee van het ontvangstcomité dat hun wachtte: na een laatste bocht stuitten ze plotseling op een opstopping. Via de andere baan reed Perry er stapvoets langs, niet zozeer vanwege eventueel tegemoetkomend verkeer als wel vanwege de tientallen ramptoeristen die langs de weg rondhingen.

'Wat is dit voor bende?' foeterde Perry.

'De gebruikelijke kermis wanneer zich in een klein stadje een drama voordoet. Iedereen wil op de eerste rang zitten.'

Uiteindelijk kwamen ze bij een politieafzetting ter hoogte van de afslag naar de parkeerplaats van Grey Beach. Door het geopende raampje wuifde Perry met zijn politie-ID naar de agenten die de wacht hielden.

'Afdeling ernstige delicten van de staatspolitie.'

'Rechtdoor over de onverharde weg,' zei een van de agenten terwijl hij het afzetlint optilde.

Na een paar honderd meter stopte de Chevrolet Impala bij een grasveld aan de rand van het bos waarop een agent van de lokale politie liep te ijsberen.

'Afdeling ernstige delicten van de staatspolitie,' verklaarde Gahalowood nogmaals door zijn open raampje.

De agent zag eruit alsof hij volkomen overrompeld was door alles wat er gaande was. 'U kunt de auto hier beter laten staan,' zei hij. 'Volgens mij is het een heksenketel daar.'

De twee rechercheurs stapten uit en gingen te voet verder.

'Waarom gebeurt er altijd iets wanneer wij weekenddienst hebben?' vroeg Vance op gelaten toon, toen ze over het onverharde pad liepen. 'Weet je nog de zaak Greg Bonnet? Dat was ook op een zaterdag.'

'Voordat ik jouw partner werd, verliepen mijn weekends altijd bijzonder vredig,' zei Gahalowood gekscherend. 'Volgens mij breng jij ongeluk, man. Helen zal niet blij zijn. Ik had haar beloofd vanavond te helpen met het uitpakken van de dozen. Maar als we met een moord zitten...'

'Voorlopig weten we nog helemaal niet of het wel een moord is. Het zou niet de eerste keer zijn dat we naar een simpel wandelongeluk worden gestuurd.'

Al snel kwamen ze bij de parkeerplaats van Grey Beach, die vol stond met voertuigen van verschillende hulpdiensten. Het was er een hectische toestand. Ze werden ontvangen door Francis Mitchell, de politiechef van Mount Pleasant, die hen waarschuwde: 'Het is geen fraaie aanblik, heren.'

'Wat is er precies gebeurd?' vroeg Gahalowood. 'Er zou een dode vrouw zijn.'

'U kunt het beter met eigen ogen zien.' Chief Mitchell ging hun voor over het pad dat naar het meer leidde.

Perry Gahalowood en Matt Vance hadden allebei al heel wat lijken en plaatsen delict de revue zien passeren, maar wat ze op het keienstrand aantroffen, maakte hen even sprakeloos: zoiets hadden ze nog nooit gezien. Er lag een vrouw met haar gezicht in de grond gedrukt, met naast haar een dode beer.

'We zijn gewaarschuwd door een hardloopster,' vertelde chief Mitchell. 'Zij betrapte de beer terwijl hij de vrouw aan het verslinden was.'

'Hoezo verslinden?'

'Nou ja, hij was haar gewoon aan het opeten!'

Afgaand op de manier waarop de vrouw op het strand lag, zou je bijna kunnen denken dat ze sliep. Het kabbelende water van het meer en de lentezang van de vogels gaven het tafereel iets vredigs. Alleen de beer die met een vochtig glanzende zwarte vacht in een plas bloed lag, herinnerde aan het drama dat zich hier had afgespeeld.

Matt Vance vroeg aan chief Mitchell: 'Ik vind het heel erg voor die arme vrouw, maar ik zou graag willen weten waarom u ernstige delicten hebt laten komen voor een aanval van een beer?'

'Het wemelt hier van de zwarte beren,' antwoordde chief Mitchell. 'Geloof me, daar hebben we genoeg ervaring mee. Er hebben zich al heel wat incidenten voorgedaan, maar wanneer ze mensen aanvallen is dat om hun territorium te verdedigen, niet om hen op te eten.'

'Wat wilt u daarmee zeggen?'

'Dat deze beer het vlees van die vrouw heeft gegeten betekent dat hij als aaseter op haar af is gekomen. Ze was al dood toen hij haar vond.'

Behoedzaam liepen Gahalowood en Vance naar de dode vrouw toe. Van dichtbij bleef er van de illusie dat ze rustig lag te slapen niets meer over. Haar aan flarden gescheurde kleren onthulden diepe bijtwonden. Haar haar plakte aan elkaar van het geronnen bloed.

'Wat denk jij ervan, Perry?' vroeg Vance.

Gahalowood bekeek het slachtoffer aandachtig: ze droeg een leren broek en elegante laarsjes.

'Ze is gekleed voor een avondje uit. Ik denk dat ze afgelopen nacht gedood is. Maar de verwondingen die de beer heeft toegebracht lijken van een recenter tijdstip.'

'Ze was dus inderdaad al dood toen de beer haar vond,' concludeerde Vance. 'Dat was waarschijnlijk rond zonsopgang.'

Gahalowood knikte. 'Deze zaak stinkt. We moeten het hele circus optrommelen.'

Vance pakte zijn mobiele telefoon om versterking en forensische eenheden te regelen.

Intussen stond Gahalowood nog steeds over het dode lichaam van de jonge vrouw gebogen. Zijn oog viel op een stukje papier dat uit de achterzak van haar broek stak. Hij deed latex handschoenen aan en trok een in vieren gevouwen vel papier tevoorschijn. Nadat hij het had opengevouwen las hij een korte, geprinte boodschap:

IK WEET WAT JE HEBT GEDAAN.

Het liep tegen het middaguur toen ik in Aurora aankwam.
Het stadje was, net als de rest van New England, bedekt
met een dun laagje sneeuw dat smolt in de stralende zon.
Elk excuus was goed om hierheen te komen en de herinneringen te koesteren die me met Harry Quebert
verbonden.

HOOFDSTUK 2
Herinneringen

New Hampshire
6 april 2010

Om heel eerlijk te zijn had ik in eerste instantie gedacht dat ik door het schrijven en de publicatie van *De waarheid over de zaak Harry Quebert* de zo abrupt verbroken vriendschap achter me kon laten. Maar het enthousiasme waarmee het boek overal was ontvangen had me alleen maar méér bewust gemaakt van de sporen die deze zaak bij mij had nagelaten. Niet zozeer van het inmiddels gesloten onderzoek of de uitkomst daarvan, maar van de vraag die was blijven hangen: waar was Harry Quebert gebleven? Wat was er met hem gebeurd? En waarom had hij besloten uit mijn leven te verdwijnen?

In *De waarheid over de zaak Harry Quebert* heb ik uitgebreid stilgestaan bij het ontstaan van de band tussen Harry en mij. Het heeft weinig zin daar nu op terug te komen, het enige wat ertoe doet is dat Harry voldoende vertrouwen in mijn toekomst als schrijver had om mij uit te nodigen bij hem thuis aan mijn boek te komen werken. De eerste keer dat ik naar Aurora kwam, was in januari 2000. Toen ontdekte ik niet alleen dat hij een geweldig huis in Goose Cove had, een schrijvershuis aan de oceaan, een stukje van de bewoonde wereld, maar ook dat hij eenzaam was, wat ik nooit had kunnen vermoeden. De beroemde Harry Quebert, een charismatisch en verafgood man, was in werkelijkheid verrassend alleen. Geen vrouw, geen kinderen, niemand. Ik herinner me die dag nog goed: zijn koelkast was troosteloos leeg. Toen ik hem daarop opmerkzaam had gemaakt, had hij gezegd dat hij bijna nooit mensen over de vloer kreeg. We waren gaan eten bij Clark's, de *diner* in de hoofdstraat. Zo had ik kennisgemaakt met de plek die zo'n belangrijk deel uitmaakte van de legende rond Harry. Ik ontmoette er Jenny Quinn, de eigenaresse, die al vijfentwintig jaar verkikkerd op hem was. Hij had zelfs een eigen tafel, tafel zeventien, waarop Jenny Quinn een bord had laten schroeven met de tekst:

> AAN DEZE TAFEL HEEFT DE SCHRIJVER HARRY QUEBERT IN DE ZOMER VAN 1975 ZIJN BEROEMDE ROMAN *DE WORTELS VAN HET KWAAD* GESCHREVEN.

De wortels van het kwaad, verschenen in 1976, was het boek dat Harry roem en succes had gebracht. Toen ik me bewonderend had uitgelaten over die roman, had Harry verongelijkt gezegd: 'Ik ben schrijver van slechts één succes. Mensen kennen me alleen maar van dat ene boek.'

'Maar wat voor boek! Een meesterwerk!'

Toen Jenny onze bestelling was komen opnemen had Harry tegen haar gezegd: 'Als deze jongeman gaat schrijven zoals hij bokst, Jenny, zal hij een groot schrijver worden.'

Nadat ze weer was vertrokken had ik Harry gevraagd die opmerking uit te leggen.

Hij had geantwoord: 'Iedereen vindt altijd dat een groot schrijver moet lijken op degenen die hem zijn voorgegaan, maar dan vergeten ze dat hij juist een groot schrijver is omdat hij níet op hen lijkt.'

Omdat ik niet overtuigd leek, had hij eraan toegevoegd: 'Weet je, Marcus, ik heb je net nog vurige blikken zien werpen op de klassieken in mijn boekenkast. Wanneer je naar die boeken kijkt, vraag je je af of mensen over vijftig jaar ook zo naar die van jou zullen kijken. Begin nu maar gewoon met het schrijven van een boek, dat is al heel wat. En hou op met dat gemiep over wat je achterlaat.'

'Ik zou zo graag net als jij willen zijn, Harry.'

'Je hebt geen idee waarover je het hebt. Ik zal er alles aan doen om te zorgen dat je niet op mij gaat lijken. Daarom ben je hier nu juist.'

Destijds had ik niet begrepen wat hij daarmee bedoelde. Ik was een jonge man die nog moest ontdekken wie zijn mentor precies was. Hoe had ik op dat moment, verblind door mijn naïviteit, kunnen vermoeden dat er in de zomer van 2008 in dit vredige stadje iets aan het licht zou komen waardoor *De wortels van het kwaad*, een roman die als een meesterwerk uit de Amerikaanse literatuur werd beschouwd, van het ene op het andere moment van de planken van boekhandels en bibliotheken verwijderd zou worden?

Die dag in april 2010 parkeerde ik, tien jaar na mijn eerste bezoek, voor Clark's. Marcus, de dromerige student van destijds, was terug, mét een inmiddels succesvolle carrière maar zónder Harry.

Na de gebeurtenissen van de zomer van 2008 was het restaurant verkocht. Binnen kende ik niemand, wat me wel goed uitkwam aangezien het merendeel van de bewoners van het stadje me met de nek aankeek sinds ik tijdens mijn onderzoek naar 'de zaak' de diepste geheimen van Aurora had blootgelegd. Afgezien van de eigenaar was alles – de inrichting, het menu – hetzelfde gebleven. De tafel van Harry was vrij, dus nam ik die. De vaste gasten meden de tafel als de pest. Alleen toevallige voorbijgangers gingen er zitten. Sinds de zomer van 2008 was het bordje verdwenen. Je kon alleen nog zien waar de schroeven hadden gezeten: als een soort kogelgaten, de overblijfselen van een executie. Ik bestelde een cheeseburger met friet, en tijdens het eten daarvan staarde ik naar buiten.

Ik was net klaar met eten toen Ernie Pinkas, de gemeentebibliothecaris, binnenkwam. Ernie was mijn laatste vriend in Aurora. Hij was een man met een groot hart en een enorme liefde voor boeken, zijn enige gezelschap sinds hij weduwnaar was geworden. Ernie was ook de beheerder van het 'Harry Quebert Schrijvershuis'. Samen met de universiteit van Burrows had ik het huis van Harry in Goose Cove laten omtoveren tot werkplaats voor jonge, veelbelovende schrijvers. Het schandaal van de zomer van 2008 had Harry's reputatie bezoedeld, maar zijn uitstraling had er niet onder geleden: kandidaten stonden nog steeds in de rij voor de kans op een verblijf op deze vermaarde en uiterst gerieflijke plek. Ernie Pinkas deed de selectie, in samenspraak met de letterenfaculteit van Burrows, die het onderhoud van het huis financierde. Er konden maximaal zes schrijvers tegelijk terecht, die gedurende een periode van drie maanden met elkaar samenleefden. Uit hoofde van zijn nieuwe functie had Ernie een kleine werkkamer aan de universiteit gekregen, waar hij bijzonder trots op was.

Ernie ging tegenover me zitten. 'Ben je er nu alweer, Marcus?'

Zijn verbazing kwam voort uit het feit dat hij me hier een week geleden ook al had gezien, toen ik onderweg was naar Montreal. We hadden een kop koffie gedronken in Goose Cove en ik had gelijk kennisgemaakt met de nieuwe bewoners, die tot aan de zomer zouden blijven.

'Ik kwam hierlangs,' verklaarde ik, 'en ben gestopt om te lunchen.'

'Vanuit Montreal?'

Zijn toon maakte wel duidelijk dat hij daar niet in trapte. Dat hij heel goed wist dat ik hier was om Harry, of mijn eigen spoken, na te jagen.

'Jouw reizen zijn dwaaltochten geworden, Marcus,' zei hij. Ernie had de vinger op de zere plek gelegd. Hij voegde eraan toe: 'Weet je wie dat ook deed?'

'Wat?'

'Bij Clark's rondhangen. Harry. Ik heb me altijd afgevraagd wat hij hier in vredesnaam al die uren aan deze tafel met zijn blik op oneindig – net als jij nu – zat te doen. Ik dacht dat hij op zoek was naar inspiratie. Maar in werkelijkheid wachtte hij op Nola.'

Ik slaakte een lange zucht. 'Een teken zou genoeg zijn, Ernie.'

'Harry komt nooit meer terug naar Aurora.'

'Hoe kun je dat zo zeker weten?'

'Hij laat het verleden rusten. Dat zou jij ook moeten doen.'

'Wat wil je daarmee zeggen?'

'Dankzij jou kan hij het verleden laten rusten, Marcus. Hij weet nu wat er met Nola is gebeurd. Hij hoeft niet meer hier op haar te wachten. Eindelijk kon hij weg. Aurora was zijn gevangenis en daaruit heb jij hem bevrijd.'

'Nee, Ernie. Aurora was –'

'Je weet dat ik gelijk heb, Marcus,' viel Ernie me in de rede. 'Je weet dat Harry hier nooit meer zal komen. Je kunt niet op vrienden wachten zoals je op de bus wacht. Waarom blijf je hier zo koppig terugkomen? Ga van het leven genieten. Kwel jezelf niet langer zo. Je bent een leuke vent, Marcus. Het is tijd om verder te gaan.'

Ernie had gelijk. Toch kon ik het niet laten na de lunch nog een bedevaart naar Goose Cove te maken. Na een paar stappen over het strand dat een stukje onder het huis van Harry lag liet ik me op een grote rots zakken om de omgeving in me op te nemen. Ik keek naar het imposante huis waaraan zoveel herinneringen kleefden. Meeuwen hupten over het zand. Grijze wolken pakten zich samen aan de hemel en het begon te miezeren. Op dat moment zag ik uit de nevel een man opdoemen die ik als een heel goede vriend was gaan beschouwen: Perry Gahalowood, sergeant bij de afdeling ernstige delicten van de staatspolitie van New Hampshire. Met een geamuseerde glimlach op zijn gezicht kwam hij op me aflopen, in elke hand een beker koffie.

Wie mij kent en mijn boeken heeft gelezen weet alles over de band tussen mij en Perry Gahalowood. Voor de anderen zal ik nog een korte samenvatting geven. Ik had Perry twee jaar geleden leren kennen tijdens de beruchte zaak Harry Quebert, waarover hij de leiding had. Samen hadden we de dood van Nola Kellergan opgehelderd. Sommige mensen zullen zeggen dat ik aan het oplossen van de moord op Nola mijn tweede roman te danken had. Maar wat ik daaraan met name te danken had, was dat er een vriendschap had kunnen opbloeien tussen mij en deze uitzonderlijke politieman die wel wat op een woestijnvrucht leek: stekelig, beschermd door een dikke schil, maar met zoet vruchtvlees en een zachte kern. Zo was Perry Gahalowood: ruw, grof, prikkelbaar, maar ook loyaal, rechtdoorzee en rechtvaardig. Ze zeggen dat je de kwaliteiten van een man kunt aflezen aan zijn gezin, en van zijn gezin – dat ik goed kende – straalde het geluk af.

'Sergeant (sinds de dag dat we elkaar voor het eerst waren tegengekomen noemde ik hem 'sergeant' en hij mij 'schrijver', een traditie die we erin hadden gehouden), wat doe jij hier?'

Hij gaf me een van de bekers koffie.

'Dat kan ik ook aan jou vragen, schrijver. Weet je wel dat er iedere keer dat jij hier opduikt altijd wel iemand is die de politie belt? Zo'n goeie indruk heb je in dit stadje achtergelaten.'

'Je bent nog erger dan mijn moeder, sergeant.'

Hij moest lachen.

'Welke verkeerde reden brengt jou naar Aurora, schrijver?'

'Ik kwam terug uit Montreal en ben onderweg even gestopt.'

'Dat is een omweg van twee uur,' constateerde Gahalowood.

Met mijn kin gebaarde ik naar het door de elementen geteisterde huis.

'Ik hield van dit huis,' zei ik, 'en ik hield van dit stadje. En houden van, daar kun je niks aan doen, dat is voor altijd.'

'Als je denkt dat je van dit stadje houdt, vergis je je, schrijver. Je houdt van de herinneringen aan deze plek, dat noemen we nostalgie. Nostalgie is ons vermogen onszelf voor te houden dat ons verleden hoofdzakelijk gelukkig is geweest, en dat we dus goede keuzes hebben gemaakt. Elke keer dat we een herinnering ophalen en tegen onszelf zeggen "dat was goed" is dat eigenlijk ons zieke brein dat er wat nostalgie in gooit om ons ervan te overtuigen dat wat we hebben meegemaakt niet voor niets was, dat we geen tijd hebben verspild. Want tijd verspillen is je leven verspillen.'

Ik dacht dat Gahalowood, die nooit schroomde een knuppel in een hoenderhok te werpen, in zijn algemeenheid had gesproken en had geen idee dat hij het over zichzelf had. Omdat ik me aangesproken voelde, zei ik: 'En toch was het goed in Goose Cove.'

'Goed voor jou? Dat weet ik nog zo net niet. Je bent de schrijver van het decennium en doolt rond in een gat in New Hampshire. De laatste keer dat ik je hier zag, was in oktober, weet je dat nog?'

'Ja.'

'Ik dacht dat je afscheid kwam nemen van het huis. We hebben toen op ongeveer dezelfde plaats een biertje gedronken en jij kwam met een mooi verhaal over de zoektocht naar liefde. Geen doorslaand succes klaarblijkelijk. Hoe is het met die pilote van je?'

Perry Gahalowood was bijzonder goed geïnformeerd over de ontwikkelingen in mijn liefdesleven: na iedere nieuwe kennismaking had ik hem gebeld. Hij was ook de eerste geweest aan wie ik over mijn ontmoeting met Raegan had verteld.

'Volgens mij is het tussen Raegan en mij redelijk serieus.'

'Hèhè, eindelijk goed nieuws, schrijver. Neem haar vooral niet mee hiernaartoe op vakantie als je niet wilt dat er een voortijdig einde aan komt.'

'Geloof het of niet maar ik neem haar mee naar de Bahama's.'

'Pf, het zal wel, schrijver.'

'Naar een privé-eiland, echt een heel bijzondere plekje. Wil je foto's zien?'

'Ik wil wel nee zeggen, maar ik heb het gevoel dat je ze sowieso onder mijn neus gaat duwen.'

Terwijl we daar zo met zijn tweeën op die rots zaten, zonder ons iets aan te trekken van de gestaag vallende motregen, voerden we een niet heel belangrijk gesprek, gewoon een gesprek tussen twee vrienden, en dat ik dat gesprek hier toch vermeld, is omdat het uiteindelijke belang ervan zat in het feit dat ik niet naar Gahalowood vroeg. Ik informeerde naar zijn vrouw Helen, naar zijn dochters Malia en Lisa, maar ik vroeg niet hoe het met hemzelf ging. Ik gaf hem niet de kans zijn hart uit te storten en ons gesprek eindigde zonder dat ik ook maar enig idee had van wat er in zijn leven speelde.

Toen de koffie op was, kwam Gahalowood overeind.

'Tijd om de criminele zaken weer op te zoeken?' vroeg ik.

'Nee, ik heb afgesproken met Helen. Lisa is vandaag jarig en we moeten nog wat boodschappen doen. Ze is vandaag elf geworden.'

'Elf jaar alweer! Wat doet dat met je, sergeant papa? Begin je je al oud te voelen?'

Gahalowood zei niets, hij keek alleen verdrietig. Ongerust vroeg ik: 'Gaat het wel goed, sergeant? Je kijkt niet erg blij.'

'Helaas brengt die datum een pijnlijke herinnering boven. Precies elf jaar geleden, op 6 april 1999, werd mijn leven op zijn kop gezet.'

'Wat gebeurde er toen?'

Zoals Gahalowood dat zo goed kon wanneer het over hém ging, veranderde hij onmiddellijk van onderwerp: 'Dat doet er niet toe, schrijver. Vanavond hebben we thuis een etentje met de hele familie voor Lisa. Kom ook. Vanaf zes uur.'

'Heel graag. Ik kan ook nog wat vroeger komen als je wilt.'

‘Absoluut niet! Het is streng verboden je vóór zes uur te vertonen.’

‘Tot uw orders, sergeant.’

Hij deed een paar passen en draaide zich toen weer om om op die uitdagende toon van hem te zeggen: ‘En denk nu maar niet dat ik je als familie beschouw, schrijver. Maar Helen vermoordt me als ik je niet uitnodig.’

‘Ik denk helemaal niets,’ verklaarde ik met een glimlach.

Nu ging hij er echt vandoor. Ik bleef nog even op het strand zitten en vroeg me af wat er in vredesnaam elf jaar geleden in het leven van Perry kon zijn voorgevallen. Ik had me onmogelijk een voorstelling kunnen maken van het drama dat hem jaren was blijven achtervolgen, tot de gebeurtenissen waarvan ik hier verslag ga doen.

De dag van de moord

Zaterdag 3 april 1999

In het stadje Mount Pleasant was het ongekend onrustig. Iedereen stelde vragen aan iedereen, op zoek naar informatie. In elke winkel waren de gesprekken hetzelfde. Of je nu bij café Season, vermaard om zijn ontbijt, de boekhandel van Cinzia Lockart of de winkel in jacht- en hengelsportartikelen van de familie Carrey kwam, overal vroegen de klanten elkaar: 'Weet jij iets?' 'Nee. Jij? Ben jij gaan kijken wat er bij Grey Beach aan de hand is?' 'Mijn vrouw is ernaartoe gegaan, maar alles is afgezet door de politie.'

Het enige wat ze in Mount Pleasant wisten, was dat er bij Grey Beach een dode vrouw was gevonden. Lauren Donovan, de dochter van Janet en Mark Donovan, de eigenaren van de luxe kruideniers-zaak, had het lijk tijdens het hardlopen ontdekt. Naarmate dit nieuwtje zich verder verspreidde, verzamelden steeds meer mensen zich bij Donovan's, zogenaamd om boodschappen te doen, maar in werkelijkheid vooral om meer te weten te komen. De winkel stond bomvol, het was een gedrang vanjewelste. Om de haverklap vroeg een klant aan Mark of Janet Donovan: 'Is Lauren er ook?'

'Nee.'

'Weten jullie iets over wat er bij Grey Beach is gebeurd?'

'Niet meer dan jullie. Lauren is nog bij de politie. Sorry, maar er zijn een heleboel klanten die geholpen willen worden.'

'Mochten jullie iets horen, laat het ons dan vooral weten!'

Terwijl de nieuwsgierigen in Mount Pleasant alleen maar vragen konden stellen, zochten de rechercheurs bij Grey Beach naar antwoorden. Het omringende bos en de oevers van het meer waren door zo'n vijftig agenten van de lokale politie en de staatspolitie uitgekamd. Op het strand waren forensische teams druk in de weer rondom het dode lichaam dat nog steeds met het gezicht in het zand lag. En op de parkeerplaats onderzochten de specialisten van de technische recherche de blauwe cabriolet. Het kenteken stond op naam van een vrouw van tweeëntwintig, Alaska Sanders. Op de passagiersstoel lag een handtas met daarin onder andere haar rijbewijs.

Het noemen van die naam had enige beroering teweeggebracht onder de agenten van de lokale politie: Alaska was een jonge vrouw uit Mount Pleasant.

'We moeten haar gezicht zien om te kunnen bevestigen dat ze het inderdaad is,' zei chief Mitchell tegen Gahalowood en Vance, terwijl de politiearts monsters nam van het levenloze lichaam.

'Wat kunt u ons over haar vertellen?' vroeg Vance.

'Niet zoveel. Ze is hier een paar maanden geleden bij haar vriendje komen wonen. Ze werkte bij een nabijgelegen tankstation.'

'Hoe kent u haar?'

'In Mount Pleasant kent iedereen iedereen.'

Toen de arts klaar was met zijn eerste waarnemingen, draaide hij het lichaam om, zodat het gezicht van het slachtoffer zichtbaar werd. Mitchell vloekte hartgrondig. Een paar lokale agenten kwamen aanlopen en er ontstond geroezemoes.

'Ze is het?' vroeg Gahalowood aan Mitchell.

'Ja.'

Gahalowood en Vance deden een paar stappen in de richting van het dode lichaam.

'En?' vroeg Vance aan de politiearts.

'U kent me, sergeant. Voor de autopsie doe ik liever geen uitspraken. Maar wat ik u op dit moment wel kan vertellen is dat de dood midden in de nacht moet zijn ingetreden. Rond één of twee uur 's ochtends. Naar alle waarschijnlijkheid als gevolg van een klap op de achterkant van de schedel. Het slachtoffer heeft een ernstige verwonding aan het achterhoofd. Daar heeft die beer niets mee te maken.'

'We hebben het dus over een moord.'

'Dat staat buiten kijf. Ze heeft een klap gekregen met een stomp voorwerp. De rest zal ik u vertellen zodra ik de autopsie heb afgerond.'

'En wanneer zal dat zijn?'

'Zo snel mogelijk.'

'Dat is geen antwoord,' was Vance van mening.

'Voor mij wel,' verklaarde de arts opgewekt.

Gahalowood en Vance bleven even zwijgend naar het dode lichaam staan kijken. Tot een stem achter hen zei: 'Ik heb een hekel aan moorden in kleine stadjes. Dat zijn meestal nogal smerige aangelegenheden.'

Het was captain Morris Lansdane, het hoofd van de afdeling ernstige delicten van de staatspolitie.

'Wat doet u nu hier, captain?' vroeg Vance. 'U was toch vrij?'

'Dat ben ik nooit wanneer de pleuris uitbreekt,' antwoordde Lansdane. 'De *big chief*' – het hoofd van de staatspolitie van New Hampshire, een functie die Lansdane een paar jaar later zelf zou vervullen – 'wil weten wat er aan de hand is en heeft me om een situatieschets gevraagd. Wat hebben jullie?'

Gahalowood begon: 'Het slachtoffer is een vrouw van tweeëntwintig, Alaska Sanders. Ze is geboren in Salem, in Massachusetts. Vannacht overleden aan een klap op het achterhoofd.'

Vance ging verder: 'We hebben haar auto op de parkeerplaats van het strand aangetroffen. Hij was niet op slot. Op de achterbank stond een weekendtas met wat kleren, en op de passagiersstoel haar handtas.'

'Een roofmoord?' vroeg Lansdane.

'Dat betwijfel ik,' zei Gahalowood. 'We hebben een dreigbrief op het slachtoffer gevonden. Eén geprinte zin: Ik weet wat je hebt gedaan.'

'Hm. Een wraakactie?'

'Misschien. Die weekendtas duidt er in elk geval op dat ze ergens naartoe ging. Of dat ze voor iets op de vlucht was.'

'Ik ga achter de gegevens van haar ouders aan,' verklaarde Vance. 'Ik wil ze zo snel mogelijk op de hoogte brengen. Het is een klein stadje, de plaatselijke agenten kunnen vast hun mond niet houden. Ik wil niet dat haar familie het op het nieuws hoort.'

'Een goede gedachte,' beaamde Lansdane. 'Ik laat jullie je werk doen. O ja, nog even... wat is dat voor verhaal over een beer? Iedereen heeft het erover.'

'Het lijk is ontdekt door een hardloopster die daarbij een beer betrapte die bezig was het lichaam aan stukken te scheuren,' legde Gahalowood uit.

Lansdane trok een vies gezicht. 'Hebben jullie die hardloopster al gesproken?' vroeg hij.

'Nog niet. Ze zit op ons te wachten in het tankstation. We gaan zo met haar praten.'

Op dat moment kwam een agent hen halen. 'Er wordt naar u gevraagd in het bos,' zei hij. 'Ze hebben iets gevonden. Loop maar achter mij aan.'

Gahalowood, Vance en Lansdane volgden de agent over een pad het bos in. Zonlicht filterde tussen de bomen door. Ze zigzagden tussen varens en eeuwenoude stammen door tot ze bij een verlaten, door doornstruiken en kreupelhout overwoekerde caravan kwamen waarvoor een eenheid politieagenten stond te wachten.

'We zijn niet naar binnen gegaan,' meldde een van hen, 'we hebben alleen een blik door de openstaande deur geworpen.'

'En?' vroeg Gahalowood.

'Kijkt u zelf maar.' De agent gaf hem een zaklantaarn.

De ramen van de caravan lieten geen licht meer binnen en dus zag Gahalowood toen hij zijn hoofd naar binnen stak in eerste instantie alleen maar duisternis. De straal van zijn zaklantaarn onthulde vervolgens stukje bij beetje een enorme bende: een kapot matras, afval, sigarettenpeuken. En op de vloer een trui met donkerrode vegen. Gahalowood stond zichzelf toe een stap naar binnen te doen om het kledingstuk van dichterbij te bekijken: er zaten bloedvlekken op.

'We moeten onmiddellijk de technische recherche laten komen en deze plaats zorgvuldig laten uitkammen,' besloot Gahalowood.

Daarna bekeken Vance en hij de omgeving. Op zo'n tien meter van de caravan bleek een pad te liggen dat breed genoeg was voor een auto en bedoeld was voor de boswachters. Op de grond ontdekte Vance stukken van een autoachterlicht en een boom vertoonde sporen van een recente botsing.

'Zwarte verf, volgens mij,' zei hij, nadat hij de donkere streep op de bast van dichtbij had bekeken.

~

Rond het middaguur werden Robbie en Donna Sanders door sergeant Matt Vance gebeld. Toen het gesprek was afgelopen, bleven de ouders naast de telefoon zitten, volkomen versuft. Kapot. Hun wereld stortte in.

Op tweehonderd kilometer daarvandaan, op een met bloemen bezaaid grasveld tussen het bos van Grey Beach en Route 21, klapte Vance zijn telefoon dicht en liep terug naar Gahalowood, die tegen hun auto geleund op hem stond te wachten.

'Al die klotebloemen op een dag als deze,' foeterde Vance terwijl hij expres een bosje gele forellelies plattrapte. 'De ouders van Alaska komen aan het eind van de dag naar het hoofdkwartier.'

'Bedankt dat jij dit wilde doen.' Gahalowood gaf hem een kameraadschappelijke klap op zijn schouder.

'Dat spreekt toch voor zich, Perry? Jij kunt elk moment een kind krijgen. Je zou hier niet eens moeten zijn om met deze ellende te worden geconfronteerd.'

'Dat is ons werk. Over werk gesproken, chief Mitchell heeft me het adres van Alaska in Mount Pleasant gegeven. Een appartement aan de hoofdstraat waar ze met haar vriend woonde. Die vriend werkt naar het schijnt in de winkel in jacht- en hengelsportartikelen onder het appartement. Daar moet hij nu trouwens ook te vinden zijn.'

'Laten we beginnen bij het tankstation, dan rijden we daarna naar Mount Pleasant,' stelde Vance voor.

De Chevrolet Impala reed over de onverharde weg terug naar Route 21, waar Gahalowood de sirene moest aanzetten om zich een weg tussen de politiemensen, nieuwsgierigen en journalisten door te banen. Hij ging naar links, richting Mount Pleasant. Na een kilometer waren ze bij het tankstation waar het die ochtend allemaal was begonnen. Er stond een auto van de lokale politie.

In de winkel troffen ze Lauren Donovan, de hardloopster, en Lewis Jacob, de eigenaar, in tranen. Ze probeerden elkaar te troosten terwijl agent Peter Philipps machteloos toekeek. Zodra Lewis Jacob de rechercheurs in het oog kreeg, riep hij uit: 'Is het waar? Is het Alaska? Is Alaska dood?'

Gahalowood en Vance wisselden een blik: het nieuws deed al de ronde.

'Dat klopt helaas,' bevestigde Gahalowood.

'Hoe dan? Is ze opgegeten door een beer? Dat zei Peter. Maar beren zijn geen menseneters. De zwarte beren die we hier hebben al helemaal niet. Afgelopen najaar waren er twee die hier steeds in de vuilnisbakken kwamen snuffelen. Ik kan u vertellen dat je alleen maar even hard hoefde te schreeuwen en weg waren ze.'

'Ze is niet gedood door een beer,' zei Vance.

'Maar hoe dan wel?'

Vance negeerde de vraag. 'Wanneer hebt u Alaska voor het laatst gezien?' vroeg hij.

'Gisteravond. Ik ben hier om halfacht weggegaan, zij zou de winkel om acht uur sluiten.'

'En dat heeft ze ook gedaan?'

'Ja. Toen ik hier vanochtend aankwam, was het alarm ingeschakeld en zag alles er normaal uit.'

'Hoe kwam ze gisteren op u over?'

'Net als anders. Niets bijzonders. Ze was altijd heel innemend, weet u, altijd een vriendelijk woord, altijd goedgehumeurd. Dat meisje was gewoon een schat.'

'Had ze plannen voor die avond? Heeft ze het ergens over gehad?'

'Ze zei dat ze een romantisch etentje had. Zo noemde ze het zelf.'

'Met haar vriend?'

'Dat heb ik haar wel gevraagd, maar daarop heeft ze geen antwoord gegeven. Ik weet dat ze zo hun strubbelingen hadden op dit moment. Hebben jullie Walter al gesproken?'

'Walter is de vriend?'

'Ja, Walter Carrey.'

'We gaan zo naar hem toe.'

Gahalowood richtte zijn blik op het plafond en spotte een bewakingscamera.

'Kunnen we de bewakingsbeelden bekijken?'

'Zoals ik net ook al heb verteld, weet ik niet hoe ik dat ding terug moet spoelen,' bekende Lewis Jacob. 'Nooit nodig gehad. Maar ik weet wel dat het kan. Mijn neef heeft het hele zaakje geïnstalleerd. Ik heb hem gebeld om te vragen of hij kon komen maar hij zit het weekend in Vermont.'

'We zouden graag de harde schijf meenemen, als u dat goedvindt.'

'Neem gerust alles mee wat u wilt, sergeant.'

~

Tot de moord op Alaska Sanders was Mount Pleasant een toonbeeld van dolce vita en rust. Het was een leuk stadje op de grens van Maine, op twee uur rijden van Canada, omringd door het White Mountain National Forest.

Langs de hoofdstraat stonden grote esdoorns die in de winter vaak een laagje sneeuw torsten en in de zomer royaal schaduw boden. Aan de brede trottoirs lagen winkels die regionale bekendheid genoten: Donovan's met zijn met zorg uitgekozen etenswaren die in niets leken op die van de supermarkten; de beroemde boekwinkel van Cinzia Lockart waar regelmatig schrijvers van de oostkust kwamen voor signeersessies; Carrey Jacht en Hengelsport van de familie Carrey, befaamd om het eersteklas materiaal en de deskundige adviezen; en dan was er ook nog sportcafé National Anthem, waar je kon kijken naar alle wedstrijden van de nationale football-, honkbal- en ijshockeycompetitie, waarvan de eigenaar een groot fan was.

Die dag werd er in diezelfde straat door voorbijgangers druk gekletst. Met steeds meer stelligheid werd beweerd dat het Alaska Sanders was die dood was gevonden. Verschillende vrouwen van politieagenten hadden dat van hun man gehoord. Plotseling zweeg iedereen en alle blikken gingen naar een Chevrolet Impala – herkenbaar als politieauto aan het zwaailicht dat met een magneet op het dak was bevestigd – die de straat in kwam rijden. De auto stopte voor de winkel van de familie Donovan. Sergeant Gahalowood stapte uit om het portier voor Lauren Donovan open te houden.

'Dank u, sergeant,' zei ze.

'Sterkte, Lauren. Mocht je nog iets te vragen hebben, dan heb je mijn kaartje.'

Ze knikte en dook de winkel in, terwijl ze probeerde alle op sensatie beluste blikken te ontwijken. Binnen rende ze naar haar moeder, die achter de toonbank stond en die onmiddellijk haar armen stevig om haar heen sloeg.

'Liefje, toch...'

'O, mama, het was vreselijk!'

De aanwezige klanten begonnen haar gelijk met vragen te bestoken. 'Is het Alaska die dood is? Wat heb je gezien? Wat gebeurt er allemaal op Grey Beach?'

Janet Donovan trok haar dochter mee naar het magazijn, buiten bereik van de opdringerige menigte. Mark Donovan, de vader, moest streng optreden om de klanten een beetje in bedwang te houden en wie niet was gekomen om boodschappen te doen stuurde hij de winkel uit.

In de achterkamer schonk Janet Donovan een kop koffie voor haar dochter in en zette haar op een stoel. Eric, de oudere broer van Lauren die samen met zijn ouders in de winkel werkte, voegde zich bij hen.

'Het is inderdaad Alaska die dood is,' zei Lauren met trillende stem.

'Wat?' stamelde Eric geschokt. 'Dat kan ik niet geloven.'

'Het was afschuwelijk wat daar op het strand gebeurde, Eric. Ik had haar niet herkend, ik heb gelukkig sowieso niet zoveel gezien.'

'Alaska is dood,' herhaalde Eric op ongelovige toon. 'Ik moet naar Walter toe.'

'De politie is op dit moment naar hem onderweg.'

Op enkele tientallen meters daarvandaan stond de Chevrolet Impala inmiddels voor de winkel in jacht- en hengelsportartikelen van de familie Carrey. Toen Walter Carrey, die achter de toonbank stond, de twee mannen met hun politiepenning aan hun riem zag binnenkomen, stortte hij volledig in. Het gerucht was waar. Alaska was dood.

Walter was naar de kamer achter de winkel gevlucht om zich te beschermen tegen de nieuwsgierige blikken van de mensen die zich voor de deur hadden verzameld. Hij was een stevig gebouwde man van een jaar of dertig. Het was een wonder dat de oude, krakkemikkige stoel waarin hij ineengedoken zat het niet begaf onder zijn gewicht. Op verwilderde toon bleef hij maar herhalen: 'Vermoord? Vermoord? Maar wie doet nu zoiets? En waarom?' Het duurde wel even voordat hij in staat was de vragen van de rechercheurs te beantwoorden.

'Jullie wonen samen, toch?' vroeg Vance.

'Ja, in een appartementje boven de winkel.'

'Je vroeg je niet af waar ze bleef?' wilde Gahalowood weten.

'Ze was het weekend weg.'

'Waarnaartoe?'

'Naar haar ouders, volgens mij. Hebben jullie die al gesproken?'

'Ja,' antwoordde Vance. 'En die leken haar niet te verwachten.'

Walter Carrey haalde zijn handen door zijn haar. 'Dit kan niet waar zijn, dit kan niet waar zijn.'

'Walter,' vroeg Vance, 'wanneer heb je Alaska voor het laatst gezien?'

'Gisteren... gisteren aan het eind van de middag.'

'En?' vroeg Vance verder. 'Heb je toen iets bijzonders gemerkt?'

'Dat kun je wel zeggen, ja! Ik had haar nog nooit zo meegemaakt, kan ik u vertellen. Rond vijf uur ging ik even naar het appartement. Ik had het koud en wilde een trui pakken. Toen ik bovenkwam, bleek zij er ook te zijn. Ik was verbaasd omdat ze in principe tot acht uur bij het tankstation moest werken. Even dacht ik dat ze me wilde verrassen. Nou, een verrassing was het zeker...'

De vorige dag
Kwart over vijf

Walter deed de deur van het appartement open en trof daar onverwacht Alaska. Ze droeg een nauwsluitende zwarte broek, een kanten blouse die haar beha niet helemaal verhulde en de zwarte laarsjes die haar zo verleidelijk stonden. Ze bekeek zichzelf in de grote spiegel in de hal.

'Alaska.' Walter glimlachte in de veronderstelling dat ze zich voor hem zo mooi had gemaakt.

'O, ben jij er ook?'

Haar toon maakte wel duidelijk dat ze er niet op had gerekend hem daar te zien.

'Wat doe je hier?' vroeg Walter, teleurgesteld nu. 'En waarom heb je je zo opgedoft?'

'Zomaar. Ik wilde iets uitproberen.'

Onmiddellijk verwisselde ze de kleren weer voor haar spijkerbroek en het poloshirt van het tankstation. Vervolgens stopte ze de kleren en de laarsjes in een grote leren tas.

'Wat doe jij nou?' vroeg Walter.

Verongelijkt keek ze hem aan. 'Walter... alsjeblieft... doe nu niet alsof je het niet begrijpt.'

'Wat begrijp ik niet?'

'Ik vertrek. Ik ga bij je weg.'

'Wat? Hoezo ga je bij me weg?'

'Het gaat niet meer tussen ons, Walter. Bovendien wil ik méér dan boven de winkel van je ouders wonen... Wat hebben wij samen voor toekomst?'

'Je kunt niet zomaar weggaan, Alaska! Niet zonder mij nog een kans te hebben gegeven.'

'Sorry.'

'En waar ga je naartoe?'

'Even terug naar mijn ouders, om alles op een rijtje te zetten.'

~

'En dat was het,' vertelde Walter. 'Ze heeft haar tas gepakt en is vertrokken. Ik ben haar tot aan de straat gevolgd en heb nog geprobeerd haar op andere gedachten te brengen, maar daar wilde ze niets van weten. Ze is in haar auto gestapt en weg was ze.'

'En wat heb jij toen gedaan?' vroeg Gahalowood.

'Er wachtte een klant voor de winkel. Ik moest terug.'

'Stond je alleen in de winkel?'

'Ja, op dit moment ben ik alleen. Mijn ouders zijn op vakantie, ze komen morgen terug.'

'Je had dus niet verwacht dat Alaska bij je weg wilde.'

'Nee! We hadden zo onze ups en downs, zoals alle stellen. Maar om er nu zomaar ineens vandoor te gaan...'

'Had ze een ander?' vroeg Vance.

'Nee!' riep Walter, gekwetst door de vraag alleen al. 'Nou ja... dat weet ik eigenlijk niet... ik weet helemaal niets meer... het is allemaal zo onwerkelijk...'

'En wat heb jij verder gedaan?'

'Ik zat vast in de winkel tot sluitingstijd. Ik wilde niet vroeger dichtgaan. Mijn ouders bellen af en toe, zogenaamd om te vragen hoe het gaat, maar eigenlijk om te controleren of ik er wel ben. Ze testen me om te kijken of ik wel serieus genoeg ben, of ik er klaar voor ben de zaak over te nemen. Ze zeggen dat hun pensioen van mij afhangt; totáál geen druk of zo. Maar goed, ik hoopte dat ze terug zou komen, maar dat is niet gebeurd. Na het sluiten van de winkel heb ik me naar boven gesleept. Ik zat zwaar in de put. Uiteindelijk ben ik de deur uit gegaan. Ik heb met mijn vriend Eric Donovan een hamburger gegeten en naar de ijshockeywedstrijd gekeken bij National Anthem. Ik ben heel laat naar huis gegaan.'

'Hoe laat?'

'Dat weet ik niet meer. Ik had te veel gedronken. Ik ben mijn bed in gerold en onmiddellijk in slaap gevallen.'

'Ben je naar het tankstation gegaan om te proberen Alaska tot rede te brengen?'

'Nee.'

'Waarom niet?' vroeg Gahalowood. 'Als mijn vriendin bij me weg zou gaan, zou ik haar zeker om uitleg gaan vragen.'

'Zinloos,' bromde Walter. 'Als Alaska iets had besloten was ze daar niet meer van af te brengen. Bovendien wilde ik me niet belachelijk maken. Ik had geen zin haar op mijn knieën te gaan smeken waar alle klanten van het tankstation bij waren.'

'Je wilde het hard spelen,' zei Vance op spottende toon.

Walter haalde zijn schouders op. 'Ik heb haar op zijn minst twintig keer gebeld. Ik heb haar gebombardeerd met berichten.'

'Op haar mobiele telefoon, bedoel je?' vroeg Gahalowood.

'Ja, natuurlijk op haar mobiel. Hoezo?'

'Omdat we geen telefoon gevonden hebben. Niet bij haar en niet in haar auto. We hebben al haar spullen teruggevonden, behalve haar telefoon. Walter, mogen we een kijkje nemen in je appartement?'

'Uiteraard.'

Walter liet hen via een achterdeur de winkel uit. Daarnaast leidde een buitentrap naar de eerste verdieping. De drie mannen gingen het appartement binnen, waar Gahalowood en Vance aan een vluchtig onderzoek begonnen.

'Wat zoeken jullie?' vroeg Walter.

'Niets speciaals. Dat is de procedure bij een situatie als deze.'

'Een moord, bedoelt u?'

'Ja. Waar zijn de spullen van Alaska?'

'In de slaapkamer.'

Walter Carrey ging de twee politiemannen voor naar de betreffende ruimte.

Op een plank zag Gahalowood een filmcamera staan die er nogal gehavend uitzag. 'Van wie is die camera?'

'Van Alaska.'

Gahalowood maakte hem open en constateerde dat er geen cassette in zat. Hij vroeg: 'Wat is er met die camera gebeurd?'

'Geen idee,' antwoordde Walter. 'Alaska zei dat ze hem had laten vallen. Ze gebruikte hem sowieso niet meer. Hij was voor haar castings. Het was haar droom actrice te worden. Ze had zelfs een agent in New York en zo. Maar sinds ze hier woonde, had ze dat allemaal opzijgezet.'

'Als ze hem niet meer gebruikte, hoe heeft ze hem dan zo kunnen toetakelen?' vroeg Vance zich af.

'Dat weet ik ook niet,' moest Walter bekennen.

Gahalowood deed de kasten open en bekeek de kleren.

'Ontbreekt er iets?'

'Moeilijk te zeggen. Zoals ik al zei, is ze vertrokken met een tas. Daar zaten wat kleren in.'

Gahalowood tilde een stapeltje broeken op en bleef toen even bewegingloos staan. Hij had nog twee briefjes gevonden met daarop dezelfde boodschap als op het briefje dat Alaska in haar zak had gehad:

IK WEET WAT JE HEBT GEDAAN.

'Werd Alaska bedreigd?' vroeg Gahalowood.

'Nee, hoezo?'

'Omdat ze dreigbriefjes ontving.' Gahalowood liet hem de berichten zien.

'Wat is dat in vredesnaam?' Walter leek het allemaal niet meer te kunnen volgen.

'Alaska heeft hier nooit iets over verteld?'

'Nee, nooit! Het lijkt wel of ik in een nachtmerrie ben beland.'

Aan het eind van de middag was de rust op Grey Beach weergekeerd. Het lichaam van Alaska was afgevoerd, de afzettingen om het strand waren weggehaald. De politievoertuigen vertrokken een voor een. Er liep nog slechts een enkele verdwaalde journalist of ramptoerist rond. Er was niets meer te zien.

Gahalowood en Vance waren inmiddels weer in Concord, op het hoofdbureau van de staatspolitie van New Hampshire. Daar wijdden ze zich aan het vaste ritueel waarmee elke nieuwe zaak begon: ze zetten een groot magneetbord achter hun twee bureaus en hingen daar de eerste bestanddelen van hun onderzoek op.

Gahalowood schreef met een rode stift Zaak Alaska Sanders op het bord en Vance hing er de foto's van de technische recherche onder die ze zojuist hadden gekregen. Er waren beelden van het lijk van Alaska op het strand met de dode beer ernaast, en verschillende gruwelijke close-ups van het gezicht van de jonge vrouw. Er waren foto's van het briefje met 'Ik weet wat je hebt gedaan', van de blauwe cabriolet en van de leren tas die op de achterbank was aangetroffen met daarin wat kleren en een toilettas. Ook waren er opnamen van het omringende bos. De verlaten caravan. De trui met bloedvlekken op de vloer, een grijze trui met de letters M U. Het pad door het bos. De boom waar zwarte verf op zat. De stukken van het achterlicht.

Ze werden onderbroken door een telefoontje van de receptie: de ouders van Alaska Sanders waren er.

'Ik ga wel,' zei Vance tegen Gahalowood. 'Jij moet naar huis.'

Gahalowood keek op zijn horloge. 'Ik ga toch niet de ambtenaar uithangen nu we met een moord zitten opgescheept?'

'Jij weet net zo goed als ik dat er vóór morgen toch niets gebeurt, en dan nog... De autopsie zal maandag pas plaatsvinden. Ik ga met de ouders van Alaska naar het mortuarium zodat ze hun dochter kunnen identificeren. Ga jij nu maar naar huis om je om Helen en de verhuizing te bekommeren. Laat haar vooral geen dozen sjouwen. Ik kom zo nog wel even langs om een handje te helpen als je wilt.'

Gahalowood ging naar huis. Op het moment dat hij voor zijn huis parkeerde, voelde hij een enorme rust over zich komen. Alsof alle emoties van die dag van hem af vielen. Nadat hij de motor had uitgezet bleef hij nog een paar minuten van de aanblik van zijn nieuwe huis – klein maar gezellig – zitten genieten. Drie maanden geleden waren Helen en hij er op slag verliefd op geworden. Sinds het begin van Helens zwangerschap waren ze op zoek geweest naar een huis ter vervanging van hun krappe appartement; straks zouden ze met zijn vieren zijn, ze hadden meer ruimte nodig. Hij wilde ook graag een tuin. Ze hadden de ene bezichtiging na de andere gedaan. Tevergeefs. Er was niets wat hun aanstond. Tot ze dit huis tegenkwamen. Het was een regenachtige dag geweest, maar ondanks het slechte weer hadden ze het huis van de buitenkant onmiddellijk leuk gevonden. Eenmaal binnen waren ze verkocht geweest: ze hadden het al helemaal voor zich gezien, bruisend van leven. Als klap op de vuurpijl was de prijs ook nog eens superlaag geweest omdat er het een en ander moest worden opgeknapt. Tien dagen later hadden ze het koopcontract getekend. En een maand daarna waren de werkzaamheden begonnen, maar die waren zoals te doen gebruikelijk uitgelopen zodat ze uiteindelijk pas een week geleden, een paar dagen voor de uitgerekende datum, hadden kunnen verhuizen.

Gahalowood ging naar binnen, waar het een vrolijke bende was met overal dozen. Maar dat zou hem worst wezen. Hij was gelukkig. Helen was in slaap gevallen op de bank. Hij maakte haar zachtjes wakker en zij trok hem tegen haar bolle buik.

'Wat een heerlijk huis hebben we,' zei ze.

'Dat vind ik ook. Waar is Malia?'

'Bij mijn moeder. Daar blijft ze vannacht ook slapen.'

'Sorry dat ik de hele dag geen tijd heb gehad om je te bellen.'

'Dat geeft niks, ik vermoedde al dat je het heel druk had.'

'We zitten met een moord. Een meisje van tweeëntwintig, gevonden in een bos.'

Gahalowood deed zijn best om de beelden van Alaska uit zijn hoofd te bannen. 'En hoe was jouw dag?' vroeg hij zijn vrouw, om het maar over iets anders te hebben.

'Ik ben bij die interieurwinkel aan Isaac Street geweest. Moet je kijken wat ik daar heb gevonden.'

Ze stond op en haalde een smeedijzeren ding uit een papieren zak: het bleek te bestaan uit letters die de woorden JOIE DE VIVRE vormden.

'Voor buiten, naast de voordeur,' verklaarde Helen.

'En waar staat dat voor?'

'Voor ons! Wij, in dit huis.'

Gahalowood glimlachte. Na het eten bevestigde hij het object op de veranda aan de muur naast de deur. Daar was hij net mee klaar toen er een auto zijn oprit op reed. Het was Vance.

'En?' vroeg Gahalowood zodra zijn partner bij hem op de veranda stond.

'De ouders zijn er kapot van. Zoals te verwachten was. Ze hebben hun dochter officieel geïdentificeerd.'

Gahalowood haalde twee biertjes. Ze gingen op het trapje zitten om die op te drinken. Vance stak een sigaret op.

'Leuk optrekje,' zei hij.

'Dank je.'

'Maar wie gaat er nu een paar dagen voor een bevalling verhuizen!'

De blik van Vance ging naar de smeedijzeren versiering aan de muur waardoor iedere bezoeker voortaan zou worden begroet. 'Joie de vivre,' las hij hardop.

'Ideetje van Helen,' verklaarde Gahalowood.

'Ik vind het wel wat,' zei Vance goedkeurend. 'Een aansporing alle rottigheid waarmee je wordt geconfronteerd niet mee naar huis te nemen.'

De twee mannen bleven even zwijgend naast elkaar zitten. Vance maakte zijn sigaret uit en stak onmiddellijk een nieuwe op. Hij was nerveus. Na een paar trekken vond hij dat het tijd was zijn besluit met zijn partner te delen. Hij was er al een hele tijd mee bezig, maar die ochtend, toen ze het lijk van Alaska hadden gevonden, had hij geweten dat het moment daar was.

'Aan het begin van mijn politiecarrière werkte ik in Bangor, in Maine. Een van mijn eerste zaken was een meissie van zeventien dat vermoord werd toen ze 's avonds van een vriendin naar huis liep. Gaby Robinson heette ze. Die naam zal ik nooit vergeten. De dader hebben we nooit gevonden. Toen ik vanochtend dat dode lichaam op het strand zag liggen kwamen er allemaal nare herinneringen boven. De zaak Alaska Sanders zal mijn laatste zijn, Perry. Degene die dit heeft gedaan zal er niet mee wegkomen. We zullen de dader te pakken krijgen. Dat beloof ik je. Ik wil de ouders van Alaska Sanders in de ogen kunnen kijken en kunnen zeggen dat het recht heeft gezegevierd. En daarna stop ik ermee.'

Veel te vroeg stond ik bij de Gahalowoods op de stoep, met bloemen, wijn en een cadeautje voor Lisa. Net als bij mijn vorige bezoeken bleef mijn blik voordat ik aanbelde even rusten op de smeedijzeren letters waarmee iedereen die voor de deur stond, werd begroet: JOIE DE VIVRE.

HOOFDSTUK 3
Joie de vivre

New Hampshire
6 april 2010

Al twee jaar vormde dit huis het decor van onze opbloeiende vriendschap. Ik was hier voor het eerst geweest in de zomer van 2008, midden in de zaak Harry Quebert. Ik had er kennisgemaakt met Helen, de charmante vrouw van Gahalowood, en met hun allerliefste dochters Malia en Lisa. Rond kerst 2008 was er een belangrijke verandering opgetreden in mijn relatie met hen.

~

December 2008

Het was al een paar maanden geleden dat de zaak Harry Quebert was afgerond en we hadden nog maar heel sporadisch contact gehad. Maar zoals dat gaat bij gevoelens die diep zitten had het feit dat we elkaar zo weinig spraken de essentie van onze vriendschap geenszins aangetast. Dat realiseerde ik me toen de post op een ochtend in die ietwat luchtledige tijd tussen de feestdagen een pakketje van Helen Gahalowood bezorgde met daarin wat culinaire specialiteiten uit New Hampshire en een kaart. Op die kaart een uitermate typerende foto van hun gezin: Perry keek, getooid met een van zijn afzichtelijke stropdassen, als een stuurse stier in de camera, terwijl Helen met een stralende glimlach op haar gezicht haar armen om haar dochters had geslagen. In de kaart had Helen geschreven:

Een heel gelukkig nieuwjaar voor jou, lieve Marcus, het beste wat ons in 2008 is overkomen.
Helen, Perry en de meiden

En daaronder, in het handschrift van Perry:

Dat betwijfel ik ten zeerste! Maar toch een gelukkig nieuwjaar, schrijver!
Perry

Die uitingen van genegenheid raakten me diep. Ze maakten me bewust van de gevoelens die ik zelf voor het gezin Gahalowood koesterde. Aangezien ik werd overvallen door de behoefte iets terug te doen bakte ik een taart voor hen. Ik maakte het enige baksel dat ik überhaupt kon maken: de bananencake waarop mijn tante Anita ons altijd in deze tijd van het jaar had getrakteerd en die alleen lukte als de bananen goed rijp waren. Een uur later, toen de cake klaar was, sprong ik in mijn auto en reed vier uur naar Concord in New Hampshire. Halverwege de middag belde ik aan bij de Gahalowoods, gewapend met de taart en wat hebbedingetjes die ik in een winkelcentrum langs de snelweg bij elkaar had gesprokkeld. Het was absoluut niet mijn bedoeling bij hen te blijven plakken: dat ik zo'n eind had gereden om mijn armzalige cake af te leveren was alleen maar mijn manier om op mijn beurt te zeggen: jullie zijn ook het beste wat mij in 2008 is overkomen. Een vriend kom je niet tegen, die openbaart zich aan je. Dat was wat er tussen ons was gebeurd. Ze waren echte vrienden zoals ik die eigenlijk niet had, of liever gezegd zoals ik die niet méér had sinds 'het succes'. Afgezien van Harry Quebert.

Ik zie nog de glimlach van Helen toen ze de deur opendeed en mij met mijn bizarre cadeau zag staan. Na een moment van verbijstering vloog ze me om de hals.

'Marcus! Wat doe jij nu hier, Marcus?' Ze draaide zich naar binnen. 'Perry, kom eens kijken, Marcus is er!' Ze draaide zich weer terug naar mij. 'Kom binnen, het is ijskoud.'

'Ik wil jullie niet storen. Ik kwam alleen maar langs.'

'Kom in elk geval even binnen.'

Ik deed wat ze vroeg en liep het huis in. Daar was het een vrolijke drukte: de familie Gahalowood was met een gezelschapsspel bezig. Ook Perry kwam nu tevoorschijn en bij wijze van begroeting verbrijzelde hij mijn hand in de zijne.

'Schrijver! Wat een verrassing. Wat brengt jou in deze contreien?'

'Niets bijzonders, ik wilde jullie alleen een cake komen brengen die ik voor jullie heb gemaakt. Daarna ben ik weer weg. Dank voor jullie pakketje. En vooral voor de kaart. Ik was bijzonder geroerd. Alsjeblieft, sergeant, dit is voor jou.'

Ik gaf hem een van de vier pakjes die ik voor hen had meegenomen. Perry pakte het uit en keek vol afgrijzen naar de stropdas die ik onderweg voor hem had gekocht.

'Die is wel heel lelijk,' constateerde hij.

'Zoals jij ze graag draagt, sergeant.'

Hij bedankte me en fronste toen plotseling zijn wenkbrauwen. Als rasechte speurder kwam hij moeiteloos terug op wat ik even daarvoor als terloops had laten vallen.

'Wacht even, schrijver. Wanneer je zegt dat je zo weer weg bent, bedoel je dan dat je naar New York terugrijdt?'

'Ja,' antwoordde ik alsof dat de normaalste zaak van de wereld was.

'Nondeju, Goldman! Je gaat me toch niet vertellen dat je vier uur hebt gereden om ons een taart te brengen die eruitziet alsof hij te lang in de oven heeft gestaan en van plan bent ook weer vier uur terug te karren?'

Ik knikte bevestigend en gaf als enige antwoord: 'Hij ziet er misschien een beetje hard gebakken uit, maar dat hoort zo. Je zult zien dat hij vanbinnen lekker zacht is.'

Perry sloeg zijn ogen ten hemel. 'Je bent echt knettergek, schrijver. Geef die jas van je maar aan mij en doe vooral je schoenen uit voordat de sneeuw overal zit. Hou je van eierpunch? Ik heb net een ladinkje gemaakt waar je je vingers bij aflikt.'

Ik antwoordde glimlachend: 'Tegen eierpunch zeg ik nooit nee.'

Ik bleef tot de avond bij de Gahalowoods Trivial Pursuit, monopoly en scrabble spelen, onder het genot van de eierpunch van Perry, die onze bekers steeds weer royaal bijvulde met zijn bocht. En ik bleef ook nog eten. En toen het tijd werd om te vertrekken vonden Helen en Perry het maar niks dat ik zo laat nog naar New York zou terugrijden.

'Ik zoek een motel op,' stelde ik hen gerust. 'Ik heb er een gezien vlak bij de snelweg.'

'Mijn souterrain is je motel,' verklaarde Perry toen. Hij wees me de weg, klapte een bedbank uit die de kleine ruimte bijna helemaal vulde en deed een kast open om te laten zien waar de lakens lagen.

'Als Helen ernaar vraagt, heb ik het bed voor je opgemaakt. Anders krijg ik weer op mijn kop omdat ik niet gastvrij genoeg ben naar mijn vrienden. Slaap lekker, schrijver.'

'Slaap lekker, sergeant. En dank je wel. Dank je wel voor alles.'

Het enige antwoord was een soort gesnuif, wat in zijn nurkse taaltje moest doorgaan voor zoiets als 'graag gedaan'. Ik had er een paar bijzonder dierbare vrienden bij.

Toen ik op die dag in april 2010 voor het huis van de familie Gahalowood stond, kwam deze warme herinnering bij me boven. Perry ontving me niet bepaald hartelijk. Zodra hij me voor de deur zag staan foeterde hij: 'Nondeju, schrijver, wat kom jij hier nu doen? Zes uur had ik gezegd.'

'Ik kom helpen.'

'Niemand zit op jouw hulp te wachten.'

Helen dook achter haar man op, zoals altijd met een stralende glimlach op haar gezicht. 'Marcus, wat heerlijk je weer te zien.' Ze duwde haar man opzij om haar armen om me heen te slaan.

'Ik ben te vroeg, maar ik wilde jullie een handje helpen,' verklaarde ik, terwijl ik haar de bloemen gaf.

'Je bent een schat, Marcus.' Ze rook even aan het boeket en nodigde me toen uit mee te lopen naar de keuken. Perry sloot de rij.

'Je vrouw vindt me een schat,' zei ik op uitdagende toon terwijl ik me naar hem omdraaide.

'Kop dicht, schrijver!'

'Nu moet je me toch eens uitleggen, sergeant, waarom zo'n fantastische vrouw ooit met zo'n figuur als jij is getrouwd.'

'Zeg jij het maar.'

'Uit medelijden ongetwijfeld.'

'Dat zal het zijn.'

'Alsjeblieft, sergeant, de wijn is voor jou. Volgens mij vind je deze wel lekker.'

'Bedankt, schrijver.'

Helen en Perry waren fajita's aan het voorbereiden, Lisa's lievelingseten. Ze verwachtten zo'n twintig gasten en dus maakte ik me in de keuken nuttig door kip en paprika's te snijden, kaas te raspen en rijpe avocado's voor de guacamole te prakken. We fabriceerden ook twee verjaardagstaarten die Perry en ik zo goed en zo kwaad als het ging versierden.

Helen maakte van de gelegenheid gebruik om naar mijn liefdesleven te informeren. 'Nog steeds vrijgezel, Marcus?'

'Hij heeft een vriendin,' verklapte Perry.

'Echt?' Helen deed alsof ze gepikeerd was dat ik haar dat niet had laten weten. 'Vertel, Marcus.'

'Het is nog pril. Laten we vooral niet te hard van stapel lopen.'

'Je casting heeft dus eindelijk vruchten afgeworpen?' vroeg Helen op plagende toon. 'Heeft de geest van je moeder ook haar zegen gegeven?'

'Sergeant!' riep ik uit. 'Dat je dat hebt doorverteld.'

'Het is mijn vrouw, ik vertel haar alles. En dat gedoe met je moeder die opduikt om haar mening te geven is ook wel een beetje maf.'

'Ze heet Raegan,' zei ik tegen Helen.

'Je moeder?'

'Nee, mijn vriendin. Ze is lijndienstpiloot. Ze woont in de buurt van Montreal.'

'Kennen jullie elkaar al lang?'

'Ze zijn al drie maanden samen,' verklapte Perry alweer.

'Drie maanden? Dan is het serieus,' vond Helen.

'Geen idee,' zei ik. 'We hebben nog niet veel tijd samen kunnen doorbrengen.'

'Het is heel serieus,' bemoeide Perry zich er weer mee. 'Hij neemt haar mee op vakantie naar de Bahama's.'

'Sergeant, alsjeblieft zeg, maak er niet zo'n heisa van.'

'Arme meid,' probeerde Perry me te stangen. 'Ze heeft geen idee waaraan ze begint.'

We moesten alle drie lachen.

Malia en Lisa kwamen kort na elkaar thuis. Ze vlogen me om de hals, blij verrast mij in hun keuken aan te treffen. Allebei waren ze weer een stukje gegroeid sinds ik ze voor het laatst had gezien. Lisa werd die dag elf en zat in het laatste jaar van de basisschool. Malia was negentien, had het jaar daarvoor eindexamen gedaan en deed nu een voorbereidend jaar aan de universiteit. Ik had een goede verstandhouding met hen opgebouwd. Dat ze me liefdevol 'oom Marcus' noemden, raakte me diep.

Tegen zes uur kwamen de grootouders, de ooms en tantes en de nichten en neven om het feestje mee te vieren. Die avond staat me nog steeds levendig voor de geest: de geanimeerde gesprekken, het vrolijke gelach. Lisa die de kaarsjes uitblies. Perry en ik die om het hardst wilden weten wie de mooiste taart in elkaar had geflanst. Helen, mooier dan ooit, die achter de piano ging zitten en jazznummers voor ons zong.

Het was over elven toen ik vertrok. Hoe had ik kunnen weten dat ik de volgende keer dat ik dat huis zou binnengaan kapot van verdriet zou zijn?

Sergeant Gahalowood liep met me mee naar buiten voor wat frisse lucht. 'Weet je zeker dat je niet hier wilt blijven slapen, schrijver?'

'Bedankt, sergeant, maar ik rij terug naar New York.'

'Dan kom je midden in de nacht aan,' constateerde hij.

'Dat vind ik geen probleem.'

We omarmden elkaar even broederlijk.

'Ik zou graag als jij willen zijn, sergeant.'

'Het gras is altijd groener aan de overkant, schrijver.'

'Dat weet ik... maar ik benijd je om je relatie met Helen. Jullie lijken het zo goed te hebben samen.'

'Een relatie is hard werken, schrijver. Je hebt nog alle tijd. Gewoon een beetje rondfladderen is ook niet verkeerd.'

Hij keek me lang en indringend aan, alsof hij duidelijk wilde maken hoe serieus hij dat meende.

'Wat is jouw drama, sergeant?' vroeg ik toen. 'Vanmiddag op het strand had je het over een drama dat zich precies elf jaar geleden heeft afgespeeld, op de dag dat Lisa werd geboren.'

In plaats van antwoord te geven kaatste hij de vraag terug: 'Wat is jouw drama, schrijver?'

'Wat er met mijn neven Woody en Hillel is gebeurd.'

'Daarover heb je het nog nooit gehad.'

'Nu dus wel. Aan jou de beurt om antwoord te geven: wat is er op 6 april 1999 gebeurd, sergeant?'

'Weet je, schrijver, echte wonden zijn heel persoonlijk, daarover moet je zwijgen. Ze helen alleen als je ze voor jezelf houdt.'

'Daar ben ik niet zo zeker van.'

Er viel een lange stilte. Toen kwam Gahalowood met een raadselachtige opmerking: 'Het White Mountain National Forest, zegt dat je iets, schrijver?'

'Nee, hoezo?'

'Dát is mijn drama. Maar kom, laten we deze mooie avond niet verpesten met oude herinneringen. Rij voorzichtig en stuur me een berichtje wanneer je veilig in New York bent aangekomen.'

'Ja, mama.'

Hij glimlachte en ging toen weer naar binnen. Zodra ik in mijn auto zat, opende ik internet op mijn telefoon. Ik typte 'White Mountain National Forest' en de datum 6 april 1999. Maar er kwam niets naar boven. Waarop had Gahalowood gezinspeeld?

Mijn zoekactie werd onderbroken door een bericht van Raegan. Ik had haar die middag een mailtje gestuurd met haar vliegticket en een link naar de website van Harbour Island. Ze zei dat ik gek was. Ik belde haar onmiddellijk.

'Gaan we naar de Bahama's?' riep ze ongelovig en verheugd tegelijk uit.

Ik had het zo geregeld dat we samen konden reizen vanuit Montreal: ik zou een paar dagen op de filmset doorbrengen en daarna zouden we naar ons paradijsje vliegen.

'Zijn de data voor jou oké?' vroeg ik. 'Ik kan de reserveringen nog wijzigen en zo nodig verzetten.'

'De data zijn perfect. Alles is perfect. Jij bent de perfecte man, Marcus Goldman. Ik bof maar dat ik jou tegen het lijf ben gelopen.'

Ik glimlachte. Ik voelde me gelukkig. 'Nog tien dagen,' zei ik. 'Dat klinkt als veel te lang.'

'Voor mij ook, Marcus. Ik mis je.'

'Ik mis jou ook. Lig je al in bed?'

'Ja, ik lig al onder de dekens. Ben jij inmiddels in New York?'

'Nee, ik heb een tussenstop gemaakt in New Hampshire. Daar heb ik bij heel goede vrienden gegeten. Volgens mij heb ik je weleens over ze verteld.'

'De familie Gahalowood?'

'Precies. Ik wil je dolgraag aan hen voorstellen.'

'Dat lijkt me heel leuk.'

'Slaap lekker,' zei ik. 'We praten morgen verder.'

We verbraken de verbinding.

Raegan lag niet in bed. Raegan had gelogen. Ze was buiten en liep door een verlaten straat van de wijk waar ze woonde, zogenaamd om de hond uit te laten. Zodra ons gesprek was afgelopen zette ze haar telefoon uit – of liever gezegd de prepaid telefoon die ze uitsluitend gebruikte voor haar gesprekken met mij –, stopte hem diep in haar zak en ging terug naar huis. Haar man zat televisie te kijken in de woonkamer, zij ging naast hem zitten.

Hij vond dat ze er vreemd uitzag. 'Gaat het wel goed, lieverd?'

'Het gaat prima.'

Nadat ze even nietsziend naar de televisie had zitten staren, ging ze naar boven om haar twee kinderen in te stoppen.

FRAGMENT UIT HET POLITIERAPPORT
VERHOOR VAN ROBERT EN DONNA SANDERS

(Robert, roepnaam Robbie, en Donna zijn de ouders van Alaska Sanders, hun enige kind. Het gesprek is vastgelegd ten burele van de afdeling ernstige delicten van de staatspolitie van New Hampshire op zondag 4 april 1999.)

Kunt u zich even kort voorstellen?

ROBBIE SANDERS: Ik ben drieënvijftig. Ik heb een eigen bedrijf als elektricien.
DONNA SANDERS: Ik ben achtenveertig. Ik ben medisch secretaresse.
ROBBIE SANDERS: We wonen in Salem, in Massachusetts. Alaska is daar geboren en opgegroeid. We zijn een middenstandsgezin. Alaska zat op een openbare school. Niets bijzonders.

Hoe zou u uw dochter beschrijven?

ROBBIE SANDERS: Alaska was een innemend meisje. Altijd enthousiast. Gelukkig.
DONNA SANDERS: Iedereen vond haar aardig. Mensen hadden ook bewondering voor haar. Het was haar droom een beroemd actrice te worden. Er werd gezegd dat haar een grote carrière wachtte.

Heeft ze in films gespeeld?

DONNA SANDERS: Nee, maar ze had al wel een heleboel castings gedaan. Ze was op de goede weg. Ze had zelfs een agent. Het was serieus.

Hoe is het leven van Alaska verlopen?

ROBBIE SANDERS: Ze zat op school in Salem. Op de middelbare school is ze begonnen met deelnemen aan missverkiezingen voor jonge meiden. Ze had al snel heel veel succes. Ze was heel mooi en ze bezat een sterke persoonlijkheid. Ze is ermee verdergegaan en dat ging behoorlijk goed. Ze werd ook gevraagd voor plaatselijke reclameborden.

Ze was dus model?

ROBBIE SANDERS: Soort van.
DONNA SANDERS: Ze vond het zelf niet prettig zo te worden genoemd. Die missverkiezingen en reclames zag ze als springplank voor haar acteercarrière. Ze had gelijk: zo is ze aan haar agent in New York gekomen.

U hebt het steeds over New York. Hoe komt het dat ze niet dáár maar in Mount Pleasant terecht is gekomen?

DONNA SANDERS: Mount Pleasant was tijdelijk. Afgelopen zomer is ze verliefd geworden op een jongen, Walter Carrey, die daarvandaan komt. Ze zijn elkaar tegengekomen in een bar in Salem. Walter is een ex-militair, een beetje onbehouwen figuur met een ruig randje. Ik denk dat Alaska daarvoor is gevallen en dat ze in een impuls heeft besloten bij hem te gaan wonen. Volgens mij werd de druk van haar carrière haar een beetje te veel.

Liep het even niet zo goed?

DONNA SANDERS: Integendeel. Het liep als een trein! Ze had net haar eerste professionele schoonheidswedstrijd gewonnen en was tot Miss New England verkozen. Ik denk dat ze alle stress die dat opleverde niet aankon. Mijn man en ik kwamen tot de ontdekking dat ze marihuana was gaan roken. Ter ontspanning, neem ik aan. Waarschijnlijk is ze naar Mount Pleasant vertrokken om zich een beetje los te maken van Salem, de rollercoaster een halt toe te roepen. Om weer even tot zichzelf te komen. Maar dat was van voorbijgaande aard. Ik heb haar vorige week nog aan de telefoon gehad. Toen zei ze dat ze over niet al te lange tijd naar New York wilde verhuizen.

Was dat een normaal gesprek?

DONNA SANDERS: Ja, nou ja... soort van.

Ze heeft het niet over problemen of bedreigingen gehad?

DONNA SANDERS: Nee, dat zeker niet.
ROBBIE SANDERS: We moeten er misschien wel bij vertellen, sergeant, dat onze relatie met Alaska sinds haar vertrek een tikje onbestendig was. Ik had marihuana tussen haar spullen ontdekt en we hadden ruzie gekregen. Die gelegenheid heeft ze aangegrepen om de benen te nemen, de navelstreng door te knippen. Dat had ze nodig.
DONNA SANDERS: Ondanks alles waren we hecht. Ik durf zelfs te zeggen dat de afstand ons allemaal goed heeft gedaan.

Wanneer hebt u haar voor het laatst gezien?

DONNA SANDERS: In februari zijn we bij haar langsgegaan in Mount Pleasant.

En hoe was uw relatie met Walter Carrey?

ROBBIE SANDERS: Goed.
DONNA SANDERS: In eerste instantie namen we het hem kwalijk. Toen Alaska naar Mount Pleasant was vertrokken om bij een benzinestation te gaan werken dachten we dat hij een bepaalde invloed op haar uitoefende. Ouder, rijper, meer ervaring. Maar we realiseerden ons dat ze gelukkig was daar.

Het schijnt dat de idylle tussen Alaska en Walter ten einde is gekomen. Ze zou de dag voor haar dood bij hem zijn weggegaan. Heeft ze jullie dat niet verteld?

DONNA SANDERS en ROBBIE SANDERS: Nee.

Hebt u misschien een recente foto van Alaska?

DONNA SANDERS: Ja, natuurlijk. Ik heb er een meegenomen, zoals u had gevraagd.
ROBBIE SANDERS: Waarvoor?

Die willen we via de pers verspreiden. Zo hopen we getuigen te vinden die ons wellicht wat meer duidelijkheid kunnen verschaffen.

ROBBIE SANDERS: Hebben jullie al een spoor?

Op dit moment geen enkel.

De ochtend na de moord

Zondag 4 april 1999

Na afloop van het verhoor van de ouders van Alaska Sanders liepen Gahalowood en Vance met hen mee naar de ingang van het hoofdbureau van de staatspolitie.

'We zitten in een hotel in de buurt,' vertelde Robbie Sanders. 'We zijn op dit moment liever niet thuis.'

'Aarzelt u vooral niet ons te bellen, voor wat dan ook,' zei Vance.

'U hebt de nummers van onze mobiele telefoons, we zijn er voor u,' voegde Gahalowood eraan toe.

'We willen antwoorden,' fluisterde Donna Sanders, terwijl ze een snik onderdrukte. 'We willen weten wat er is gebeurd. Wie heeft ons meisje dit kunnen aandoen?'

'In het weekend duurt het allemaal wat langer, maar de politiearts heeft ons verzekerd dat we zijn verslag morgen rond het middaguur hebben. Zodra we iets nieuws weten, brengen we u daarvan op de hoogte, dat beloof ik u.'

'Je kunt beter op een doordeweekse dag vermoord worden,' constateerde Donna Sanders met bittere ironie.

De ouders vertrokken, nagekeken door Gahalowood en Vance: de hele houding van het echtpaar straalde hun intense verdriet uit. Gahalowood had de foto van Alaska in zijn hand die hij samen met een krantenartikel uit september van Donna Sanders had gekregen. Op de foto uit de krant stond Alaska in een mousseline jurk met haar ouders naast zich. De kop erboven luidde: ALASKA SANDERS VERKOZEN TOT MISS NEW ENGLAND.

'Doodzonde,' zei hij, zijn blik op de glimlach van Alaska gericht. 'Ik ga deze onmiddellijk naar de pers doorsturen.'

Ze gingen terug naar hun kantoor op de eerste verdieping, waar de afdeling ernstige delicten gehuisvest was. Daar had Lansdane inmiddels nog een man aan hun team toegevoegd, Nicholas Kazinsky. Een derde rechercheur was geen overbodige luxe, zeker niet iemand als Kazinsky, die goed thuis was in computers en technologie.

'Er heeft ene Lewis Jacob gebeld,' zei Kazinsky zodra hij zijn collega's zag binnenkomen. 'Hij wil graag dat jullie bij hem langsgaan.'

'Waarom?' vroeg Vance.

'Hij wil jullie iets laten zien, verdere details heeft hij niet gegeven. Hij heeft alleen gezegd dat hij de hele dag op het tankstation is.'

'We zullen hem zo een bezoekje brengen. Over het tankstation gesproken, is het je nog gelukt die camerabeelden tevoorschijn te halen?'

'Fluitje van een cent. Kijk maar.'

Op zijn computerscherm had Kazinsky twee vensters naast elkaar geopend, voor beide camera's van het tankstation één. Er was een camera buiten die vastlegde wat er bij de pompen gebeurde, en een camera binnen die de klanten bij de kassa filmde. Versneld spoelde Kazinsky de beelden van vrijdag 2 april door.

Zo zagen de rechercheurs om zes uur 's ochtends een wasbeerfamilie over de parkeerplaats banjeren. Om zeven uur komt Lewis Jacob bij het tankstation aan en verdwijnt in de winkel. Binnen gaat hij aan de slag en zet koffie. In het daaropvolgende uur helpt hij een paar klanten. Om acht uur duikt de blauwe cabriolet van Alaska Sanders op de parkeerplaats op. Zij is ook degene die uit de auto stapt. Ook zij gaat de winkel in. Ze zegt Lewis Jacob gedag en ze kletsen even. Ze verdwijnt in de ruimte achter de winkel, ongetwijfeld om zich om te kleden, en komt terug in een poloshirt in de kleuren van het tankstation. Ze installeert zich achter de toonbank. Dan begint er een ogenschijnlijk nogal saaie werkdag met weinig bijzonderheden. Alaska houdt zich afwisselend bezig met het afrekenen van benzine en het serveren van koffie vanachter een kleine bar achter in de winkel. Klanten komen en gaan: het contact is vluchtig. Tot twee keer toe neemt Alaska tien minuten pauze op de parkeerplaats met een beker koffie. Ze maakt van de gelegenheid gebruik haar telefoon te pakken en daarop iets in te toetsen. Rond het middaguur verdwijnt ze voor een halfuur in de ruimte achter de winkel, waarschijnlijk om te lunchen. Daarna gaat ze weer aan het werk. Nog steeds niets bijzonders. En dan, om kwart voor vijf, vertrekt Alaska na een kort gesprekje met Lewis Jacob plotseling in haar blauwe cabriolet. Iets voor halfzes is ze weer terug. Wanneer ze uit haar auto stapt, heeft ze een bruinleren weekendtas bij zich die ze meeneemt de winkel in. Ze zet hem in de achterkamer en hervat haar werkzaamheden.

'Dat klopt helemaal met wat Walter Carrey ons heeft verteld,' constateerde Gahalowood, die zijn aantekeningen erbij had gepakt. 'Hij trof haar om kwart over vijf in het appartement, vlak daarna is ze vertrokken met een bruinleren tas.'

De daaropvolgende beelden verschilden weinig van die van de rest van de dag. Alaska achter de kassa, Alaska achter de bar, Alaska die zakjes chips op een rek stapelt. Om tien voor halfacht verdwijnt Lewis Jacob naar de ruimte achter de winkel. Om halfacht komt hij weer tevoorschijn met een stropdas om. Hij praat nog even met Alaska, gebruikt een raam als spiegel om nog iets aan zijn stropdas te verschikken en vertrekt. De camera buiten filmt hem achter het stuur van zijn auto terwijl hij wegrijdt. Het is al bijna donker. Erg veel valt er niet meer te zien, op de verlichte benzinepompen na dan. Exact om acht uur verdwijnt Alaska in de achterkamer. Als ze weer opduikt, ziet ze er compleet anders uit: ze draagt een leren broek, een mooie blouse en korte laarsjes. Ze is gekleed om uit te gaan.

'Stop!' zei Vance tegen Kazinsky, die het beeld stilzette. 'In die kleren hebben we haar gevonden.'

Een blik op het magneetbord waarop het lijk van de jonge vrouw te zien was bevestigde die constatering.

'Ze is gekleed voor dat romantische etentje waarover Lewis Jacob het had,' zei Gahalowood. 'Daar was ze naar onderweg.'

'Naar wie ging ze toe?' vroeg Kazinsky zich hardop af.

'Dat is de hamvraag,' antwoordde Gahalowood.

De film gaat verder: in de winkel drukt Alaska op de hoofdschakelaar en alle lampen gaan uit. De enige verlichting die overblijft is die van de koelingen. Ze gaat naar buiten, draait de deur achter zich op slot. Ze heeft haar grote leren tas bij zich. Ze gooit haar sleutels in de brievenbus van de winkel, stapt in haar auto en rijdt weg.

'Waarom doet ze de sleutels in de brievenbus?' vroeg Kazinsky.

'Misschien hebben ze dat zo afgesproken,' veronderstelde Gahalowood. 'We zullen het zo aan de eigenaar vragen.'

'Ze rijdt weg bij het benzinestation maar waar gaat ze naartoe?' vroeg Vance zich af.

'Dat blijft gissen,' zei Gahalowood. 'De actieradius van de camera is niet groot genoeg om te kunnen zien welke kant ze op gaat. Nicholas, heb jij al iemand bij het telefoonbedrijf gesproken?'

'Ja,' antwoordde Kazinsky, 'maar Alaska had helaas een prepaidnummer. Onmogelijk te traceren of te checken op contacten, alles staat in het geheugen van de telefoon.'

'Shit,' foeterde Vance, 'dat zou ook te makkelijk zijn geweest. We komen dus niet te weten wie ze op de dag dat ze vermoord is, heeft gesproken. Maar aangezien haar telefoon verdwenen is, kunnen we wel aannemen dat ze haar moordenaar kende en dat ze telefonisch contact hebben gehad. Nadat hij haar had vermoord, heeft hij haar telefoon meegenomen om te voorkomen dat we hem op het spoor zouden komen.'

'En de moordenaar heeft ook die dreigbrieven aan Alaska gestuurd?' vroeg Kazinsky.

'Waarschijnlijk,' zei Gahalowood. 'Daar zou wel een zekere logica in zitten.'

'Ik weet wat je hebt gedaan,' las Vance van de briefjes die op het magneetbord hingen. 'Wat zou Alaska hebben gedaan?'

De ervaring had de rechercheurs geleerd niet eindeloos te gaan gissen. Ze moesten beginnen met de meest waarschijnlijke en plausibele veronderstellingen en de eerste die bij Gahalowood opkwam was: de meest voor de hand liggende verdachte op dit moment was de vriend.

'Walter Carrey vermoedt dat Alaska hem bedriegt. Hij stuurt haar die berichten om haar bang te maken. Wanneer ze bij hem weggaat, kan hij dat niet accepteren. Hij spreekt met haar af op Grey Beach en vermoordt haar. Hij heeft het goed voorbereid: hij zet zijn auto op het bospad om onopgemerkt te blijven. Na het plegen van het misdrijf ontdoet hij zich van zijn trui die onder het bloed zit en springt weer in zijn auto om ervandoor te gaan, maar in de haast raakt hij een boom.'

'Die theorie van jou blijft alleen overeind,' merkte Vance op, 'als Walter Carrey in een zwarte auto rijdt.'

'Dat kunnen we gelijk controleren in onze database,' zei Kazinsky. 'Eens kijken of Walter Carrey een auto op zijn naam heeft staan.'

De vingers van Kazinsky vlogen over het toetsenbord van zijn computer. Een paar tellen later verklaarde hij: 'Walter Carrey heeft een zwarte Ford Taurus.'

'Bingo!' riep Vance uit. 'We moeten onmiddellijk naar Mount Pleasant om te kijken of er aan de auto van Walter Carrey per ongeluk een achterlicht ontbreekt.'

~

'Helemaal intact,' constateerde Kazinsky.

De drie politiemannen bekeken de zwarte Ford Taurus die voor de winkel in jacht- en hengelsportartikelen geparkeerd stond. De achterlichten waren allebei nog heel en de carrosserie vertoonde geen enkel spoor van een botsing.

'Is dit wel zijn auto?' vroeg Gahalowood.

'Ja, het kenteken klopt,' bevestigde Kazinsky.

'Daar gaat mijn theorie,' zei Gahalowood op spijtige toon.

Op dat moment riep Walter Carrey, die de mannen vanuit zijn appartement had opgemerkt, uit het raam: 'Goeiemorgen, heren. Is er nieuws?'

'Mogen we even bovenkomen?' vroeg Gahalowood.

'Uiteraard.'

'Een paar minuten later zaten de rechercheurs in de woonkamer van Walter Carrey. Zijn ouders waren er ook; die waren overhaast teruggekeerd van hun vakantie in Maine om hun zoon bij te staan. Foto's van Alaska lagen over de salontafel uitgespreid. De moeder van Walter, Sally Carrey, raapte ze bij elkaar en legde ze op een stapeltje op een kastje.

'Het heeft geen enkele zin daarnaar te blijven zitten staren,' zei ze tegen haar zoon.

Hij zag er ontredderd uit. 'Ik voel me zo leeg,' vertelde hij de politiemannen. 'Het is allemaal zo onwerkelijk.'

'Dat kan ik me voorstellen,' zei Gahalowood.

'Hebben jullie al een spoor?'

'Nog niet. Maar we hadden nog wat vragen over de oorzaak van die breuk tussen jullie. Gisteren vertelde je dat de relatie moeizamer was geworden. Dat leek haar baas, benzinepomphouder Lewis Jacob, ook te zijn opgevallen.'

'Alaska had grote dromen. Ze wilde actrice worden, in films spelen, het leven van een ster leiden, zeg maar. En ik heb het híer prima naar mijn zin. Dat gaf natuurlijk de nodige spanning. Het viel ook niet altijd mee tijd samen te vinden: zaterdag werkte ik meestal in de winkel, en op zondag ging zij op stap. Ze zei dat ze tijd voor zichzelf nodig had.'

'Waar ging ze naartoe?'

'Geen idee, maar de laatste twee maanden hielp ze Lewis Jacob in het tankstation, omdat zijn andere medewerkster er van de ene op de andere dag vandoor was gegaan.'

'We hebben de ouders van Alaska gesproken. Die stonden er blijkbaar nogal van te kijken toen ze besloot in Mount Pleasant te gaan wonen.'

'Ze hebben het vast over New York gehad...'

'Inderdaad.'

'Alaska had behoefte aan een beetje afstand tussen hen en haar. Daarom is ze uit Salem vertrokken.'

'Als ze naar New York was gegaan zou die afstand nog groter zijn geweest,' merkte Vance op.

'Niet per se. In New York zouden haar ouders haar ook zijn komen lastigvallen. Ze bemoeiden zich constant met haar. Hier was ze bij mij en wist ze dat ze geen last van hen zou hebben.'

'Denk je dat ze een ander had?' vroeg Gahalowood.

'Of ze me bedroog? Nee! Nou ja... dat weet ik eigenlijk niet. Denken jullie dat ze bij mij is weggegaan voor een andere vent?'

'Zoiets vermoedde ik al,' bemoeide Sally Carrey zich ermee. 'Volgens mij had ze iets met Eric Donovan. Dat was ook het eerste wat ik zei toen Walter me gisteren belde met de mededeling dat Alaska bij hem weg was.'

'Kappen, mam, je kletst uit je nek. Er is nooit iets tussen Eric en Alaska geweest.'

'Ik heb ze toch echt samen gezien.'

'Je hebt helemaal niets gezien.'

'Wat hebt u gezien, mevrouw Carrey?' vroeg Gahalowood.

'Het is twee weken geleden, Walty was er niet. Hij was een paar dagen in Quebec voor een bijeenkomst over hengelsportmateriaal. Nou ja, ik stond dus in de winkel en ik hoorde Eric en Alaska buiten op de stoep. Ze hadden ruzie.'

'Hoe klonk die ruzie?'

'Als de ruzie van een stelletje,' verklaarde Sally Carrey. 'Alaska zei zoiets als "Na wat we hebben meegemaakt..." tegen Eric, en hij reageerde met "Wil je dat we het tegen Walter zeggen?" De volgende dag hoorde ik ze weer bekvechten. Dat lijkt me veelzeggend...'

'Kappen, mam,' herhaalde Walter.

Vance pakte de draad van het gesprek weer op. 'Ik weet dat we het er gisteren al over gehad hebben, Walter, maar kun je ons nog een keer vertellen hoe jouw vrijdagavond eruitzag?'

'Ik heb de winkel om zeven uur dichtgedaan. Even opruimen, de kas opmaken, en rond halfacht naar boven. Ik voelde me totaal verloren. Radeloos. Mijn ouders belden. Ik vertelde ze dat Alaska bij me was weggegaan.'

'Walty was er beroerd aan toe,' kwam zijn moeder, die duidelijk haar zegje wilde doen, nogmaals tussenbeide. 'Ik wilde niet dat hij alleen zou blijven. Ik zei dat hij een vriend moest bellen en de deur uit moest gaan.'

'En dat heb je gedaan,' zei Gahalowood tegen Walter, 'want je bent in café National Anthem naar de ijshockeywedstrijd gaan kijken, als ik me ons gesprek van gisteren goed herinner.'

'Klopt.'

'Wie was die vriend ook alweer?'

'Eric Donovan.'

'Degene van wie je moeder denkt dat hij een relatie met Alaska had?'

'Er is nooit iets tussen hen geweest,' riep Walter geërgerd uit. 'Eric is mijn beste vriend, ik ken hem al mijn hele leven. De winkel naast ons is van zijn ouders. Gistermiddag ben ik hem tussen twee klanten door gaan vertellen wat er was gebeurd. Hij zei dat ik 's avonds in National Anthem naar de wedstrijd moest komen kijken om mijn gedachten wat te verzetten. Dat heb ik dus gedaan. Ik ben naar het café gegaan.'

'Hoe ben je daarnaartoe gegaan?'

'Lopend. Dat is maar vijf minuten.'

'Hoe laat was het?'

'Ik ben hier rond acht uur vertrokken. Kwart over acht misschien. Ik weet het niet meer precies. De wedstrijd was al begonnen.'

'Was er nog iemand bij jullie?'

'Erics zus, Lauren. Ze studeert in Durham, maar was voor het weekend naar Mount Pleasant gekomen.'

Gahalowood en Vance keken elkaar even aan: Lauren Donovan was de hardloopster die het lijk had ontdekt.

'Tot hoe laat ben je in het café gebleven?'

'Tot sluitingstijd, na tweeën. Ik had toch niets beters te doen.'

'En daarna?'

'Ik ben naar huis gegaan en gelijk in bed gekropen. Ik was behoorlijk ver heen. Gisterochtend hadden alle klanten het vanaf het moment dat de winkel open was over een dode vrouw die bij Grey Beach was gevonden.'

'Moest je toen aan Alaska denken?'

'Geen moment. Ik dacht dat ze bij haar ouders in Massachusetts was.'

Walter kon zijn tranen niet meer inhouden. Gahalowood legde een hand op zijn schouder.

'Het spijt me je in je verdriet met extra gedoe op te zadelen, Walter, maar kun je morgen je getuigenis komen afleggen op het hoofdbureau van de staatspolitie? We moeten je verklaring officieel vastleggen.'

'Oké. Dan kom ik morgenochtend vroeg, als u dat goedvindt.'

De rechercheurs vroegen zich af waarom Lauren Donovan hun niet had verteld dat ze die vrijdagavond had doorgebracht met de vriend van het slachtoffer. Toen ze bij Walter Carrey naar buiten kwamen, besloten ze haar dat te gaan vragen.

Aangezien de winkel 's zondags gesloten was, gingen de politiemannen naar het huisadres van Janet en Mark Donovan, de ouders van Eric en Lauren. Ze woonden in een mooi houten huis in een rustige wijk van Mount Pleasant. De rechercheurs stoorden het hele gezin bij de lunch. Desondanks werden ze hartelijk ontvangen en moesten ze de grootste moeite doen het bord chili con carne dat Janet Donovan met alle geweld voor hen wilde opscheppen af te slaan.

'We zullen u niet al te lang lastigvallen,' beloofde Vance. 'We hebben nog wat vragen over Alaska Sanders en over vrijdagavond.' Hij verplaatste zijn blik naar Eric. 'Walter Carrey zegt dat jullie in National Anthem samen naar de ijshockeywedstrijd hebben gekeken.'

'Dat klopt,' zei Eric, 'mijn zus was er ook.'

Nu richtte Vance zich tot Lauren: 'Waarom heb je gisteren toen we je ondervroegen niet gezegd dat je de avond daarvoor met de vriend van het slachtoffer had doorgebracht?'

'Ik denk dat ik nog in shock was door het nieuws. Ik zag steeds alleen maar dat vreselijke beeld voor me van die beer die met dat lichaam bezig was. De hele ochtend hield Peter Philipps, de politieman die de beer had neergeschoten, ons op de hoogte van de situatie. Hij belde zijn collega's en bleef maar tegen ons ratelen. Hij was lichtelijk in paniek, vroeg zich af of hij in de problemen zou komen omdat hij een beer had gedood. Na nog een telefoontje vertelde hij ons dat het Alaska Sanders was die dood was gevonden. Lewis Jacob, de eigenaar van het tankstation, stortte volledig in. Zelf kon ik het gewoon niet geloven. Zoals ik al zei, ik was in shock.'

'Kende je het slachtoffer goed?'

'Niet echt. Mount Pleasant is een klein stadje en iedereen kent iedereen wel een beetje. Ik ben hier niet vaak, ik studeer biologie aan de universiteit van New Hampshire in Durham.'

'Hoe regelmatig kom je naar Mount Pleasant terug?'

'Dat wisselt nogal. Op dit moment wat vaker omdat Eric en ik samen trainen voor de marathon van Boston over twee weken. Meestal kom ik op vrijdag en vertrek ik maandag in de loop van de ochtend weer. Maandagochtend heb ik geen college.'

'Laten we even teruggaan naar eergisteravond, vrijdag.'

'Ik was hier pas laat. De reis vanuit Durham duurde eindeloos. Ik ben gelijk naar National Anthem gegaan.'

'Hoe laat was het toen je het café binnenkwam?'

'Halfnegen.'

Lauren had zonder aarzelen geantwoord.

'Dat klinkt behoorlijk exact,' zei Vance. 'Ben je daar helemaal zeker van?'

'Ja, want ik kom altijd overal te laat. Ik had tegen Eric gezegd dat ik er om halfzeven zou zijn. Toen ik het café in liep, keek ik op de grote klok in de vorm van een bierflesje die daar aan de muur hangt en constateerde ik dat ik twee uur te laat was.'

'Was Walter er ook?'

'Nee.'

Twee dagen eerder
De avond van vrijdag 2 april 1999

Het was halfnegen. In National Anthem, aan de hoofdstraat, was het stampvol. Op enorme schermen was de ijshockeywedstrijd tussen de Devils uit New Jersey en Tampa Bay te zien. Eric Donovan moest zijn uiterste best doen de twee krukken naast de zijne vrij te houden. Eindelijk zag hij zijn zus binnenkomen, die zich een weg naar hem toe begon te banen.

'Sorry dat ik zo laat ben,' zei ze, terwijl ze een snelle kus op Erics wang drukte. 'Het verkeer was een ramp.'

Ze hees zich op een van de krukken en zwaaide naar de barman om een biertje te bestellen.

'Voor wie is die kruk?' vroeg Lauren, toen ze zag dat Eric de derde zitplaats angstvallig uit handen van andere begerige klanten probeerde te houden.

'Walter. Al heb ik geen idee waar hij blijft. Zijn vriendinnetje heeft hem gedumpt, dus ik heb gezegd dat hij wat afleiding moest zoeken met ons.'

'Het is uit tussen Alaska en hem?'

'Blijkbaar. Het kon ook niet goed gaan tussen die twee. Zij droomt ervan een beroemd actrice te worden, en hij verkoopt vishengels in een plattelandsstadje.'

Onder de klanten ging een gejuich op: de Devils hadden gescoord. Op dat moment voegde Walter zich bij hen. Hij zag er belabberd uit. Hij vertelde kort over het plotselinge vertrek van Alaska, maar toen Lauren hem iets wilde vragen zei hij: 'Geen zin om daarover te praten.'

Ze aten hamburgers en dronken behoorlijk wat biertjes, vooral Eric en Walter. Lauren deed rustig aan. Ze zou de volgende ochtend met haar broer gaan hardlopen en wilde in vorm zijn.

Toen de wedstrijd was afgelopen en ze nog een laatste biertje hadden gedronken vertrokken Eric en Lauren uit het café. Het was elf uur. Ze keerden terug naar het huis van hun ouders.

De volgende ochtend om kwart over zes trof Lauren haar broer tot haar verbazing niet in de keuken. Hij bleek nog in bed te liggen met een kater omdat hij de vorige avond te veel had gedronken. Ze besloot zelf toch maar wel te gaan trainen. Ze trok haar schoenen aan en vertrok.

~

'De rest weten jullie,' zei Lauren tegen de rechercheurs.

'Jullie zijn dus vrijdagavond om elf uur uit het café vertrokken?'

'Ja, kwart over elf op zijn laatst,' voegde Eric er nog aan toe. 'We waren vóór halftwaalf thuis.'

'En Walter Carrey is samen met jullie weggegaan?'

'Nee, hij is gebleven. Hij zei dat hij absoluut geen zin had alleen thuis te gaan zitten.'

Gahalowood bestudeerde Eric: een knappe, jonge man, een dertiger net als Walter Carrey, stevig gebouwd, met een beetje rossig haar. Hij vroeg hem: 'Woon je hier bij je ouders?'

'Ja,' bevestigde Eric, 'maar dat is tijdelijk.'

'Eindeloos tijdelijk,' zei Lauren op plagerige toon.

'Ik heb in Massachusetts gestudeerd en daarna een baan gevonden in Salem. Ik werkte aan de ontwikkeling van een kleine supermarktketen. Mijn chef en ik zaten uiteindelijk niet meer op één lijn en afgelopen najaar heeft hij me ontslagen. Ik heb de gelegenheid aangegrepen om terug te keren naar Mount Pleasant en de winkel van mijn ouders verder uit te breiden. Ik wil graag een regionale keten van kwalitatief hoogstaande winkels opzetten. Daar is een markt voor. Bovendien is mijn vader niet in topvorm, dus ben ik blij dat ik een handje kan helpen en hem een beetje kan ontlasten.'

Op dat moment kwam de vader van Eric, Mark Donovan, tussenbeide: 'Ik heb een gezondheidsdingetje gehad maar nu gaat het weer helemaal goed. Dat Eric er was in het najaar heeft ons erg geholpen. Zonder hem zou het moeilijk zijn geworden.'

Gahalowood wendde zich weer tot Eric: 'Je hebt dus in Salem gewoond?'

'Ja, bijna vijf jaar.'

'Net als Alaska...'

'Inderdaad. Daar heb ik haar vorig najaar ook leren kennen. We kwamen in dezelfde cafés. Ze was net meerderjarig en ging vaak uit met een vast groepje vriendinnen. Walter kwam af en toe bij me langs in Salem, op een avond hebben ze kennisgemaakt en ze vonden elkaar leuk.'

'Jij hebt Walter dus aan Alaska voorgesteld?'

'Dat hebben ze helemaal zelf gedaan, maar ze hebben elkaar wel via mij ontmoet, ja.'

'Is er ooit iets tussen Alaska en jou geweest?'

Die vraag leek Eric erg te verbazen. 'Als u bedoelt of we een relatie gehad hebben is het antwoord nee. Er is absoluut niets tussen ons geweest. Ze was gewoon een meisje dat anders was dan de andere en ik mocht haar graag. Waarom denkt u dat Alaska en ik iets hebben gehad?'

'Die indruk had Sally Carrey gekregen,' zei Gahalowood.

'Sally? Waarom zou ze zoiets zeggen?'

'Dat zou ze uit jullie gedrag hebben opgemaakt. Ze zegt dat Alaska en jij ongeveer twee weken geleden tot twee keer toe ruzie hebben gehad.'

Daar moest Eric om lachen. 'Ik kan me geen ruzie herinneren.

Weet u, Alaska heeft haar buien. Ze zegt wat ze denkt… ze zei, bedoel ik…'

'Heb jij een vriendin?' vroeg Gahalowood.

'Nee, er was wel iemand in Salem. Dat is afgelopen najaar uitgegaan. Na die breuk en mijn ontslag werd het hoog tijd te vertrekken.'

De middag na de moord

Zondag 4 april 1999

Het bezoek aan de familie Donovan wierp een nieuw licht op de avond van vrijdag 2 april. Walter Carrey beweerde tot sluitingstijd in het café te zijn gebleven, maar Eric en Lauren Donovan, die eerder waren vertrokken, konden dat niet bevestigen.

Dus begaven Gahalowood, Vance en Kazinsky zich naar National Anthem. Daar hadden ze het druk met de lunch en Steve Ryan, de baas van de zaak, werd volledig in beslag genomen door de voorbereidingen voor het begin van het honkbalseizoen die avond: voor de openingswedstrijd ontvingen de Padres uit San Diego de Rockies uit Colorado.

'We zullen u niet lang lastigvallen,' stelde Vance hem gerust, 'we willen alleen even checken of een bepaalde klant hier inderdaad vrijdagavond was.'

'U wilt niet weten hoe druk het vrijdagavond was... Maar laat maar horen.'

'Walter Carrey. Weet u wie dat is?'

'Natuurlijk weet ik wie Walter is. En ja, hij was vrijdagavond hier. Dat herinner ik me nog wel. Het ging niet goed met hem, Alaska had hem net gedumpt. Hij wilde praten maar daar had ik niet echt tijd voor. Wie had kunnen denken dat ze de volgende dag dood gevonden zou worden... Wacht even, beschuldigt u Walter er nu van haar te hebben gedood?'

'Op dit moment beschuldigen we nog helemaal niemand. We doen alleen maar onderzoek.'

'Walter zou nog geen vlieg kwaad doen. Nou ja, een vlieg misschien wel, hij is dol op vissen. Maar het is een aardige jongen. Geen vent die zijn vriendinnetje in elkaar slaat. Bovendien hield hij van die meid.'

'Walter beweert dat hij hier tot sluitingstijd was.'

'Dat zou kunnen, geen idee. Het was toen nog zo druk dat mijn uitsmijters de hulp van de politie hebben moeten inroepen om iedereen weg te krijgen.'

'Kunt u aan de mensen die vrijdagavond hebben gewerkt vragen of ze Walter Carrey rond sluitingstijd nog hebben gezien?'

'Komt voor elkaar.'

Vanaf National Anthem liepen de rechercheurs de hoofdstraat verder in tot ze bij de winkel in jacht- en hengelsportartikelen van de familie Carrey waren. Daar stopte een politieauto naast hen. Achter het stuur chief Mitchell.

'O, jullie zijn het,' zei hij, terwijl hij uitstapte. 'We kregen een telefoontje over drie figuren die in de hoofdstraat rondhingen. Na gisteren zijn de mensen een beetje paranoïde. Dat zouden ze trouwens al om minder zijn. Hebben jullie al nieuws?'

'Nog niet echt,' moest Vance bekennen. 'We komen net bij National Anthem vandaan. De eigenaar zegt dat hij vrijdagavond de hulp van de politie heeft moeten inroepen om het café leeg te krijgen toen het sluitingstijd was.'

'Dat klopt. Het was een bende. Nou ja, een gezellige bende. Steve Ryan had ons er met name bij geroepen om te voorkomen dat hij een boete aan zijn broek zou krijgen voor het niet respecteren van de wettelijke sluitingstijd. Het is een gladjanus: hij belt de politie en dat geeft hem een paar minuten respijt om nog wat laatste bestellingen op te nemen en gelijk af te rekenen. Wat wilden jullie van Steve Ryan?'

'We proberen erachter te komen of Walter Carrey rond sluitingstijd nog in zijn café was.'

'Verdenken jullie hem van de moord op Alaska?'

'We proberen alle lijntjes van deze zaak te ontwarren.'

'Willen jullie mijn mening horen?' vroeg chief Mitchell. 'Jullie zitten op het goeie spoor. Walter is een aardige jongen, maar als hij te diep in het glaasje heeft gekeken kan hij ook agressief en gewelddadig worden. Ga maar eens met zijn ex Deborah Miles praten. Ze woont hier nog steeds. Een paar jaar geleden moest ik in actie komen bij haar thuis... nou ja, bij haar ouders waar ze toen woonde.'

'Wat had dat met Walter Carrey te maken?' vroeg Gahalowood.

'Ze was bij hem weggegaan en dat kon hij niet verkroppen. Het scheelde niet veel of hij had haar aangevallen. Geen onbelangrijk incident, als je bedenkt dat Alaska haar relatie met Walter op de dag van de moord heeft verbroken.'

Gahalowood noteerde naam en adres van Deborah Miles. Daarna zei hij tegen chief Mitchell: 'Morgen doen we een getuigenoproep in alle regionale kranten. Dat maakt wellicht herinneringen los. Hou ons op de hoogte als u van iemand iets hoort.'

'Uiteraard. Weet u, mensen praten veel, maar dat doen ze vooral om interessant over te komen. Het enige bruikbare signalement tot nu toe komt van Cinzia Lockart, de eigenaresse van de boekwinkel. Dat ging ik u nog vertellen.'

'Wat heeft ze gezien?'

'In de nacht van vrijdag op zaterdag heeft ze rond kwart voor twee een blauwe auto met een kenteken uit Massachusetts zien wegscheuren ter hoogte van de winkel van Carrey.'

'Een blauwe auto als die van Alaska?'

'Ja.'

De boekhandel was op zondag geopend en de rechercheurs hoefden alleen maar de straat over te steken om Cinzia Lockart te vinden. De winkel was klein maar drukbezocht. De muur achter de kassa hing vol foto's van beroemde schrijvers die ter plekke een signeersessie hadden gehouden.

Cinzia Lockart vertelde de rechercheurs dat ze met haar gezin in het pand naast de winkel woonde. Het was een voormalige werkplaats met veel karakter. De ingang bevond zich aan een parallel lopende straat, maar de woonkamer keek uit op de hoofdstraat.

'In de nacht van vrijdag op zaterdag kon ik niet slapen. Zoals wel vaker. Daarom lees ik ook zoveel. Als ik weer eens last heb van slapeloosheid, kruip ik op de bank in de woonkamer met een beker kruidenthee en een boek. Die nacht hoorde ik rond tien over halftwee vanaf de straat een geluid dat als brekend glas klonk. Dat trok uiteraard mijn aandacht. Tegen de tijd dat ik bij het raam was, zag ik een auto als een gek wegscheuren. Ik stond te ver weg om de nummerplaat te kunnen lezen, maar met heel goed turen kon ik nog net onderscheiden dat hij uit Massachusetts kwam. Het was een blauwe auto, zag ik bij het licht van de straatlantaarns.'

'En u zegt dat het tien over halftwee was.'

'Negen over halftwee om precies te zijn. Dat weet ik omdat ik onmiddellijk op de keukenklok ben gaan kijken hoe laat het was. Voor het geval dat.'

'Voor het geval wat?'

'In mijn ogen kwam het een beetje verdacht over. Nou ja, toen ik het aan mijn man vertelde, zei hij dat ik spoken zag.'

'Kunt u iets zeggen over het model van de auto?' vroeg Gahalowood.

'Helaas niet,' antwoordde Cinzia Lockart op spijtige toon.

'Was het een cabrio?'

'Dat zou ik u niet kunnen vertellen.'

Toen ze de boekwinkel uit liepen, opperde Kazinsky: 'Een blauwe auto met een nummerplaat uit Massachusetts; zou Alaska nog wat dingen zijn gaan halen?'

'Dat klinkt logisch,' beaamde Vance. 'Volgens Walter had hij haar die dag rond vijf uur betrapt terwijl ze spullen bij elkaar aan het zoeken was. Aangezien ze dus werd gestoord is ze misschien teruggekomen om de rest te halen.'

'Om kwart voor twee 's nachts?' vroeg Gahalowood.

'Zij denkt dat Walter midden in de nacht zal liggen te slapen. In werkelijkheid is hij bij National Anthem, dat beweert hij tenminste. Gaat ze uiteindelijk het appartement binnen? Of wordt ze weer gestoord en moet ze ervan afzien? Ze vertrekt in elk geval overhaast. Niet lang daarna wordt ze vermoord op Grey Beach. Wat doet ze in vredesnaam om twee uur 's nachts bij dat meer?'

'Wat we nu weten,' voegde Gahalowood eraan toe, 'is dat Alaska die avond in de buurt is gebleven. Was ze bij dat beruchte romantische etentje? En wie was haar geliefde? We weten dat het Walter Carrey niet was. We zouden de restaurants in de omgeving moeten afgaan met een foto van Alaska. Misschien heeft iemand iets gezien.'

'Er zijn honderden restaurants,' zei Kazinsky.

'Niet als we ons beperken tot de betere restaurants, de chique tenten voor romantische etentjes. We kunnen informatie inwinnen bij de vvv's, te beginnen met die van Mount Pleasant.'

Vance, Gahalowood en Kazinsky waren in twee auto's naar Mount Pleasant gekomen om zich zo nodig te kunnen opsplitsen. Dat deden ze nu ook. Kazinsky zou bij de restaurants langsgaan. Gahalowood en Vance gingen Lewis Jacob, de eigenaar van het tankstation, die hen wilde spreken, een bezoekje brengen en vervolgens naar Deborah, de ex-vriendin van Walter over wie chief Mitchell hun had verteld.

Toen Lewis Jacob Gahalowood en Vance de winkel van het tankstation binnen zag komen leek hij opgelucht.

'Eindelijk,' zei hij. 'Eindelijk. Ik dacht dat jullie nooit zouden komen.'

De reden waarom Lewis Jacob Gahalowood en Vance had gevraagd te komen bevond zich in de ruimte achter de winkel. 'Ik heb niets aangeraakt,' verklaarde hij terwijl hij hun voorging naar zijn kantoor, een smal kamertje waarin achterin een grote kluis stond.

'Moet u kijken wat ik vanochtend heb gevonden,' zei hij, terwijl hij de gepantserde deur opentrok.

Hij wees de rechercheurs op een kledingstuk, een handgeschreven briefje en wat geld. Gahalowood en Vance trokken plastic handschoenen aan. Gahalowood pakte het kledingstuk: het was een poloshirt in de kleuren van het tankstation. Op het metalen naambordje dat er op borsthoogte op vastgespeld zat, stond ALASKA.

'Dat is wat ze vrijdag aanhad,' zei Gahalowood, terwijl hij zich de camerabeelden voor de geest haalde.

Lewis Jacob knikte instemmend. 'Ze moet het vrijdagavond bij het sluiten van het tankstation hebben achtergelaten. Ik heb het gisteren niet gezien omdat ik na alles wat er was gebeurd niet open ben gegaan en niet bij de kluis in de buurt ben geweest. De zaak was ook nog niet open toen Lauren, dat hardloopstertje, ineens voor de deur stond.'

Vance begon het handgeschreven briefje voor te lezen:

Beste meneer Jacob,

Ik had niet het lef u persoonlijk te vertellen dat ik wegging. Ik kom niet meer terug. Dank u voor alles wat u voor me hebt gedaan. Ik ga u schrijven, dat beloof ik u. Ik heb mijn winkelsleutel in de brievenbus achtergelaten.

Hartelijke groet,
Alaska

PS: Zeg alstublieft niets tegen Walter.
PS 2: Sorry voor het gedoe dat ik heb veroorzaakt.

'Op de filmbeelden hebben we haar iets in de brievenbus zien doen,' herinnerde Gahalowood zich.

'Dat was inderdaad haar sleutel,' bevestigde Lewis Jacob.

'Haar vertrek was dus gepland,' zei Vance. 'Over welk "gedoe" heeft ze het?'

Lewis Jacob haalde zijn schouders op. 'Ik zou het niet weten. Weet u, ze was een perfectionist. Perfectionisten maken overal een drama van. Alaska stond altijd klaar om me te helpen. Toen Samantha, mijn zondaghulp, twee maanden geleden ontslag nam, was Alaska niet te beroerd me uit de brand te helpen. Oké, er was weleens een incidentje met een bestelling of met de kassa, dan belde ze me en vond ze het vervelend me te moeten storen: "Ik ben hier om u te helpen en doe alleen maar stomme dingen." U begrijpt wat een prachtmeid het was.'

Gahalowood pakte het geld en telde het. 'Heeft Alaska dat geld hier neergelegd?'

'Ja,' antwoordde Lewis Jacob. 'Ik laat geld nooit zo los liggen, ik doe het altijd in het metalen kistje. Hoeveel is het precies?'

'Vierhonderd dollar.'

De oude tankstationhouder glimlachte. 'Voor al die extra uren die ze na het ontslag van Samantha draaide, wilde ze niet betaald worden. Ik bleef erop aandringen maar zij zei dat het normaal was elkaar een handje te helpen. Uiteindelijk heb ik stiekem vierhonderd dollar in haar tas gestopt. Daar liggen ze.'

Bij de gedachte aan Alaska kwamen de tranen weer. Hij voelde zich opgelaten. 'Neem me niet kwalijk, heren. Neem me niet kwalijk dat ik sta te huilen als een klein kind, maar ik kan me gewoon niet voorstellen dat ze dood is.'

'Daarvoor hoeft u zich niet te verontschuldigen, meneer Jacob,' stelde Vance hem gerust. 'Had u er een vermoeden van dat ze zou vertrekken?'

'Absoluut niet. Natuurlijk had ze het weleens over New York en haar droom actrice te worden. Ik vermoedde wel dat ze niet haar hele leven in Mount Pleasant zou blijven. Alaska was een meisje dat de lichtjes van de stad nodig had. Maar waarom zo van de ene op de andere dag vertrekken? Het lijkt haast wel een vlucht...'

'Op de camerabeelden van vrijdag zien we dat Alaska ongeveer een halfuur weg is van haar werk en terugkomt met een weekendtas.'

'Ze zei dat ze wat dingen vergeten was en dat ze even heen en weer naar huis moest. Uiteraard vond ik dat goed.'

'Gebeurde dat vaker, dat ze even wegging?'

'Nee, dit was de eerste keer. Ik had dan ook geen enkele reden haar dat te weigeren. Ze was een modelwerkneemster: gemotiveerd, altijd beschikbaar, ijverig, altijd een glimlach, nooit ziek, nooit iets te klagen. Niets. Een bron van vreugde.'

'En toen u haar met die tas zag terugkomen kwamen er geen vragen bij u boven?'

'Eigenlijk heb ik daar niet echt aandacht aan besteed. Ik bespioneer mijn personeel niet, hè? Ze was dingen vergeten, ze kwam terug met een tas, heel logisch allemaal.'

'Gisteren,' ging Gahalowood verder, 'hebt u ons verteld dat Alaska en Walter Carrey als stel zo hun ups en downs kenden.'

'Ja, dat klopt. Eerlijk gezegd denk ik dat ze nooit echt van hem heeft gehouden. Ik heb me altijd afgevraagd wat ze met hem moest.'

'Wist u dat ze tijdens die korte afwezigheid van het tankstation vrijdag tegen Walter heeft gezegd dat ze bij hem wegging?'

'Dat heb ik gisteren gehoord. Iedereen in het stadje heeft het erover.'

Nu vroeg Vance: 'U zei iets over een romantisch etentje. Alaska had een afspraakje met iemand en we weten inmiddels dat het Walter niet was. Weet u om wie het ging?'

'Geen flauw idee. Anders zou ik dat toch allang hebben verteld?'

'Alaska heeft het met u dus nooit over een minnaar gehad?'

'Nooit.'

'In het briefje dat Alaska voor u heeft achtergelaten schrijft ze dat u niets aan Walter moet vertellen. Waarom niet, denkt u?'

'Omdat ze hem geen verdriet wil doen, lijkt me...'

Lewis Jacob maakte zijn antwoord niet af, plotseling in gedachten verzonken.

'Wat is er, meneer Jacob?' vroeg Gahalowood.

'Hebben ze u over Deborah Miles verteld?'

'Grappig dat u dat vraagt. Chief Mitchell heeft ons net op haar opmerkzaam gemaakt en ons aangeraden haar een bezoekje te brengen.'

'Terecht.'

Deborah Miles was niet thuis. Die zondag was ze aan het werk in de supermarkt van Wolfeboro, die zeven dagen per week van zeven uur 's ochtends tot elf uur 's avonds open was. Gahalowood en Vance gingen haar daar opzoeken. Ze nam pauze en stelde de rechercheurs voor naar de parkeerplaats te gaan om rustig te kunnen praten. De vrouw was een jaar of dertig en zag er moe en futloos uit.

'Wie heeft u over Walter en mij verteld?' vroeg ze.

'Chief Mitchell van de politie van Mount Pleasant,' antwoordde Gahalowood. 'Blijkbaar is het niet zo goed afgelopen tussen Walter en u.'

'We hebben samen iets gehad, ongeveer vijf jaar geleden nu. Hij was net weer in Mount Pleasant komen wonen.'

'Waar zat hij daarvoor?'

'In het leger.'

'Hij was militair?'

'Ja, na de middelbare school is hij bij het korps mariniers gegaan. Hij heeft gevochten in de Golfoorlog en in Somalië. Daarna heeft hij besloten naar het burgerleven terug te keren. Volgens mij wilde hij graag de winkel van zijn ouders overnemen. Jagen en vissen zijn helemaal zijn ding. Walter en ik kenden elkaar van de middelbare school. Ik vond het fijn hem weer te zien. Het klikte tussen ons, we kregen iets met elkaar. In het begin was het heel leuk.'

‘Wanneer was dat?’

‘In het najaar van 1994. Het heeft niet lang geduurd.’

‘Wat is er tussen jullie gebeurd?’

‘Ik mocht Walter graag. In wezen is het een goeie kerel. Maar ik begreep al snel dat onze relatie geen toekomst had. Ik was nog jong, maar ik wilde graag trouwen en kinderen krijgen. En ik besefte dat ik mijn leven niet met Walter zou gaan slijten.’

‘Waarom niet?’

‘Ik wilde weg uit Mount Pleasant, andere dingen zien. Ik weet niet waarom en hoe het zover is gekomen dat ik er vijf jaar later nog steeds woon, met een man die hier vandaan komt en twee kinderen die hier ongetwijfeld net als ik hun leven zullen doorbrengen.’

‘Het is een mooi stadje,’ zei Vance.

‘Mooie stadjes zitten vaak vol bekrompen geesten,’ verklaarde Deborah Miles. ‘Op een gegeven moment is het tijd te vertrekken.’

‘U was dus van plan uit Mount Pleasant weg te gaan. Was dat de reden van de breuk met Walter?’

‘Nee. Zoals ik net al zei, zag ik me niet de rest van mijn dagen met hem slijten. Na een paar maanden besloot ik onze relatie te beëindigen. Het was kort voor kerst. Dat is niet goed bij hem gevallen. Bizar, aangezien hij op het moment zelf nauwelijks reageerde. We waren een kop koffie gaan drinken bij Season. Ik zei dat ik bij hem weg wilde en hij zei alleen maar: oké. Het leek alsof het hem volkomen koud liet. Ik ben opgelucht naar huis gegaan omdat het zo goed was afgelopen. Mijn ouders waren die avond niet thuis. Ik zat tv te kijken in de woonkamer toen ik plotseling gebonk op de deur hoorde.’

Mount Pleasant
December 1994

Deborah Miles vroeg zich in eerste instantie alleen maar af wie er zo op de deur stond te kloppen in plaats van de bel te gebruiken. Maar ze maakte zich geen zorgen. Mount Pleasant was een vredig stadje. Toen ze de deur opendeed, zag ze Walter staan. Hij zag er half bevroren uit. Het huis van de familie Miles lag nogal afgelegen. Die winteravond was het verder donker op het met sneeuw bedekte terrein.

'Walter, wat doe jij nu hier?'

Hij zag er kwaad uit. Zijn blik beloofde niet veel goeds.

'Je hebt een ander, is dat het?' vroeg hij Deborah op vernietigende toon. 'Je doet het met een ander, je bedriegt me.'

'Hè? Waar héb je het over, Walter? Ik heb je helemaal niet bedrogen.'

'Lieg niet tegen me, trut.'

'Hou op, Walter, ik word een beetje bang van je. Wat bezielt jou ineens?'

Maar Walter bleef maar doorgaan: 'Zit je op hém te wachten?'

'Ik zit op niemand te wachten.'

'Heb je je voor hem zo mooi gemaakt?'

Deborah had Walter nog nooit zo gezien. Ze wilde de situatie koste wat kost onder controle houden en hem ervan overtuigen dat hij beter kon vertrekken.

'Walter, ik zit gewoon tv te kijken, meer niet. Ik zweer het je. Je kunt beter naar huis gaan.'

'Je bent een slet, Deborah!'

Ze voelde haar angst groeien. Ze moest van hem af. Het liefst had ze de deur voor zijn neus dichtgegooid, maar hij was zo gaan staan dat dat niet meer kon. Dus besloot ze alles op alles te zetten.

'Walter, je moet echt naar huis. Mijn ouders zijn thuis en je weet hoe mijn vader is, die is niet blij als je zo'n stennis schopt.'

Hij lachte spottend. 'Je ouders zijn er helemaal niet. Die zijn al minstens een halfuur geleden weggegaan.'

Het gezicht van Deborah vertrok. 'Sta je me te bespioneren?'

'Ik stond te wachten tot je prins op het witte paard zou opduiken, maar daarvoor is het echt te koud. Kom, laat me naar binnen. We moeten praten.'

Met de moed der wanhoop gaf Deborah Walter een harde duw. Dat verraste hem zo dat hij achterover in de sneeuw tuimelde. Voordat hij weer overeind had kunnen komen, had Deborah de deur dichtgedaan en vergrendeld. Hij wierp zich tegen de deur en bonkte uit alle macht. 'Doe open!' brulde hij. 'Doe open, slet!' Deborah rende de trap al op en verschanste zich in de slaapkamer van haar ouders. Het volgende moment hoorde ze een ruit aan diggelen gaan. Ze greep de telefoon en toetste het alarmnummer van de politie in.

~

'Walter is opgepakt op het moment dat hij ons terrein verliet,' vertelde Deborah Miles aan de rechercheurs. 'Hij had heel veel gedronken.'

'Hebt u een aanklacht ingediend?'

'Nee, hij heeft de reparatie van het raam betaald en een excuusbrief geschreven aan mijn ouders en mij. Mijn vader, die in Vietnam heeft gediend, heeft altijd mededogen met veteranen gehad. Bovendien was de echte straf voor Walter dat geen enkel meisje uit de buurt na dit voorval nog iets met hem wilde. Hij was gebrandmerkt. Daarom ging hij zo vaak naar Salem, naar zijn vriend Eric Donovan. Daar hoopte hij een meisje te ontmoeten dat zijn verleden niet kende. Toen hij thuiskwam met die mooie blondine, Alaska, vroegen we ons allemaal af wat die arme meid in dit godvergeten gat kwam doen. In mijn hart heb ik er spijt van dat ik destijds geen aanklacht tegen hem heb ingediend. Dat had ik moeten doen, niet voor mezelf maar voor de anderen. Ik had dit misschien kunnen voorkomen.'

'Wat had u kunnen voorkomen?'

'Dat hij Alaska vermoordde.'

Mijn verblijf op Harbour Island, het paradijselijke Bahama-eiland, verliep totaal anders dan verwacht. Dat begon al bij het vertrek, aangezien Raegan niet kwam opdagen op het vliegveld van Montreal.

HOOFDSTUK 4
Paradise Lost

17 april 2010

Ik stond lang op haar te wachten bij de incheckbalie van Air Canada. Ik probeerde haar te bellen, maar kreeg geen gehoor. Uiteindelijk stuurde ze me een bericht:

Het spijt me.
Ik kom niet.
Sorry.

Ik probeerde haar nog een keer te bellen, maar de telefoon stond alweer uit. Blijkbaar had ze hem alleen weer even aangezet om me die kernachtige boodschap te sturen. Ons laatste contact was van de avond daarvoor, via sms. Ik had haar gevraagd hoe het ging, en zij had gezegd dat haar vlucht van Chicago naar Montreal met veel vertraging was geland en dat ze inmiddels thuis haar koffer aan het inpakken was. In werkelijkheid was ze nooit van plan geweest met mij naar Harbour Island te gaan.

Een tijdje later zou ik via een handgeschreven brief die ze voor me had achtergelaten bij de receptie van het Ritz-Carlton een nadere verklaring krijgen waarover ik hier niet geheimzinnig hoef te doen: Raegan was getrouwd en moeder van twee kinderen/ ik was alleen maar een buitenechtelijk avontuurtje met dank aan een uitstapje naar New York met vriendinnen/ de twee keer dat ze bij mij was geweest had ze een zieke grootmoeder op het platteland van Ontario als excuus gebruikt/ ze had nooit geweten hoe ze het mij moest vertellen/ ze had zich laten meeslepen door haar gevoel alvorens te beseffen dat ze onder geen beding alles en iedereen voor een gril in de steek zou laten.

Maar op dat moment, in de vertrekhal van de luchthaven van Montreal, bleef ik wezenloos op het scherm van mijn telefoon staan staren tot een medewerkster van de luchtvaartmaatschappij me uit mijn verslagenheid losrukte.

'We gaan de check-in sluiten, meneer... Wat wilt u?'

Ik besloot toch maar te vertrekken. Ongetwijfeld een soort vluchtpoging. Dus zat ik in mijn eentje in een vliegtuig met bestemming Nassau en maakte ik om het weerzien met mijn vriendin Eenzaamheid te vieren een fles champagne soldaat, gevolgd door een paar van die monsterflesjes whisky die de commerciële luchtvaart ons meent te moeten aanbieden.

Op de Bahama's stapte ik over in een oud vliegtuigje dat na een vlucht van twintig minuten landde op een eilandje dat opdook uit het turquoise water. Ik was aangekomen op Harbour Island. Dat kleine paradijs zou mijn nieuwe hel worden. Maar dan wel een hel vermomd als een luxe hotel te midden van tropische vegetatie. Het hoofdgebouw werd omgeven door een park met de allure van een botanische tuin met vijvers vol waterlelies, kleurige vissen en waterschildpadden. De kamers waren vrijstaande bungalows direct aan het water, die de bewoners een gevoel van absolute privacy gaven.

De gasten kwamen voor de extreme luxe, maar ook voor de buitengewone discretie die het hotel bood. Want niemand kwam alleen naar Harbour Island. Ik werd omringd door stelletjes: behoedzame minnaars, hartstochtelijke echtbrekers, oude, vertrouwde echtparen en prille stellen die elkaar midden in het restaurant uitgebreid zaten te zoenen en daarmee het geduld van de ober, die stond te wachten tot ze zo vriendelijk zouden zijn elkaar hun tong terug te geven om hun bestelling te doen, danig op de proef stelden. Ik zag zelfs een ménage à trois, zonder enige remmingen. En te midden van dat alles zat ik in mijn dooie eentje te eten. Ik was vast de eerste sukkel in de bestaansgeschiedenis van het hotel die hier als single naartoe was gekomen.

In plaats van mijn koffers te pakken en terug te gaan naar New York, was ik zo zwak te denken dat de palmbomen en de zee me wellicht goed zouden doen. Maar of je de confrontatie met een emotionele teleurstelling nu aangaat op je eigen bank of op een ligbed, het resultaat blijft precies hetzelfde: je wordt er depri van. En het nietsdoen van een strandvakantie hielp ook niet echt. Op mijn strand kon ik alleen maar aan Raegan denken. In mijn hoofd bleef het maar malen. Ik had behoefte aan gezelschap en ging op zoek naar een luisterend oor. Ik eindigde in de bar van het hotel, waar de barman geen tijd voor me had en zijn collega me ontliep omdat ze dacht dat ik haar wilde versieren. Terwijl ik daar zo met mijn biertje aan de bar zat, stelde ik me voor dat Harry Quebert, gekleed in een bloemetjesoverhemd, zich op de kruk naast me zou installeren. Hij zou me een klap op mijn schouder geven en tegen me fluisteren: 'Marcus... Marcus... Marcus...' wat de inleiding zou zijn geweest voor een van die levenslessen waar hij zo goed in was en die ik op dat moment zo goed kon gebruiken. Wat zou hij hebben gezegd? Iets in de trant van: 'Marcus, wat zit je hier nu een beetje neerslachtig aan die bar te hangen? Dat je alleen op een eiland bent, wil nog niet zeggen dat je geen gezelschap kunt zoeken. Weet je dat je met dat ding in je zak dat ze telefoon noemen op afstand contact kunt maken met mensen? Met vrienden bijvoorbeeld? Een vriend, Marcus, is iemand die niet je therapeut en niet je moeder is. Laat die arme barman dus alsjeblieft met rust en bel een vriend, daar zul je van opknappen.'

Er was maar één iemand bij wie ik graag mijn hart wilde uitstorten: sergeant Perry Gahalowood. Maar tot dan toe had iets me ervan weerhouden hem te bellen. Ik denk dat ik me schaamde omdat ik me zo keihard had laten dumpen. Aangemoedigd door de geest van Harry besloot ik dat telefoontje toch maar te plegen.

Met een opvallend opgewekt 'Schrijver!' nam hij op.

Ik had moeten weten dat er iets niet in orde was. Gahalowood was nooit joviaal, tegen mij al helemaal niet. Dat hoorde bij wie hij was. Als ik hem per ongeluk twee keer in één week belde, kreeg ik te horen: 'Ik hoop dat je een dringende reden hebt me zo vaak lastig te vallen.' Die dag had ik uit de ongebruikelijke manier waarop hij me begroette moeten opmaken dat hij iets aan me kwijt wilde. Maar dat drong niet tot me door omdat ik volledig kopje-onder ging in mijn zielige zelfmedelijden.

'Hallo, sergeant, hoe gaat het?'

'Dat moet ik aan jou vragen, schrijver. Hoe gaat het daar op de Bahama's? Maak me maar lekker; hier regent het pijpenstelen en is het ijskoud.'

Ik keek eens naar het idyllische plaatje om me heen en geneerde me plotseling om te gaan klagen. Ik durfde hem niet op te biechten wat er met Raegan was gebeurd.

'Alles gaat super,' loog ik. 'Tropische temperaturen, een droomplek... Wat wil je nog meer? Ik zit aan de bar van het hotel van een biertje te genieten. Ik moest aan je denken en had zin je even te bellen.'

De enige reactie was een vreemde, lange stilte. Uiteindelijk zei Gahalowood op aarzelende toon: 'Weet je, schrijver, toen je laatst bij ons was voor de verjaardag van mijn dochter...'

Hij maakte zijn zin niet af. Ik kreeg het gevoel dat hij me iets wilde vertellen. Maar hij bedacht zich.

'Ik vond het fijn dat je er was.'

'Gaat het wel goed, sergeant?'

'Het gaat prima.'

We verbraken de verbinding. Dat telefoontje was een mislukte afspraak op vierduizend kilometer afstand: allebei hadden we de ander nodig maar geen van beiden waren we in staat dat ook te zeggen.

Wat ik op dat moment nog niet wist, was dat Gahalowood in zijn auto zat toen hij zijn telefoon opnam. Hij stond geparkeerd in een straat in het centrum van Concord en bespiedde via het grote raam van een restaurant zijn vrouw die daar samen met een man zat te eten. Ze had tegen hem gelogen en gezegd dat ze weer moest overwerken. Het vermoeden dat Gahalowood sinds een paar weken koesterde, werd hier bevestigd: Helen ging vreemd.

~

De dagen verstreken en ten slotte kwam het eind van mijn verblijf op Harbour Island in zicht. Het was de laatste avond die ik in mijn bungalow doorbracht. Terwijl ik mijn spullen bij elkaar zocht, vond ik onder in mijn reistas een notitieboekje waarvan ik het bestaan allang vergeten was. Ik bladerde het door en zag dat er in de leren band een foto van twintig jaar geleden klem zat. Daarop stond ik te midden van mijn familie uit Baltimore: mijn oom Saul (de broer van mijn vader), tante Anita en mijn neven Woody en Hillel.

Ik glimlachte naar de op glanspapier vastgelegde personen. Wat had ik veel van hen allemaal gehouden. Ik bleef lange tijd naar de foto zitten kijken en kon de gedachte aan het drama dat hun was overkomen niet onderdrukken. Ik liep naar buiten, het donkere strand op. Op het zand kon ik kokoskrabben onderscheiden die heen en weer renden tussen de bomen en de oceaan. Aan de horizon een rij lichtjes: dat kon Florida niet zijn, dat misschien niet zo ver weg was maar wel té ver. Toch vond ik het leuk even te doen alsof het Miami was, waaraan ik zoveel familieherinneringen bewaarde. Mijn oom Saul woonde er nog steeds, in zijn huisje in Coconut Grove, omringd door mangobomen. Ik ging regelmatig bij hem langs, maar met de verschijning van *De waarheid over de zaak Harry Quebert* en de filmopnamen was dat er al een hele tijd niet van gekomen. Ik verlangde ernaar hem even te spreken en belde hem onmiddellijk. Hij had een fijne stem.

'Oom Saul, dat is lang geleden,' zei ik.

'Ik weet het, de tijd vliegt.'

'Je bent niet naar de filmset gekomen...'

'Dat leek me beter. Nog bedankt voor de vliegtickets; ik hoop dat je het me niet kwalijk neemt dat ik je heb laten zitten.'

'Geen probleem. Oom Saul, ik wil graag bij je langskomen.'

'Van harte welkom. Wanneer?'

'Morgen?'

'Morgen... oké,' zei hij een beetje verbaasd. 'Dat zou echt fantastisch zijn.'

Mijn oom en zijn gezin zijn altijd erg belangrijk voor mij geweest. We noemden ze de Goldmans-uit-Baltimore, de geslaagde tak van de familie, in tegenstelling tot mijn ouders en mij: de Goldmans-uit-Montclair. Dit boek is niet bedoeld om de geschiedenis van de Goldmans-uit-Baltimore te vertellen, maar ik moet ze hier wel even noemen omdat ik me inmiddels realiseer dat waarschijnlijk die avond op Harbour Island in mijn schrijversbrein het idee is ontkiemd een boek aan hen te wijden dat ik uiteindelijk twee jaar later zou schrijven: *Het boek van de Baltimores.*

FRAGMENT UIT HET POLITIERAPPORT

VERHOOR VAN WALTER CARREY

(Getuigenverklaring opgenomen ten burele van de afdeling ernstige delicten van de staatspolitie, maandag 5 april 1999.)

Walter, zegt de naam Deborah Miles je iets?

Ja, natuurlijk. We hebben samen iets gehad, vijf jaar geleden. Maar dat weten jullie, aangezien u me deze vraag stelt. Ik neem aan dat jullie ook weten dat ik toen een beetje door het lint ben gegaan?

Inderdaad. Kun je iets vertellen over die avond in december waarop je hebt geprobeerd haar huis binnen te dringen?

Ik heb niet geprobeerd haar huis binnen te dringen. Ik wilde met haar praten, zij gooide de deur voor mijn neus dicht, toen werd ik kwaad en heb ik een steen door het raam gegooid. Dat was echt superstom van mij en ik ben er niet trots op. Ik had duidelijk te veel gedronken, wat ook geen excuus is. Maar het was niet mijn bedoeling haar iets aan te doen of met geweld haar huis binnen te dringen. Als ze me had gevraagd weg te gaan had ik dat onmiddellijk gedaan. Met dat incident heb ik me volkomen belachelijk gemaakt. Gelukkig had ik mijn vriend Eric, bij wie ik regelmatig een weekend in Salem kon doorbrengen om mijn zinnen te verzetten.

Je lijkt erg close met Eric Donovan.

Hij is mijn jeugdvriend. We zijn samen opgegroeid.

En dankzij hem heb je Alaska leren kennen, toch?

Zeker. Alaska maakte deel uit van een groepje meisjes met wie we in Salem omgingen. Eric had iets met een van hen. Hij was smoorverliefd op haar en zij heeft het als een enorme trut per sms met hem uitgemaakt. Hij was er kapot van, de arme jongen. Die verbroken relatie is trouwens een van de redenen dat hij teruggekomen is naar Mount Pleasant.

Dat heeft hij ons inderdaad verteld. Dus als ik het goed begrijp, is hij naar Mount Pleasant teruggekeerd voordat Alaska bij jou kwam wonen.

Ja. De exacte data heb ik niet meer in mijn hoofd, maar Alaska is een paar weken daarna naar mij toe gekomen.

Wat heeft Alaska ertoe aangezet uit Salem te vertrekken?

Daar hebben we het al tien keer over gehad... Ze had behoefte aan verandering.

Ik vroeg me af of ze misschien bij Eric in de buurt wilde zijn?

Hou daar nu eens over op, er was niets tussen Alaska en Eric. Ik weet niet wie u dat heeft aangepraat.

Je moeder.

U moet niet al te veel naar mijn moeder luisteren; ik kan het weten.

Vertel eens over je ontmoeting met Alaska.

De eerste keer dat ik haar zag, was in de lente van 1998. Het was in een bar in Salem, de Blue Lagoon. Ik was op slag verliefd op haar. Ik kon mijn ogen niet van haar afhouden.

Waren die gevoelens wederzijds?

Ze hapte niet onmiddellijk toe. Ik zag dat ze me leuk vond, maar ik moest haar wel een beetje versieren. Wat ik trouwens helemaal niet erg vond. Ik herinner me de avond dat ze me eindelijk kuste nog goed. Zij nam het initiatief: we waren buiten, ze pakte me bij de kraag van mijn jas en drukte haar lippen op de mijne. Kut... ik kan maar niet geloven dat ze dood is...

[Snikken.]

Wil je even stoppen?

Nee. Nee, het gaat wel... nou ja, het gaat helemaal niet, maar ik hoef niet te stoppen.

Had Alaska reden zich bedreigd te voelen?

Nee.

Toch kreeg ze dreigbrieven.

Dat hebt u me verteld, ja.

Met jou heeft ze het daarover nooit gehad?

Nooit.

Heb je gemerkt of er de laatste tijd iets in haar gedrag was veranderd?

Ik heb u al verteld dat het in onze relatie een beetje op en neer ging. Ze was weleens chagrijnig ja, geïrriteerd door mij...

Ik bedoelde meer of ze zenuwachtig was, of ongerust. Echt ongebruikelijke reacties.

Nee.

Walter, het lijkt erop dat Alaska de nacht dat ze vermoord is nog teruggekomen is naar jouw appartement. Waarschijnlijk vlak voordat ze naar Grey Beach ging.

Waar hebt u het over?

Een getuige zou haar auto om tien over halftwee hebben gezien. Misschien kwam ze nog wat spullen halen?

Ik zou het niet weten.

Waar was jij in de nacht van vrijdag op zaterdag om tien over halftwee?

In National Anthem, zoals ik al heb verteld.

Het probleem is dat we geen getuige hebben gevonden die kan bevestigen dat je daar rond sluitingstijd nog was.

Niet zo raar, het was beredruk. En hoe zou ik dat trouwens kunnen weten als ik er niet was geweest? Mensen weigerden te vertrekken, de politie moest eraan te pas komen.

Als je het goedvindt, willen we graag DNA bij je afnemen.

Natuurlijk. Ik heb geen enkele reden me daartegen te verzetten.

Twee dagen na de moord

Maandag 5 april 1999

Het afnemen van het DNA gebeurde in de verhoorruimte. Het was zo gepiept: iemand van de technische recherche hoefde alleen maar een wattenstaafje langs de binnenkant van Walter Carreys mond te halen. Zodra dat was gedaan, trok Walter zijn jas aan en pakte hij de krant die hij bij zich had gehad. Die dag stond Alaska op alle dagbladen van New Hampshire. Voordat Walter vertrok, fluisterde hij nog tegen de rechercheurs: 'Ze heeft er altijd van gedroomd op de voorpagina van de krant te staan...'

Het glimlachende gezicht van de jonge vrouw ging nu door ieders handen, in de keuken, het café, de bus, de wachtkamer. Haar naam lag op aller lippen. En aan het eind van elk artikel werden de lezers gemaand: Mocht u deze vrouw vrijdagavond 2 april hebben gezien, of informatie over haar hebben, neem dan contact op met de afdeling ernstige delicten [...].

De rechercheurs vertrouwden erop dat er zich na deze oproep getuigen zouden melden. Het rondje dat Kazinsky de vorige dag langs restaurants had gemaakt, had helaas niets opgeleverd. Niemand had Alaska gezien. Ze hoopten dat een grootschalige verspreiding van haar foto herinneringen zou losmaken. En dat gebeurde ook: de bedrijfsleider van een supermarkt in Conway, een stad op twintig minuten rijden ten noorden van Mount Pleasant, beweerde Alaska te hebben zien ruziemaken met een man. Wat hij zei, klonk zo overtuigend dat Vance en Gahalowood koers zetten naar Conway.

De supermarkt maakte deel uit van een winkelcentrum dat bestond uit verschillende winkels rond een gemeenschappelijke parkeerplaats. De bedrijfsleider vertelde de rechercheurs: 'De precieze datum weet ik niet meer, maar het zal een week of twee geleden zijn. Ik heb dat meisje gezien. Ik hoop niet dat jullie me een viezerik vinden, maar ik ga er niet om liegen: ze viel me op omdat ze verbluffend mooi was. Ik had er geen verkeerde gedachten bij, ik ben zelf vader, ze had mijn dochter kunnen zijn, maar ze viel gewoon op. Volgens mij keek iedereen trouwens naar haar. Kort nadat ze langs de kassa was gegaan kreeg ik de melding dat er voor de winkel ruzie werd gemaakt. Ik ben gaan kijken wat er aan de hand was. Het meisje stond in tranen tegenover een grote kerel die iets zei als: "Dat flik je me niet." Ik heb aan het meisje gevraagd of alles in orde was en toen antwoordde die vent dat ik hen met rust moest laten. Ik ben onmiddellijk naar binnen gegaan om de politie te bellen. Toen ik weer buitenkwam, waren ze op de parkeerplaats. Zij schreeuwde naar hem: "Ik moet hier weg!" De man stapte in een auto en zij ging naast hem op de passagiersplaats zitten. Het zag er vreemd uit en ik vroeg me af of ze uit vrije wil was ingestapt. En toen kwam de politie.'

'En?'

'Simpele controle. De agent liet hen al snel weer vertrekken. Hij zei dat het niets was, maar ik heb met eigen ogen gezien dat het niet niets was.'

Gahalowood keek omhoog en zag de camera's die op de ingang van de supermarkt gericht stonden. 'Kunnen we misschien de beelden van die dag zien?'

'Helaas worden de opnamen elke achtenveertig uur overschreven.'

Was het inderdaad Alaska geweest op de parkeerplaats van die supermarkt? En met wie had ze ruzie gehad? Op het politiebureau van Conway konden Gahalowood en Vance het incident achterhalen via het register van de meldkamer: het bleek maandag 22 maart te zijn geweest. De agent die ernaartoe was gegaan kon het zich niet echt meer herinneren.

'Dat ik er niets meer van weet,' zei hij tegen de rechercheurs, 'wil waarschijnlijk zeggen dat het niet veel te betekenen had. Van die telefoontjes voor drie keer niks krijgen we aan de lopende band. Aangezien we steeds weer tegen de mensen zeggen: "Je kunt beter te vaak bellen dan te laat", worden we voor het minste of geringste gebeld.'

Gahalowood liet de agent nogmaals de foto van Alaska zien. 'Kijk nog eens goed, weet u zeker dat u haar niet herkent? Ze zou ruzie hebben gehad met een man op de parkeerplaats van de supermarkt...'

Bij wijze van antwoord ging de agent achter een vrije computer zitten. Terwijl hij zijn vingers over het toetsenbord liet gaan vroeg hij: 'Hebben jullie het verslag van de meldkamer gekregen?'

'Welk verslag?' vroeg Vance.

'Van elk telefoontje naar het alarmnummer,' verklaarde de agent, 'moet een verslag worden gemaakt. Al zijn het maar twee regels getypt op de boordcomputer van de surveillanceauto.'

'En dat verslag hebt u?' vroeg Gahalowood op dringende toon.

Na een paar muisklikken liep de agent naar de printer om het papier te halen dat het apparaat net had uitgespuugd.

'Kijk eens aan,' zei hij, terwijl hij zijn blik over de regels liet glijden. 'Een ruzie op de openbare weg, nu weet ik het weer. Een man achter het stuur, op de passagiersstoel een meisje met rode ogen. Ze had gehuild. Ik heb ze ondervraagd. Het meisje bevestigde dat ze een woordenwisseling hadden gehad maar dat alles weer in orde was. Nu herinner ik me weer dat ze tegen me zei: "Hebt u nooit onenigheid met uw vrouw, agent?" Ze maakte er zelfs nog een grapje van: "Als je nu al niet eens meer een beetje kunt bekvechten in het openbaar zonder dat de politie eraan te pas komt..." Het was duidelijk een oproep voor niks. Ik heb gecontroleerd of de bestuurder een geldig rijbewijs had, en ik zie in het verslag dat ik zelfs zover ben gegaan de auto door de voertuigendatabase te halen om te checken of hij niet gestolen was en een goede verzekering had.'

'Mag ik dat verslag zien?' vroeg Gahalowood.

'Natuurlijk.'

Maandag 22 maart 1999 – 14.25 uur
Reden van de oproep: Ruzie op de openbare weg.
Situatie: Stel in auto, geen zichtbare sporen van geweld. Ingrijpen niet nodig.
Actie: Controle van het rijbewijs van de bestuurder en controle van het voertuig. Zwarte Ford Taurus met kenteken New Hampshire SDX8965. Verzekering in orde, niet als gestolen geregistreerd. Interventie beëindigd om 14.33 uur.

Met zijn ogen strak op het papier gericht vroeg Gahalowood aan Vance: 'Heb jij het kenteken van de auto van Walter Carrey nog?'

Vance raadpleegde zijn notitieboekje: 'New Hampshire SDX8965.'

'Alaska was dus met Walter Carrey.'

~

'Walter Carrey en Alaska Sanders die ruziemaken tijdens het boodschappen doen, ik vrees dat dat niet echt een veelbelovend spoor is,' merkte Vance op terwijl ze het politiebureau uit liepen.

'Het bewijst in elk geval dat die breuk van 2 april niet uit de lucht kwam vallen, zoals hij ons wilde doen geloven. Hij speelt de argeloze vriend, maar wanneer je zo heftig ruziemaakt met je vriendin dat iemand de politie belt, is het einde wel in zicht, toch?'

'Mee eens,' beaamde Vance. 'Ik krijg de indruk dat hij ons van het begin af aan om de tuin probeert te leiden.'

In Conway zouden Gahalowood en Vance ook belangrijke informatie krijgen over het bospad waarop de stukken van een achterlicht en verfsporen waren ontdekt. In Conway bevond zich namelijk het regionale kantoor van de US Forest Service waar ook het White Mountain National Forest onder viel, waar Alaska was gevonden. De lokale overheden hadden daarover niets te zeggen.

'Simpel gezegd komt het erop neer dat dat bos wordt beheerd door Washington,' legde Kazinsky, die zich door de kronkels van het federale bestuur had geworsteld, hun aan de telefoon uit.

'Handig,' zei Vance op spottende toon.

'In de praktijk wel, want feitelijk zijn het de regionale kantoren die de hun toegewezen delen beheren. Het hoofd van het kantoor in Conway verwacht jullie, ik heb hem net aan de lijn gehad. Hij kent dat bospad goed, hij zegt dat hij daar al jaren over klaagt. De halvezolensnelweg noemt hij het.'

Dat was ook precies de term die het hoofd van het kantoor in Conway gebruikte, toen hij een kaart op zijn bureau uitspreidde en Gahalowood en Vance het pad in kwestie aanwees. Dat liep vanaf Route 21, bij Mount Pleasant, tien kilometer door het bos tot aan Route 16.

'De halvezolensnelweg,' verklaarde hij, 'is aangelegd na een grote brand in Yellowstone in 1988. De Forest Service bedacht toen dat er goede toegangswegen het bos in moesten komen zodat de hulpdiensten een brand snel konden indammen. Omwille van de bereikbaarheid kregen boswachters toestemming rigoureus te hakken in het kreupelhout dat ze normaal gesproken gewoon laten woekeren. Het idee was dus goed, maar de onverharde weg die was bedoeld voor brandweer en medewerkers van de Forest Service werd al snel door Jan en alleman gebruikt. Het is een komen en gaan van auto's, quads, motoren en wat al niet meer. Er zijn er zelfs die hun boot via dat pad naar het meer brengen! Vandaar ook die caravan die daar gestrand is en nooit is weggehaald. Mijn mannen hebben het er steeds over. Alleen, wat kan ik eraan doen? Ik heb het gemeentehuis van Mount Pleasant gewaarschuwd, maar daar zeggen ze dat het niet onder hun bevoegdheid valt, omdat het een nationaal, dus federaal bos is. U zult begrijpen dat het ze in Washington een rotzorg zal zijn dat er bij een meer in New Hampshire een caravan staat weg te rotten. Ik wilde de toegang aan beide kanten met een slagboom afsluiten, maar dat mocht niet omdat de brandweer er dan misschien op het moment dat er brand is niet in kan, omdat niemand weet wie de sleutel heeft. Het enige wat we mogen doen is de overtreders aangeven. We noteren een kenteken, maken een proces-verbaal op en zetten dat vervolgens samen met een gedetailleerd rapport in het systeem. Daarna is het aan Washington om een boete op te leggen. Snapt u wat een gehannes dat is? Mijn mannen zijn boswachters, geen parkeerwachters!'

'U hebt dus een bestand waar al die processen-verbaal in staan?'

'Ja.'

Even later zaten Gahalowood en Vance achter een computerscherm met alle processen-verbaal die de boswachters de afgelopen weken hadden uitgeschreven. Dat bleken er niet zo heel veel te zijn. Daardoor viel hun oog al snel op een auto die op zaterdag 20 maart was bekeurd. Een auto die hun onderhand goed bekend was: een zwarte Ford Taurus, met kenteken New Hampshire SDX8965. De auto van Walter Carrey. Als opmerking stond erbij: KMI, voertuig zonder inzittende.

'KMI?' vroeg Gahalowood aan de man van het kantoor. 'Wat betekent dat?'

'Dat betekent dat de auto zich op de eerste kilometer van het pad bevond. Daar kunnen we op terugvallen in geval van bezwaar. Ja, want als Washington een bekeuring heeft gestuurd kan de betrokkene nog bezwaar maken en dat komt dan weer bij ons terecht. Dan moeten we met een "toelichting" komen. Het is echt een vloek, dat gedoe.'

'Wat is precies de eerste kilometer?' vroeg Vance.

De man liep weer naar zijn kaart en wees met zijn vinger de eerste kilometer aan, gemarkeerd met een dun streepje. Hij vertelde de rechercheurs: 'In dat stuk staat ook de verlaten caravan.'

Het bestand liet zien dat er op diezelfde 20 maart op hetzelfde traject nóg een auto was bekeurd: een zwarte Pontiac Sunrunner. Vance belde Kazinsky om hem te vragen het kenteken door de database te halen.

'Nou ja,' riep Kazinsky uit bij het zien van de naam van de eigenaar op zijn scherm. 'Dat is de auto van Eric Donovan.'

Gahalowood en Vance reden onmiddellijk naar Mount Pleasant om Eric Donovan naar zijn auto te vragen. Eric was in de winkel en nam de rechercheurs mee naar achter om rustig te kunnen praten.

'Wat is er aan de hand?' vroeg hij, zichtbaar niet op zijn gemak.

'Jij rijdt in een Pontiac Sunrunner, toch?' wilde Gahalowood weten.

'Inderdaad,' beaamde Eric. 'Hoezo?'

'En je hebt een bekeuring gekregen op het bospad bij Grey Beach?'

'Ja, dat klopt. Die suffe boswachters hebben me aangegeven. We gebruiken dat pad al tien jaar om te gaan vissen en van de ene op de andere dag komen ze met een verordening. Waarom in vredesnaam?'

'Wat had je op dat pad te zoeken?'

Die vraag leek Eric te verrassen. 'Walter en ik gaan altijd naar het forellenparadijs. Een beroemde visplek. Als jongetjes gingen we op de fiets en lopend, maar nu ze het bos hebben vernield om dat nutteloze pad aan te leggen kunnen we daar maar beter gebruik van maken, toch? Dan kunnen we met onze spullen vlakbij parkeren. Daar profiteren we dan maar van.'

'Walter en jij kennen dat stuk van het bos dus goed?'

'Iedereen kent de omgeving van Grey Beach goed. Het is een heel populaire plek.'

'Eric,' vroeg Vance, 'heb je onlangs nog een ongeluk met je auto gehad?'

'Nee, waarom... Wacht even, gaat dit over die stukken van een achterlicht die in het bos zijn gevonden?'

'Hoe weet jij daarvan?' vroeg Gahalowood.

'De agenten hier houden hun mond niet, hoor,' antwoordde Eric. 'En de mensen hebben het over niets anders dan over de moord... U denkt toch niet dat ik iets met de dood van Alaska te maken heb?'

'Eric, mogen we een blik op je auto werpen?'

Een tikje verrast door de vraag nam de jonge man de rechercheurs mee naar zijn zwarte Pontiac Sunrunner, die op de parkeerplaats van de winkel stond. De auto was nog helemaal heel.

Gahalowood en Vance waren net weer weg bij Eric Donovan toen Kazinsky belde.

'We hebben de eerste resultaten van de arts en de technische recherche binnen,' vertelde hij. 'Alaska is niet overleden aan de klap op haar hoofd.'

~

Op het hoofdkwartier van de staatspolitie luisterden Gahalowood, Vance en Kazinsky aandachtig naar de forensisch arts, die de conclusies van zijn autopsierapport uiteenzette.

'Alaska Sanders is door verwurging om het leven gebracht. Waarschijnlijk met blote handen, te oordelen naar de bloeduitstortingen in haar nek.'

'Verwurging?' herhaalde Vance verbaasd. 'Maar ik dacht dat ze een klap op haar hoofd had gehad?'

'Ze heeft inderdaad een klap op haar hoofd gekregen,' beaamde de arts, 'maar dat is niet de doodsoorzaak.' Hij illustreerde zijn betoog met foto's. 'Kijk, er is duidelijk schedelletsel te zien ter hoogte van het achterhoofdsbeen, maar die klap was niet dodelijk.'

'Als ik het goed begrijp,' zei Gahalowood, 'heeft ze eerst een klap op haar hoofd gekregen en is toen gewurgd.'

'Precies.'

'Waarmee is ze geslagen?'

'Als je naar de verwonding kijkt, is het een bijzonder harde klap geweest die met veel kracht is toegebracht. Uit de impact kan ik opmaken dat de moordenaar haar heeft geslagen met een zwaar voorwerp dat als verlenging van zijn arm heeft gediend. Een metalen staaf bijvoorbeeld.'

'Of een dikke stok?' opperde Vance.

'Nee, want ik heb geen houtsporen in de wond aangetroffen. Ik zou zeggen een metalen staaf of iets wat daarop lijkt.'

'Weten we zeker dat ze op dat strand is overleden?' vroeg Gahalowood.

'Ja, het lichaam is niet verplaatst,' verklaarde de patholoog-anatoom. 'Dat valt op te maken uit de bloedsporen die we ter plekke hebben aangetroffen, wat erop wijst dat ze die klap op het strand heeft gekregen, maar vooral ook uit de larven die we in haar neusgaten en oren hebben gevonden en die afkomstig zijn van vliegen die tot de inheemse fauna van Lake Skotam behoren. En dat er maden zijn betekent dat de vliegen de eitjes vlak na het overlijden hebben gelegd. Waardoor ik trouwens ook kan bevestigen dat de moord heeft plaatsgevonden tussen een en twee uur in de nacht van vrijdag op zaterdag. Toxicologisch was alles verder normaal. Ze was niet gedrogeerd en had licht gedronken.'

'Is ze verkracht?' vroeg Vance.

'Nee, niets wat op verkrachting of seksueel contact wijst.'

Na de arts was het hoofd van de technische recherche, Keith Benton, aan de beurt om verslag uit te brengen. Als eerste liet hij een foto zien van de grijze trui met de letters M U erop.

'Op de trui die in de caravan is gevonden zit inderdaad het bloed van Alaska Sanders. Afgezien van het DNA van het slachtoffer hebben we DNA-sporen van twee andere personen aangetroffen.'

'Bedoelt u dat er twee moordenaars kunnen zijn?'

'Dat is een mogelijkheid.'

'Ik neem aan dat er in onze database geen overeenkomsten met die DNA-sporen zijn gevonden?'

'Dat hebt u goed aangenomen, sergeant. Het DNA is onbekend. Maar bij allebei bevat de sequentie X- en Y-chromosomen, wat wil zeggen dat het mannen zijn. De trui lijkt trouwens ook een mannenmodel, in de maat XL.'

'Die trui kan dus gedragen zijn door de moordenaar, of een van de moordenaars?'

'Dat is heel waarschijnlijk,' beaamde Keith Benton. 'Volgens de arts heeft het slachtoffer eerst een klap gekregen en is vervolgens gewurgd. Je kunt je heel goed voorstellen dat de moordenaar bij het wurgen bloedvlekken heeft opgelopen.'

'Enig idee waar M U voor staat?' vroeg Vance.

'Geen enkel. Eerlijk gezegd hebben we ons eerst geconcentreerd op alle analyses die we moesten doen.'

'We hebben vanochtend DNA afgenomen bij een man die Walter Carrey heet,' zei Gahalowood. 'Zou u zijn DNA kunnen vergelijken met wat u op die trui hebt gevonden om te zien of het overeenkomt met een van de twee?'

'Zeker. Ik zal proberen het voor het eind van de dag te doen. En anders in elk geval morgenochtend.'

'Dank.'

Keith Benton ging verder met een foto van de blauwe cabriolet van Alaska die op de parkeerplaats van Grey Beach was aangetroffen.

'In de auto bevond zich geen ander DNA dan dat van het slachtoffer. Zoals jullie weten, hebben we haar handtas gevonden en een weekendtas, waarvan we de inhoud hebben genoteerd: wat kleren en een toilettas. Genoeg voor een paar dagen. Helaas weinig waar jullie iets aan hebben. De dreigbrieven daarentegen hebben wel degelijk iets opgeleverd.'

Keith Benton presenteerde vervolgens het analyserapport van de brief die in de zak van Alaska was gevonden en de brieven die bij haar thuis waren ontdekt.

'Die brieven zijn allemaal gelijk. Er is steeds hetzelfde papier gebruikt. Het gaat om een standaardtype papier dat in de supermarkt te koop is. Er is geen DNA op aangetroffen, maar wel zijn er vingerafdrukken op gevonden die allemaal van het slachtoffer zijn. Ik kan bevestigen dat de brieven allemaal uit dezelfde printer komen. Ze vertonen allemaal dezelfde minieme printafwijking die met het blote oog nauwelijks te zien is. Die afwijking komt systematisch in iedere brief terug: dat betekent dat de gebruikte printer een beschadigde printkop heeft.'

'Begrijp ik goed,' onderbrak Gahalowood hem, 'dat we de printer die voor deze berichten is gebruikt kunnen identificeren?'

'Als ik het apparaat voor mijn neus zou hebben, zou ik inderdaad met zekerheid kunnen vaststellen of ze daarmee zijn geprint, ja. Als u met een verdachte komt, kan ik hem dankzij zijn printer ontmaskeren.'

'En dat kapotte achterlicht?' vroeg Vance.

Keith Benton schonk hem een geamuseerde glimlach. 'Heren, ik heb een deel van mijn mensen al het weekend laten werken om jullie vast al deze resultaten te kunnen geven. Ik weet dat de tijd dringt voor jullie, maar onderzoek van autobrokstukken kan wel maanden duren. Hebt u enig idee hoeveel werk erin gaat zitten een scherf van een achterlicht te koppelen aan een automodel?'

'En als we het nu omdraaien en u het model geven met de vraag of de brokstukken bij dat type auto horen, zou dat eenvoudiger zijn?'

'Een stuk eenvoudiger. Om het doorrijden na een ongeluk te bestrijden beschikt de staatspolitie in het hele land over een gemeenschappelijke database met monsters van autolak en voor- en achterlichten. Als het model dat u in uw hoofd hebt een beetje courant is, is het misschien maar een paar uur werk.'

'We willen weten of het van een zwarte Ford Taurus of een zwarte Pontiac Sunrunner is,' verklaarde Gahalowood

Keith Benton noteerde de gegevens en wierp een blik op zijn horloge. 'Geef me tot morgenochtend, dan kom ik bij jullie terug met het DNA-resultaat van die Walter Carrey en de analyse van het automodel.'

Die avond kwamen Vance en Kazinsky op uitnodiging van Helen bij Gahalowood eten. Het was een vrolijk samenzijn. Aan tafel waren de drie rechercheurs even niet met de zaak Alaska Sanders bezig. Helen had een stuk stoofvlees klaargemaakt. Terwijl Vance zich voor de derde keer opschepte, deed hij alsof hij het erg vond dat ze zoveel moeite had gedaan. 'Helen, je had beloofd dat je pizza's zou bestellen.'

'Ik heb gelogen om te zorgen dat je zou komen,' zei Helen lachend. 'Ik ben zwanger, Matt, niet invalide.'

Nu lachten ze allemaal.

'Je kunt elk moment bevallen,' hield Vance vol.

'Neem maar van mij aan, Matt,' zei Gahalowood, 'dat je met een zwangere vrouw niet in discussie moet gaan.'

'Ik vind dat ding bij de deur, Joie de vivre, trouwens geweldig,' zei Kazinsky. 'Die naam pas perfect bij dit huis. Het voelt altijd goed bij jullie. Misschien dat ik een keer met mijn vrouw op bijscholingscursus kan komen.'

'Hebben jullie vaak mot?' vroeg Vance.

'Voortdurend,' antwoordde Kazinsky.

'Perry en ik hebben ook vaak mot,' verklaarde Helen.

'Nou, we kunnen wel zien hoe jullie het goedmaken.' Vance gebaarde naar haar bolle buik.

Weer moesten ze lachen.

'Helen is niet bepaald een doetje,' voegde Gahalowood er nog aan toe.

'Misschien niet, Perry,' zei Vance. 'Maar weet je, ik ben nooit getrouwd, heb nooit kinderen gekregen en daar heb ik ook nooit spijt van gehad... behalve dan als ik jullie zie, Helen en jou.'

De sfeer bleef ontspannen tot aan het dessert. Gahalowood bood een biertje aan. Kazinsky had daar wel zin in, Vance reageerde niet. Hij staarde nietsziend voor zich uit, alsof hij ergens heel hard over nadacht.

'Matt,' vroeg Gahalowood, 'wat is er?'

'Er schoot me iets te binnen over Alaska.'

De gezichten betrokken, het moment van ontspanning was voorbij.

'Eens een agent, altijd een agent,' verzuchtte Helen. 'Ik laat jullie alleen. Ik wil niets over dat arme vermoorde meisje horen.'

Ze omhelsde haar gasten en haar man en vertrok naar boven.

'Wat zit je dwars?' vroeg Gahalowood.

'Ik moet steeds denken aan wat de arts ons vertelde,' zei Vance. 'Dat Alaska eerst geslagen is en toen gewurgd.'

'Ja, en?'

'En dan vraag ik me af waarom de moordenaar haar niet is blijven slaan.'

'Hoe dat zo?' vroeg Gahalowood, die niet begreep waar hij naartoe wilde.

'De moordenaar geeft Alaska een keiharde klap. Zo hard dat hij de achterkant van haar schedel inslaat. Het was zijn bedoeling haar te doden. Maar ze leeft nog. Dat realiseert de moordenaar zich. Hij moet het afmaken en wurgt haar. Waarom wurgt hij haar in plaats van te blijven slaan met die ijzeren staaf van hem? Hij heeft Alaska al één klap gegeven, waarom gaat hij niet door totdat ze dood is? Waarom maakt hij het nodeloos ingewikkeld door Alaska te wurgen in plaats van nog meer klappen uit te delen totdat ze bezwijkt?'

'Een dergelijk betoog van jou betekent meestal dat je ook het antwoord hebt,' zei Gahalowood.

Vance knikte.

~

Zaterdag 3 april 1999,
tussen een en twee uur 's nachts
(volgens de hypothese van sergeant Matt Vance)

Het strand van Grey Beach werd beschenen door het maanlicht dat ook een glinstering op het water van Lake Skotam toverde. Alaska, alleen op het strand, hoorde haar moordenaar niet aankomen. Waarschijnlijk werd het geluid van zijn voetstappen op de keien overstemd door het klotsende water, de kwakende kikkers en de andere geluiden van de nacht.

Toen de zware massa haar schedel raakte, was er alleen maar het doffe kraken van bot. Ze schreeuwde niet eens. Enkel een gesmoord geluidje, gevolgd door de plof van haar lichaam dat op de oever in elkaar zakte. Het was allemaal heel snel gegaan. De moordenaar bleef even naar het lichaam staan kijken en zwiepte toen met alle kracht die hij in zich had de ijzeren staaf het meer in. Het was te donker om te kunnen zien waar hij neerkwam, maar de moordenaar hoorde hem het oppervlak van het meer raken. Het was klaar. Tijd om ervandoor te gaan. Maar terwijl hij bij het lichaam wegliep, hoorde hij plotseling een gereutel. Hij draaide zich om en zag tot zijn ontzetting dat Alaska zich moeizaam bewoog. Ze verkeerde hoorbaar in doodsstrijd. De moordenaar voelde een rilling van afgrijzen en paniek door zich heen gaan. Uiteindelijk zou ze ongetwijfeld aan haar verwonding bezwijken, maar hoe kon hij daar zeker van zijn? Bovendien had ze hem nu gezien: haar geopende ogen waren op hem gericht. Hij moest afmaken waaraan hij was begonnen.

Onmiddellijk had hij er spijt van dat hij de staaf had weggegooid. Hij keek om zich heen maar zag geen enkele tak die zwaar genoeg was om als knuppel dienst te doen. Hij zocht een steen om de klus mee te klaren, maar op de grond lagen slechts keitjes van beschaafde afmetingen. Hij had geen andere keus dan haar te wurgen. Hij liet zich achter Alaska zakken en legde zijn handen om haar nek. Hij drukte zo hard hij kon. Het ging nogal onhandig. Om haar te laten stikken was hij gedwongen haar tegen zich aan te trekken. Zijn trui zat al snel onder het bloed.

Toen ze eindelijk dood was, vluchtte hij het bos in. Vlak bij het bospad waar hij zijn auto had geparkeerd stuitte hij op de verlaten caravan. Hij trok zijn trui uit en gooide hem naar binnen. Vervolgens stapte hij in zijn auto en startte luidruchtig. In zijn haast om weg te komen zag hij de boom achter zich over het hoofd en reed ertegenaan. Met een vloek schakelde hij naar vooruit en verdween in de nacht.

⁓

'Volgens jou ligt het moordwapen in het meer?' vroeg Gahalowood.

'Dat is een mogelijkheid,' beaamde Vance.

'Waarom zou de moordenaar zich zo dicht bij de plaats delict van zijn wapen ontdoen?' vroeg Kazinsky, terwijl hij zijn biertje openmaakte.

'We weten allebei,' antwoordde Vance, 'dat bij een op de twee moorden het gebruikte wapen in een vuilnisbak in de buurt wordt gevonden. Waarom? Omdat de moordenaar niet het risico wil lopen daarmee betrapt te worden tijdens een toevallige politiecontrole. Hetzelfde geldt voor die trui. In ons geval zit de moordenaar van Alaska onder het bloed; daar had hij niet op gerekend. Dus ontdoet hij zich van het kledingstuk om te voorkomen dat hij de aandacht trekt maar vooral ook om te zorgen dat er geen bloed in zijn auto komt, voor het geval hij verdacht wordt en zijn auto binnenstebuiten wordt gekeerd.'

'Dat is een hypothese die hout snijdt,' vond Gahalowood. 'We moeten in Lake Skotam naar die bewuste metalen staaf laten zoeken.'

Zodra ze de volgende ochtend op het hoofdkwartier waren, regelden ze dat er met spoed een duikteam naar Grey Beach werd gestuurd. Niet veel later kwam Keith Benton, het hoofd van de technische recherche, hun kantoor binnen.

'Ik heb net de uitslag van jullie DNA binnen,' verklaarde hij, terwijl hij met een analyserapport wapperde.

'En?' vroeg Gahalowood.

'Het DNA van Walter Carrey komt overeen met een van de twee DNA-profielen die op de grijze trui zijn aangetroffen.'

Zonder nog een seconde te verliezen stapten de rechercheurs in de auto en raceten naar Mount Pleasant. In volle vaart reden ze de hoofdstraat in, maar vlak voor de winkel van de familie Donovan moesten ze noodgedwongen stoppen. De weg was afgezet. Verderop stonden verschillende brandweerwagens. Gahalowood, Vance en Kazinsky sprongen uit de auto en legden het laatste stuk rennend af. Aangekomen bij de winkel in jacht- en hengelsportartikelen bleven ze verbijsterd staan: op de verdieping waar zich het appartement van Walter Carrey bevond had 's nachts brand gewoed.

Het is maar vijftig minuten vliegen van de Bahama's naar Florida. Ik vertrok in de loop van de ochtend van Harbour Island en kwam nog vóór het middaguur op de luchthaven van Miami aan. Ik huurde een auto om naar de wijk Coconut Grove te rijden, waar mijn oom Saul woonde.

HOOFDSTUK 5
De Goldmans-uit-Baltimore

Miami, Florida
24 april 2010

In de auto werd ik gebeld door mijn moeder.

'En hoe was je vakantie, lieverd?'

'Super.'

'Was je alleen?'

'Ja.'

'Ik hoop dat je liegt tegen je moeder en dat je in het gezelschap was van een leuke jonge vrouw die je rug heeft ingesmeerd en die je snel kinderen zal schenken. Ben je in New York? Heb je zin om vanavond te komen eten?'

'Ik heb een tussenstop in Florida gemaakt, mama. Ik ben onderweg naar oom Saul.'

Na een afkeurende stilte zei mijn moeder: 'Die bezoekjes aan Florida zijn niet goed voor je. Dan verzand je alleen maar weer in het verleden en in wat er met je neven is gebeurd.'

Ik wilde zeggen dat ik daaraan misschien wel behoefte had, maar besloot dat ik het liever kort hield.

'Maak je geen zorgen, mama. Ik kom over een paar dagen naar huis, ik bel je wanneer ik in New York ben.'

Ik had de verbinding amper verbroken of mijn telefoon ging weer. Aangezien ik hem met het draadloze systeem van de auto had verbonden nam ik op zonder het nummer te hebben gezien.

'Mama?' zei ik, in de veronderstelling dat ze nog iets was vergeten.

'Nee,' antwoordde de stem van mijn uitgever Roy Barnaski, 'maar je mag me gerust "mama" noemen als je dat leuk vindt.'

'Sorry, Roy, ik zit in de auto, ik heb opgenomen zonder naar het nummer te kijken.'

'Je bent zelf een mooi nummer, Goldman! Zeg dat je in New York bent. Vanavond samen eten bij Pierre?'

'Ik ben in Florida.'

'In Florida,' jammerde Roy. 'Goldman, ik heb het een beetje gehad met dat eeuwige gereis van jou.'

'Ik moest er even uit.'

'Sores?'

'Liefdesverdriet.'

'Dat komt goed uit, daar heb ik een uitstekende remedie tegen: twee miljoen dollar.'

'Voor de filmbewerking van *De waarheid over de zaak Harry Quebert*?'

'Ja.'

'Dat blijft een nee. Ik heb je al gezegd dat ik absoluut geen zin heb in een verfilming.'

'Je bent onuitstaanbaar, Goldman! Wie zegt er nu nee tegen twee miljoen dollar?'

'Ik.'

Toen ik er het cliché tegenaan gooide dat geld niet gelukkig maakt, zei Barnaski: 'Armoede ook niet.'

Ik verbrak de verbinding.

In Coconut Grove stond oom Saul me op te wachten op de veranda van zijn bescheiden huis. We omhelsden elkaar langdurig. Ik vond dat hij afgevallen was. Zijn baard, die hij sinds het Drama had laten groeien, was voller geworden. Oom Saul had alles bezeten en was alles kwijtgeraakt. Wanneer ik naar hem keek, zag ik nog steeds de vooraanstaande advocaat uit Baltimore, mét alle tekenen van zijn succes: zijn weelderige landhuis in Oak Park, zijn zomerhuis in de Hamptons, zijn winterappartement in een van de duurste wijken van

Miami. In werkelijkheid was hij tegenwoordig een man alleen, met als enige bezit dit houten huisje dat hij vier jaar geleden van zijn laatste spaargeld had gekocht. Hij leefde sober van wat hij verdiende als hulp in een supermarkt in Coral Gables, waar hij de boodschappen van de klanten bij de kassa in papieren zakken stopte.

Ik was erg op het huis in Coconut Grove gesteld. Ik hield van de vredige sfeer die er hing, ondanks alles wat mijn oom had meegemaakt.

Een groot deel van de middag zaten we op het terras, in de schaduw van de mango- en avocadobomen.

'Gisteravond vond ik toevallig deze foto terug,' zei ik tegen oom Saul, terwijl ik hem de foto liet zien.

Het beeld dateerde uit de hoogtijdagen van de Goldmans-uit-Baltimore. Oom Saul keek er aandachtig naar en zei toen iets waarvan ik niet wist of het voor mij of voor hemzelf bedoeld was.

'De valkuil van geld, Marcus, is dat je er alle gevoelens mee kunt kopen maar nooit een oprechte emotie. Geld kan je de illusie geven gelukkig te zijn zonder dat je dat werkelijk bent, bemind te worden zonder dat dat echt waar is. Met geld kun je een dak kopen, maar niet de rust van een thuis.'

Hij liet zijn vinger over de gezichten van zijn dierbaren glijden. Ik vroeg me af welke herinneringen er op dat moment bij hem bovenkwamen. De top van zijn wijsvinger bleef rusten op de vrouw die zijn echtgenote was geweest en van wie hij zielsveel had gehouden: mijn tante Anita.

'Ze was zo mooi,' fluisterde ik.

'Ze was geweldig,' voegde hij eraan toe.

'Eigenlijk,' zei ik, 'is dat precies wat ik in een vrouw zoek.'

'Dat ze op tante Anita lijkt?'

'Meer dat zij en ik een stel vormen zoals jullie dat waren.'

Ik zweeg abrupt, niet op mijn gemak.

Oom Saul maakte het voor me af. 'Je bedoelt vóór het uiteindelijke drama?'

'Je weet wel wat ik bedoel, oom Saul. Sorry, ik...'

'Geen probleem.'

We hadden het niet meer over haar. Maar die nacht, in de logeerkamer waarin ik mijn intrek had genomen, spookte tante Anita door mijn hoofd. Met mijn ogen op die foto gericht lag ik nog lang wakker. De slaap wilde maar niet komen. Het was bloedheet en de airco deed het amper. Ik werd bestookt door zoveel herinneringen. Midden in de nacht ging ik naar de keuken. En ook dat deed me weer denken aan mijn bezoekjes aan de Goldmans-uit-Baltimore.

Baltimore, Maryland
September 1995

Het was vijf uur 's ochtends toen het wekkerhorloge aan mijn pols zacht van zich liet horen. In een reflex zette ik het snel weer uit, zodat mijn neven Hillel en Woody, die in dezelfde kamer sliepen, niet wakker zouden worden.

Het was het weekend van Labor Day en net als alle andere schoolvakanties bracht ik dat bij de Goldmans-uit-Baltimore door. Ik vond het elke keer weer geweldig bij hen te zijn en het maakte me zielsgelukkig een weekend lang deel uit te maken van dit in mijn ogen zo volmaakte gezin.

Mijn aankomst verliep altijd volgens hetzelfde ritueel: tante Anita kwam me ophalen van het station van Baltimore. Mijn hele leven zou ik de dierbare herinnering koesteren van haar wachtende gestalte op het perron, van haar mooie gezicht, haar zachte trekken, de manier waarop ze haar armen om me heen sloeg, de geur van haar parfum.

Tante Anita nam me mee naar hun enorme landhuis in Oak Park, een chique woonwijk waar alles in mijn ogen mooier en indrukwekkender was dan waar dan ook: de bomen, de trottoirs, de voorbijgangers, de toegangspoorten. Daar vond het weerzien plaats met degenen die ik beschouwde als de broers die het leven me nooit had willen geven, Woody en Hillel. En met een van de mannen die samen met Harry Quebert de grootste invloed op me had: mijn oom Saul. Altijd mooi, elegant, goedgehumeurd en gevat.

Mijn logeerpartijen in Oak Park waren voor mij altijd te kort. Om niets van die kostbare tijd te verspillen stond ik heel vroeg op. Geruisloos ging ik dan naar de keuken. Ik gedroeg me alsof ik thuis was. Ik perste een paar sinaasappelen uit, zette het koffieapparaat aan en ging de krant halen die elke ochtend voor dag en dauw voor de deur werd bezorgd. Vervolgens installeerde ik me aan de keukenbar met *The Baltimore Times* die ik net had opgeraapt en las de koppen terwijl ik geroosterd brood met pindakaas at. En ik fantaseerde dat ik daar altijd kon blijven wonen.

Het grootste genoegen van die ochtenden waren de momentjes alleen met tante Anita, die ook een vroege vogel was. Ze voegde zich bij mij in de keuken, streek door mijn haar en zei op tedere toon: 'Goeiemorgen, lieve Marcus.' Ze schonk een kop koffie in en kwam naast me aan de bar zitten, waar ze door de resterende katernen van de krant bladerde. Soms pikte ze, tot mijn grote vreugde, een van mijn boterhammen.

Wanneer tante Anita uitgelezen was, maakte ze pannenkoeken of een taart voor het ontbijt. Ik ben zelf nooit een keukenprins geweest en ik heb altijd bewondering gehad voor haar vermogen zonder recept allerlei baksels in elkaar te draaien. Uiteindelijk heeft ze me er een, een hele makkelijke, geleerd: haar beroemde bananencake, waarvoor je alleen maar bloem, eieren, een mespuntje zout en vooral heel rijpe bananen door elkaar hoefde te mengen.

~

De dag was alweer aangebroken in Coconut Grove toen oom Saul zijn keukentje in kwam lopen, aangetrokken door de geur van de bananencake die net uit de oven was.

'Is dat het recept van je tante?' vroeg hij met glinsterende ogen.

'De enige cake die ik kan maken,' antwoordde ik.

Hij moest lachen en schonk een kop koffie in.

'Ben je al lang op?'

'Nee,' loog ik. 'Ik heb als een blok geslapen.'

Hij ging aan tafel zitten met een plak cake en zijn kop koffie en deed toen wat ik hem in Oak Park ook altijd had zien doen: hij doopte een hoek van de plak cake in de koffie.

‘Met die cake heb ik nog vrienden gemaakt,’ vertelde ik.

‘Wie dan?’

‘De politieman met wie ik onderzoek heb gedaan naar de zaak Harry Quebert, en zijn gezin. Supersympathieke mensen.’

Of het nu toeval was, geluk of een speling van het lot, ik zou de familie Gahalowood diezelfde dag nog zien. Toen ik rond lunchtijd een beetje door de social media scrolde, kwam ik een foto tegen die Malia Gahalowood net op Facebook had gezet. Daarop zat het hele gezin te lunchen bij de Cheesecake Factory in het winkelcentrum van Aventura, ten noorden van Miami.

Ik belde Perry onmiddellijk. Toen hij opnam, zat hij nog te kauwen.

‘Hoe is je steak, sergeant?’ viel ik met de deur in huis. ‘En heb je hun kaasbeignets al geprobeerd? Die zijn echt verrukkelijk.’

‘Schrijver?’ vroeg hij verbluft. ‘Hoe voor de duivel kun jij nu weten...’

‘De magie van de social media, sergeant.’

Hij bromde iets tegen zijn dochter en richtte zich toen weer tot mij op de zogenaamd norse toon waarop hij zo vaak tegen mij sprak.

‘Heb je me nog iets anders te vertellen dan wat ik al weet, namelijk dat ik een steak zit te eten?’

‘Verroer je niet, sergeant. Ik kom eraan.’

Net op tijd voor het dessert was ik bij de familie Gahalowood. Ik was zo blij ze weer te zien.

Ze hadden de voorjaarsvakantie aangegrepen om een paar dagen naar Florida te gaan. ‘Geïnspireerd door jouw verblijf op de Bahama’s, schrijver,’ verklaarde Gahalowood. ‘We verlangden naar de zon.’

Na de lunch wilden de meisjes shoppen. Ik vergezelde het gezin het winkelcentrum door, tot Gahalowood er genoeg van had en we samen een kop koffie gingen drinken.

‘Ik maak me zorgen om je, schrijver,’ zei Gahalowood.

‘Hoezo maak je je zorgen?’

‘Eerst tref ik je in Aurora, bij Harry Quebert, en vervolgens in Florida, bij je oom.’

‘Nou en?’

'Nou en je bent nooit thuis. Vind je het daar niet fijn?'

'Natuurlijk wel.'

'Iemand die het thuis fijn heeft, blijft niet voortdurend bij anderen plakken.'

Hij keek me aan met zijn politieblik, de blik die zei: 'Ik weet alles, het wordt tijd te bekennen', de blik die je ertoe aanzette je geweten te ontlasten en die generaties criminelen tot een bekentenis moest hebben gedwongen. Dus besloot ik hem te vertellen over Raegan en over het fiasco van mijn verblijf op Harbour Island. Hij luisterde zoals hij dat zo goed kon. Dat was Perry Gahalowood: iemand die op het moment dat ik graag met iemand wilde praten als bij toverslag opdook. Iemand die je een luisterend oor bood, zonder over je te oordelen. Iemand tegen wie ik kon zeggen dat ik me hopeloos alleen voelde. Miljoenen mensen vielen met mij in slaap, maar ik werd zonder iemand wakker.

Hij schonk me zijn gebruikelijke toegewijde aandacht. Ik daarentegen had er werkelijk geen flauw vermoeden van dat hij ook heel graag met mij had willen praten.

Aan die dag met de familie Gahalowood bewaar ik warme herinneringen. Bij hun vertrek voelde ik een steek in mijn hart. Een scherpe pijn. Alsof ik er onbewust een voorgevoel van had dat ik ze voor het laatst met zijn allen had gezien.

Ik ging terug naar New York. Een maand verstreek zonder dat ik iets van de familie Gahalowood hoorde.

Toen kwam die avond in mei waarop de dood bij hen aanklopte.

Drie dagen na de moord

Dinsdag 6 april 1999

Statistieken hebben uitgewezen dat moorden gepleegd door een naaste binnen tweeënzeventig uur worden opgelost. De moord op Alaska Sanders zou geen uitzondering op de regel worden.

Die ochtend constateerden Gahalowood, Vance en Kazinsky in Mount Pleasant dat er weinig over was van het gebouw waarin Carrey's jacht- en hengelsportartikelen gevestigd was. De winkel op de begane grond was gespaard gebleven voor de vlammen, maar rook en bluswater hadden aanzienlijke schade aangericht. Chief Mitchell bracht de drie rechercheurs op de hoogte van de situatie.

'De brand is om vier uur vanochtend door een surveillance-eenheid ontdekt. Die heeft onmiddellijk de brandweer gewaarschuwd. Er zijn geen slachtoffers te betreuren, Walter Carrey was klaarblijkelijk niet thuis.'

'Hoe is de brand ontstaan?' vroeg Vance.

'Dat weten we nog niet, maar op dit moment is een inspecteur van de brandweer binnen. Wie heeft jullie gewaarschuwd?'

'Niemand,' antwoordde Gahalowood. 'We kwamen Walter Carrey aanhouden. Zijn DNA is aangetroffen op de trui met bloed van Alaska.'

'Verdomme,' vloekte chief Mitchell, 'dat kan ik bijna niet geloven! Het is geen slechte kerel, Walter. Wat heeft hem bezield?'

'Dat zouden we graag willen weten. We moeten hem snel vinden.'

'Misschien weten zijn ouders iets,' zei chief Mitchell.

Op de stoep stonden Sally en George Carrey als verstijfd te staren naar wat er van hun pand over was. Gahalowood liep op hen af.

'Ik vind het heel erg wat u is overkomen,' zei hij.

Sally leek volkomen verdwaasd. George was iets praktischer en vroeg zich af hoe het met de verzekering zat.

'We zoeken uw zoon,' vertelde Gahalowood hun.

'Ik weet niet waar hij is,' verklaarde Sally. 'Godzijdank was hij niet thuis toen de brand uitbrak.'

'Het was vier uur 's ochtends, waar kan hij geweest zijn?'

'Ik heb geen idee. Ik heb geprobeerd hem te bellen, maar zijn mobiel staat uit.'

'Wanneer hebt u hem voor het laatst gezien?'

'Gisteravond. Hij heeft bij ons gegeten.'

'En na het eten? Wat heeft hij toen gedaan?'

'Dat weet ik niet, sergeant. Neem me niet kwalijk, maar ik zit er even helemaal doorheen.'

Op een paar meter daarvandaan stond Eric Donovan voor de winkel van zijn ouders naar de activiteiten van de brandweer te kijken. Gahalowood liep naar hem toe. Eric had ook niets van Walter gehoord. Hij was hem de vorige dag nog wel even tegengekomen.

'Hoe kwam hij toen over?' vroeg Gahalowood.

'Het ging niet echt lekker met hem, zoals u zult begrijpen. Vanwege Alaska.'

Op dat moment riep Vance naar Gahalowood: 'Perry, je moet even komen kijken.'

De twee politiemannen liepen naar het gehavende gebouw. De trap had het goed overleefd. Ze klommen naar de eerste verdieping, waar Kazinsky al was. Op de muren van de gang waren met verf enorme letters geklad.

ONTROUWE HOER

De rechercheurs gingen het appartement verder binnen. De geblakerde woonkamer was volledig verwoest. Een deel van de houten gevel was weggebrand. Op de vloer lagen foto's van Alaska, aangevreten door de vlammen. De toegang naar de slaapkamer was versperd met afzetlint: de vloer was te ernstig beschadigd om je er nog op te wagen. Voor zover ze konden zien was deze kamer nog erger getroffen. Er was zo goed als niets over van het bed.

Een inspecteur van de brandweer bracht hen op de hoogte van zijn eerste bevindingen.

'De brand is aangestoken, wat niet echt een verrassing is als je ziet in welk tempo het vuur zich door het appartement heeft verspreid. Er is duidelijk een versneller gebruikt, waarschijnlijk benzine.'

'De voordeur leek nog intact,' merkte Gahalowood op. 'Hoe zijn de brandweerlieden binnengekomen?'

'Dat ging ik nog vertellen,' zei de inspecteur. 'De deur was open toen de brandweer aankwam en het slot was duidelijk niet geforceerd.'

'Geen braak, dus de brandstichter had de sleutel.'

'Walter?' opperde Kazinsky.

'Misschien,' beaamde Vance. 'Maar waarom?'

'Er is iets wat me intrigeert,' zei de brandweerinspecteur. 'De pyromaan heeft het bed in brand gestoken.'

'Het bed in brand gestoken?'

'Ja, zoiets had ik nog nooit gezien. Meestal steken brandstichters de gordijnen in brand, waarna het vuur zich verspreidt. Maar kijk naar dat bed, er is niets van over. Het is een symbolisch gebaar, hij wilde het zonder enige twijfel vernietigen, zeker als je ziet wat hij op de muur heeft geschreven.'

Op een wand van de kamer was dezelfde tekst geklad als in de gang:

ONTROUWE HOER

'Alaska bedroog hem en Walter Carrey wist het,' zei Vance.

'Maar waarom zou je dat schrijven terwijl ze al dood is?' vroeg Kazinsky zich af.

'Walter heeft haar in een vlaag van woede vermoord en draait nu door.'

'We moeten een uitgebreid opsporingsbericht laten uitgaan om hem te vinden,' besloot Gahalowood. 'We hebben geen seconde te verliezen.'

Een grote operatie werd opgestart. De volledige politie van New Hampshire en de aangrenzende staten werd gemobiliseerd. Aan Sally

Carrey vroegen ze een recente foto van haar zoon, die samen met zijn signalement werd verspreid. Nog geen uur later onderbraken de lokale televisiezenders van New Hampshire hun programma voor een nieuwsflits: Walter Carrey, van wie de foto groot op het scherm werd vertoond, werd gezocht voor de moord op Alaska Sanders.

De sfeer in Mount Pleasant bereikte het kookpunt.

De rechercheurs verlieten het appartement van Walter Carrey nadat Gahalowood was gebeld door Keith Benton van de technische recherche.

'Jullie voorgevoel klopte. De scherven van het achterlicht die in het bos zijn gevonden zijn afkomstig van een Ford Taurus, uit de serie die tussen 1995 en nu is gemaakt. Wat de lak betreft, die hebben we door het kleurenspectrum gehaald en het is inderdaad zwart. Die boom is dus geraakt door een zwarte Ford Taurus.'

Zodra Gahalowood de verbinding had verbroken deelde hij deze informatie met zijn collega's.

'Dan was het dus toch de auto van Walter Carrey daar in het bos?' vroeg Vance.

'Maar zijn auto vertoonde geen enkele beschadiging,' merkte Kazinsky op. 'Bumpers helemaal gaaf en achterlichten intact.'

Toen zei Gahalowood: 'Ik durf er iets om te verwedden dat hij het stiekem heeft laten repareren. We moeten informeren bij de garages in de buurt. Het is in het weekend gebeurd, dus moet het iemand zijn die hij kent die hem op stel en sprong te hulp is geschoten. Laten we beginnen bij de garages in Mount Pleasant, dan zullen we het snel genoeg weten.'

Ze lieten er geen gras over groeien. Chief Mitchell nam hen mee naar de paar reparatiewerkplaatsen die het stadje rijk was.

De eerste twee bezoekjes leverden niets op. De derde garage was een Fordgarage. Chief Mitchell maakte zich bekend bij de eigenaar en vroeg of hij de monteurs mocht ondervragen. Nadat hij zijn blik even over de medewerkers had laten gaan, stapte hij op Dave Burke af, een lange slungel die in zijn overall zwom. Hij was van Walters leeftijd.

'Dave,' zei chief Mitchell tegen de jonge man, die niet erg op zijn gemak leek, 'ik zie jou vaak rondhangen met Walter Carrey, toch?'

'Zou kunnen.'

Op barse toon herhaalde chief Mitchell: 'Zou kunnen? Is dat een ja of een nee?'

'Ja,' antwoordde Dave Burke met gebogen hoofd.

'Had Walter je per ongeluk dit weekend ergens voor nodig?'

'Geen idee...'

'Luister goed, Dave,' zei chief Mitchell geïrriteerd. 'Je weet ongetwijfeld dat Walter gezocht wordt voor moord. Als je geen gedonder wilt, moet je nu je mond opendoen.'

Na een korte aarzeling bekende de monteur: 'Walter is hier zaterdag bij me langs geweest.'

~

Drie dagen eerder
Zaterdag 3 april

Het was midden op de middag. Dave Burke stond voor de werkplaats een sigaret te roken toen hij iemand zachtjes hoorde roepen: 'Dave! Pst, Dave!' Hij keek alle kanten op tot hij Walter Carrey aan de overkant van de straat zag, half verstopt achter de auto's die langs de stoep geparkeerd stonden. Walter gebaarde dat hij naar hem toe moest komen.

'Wat doe jij daar nou, Walter?' vroeg Dave.

'Ik heb je hulp nodig.'

'Zeg het maar.'

'Ik heb vanochtend voor de winkel mijn auto een beetje in de prak gereden. Ik moest wat spullen uitladen, wilde achteruit voor de deur parkeren en heb een paal van het afdak geraakt.'

'Shit. Veel schade?'

'Een kapot achterlicht en een deuk in de bumper. Mijn ouders komen morgen terug van vakantie en ik wil niet dat ze de link leggen tussen mijn auto en de schade aan de paal. Mijn moeder zal de gelegenheid aangrijpen de hele voorgevel van de winkel opnieuw te laten schilderen op mijn kosten.'

Dave lachte. 'Ik snap het, man. Breng dat ding maar hier, dan kijk ik wat ik kan doen. Het is vrij rustig vandaag.'

'Ik kan hem niet hier brengen, dan weten mijn ouders gelijk alles. Mijn vader pokert met jouw baas, hè?'

'Wat was jouw idee dan?'

'Heb je de onderdelen op voorraad?'

'Voor een Ford Taurus zijn er altijd wel onderdelen.'

'Super! Kom vanavond met wat je nodig hebt naar het huis van mijn ouders. Ik heb mijn auto in hun garage gezet. Daar kun je hem repareren zonder dat iemand het ziet.'

~

'En dat heb je dus gedaan?' vroeg Gahalowood aan de monteur.

'Ja, het was maar een halfuurtje werk. Ik heb het achterlicht vervangen, de bumper uitgedeukt en de lak bijgewerkt. Erg veel was er niet aan de hand. De auto was weer als nieuw.'

'En je vond het niet verdacht?'

'Verdacht? Hoezo?'

'Zijn vriendin was die ochtend dood gevonden.'

'Ik zag geen verband tussen zijn auto en de moord,' schoot de monteur in de verdediging. 'Ik heb een maat geholpen, meer niet. Wat me trouwens wel verbaasde, was dat hij het helemaal niet over Alaska had. Zijn vriendin was dood, maar daar leek hij niet echt kapot van of zo.'

Terwijl ze de garage uit liepen, wond Vance zich steeds meer op: 'We hebben ons de hele tijd door Walter in de luren laten leggen. We hadden hem moeten oppakken toen dat kon.'

'Iedere willekeurige advocaat zou hem binnen een uur weer vrij hebben gekregen,' verklaarde Gahalowood. 'We hadden nog helemaal niets tegen hem.'

De dag had nog meer verrassingen voor de rechercheurs in petto. Aan het eind van de ochtend kwam een duikteam van de staatspolitie bij Grey Beach aan om een zoekactie in Lake Skotam te starten. Vanaf het strand sloegen Gahalowood, Vance en Kazinsky de activiteiten van de kikvorsmannen in het water gade. Na nog geen halfuur kwamen ze met een voorwerp naar boven. Een politieman in een rubberboot voer terug naar de oever om de vondst aan de rechercheurs te overhandigen: een uitschuifbare wapenstok.

'Dat had je goed gezien,' zei Gahalowood tegen Vance. 'De moordenaar had zich onmiddellijk nadat hij Alaska een klap had gegeven van zijn moordwapen ontdaan. Dus moest hij het afmaken door haar te wurgen.'

~

Zeven uur 's avonds. De zoektocht naar Walter Carrey had nog niets opgeleverd. Op het hoofdkwartier van de staatspolitie zaten Vance, Gahalowood en Kazinsky een beetje duimen te draaien.

'We kunnen beter naar huis gaan,' stelde Vance voor. 'We gaan hier niet de hele nacht blijven.'

Op dat moment werd Perry gebeld op zijn mobiel. Zijn collega's zaten onmiddellijk rechtop, hun oren gespitst. Sinds het begin van de middag hoopten ze bij elk telefoontje te horen dat Walter was gearresteerd.

'Het is Helen,' zei Perry tegen de andere twee. 'Sorry voor de dode mus.'

'Hoezo ben ik een dode mus?' vroeg Helen aan de andere kant van de lijn.

'We hebben de moordenaar van Alaska geïdentificeerd maar kunnen hem niet te pakken krijgen. Hoe voel jij je?'

'Ik voel me goed, maar volgens mij duurt het niet lang meer.'

Gahalowood brulde naar zijn collega's: 'Helen gaat bevallen!'

Vance rende weg om zijn jas en sleutels te halen.

'Het gaat niet onmiddellijk gebeuren,' verbeterde Helen, 'maar ik voel wel lichte weeën.'

'Zijn de vliezen al gebroken?' vroeg Gahalowood.

'De vliezen zijn gebroken!' riep Vance, die het nu helemaal niet meer hield.

'Rustig allemaal,' zei Helen, 'er is helemaal niets gebroken. Ik ga een ontspannend bad nemen.'

'Ik ga hier zo weg,' beloofde Gahalowood haar. 'Ik zie je thuis.'

Hij verbrak de verbinding.

'Ga gauw naar Helen,' zei Vance. 'En hou ons op de hoogte, we willen de baby als eersten zien.'

Maar Gahalowood moest zijn vertrek nog even uitstellen, want zijn telefoon ging alweer, gevolgd door die van Vance en die van Kazinsky. Walter Carrey had zich zojuist gemeld op het politiebureau van Wolfeboro.

Een uur later kwam Walter onder zware bewaking bij het hoofdkwartier van de staatspolitie aan. Hij werd onmiddellijk naar de afdeling ernstige delicten gebracht, waar Gahalowood en Vance hem aan een verhoor onderwierpen.

'U bent niet goed wijs,' protesteerde Walter. 'Ik zou Alaska nooit iets hebben kunnen aandoen.'

'We hebben jouw DNA op de plaats delict aangetroffen. Tijdens je vlucht ben je achteruit tegen een boom gereden en je hebt je auto zaterdagmiddag met spoed laten repareren. We weten alles.'

'Ik was niet op Grey Beach! Ik ben de hele avond in National Anthem geweest, hoe vaak moet ik jullie dat nog vertellen? Wat die auto betreft, dat was stom, ja. Zaterdagochtend zag ik dat mijn achterlicht kapot was. Ik weet niet hoe dat is gebeurd. Waarschijnlijk is er iemand tegenaan gereden. Ik zit niet voortdurend naar de achterkant van mijn auto te koekeloeren. En toen hoorde ik zaterdagmiddag van een vriend die bij de politie zit dat jullie bij Grey Beach scherven van een achterlicht en sporen van zwarte lak hadden gevonden. Ik raakte een beetje in paniek, dacht dat dat tegen me gebruikt zou kunnen worden. Dus heb ik mijn maat Dave gevraagd me een handje te helpen.'

'Waarom zou je dat doen als je jezelf niets te verwijten hebt?' wilde Gahalowood weten.

'Ik weet het niet! Jullie hebben me de stuipen op het lijf gejaagd. Door de manier waarop jullie me ondervroegen kreeg ik het idee dat jullie me in de val wilden lokken.'

'In de val lokken?'

'We kennen allemaal de verhalen van juten die drugs in de auto van een onschuldige gast verstoppen om hem erin te luizen.'

'Hou op met die onzin, Walter!' bulderde Vance. 'Straks ga je ook nog zeggen dat wij die brand bij jou hebben aangestoken.'

Walter Carrey leek uit het veld geslagen. 'Nee,' zei hij, 'die brand was ik.'

'Waarom heb je dat gedaan?'

'Ik wilde die verrotte plek verbranden... Het bed waarin ze zich heeft laten neuken, de slet...'

'Wie? Alaska? Ze had een minnaar, is dat het? Ze had een minnaar, dat kon je niet verdragen en toen heb je haar vermoord? Is dat wat er is gebeurd?'

'Ik heb haar niet vermoord!'

'Waarom ben je dan op de vlucht geslagen?'

'Ik had de hele nacht zitten drinken en tegen de ochtend was daar ineens die drang. De behoefte om alles kapot te maken. Ik heb de muren beklad en vervolgens het bed in brand gestoken. Ik had niet gedacht dat de vlammen zo snel om zich heen zouden slaan. Toen ik doorhad dat ik de situatie niet meer in de hand had, ben ik ervandoor gegaan. Ik vond een motel aan Route 28. Ik heb een kamer genomen en ben in bed gekropen. Toen ik wakker werd, was het al middag. Ik zette de televisie aan en zag overal mijn eigen hoofd. Ik raakte in paniek en bleef zitten waar ik zat. Wat moest ik doen? Omdat ik mezelf niets te verwijten heb, heb ik me uiteindelijk gemeld. Waarom zou ik me hebben gemeld als ik schuldig was?'

'Omdat je je in het nauw gedreven voelde en dacht jezelf te kunnen redden door je van de domme te houden.'

'Jullie zeiden dat ik recht had op een advocaat, die wil ik nu,' eiste Walter Carrey.

Aangezien Walter zelf geen advocaat had, verzocht hij om een pro-Deoadvocaat. Gahalowood en Vance verlieten de ruimte. In de gang voegde Kazinsky, die het verhoor vanuit een aangrenzende kamer achter een doorkijkspiegel had gevolgd, zich bij hen.

'Volgens mij probeert hij tijd te winnen,' veronderstelde Vance. 'Ik kan maar beter gelijk de advocatendienst bellen zodat er onmiddellijk een deze kant op kan komen.'

Vance verdween om een telefoontje te plegen.

'Ik heb de dienst gebeld,' verklaarde hij toen hij bij zijn collega's in de gang terugkeerde. 'Ze zeggen dat ze "zo snel mogelijk" iemand sturen. Dan weet je wel hoe laat het is! Dat gaat op zijn minst twee uur duren.'

'Zullen we dan intussen iets te eten bestellen?' vroeg Kazinsky.

Vance had heel andere ideeën.

'Zullen we anders gewoon het kantoor van de officier van justitie bellen?' stelde hij voor. 'We kunnen het Carrey dun door de broek laten lopen door te zeggen dat zijn enige kans de doodstraf te ontlopen een onmiddellijke bekentenis is.'

'Niet zonder advocaat erbij,' wierp Gahalowood tegen, 'anders zitten we straks met een procedurefout.'

Hij wierp een blik op zijn horloge: het was al een aardig tijdje geleden dat Helen haar eerste weeën had gevoeld. Hij wilde niet langer wachten.

'Wegwezen, jij,' zei Vance, alsof hij zijn gedachten had kunnen lezen. 'Je gaat niet de geboorte van je kind missen voor een moordenaar. En bovendien heeft het weinig zin hier met zijn drieën wortel te schieten.'

'Weet je het zeker?'

'Nou en of,' bevestigde Vance. 'Kazinsky en ik bewaken het fort wel.'

'Oké,' zei Gahalowood. 'Hou me op de hoogte.'

'Nee.' Vance glimlachte. 'Jij moet óns op de hoogte houden.'

Gahalowood haastte zich het kantoor uit en de trap af naar de parkeerplaats en zijn auto. Hij kon onmogelijk vermoeden welk drama zich op de eerste verdieping van het hoofdkwartier van de staatspolitie zou gaan afspelen.

De begrafenis van Helen Gahalowood vond plaats op donderdag 27 mei 2010. Het was een prachtige middag. De zon scheen stralend. In de bomen van de begraafplaats gaven de vogels een oorverdovend concert. De natuur sloeg ons onbeschaamd om de oren met de belofte van mooie dagen.

HOOFDSTUK 6
Verdriet

Concord, New Hampshire
Mei 2010

Tegenover de door boeketten witte rozen gekoesterde kist zaten de familie en vrienden van de familie Gahalowood op rijen klapstoelen te luisteren naar de woorden van de predikant. Op de eerste rij zat Perry met zijn grote armen om zijn dochters geslagen. Op zijn verzoek had ik achter hem plaatsgenomen. Ik kon zijn tranen niet zien maar wel afleiden uit de bewegingen van zijn lichaam. Ik hield mijn hand op zijn schouder, alsof ik met dat onbeduidende gebaar zijn pijn kon verlichten.

Wat me het meest is bijgebleven van die begrafenis is het hoorbare verdriet van de aanwezigen. Dat was de aangrijpendste grafrede ooit. Het gloedvolste eerbetoon. Het getuigde van de liefde die de overledene bij iedereen had losgemaakt: niet zozeer om wie ze was geweest maar vooral om wat we zonder haar niet meer zouden zijn.

Toen zetten de dochters van Perry en Helen, Malia en Lisa, een hartverscheurend 'Amazing Grace' in. Daarna zou Perry het woord nemen. Maar in plaats van op te staan om naar de kleine verhoging te lopen, draaide hij zich naar mij om en gaf me een gekreukt papiertje. Dat was zijn toespraak. Hij was niet in staat ook maar een woord uit te brengen. Dus ging ik bij de kist staan om me tot de aanwezigen te richten. Terwijl ik mijn blik over de begraafplaats vol bloemen liet gaan bedacht ik dat dit helemaal bij Helen paste. Het was van een aandoenlijke perfectie, een ontroerende schoonheid. Vervolgens richtte ik me op de tekst, waarvan de inkt zo hier en daar was doorgelopen door tranen.

Terwijl ik de woorden van Perry voorlas, moest ik me vastklampen aan de houten lessenaar om me goed te houden. Door het drama dat Helen was overkomen werd ik ruw herinnerd aan een uitermate pijnlijk hoofdstuk uit mijn eigen leven: de tragische dood van mijn tante Anita een paar jaar geleden.

Na de begrafenis was er nog een samenzijn in het huis van de familie Gahalowood. Het huis puilde uit van de mensen. Aangezien de catering het niet allemaal aankon, hielp ik ze een handje. Met een schaal hapjes in de ene hand en een fles wijn in de andere laveerde ik door de kamers op de begane grond waar de gasten zich in groepjes hadden verzameld.

Ik maakte kennis met de familie van Helen en met haar collega's. Het raakte me dat ze me allemaal bleken te kennen, niet als Goldman de schrijver maar als Marcus, de vriend van de familie Gahalowood. Ik had me in tijden niet zo mezelf gevoeld, voor enkele uren bevrijd van mijn Goldmankostuum.

Uiteindelijk gingen de gesprekken nog maar over één onderwerp: Helen. Iedereen kwam met een gedenkwaardige herinnering aan haar. Toen het mijn beurt was, werd me gevraagd te vertellen hoe ik haar had leren kennen. In een poging mijn ontreddering de baas te worden nam ik mijn toevlucht tot humor.

'Helen was een heel bijzondere vrouw. Voordat ik het voorrecht kreeg haar te leren kennen zat ik eerst met Perry opgescheept.' Gelach steeg op. 'Perry en ik ontmoetten elkaar tweeënhalf jaar geleden, aan het begin van het onderzoek van de zaak Harry Quebert. Ik weet de datum nog: 18 juni 2008. Die dag zal ik niet snel vergeten. Perry betrapte me op het verstoren van een plaats delict en hield me onder schot. Alsof het de normaalste zaak van de wereld was. En daarna klaagde hij dat mijn boek afgrijselijk slecht was en vroeg hij mij de vijftien dollar terug die het hem had gekost.'

'Klopt helemaal!' beaamde Perry, en iedereen moest lachen.

'Ik heb hem vijftig dollar gegeven, maar hij had geen geld terug.'

'Dat had ik wel, maar ik vond je irritant, schrijver.'

Vrolijkheid alom.

'Niet lang daarna,' ging ik verder, 'nodigde Perry, die eindelijk doorhad wat een geweldige kerel ik was, me uit bij hem te komen eten.'

'Dat was alleen maar uit medelijden. Omdat je bedreigd werd.'

'Ik herinner me die zomeravond, hier, in dit huis, nog goed, de avond waarop Helen in mijn leven kwam. Ze opende haar hart voor mij zoals maar weinig mensen dat ooit hebben gedaan. Ze was zo zachtmoedig, zo lief. De gulheid zelve. Ze maakte de wereld mooier. Nu ik hier vandaag met jullie herinneringen aan Helen ophaal, vrienden, ben ik tegelijkertijd diepbedroefd omdat ik haar ben kwijtgeraakt en dankbaar dat ik haar heb mogen kennen. We weten niet zo goed hoe we met de dood moeten omgaan. Laten we vooral niet vergeten dat die bij het leven hoort. We moeten over de doden blijven praten om ze levend te houden. Als we, uit schroom, geen herinneringen meer aan hen ophalen, begraven we ze voorgoed. Een paar weken geleden had ik het genoegen de familie Gahalowood tegen te komen in Florida. We hebben 's avonds bij mijn oom Saul gegeten, een man die mij bijzonder dierbaar is. Ik was heel blij dat mijn oom kon kennismaken met Helen. En als jullie het goedvinden, wil ik hem hier graag citeren met de woorden die hij op de begrafenis van mijn tante Anita sprak: "Hét zwakke punt van de dood is dat hij alleen maar een einde maakt aan stoffelijke zaken. Herinneringen en gevoelens laat hij ongemoeid. Sterker nog, die worden door de dood juist opgefrist en voor altijd in ons verankerd, als een soort verontschuldiging: Ik ontneem jullie een heleboel, ja, maar kijk eens hoeveel ik nog voor jullie achterlaat."'

Wat me die dag in het huis van de familie Gahalowood intrigeerde, was dat ik geen enkele collega van Perry tegenkwam. De enige vertegenwoordiger van de sterke arm was chief Lansdane van de staatspolitie van New Hampshire, die ik had leren kennen tijdens de zaak Harry Quebert. Ik had tientallen politiemensen strak in het uniform verwacht die hun rouwende collega hun medeleven wilden betuigen. Ik was er zo door van mijn stuk gebracht dat ik erover begon tegen chief Lansdane.

Ik koos voor een subtiele benadering met een schaal zalmhapjes waarvan hij zich al twee keer had bediend.

'Behalve u zie ik helemaal geen politiemensen,' zei ik, terwijl hij zijn toastje wegkauwde.

Nadat hij alles had doorgeslikt zei hij: 'Verbaast dat je, Marcus?'

'Ja, best wel... Waar zijn de collega's van Perry?'

Chief Lansdane wierp me een behoedzame blik toe.

'Heb je je tijdens de zaak Harry Quebert nooit afgevraagd waarom Perry alleen werkte?' vroeg hij.

'Ik moet bekennen dat dat me destijds niet is opgevallen, maar nu u het zegt...'

'Normaal gesproken werken politiemensen met z'n tweeën. Nooit in hun eentje. Behalve Perry Gahalowood.'

'Waarom?' wilde ik weten.

'Heeft hij je nooit verteld wat er elf jaar geleden is gebeurd?'

'Nee.'

'Dat doet er ook niet toe,' besloot Lansdane. 'Ik wilde alleen maar zeggen dat Perry sowieso al niet zo close was met de andere leden van zijn team en dat de zaak Harry Quebert het er niet beter op heeft gemaakt.'

'Wat heeft de zaak Harry Quebert ermee te maken?'

'Laat maar, Marcus. Dit is hiervoor niet de juiste plaats of tijd.'

'U hebt al te veel gezegd, of niet genoeg.'

Lansdane keek om zich heen. Er was niemand binnen gehoorsafstand. Uiteindelijk zei hij op vertrouwelijke toon: 'Perry heeft er alles aan gedaan het dossier Nola Kellergan, dat eigenlijk aan twee andere rechercheurs was toegewezen, in de wacht te slepen. De zaak lag gevoelig, Harry Quebert was een bekend figuur. Perry heeft me ertoe overgehaald de zaak aan hem toe te vertrouwen. Perry en ik kennen elkaar goed. Destijds, voordat ik hoofd van de staatspolitie werd, gaf ik leiding aan ernstige delicten. Het komt erop neer dat ik ervoor heb gezorgd dat hij dat dossier mocht overnemen en dat hebben zijn collega's hem nooit vergeven.'

'Maar waarom was het voor hem zo belangrijk het onderzoek naar de moord op Nola Kellergan te leiden?'

'Ik denk dat hij daarin de kans zag zich te rehabiliteren. Dat is trouwens ook de reden dat ik jou graag mag, Marcus. Met die zaak Harry Quebert heb je verrekt veel overhoopgehaald, maar tegelijkertijd heb je Perry geholpen iets in zichzelf te helen.'

'Wat was er dan te helen?'

'Meer kan ik niet zeggen. Als Perry het hierover nooit met jou heeft gehad, zal hij daar ongetwijfeld zijn redenen voor hebben. Het is aan hem dit te vertellen.'

Na die woorden liep Lansdane weg en liet mij in mijn eentje staan.

~

Toen de laatste gasten en de cateraar waren vertrokken, bleef ik nog even om het huis een beetje op te ruimen. Ik was alleen op de begane grond. De meisjes waren naar bed gegaan en Perry ook, dacht ik. Ik zorgde ervoor dat ze alles morgenochtend netjes zouden aantreffen: ik haalde de afwasmachine leeg, maakte een vergeten asbak schoon, zette de schalen die hadden staan drogen terug in de kast. Ik deed de laatste lampen uit en maakte aanstalten ervandoor te gaan. Ik zou in een nabijgelegen hotel gaan slapen zodat ik er de volgende dag voor Perry zou kunnen zijn als hij me nodig had, zonder mijn aanwezigheid aan hem op te dringen.

Op het moment dat ik wilde vertrekken stond hij ineens in de keuken. Alsof hij rechtstreeks uit de hel opdook. Lijkbleek, ontdaan. Zijn ogen verrieden wat er in zijn hart omging. We keken elkaar aan. Onmiddellijk wist ik dat ik een tijdje bij hen zou blijven. Perry fluisterde alleen maar: 'Je weet waar de lakens van de bedbank liggen.'

Vervolgens trok hij een stoel naar achteren en ging zitten, wat in zijn taal betekende dat hij wilde praten. Ik schonk twee royale glazen whisky in. Met holle stem vertelde hij me over de dood van Helen. Een deel van de feiten kende ik al. Hij had dit verhaal sowieso al tientallen keren verteld, en daar zou voorlopig geen einde aan komen. Nog lang daarna zou hij in elk gesprek, hoe onbeduidend ook – bij de kapper, in de supermarkt, met een oude bekende die hij toevallig op straat tegenkwam –, steeds weer met zijn neus op deze tragedie worden gedrukt: 'Is Helen dood? Maar wat is er dan gebeurd?' Wat er gebeurd was, was dat Helen op een avond toen ze laat uit haar werk kwam, was gestopt bij een fastfoodrestaurant, waarschijnlijk om te eten. Ze had haar auto geparkeerd, maar was nooit uitgestapt. Twee uur later had een voorbijganger haar in een vreemde houding over het stuur zien hangen en de hulpdiensten gealarmeerd. Maar hun komst was vergeefs. Het was al te laat.

Helen was bezweken aan een hartaanval. In werkelijkheid was het infarct al uren eerder begonnen: tegen haar collega's had ze geklaagd over pijn in haar rug en misselijkheid. Een van hen had zelfs nog een grapje gemaakt en gezegd dat ze er de leeftijd niet meer voor had zwanger te zijn, waarom Helen hartelijk had moeten lachen. Zelf had ze gedacht dat het vermoeidheid was, gewoon een beetje te hard gewerkt.

'Ze was al een tijdje niet helemaal fit,' verklaarde Perry. 'Die vakantie in Florida was bedoeld om de batterij weer een beetje op te laden. Volgens de wet moest er een autopsie plaatsvinden. De arts vertelde me dat een op de twee vrouwen die een hartinfarct krijgt niet de gebruikelijke symptomen vertoont.'

Ik had de indruk dat Perry zich ergens schuldig over voelde. Dus zei ik: 'Je kunt er niets aan doen, sergeant. Je had het waarschijnlijk niet kunnen voorkomen.'

Hij maakte een grimas. 'Zo eenvoudig is het niet, Marcus.'

Ik had hem mij nog nooit bij mijn voornaam horen noemen.

'De avond van haar dood heeft Helen herhaaldelijk geprobeerd me te bereiken.'

'Dat weet ik,' stelde ik hem gerust, 'dat hebben je dochters me verteld. Je was in slaap gevallen en had je telefoon niet gehoord. Dat had iedereen kunnen gebeuren.'

'Ik sliep niet, Marcus! Ik heb tegen iedereen gelogen. Die avond zat ik hier, in deze keuken, te kijken naar mijn telefoon die op tafel lag te trillen. Ik heb haar telefoontjes willen en wetens genegeerd.'

Ik was met stomheid geslagen.

Gahalowood ging verder: 'Omdat ik niet opnam, heeft ze uiteindelijk een voicemailbericht achtergelaten.'

Hij deed iets met zijn mobiel. Een elektronische stem vertelde eerst dat de boodschap was ontvangen op 20 mei om vijf over negen, en toen klonk de stem van Helen:

Perry, waar ben je? Bel me. Bel me alsjeblieft. Het is dringend.

'Ik zal het mezelf nooit kunnen vergeven,' snikte Gahalowood. 'Als ik de telefoon had opgenomen, als ik dat vervloekte bericht had afgeluisterd...'

'Wat was er aan de hand tussen Helen en jou, sergeant?'

'Ze was me ontrouw.'

'Wat? Weet je dat zeker?'

'Zo goed als zeker.'

'Ik kan me helemaal niets voorstellen bij Helen en een avontuurtje.'

'Omdat jij veel te romantisch bent.'

Sinds een paar weken was het Perry opgevallen dat zijn vrouw zich anders gedroeg.

'Ze was vaak afwezig,' verklaarde hij. 'Ze kwam laat thuis van haar werk, wat eerder nooit gebeurde. Toen ik me daarover verbaasde, zei ze dat haar nieuwe baas een stuk veeleisender was dan de vorige. Ik voelde gewoon dat Helen niet de waarheid sprak. Dat ze me ontweek. Er ontstonden spanningen tussen ons.'

'Wanneer is dat begonnen?' vroeg ik.

'In april, kort nadat je naar de verjaardag van Lisa was gekomen.'

'Dus toen ik jullie in Florida zag, zaten jullie midden in een crisis?'

'We zaten er middenin, ja.'

'Maar het leek zo goed te gaan met jullie allebei.'

'Uiterlijke schijn, schrijver. Uiterlijke schijn is het cement van ons sociale leven. Maar in de beslotenheid van ons huis stort alles in elkaar. Ik ben er trouwens vlak voor ons vertrek naar Florida achter gekomen. Herinner je je die avond nog dat we elkaar aan de telefoon spraken? Jij zat je op dat op dat paradijselijke eiland gedeprimeerd te voelen...'

'En volgens mij zat jij ook niet lekker in je vel, sergeant,' zei ik.

'Die dag had Helen aangekondigd dat ze tot laat moest werken om een presentatie af te maken. Ik voelde enige twijfel en ben naar haar kantoor gegaan. Het zal rond negen uur zijn geweest. Op de verdieping waar ze werkte, was alles donker. De schoonmaaksters gingen net weg.'

'Dat bewijst nog niets,' wierp ik tegen.

'Ik heb Helen gebeld, maar ze nam niet op,' vervolgde Perry. 'Toen ben ik een rondje door de buurt gaan rijden en het duurde niet lang of ik zag haar in een restaurant zitten, samen met haar baas.'

Ik was van mijn stuk gebracht. 'Wat heb je toen gedaan?' vroeg ik.

'Niets. Ik zat te trillen als een rietje. Ik wilde het niet geloven. Ik ben terug naar huis gegaan. Helen kwam pas heel laat thuis. Toen ik haar de volgende ochtend vroeg hoe het was gegaan had ze het lef te zeggen dat ze de hele avond achter haar computerscherm had gezeten.'

'En toen?'

'We zouden twee dagen daarna naar Florida vertrekken. Ik besloot niets te zeggen. Misschien was het lafheid, of misschien hoopte ik dat de vakantie ons de gelegenheid zou bieden de stukken weer aan elkaar te lijmen.'

'Maar sergeant, waarom heb je in vredesnaam niets gezegd toen we elkaar een paar dagen later in Miami zagen?'

'Te moeilijk. Ik zou niet weten waar ik had moeten beginnen. Weet je, we zeggen vaak dat we een ontrouwe partner onmiddellijk zouden dumpen, maar in werkelijkheid is dat niet zo makkelijk. Je bent alleen, met die knoop in je maag, en je hoopt eigenlijk dat het allemaal gewoon verdwijnt. En dan zijn de kinderen er ook nog... Kortom, bij terugkomst uit Florida waren Helen en ik verder van elkaar verwijderd dan ooit. Vooral ook omdat ik bewijs had dat ze tegen me loog.'

'En dat was?'

'Ze reed heel veel. Ik ben politieman, ik ben de kilometerstand van haar auto in de gaten gaan houden om uit te vogelen waar ze mee bezig was. Als ze echt haar avonden op kantoor doorbracht zoals ze beweerde, zou ze niet veel méér moeten rijden dan de afstand tussen ons huis en het centrum van Concord, en terug.'

'Ik neem aan dat dat niet het geval was.'

'Dat heb je goed aangenomen, schrijver.'

'Wat is er de avond van haar dood precies gebeurd?'

'Ze was zogenaamd op kantoor. Dat had ze me op het laatste moment gemeld. Ik heb met de meisjes gegeten en ben daarna in de keuken blijven zitten. Wachten tot ze thuiskwam. Ik had me zelfs voorgenomen deze keer de confrontatie met haar aan te gaan en een einde te maken aan alle leugens. Daarom nam ik ook niet op toen ze belde. Ik wilde niet dat ze me nog meer flauwekul zou verkopen. Ik wilde niet dat ze met smoesjes zou komen waarom ze nóg later thuis zou zijn, dat ze zou zeggen dat ze nog even iets moest afmaken en dat ik maar vast naar bed moest gaan zonder op haar te wachten. Ik wilde haar niet de kans geven ermee weg te komen. Dus heb ik niet opgenomen. Ik heb naar de trillende telefoon zitten kijken. Ik heb zelfs haar bericht niet afgeluisterd. Later stond chief Lansdane voor de deur. Helen is niet door een toevallige voorbijganger gevonden, zoals ik aan iedereen heb verteld. Ze heeft Lansdane gebeld, geen idee waarom. Waarschijnlijk ten einde raad, maar hij kwam te laat. Dát is de waarheid, Marcus: ik heb naar die klotetelefoon zitten kijken en ik heb Helen laten stikken!'

'Zo moet je niet denken, sergeant.'

'Hoe moet ik verdomme dan wel denken?'

In een gebaar van woede slingerde hij zijn glas tegen een van de keukenmuren, waarna hij zich met zijn gezicht in zijn handen op de tafel liet zakken.

Met zachte stem zei ik tegen hem: 'Ga naar bed, sergeant. Je moet slapen. Ik ruim het hier wel op.'

Hij gehoorzaamde. Zonder nog iets te zeggen verdween hij als een schim naar boven, naar zijn slaapkamer. Die nacht kon ik niet slapen. Ik bleef maar denken aan het bericht dat Helen had achtergelaten. Ze had tegen Perry gezegd dat het dringend was. Dat klonk voor mij niet als iets medisch, maar eerder als de behoefte iets met hem te delen. Wat was er die avond in het leven van Helen Gahalowood gebeurd? En wat had ze ontdekt?'

De volgende ochtend zat ik op de veranda voor het huis een kop koffie te drinken in een poging mijn zo goed als slapeloze nacht te boven te komen, toen een postbode de post in de brievenbus deponeerde. Ze groette me. Ik liep naar haar toe.

'Bent u familie van Helen Gahalowood?' vroeg ze.

'Soort van.'

'Zo erg wat er is gebeurd. Ze was nog zo jong, en zo aardig ook. Ze was de enige in de buurt die me altijd groette en die aan het eind van het jaar aan een fooi dacht. Wilt u alstublieft mijn oprechte deelneming overbrengen aan haar man en dochters? Ik heet Edna.'

'Dat zal ik doen, Edna.'

Na een korte aarzeling vroeg ze: 'Heeft ze het nog over die envelop gehad?'

'Welke envelop?'

~

Een paar weken eerder

Die ochtend werd Edna tijdens haar dagelijkse ronde door Helen Gahalowood naast haar brievenbus opgewacht. Helen leek geagiteerd en de postbode zag dat ze een blauwe envelop in haar hand had.

'Edna,' vroeg Helen, 'heb jij deze gisteren in mijn brievenbus gestopt?'

In haar stem klonk ergernis door.

'Ik bezorg honderden brieven per dag,' verklaarde Edna enigszins van haar stuk gebracht. 'Ik kan me onmogelijk iedere envelop herinneren die door mijn vingers gaat. Maar laat hem toch maar even zien.'

Edna bekeek de envelop van alle kanten en zag dat er niets op stond en dat hij ook niet was gefrankeerd.

'Die kan niet door ons zijn bezorgd,' zei ze toen. 'Er staat geen naam of adres op. Hoe hadden we kunnen weten dat hij voor u bestemd was? We zijn niet helderziend.'

'Als jij die envelop niet in mijn brievenbus hebt gedaan, wie dan wel?'

'Een bekende die hem hier zelf voor u heeft achtergelaten. Een van de buren misschien? Of een geheime aanbidder?' voegde Edna er bij wijze van grapje aan toe.

~

'Ze kon er niet om lachen,' verduidelijkte Edna. 'Ze leek echt buitengewoon geïrriteerd.'

'En wat zat er in die envelop?' vroeg ik.

'Dat heeft ze me nooit verteld. Het was de laatste keer dat ik haar heb gesproken.'

'En wanneer was dat?'

'Dat weet ik niet meer precies, de tijd gaat zo snel. Het zal zeker twee maanden geleden zijn.'

'Kun je nog iets exacter zijn? Wellicht iets wat je je van die dag herinnert?'

Ze dacht diep na en plotseling klaarde haar gezicht op. 'Het was de dag van de bommelding bij het parlementsgebouw van New Hampshire. Wat een chaos was het toen! De hele stad zat op slot. Ik was te laat voor mijn ronde. Ja, ik weet het zeker nu. Dat was dezelfde dag.'

Een snelle zoektocht op internet leverde me onmiddellijk de datum van die bommelding op: 7 april. Helen had op 7 april geklaagd over een envelop die ze de dag daarvoor, de 6de dus, had ontvangen. Oftewel de dag van mijn bezoek aan de familie Gahalowood en vooral ook van de verjaardag van Lisa. Was dat toeval? En wat zat er in die envelop? Had de noodkreet van Helen aan Perry de avond van haar dood iets met die brief te maken?

Mijn eerste gedachte was dat er verband was tussen het vermoeden van overspel en die brief. Werd ze door iemand gechanteerd? Om hierover duidelijkheid te krijgen besloot ik te beginnen bij de baas van Helen.

Zonder Gahalowood iets te vertellen vertrok ik naar haar kantoor in het centrum van Concord. De baas van Helen was een zekere Mads Bergsen, een sympathieke Deen met wie ik op de begrafenis had kennisgemaakt. Hij ontving me in zijn kantoor.

'Marcus, wat kan ik voor je doen?' vroeg hij op vriendelijke toon, terwijl hij uitnodigend naar een leren fauteuil gebaarde.

'Ik wilde het met u over Helen hebben.'

'Oké.'

Ik had weinig zin hem rechtstreeks naar een eventuele relatie tussen hen te vragen en besloot er een beetje omheen te draaien.

'Haar man vond haar de laatste tijd nogal afstandelijk,' verklaarde ik. 'Ze gedroeg zich anders, blijkbaar zat ze elke avond op kantoor. Ze moest een belangrijk project afmaken, zoiets was het toch?'

Mads Bergsen slaakte een enigszins gegeneerde zucht. 'Zoals je weet, Marcus, ben ik een Deen. En in Denemarken doen we niet aan dat soort onzin.'

Nu deed hij hetzelfde als ik: hij zinspeelde op iets wat ik niet begreep. Dus moest ik vragen: 'Over welke onzin hebben we het dan?'

'Het eindeloos op kantoor blijven hangen. Dat is iets wat de Amerikanen hebben uitgevonden. Dat je je op je werk moet bewijzen door langer te blijven dan de anderen en er midden in de nacht en in het weekend e-mails uit te sturen. Het slaat nergens op. Als je extra uren moet maken wil dat in feite zeggen dat je je werk niet binnen de daarvoor gestelde tijd afkrijgt en dat je dus eigenlijk ontslagen moet worden. Dat heb ik mijn mensen, en dus ook Helen, altijd ingeprent. Ik ben altijd de laatste die uit dit kantoor vertrekt, rond zeven uur. Niemand werkt hier tot laat door. Zo werkt het niet bij mij.'

'Suggereert u nu dat Helen 's avonds niet op kantoor was en dat ze tegen haar man heeft gelogen?'

Hij knikte.

'Maar wat deed ze dan?' vroeg ik me hardop af.

'Ik heb geen idee.'

Ik had het gevoel dat Mads Bergsen niet de volledige waarheid sprak en besloot mijn troef uit te spelen.

'Van één avond weet u dat in elk geval wel,' zei ik op koele toon, 'aangezien u toen met Helen uit eten bent geweest. Haar man heeft jullie samen gezien. Doet u dat met al uw medewerkers? Dat is misschien iets Deens...'

Zwijgend kwam Mads overeind, pakte een fotolijstje van zijn bureau en gaf het aan mij. Op de foto kuste hij, gehuld in trouwkostuum, een andere man op de mond.

'Benjamin en ik zijn twee maanden geleden getrouwd. We waren een van de eerste mannenstellen die in het huwelijksbootje zijn gestapt sinds het homohuwelijk in New Hampshire gelegaliseerd is.'

'Wat een sukkel ben ik,' verzuchtte ik.

'Nee, Marcus, je bent een vriend die zich bekommert om de mensen van wie hij houdt. Weet dat Helen het regelmatig over je had.'

'Wat zei ze dan?'

'Dat je een goeie vent was. En dat begrijp ik nu ook. Ze was blij dat jij in het leven van haar man was gekomen. Helen had problemen, Marcus. Ik had haar mee uit eten genomen omdat ik me zorgen om haar maakte.'

~

19 april 2010

Het was zeven uur toen Mads Bergsen de deur van zijn kantoor achter zich dichtdeed. Net als alle andere avonden maakte hij voordat hij vertrok nog snel een rondje over de etage. Hij groette de schoonmaaksters die aan hun werk begonnen en liep naar de liften. Op dat moment zag hij door de glazen scheidingswand dat Helen nog in haar kantoor was. Ze zat huilend achter haar bureau. Hij stak zijn hoofd door de deuropening. 'Helen, wat is er met jou?'

Ze veegde haar tranen weg. 'Niets, Mads. Sorry, niks aan de hand.'

'Je hoeft je nergens voor te verontschuldigen, ik zie dat je uit je doen bent.'

'Ik wist niet dat jij er nog was.'

'Gelukkig maar,' zei Mads. 'Nu kun je me vertellen wat je dwarszit.'

Ze stond op en pakte haar jas.

'Maak je geen zorgen. Ik moet ervandoor.'

'Waarnaartoe?'

Ze bleef voor Mads staan en barstte plotseling weer in tranen uit.

'Ik trek het niet meer, Mads,' fluisterde ze, terwijl ze haar hoofd tegen zijn schouder liet zakken.

Troostend sloeg hij zijn armen om haar heen.

'Zo laat ik je niet vertrekken. Kom, dan gaan we samen een hapje eten.'

Ze aten in een Italiaans restaurant vlak bij het kantoor. Helen had duidelijk de behoefte haar hart te luchten, maar iets hield haar nog tegen. Mads dacht eerst dat ze problemen met haar werk had. Toen hij daarnaar vroeg, verzekerde Helen hem dat het op dat vlak allemaal goed ging.

'Het gaat om Perry,' liet ze zich uiteindelijk ontvallen.
'Wat is er met hem?' vroeg Mads.
'Dat weet hij zelf nog niet.'

~

'Dat weet hij zelf nog niet?' herhaalde ik nadat Mads Bergsen me dit tafereel had geschetst.

'Dat waren haar exacte woorden,' bevestigde hij. 'Meer wilde ze me niet vertellen. Ik heb nooit geweten waar ze op doelde. Die avond heeft ze me wel gevraagd haar te dekken als Perry naar kantoor zou komen om me naar haar werktijden te vragen. Maar dat heeft hij nooit gedaan.'

'Perry dacht dat ze een minnaar had. En dat u dat was.'

'Ik was het dus niet, dat heb je inmiddels begrepen. Maar ik betwijfel of Helen een verhouding had. Haar zorgen betroffen Perry. Die indruk had ik in elk geval. Na dat etentje hebben we het er nooit meer over gehad.'

'Heeft ze iets over een brief gezegd?' vroeg ik.

'Een brief? Nee, hoezo?'

'Zomaar. Zou ik misschien een blik in haar kantoor mogen werpen?'

Het kantoor van Helen was onaangeroerd gebleven. Mads was zo netjes geweest nergens aan te zitten zolang Perry de persoonlijke bezittingen van zijn vrouw nog niet had opgehaald. Ik had gehoopt dat Mads me even alleen zou laten, maar hij bleef in de deuropening staan kijken terwijl ik laden opentrok en door de documenten op het bureau bladerde. Hij was ineens een stuk minder aardig; hij vroeg zich af waarmee ik bezig was en had er spijt van dat hij me in het kantoor had gelaten.

'Wat denk je hier eigenlijk te vinden dat zo belangrijk kan zijn?' vroeg hij uiteindelijk op geïrriteerde toon.

'Een persoonlijk document dat Helen hier zou hebben achtergelaten,' antwoordde ik.

Maar ik vond niets. Ik had geen enkel spoor.

~

Na mijn bezoek aan Mads Bergsen ging ik naar de parkeerplaats waar Helen was overleden. Het was de parkeerplaats van een fastfoodrestaurant, Fanny's, niet ver van een afslag van de snelweg. Het was meer een soort bedevaart dan dat ik hoopte hier iets te ontdekken; ruim een uur lang nam ik de rijen anonieme auto's in me op, terwijl ik me probeerde voor te stellen op welke plek Helen precies zo moederziel alleen was geweest toen haar hart het had begeven. Voordat ik weer vertrok, ging ik bij Fanny's naar binnen voor een kop koffie. Terwijl de medewerker mijn koffie inschonk, vroeg hij: 'Bent u van de politie?'

'Nee, hoezo?'

'Zomaar. Ik zag u buiten rondlopen bij de plaats waar die vrouw vorige maand is doodgegaan. Ik dacht dat er misschien een verband was.'

Zijn opmerking intrigeerde me. Waarom zou de politie een maand na dato terugkeren naar de plaats waar iemand een hartaanval heeft gehad? Ik voelde dat hier meer te ontdekken viel.

'Ik ben in feite een vriend van de vrouw over wie je het hebt,' verklaarde ik. 'Ik wilde de plek zien waar ze is doodgegaan.'

'Gecondoleerd.'

'Dank je. Werkte je die avond ook?'

'Ja. Ik heb zelfs nog met die vrouw gepraat. De arme ziel, het ging duidelijk niet goed met haar.'

'Fysiek bedoel je?'

'Nee, mentaal. Ik herinner me die avond nog goed... Hoe zou ik die ook kunnen vergeten? Het was niet druk, ik stond achter de toonbank. Ik zag haar binnenkomen en aan een tafeltje gaan zitten zonder iets te bestellen. Ze zag er vertwijfeld uit. Alsof ze vreselijk nieuws had gekregen, of ergens bang voor was. Ik ben naar haar toe gegaan, omdat het beleid hier is: geen consumptie, geen tafel. Ik vond het wel een beetje vervelend. Ze zat zenuwachtig aan haar telefoon te friemelen. Ik legde haar uit dat ze iets moest eten of drinken om daar te mogen zitten. Ze zei: "Breng maar iets, maakt niet uit wat." Ik zei dat ze aan de toonbank moest bestellen, dat ik niet aan tafel kon bedienen omdat er camera's hingen en omdat ik als mijn manager dat zag mijn werk kon kwijtraken. Ze mompelde iets en is uiteindelijk vertrokken.'

'Hoe laat was dat?'

'Rond tien uur.'

'En toen?'

'Toen kwam die politieman binnenvallen.'

De medewerker had het niet over 'de politie' maar over een specifieke politieman.

'Welke politieman?' vroeg ik.

'Een tijdje nadat die vrouw was vertrokken, kwam er een man het restaurant binnen. Hij liet zijn blik over de tafels gaan en liep toen naar de toonbank, waar hij met een politiepenning zwaaide. Hij zei dat hij met een vrouw had afgesproken en beschreef de bewuste dame. Ik vertelde hem wat ik u ook net heb verteld en toen is hij naar de parkeerplaats gegaan waar hij haar hoogstwaarschijnlijk dood in haar auto heeft gevonden.'

'En weet u per ongeluk ook hoe die politieman heette?'

'Ja, hij heeft me een kaartje gegeven voor het geval dat... volgens mij was het ook nog een hoge pief... wacht even...'

De medewerker liep naar het bord waarop de dienstroosters hingen en haalde er een visitekaartje af. Ik las de naam die erop stond: chief Lansdane. Ik was verbijsterd.

'Die man zei dat hij hier met haar had afgesproken?' vroeg ik.

'Zeker weten,' beaamde de medewerker.

Hier klopte iets niet. Perry had inderdaad verteld dat Helen de avond van haar dood contact had opgenomen met Lansdane. Maar Lansdane was het restaurant binnengegaan omdat hij daar met haar had afgesproken. Ze had hem dus niet gebeld omdat ze zich niet goed voelde. Ze wilde hem ergens over spreken. Maar voordat Lansdane er was, was Helen door de medewerker het restaurant uit gezet. Ze was in haar auto gaan zitten, waar ze een hartaanval had gekregen. Lansdane wist iets over Helen wat Perry en ik niet wisten.

Ik belde onmiddellijk Lansdane. Ik had nog maar een paar woorden gezegd, toen hij me onderbrak: 'Ik heb liever dat we dit face to face bespreken. Kun je over een uur?'

Ik trof chief Lansdane in een park in het centrum van Concord. Het was een warme dag, een voorproefje van de zomer. Hij zat op me te wachten op een stenen bank tegenover een grote, zonovergoten fontein.

'Ik moet beginnen met je te vertellen,' viel Lansdane met de deur in huis, 'dat ik niet veel weet. Ik mag Perry graag, maar ik kan niet zeggen dat we erg close met elkaar zijn. Toch vroeg Helen een paar weken geleden of ze even met me kon praten. We hebben een kop koffie gedronken. Ik vond dat ze er slecht uitzag. Eerlijk gezegd was haar verhaal ook niet heel samenhangend. Ze zei dat ze een moeilijke periode doormaakte, dat ze zorgen had die ze niet met Perry kon delen.'

'Waarom kon ze hem daarover niets vertellen?' vroeg ik.

'Die vraag heb ik haar ook gesteld,' zei Lansdane. 'En weet je wat ze daarop antwoordde? "Om hem te beschermen."'

'Waartegen moest ze hem beschermen? Tegen die brief die ze had ontvangen?'

Lansdane keek me verbijsterd aan.

'Je bent op de hoogte van de brief?'

'Ik heb van de postbode begrepen dat Helen een brief had gekregen waarvan ze in alle staten was. Maar blijkbaar wist u dat al...'

'Daar ben ik pas de avond van haar dood achter gekomen. Na ons gesprek had ik niets meer van Helen gehoord. Tot die tragische avond. Ze belde me, het was al laat. Ik had haar het nummer van mijn mobiele telefoon gegeven voor noodgevallen. En dat was het overduidelijk: ze was volledig van de kaart. Ze zei dat ze Perry niet kon bereiken en dat ze hulp nodig had. Dat ze een anonieme brief had ontvangen waarvan ze de afzender had weten te achterhalen. Ze zei dat ze op me wachtte bij Fanny's, bij de afslag van de snelweg. Toen ik daar aankwam, was er in het restaurant geen spoor van Helen te bekennen. Uiteindelijk heb ik haar gevonden in haar auto. Ze was dood.'

'En de bewuste brief?' vroeg ik. 'Hebt u daar de hand op weten te leggen?'

'Nee. Ik heb de hele auto doorzocht, het dashboardkastje, alle andere vakjes. Niets.'

‘Weet u waar die brief over ging?’

‘Het enige wat Helen me heeft verteld is dat het met de zaak Alaska Sanders te maken had.’

‘De zaak Alaska Sanders?’

‘Elf jaar geleden, in het voorjaar van 1999, is er een vermoorde jonge vrouw gevonden in een bos in New Hampshire. Perry werd belast met het onderzoek, samen met zijn collega en vriend sergeant Vance. Ze wisten al snel een verdachte te arresteren, de vriend van het meisje. Maar toen vond er een drama plaats.’

Wat chief Lansdane me vertelde, maakte me sprakeloos van verbijstering.

Drie dagen na de moord

Dinsdag 6 april 1999

Kwart voor elf 's avonds. Een uur geleden was Perry Gahalowood voor de tweede keer vader geworden. Vanuit een verlaten gang van de kraamafdeling van het ziekenhuis van Concord belde hij zijn schoonouders om hen op de hoogte te brengen van de geboorte van Lisa. Met Helen ging het prima, die lag te rusten. En de kleine Lisa was blakend van gezondheid ter wereld gekomen.

Uit een automaat haalde hij een plastic bekertje koffie en een chocoladereep bij wijze van avondeten. Daarna wilde hij Vance bellen om hem het goede nieuws te brengen, en ook om te horen wat het verhoor van Walter Carrey had opgeleverd. Maar voordat hij dat had kunnen doen, ging zijn telefoon. Het was Lansdane. Ervan overtuigd dat die belde om hem te feliciteren nam Gahalowood op met een vrolijk: 'Ze heet Lisa!'

Aan de andere kant bleef het lang stil. Toen zei Lansdane op akelig sombere toon: 'Perry, je moet onmiddellijk naar het hoofdkwartier komen. Er is iets heel ernstigs gebeurd.'

Toen Perry bij het gebouw van de staatspolitie aankwam, stond daar een hele verzameling hulpvoertuigen die het donker verlichtten met hun blauwe en rode zwaailichten. Wagens van de tactische interventie-eenheid, ambulances en busjes van de technische recherche.

Gahalowood passeerde het eerste kordon dat de toegang tot het gebouw moest bewaken. Op zijn vraag 'wat is er gebeurd?' antwoordde iedereen 'bij ernstige delicten'. Hij stormde de trap naar de eerste verdieping op en spurtte de gangen door, op het tumult af. Bij de toegang naar de verhoorruimte stuitte hij op Lansdane. 'Wat is er aan de hand?' vroeg Gahalowood. Lansdane zei niets en met luid bonkend hart stak Gahalowood zijn hoofd door de deuropening. Geschokt staarde hij naar wat hij daar aantrof: midden in de ruimte lag het dode lichaam van Vance in een plas bloed, zijn hoofd uit elkaar gespat waar een kogel hem had geraakt. Naast hem lag het lijk van Walter Carrey, dat in een soortgelijke toestand verkeerde.

Gahalowood stond op het punt flauw te vallen. Lansdane, die zijn reactie voelde aankomen, trok hem opzij en duwde hem op een stoel. Het duurde een hele tijd voordat Gahalowood, die in shock verkeerde, weer een beetje was bijgekomen.

Later die nacht vertelde Kazinsky over het verloop van die verschrikkelijke avond. Het was allemaal begonnen toen Vance en hij op de komst van de advocaat van Walter Carrey moesten wachten om het verhoor voort te zetten. Dat was de wet.

'Walter Carrey zat met handboeien om in zijn eentje in de verhoorruimte,' verklaarde Kazinsky. 'Vance en ik hielden hem vanuit de kamer ernaast in de gaten, via de doorkijkspiegel. De advocaat liet op zich wachten en Vance en ik gebruikten de tijd om onze strategie te finetunen. Met een advocaat tegenover ons moesten we het zo goed mogelijk spelen. Ik zou de bad cop zijn en Vance de bondgenoot van Walter Carrey. Toen Carrey om water vroeg, was het dus Vance die hem dat ging brengen, in een poging een band met hem te smeden. Vance is de kamer in gegaan met een bekertje water en heeft de handboeien van Carrey losgemaakt. Op dat moment zag ik onder het jasje van Vance de kolf van zijn dienstwapen. Dat was hij vergeten af te leggen voordat hij naar binnen ging. Maar oké, eerlijk gezegd is dat ook geen regel die we systematisch toepassen, dat weten jullie net zo goed als ik. Op datzelfde moment begon Carrey te praten. Hij zei: "Ik heb haar afgemaakt, die hoer." Vance reageerde heel kalm: dit was hét moment om een vrijwillige bekentenis te krijgen. Aangezien hij de procedure tot in de puntjes kende, zei hij: "Je advocaat is onderweg. Zie je af van zijn aanwezigheid?" Carrey was onherkenbaar, alsof hij bezeten was. Hij lachte honend. "Ik heb haar gekild, die hoer, die ontrouwe slet die me in mijn eigen bed bedroog. Wat wil je dat een advocaat voor me doet? Ik zal de doodstraf niet ontlopen." Bij die laatste woorden begon Carrey te huilen. Plotseling leek hij wel een kind. Hij had het over zijn ouders die bij zijn executie aanwezig zouden zijn. Toen verzekerde Vance Carrey dat hij hem dat allemaal kon besparen, hij gaf hem zelfs een vriendschappelijk klopje op de schouder om hem aan te moedigen verder te gaan met zijn bekentenis. Hij vroeg of hij het gesprek mocht opnemen en dat vond Carrey goed. Vance heeft de camera op het statief aangezet die op de tafel gericht staat. "Kun je herhalen wat je me zojuist hebt verteld, Walter?" vroeg hij. Carrey barstte weer in tranen uit. "Ik heb haar vermoord. Ik heb Alaska vermoord." Na een korte stilte voegde hij eraan toe: 'Wíj hebben Alaska vermoord. Ik was niet alleen. Eric Donovan was er ook bij." Vance en ik waren verbijsterd. "Eric Donovan is medeplichtig aan de moord?" herhaalde Vance. "Ja, ik ga er niet alleen voor opdraaien. Eric en ik hebben haar samen vermoord. De trui die jullie hebben gevonden... die is van hem. De letters M U staan voor Monarch University, de universiteit waaraan hij heeft gestudeerd. Trek het maar na, u zult zien dat het klopt wat ik zeg..." Toen zette Vance de camera uit en draaide zich om naar de doorkijkspiegel om mij een blik toe te werpen. En plotseling stortte Carrey zich op hem en greep zijn wapen. Het ging allemaal zo snel, ik kreeg niet de tijd tussenbeide te komen. Vance probeerde zijn revolver terug te pakken en een eerste schot werd gelost. De doorkijkspiegel spatte uit elkaar. Ik dook weg en trok intussen mijn wapen. Toen ik weer overeind kwam, zag ik dat Walter het wapen in zijn hand had en voordat ik iets kon doen joeg hij een kogel door het hoofd van Vance. Ik brulde en richtte mijn wapen op Walter om hem uit te schakelen, maar hij zette de revolver van Vance tegen zijn slaap en haalde de trekker over. Er viel een doodse stilte. Ik heb op de alarmknop gedrukt en ben naar het lichaam van Vance gerend. Ik heb nog geprobeerd hem eerste hulp te verlenen, ook al zag ik dat hij dood was. En ik heb geschreeuwd, geschreeuwd om hulp. Waar waren jullie verdomme allemaal?'

Het was al laat toen het drama zich had afgespeeld. Het gebouw was zo goed als verlaten geweest. Kazinsky had een tijdje moeten wachten voor de versterkingen arriveerden.

Terwijl alles wat hij zojuist had doorgemaakt weer bij Kazinsky bovenkwam, raakte hij automatisch zijn kleren aan, die onder het bloed zaten. Hij keek naar de vlekken op zijn vingers en moest kotsen.

Gahalowood was verbijsterd. Verpletterd. Zijn eerste gedachte was dat híj daar had kunnen liggen, die avond, op de vloer van de verhoorruimte, met een opengebarsten schedel. Vervolgens maakte een schuldgevoel zich van hem meester: als hij daar was geweest, had hij dit drama wellicht kunnen voorkomen. Hij had zijn partner in de steek gelaten. Dat zou hij zichzelf nooit vergeven.

~

De volgende ochtend vroeg trok een colonne politieauto's door Mount Pleasant om het huis van Janet en Mark Donovan te omsingelen. Leden van de interventie-eenheid ramden de deur open en onmiddellijk was het huis vol politie. Eric Donovan werd in zijn bed gearresteerd.

Buurtbewoners werden wakker van het lawaai. Allemaal zouden ze zich nog lang herinneren hoe Eric met een verwilderde uitdrukking op zijn gezicht en handboeien om zijn polsen voor het oog van iedereen naar buiten werd gesleurd en zonder pardon een politieauto in werd geduwd. Janet Donovan, met moeite in bedwang gehouden door een paar potige agenten, schreeuwde uit alle macht dat ze haar zoon moesten laten gaan.

Eric Donovan verliet zijn ouderlijk huis om er nooit meer terug te keren. Hij zou de straat nooit meer terugzien, nooit meer een kop koffie drinken op de veranda vol bloemen. Nooit meer zou hij contact hebben met al die aardige buren die die ochtend tot de verbijsterende ontdekking kwamen dat die innemende Eric een moordenaar was. Eric die altijd zo vriendelijk en goed verzorgd was, maar die er nu ruig, verdwaasd en paniekerig als een opgejaagd beest uitzag, gehuld in een in de haast aangetrokken joggingpak dat hij alleen nog maar zou verwisselen voor een oranje gevangenispak.

Hij was dol op vrijheid, hij hield van het bos, vliegvissen en het buitenleven. Nu zou hij van de politieauto naar een verhoorruimte gaan, vervolgens naar een cel, en daarvandaan een arrestantenwagen in die hem naar de helse krochten van een gevangenis zou brengen waar hij zijn levenslange straf voor de moord op Alaska Sanders zou moeten uitzitten.

~

In eerste instantie ontkende Eric Donovan elke betrokkenheid bij de dood van Alaska Sanders. Om zijn geheugen op te frissen liet Gahalowood hem de opname zien van de bekentenis van Walter Carrey. Eric was stomverbaasd toen hij op het scherm een close-up zag van het gezicht van zijn vriend die de moord opbiechtte en hem daarbij rechtstreeks betrok.

'Wat is dat voor onzin?' protesteerde Eric. 'Ik heb Alaska niet vermoord!'

'Is dit niet jouw trui?' vroeg Gahalowood, terwijl hij hem het kledingstuk in een doorzichtige plastic zak liet zien.

'Ik weet niet of dat mijn trui is, maar ik heb er wel zo een, ja, net als duizenden andere studenten van de universiteit van Monarch.'

'Walter beweert dat dit jouw trui is.'

'Als hij dat beweert, zal het wel de trui zijn die ik hem heb geleend.'

'Wanneer was dat?'

'Twee weken geleden. Zaterdag 20 maart. Dat weet ik nog omdat Walter en ik toen op de bon zijn geslingerd door de boswachters. We waren die dag samen gaan vissen in de rivier die vlak bij Grey Beach uitkomt. Nou ja, we waren dus aan het vissen maar werden overvallen door de regen. We dachten dat het een buitje was en zijn gaan schuilen onder een boom. Alleen had Walter iets te lang gewacht en de volle laag gekregen. Hij was doorweekt en stond te rillen als een gek. Ik had het niet echt koud en ik ben sowieso niet zo'n koukleum. Dus heb ik hem de trui gegeven die ik aanhad. Dat was die trui! Het hield niet op met regenen en we hebben onze spullen gepakt en zijn halsoverkop naar onze auto's teruggerend. Ik zie Walter nog de inmiddels kletsnatte trui uittrekken en op de achterbank gooien, terwijl hij zei: "Ik zal hem wassen, dan krijg je hem schoon terug." Ik zei dat dat niet hoefde, maar hij was er niet van af te brengen.'

‘En hij heeft hem dus aan jou teruggegeven?’

‘Nee.’

‘Leuk verhaal,’ zei Gahalowood. ‘Maar ik ben niet overtuigd.’

‘Het is verdomme de waarheid, sergeant! Een paar dagen later heb ik zelfs nog geprobeerd die trui terug te krijgen. Ik ben erover begonnen tegen Alaska, die trouwens nogal geërgerd reageerde. Ik denk dat dat die zogenaamde onenigheid was waarover Sally Carrey het had…’

‘Ah, dus jullie hebben wel degelijk ruziegemaakt. Waarom heb je daarover gelogen?’

‘Ik heb niet gelogen, sergeant. Het was geen ruzie. Ik wilde gewoon mijn trui terug. Walter was een paar dagen weg, ik heb Alaska gevraagd me de trui terug te geven en zij vond het vervelend dat ik nogal aandrong, dat was alles. Ze zei dat ik Walter maar moest bellen en dat heb ik gedaan. Hij zei dat hij de trui voor zijn vertrek in de kofferbak van zijn auto had gelegd en aangezien zijn auto nog in Mount Pleasant stond heb ik Alaska gevraagd of ik een blik in de kofferbak mocht werpen. Maar de trui lag er niet in.’

‘Het spijt me, Eric, maar ik geloof geen woord van je verhaal over een op mysterieuze wijze verdwenen trui. Waarom heb je hierover eerder niets verteld?’

‘Hoe kon ik nu weten dat die trui iets met het misdrijf te maken had?’

Omdat Gahalowood nog steeds niet overtuigd leek, voegde Eric eraan toe: ‘Ik spreek de waarheid, sergeant. Dat zweer ik u! Vraag maar aan Walter; die zal alleen maar kunnen bevestigen wat ik u net heb verteld.’

‘Walter is dood,’ verklaarde Gahalowood op bruuske toon.

‘Wat? Hoezo is Walter dood?’

Het verhoor ging door. Eric hield vol: hij had Alaska Sanders niet gedood en had ook niets met de moord te maken. Hij deed een beroep op zijn recht op een advocaat en vroeg Patricia Widsmith, een jonge strafrechtadvocaat uit Boston, hem bij te staan. Maar de bewijzen tegen hem stapelden zich op. Om te beginnen kwam zijn DNA overeen met het tweede DNA dat op de trui was gevonden. ‘Aangezien het om een trui van Eric gaat, is het niet meer dan logisch dat zijn DNA erop zit,' voerde advocaat Widsmith ter verdediging aan. 'Mijn cliënt heeft u al verteld dat hij hem droeg voordat hij hem aan Walter uitleende.'

Verder had Eric geen alibi voor de avond van de moord. Hij was rond halftwaalf samen met zijn zus in het huis van zijn ouders teruggekeerd. Hij zei dat hij naar bed was gegaan, maar hij had makkelijk weer kunnen vertrekken terwijl de rest van de familie sliep zonder dat iemand zijn afwezigheid zou hebben opgemerkt.

De doodsteek was het geprinte briefje dat op de kamer van Eric werd gevonden:

IK WEET WAT JE HEBT GEDAAN.

Het bericht was op alle fronten identiek aan de berichten die Alaska had ontvangen. Onderzoek wees uit dat de printer van Eric een heel specifieke afwijking had: de printkop was beschadigd en liet een afdruk achter die overeenkwam met wat er in de aan Alaska gerichte berichten was aangetroffen.

'Iedereen had bij mijn ouders naar binnen kunnen lopen en mijn printer kunnen gebruiken,' wierp Eric tegen. 'Overdag gaat de deur nooit op slot. Zo gaat dat in Mount Pleasant, we vertrouwen elkaar. Het is een vredig stadje.'

Maar zijn argumenten wogen niet op tegen de bewijzen en zijn advocaat had de grootste moeite ook maar iets te vinden om hem vrij te pleiten. Eric was er kapot van en hulde zich in stilzwijgen. Uiteindelijk bekende hij kort voor zijn proces schuld aan de moord op Alaska Sanders. Hij werd veroordeeld tot levenslang, zonder kans op vervroegde vrijlating.

De dag waarop Donovan werd veroordeeld ging Gahalowood naar het kantoor van Lansdane. Hij stak hem een brief toe.

'Wat is dat?' vroeg Lansdane.

'Mijn ontslagbrief.'

Lansdane keek de rechercheur verbijsterd aan. 'Die weiger ik te aanvaarden. Je bent zonder enige twijfel de beste politieman die ik in mijn carrière ben tegengekomen.'

'Ik blijf alleen op één voorwaarde...'

'Ik hou absoluut niet van chantage, Perry.'

'Het is geen chantage, het is een voorwaarde voor mijn aanblijven op de afdeling.'

'Laat maar horen dan.'

'Ik wil geen partner meer,' verklaarde Gahalowood.

'Je kunt onmogelijk alleen werken, Perry.'

'Alleen is beter. Dan is er in elk geval geen gevaar dat je je partner doodt.'

'Perry, jij kon er helemaal niets aan doen...'

'Ik wil alleen werken,' hield Gahalowood vol. 'Het reglement geeft me die mogelijkheid.'

Met tegenzin stemde Lansdane ermee in. Het zou ongetwijfeld een gril van voorbijgaande aard blijken te zijn.

Gahalowood was het kantoor alweer bijna uit toen Lansdane zei: 'Ik moet je trouwens nog feliciteren, Perry. De zaak Alaska Sanders is officieel gesloten.'

'Een zaak is nooit echt gesloten,' was de reactie van Gahalowood.

'Hoe bedoel je?'

'Ze blijven me altijd achtervolgen. De doden én de levenden.'

Ik was volledig van de kaart door het verhaal van chief Lansdane over de gebeurtenissen van 6 april 1999. Na ons gesprek kon ik nog maar aan één ding denken: ik moest die brief vinden die Helen had ontvangen.

HOOFDSTUK 7
Anonieme brief
Zaterdag 29 mei 2010

Die ochtend greep ik de afwezigheid van Perry, die met zijn dochters naar de begraafplaats was vertrokken voor een moment van bezinning, aan om rond te snuffelen in huis. Waar zou Helen die brief verstopt kunnen hebben? Vast niet op een plaats die voor iedereen toegankelijk was, maar op een persoonlijker plek. Dus doorzocht ik de kasten van Helen, haar persoonlijke spullen, haar beautycase. Ik vond het vreselijk om te doen, maar ik had geen keus. Mijn zoektocht leverde niets op en dat verbaasde me niet echt. Als Helen iets had willen verbergen voor Perry, haar eigen politieman, zou ze dat niet onder zijn neus hebben gedaan. Aangezien ik op haar werkplek niets had gevonden, bleef alleen haar auto nog over. Daarin had Lansdane wel gezocht de avond van Helens dood, maar had hij dat in alle onrust wel goed kunnen doen? Dat moest ik nog een keer checken.

Ik ging naar de garage, waarin de fietsen, een fitnessapparaat en de grijze Toyota Camry van Helen stonden. Ik bleef even naar de auto staan kijken en dacht aan Helen, dood op de bestuurdersstoel. Nadat ik me ertoe had gezet het portier open te trekken ging ik in de auto zitten. Waar zou die brief kunnen zijn? Ik keek in het dashboardkastje en vervolgens in het bakje in het midden. Niets. Ik checkte de zonnekleppen, de spleten tussen de stoelen, nog steeds niets. In een laatste opwelling tilde ik de matten op. Ik weet niet waarom ik daar niet eerder aan had gedacht. Onder een van de matten vond ik de blauwe envelop waarover de postbode het had gehad. In de envelop zat een dubbelgevouwen papier waarop met uit de krant geknipte letters een boodschap was geplakt:

CARREY EN DONOVAN ZIJN ONSCHULDIG

Toen ik met de brief bij chief Lansdane kwam, was hij verbluft. Terwijl hij het papier aandachtig bestudeerde, kon ik niet goed bepalen of hij verbaasd of behoedzaam keek.

'Heb je het hier al met Perry over gehad?' vroeg hij.

'Nog niet.'

'Carrey en Donovan zijn onschuldig,' las hij hardop, alsof hij het probeerde te begrijpen.

'Onschuldig aan de moord op Alaska?' veronderstelde ik. 'Het lijkt erop dat deze brief op 6 april jongstleden bij de familie Gahalowood is bezorgd, oftewel op de dag af elf jaar na de dood van Walter Carrey.'

'Eerlijk gezegd ben ik net zo verbluft als jij,' moest Lansdane toegeven. 'Ik had alles verwacht, maar niet dit.'

'Het kan natuurlijk het werk van een grapjas zijn,' zei ik.

'Dat betwijfel ik ten zeerste.'

'Wat maakt dat u daar zo zeker van bent?'

'Het feit dat deze brief naar Perry is gestuurd. Helen heeft hem als eerste gevonden, maar de boodschap is duidelijk voor hém bedoeld. Dat is veelzeggend. Enerzijds omdat Perry aan de zaak Alaska Sanders verbonden was, en anderzijds omdat hij een geducht politieman is. Degene die deze boodschap heeft gestuurd wil dat Perry het onderzoek heropent. Dit is beslist geen grap.'

'Maar waarom zou je nu ineens een zaak van elf jaar geleden oprakelen?' vroeg ik me af.

Op het gezicht van Lansdane verscheen een bijna geamuseerde glimlach.

'Je bent bijzonder intelligent, Marcus, maar wel een beetje naïef. Je lijkt te zijn vergeten dat sinds de verschijning van dat boek van jou, *De waarheid over de zaak Harry Quebert*, het hele land op de hoogte is van het bestaan van een lichtelijk onbehouwen maar uiterst kundige politieman. Door jou, of dankzij jou, is sergeant Perry Gahalowood inmiddels bekend bij miljoenen lezers. Ik denk dat er iemand is wakker geschud, Marcus. En daarvoor ben jij wellicht indirect verantwoordelijk.'

De opmerking van Lansdane kwam aan. Tot dan toe had ik me afgevraagd waarom Helen mij niet om hulp had gevraagd. Het antwoord was simpel: ze wilde waarschijnlijk niet dat ik me ermee bemoeide. Ik zei tegen Lansdane: 'Helen wist dat Perry, zodra hij over deze brief hoorde, het onderzoek zou heropenen. Ze wilde niet dat hij zich opnieuw in deze zaak zou storten waarvan hij destijds al een behoorlijke knauw had gekregen. Maar Helen kennende kon ze het bericht ook niet negeren. Ze heeft vast geprobeerd er meer over te weten te komen om te kunnen besluiten of ze het misschien toch aan haar man moest vertellen. Tijdens haar zoektocht is ze op een aanwijzing gestuit die overtuigend genoeg was om Perry er alsnog bij te betrekken. Maar ze is gestorven voordat ze dat heeft kunnen doen. De avond van haar dood had Helen iets ontdekt, dat weet ik zeker. Maar wat? Het antwoord ligt in deze brief besloten.'

Lansdane knikte en vroeg toen: 'Waar moeten we beginnen?'

'U bent hier de politieman,' zei ik. 'U zou die brief kunnen laten onderzoeken...'

'Het heeft geen zin naar vingerafdrukken te zoeken. Wij, de postbode, Helen en god mag weten wie nog meer heeft dat ding al in zijn handen gehad. En bovendien denk ik dat we het eerst even samen moeten doen, zonder er andere politiemensen bij te betrekken, als we niet willen dat het Perry ter ore komt. Wil je hem hier echt buiten laten?'

'Absoluut.'

Dit was beslist niet het moment om Perry met nog meer sores op te zadelen. Hij had 'minstens een paar weken' verlof genomen, en doolde deze dagen met name door het huis. Hij moest zich nu focussen op zichzelf en op zijn gezin. Het belangrijkste was dat hij zich weer een beetje bij elkaar wist te rapen; een confrontatie met de geesten van een zaak uit het verleden kon hij daarbij missen als kiespijn. Dus maakte ik de daaropvolgende drie dagen gebruik van de momenten dat Perry en zijn dochters er even niet waren om zo discreet mogelijk onderzoek te doen. Ik bekeek de gps van de auto van Helen om de laatste bestemmingen na te trekken, maar helaas was er niets opgeslagen. Ik bladerde door de mailbox van de familiecomputer, maar ook dat leverde niets op. Ik maakte een reconstructie van haar dagen aan de hand van de agenda die ik in haar tas had gevonden: ook dat bleek niet interessant.

Tegelijkertijd deed ik mijn eigen onderzoek naar de zaak Alaska Sanders, al was wat ik daarover op internet kon vinden vrij beperkt. Wat ik wel ontdekte, was dat er een organisatie bestond die zich inzette voor de vrijlating van Eric Donovan. In een internetcafé in Concord – ik vond het te riskant dit bij de Gahalowoods te doen – printte ik een paar artikelen en een foto van Alaska Sanders, die ik in mijn kamer verstopte in de spleet van de bedbank. Waarom ik een foto van Alaska Sanders wilde hebben weet ik eigenlijk niet. Misschien om me eraan te herinneren dat dat was waar het onderzoek werkelijk om draaide: een mooie vrouw van tweeëntwintig die bruut was vermoord. Misschien ook omdat ik onbewust een verband legde met Nola Kellergan, het jonge meisje uit de zaak Harry Quebert. Chief Lansdane had me toevertrouwd dat Gahalowood dat laatste onderzoek als een soort verlossing had ervaren. Dat wist degene die die anonieme brief had gestuurd ook.

Wanneer ik niet bezig was met prakkeseren over de zaak Alaska Sanders, bekommerde ik me om wat er over was van de familie Gahalowood. Perry was nog slechts een schim van zichzelf: hij was normaal gesproken al niet echt spraakzaam, maar nu had hij zich in een totaal stilzwijgen gehuld. Zijn dochters deden hun best om zich zo goed mogelijk te houden. Ik probeerde er voor hen te zijn, ik praatte voor twee, ik waakte over hen. Ik deed een poging weer een beetje vreugde te brengen in dit eens zo vrolijke maar nu zo sombere huis. Ik waagde me aan iets wat ik niet kon: koken. In eerste instantie maakte ik een heleboel bananencakes à la tante Anita. Maar ik moest al snel naar een hogere versnelling schakelen en complete maaltijden op tafel toveren. Wanneer ik in mijn eentje in de keuken van de familie Gahalowood stond, dacht ik aan tante Anita. Zij inspireerde me bij mijn culinaire krachttoeren. Weldra dook er een tweede geest naast me op, die van Helen Gahalowood. Ik weet niet meer of ik hardop tegen haar praatte of alleen in mijn hoofd, maar ik weet wel dat ik steeds dit ontstellend naïeve zinnetje herhaalde: Helen, ik zou willen dat je niet dood was. En dan moest ik weer denken aan de dag waarop ik haar had leren kennen.

2 jaar eerder
2 juli 2008

We zaten midden in de zaak Harry Quebert. Het onderzoek nam een ongunstige wending. Gahalowood en ik waren met de vader van Nola Kellergan gaan praten en het gesprek was een beetje uit de hand gelopen, met name door mijn toedoen. Voor het huis van dominee Kellergan hadden Perry en ik een stevige woordenwisseling gehad, waarna hij me had uitgenodigd bij hem te komen eten.

Bij zijn huis aangekomen zei ik: 'Ik hoop dat uw vrouw het niet erg vindt dat ik zo onverwacht kom binnenvallen.'

'Maak je geen zorgen, schrijver, ze heeft een sterk ontwikkeld gevoel voor medelijden.'

'Dank u, sergeant, u weet hoe u iemand moet opmonteren.'

Helen Gahalowood was net terug van de supermarkt en stond grote tassen boodschappen uit te pakken, waarvan ze de inhoud in haar koelkast probeerde te stouwen.

Perry kondigde mijn komst met zijn gebruikelijke tact aan: 'Sorry dat je een bordje bij moet zetten, lieverd, maar ik heb deze stumper van straat geplukt. Vind je ook niet dat hij sprekend lijkt op die lelijkerd achter op dat boek dat op het nachtkastje slingert?'

Ze schonk me een prachtige glimlach die alles zei over haar lieve persoonlijkheid en stak haar hand naar me uit.

'Wat heerlijk je eindelijk te ontmoeten, Marcus. Ik vond je boek geweldig,' zei ze. 'Werk je echt met Perry samen in dit onderzoek?'

'We zijn geen team of zo,' verklaarde Perry geïrriteerd. 'Hij is alleen maar een amateur die mijn leven komt verpesten.'

'Uw man eiste het geld dat hij aan mijn boek heeft uitgegeven terug,' vertrouwde ik Helen toe.

‘Let maar niet op hem,’ zei Helen. ‘Diep vanbinnen is hij heel lief.’

Ik vroeg of ik haar kon helpen en begon groenten uit een tas te halen. Perry keek met een spottende uitdrukking op zijn gezicht toe.

‘Zie je wel,’ zei hij tegen zijn vrouw, ‘hij doet alsof hij helpt maar in werkelijkheid maakt hij er een puinhoop van. Je moest eens weten wat een klerezooi hij van mijn onderzoek heeft gemaakt.’

Helen draaide zich naar me om. ‘Dat wil zeggen dat je talent hebt.’

‘Kijk, schrijver, daar heb je dat medelijden weer.’

‘Perry heeft geen partner,’ vervolgde Helen. ‘Hij verdraagt niemand om zich heen. Hoeveel collega’s heeft hij de afgelopen jaren mee naar huis genomen? Nul.’

‘Ik ben gewoon heel gelukkig met mijn gezin,’ probeerde Perry dat goed te praten, terwijl hij twee biertjes uit de koelkast haalde en mij er een gaf.

Helen gaf me een veelbetekenende knipoog. ‘Zie je wel, Marcus, hij mag je graag.’

‘Ik mag je helemaal niet, schrijver.’

‘Noem me toch Marcus, sergeant, we zijn bijna vrienden.’

‘We zijn geen vrienden. Jij zegt sergeant tegen mij, ik schrijver tegen jou. We hebben een puur zakelijke relatie.’

Helen sloeg haar ogen ten hemel. ‘Welkom in de familie Gahalowood, Marcus.’

Toen ik die avond na het eten samen met Perry op het terras zat, zei ik tegen hem: ‘Sergeant, uw vrouw is fantastisch. Haar enige onvolkomenheid is dat ze met u is getrouwd.’

Gahalowood barstte in lachen uit.

~

Malia en Lisa, aan wie ik het verhaal over mijn kennismaking met hun moeder had verteld, moesten ook lachen. We waren net klaar met eten. Mijn ossobuco was zo mislukt dat we pizza hadden besteld. We waren maar met zijn drieën, Perry was niet naar beneden gekomen. Toen hij zich eindelijk bij ons voegde, leek hij somberder dan ooit. De meisjes moesten de volgende dag weer naar school en universiteit. Bij het zien van het gezicht van hun vader dacht ik dat dat voor hen ook beter zou zijn.

Perry pakte een punt pizza die hij zwijgend naar binnen werkte. De meisjes gingen naar hun kamer en toen waren we samen in de keuken, hij en ik. We waren nog amper samen geweest. Ik had het gevoel dat hij me ontliep. Ik zette de borden in de afwasmachine, terwijl hij probeerde de pizzadozen in de vuilnisbak te proppen.

'Die gaan in de recycling, hè,' zei ik tegen hem.

'Ik heb nog nooit iets gerecycled.'

'Er is voor alles een eerste keer, sergeant.'

Hij legde de dozen op het aanrecht en blies mopperend de aftocht. Zodra de keuken opgeruimd was, zocht ik mijn kamer op. Ik ging op het bed liggen, keek naar de foto van Alaska Sanders en pakte de anonieme brief. Die had ervoor gezorgd dat Helen iets had ontdekt. Maar wat?

Ik bleef naar het papier staren, alsof daaruit een aanwijzing tevoorschijn zou springen. Plotseling zag ik iets wat me tot dan toe was ontgaan: de tekst zag er evenwichtig uit. De korte zin 'Carrey en Donovan zijn onschuldig' was samengesteld uit allemaal losse letters, maar het kwam niet rommelig over. Ik realiseerde me dat alle letters uit dezelfde krant waren geknipt. Dat was vreemd. Waarom zou je niet de moeite nemen je sporen beter te wissen door gebruik te maken van verschillende bronnen?

Omdat ik op mijn rug lag en het papier boven me vasthield, scheen op een gegeven moment per ongeluk het licht van de plafondlamp erdoorheen. Daardoor werd een opschrift op de achterkant van een van de letters zichtbaar. Toen ik die letter eraf had gepulkt zag ik dit rijtje cijfers en letters dat me in eerste instantie niets zei: 10 Nor... De cijfers en letters waren loodrecht gedrukt. Wat zou het kunnen zijn? Het antwoord drong zich al snel aan me op: het was een fragment van een adres. Het adres van een abonnee van de krant waaruit de letters voor het bericht aan Gahalowood waren geknipt.

Eindelijk had ik een spoor.

De volgende dag had ik met Lansdane afgesproken in een café in het centrum van Concord om hem over mijn vondst te vertellen.

'Als we de abonnee hebben, hebben we de afzender van het bericht,' zei ik.

Hij temperde mijn enthousiasme: 'Laten we niet te hard van stapel lopen, Marcus. Heb je enig idee hoeveel cafés, restaurants, huisartsenpraktijken en ga zo maar door een abonnement op een krant nemen voor hun klanten? Degene die deze brief in elkaar heeft geknutseld kan die krant overal vandaan hebben gehaald, inclusief van de straat of uit een vuilnisbak. Welke sukkel stuurt er nu een anonieme brief met zijn adres erop?'

'Het is nauwelijks zichtbaar,' zei ik. 'Het kan aan de aandacht zijn ontsnapt.'

'Maar Marcus, wie gebruikt er nu de krant waarop hij geabonneerd is om een anonieme brief in elkaar te draaien? Dat slaat nergens op.'

'Daar heb ik over nagedacht, weet u. Het zou iemand kunnen zijn die niet aan andere kranten kan komen. Iemand die opgesloten zit, bijvoorbeeld.'

'Opgesloten?'

'Iemand die in de gevangenis zit,' opperde ik. 'Zijn buurman, die voor iets heel anders vastzit, biecht op dat hij Alaska Sanders heeft vermoord. Onze man schrijft een anoniem bericht aan Gahalowood.'

'Gevangenen hebben geen krantenabonnement,' merkte Lansdane op.

Ik gaf nog niet op: 'Hij heeft een pakje ontvangen dat in krantenpapier was ingepakt en dat heeft hij gebruikt om zijn boodschap samen te stellen.'

'De post die gevangenen versturen wordt gecontroleerd. De brief zou zijn onderschept.'

'Niet als hij hem via zijn advocaat heeft bezorgd,' wierp ik tegen.

'En die advocaat vindt het prima voor postbode te spelen en stopt de brief bij Gahalowood in de brievenbus? Ik geloof er niets van, Marcus. Maar ik moet zeggen dat je een levendige fantasie hebt.'

'Toch ben ik ervan overtuigd dat Helen Gahalowood aan de hand van dat adres iets heeft ontdekt.'

'Dat kan,' moest Lansdane toegeven. 'Daarom moeten we proberen dat adres te vinden voordat je eindeloos gaat gissen.'

Lansdane stond nogal ambivalent tegenover een eventuele betrokkenheid: eigenlijk had hij absoluut geen zin hierin verwikkeld te raken, maar tegelijkertijd kon hij datgene wat zich nu voordeed onmogelijk negeren. Toen hij opstond en zei: 'Succes met je onderzoek, hou me op de hoogte', reageerde ik dan ook geprikkeld.

'Succes? Hoezo succes? U laat me gewoon zitten, zoek het uit?'

'Marcus, je brengt me in een onmogelijke positie. Ik sta aan het hoofd van de staatspolitie, ik kan niet bij een niet-officieel civiel onderzoek betrokken raken.'

'Waarom schuift u het dossier dan niet door naar een van uw afdelingen?'

'Omdat jij erop blijft hameren dat Perry van niets mag weten,' verklaarde Lansdane. 'Bovendien zou jij dan volledig buitenspel komen te staan. En ik zie dat deze kwestie je niet met rust zal laten.'

'Chief Lansdane, ik ken u goed genoeg om te weten dat u zich met dat soort overwegingen niet bezighoudt. Er is een reden dat u deze zaak niet intern wilt behandelen. Wat is die reden? Als u me die niet vertelt, breng ik het allemaal via de pers naar buiten.'

Lansdane ging weer zitten en verzuchtte: 'Weet je hoe Perry jou altijd beschreef, Marcus? Als een bijzonder sympathieke zeiker. Ik moet hem gelijk geven. Ik wil geen ruchtbaarheid geven aan die anonieme brief, Marcus, omdat ik in dit stadium onnodige geruchten en ophef wil vermijden. Als er twijfels zijn aan de schuld van Walter Carrey betekent dat dat het hele onderzoek naar de moord op Alaska Sanders heropend moet worden. Voordat het zover komt, moet de identiteit van de schrijver van die anonieme brief op discrete wijze worden achterhaald. Ik weet dat jij dat kunt.'

'U laat me het vuile werk toch niet alleen opknappen, chief Lansdane?'

Hij deed nog een poging zich eraan te onttrekken.

'Ik ben hoofd van de politie, ik heb massa's verplichtingen.'

'Precies. U bent het hoofd, u hoeft aan niemand verantwoording af te leggen. Aan de slag!'

Om het adres te vinden konden Lansdane en ik weinig anders doen dan alle adressen zoeken die met '10 Nor...' begonnen. Het mooie van de moderne technologie is dat we met een paar zoekopdrachten op internet heel eenvoudig een lijst konden maken. Alleen bleek die eindeloos lang. Met de enorme hoeveelheid straten, wegen, lanen en boulevards in het hele land die met 'Nor...' begonnen, zouden we maanden zoet zijn.

We moesten eerst ons zoekgebied verkleinen en Lansdane bedacht daarvoor een manier die zijn vruchten afwierp. We wisten dat Helen rond tien uur 's avonds in de Fanny's bij de westelijke afrit van US 1 was geweest. Als we konden vaststellen hoe laat ze van haar werk was vertrokken zouden we aan de hand van de tijd die tussen die twee momenten was verstreken ons onderzoeksgebied kunnen bepalen.

Alleen Mads Bergsen, de baas van Helen, kon het hoofd beveiliging van zijn kantoor vragen ons de gegevens over aankomst en vertrek van Helen te verschaffen. Zoals in veel kantoorgebouwen hadden alle werknemers een pasje voor het beveiligingspoortje dat toegang gaf tot de liften. Ieders komen en gaan was dus makkelijk na te trekken.

Toch kostte het me moeite Mads over te halen.

'Waarvoor zou je die informatie nodig hebben?' vroeg hij met een argwanende blik.

'Ik kan alleen maar zeggen dat het belangrijk is.'

'Dit gedoe van je staat me niet aan. En dan ook nog achter de rug van Helens man om. Ik dacht dat jullie vrienden waren.'

'Juist omdat we vrienden zijn probeer ik hem een beetje te sparen. Alstublieft, ik beloof dat ik daarna uit uw leven verdwijn.'

Dat argument was raak. Hij liet me even alleen en kwam terug met een uitdraai van de aankomst- en vertrektijden van Helen de afgelopen weken.

De dag van haar overlijden had ze het kantoor om zes uur verlaten.

In de woonkamer van Lansdane maakten we een reconstructie van Helens laatste avond. Hij had een kaart van New Hampshire over de salontafel uitgespreid. Ik zette op een rijtje wat we wisten: 'Om zes uur verlaat Helen haar kantoor, om vijf over negen belt ze Perry, om tien uur is ze bij die Fanny's bij de westelijke afrit van US 1.'

'Dat is voor haar de meest logische afslag om thuis te komen,' merkte Lansdane op.

'Ze is dus op de terugweg. Maar ze is van streek. Ze heeft duidelijk een bijzonder verontrustende ontdekking gedaan. Perry neem zijn telefoon niet op. Ze heeft last van de voorboden van haar hartaanval. Ze ziet de Fanny's en besluit daar te stoppen om een beetje bij te komen. Ze weet niet wat ze met de verkregen informatie aan moet en belt u.'

'Als ze die avond iets belangrijks heeft ontdekt,' ging Lansdane verder, 'wilde ze dat hoogstwaarschijnlijk zo snel mogelijk aan Perry vertellen.'

'Ze heeft hem om vijf over negen gebeld,' zei ik. 'Toen was ze dus nog ongeveer een uur rijden van Fanny's verwijderd?'

'Precies.' Lansdane knikte. 'Wat helemaal klopt met het vertrek uit haar kantoor om zes uur. Als je rekening houdt met de tijd die ze nodig had om bij haar auto te komen en de drukte van de avondspits zou het haar ongeveer anderhalf uur hebben gekost om haar bestemming te bereiken, rond halfacht dus. Op dat moment is ze nog zoekende: waarschijnlijk bestudeert ze adressenlijsten, net als wij nu. Dus rijdt ze nog anderhalf uur rond door de verschillende straten die het zouden kunnen zijn. Tot ze haar ontdekking doet.'

Uitgaand van deze veronderstelling tekende Lansdane een cirkel op de kaart waarbinnen het één uur rijden was. Dat was het gebied waarin we met ons monnikenwerk zouden beginnen.

~

De tien dagen daarna zwierf ik bijna elke dag nadat ik Lisa naar school had gebracht door New Hampshire, alleen in mijn auto. Stad voor stad, dorp voor dorp stroopte ik de nummers 10 van North Street, Norton Street, Nordham Boulevard, Norfolk Avenue et cetera af.

Bij ieder adres moest ik even stoppen en me een tijdje verdekt opstellen in de hoop een glimp op te vangen van een bewoner of iets te ontdekken, zonder te weten wat precies. Mijn onderzoeksdagen eindigden op het moment dat Malia en Lisa thuiskwamen. Dan nam ik mijn rol van surrogaatvader weer op me. Perry begon zich al snel af te vragen waarom ik steeds weg was. Uiteraard had ik wel wat smoezen klaar: een verre boodschap, een markt op het platteland, een tripje naar het winkelcentrum – ik nam zelfs op een gegeven moment als bewijs een volkomen nutteloos, overhaast gekocht schoenenkastje mee. Maar Perry was niet gek, hij vermoedde dat ik met iets anders bezig was. Toen hij vragen begon te stellen, probeerde ik die zo ontwijkend mogelijk te beantwoorden, wat nooit een goed idee is tegenover een vasthoudende politieman.

Na tien dagen zonder resultaat vertrok ik op een donderdagochtend naar Barrington, een rustig dorpje op zo'n vijftig minuten rijden van Concord. Het dorp had een Norris Street.

Net als bij alle voorgaande adressen parkeerde ik in de buurt van nummer 10. Het was een leuk vrijstaand huisje, opgetrokken uit rode baksteen, identiek aan de andere huizen in de straat, die allemaal van elkaar gescheiden waren door goed onderhouden gazons. Ik had een verrekijker bij me en die zette ik nu aan mijn ogen om in de woonkamer te kijken. Verbluft staarde ik naar wat ik daar zag. Ik wilde Lansdane bellen, maar op dat moment werd er op mijn raam geklopt: het was een politieman. Hij gebaarde dat ik het raampje open moest doen.

'Kan ik u helpen, meneer?' vroeg hij.

De agent had zijn auto achter de mijne geparkeerd, het zwaailicht stond aan. Ik was zo opgegaan in wat ik zojuist had ontdekt dat ik de surveillancewagen helemaal niet had zien aankomen.

Ik kon de agent niet vertellen waarom ik daar werkelijk in Norris Street was en dus besloot hij, na het aanhoren van mijn warrige verhaal, dat ik wellicht een inbreker was die zijn doelwit aan het bespieden was. Ik moest mee naar het bureau van Barrington voor een grondige controle.

De zaak werd behandeld door het hoofd van de politie, captain Martin Grove, een man met een dikke buik en een snorretje dat danste als hij zijn lippen bewoog.

'Ik neem het over omdat u een beroemdheid bent,' verklaarde captain Grove. We hebben het opgezocht, u bent een bekende schrijver of zo. Wat brengt u in Barrington? We houden hier niet echt van problemen.'

'Ik ook niet, captain,' verzekerde ik hem. 'Ik ben niet naar uw stadje gekomen om problemen te veroorzaken.'

'Ik hoorde dat u een doelwit stond te bespioneren. U bent vast net als die mafkezen uit Hollywood die een inbraak plegen voor de kick.'

'Ik ben hier voor een vertrouwelijk onderzoek.'

Hij proestte het uit. 'U kletst uit uw nek.'

'Als u denkt dat ik lieg, stel ik voor dat u onmiddellijk chief Lansdane van de staatspolitie van New Hampshire belt.'

'Om te beginnen gaan we wat bloed afnemen om te kijken of u drugs of zo hebt gebruikt.'

'Captain Grove, ik raad u ten zeerste af een naald in mijn arm te steken. Pak uw telefoon en bel chief Lansdane.'

Lansdane moest hoogstpersoonlijk naar Barrington komen om me uit de penarie te helpen. Nadat hij me had opgehaald, reed hij met me naar Norris Street, waar hij zijn auto achter die van mij parkeerde.

'Kijk eens door het raam van de woonkamer,' zei ik toen. 'Weet u nog dat ik het had over iemand die ergens opgesloten zat?'

Hij keek even aandachtig en bromde toen: 'Ik moet je mijn excuses aanbieden, Marcus.'

In de woonkamer zat een man in een rolstoel de krant te lezen. Hij zat met zijn rug naar ons toe, zodat Lansdane zijn gezicht niet kon zien. Een man die de deur niet uit kon, of in elk geval niet zonder heel veel moeite, met dat trappetje van de voordeur naar het trottoir.

Weer werd er op het raampje geklopt. Deze keer was het een oude dame. Ik deed het raam naar beneden.

'Ophoepelen,' zei ze, 'anders bel ik de politie.'

'Wij zijn de politie,' zei Lansdane, die in uniform was, op vriendelijke toon.

Ze leek ontzet dat ze zich zo had vergist. 'Het spijt me,' zei ze. 'Mijn oprechte excuses, ik had het niet gezien. Bent u hier vanwege wat er laatst is gebeurd?'

'Wat is er dan gebeurd?' vroeg ik.

'Er stond een zwarte vrouw bij de buren voor de deur. Het was even voor negen. Ik had haar al in haar auto, een grijze Toyota Camry, naar het huis zien zitten kijken. Ik heb niets tegen zwarte mensen, maar dit vond ik vreemd. Ik heb haar goed in de gaten gehouden. De zwarte vrouw liep uiteindelijk naar de deur en klopte aan. En toen ontstond er tumult. Ze schreeuwde. De buurvrouw schreeuwde ook. Ik wilde de politie al gaan bellen, maar toen ging ze weer weg.'

'En wanneer was dat?'

'Ongeveer een maand geleden.'

Ik nam de vrouw met een geringschattende blik in me op. 'Bent u misschien een beetje racistisch?'

'Nee, ik hou mijn ogen open, meer niet. Ik wil dat het rustig blijft in mijn buurt. Er wordt tegenwoordig zoveel ingebroken. U bent wit, en voor u had ik ook de politie gebeld. Ik heb niets tegen zwarte mensen maar ik wil geen gedonder, dat is alles.'

De vreselijke buurvrouw praatte nog door, maar ik deed het raampje weer dicht om haar niet meer te hoeven horen. Terwijl zij haar monoloog vervolgde, zei ik tegen Lansdane: 'Het was Helen. Zij reed in een grijze Toyota Camry. Helen was hier de avond van haar dood.'

Toen de buurvrouw eindelijk naar huis was gegaan, stapte Lansdane uit en liep naar het bewuste huis. Hij keek naar de naam op de brievenbus en kwam onmiddellijk weer terug. Lijkbleek liet hij zich in de auto zakken.

'Wat is er met u aan de hand, chief Lansdane?' vroeg ik op dringende toon.

'De naam op de brievenbus... het is Kazinsky.'

'Kazinsky?' herhaalde ik niet-begrijpend.

'Kazinsky is de enige nog levende persoon die in de verhoorruimte aanwezig was op de avond van de dood van Vance en Walter Carrey.'

Nadat we hadden ontdekt dat Nicholas Kazinsky waarschijnlijk de schrijver van de anonieme brief was, reed ik zo snel mogelijk van Barrington terug naar Concord om alles aan Perry te vertellen. Maar op het moment dat ik bij zijn huis aankwam, werd hij net gebeld door Mads Bergsen.

HOOFDSTUK 8
Ruzies

Concord, New Hampshire
Maandag 14 juni 2010

Toen ik het huis binnenliep, trof ik Gahalowood in de gang alsof hij me stond op te wachten, een onheilspellende uitdrukking op zijn gezicht. Het 'Joie de vivre' dat ik zojuist was gepasseerd had me nog nooit zo weinig toepasselijk geleken.

'Alles oké, sergeant?' vroeg ik niet op mijn gemak.

'Dus jij vindt het nodig Helens leven overhoop te halen? Daar ben je al die dagen mee bezig geweest?'

Ik had bittere spijt van al mijn geheimen. Ik voelde de razernij van Gahalowood en probeerde hem een beetje te kalmeren.

'Sergeant, het ligt ingewikkelder dan je kunt vermoeden.'

Hij smeet een bosje papier in mijn gezicht: mijn artikelen over de zaak Alaska Sanders en haar foto. Hij had ze gevonden.

'Verdomme, Marcus, zeg dat je hiervoor een goede reden hebt...'

Dat Gahalowood me nu bij mijn voornaam noemde, was geen goed teken.

'Helen was je niet ontrouw, sergeant. Dat ze zich de laatste weken anders gedroeg, was om jou te beschermen. Ze had een anonieme brief gevonden die voor jou bestemd was en wilde er eerst meer over te weten komen voordat ze het aan jou zou vertellen. De avond van haar dood, de avond dat ze je probeerde te bereiken, had ze iets ontdekt. En ik weet nu wat dat was.'

Ik haalde een envelop uit de achterzak van mijn broek en gaf die aan Gahalowood. Terwijl hij de anonieme boodschap las, las ik de verbijstering op zijn gezicht.

'Het bericht is afkomstig van Nicholas Kazinsky, de politieman die indertijd –'

'Ik weet heel goed wie Kazinsky is,' viel Gahalowood me in de rede.

'En ik denk dat Helen dat ook wist. Hij is degene die deze brief heeft geschreven, dat weet ik bijna zeker.'

'Bijna?'

'Er is een heleboel wat in die richting wijst, sergeant. Te beginnen met zijn adres op een stukje krantenpapier dat gebruikt is om de boodschap te maken. Dat kan geen toeval zijn. We hoeven hem alleen nog maar te gaan ondervragen. Dat kwam ik je vertellen. We moeten naar Kazinsky toe om hem te ondervragen.'

Gahalowood zei niets. Hij keek me alleen maar vol minachting aan.

Ik voelde me gedwongen de stilte te vullen: 'Ik ben er niet eerder over begonnen omdat ik je wilde sparen. Ik wilde je niet nog meer te verstouwen geven, met alles wat je al op je bordje had...'

Na een bijzonder onaangename stilte zei Gahalowood met doffe stem: 'Sodemieter op, Marcus. Sodemieter op, voordat de meisjes uit school komen.'

Er viel niets meer tegen in te brengen. Ik ging naar de logeerkamer, raapte mijn spullen bij elkaar en propte die lukraak in mijn tas. Vijf minuten later stapte ik in mijn auto. Vanuit de deuropening keek Gahalowood me na, alsof hij zeker wilde weten dat ik opgerot was. Voordat ik het portier dichttrok, riep ik nog naar hem: 'Ga het uitzoeken, sergeant. Je moet erachter komen waarom Kazinsky je dat bericht heeft gestuurd.'

'Wie zegt dat het van Kazinsky komt? Iederéén zou een krant van hem hebben kunnen pikken om die belachelijke brief in elkaar te draaien. En jij trapt erin als de eerste de beste amateur. Is dat boek van je je een beetje naar het hoofd gestegen? Jij denkt dat je nu een groot detective bent? Je bent gewoon een clown, Marcus.'

Ik gaf het nog niet op. 'Waarom zou iemand je willen wijsmaken dat Kazinsky die brief heeft geschreven? Dat slaat nergens op, sergeant.'

'Het slaat ook nergens op dat hij plotseling zou denken dat Walter Carrey onschuldig is. Carrey heeft bekend, zijn bekentenis is op film vastgelegd. Waarom zou Kazinsky daar na elf jaar ineens op terugkomen?'

'Omdat het hem al elf jaar achtervolgt. Omdat hij in een rolstoel zit en misschien wel snel doodgaat en hij zijn geweten wil ontlasten.'

'Ik weet niet wat je bedoelt, Marcus, maar het wordt tijd dat je gaat.'

Hij keerde me de rug toe om weer naar binnen te gaan. Op dat moment schreeuwde ik: 'Helen zou niet trots op je zijn!'

Witheet van woede draaide Gahalowood zich weer om. In zijn razernij rukte hij het 'Joie de vivre' van de muur en gooide het met alle kracht die hij in zich had in mijn richting. Het kwam terecht op de motorkap van mijn Range Rover en maakte er een lelijke deuk in.

Voordat ik uit Concord vertrok, ging ik Lansdane nog even gedag zeggen.

'Ga nu niet in een opwelling weg, Marcus,' drukte hij me op het hart nadat ik hem had verteld wat er was gebeurd.

'Deze zaak gaat me boven de pet,' zei ik. 'En Perry heeft gelijk: wat geeft mij het recht me hiermee te bemoeien?'

'Je moet het afmaken.'

'Maakt u het zelf maar af, per slot van rekening bent u de politieman.'

'Dat kan ik niet.'

'Hoezo kunt u dat niet?'

'Ik kan niet zomaar een onderzoek openen. Kun je je voorstellen wat een bende het dan zou worden bij de politie? Ik kan niets doen zonder harde bewijzen.'

Verbluft had ik naar die laatste woorden geluisterd. 'Hebt u me daarom tot dat onderzoek aangezet? Zodat ik het vuile werk stiekem zou opknappen? Zodat u uw handen niet vies hoefde te maken? Bravo! De Nobelprijs voor lafheid!'

'Je hebt het helemaal uit jezelf gedaan, Marcus.'

Toen ik aanstalten maakte te vertrekken, riep Lansdane me nog na: 'Weet je wat Helen zou hebben gezegd?'

'Laat Helen hierbuiten...'

'Ze zou hebben gezegd dat de Marcus Goldman van *De waarheid over de zaak Harry Quebert* nooit zou opgeven.'

'Romanschrijvers maken de werkelijkheid altijd mooier. Ik kan het weten.'

Na een rit van vijf uur kwam ik in Manhattan aan, in de files, de lichtjes en het gedruis van het begin van de avond. Drie weken nadat ik mijn appartement had verlaten keerde ik er terug. Ik nam een douche, bestelde iets te eten en ging toen bij het raam staan om naar zomers bruisend New York te kijken. Ik dacht aan Perry. Ik bleef maar naar mijn telefoon kijken in de hoop dat hij zou bellen. Tevergeefs. Zouden de stukken nog te lijmen zijn of was ik mijn laatste vriend definitief kwijtgeraakt?

Een paar dagen verstreken. Ik hoorde helemaal niets van Gahalowood. Ik probeerde hem een paar keer te bellen, zonder succes. Die kilte tussen ons vond ik zo onverdraaglijk dat ik uiteindelijk in de auto stapte met het idee naar Concord terug te rijden en het uit te praten. Maar terwijl ik door Massachusetts reed, verloor ik de moed. En zonder precies te weten hoe of waarom strandde ik bij de universiteit van Burrows, waar ik had gestudeerd en waar ik Harry Quebert had ontmoet.

Het weerzien met die plek stemde me een tikje nostalgisch. Ik maakte een trip down memory lane door de bokszaal, het grote auditorium waar ik me op een dag in 1998 in de kijker had gespeeld bij Harry, en de gangen waar ik zo vaak had gelopen met mijn kamergenoot Jared. Onwillekeurig vroeg ik me af wat er van Jared was geworden.

Het semester was afgelopen en alles lag er verlaten bij. Ik ging naar de sectie literatuur en bleef even staan voor het kantoor van Harry. Zijn naambordje was weg. Ik kon het niet laten de deur open te doen; de kamer leek niet gebruikt te worden. Het rook er muf. Er stonden alleen standaardmeubelen: boekenkasten en een bureau van multiplex. Niemand had Harry dus vervangen na zijn ontslag in juni 2008. Ik trok de bureauladen open. De eerste twee waren leeg. In de derde vond ik een oude krant waarop een beeldje van een meeuw lag. Een huivering ging door me heen. Wat deed dat ding hier? Net toen ik het wilde pakken, maakte een stem achter me me aan het schrikken.

'Dat zou jouw bureau kunnen zijn, Marcus.'

Het was Dustin Pergal, de decaan van de letterenfaculteit.

'Ik... Ik kwam even langs,' stamelde ik.

Pergal glimlachte. 'Dat zie ik.'

'Hoe gaat het met u, decaan?'

'Ik ben geen decaan meer. Ik ben inmiddels rector van deze universiteit. Ik ben een stukje opgeklommen, maar niet zoveel als jij. En dan te bedenken dat ik je in 1998 bijna had weggestuurd, terwijl je nu de ster van de Amerikaanse boekenwereld en de trots van deze universiteit bent.'

Pergal nodigde me uit bij hem te komen eten. Ik nam de uitnodiging aan en ging met hem mee naar zijn fraaie huis op de campus. Ik maakte kennis met zijn buitengewoon aardige vrouw en ik moet zeggen dat ik een heel aangename avond had.

'Dankzij jouw schrijvershuis heeft de universiteit van Burrows een bepaald prestige verworven,' vertelde Pergal me onder het eten. 'Veel studenten kiezen voor onze letterenfaculteit in de hoop ooit in Aurora te mogen verblijven.'

'Dat vind ik natuurlijk fantastisch.'

'En die Ernie Pinkas die de contacten met de universiteit onderhoudt is geweldig.'

'Zeker.'

'Kwam je hém hier opzoeken?'

'Nee.'

'Je hebt niet verteld wat jou hier bracht. Zocht je iemand in het bijzonder?'

'Ja, mezelf.'

Pergal kon een glimlach niet onderdrukken.

'Weet je, Marcus, mijn voorstel van zo-even was volkomen serieus: het kantoor van Harry zou van jou kunnen zijn. Waarom kom je niet een college schrijven geven? Ik heb nog een gaatje voor het herfstsemester.'

'Daar moet ik over nadenken.'

'We zouden een proefperiode van een halfjaar kunnen afspreken. Om te kijken of onderwijs iets voor je is. We zijn natuurlijk geen Columbia, maar we hebben zo onze eigen charme. Nou ja, dat weet je.'

Ik besloot de uitdaging aan te grijpen. 'Oké, ik doe het,' zegde ik toe.

Pergal slaakte een verrassend vreugdekreetje en we bezegelden de overeenkomst met een handdruk.

Bij mijn vertrek liep hij mee naar mijn auto. Eindelijk durfde ik hem de vraag te stellen die al de hele tijd op mijn lippen brandde. 'Hebt u nog weleens iets van Harry Quebert gehoord?'

'Harry Quebert? Nee. Waarom zou ik?'

'Dat weet ik niet. Ik vroeg het zomaar.'

'Ik stuur je per post een contractvoorstel. Mag ik het goede nieuws intussen vast delen binnen de letterenfaculteit?'

'Natuurlijk.'

Het was al laat en ik had geen zin helemaal terug te rijden naar New York. In plaats van mijn intrek te nemen in een troosteloos snelwegmotel reed ik naar Boston. Ik nam een kamer in het Boston Plaza, waar ze me een plezier dachten te doen met een upgrade naar een enorme suite, waarin ik me totaal verloren voelde. In het donker bleef ik lange tijd zitten kijken naar de Charles River en naar de stad Cambridge die zich aan de horizon aftekende.

Door Boston moest ik uiteraard aan Emma Matthews denken. In deze stad lagen de herinneringen aan onze relatie die, hoe hartstochtelijk ook, slechts enkele maanden had geduurd. Emma had, in de termen van mijn moeder, 'de ware' kunnen zijn. Ik had haar iets meer dan een jaar voor mijn verpletterende doorbraak leren kennen, terwijl ik het boek aan het schrijven was waarmee ik hoopte beroemd te worden.

Maart 2005
Universiteit van Burrows, Massachusetts

'Hoe gaat het met je boek?' vroeg Harry terwijl hij een kop koffie voor me inschonk in zijn kantoor.

'Ik heb nog nooit van mijn leven zoveel geschreven.'

'Heb je al een titel?'

Ik knikte. '*De G van Goldstein*.'

'Klinkt goed. Ik ben heel benieuwd en wil het graag lezen.'

'Binnenkort,' beloofde ik.

Die dag nodigde Harry me uit met hem mee te gaan naar een toneelvoorstelling in het auditorium: een moderne bewerking van *De kersentuin* van Tsjechov. Daardoor zat ik op de eerste rang bij een gruwelijk slechte vertoning. De acteurs waren bedroevend, de enscenering ronduit beroerd. In de pauze kon ik even op adem komen. Ik dronk wat met Harry aan de bar, maar toen het tijd werd onze plaatsen weer op te zoeken, liet ik hem alleen gaan. Alle mensen gingen terug naar de zaal en al snel waren er in de foyer nog maar twee personen: ik en dat meisje met groene ogen dat naar me stond te kijken.

De aantrekkingskracht was onweerstaanbaar.

'Het is een heel slecht stuk,' zei ze.

'Ze vermoorden Tsjechov,' zei ik geërgerd.

Lachend stak ze haar hand naar me uit. 'Ik heet Emma.'

'Marcus. Marcus Goldman.'

'Ben jij Marcus Goldman?'

'Kennen wij elkaar?' vroeg ik.

'Nee. Maar professor Quebert heeft het over jou gehad in zijn college.'

'O ja?'

Heel even dacht ik dat Harry me had opgehemeld. Maar toen zei Emma: 'Jij bent meneertje Pijp.'

Ik schaamde me dood. Zeven jaar geleden had ik als eerstejaarsstudent tijdens een college van Harry Quebert stoer verkondigd een fervent aanhanger van fellatio te zijn. We zaten midden in de Lewinsky-affaire, het beruchte schandaal over de pijpbeurt van president Clinton. Mijn opzienbarende optreden had me bijna mijn plaats op

Burrows gekost en is me altijd blijven achtervolgen. Bij het zien van mijn ontgoochelde blik boog Emma zich naar me toe en fluisterde in mijn oor: 'Ik heb niet gezegd dat ik niet van pijpen hou.'

Ik bood haar iets te drinken aan. Emma zat in het laatste jaar van haar studie letterkunde. Dat was zo ongeveer alles wat ik van ons gesprek onthield, omdat ik het te druk had met het bewonderen van haar gezicht, het kijken naar haar lippen, en het fantaseren over hoe die op de mijne zouden voelen.

Ze onderbrak mijn mijmeringen met de vraag: 'En wat vind jij daarvan?'

Aangezien ik geen idee had waarover ze het had, blufte ik zo zelfverzekerd mogelijk: 'Ik ben het helemaal met je eens.'

'Eindelijk iemand die er net zo over denkt als ik! Professor Baxter geeft een vertekend beeld van de chronologie. Je moet rekening houden met de context. Dat is toch overduidelijk?'

'Overduidelijk. De chronologie is van essentieel belang.'

'En neem nu de colleges van professor Quebert. Echt heel interessant. Vorige week hebben we een bezoek gebracht aan het huis van Edith Warton in Lennox. Geweldige schrijfster, dat zal ik niet ontkennen. Een magistraal oeuvre. Maar we lezen dus alleen dode auteurs. Ik vind het jammer dat professor Quebert geen schrijvers uitnodigt, buiten hemzelf dan bedoel ik. Dat we de kans krijgen met ze te praten, ze te begrijpen. Ik zou zo graag een schrijver ontmoeten...'

Ik antwoordde ad rem: 'Dat komt goed uit. Ik ben schrijver.'

Emma zette grote ogen op. Ze glimlachte. En die glimlach maakte haar nóg mooier.

'Jij bent schrijver?'

'Ja, ik ben met mijn eerste boek bezig. Mijn agent vindt het veelbelovend.'

Dat was maar een halve leugen: ik had de eerste hoofdstukken van *De G van Goldstein* naar Douglas Claren, een agent in New York gestuurd. Maar ik zat nog te wachten op zijn reactie.

Het noemen van mijn zogenaamde agent miste zijn uitwerking niet. De intense blik waarmee Emma me aankeek, was allesbehalve onaangenaam.

'Zou ik het mogen lezen?' vroeg ze.

'Nee.'

'Alsjeblieft...'

'Liever niet.'

'Ik zou het zo graag willen,' drong ze aan.

'We zien wel...'

Ze glimlachte triomfantelijk. 'Te gek, jij bent de eerste schrijver die ik ontmoet. Dat vind ik echt superheftig.'

Ze vuurde de ene na de andere vraag op me af. Hoe schreef ik? Hoe kwam ik aan ideeën? Liet ik me inspireren door mijn eigen leven? Hoeveel tijd kostte het om een bladzijde te schrijven en hoeveel bladzijden deed ik per dag? Was ik 's ochtends productiever dan 's avonds?

Op dat moment kwam een vriendin van Emma de zaal uit lopen. 'Daar ben je. Wat doe je hier nog, Emma? Het is alweer begonnen.'

Met een zucht kwam Emma overeind. Toen ik aan de bar bleef zitten, zei ze: 'Je laat me dat vreselijke stuk niet in mijn eentje ondergaan.'

Ik liep gehoorzaam met haar mee. Er was nog een plaats vrij op hun rij. We gingen naast elkaar zitten. Ze legde haar hand op de mijne. Het huidcontact bezorgde me een aangename rilling. Het tweede deel van de voorstelling was nog verschrikkelijker dan het eerste. Maar dat werd ruimschoots goedgemaakt: Emma viel in slaap met haar hoofd op mijn schouder.

~

Toen ik die avond in juni 2010 over Boston stond uit te kijken kreeg ik plotseling zin Emma weer te zien. Te horen hoe het met haar ging. Te ontdekken wat er van haar was geworden. Met behulp van internet had ik haar al snel gevonden: ze had een interieurwinkel in Cambridge. Daar ging ik de volgende ochtend naartoe. Toen ze me de winkel binnen zag komen keek ze me verbluft aan. 'Marcus...'

'Emma! Ik liep langs en zag je door de etalageruit. Bizar dit.'

Ze vroeg wat ik in Boston deed. Ik zei dat ik bij vrienden op bezoek was geweest. Toen ze voorstelde een kop koffie te gaan drinken keek ik op mijn horloge alsof ik het heel druk had. 'Graag,' zei ik uiteindelijk. 'Ik heb wel even tijd.' Ze liet de winkel aan haar medewerker over en we gingen naar een naburig café.

De laatste keer dat ik Emma had gezien was 30 augustus 2005 geweest, de dag dat we uit elkaar waren gegaan. Inmiddels was ze getrouwd en moeder van een dochtertje.

'En dat allemaal in vijf jaar tijd?' vroeg ik.

'Jij bent in vijf jaar tijd een beroemdheid geworden.'

'Ik weet niet zo goed wat ik geworden ben.'

Ze lachte.

'En die winkel?' vroeg ik. 'Destijds had je net je studie letterkunde afgerond.'

'Ik ben naar de universiteit gegaan om mijn ouders een plezier te doen. Zoals je weet, was ik altijd al dol op alles wat met stijl te maken heeft. Een eigen winkel was mijn grote droom.'

'Dat heb je mij nooit verteld.'

'Ik realiseerde het me pas nadat wij... Nou ja, jij hebt me geïnspireerd.'

'Ik?'

'Ja, jij en je hebbelijkheid je ambities leidend te laten zijn in je leven, niet in het gareel te lopen. Je behoefte sneller en intenser te leven dan anderen.'

Terwijl ik naar Emma zat te kijken dacht ik aan de paar maanden die onze relatie had geduurd. Gelukkige maanden, voor het grootste deel doorgebracht in Boston.

Boston, Massachusetts
Juni 2005

Wanneer ik Emma opzocht, gingen we meestal van het zonnetje genieten in het gras van Boston Common, het karakteristieke park in het centrum van de stad. Dan lag ik te schrijven, op mijn buik en met een boek als ondergrond, en zij te lezen, haar hoofd op mijn rug. Op een gegeven moment liet ze zich altijd boven op mij rollen en dwong ze me alles te laten vallen, waarna we verstrengeld met elkaar en zoenend in het zachte gras eindigden, jong, zorgeloos en verliefd als we waren. We waren inmiddels drie maanden samen.

De avond van onze eerste ontmoeting had Emma na de voorstelling gevraagd of ik iets met haar wilde gaan drinken in Boston, waar ze woonde en wat maar een halfuur rijden van Burrows was. Uiteraard had ik ja gezegd en na een kroegentocht had ze me bij haar thuis uitgenodigd. Emma kwam uit een bijzonder gefortuneerde familie: ze woonde in een appartement in Beacon Hill. We hebben gepraat, we hebben gelachen, we hebben tequila gedronken en uiteindelijk zijn we in haar bed beland, waar we niet veel hebben geslapen.

Mijn leven had destijds veel weg van een dans in driekwartsmaat. 1. Ik schreef mijn boek *De G van Goldstein* in Montclair, bij mijn ouders, in de door hen tot werkkamer omgebouwde logeerkamer. 2. Bij iedere belangrijke vordering, of anders elke tien dagen, mailde ik mijn tekst naar Harry en naar de man die inmiddels mijn agent was, Douglas Claren. 3. Zodra ik mijn pagina's had verstuurd sprong ik in mijn oude Ford en zette koers naar Aurora om mijn werk met Harry te bespreken. Op de heen- en terugweg stopte ik in Boston om Emma op te zoeken.

Op die dag in juni 2005 lagen Emma en ik languit in het gras van het park. Plotseling tilde ze haar hoofd op, keek me recht in de ogen en liet haar vingers teder door mijn haar glijden. 'Wat zit je dwars?' vroeg ze.

'Niets...'

'Ik voel het wanneer je ergens door van slag bent.'

Ze kende me al goed.

'Roy Barnaski heeft me gebeld,' zei ik.

Haar ogen werden groot. 'Roy Barnaski? De baas van Schmid & Hanson?'

'Hoogstpersoonlijk.'

'En? Vertel! Vertel!'

'Mijn agent had hem de eerste hoofdstukken van *De G van Goldstein* gestuurd en die heeft hij gelezen. Hij vond het geweldig. Ik heb volgende week dinsdag een afspraak met hem. In New York.'

'O, Marcus, dat is te gek!'

Ze kroop tegen me aan en keek toen weer op met een bedachtzame uitdrukking op haar gezicht. 'Wanneer heb je hem gesproken?'

'Eergisteren.'

'Eergisteren? Waarom heb je daar niets over gezegd?'

'Dat weet ik niet... Uit bijgeloof waarschijnlijk. Straks heeft hij intussen meer gelezen, verandert hij van mening en vindt hij mijn boek helemaal niets.'

'Ben je bang voor een fiasco of voor een succes, Marcus?'

'Dat is een goede vraag.'

Ze legde haar handen om mijn gezicht. 'Het gaat vast heel goed, schatje. Heb vertrouwen.'

Die avond ging Emma, zoals elke zondag, bij haar ouders eten. En sinds kort ging ik met haar mee.

Michael en Linda Matthews, de ouders van Emma, woonden in Chelsea, een chique voorstad van Boston, in een groot landhuis omgeven door een keurig aangelegd park met een zwembad, een tennisbaan, in vorm gesnoeide struiken, grindpaden en een klein stinkend hondje. Op zondag waren er dus altijd familie-etentjes met hun drie dochters, Emma, Donna en Anna, en hun respectievelijke wederhelften. Donna was achtentwintig en zou in september gaan trouwen met een doodsaaie informaticus die Theodor heette maar erop stond dat ik hem Teddy noemde. Anna van eenendertig was getrouwd met Chad, die advocaat was, en volgens eigen zeggen getalenteerd en veelbelovend. Zoals het de koude kant betaamde, probeerden ze om het hardst bij hun schoonouders in een goed blaadje te komen. Ze gebruikten die maaltijden om beleefd tegen elkaar op te bieden over hun succes. Mijn komst in de familie was een onverwachte meevaller: naast een zogenaamde schrijver op zwart zaad kon je immers alleen maar gunstig afsteken?

Het duel van de zwagers begon al bij hun aankomst bij de familie Matthews. Allebei parkeerden ze hun auto voor het huis, Chad zijn sportieve cabrio, Theodor zijn luxe terreinwagen. En als Emma en ik dan kwamen aanzetten in mijn lichtelijk gedeukte oude Ford, onder het stof van al die kilometers op de snelweg, stootten ze elkaar heimelijk even aan met hun zelfvoldane air van beste jongetjes van de klas.

Ik herinner me nog dat het Chad en Teddy die zondagavond in juni moeite kostte de ander af te troeven. Chad ging er prat op dat hij een nieuwe zaak had binnengehaald die hem 'een lieve duit ging opleveren', terwijl Teddy zich verheugde over 'fantastische openingen in een opkomende en bijzonder winstgevende markt'. En terwijl zij zich uitsloofden om indruk te maken op hun publiek, vroeg papa Matthews, die tot dan toe alleen een beetje stijfjes had geknikt, aan mij: 'En hoe gaat het met jou, Marcus?'

'Mijn boek vordert,' antwoordde ik kort en bondig.

Ik zei expres niets over de afspraak met Roy Barnaski. Emma, die maar al te graag voor me wilde opkomen, deed haar mond al open, maar met een heimelijk kneepje in haar hand legde ik haar het zwijgen op.

'En heb je ook een plan B?' wilde papa Matthews weten.

'Een plan B? Hoe bedoelt u?' vroeg ik, hoewel ik heel goed wist wat hij bedoelde.

'De meeste schrijvers leven niet van hun pen. Ze staan voor de klas of iets van dien aard. Je zou leraar op de middelbare school kunnen worden, of nog wat hoger kunnen mikken: een proefschrift schrijven en hoogleraar aan de universiteit worden. Een beetje ambitie, zeg maar.'

Er viel een ongemakkelijke stilte. Uiteindelijk schoot Emma me toch te hulp.

'Marcus is te bescheiden om erover te beginnen, maar hij heeft aanstaande dinsdag een afspraak met Roy Barnaski.'

Aangezien die naam de aanwezigen niets leek te zeggen verduidelijkte ze: 'Barnaski is een van de invloedrijkste uitgevers van het land. Hij vindt het boek van Marcus geweldig. Dat hij hem wil spreken wil zeggen dat hij hem een aanbod wil doen.'

Papa Matthews schonk me een minzame blik. 'Ik wil je niet beledigen, Marcus, maar hoeveel gaat dat je opleveren? Een habbekrats. Je artistieke aspiraties strekken je tot eer, maar zo'n boek schrijven kost ongelooflijk veel tijd en levert niets op. Je bent een ambitieuze jonge man. Ik kan een kantoorbaan voor je regelen bij een van mijn concerns met een goed salaris en fatsoenlijke werktijden. Je wat zekerheid bieden, zeg maar. Je moet aan de toekomst denken. Aan vastigheid. Iets opbouwen voor Emma en jou. Je kunt toch niet je hele leven alleen maar een beetje blijven schrijven.'

Emma kromp ineen. Uit respect voor haar incasseerde ik de dreun zonder met mijn ogen te knipperen. Maar in een poging de lachers op zijn hand te krijgen besloot Chad er nog een schepje bovenop te doen: 'Inderdaad Marcus, je kunt toch niet je hele leven in die oude Ford blijven rijden?'

In dat café in Boston, vijf jaar na onze breuk, vroeg ik me af hoe mijn leven eruit zou hebben gezien als Emma en ik bij elkaar waren gebleven. Zou ik dan in Boston zijn gaan wonen? Zou ik dan nu als jonge vader volledig in de Amerikaanse droom zijn opgegaan in een leuk vrijstaand huis in een voorstad? En onmiddellijk daarachteraan kwam de eeuwige vraag: zou ik dan nu rust hebben gevonden?

Emma onderbrak mijn gedachtegang met de vraag die al vanaf het moment dat ik haar winkel binnenliep door haar hoofd moest hebben gespeeld: 'Wat is er aan de hand, Marcus? Wat doe je hier? Ik heb het sterke vermoeden dat jouw aanwezigheid hier geen toeval is.'

'Ik vroeg me af wat er tussen ons is misgegaan.'

Ze moest bijna lachen. 'Meen je dat serieus, Marcus?' vroeg ze met een geamuseerde uitdrukking op haar gezicht. 'Vraag je je dat nog steeds af?'

'Ik wil gewoon graag begrijpen wat ik met mijn leven heb gedaan.'

Ineens weer ernstig en een beetje verdrietig verklaarde ze: 'Jij kreeg succes, Marcus. Het succes heeft ons uit elkaar gedreven.'

Toen we het café uit kwamen, liepen we samen nog een stukje op tot we bij mijn auto waren. Bij het zien van de Range Rover trok ze een gezicht.

'Ik hield van de Marcus met de Ford,' zei ze. 'Weet je waarom? Omdat die ouwe bak liet zien dat jij, ondanks je talent en het succes dat ik voelde aankomen, een heel eigen persoonlijkheid was. Ik ben bij je weggegaan omdat dat boek te veel plaats begon in te nemen. Je zou beroemd worden, dat wist ik. Je had het in je om te slagen. Ik ben bij je weggegaan omdat ik wist dat je me zou ontglippen.'

Ik zei niets.

Haar oog viel op de deuk die het gietijzeren object van Gahalowood had achtergelaten. 'Dat moet je echt laten repareren,' zei ze op gemaakt strenge toon. 'Het ziet er niet uit.'

'Dat gaat niet weg. Het is een litteken.'

Ik deed het portier open. Op dat moment vroeg ze: 'Heb je een stukje papier en iets om te schrijven?'

Ik gaf haar een notitieblokje en pen van een hotel die in het dashboardkastje lagen. Ze schreef iets op.

'Dit is mijn adres. De volgende keer dat je me wilt zien hoef je geen smoes te verzinnen om mijn winkel binnen te vallen. Kom gewoon gelijk naar mijn huis.'

Terwijl ik wegreed uit Cambridge, zag ik mezelf weer heel even als de Marcus met de Ford, de man van wie zij had gehouden. Ik zou leraar op een middelbare school in Boston zijn geworden, volgens het scenario dat haar vader had geschetst. Emma zou gelukkig zijn geweest met haar winkel. Een fatsoenlijk gezinsleventje. Een leven zonder succes als schrijver maar daardoor misschien wel met meer rust.

Ik ging richting New York City. Totdat ik besloot de 95 te blijven volgen naar het zuiden, naar Florida. Omdat Miami te ver was om in één dag naartoe te rijden, overnachtte ik in Richmond, in Virginia. De volgende dag arriveerde ik aan het eind van de middag bij oom Saul. Hij was blij me zo onverwacht te zien.

Ik greep de gelegenheid aan om wat herinneringen aan de Goldmans-uit-Baltimore te verzamelen. Oom Saul vroeg zich nieuwsgierig af waarmee ik bezig was. Daar liet ik niets over los, maar hij moet begrepen hebben dat het iets met zijn familie te maken had. Een paar dagen later kwam hij aan met een foto die hij bij het opruimen van zijn spullen had gevonden. Het was een foto genomen in 1995 in Baltimore, van mij samen met mijn neven Woody en Hillel en met Alexandra, een vrouw die veel voor me had betekend en die ik een tijdje als de liefde van mijn leven had beschouwd, maar die ik tegelijkertijd met mijn neven was kwijtgeraakt.

Nadat ik de foto had bekeken wilde ik hem teruggeven aan oom Saul. Maar hij zei dat ik hem mocht houden. Hij kon niet weten welke impact die foto later in mijn leven zou hebben.

Diezelfde dag zou een telefoontje waarop ik niet meer had gerekend mijn zomer volledig omvergooien. Het was Gahalowood. Met een stem waarin hernieuwde energie doorklonk, verklaarde hij: ‘Ik ben een grote sukkel die jou zijn excuses moet aanbieden. Je had gelijk, schrijver: er loopt al elf jaar een moordenaar vrij rond.’

DEEL TWEE

Gevolgen van een moord

In tweeënhalve dag reed ik langs de oostkust van Florida naar New Hampshire. Oftewel vierentwintighonderd kilometer, zesentwintig uur achter het stuur, twaalf staten, zeven volle tanks, drie liter koffie, zestien donuts, vier zakjes M&M's en drie zakjes kaaschips.

HOOFDSTUK 9
Verzoening

Concord, New Hampshire
Woensdag 30 juni 2010

Het was vijf uur toen ik bij het huis van de familie Gahalowood aankwam. De sergeant stond me op de veranda op te wachten. Het was alsof hij zich sinds onze ruzie niet meer had verroerd. Op het moment dat ik uit mijn auto stapte, kwamen de meisjes naar buiten rennen om zich in mijn armen te storten. 'Oom Marcus,' riepen ze in koor, 'je bent er weer!'

Daarna vroeg Lisa: 'En dat probleem met je film? Is dat opgelost?'

Ik begreep dat hun vader een leugentje had verzonnen om mijn overhaaste vertrek te verklaren.

'Alles is opgelost,' zei ik eenvoudigweg.

De meisjes gingen terug naar binnen. Gahalowood en ik gingen op de treden van de veranda zitten. Hij haalde twee biertjes uit een koelbox die daar op mij had staan wachten en maakte ze open.

'Schrijver...' begon hij op ongemakkelijke toon terwijl hij mij een flesje gaf.

'Je hoeft niets uit te leggen, sergeant.'

Hij gebaarde met zijn kin in de richting van mijn Range Rover. 'Sorry van je motorkap.'

'Laat die excuses maar zitten; ik denk dat ik die auto haat.'

'O?'

‘Lang verhaal.’

Na een slok bier zei Gahalowood: ‘Ongeveer elf jaar geleden zat ik op een avond in april op deze zelfde treden met mijn partner Vance. Ik was hier net naartoe verhuisd, Lisa kon ieder moment geboren worden. Het was de dag van de dood van Alaska Sanders. Vance zei tegen me dat dit zijn laatste onderzoek zou worden. Hij wilde ermee stoppen. Drie dagen later lag hij dood in een verhoorruimte. Wat is er echt gebeurd?’

Dat was geen vraag waar hij een antwoord op wilde. Nog niet in elk geval. Het was zijn manier om duidelijk te maken dat hij de deur naar het verleden wilde openzetten.

‘Wat heeft je er uiteindelijk van overtuigd dat wat er op 6 april 1999 is gebeurd misschien anders is gegaan dan je al die jaren hebt gedacht?’ vroeg ik.

‘Jij hebt me daarvan overtuigd, schrijver. Jij en die verrekte zelfverloochening van je. Je onuitstaanbare rechtvaardigheidsgevoel. Je buitengewoon irritante vasthoudendheid. Uiteindelijk heb ik het dossier opnieuw bekeken.’

‘En?’

‘Ik heb er iets uit gehaald wat niemand destijds heeft gezien. Kom.’

Hij sleurde me mee naar binnen en duwde me op een stoel aan de keukentafel. Daarop spreidde hij kopieën van het politiedossier uit.

‘Mag je een dossier van een onderzoek kopiëren?’ vroeg ik.

‘Nee,’ bromde Gahalowood. ‘Was je van plan me aan te geven bij de inspectie?’

‘Ik wilde alleen vaststellen wat je gemoedstoestand was, sergeant,’ antwoordde ik met een geamuseerde glimlach.

‘Vastbesloten,’ verzekerde Gahalowood me.

‘Halleluja, zo ken ik je eindelijk weer, sergeant! De zaak Alaska Sanders, het nieuwe onderzoek van Perry Gahalowood en Marcus Goldman.’

‘Je gaat er toch geen boek over schrijven, schrijver?’

‘Ik beloof niets meer, sergeant.’

Eerst liet Gahalowood alle elementen van het onderzoek de revue passeren: de conclusies van de deskundigen bevestigden in elk opzicht het verhaal van Kazinsky. Het aantal kogels in het magazijn van het wapen van Matt Vance, de drie hulzen die in de ruimte waren gevonden, het schot in de doorkijkspiegel, de kruitsporen op de hand van Walter Carrey. Op de handen van Matt Vance waren ook kruitdeeltjes gevonden maar die werden verklaard door het handgemeen dat tussen de twee mannen had plaatsgevonden en dat tot een eerste schot had geleid.

'Niets ongewoons dus?' onderbrak ik de uitleg van Gahalowood.

'Val me niet in de rede, schrijver. Nu wordt het interessant.'

Hij gaf me een samenvatting van de verklaring van Kazinsky, die vertelde dat Vance vergeten was zijn wapen af te doen toen hij Walter Carrey water bracht.

'Kijk dan, schrijver,' zei Gahalowood terwijl hij foto's van de noodlottige avond onder mijn neus schoof. 'Zie jij wat ik zie? Of liever gezegd wat ik níet zie...'

Aandachtig bekeek ik de foto's. Het was steeds hetzelfde tafereel, maar vastgelegd vanuit verschillende hoeken. Twee lijken op de vloer in een enorme plas bloed, allebei met een aan gort geschoten hoofd. Zelfs zonder de gezichten was makkelijk te zien wie wie was: Vance droeg aan zijn riem een politiepenning en een lege holster. Walter Carrey had het wapen van Vance in zijn hand. Ik kon niets ontdekken waarbij alarmbellen begonnen te rinkelen en uiteindelijk moest ik me gewonnen geven.

Op het gezicht van Gahalowood verscheen een voldane glimlach. 'Er is geen water, schrijver,' zei hij. 'Geen flesje, geen bekertje, niets. Het is een plaats delict: niemand heeft ook nog maar iets aangeraakt voordat de technische recherche deze foto's nam. Dus zou ergens in de ruimte het bekertje of flesje te vinden moeten zijn dat Vance Walter Carrey zou hebben gegeven.'

'Wat betekent...'

'Dat Kazinsky waarschijnlijk heeft gelogen.'

Ik was er niet geheel en al van overtuigd dat deze waarneming steekhoudend was. 'Dat is als bewijs wel een beetje mager, toch?'

'Je hebt gelijk, schrijver, het is een beetje mager. Maar het heeft me wel aan het denken gezet. Kijk nu nog eens naar die foto's.'

Ik richtte mijn aandacht weer op de beelden.

'Kijk goed naar de twee lichamen,' gaf Gahalowood als aanwijzing. 'Wat komt er dan in je op?'

'Afschuw.'

'Kijk nog eens beter!'

'Hou op met die raadseltjes,' riep ik geërgerd uit. 'Zeg gewoon wat ik moet zien.'

'Walter Carrey heeft zichzelf in zijn linkerslaap geschoten.'

'Ja, en hij heeft het wapen in zijn linkerhand. Klopt helemaal,' zei ik.

'Behalve dan dat Walter Carrey rechtshandig was,' verklaarde Gahalowood. 'Ik heb het nagetrokken. Hij was rechtshandig en dat detail is ons volledig ontgaan. Omdat de getuigenverklaring van Kazinsky werd bevestigd door alle bevindingen van de technische recherche was er verder geen enkele reden de loop der gebeurtenissen in twijfel te trekken. Plotseling schoot me iets te binnen wat Vance me op de avond dat we het dode lichaam van Alaska hadden gevonden had toevertrouwd. Hij wilde zijn carrière afsluiten met het oplossen van deze zaak. Hij maakte een vergelijking met een onopgelost misdrijf dat hem was bijgebleven uit de tijd dat hij als rechercheur bij de politie in Bangor, in Maine werkte: de moord op een meisje van zeventien dat Gaby Robinson heette. Toen ben ik dus naar Bangor gegaan en heb daar een van zijn oude collega's gesproken. Hij vertelde me dat de onopgeloste moord op Gaby Robinson Vance voor altijd had getekend. Het onderzoek was stopgezet bij gebrek aan materiaal, maar Vance was er stiekem mee doorgegaan. Uiteindelijk had hij een vent opgepakt en de loop van zijn wapen in diens mond gestoken om hem tot een bekentenis te dwingen. Hij had tegen hem gezegd: "Eindelijk zal ik de ouders van Gaby in de ogen kunnen kijken en hun kunnen vertellen dat het recht heeft gezegevierd." De man in kwestie had niets met de zaak te maken. Toen de meerderen van Vance lucht kregen van dit incident hebben ze zich zo discreet mogelijk van hem ontdaan. Bij de politie maken ze liever niet te veel ophef. Zo is Vance in New Hampshire terechtgekomen.'

Ik was verbijsterd. 'Maar als Walter Carrey geen kogel door zijn hoofd heeft geschoten,' zei ik, 'wil dat zeggen...'

'Dat hij geëxecuteerd is.'

Er was maar één persoon die ons opheldering kon verschaffen: Nicholas Kazinsky. Hij moest hebben gelogen. Perry en ik gingen hem de volgende dag opzoeken in Barrington, op Norris Street 10. Toen hij in zijn rolstoel de deur opendeed en Perry zag staan, zei hij slechts: 'Ik zit al heel lang op je te wachten.'

~

Kazinsky stond erop thee voor ons te maken. Het was een vreemd tafereel. Zonder iets te zeggen staarden we in de keuken met zijn drieën naar de ketel waarin het water aan de kook kwam. De eerste fluittoon voelde als een enorme opluchting. Vervolgens liet hij ons plaatsnemen in de woonkamer, waar hij de thee voor ons in porseleinen kopjes schonk en ontzet uitriep: 'Ik ben de koekjes vergeten. Mijn vrouw bakt heerlijke koekjes.' Hij reed zijn rolstoel weer naar de keuken en kwam terug met een trommel. Toen zei hij plompverloren tegen Perry: 'Je hebt mijn brief dus ontvangen.'

'Wat moet dit in godsnaam allemaal voorstellen, Nicholas?'

'Ik kan niet meer, Perry. Kijk dan, ik ben verdomme hartstikke gehandicapt. Ik slijt mijn dagen in dit hok, als een rat in de val. Ik kan niet meer met mezelf leven. Ik denk er al jaren aan.'

'Waaraan?'

'Een kogel door mijn kop.'

Nicholas vertelde dat hij begin 2000, nog geen jaar na het drama in de verhoorruimte, ontslag had genomen bij de politie om voor het beveiligingsbedrijf van zijn zwager te gaan werken.

'Dat was het excuus waarop ik had gewacht om bij de politie weg te gaan. Je snapt wel dat het verkopen van alarmsystemen niet echt mijn roeping was. Maar mijn zwager beweerde dat mensen zich door een politieman makkelijker een alarm lieten aansmeren. Hij had gelijk. Ik zei dan: "Met zo'n ding slaapt u als een roos." We hebben er heel wat aan de man weten te brengen en goed geld verdiend. Dat heeft twee jaar geduurd, tot mijn ongeluk.'

'Wat is er gebeurd?' vroeg Gahalowood om Kazinsky aan te moedigen verder te gaan; het was wel duidelijk dat deze uitweiding over zijn eigen leven slechts de warming-up was voor wat hij wilde opbiechten.

'30 januari 2002 ben ik rond zes uur 's ochtends de deur uit gegaan om te gaan hardlopen. Het was nog pikdonker en de regen kwam met bakken uit de lucht. Hondenweer. Het ironische is dat ik altijd een pesthekel heb gehad aan hardlopen. Maar die maffe zwager van me had ons ingeschreven voor een halve marathon. Daar had ik totaal geen zin in, maar ik voelde me wel verplicht mee te gaan. Bovendien bleef mijn vrouw maar aan mijn kop zeuren dat een beetje sporten geen kwaad kon. Ik was dus aan het trainen voor die klotewedstrijd en daarom rende ik sinds een paar weken elke ochtend een rondje door de wijk. Die dag werd het vuil opgehaald en om alle containers te ontwijken die mijn stomme buren lukraak op de stoep hadden geplant ben ik op de weg gaan lopen. Zoals ik al zei, was het nog hartstikke donker. Een auto heeft me niet gezien en me in volle vaart geraakt. Daarna een groot zwart gat. Ik kwam weer bij in de ambulance en voelde mijn benen niet meer. Ik heb ze nooit meer gevoeld. Nooit meer een stijve gehad, nooit meer mijn plas op kunnen houden. Ik had verdomme net zo goed geen benen meer kunnen hebben. Weet je, ik geloof niet in God, maar ik vraag me toch af of dit niet een straf van hem was.'

Hij zweeg. Gahalowood vroeg: 'Een straf waarvoor?'

Kazinsky haalde zijn schouders op. 'Voor wat ik heb gedaan... Het heeft al die jaren aan me gevreten, Perry. Als ik een beetje lef had gehad, had ik al veel eerder contact met je gezocht.'

'Wat heeft je er uiteindelijk toe gebracht dat nu wel te doen?'

Ik schrok op van de blik die Kazinsky mij toewierp.

'Jouw boek, *De waarheid over de zaak Harry Quebert*. Mijn vrouw had het gekocht. Ze ging er zo in op dat ik het ook wilde lezen. Ook omdat ik wist dat jij erin voorkwam, Perry. Het lezen van dat boek voelde als een weerzien met jou. Het was alsof je weer naast me stond. Ik vond het mooi dat je zo vastberaden was de moordenaar van die kleine Nola Kellergan te vinden. Uiteraard moest ik onwillekeurig aan Alaska Sanders denken. Na de dood van Vance ben jij nooit meer dezelfde geworden, Perry. Je hebt je afgesloten voor iedereen. Je hebt bedongen dat je zonder partner mocht werken. Ik zag je na de ochtendbriefing in je eentje vertrekken, ik zag je in je eentje onderzoek doen, in je eentje rondrijden, in je eentje lunchen. Die eenzaamheid van jou kwam ik ook tegen in dat boek, Harry Quebert. Ik vond het hartverscheurend. Je hebt je in jezelf teruggetrokken omdat je je na al die jaren nog steeds schuldig voelt over iets waarvoor je nooit verantwoordelijk bent geweest.' Hij richtte zich tot mij. 'Weet je wat ik zo goed vond aan Harry Quebert? De gedachte dat het nooit te laat is voor verlossing. Ik wilde je bevrijden van die last, Perry. Daarom heb ik je geschreven. In eerste instantie was het een brief waarin ik je alles vertelde. Maar die heb ik uiteindelijk verbrand. Te schijterig, zeg maar. Toen heb ik dat bericht gemaakt met uit de krant geknipte letters. Ik wilde dat je het allemaal zou kunnen oplossen zonder dat ik erbij betrokken raakte. Ik ben altijd een lafaard gebleven, dat geef ik maar al te graag toe. Dat bericht heeft me verschillende pogingen gekost, het moest kort en duidelijk zijn, geen eindeloos verhaal. Toen het eindelijk gelukt was, heb ik de werkster honderd dollar gegeven om die envelop bij jou te bezorgen. Maar op een avond stond Helen ineens voor de deur. Ik weet niet hoe ze die brief naar mij had herleid. Misschien heeft de werkster iets verklikt. Of ze is zo stom dat ze bij jullie heeft aangebeld en tegen je vrouw heeft gezegd: "Alstublieft. Een brief van Nicholas Kazinsky."'

'Een deel van je adres stond achter op een van de stukjes krant die je had gebruikt,' verklaarde Gahalowood.

Kazinsky sloeg zijn hand tegen zijn voorhoofd. 'Wat een sukkel ben ik ook! Zo heeft je vrouw me dus gevonden... Ze was echt pisnijdig. Mijn vrouw deed open. Ik was in de woonkamer. Ik hoorde Helen schreeuwen: "Is Nicholas er ook? Ik ben de vrouw van Perry Gahalowood, jouw man heeft hem een anonieme brief gestuurd." Mijn vrouw dacht dat ze raaskalde en ik was wel zo slim me niet te laten zien. Na een woordenwisseling bij de deur is Helen uiteindelijk weer vertrokken. Tegenover mijn vrouw heb ik me uiteraard van de domme gehouden. Ik zei dat ik geen flauw idee had wat dat te betekenen had gehad. Wil je Helen alsjeblieft mijn excuses aanbieden, Perry?'

'Helen is dood,' zei Gahalowood.

'Wat? Sinds wanneer?'

'De avond dat ze hier was. Op de terugweg heeft ze een hartaanval gekregen.'

Het nieuws greep Kazinsky duidelijk aan. 'Shit, man, wat vind ik dat erg.'

Gahalowood veranderde snel van onderwerp. 'Nicholas, wat is er op 6 april 1999 gebeurd?'

'Ik ga geen officiële verklaring afleggen,' waarschuwde Kazinsky. 'Geen opnamen, niets.'

'Deal. Vertel op. Ik weet dat Walter Carrey geen kogel door zijn hoofd heeft kunnen schieten. Wat is er verdomme die avond gebeurd?'

Kazinsky nam er de tijd voor. Hij dronk een slokje thee en beet behoedzaam in een koekje. Toen reed hij zijn rolstoel naar het raam. Hij richtte zijn blik op de straat, waarschijnlijk om ons niet te hoeven aankijken. En hij begon te vertellen.

~

6 april 1999

Het was tien over halfnegen.

Kazinsky en Vance waren alleen op de afdeling ernstige delicten. Gahalowood was net uit het hoofdkwartier vertrokken, naar Helen, die elk moment kon bevallen. De twee rechercheurs zaten in de observatieruimte en keken via de doorkijkspiegel naar Walter Carrey, die geduldig zat te wachten in de verhoorkamer.

'Ik hoop dat het geen uren gaat duren voordat die advocaat hier is,' foeterde Kazinsky.

'Geen zorgen, er is geen advocaat,' vertelde Vance.

'Wat? Hoezo is er geen advocaat? Jij zei dat die onderweg was...'

'Ik heb niet gebeld. Ik zit niet te wachten op zo'n hufter die mijn verhoor komt verstoren. Het wordt tijd dat die klerelijer van een Carrey bekent.'

'Wat ben je van plan?'

'Ik ga gebruikmaken van het feit dat we hier alleen zijn om onze vriend aan het praten te krijgen. De verdieping is verlaten, niemand die hem kan horen schreeuwen. Ik ben echt heel erg op Perry gesteld, hoor, maar hij houdt zich naar mijn smaak iets te veel aan de regeltjes. Soms moet je zwaardere middelen inzetten.'

'Wat voor zwaardere middelen?' vroeg Kazinsky, doodsbleek nu.

Bij wijze van antwoord tikte Vance op de kolf van de revolver die hij aan zijn riem droeg. Paniekerig stamelde Kazinsky: 'Wacht, wat wil je precies doen? Je gaat hem toch niet met een wapen bedreigen?'

'Wat? Doe je het nu in je broek? Ga je me aangeven?'

Kazinsky, die geen held was, wilde met niemand problemen. 'Ik ben er niet op tegen, maar ik wil geen gedonder.'

'Rustig maar, je wordt er niet in betrokken. En je mag samen met Perry de eer opstrijken. Blijf hier rustig van de voorstelling zitten genieten. En misschien wil je intussen hierop passen voor mij.'

Vance pakte zijn semiautomatische revolver, verwijderde het magazijn en gaf dat aan Kazinsky. Toen stak hij zijn wapen weer in de holster en zei bij het zien van de angstige blik van zijn collega: 'Maak je geen zorgen, ik ga hem alleen maar de stuipen op het lijf jagen.'

'En als hij jou ervan beschuldigt hem tot een bekentenis te hebben gedwongen?'

'Dan zeg jij dat dat niet waar is. Dat is alles wat jij hoeft te doen.'

'Dit staat me niet aan, Vance.'

'Als dit je niet aanstaat, heb je bij ernstige delicten niets te zoeken, vriend. Kijk en leer.'

Vance liep de kamer uit. Door de doorkijkspiegel zag Kazinsky hem de verhoorruimte binnenkomen.

'Kunt u die handboeien afdoen?' vroeg Walter Carrey. 'Ik heb pijn aan mijn polsen.'

'Nee.'

Walter werd verrast door de harde toon van de politieman. 'Hebt u een advocaat geregeld?'

'Nee,' antwoordde Vance, terwijl hij de jonge man een vileine blik schonk.

'Hoezo nee?' riep Walter verontwaardigd uit. 'Ik heb recht op een advocaat! Wat u doet, is niet legaal.'

Kalm en zwijgend bleef Vance staan kijken naar Walter, die een beetje bang begon te worden. Toen liep hij langzaam op hem af, greep hem met een snel gebaar vast en drukte hem tegen de muur. Zonder zijn greep op hem te verliezen trok hij zijn wapen, zette dat op de geslachtsdelen van Walter en schreeuwde: 'Dat is waar jij recht op hebt: mijn blaffer!'

'Hou op!' riep Walter uit. 'U bent compleet gestoord!'

'Beken! Beken, dan is het allemaal voorbij.'

'Maar wat zou ik moeten bekennen?' smeekte de doodsbange Walter.

'Dat je Alaska Sanders hebt vermoord, oetlul!'

'Maar ik heb verdomme helemaal niemand vermoord. Hoe vaak moet ik u dat nog vertellen? Ik was tot sluitingstijd bij National Anthem...'

'Neem me niet in de maling. Er is niemand die dat kan bevestigen. Ik weet dat je in het bos was. Daar hebben we bewijzen van: je auto, je DNA... Je bent erbij, Walter, je kunt maar beter alles opbiechten.'

Walter begon radeloos te snikken. Aangezien hij geen andere uitweg meer zag, probeerde hij het met een dreigement.

'Ik vertel alles aan mijn advocaat en dan wordt u ontslagen! U hebt niet het recht me zo te behandelen.'

'O nee? Ik heb niet het recht? En jij had wel het recht Alaska koud te maken? Neem maar van mij aan, beste jongen, dat je spijt krijgt als haren op je hoofd als je mij aangeeft. Of je nu wel of niet bekent, je wordt sowieso veroordeeld en in de gevangenis zul je een vriend als ik goed kunnen gebruiken. Ik kan regelen dat je alleen komt te zitten in plaats van in een cel met vijf anderen waar je de godganse dag in je kont wordt geneukt. Ik kan je beschermen.'

Met die woorden drukte Vance het wapen tegen de slaap van Walter. Die slaakte een ontzette kreet en barstte wederom in tranen uit. Vance voelde dat het hem ging lukken.

'Beken het! Beken het nu! Straks kan ik niets meer voor je doen.'

'Ik... Ik...'

'Beken de moord!' Vance wist van geen ophouden meer. 'Beken en dan is het klaar.'

Als verstijfd stond Kazinsky naar het tafereel te kijken. Vanuit de observatieruimte zag hij Walter huilen als een kind.

'Ik wil mijn ouders,' smeekte hij.

'Niemand kan je nog redden,' zei Vance, terwijl hij de loop van het wapen tegen Walters hoofd hield. 'Niet na wat jij hebt gedaan. Hier moet een einde aan komen.'

‘Ja, hier moet een einde aan komen,’ herhaalde Walter in tranen.

‘Zeg dat je haar hebt vermoord. Dan komt er een einde aan.’

Walter leek te aarzelen. Vance trok zijn mond open en schoof de loop naar binnen. Walter stond als verlamd en maakte een gesmoord geluid.

‘Probeer je me iets te vertellen?’ vroeg Vance op cynische toon.

Hij trok het wapen terug en Walter riep uit: ‘Ja, oké. Oké! Ik heb haar vermoord! Bent u nu tevreden?’

Kazinsky zag een triomfantelijke glimlach verschijnen op het gezicht van Vance, die zich nu naar de doorkijkspiegel draaide om tegen zijn collega te zeggen: ‘Kazinsky, kom! Kom het opnemen.’

Kazinsky stond nog steeds als verstijfd achter de doorkijkspiegel. Vance had gezegd dat hij hier niet in betrokken zou worden. Waarom moest hij dan nu komen? En waarom had hij hem bij zijn naam genoemd? Toen zijn collega niet onmiddellijk kwam, werd Vance ongeduldig. Hij wilde zijn greep niet laten verslappen maar hij moest ook de camera aanzetten die op een statief naast de tafel stond.

Toen klonk de stem van Kazinsky door de verhoorruimte. ‘Je gaat te ver, Vance,’ zei hij via de intercom.

‘Hou je kop, Kazinsky! Kom onmiddellijk hier en zet die klotecamera aan.’

‘Nee, Vance, dit gaat te ver.’

Vance vloekte hartgrondig. Terwijl hij Walter Carrey onder schot hield, liep hij achteruit naar de camera en zette die aan, er wel voor zorgend zelf buiten beeld te blijven. Op volmaakt kalme en bedachtzame toon zei hij: ‘Walter, allereerst wil ik vermelden dat jij erin hebt toegestemd dat dit gesprek wordt opgenomen. Kun je herhalen wat je me zojuist hebt verteld?’

Weer barstte Walter Carrey in snikken uit. ‘Ik heb haar vermoord. Ik heb Alaska vermoord.’ Stilte. ‘Wíj hebben Alaska vermoord. Ik was niet alleen. Eric Donovan was er ook bij.’

Vance was verbijsterd door deze onthulling. Als om zichzelf ervan te overtuigen dat hij het goed had gehoord herhaalde hij: ‘Eric Donovan is medeplichtig aan de moord?’

‘Ja, ik ga er niet alleen voor opdraaien. Eric en ik hebben haar samen vermoord. De trui die jullie hebben gevonden... die is van hem.

De letters M U staan voor Monarch University, de universiteit waaraan hij heeft gestudeerd. Trek het maar na, u zult zien dat het klopt wat ik zeg...'

Na die woorden kwamen er nog meer tranen.

'Zie je wel dat dat oplucht?' zei Vance nog troostend voordat hij de camera uitzette.

Walter stond nog steeds doodsbang tegen de muur. Vance liep naar hem toe en zei op zelfvoldane toon: 'Met een blaffer op je slaap ben je ineens niet meer zo'n grote jongen, hè? Je dacht dat je er geweest was, hè? Nu weet je ook wat Alaska moet hebben gevoeld die nacht, toen je haar hebt gewurgd. Nou ja, dat weet je natuurlijk nog niet helemaal...'

Vance greep de jonge man weer vast en drukte de loop van zijn wapen nog een keer tegen diens slaap.

'Hou op, verdomme!' brulde Walter in doodsnood. 'Ik heb alles gedaan wat u wilde.'

'Het was allemaal bluf,' verklaarde Vance triomfantelijk. 'Er zit niet eens een magazijn in, sukkel. Als je goed had gekeken in plaats van je ogen dicht te doen als een slapjanus had je dat gezien. Je verkoopt jachtartikelen, dan moet je toch wel iets van wapens weten.'

Om zijn slachtoffer nog een laatste keer de stuipen op het lijf te jagen haalde Vance, in de overtuiging dat zijn wapen onschadelijk was, de trekker over. Maar in plaats van de metalige klik die hij had verwacht te horen klonk er een oorverdovende knal.

Een paar seconden lang heerste er een versufte stilte. Kazinsky stormde de verhoorruimte binnen en zag een verbijsterde Vance die onder het bloed en het hersenmateriaal zat. Walter Carrey lag op de grond met een uit elkaar gespat hoofd.

'Godsamme, Vance, wat heb je gedaan?' riep Kazinsky hysterisch uit.

'Er zat verdomme geen magazijn in,' fluisterde Vance in shock en vervuld van ongeloof. 'Er zat geen magazijn in, dat weet je want dat heb ik aan jou gegeven.'

'Er zat nog een kogel in de loop! Waarom heb je dat klotewapen van je niet volledig ontladen?'

'Weet ik veel!' schreeuwde Vance plotseling, alsof hij weer bij zinnen begon te komen. 'Waarom heb jij niet gezegd dat ik dat moest doen?'

'Omdat ik toch niet kon weten dat jij hem met een schijnexecutie een bekentenis ging ontlokken?'

De twee politiemannen staarden elkaar aan, volledig lamgeslagen door de aanblik van het lijk van Walter.

'Verdomme, o verdomme,' tierde Vance. 'We hebben die jongen vermoord!'

'Jíj hebt die jongen vermoord,' verbeterde Kazinsky, vast van plan deze waanzinnige actie volledig op het conto van zijn collega te schrijven.

'Als ik ten onder ga, ga jij met me mee,' zei Vance. 'Dit is niet het moment om te gaan staan janken, we moeten iets doen.'

'Iets doen? Wat wil je doen dan? Hoe wil je je hier onopvallend ontdoen van een lijk?'

'We gaan ons er niet van ontdoen. We gaan zeggen dat Walter mijn wapen heeft afgepakt en zelfmoord heeft gepleegd.'

'Dan zijn we alsnog in overtreding,' jammerde Kazinsky. 'Volgens de regels mag je in de verhoorruimte geen wapen dragen.'

'Nou, liever een berisping van boven dan een proces wegens moord. We zeggen gewoon dat Carrey deed alsof hij zich niet goed voelde, dat we naar hem toe zijn gerend om hem te helpen en dat hij toen mijn wapen heeft gepakt.'

'Dat gaat niemand geloven.'

Plotseling dacht Vance aan de zojuist verkregen bekentenis. 'Zijn bekentenis gaat ons redden,' riep hij uit. 'Carrey is schuldig, dat kunnen we met de opname bewijzen. Op de schaal van het leven is een moordenaar niet veel waard. Nu is het zaak snel te handelen. Voor je het weet, duikt hier iemand op die het schot heeft gehoord. Geef me mijn magazijn terug en doe hem die handboeien af.'

Kazinsky gaf Vance het magazijn van zijn revolver terug. Vervolgens boog hij zich vol afkeer over het lijk. Hij maakte de handboeien los en bevrijdde zijn handen.

'Wat doe ik hiermee?' vroeg hij als een kind dat de weg kwijt was. De met bloed bevlekte handboeien bengelden aan zijn hand.

'Weg met die dingen!' beval Vance, die zichzelf weer helemaal onder controle had. 'Stop ze even in je zak en maak ze straks op de wc schoon. Eerst moeten we deze stommiteit rechtzetten.'

'Jóúw stommiteit, Vance. Dit was verdomme jouw idee.'

Vance herlaadde zijn wapen en plaatste dat in de linkerhand van Walter, vanwege het gapende gat aan de linkerkant van zijn hoofd. Hij vouwde de vingers van de dode om de kolf met de wijsvinger om de trekker. Toen hij daarmee klaar was, zei hij ineens keihard: 'Shit!'

'Wat nu weer?' jammerde Kazinsky.

'Als we zeggen dat Carrey zich door zijn kop heeft geschoten gaat de technische recherche zich er ongetwijfeld mee bemoeien. De patholoog-anatoom zal autopsie op het lijk doen, met de gebruikelijke analyses. En omdat hij een mierenneuker is, zal het hem opvallen dat de zogenaamde zelfmoordpleger geen kruitsporen op zijn vingers heeft. En tot de conclusie komen dat hij het wapen niet in zijn hand had op het moment dat het schot werd gelost. Kut, we zijn er geweest!'

Vance, de normaal gesproken zo sterke en strijdlustige man van de daad, stond op het punt in te storten. Op dat moment begreep Kazinsky dat Vance hen niet uit deze puinhoop ging redden. Hij moest het zelf zien op te lossen. Een radeloos gevoel maakte zich van hem meester; hij had zich altijd op anderen verlaten om zelf geen beslissingen te hoeven nemen. Toen hij laatst met zijn vrouw was gaan eten in dat Indiase restaurant aan Lincoln Boulevard had zij voor hem gekozen. 'Toe maar, schatje, bestel jij maar voor ons allebei.' O, zijn lieve vrouw, zijn schatje... hij moest ineens heel erg aan haar denken. Hij wilde bij haar zijn. Zich tegen haar aan nestelen. Eigenlijk wilde hij helemaal geen politieman meer zijn. Oké, dat stond vast: als hij deze puinzooi achter zich had weten te laten, zou hij weggaan bij de politie. Te veel stress. En hij hield ook helemaal niet van de verantwoordelijkheden die het werk met zich meebracht. Hij hield niet van het schrijven van verslagen en ook niet van het leiden van een verhoor. Hij werkte graag samen met Johnson, net zo'n schijterd als hij. Ze namen lange lunchpauzes en vroegen standaard om versterking als het een beetje spannend werd. Waarom had hij zich in vredesnaam door die vervloekte Lansdane laten overhalen om Gahalowood en Vance bij te staan in dit moordonderzoek? Waarom was hij niet gewoon met Johnson blijven doen waar hij goed in was: zo weinig mogelijk uitvoeren en naar je schoenen staren als er een vrijwilliger werd gevraagd? Hij was helemaal klaar met de politie! Zijn zwager zeurde hem al heel lang aan zijn kop met de vraag of hij niet voor zijn bedrijf in beveiligingsartikelen wilde komen werken... oké dan! Alarmsystemen verkopen aan bange schijters, dat was echt iets voor hem. Een gezapig leventje met zijn vrouw die 's ochtends zijn kleren voor hem klaarlegde en 's avonds in een restaurant zijn eten voor hem bestelde.

'Verdomme, Kazinsky, ben je in slaap gevallen?'

De stem van Vance bracht Kazinsky terug in de werkelijkheid. Hij vermande zich. Dit was het moment om zijn lot in eigen hand te nemen en iets te bedenken om zich hieruit te redden.

'Ik weet het!' riep hij. Hij had plotseling een ingeving gekregen. 'We gaan hem laten schieten. We gaan hem laten schieten met jouw wapen, dan heeft hij kruitsporen op zijn hand.'

'Hoe moeten we die kogel dan verklaren?' vroeg Vance. 'Waarom zou hij hebben geschoten?'

'We veranderen het scenario,' opperde Kazinsky. 'Dit is de nieuwe versie: Walter bekent zijn misdrijf, jij doet de camera uit en hij doet alsof hij zich niet goed voelt. Je gaat naar hem toe en dan grijpt hij je wapen. Jij pakt zijn handen, jullie worstelen een beetje en er wordt een schot gelost, zonder verdere gevolgen. Dan duwt Walter jou van zich af en pleegt zelfmoord.'

'Waarom pleegt hij zelfmoord?'

'Uit wroeging. Het gebruikelijke motief.'

Vance ging door het lint. 'Dat gaat niemand geloven! En waarom kom jij niet naar de verhoorruimte wanneer hij doet alsof hij zich niet goed voelt? Het is vreemd dat ik daar alleen ben, toch?'

'Ik zou er ook kunnen zijn, maar voor het verhaal is het logischer dat jij alleen bent, met die worsteling en zo. Met zijn tweeën hadden we hem makkelijk kunnen overmeesteren. Kom, we moeten een beetje haast maken. Het is een wonder dat er nog niemand is komen aanrennen.'

Kazinsky pakte de hand van Walter met het wapen erin. Hij richtte op het plafond en drukte de vinger van Walter tegen de trekker. Er klonk een schot. Het ging niet echt handig en de kogel kwam in de doorkijkspiegel terecht, die met een hels kabaal aan stukken sprong.

'O, shit!' riep Kazinsky uit.

'Kut!' brulde Vance. 'Nu zijn we echt de sjaak!'

'Maak je geen zorgen, dat verandert niets,' zei Kazinsky, die er nog steeds niet goed bij kon dat *híj* Vance moest geruststellen. 'Sterker nog, het maakt ons verhaal alleen maar aannemelijker. Ga nu maar om versterking vragen.'

Kazinsky boog zich over het dode lichaam om het in een zo geloofwaardig mogelijke positie te schuiven. Plotseling voelde hij een hand onder zijn jasje glijden. Tijd om te reageren was er niet. Vance had hem zijn wapen al afhandig gemaakt en hield dat nu tegen zijn slaap om er een einde aan te maken.

'Niet doen, Vance!' brulde Kazinsky ontzet. 'Waar ben je in godsnaam mee bezig?'

'Het is met ons gedaan, Kazinsky! Snap dat dan verdomme!'

'Leg dat wapen neer. We komen er wel uit, dat beloof ik je.'

'We zijn verloren! Dat verhaal van jou slaat nergens op. Waarom zou ik onder het bloed en het hersenweefsel zitten? Wanneer die vent op me schiet, zou ik dekking moeten zoeken. Als ik ver bij hem uit de buurt ben om zijn schot te ontwijken, hoe kan ik dan zijn hersenen op mijn harses krijgen?'

'We zeggen dat je hem te hulp wilde komen. Geef me alsjeblieft mijn wapen terug.'

'Nee, nee, dat gaat niemand geloven!'

'Leg dat wapen neer. Ik zeg je dat we hier uit komen!'

'En ik zeg je dat we verloren zijn!' schreeuwde Vance, terwijl hij de loop nog iets steviger tegen zijn slaap duwde. 'We gaan voor de rest van ons leven de bak in. Weet je wat ze in de bak met politiemensen doen?'

Na die woorden deed Vance zijn ogen dicht en haalde de trekker over.

Een harde knal weerklonk.

'Als verdwaasd bleef ik naar zijn kapotgeschoten hoofd staan staren,' vertelde Kazinsky bij het raam van zijn woonkamer, elf jaar na dato. 'Plotseling dacht ik hem te zien bewegen. Ik weet niet of het een hallucinatie van mij was of een stuiptrekking, maar ik heb me naast hem laten vallen om te zien of ik nog iets kon doen. Toen mijn gezicht vlak bij het zijne was – of wat daar nog van over was – moest ik kotsen. Enkele ogenblikken lang ben ik als verdoofd blijven zitten, tot ik werd overvallen door een soort overlevingsinstinct. Nu Vance dood was, was hij van alle ellende af. Ik was niet van plan de bak in te draaien voor die sukkel. Ik heb mijn wapen uit zijn hand gerukt, de hersenresten eraf geveegd en het weer in mijn holster gedaan. Met de handboeien in mijn zak heb ik alarm geslagen. Onmiddellijk daarna weer een moment van paniek: het aantal kogels in het magazijn van het wapen van Vance klopte niet met het aantal geloste schoten. Ik moest er een kogel uithalen. Ik ben teruggerend naar de verhoorruimte. Ik heb het magazijn uit het wapen gehaald dat Walter Carrey in zijn hand had. Ik heb een kogel verwijderd en het magazijn teruggeplaatst. Net op tijd, vlak voordat er collega's arriveerden. Toen heb ik een verhaal verzonnen om die hele puinzooi te verklaren. En iedereen geloofde het. De woorden van een politieman worden nooit in twijfel getrokken. Als ze me die avond hadden gefouilleerd, hadden ze in mijn zakken de handboeien en de verwijderde kogel gevonden.'

'Waarom heb je niet gewoon de waarheid verteld?' vroeg ik.

Kazinsky, die tijdens zijn hele relaas uit het raam was blijven staren, draaide zijn rolstoel eindelijk weer om en keek me aan. 'Ik zou er hoe dan ook voor zijn opgedraaid! Mij zou worden verweten dat ik Vance had laten begaan, dat ik niet tussenbeide was gekomen, dat ik niet onmiddellijk versterking had ingeroepen om een einde te maken aan zijn krankzinnige actie.'

'Je loog er liever om,' stelde Gahalowood onomwonden vast.

'Tja, ik ben nu eenmaal een lafaard, Perry. Niet iedereen kan zoals jij zijn. Iedereen probeert op zijn eigen manier te overleven in deze klotewereld.'

Er viel een lange stilte. Toen fluisterde Kazinsky: 'Laat me nu alsjeblieft alleen. Ga weg voordat mijn vrouw thuiskomt. Ik wil niet dat ze jou hier ziet, Perry.'

Gahalowood kwam overeind, zonder nog een woord te zeggen. Ik volgde zijn voorbeeld. Terwijl we de deur van Norris Street 10 achter ons dichttrokken, vroeg ik: 'Gaat het wel, sergeant?'

'Ik zou het niet weten.'

De ochtend na ons bezoek aan Kazinsky gingen we bij chief Lansdane langs. Gahalowood had ervoor gekozen de reden voor deze dringende afspraak nog even te verzwijgen om het verrassingselement te behouden. Helaas waren wij degenen die werden verrast.

HOOFDSTUK 10

Begin van het onderzoek

Concord, New Hampshire
Vrijdag 2 juli 2010

'Ben jij er ook?' vroeg Lansdane verbaasd toen hij mij achter Gahalowood zag opduiken.

'Hou u maar niet van de domme,' zei ik. 'U hebt me zelf op het spoor van dit onderzoek gezet.'

'Onderzoek? Waar heb je het over? Ik dacht dat Perry kwam vertellen dat hij weer aan het werk wilde,' zei Lansdane.

'Dat is ook zo,' beaamde Gahalowood, 'en ik wil op de zaak Alaska Sanders worden gezet.'

'De zaak Alaska Sanders? Van het officieel heropenen van een onderzoek kan geen sprake zijn. Dat heb ik Marcus ook al uitgelegd.'

'Behalve wanneer er nieuwe ontwikkelingen zijn,' verklaarde ik. 'We beschikken over een belangrijk nieuw feit: de bekentenis van Walter was nep. Kazinsky heeft ons gisteren opgebiecht dat Walter Carrey tijdens zijn verhoor door Matt Vance is bedreigd en vermoord. En daarna heeft Vance zich door het hoofd geschoten.'

'U moet het dossier absoluut heropenen, chief,' drong Gahalowood aan. 'En we moeten bij het Openbaar Ministerie toestemming voor het afluisteren van Kazinsky regelen. Hij wil geen officiële verklaring afleggen, maar we kunnen natuurlijk altijd nog een keer naar hem toe gaan en zijn bekentenis opnemen zonder dat hij het weet.

We moeten snel zijn. Gisteren was hij spraakzaam, maar ik ben bang dat dat niet lang gaat duren.'

Lansdane keek ons aan. 'Jullie weten het dus nog niet?'

'Wat weten we nog niet?' vroeg ik.

'Kazinsky is dood. Hij heeft gisteravond zelfmoord gepleegd, thuis, met een kogel door zijn hoofd. Kort nadat hij zijn geweten had ontlast, vermoed ik.'

Kwaad sloeg Gahalowood met zijn vuist op tafel. 'Die kerel is gestorven zoals hij heeft geleefd: als een lafaard.'

'Of hij nu dood is of niet, de sergeant en ik kunnen onder ede verklaren wat we hebben gehoord.'

'Ik heb nog iets beters.' Gahalowood haalde zijn telefoon uit zijn zak.

Hij had alles vastgelegd met de opneemfunctie van zijn mobiel. Hij zette hem aan. Het geluid was gedempt, maar de stemmen waren prima te verstaan.

SERGEANT GAHALOWOOD: *Nicholas, wat is er op 6 april 1999 gebeurd?*

NICHOLAS KAZINSKY: *Ik ga geen officiële verklaring afleggen. Geen opnamen, niets.*

SERGEANT GAHALOWOOD: *Deal. Vertel op. Ik weet dat Walter Carrey geen kogel door zijn hoofd heeft kunnen schieten. Wat is er verdomme die avond gebeurd?*

Ontsteld luisterde Lansdane naar de bekentenis van Kazinsky.

'Ik wist dat Vance een heethoofd was,' vertrouwde hij ons toe. 'Voordat hij naar New Hampshire kwam, werkte hij bij de politie van Bangor, in Maine, waar hij een enorme uitglijder heeft gemaakt. Maar hij was een prima politieman en door de samenwerking met Perry hield hij zichzelf goed onder controle. Dit was ook precies de reden dat ik Kazinsky aan het onderzoeksteam had toegevoegd. Dat er te veel werk was, was maar een smoes; ik wist dat Helen elk moment kon bevallen en ik wilde niet dat de heetgebakerde Vance in zijn eentje op onderzoek uitging. De aanwezigheid van een angsthaas als Kazinsky moest voor de juiste balans zorgen.'

'Wat doen we met deze opname?' vroeg Gahalowood.

'Niets,' zei Lansdane.

'Niets?' Ik verslikte me bijna in het woord.

'Jullie weten allebei dat deze getuigenverklaring niet toelaatbaar is. De opname is illegaal.'

'Ik was daar niet in mijn functie van rechercheur,' verduidelijkte Gahalowood. 'Ik handelde als burger.'

'Kazinsky zag je ongetwijfeld als politieman, of je dat nu wilde of niet.'

'We kunnen zeggen dat de schrijver de opname heeft gemaakt,' opperde Gahalowood.

'Schrijver of geen schrijver, jij bent politieman, Perry. Je kunt een gesprek niet opnemen zonder instemming vooraf of anders de toestemming van een rechter.'

Ik zat me op te winden. 'Lekker makkelijk om met procedures te gaan schermen als dat u uitkomt.'

'Maar Marcus, het heeft geen enkele zin hiermee door te gaan. Het Openbaar Ministerie maakt gehakt van die opname van jullie. En bovendien bewijzen de verontrustende omstandigheden waaronder Walter Carrey heeft bekend nog niet dat hij onschuldig is.'

'Verontrustende omstandigheden? Dat kunt u niet menen, chief Lansdane. Vance heeft de loop van zijn wapen in Carreys mond gestoken. Die bekentenis is duidelijk afgedwongen.'

'Maar zelfs zonder bekentenis zou hij op de elektrische stoel zijn geëindigd. Jullie kennen het dossier: alles wijst naar hem. Zijn auto. Zijn DNA. Hij heeft een motief en geen alibi. Hetzelfde geldt voor Eric Donovan, die ook nog eens schuld heeft bekend. Wat willen jullie nog meer?'

'Er is gerechtvaardigde twijfel aan hun schuld, chief,' hield Gahalowood vol.

Lansdane was onvermurwbaar. 'We kunnen het onderzoek niet heropenen zonder bekend te maken wat Vance en Kazinsky met die jongen hebben gedaan. Zien jullie de verontwaardigde reacties al voor je? De pers gaat hiervan smullen!'

'Integendeel, het strekt de politie tot eer deze tragedie recht te zetten.'

Ik vóélde dat er iets was wat Lansdane in de weg zat, wat hij uiteindelijk ook toegaf. 'Hoor eens, heren, ik zal niet verhullen dat de gouverneur en ik op dit moment op nogal gespannen voet staan...'

'Wat heeft dat met onze zaak te maken?'

'Het gerucht gaat dat de gouverneur graag van zijn politiechef af wil. Zonder geldige reden kan hij me niet ontslaan, want binnen het korps ben ik populair. Maar hij zal alles aangrijpen om mij te kunnen dumpen. En dit schandaal dat mij direct raakt – ik was immers destijds hoofd van de afdeling ernstige delicten – is voor hem de gedroomde kans me de laan uit te sturen.'

'Dat is het dus?' zei ik op treurige toon. 'Dit hele gedoe is alleen maar bedoeld om uw carrière te redden?'

'Dat is de realiteit van de politiek, Marcus. En bovendien is Walter Carrey dood.'

'Maar Eric Donovan zit al elf jaar weg te rotten in een staatsgevangenis,' protesteerde ik. 'Het gaat om de bevrijding van een onschuldig man en de rehabilitatie van twee mensen.'

'En stel nu dat ze wel echt schuldig zijn?' zei Lansdane.

'Daar gaat u niet achter komen tijdens een partijtje golf om bij de gouverneur in een goed blaadje te komen!'

'Denk je dat ik hier niet mee zit?' vroeg Lansdane op verdedigende toon. 'Waarom denk je dat ik jou heb gevraagd onderzoek te doen naar die anonieme brief?'

'Omdat u niet al te dapper bent. U wilde er graag meer over te weten komen, maar niet via de officiële weg, om geen slapende honden wakker te maken. U hebt me ongelooflijk gemanipuleerd. U had het over Perry en Helen, maar het ging u alleen om uw eigen belangen. U bent een aardige vent, chief Lansdane, maar niet bepaald onverschrokken.'

'Jij bent ook een aardige vent, Marcus, maar tegelijkertijd een ontzaglijke zeiker. Volgens mij heb ik dat trouwens al een keer gezegd. Dit is mijn voorstel: als jullie met een onweerlegbaar – en dan bedoel ik ook onweerlegbaar – bewijs komen van de onschuld van Walter Carrey en Eric Donovan, heropen ik officieel het onderzoek. En ga ik de confrontatie aan met de zondvloed die daarop zal volgen.'

'Als u het onderzoek heropent, wijst u dat toe aan mij en aan de schrijver,' eiste Gahalowood.

'Ik kan een burger niet toestaan om onderzoek te doen...'

'Dat heeft u er anders niet van weerhouden mij te gebruiken om te ontdekken waar die anonieme brief vandaan kwam,' zei ik verontwaardigd.

'Oké, maak de klus dan maar af, Marcus. Laat maar zien dat je je plek in het veld verdient. Laat maar zien dat je het verdient dat ik voor jou mijn goede naam op het spel zet wanneer de vakbonden zich afvragen waarom ik een schrijver met sterallures toestemming heb gegeven zich met een strafrechtelijk onderzoek te bemoeien. Breng me dat bewijs, Marcus. Ik wil niet dat jij dat doet, Perry; ik wil niet dat jij overal in Mount Pleasant met je politiepenning gaat lopen zwaaien om vragen te stellen en dat iedereen het daarover heeft. De mensen zijn niet gek. Als ik ook maar iets hoor, als de politie van Mount Pleasant me belt om te klagen dat een van mijn mensen onderzoek doet, sluit ik het dossier voorgoed.'

'En hoe kom ik in Mount Pleasant terecht?' vroeg ik. 'Toevallig?'

Lansdane dacht even na en zei toen: 'Er is vast een goede boekwinkel in Mount Pleasant. Organiseer daar een signeersessie. En wie weet, heb je wel zin een paar dagen in dat charmante stadje door te brengen.'

'En dan?' Ik begreep nog niet waar hij naartoe wilde.

'Het kan zijn dat iemand je vertelt over een bijzonder nare kwestie uit 1999. En dan heb jij plotseling een idee voor een nieuw boek. Niemand zal iets vermoeden.'

Een week later arriveerde ik, zoals Lansdane me had aangeraden, in Mount Pleasant voor een signeersessie bij de plaatselijke boekhandel. Ik was van plan een paar dagen in het stadje door te brengen.

HOOFDSTUK 11
Signeren

Mount Pleasant, New Hampshire
Donderdag 8 juli 2010

Gahalowood had me op het verblijf voorbereid alsof het een commandoactie betrof. Hij had me op de hoogte gebracht van alle details van het onderzoek van destijds. Volgens hem zou ik dankzij mijn optreden in de boekhandel van Cinzia Lockart makkelijk in contact kunnen komen met de plaatselijke bevolking.

'Het enige wat je hoeft te doen, schrijver, is ervoor zorgen dat iemand over Alaska Sanders begint. Dan doe jij alsof je van niets weet en gaat op onderzoek.'

'En hoe pak ik dat aan?' had ik op sarcastische toon gevraagd. 'Moet ik de boekhandelaar vragen of die niet een smeuïg misdrijf weet waarop ik een roman kan baseren?'

'Pap een beetje aan met de mensen daar. Zeg dat Mount Pleasant je aan Aurora doet denken, en als je het dan over Nola Kellergan hebt, zal het onderwerp Alaska ongetwijfeld naar boven komen. Daarna kun je er meer openlijk naar vragen, want iemand heeft je er al op attent gemaakt.'

'Nog mensen die je me kunt aanraden?'

'Ik zou het proberen bij het tankstation waar ze heeft gewerkt. De eigenaar zal ongetwijfeld iets over haar kwijt willen.'

'En wat doe ik dan? Naar binnen lopen en zeggen: "Hallo, ik wil graag een volle tank, een kop koffie en wat informatie over Alaska Sanders"?'

'Gebruik je fantasie, Goldman. Dat is je werk, toch?'

Hij had makkelijk praten.

Onderweg naar Mount Pleasant vroeg ik me af hoe ik in vredesnaam aan dat onweerlegbare bewijs van de onschuld van Walter Carrey en Eric Donovan moest komen. Ik was bijna op mijn plaats van bestemming toen ik werd gebeld door mijn uitgever Roy Barnaski.

'Hallo, Roy?'

'Goldman, ik hoorde via via dat je morgen een signeersessie hebt in een boekhandel in New Hampshire?'

'Dat klopt.'

'Wat bezielt jou om hartje zomer je boeken te gaan signeren in een of ander godvergeten gat? Als je een tournee wilt, pakken we dat groots en op landelijk niveau aan. Geen rondje langs de negorijen van Amerika!'

Ik moest het voorzichtig aanpakken met Roy: als hij ook maar iets vermoedde, zou hij onmiddellijk naar de pers stappen om goedkoop reclame te maken.

'Het is een leuke boekhandel,' zei ik.

'Er zijn duizenden leuke boekhandels, Goldman.'

'Dat is waar, maar deze heeft het moeilijk.'

'Goldman, een boekhandel heeft het per definitie moeilijk. Ik heb het gevoel dat er een addertje onder het gras zit... Wat vertel je me niet?'

'Niets, ik zweer het je.'

Op dat moment klonk er een sirene achter me. In de achteruitkijkspiegel zag ik een politiewagen met zwaailicht naderen. 'Ik moet ophangen, Roy.'

'Wat is er aan de hand?'

'Politie.'

'Jij bent echt een ramp, Goldman.'

Mocht u ooit naar Mount Pleasant gaan dan zult u merken dat het laatste stuk van Route 21, aan de rand van het stadje, een lange rechte weg is die uitnodigt tot te hard rijden. Gehoorzaam aan het bevel van de surveillancewagen stopte ik aan de kant van de weg. De politieauto kwam achter mij tot stilstand en er stapte een jonge vrouw uit. In de spiegel zag ik haar aan komen lopen: ze was heel mooi, met een figuur dat prachtig uitkwam in het zwarte uniform en een zonnebril op haar neus. Ze was zo te zien van mijn leeftijd.

'Rijbewijs en autopapieren, alstublieft.'

Ik gaf haar de gevraagde documenten. Ze was aardig en autoritair tegelijk.

'Marcus Goldman,' las ze van mijn rijbewijs.

'Dat ben ik,' beaamde ik met een glimlach.

'Komt u uit New York?'

'Ja, met een omweg via Concord.'

'Wat doet u in New York?'

'Daar woon ik.'

'Dat vermoedde ik al, ja. Ik wilde weten wat uw beroep is.'

'Mijn beroep?' herhaalde ik.

'Ja, uw werk. Uw vak. Wat u voor de kost doet.'

'Ik ben schrijver.'

Ze vertrok geen spier. 'Schrijver van wat?'

'Romans.'

Ze haalde haar schouders op. 'Dan bent u vast niet echt bekend.'

'Een beetje.'

'Ik heb in elk geval nog nooit van u gehoord. En van die boeken kunt u zo'n auto betalen?'

Ik glimlachte weer. 'Nee, die heb ik betaald van de drugshandel.'

Ik merkte dat ze een beetje ontspande. Ze haalde een notitieboekje uit haar zak en schreef iets op.

'Wat brengt u naar Mount Pleasant, meneer Goldman de schrijver?'

'Ik signeer morgen mijn boeken bij boekhandel Lockart. Kom ook even langs.'

'Wie weet,' zei ze, terwijl ze me een papiertje gaf.

'Is dat uw telefoonnummer?' vroeg ik.

'Het is een bekeuring van honderdvijftig dollar voor te hard rijden. Rij voorzichtig.'

Ze stapte weer in haar auto en vertrok. Ondanks de honderdvijftig dollar die het me had gekost hield ik een aangenaam gevoel aan onze ontmoeting over. Snel las ik haar naam onder aan de bon, naast haar registratienummer: L. Donovan.

Op dat moment was ik nog zo druk bezig met mijn geflirt dat ik het verband niet zag. Dat drong een uur later in mijn hotelkamer tot me door.

Ik had mijn intrek genomen in een aangenaam hotel in Mount Pleasant, gelegen aan een plein met veel bloemen en groen. In de ruime, comfortabele kamer stond een bureau met uitzicht op het raam. Daaraan installeerde ik me om het dossier van de zaak Alaska Sanders te bestuderen dat ik van Gahalowood had gekregen. Terwijl ik daarmee bezig was, kwam de naam van de agente plotseling weer bij me boven: L. Donovan. Zou ze familie zijn van Eric Donovan?

Dat wilde ik onmiddellijk natrekken. Ik zette mijn computer aan en maakte verbinding met internet. Ik zocht de website van de organisatie 'Laat Eric Donovan vrij' waarop ik een paar weken geleden tijdens mijn eerste verkenningen in de zaak Alaska Sanders was gestuit. Deze keer opende ik hem ook. Op de homepage stonden verschillende foto's. Op een daarvan herkende ik de politieagente van eerder die dag: Lauren Donovan. Ze was de zus van Eric. De foto was van recente datum, gemaakt tijdens een steunbetuiging voor Eric bij de mannengevangenis van New Hampshire. Een plek die ik helaas maar al te goed kende: Harry Quebert had er in de zomer van 2008 gevangengezeten.

De organisatie 'Laat Eric Donovan vrij' streed voor de herziening van zijn proces, in de overtuiging dat hij slachtoffer was van een gerechtelijke dwaling. De beweging was opgericht in 2000 (kort nadat Eric tot levenslang was veroordeeld) door Lauren Donovan en Patricia Widsmith, een activistisch strafrechtadvocaat. Een keer per maand organiseerden ze een bijeenkomst bij de gevangenis. Intussen kwam Lauren op alle mogelijke manieren op voor haar broer. Ik bekeek verschillende opnamen: ze sprak gloedvol en was ad rem. Het was wel duidelijk dat ik ergens een zwak plekje voor haar had en ik begon de foto's op de website uitgebreid te bestuderen, zonder te weten of ik dat nu deed in het belang van mijn onderzoek of omdat ik graag nog wat langer naar háár wilde kijken.

Een deel van de site getiteld 'zijn leven voor de gevangenis' stond bomvol foto's van Eric die waren genomen bij het vissen, in de winkel van zijn ouders, tijdens het trainen voor de marathon van Boston samen met Lauren, en bij het vieren van zijn negenentwintigste verjaardag met zijn ouders, een paar maanden voor zijn arrestatie.

Rond lunchtijd liep ik de hoofdstraat in. Mount Pleasant had wel iets pittoresks. De etalages van de winkels zagen er verzorgd uit en aan de lantaarnpalen hingen nog de linten en vaandels ter ere van Independence Day. Ik ging een hapje eten bij een cafeetje dat naast het redactiebureau van de plaatselijke krant, de *Mount Pleasant Star*, bleek te liggen. Een betere plaats om meer te weten te komen over de gebeurtenissen van 1999 was nauwelijks denkbaar. Na het eten liep ik er naar binnen. De jonge man achter de receptie keek me strak aan en zei: 'U bent Goldman, toch?'

'Ja,' antwoordde ik, gevleid dat ik blijkbaar overal in Amerika werd herkend.

'U hebt hetzelfde overhemd aan als op de foto. Daar moet u op letten, straks denken ze nog dat u nooit iets anders aantrekt.'

Zijn blik ging naar de poster op de deur waarop mijn bezoek aan de plaatselijke boekhandel werd aangekondigd.

'Mijn moeder werkt in de boekwinkel,' verduidelijkte hij. 'Ze vindt u geweldig. Zelf ken ik u niet.'

'Het is nooit te laat om een goed boek te ontdekken,' zei ik.

'Mijn moeder zei dat het een beetje detectiveachtig was. Die bullshit lees ik niet.'

'Dank. Altijd fijn een complimentje te krijgen.'

'Maar let wel op dat overhemd. Trek morgen iets anders aan, zeg maar.'

Ik knikte om een einde te maken aan dit onzinnige gesprek. De jonge man vroeg wat hij voor mij kon doen.

'Ik wil graag toegang tot het archief van de krant,' zei ik.

'Abonnee?'

'Nee.'

'Is alleen voor abonnees.'

'Doe mij dan maar een abonnement, alsjeblieft.'

'Dat is dan vierhonderd dollar voor een jaar.'

Ik pakte mijn creditcard en betaalde het gevraagde bedrag.

'Zo,' zei ik. 'Mag ik dan nu naar het archief?'

'Daarvoor heb ik uw abonnementsbewijs nodig dat u over twee dagen wordt toegestuurd.'

'Maar ik heb net een abonnement afgesloten.'

'Zonder dat bewijs kan ik niets voor u doen. Tenzij dat biljet van honderd dollar dat ik in uw portemonnee zag zitten mijn kant op komt natuurlijk.'

Ik probeerde nog even met hem in discussie te gaan maar ging al snel overstag. Ik gaf hem zijn geld en een paar minuten later zat ik in het archief. Aangezien alles gedigitaliseerd was, kon ik dankzij het zoekprogramma makkelijk alle artikelen vinden waarin Alaska Sanders, Walter Carrey of Eric Donovan werden genoemd. Nadat ik die had geprint nam ik ze mee naar mijn hotel om ze te lezen.

Bij mijn vertrek vergat ik iets te doen, wat nadelig voor me zou uitpakken: ik wiste mijn zoekgeschiedenis niet. Zodra ik weg was, kon de receptiejongen – al weet ik natuurlijk niet zeker of hij het was – moeiteloos zien waarmee ik bezig was geweest. De reden van mijn aanwezigheid in Mount Pleasant zou niet lang verborgen blijven.

Diezelfde dag reed ik, het advies van Gahalowood indachtig, naar het benzinestation aan Route 21, zogenaamd om te tanken. In de bijbehorende winkel werd ik begroet door een man van in de zestig en ik begreep al snel dat dit Lewis Jacob, de eigenaar was.

'Goedemiddag, meneer,' zei hij op vriendelijke toon.

'Pomp nummer twee alstublieft,' zei ik terug.

Een tankstation binnenwandelen om onopvallend iets te weten te komen over een jonge vrouw die elf jaar geleden is omgekomen had wel iets van een koorddansact.

'Anders nog iets?' vroeg hij.

Het liefst had ik gezegd 'alles wat u over Alaska Sanders weet' maar in plaats daarvan pakte ik een handvol van de candybars die bij de kassa lagen. Lewis Jacob deed ze in een plastic tasje en zei: 'Dat wordt dan vijfentachtig dollar en twintig cent.'

Ik gaf hem mijn creditcard. Zijn gezicht lichtte op toen hij mijn naam zag. 'U bent de schrijver Goldman. Ik dacht al dat ik u herkende. Ik was van plan morgen naar de boekwinkel te komen om mijn boeken te laten signeren.'

Dat was de kans waarop ik had gewacht. 'Als u ze hier hebt liggen kan ik dat ook nu doen.'

'Vindt u dat niet vervelend? Ze liggen achter.'

Hij nam me mee achter de schermen van zijn winkel, naar een kleine ruimte die als kantoor dienstdeed.

'Kijk, daar zijn ze.' Hij gebaarde naar mijn boeken die op tafel lagen. 'Ik wilde zeker weten dat ik ze niet zou vergeten.'

Nadat ik in elk exemplaar een vriendelijk woord had geschreven, keek ik even om me heen en zag een foto van een jongere Lewis Jacob in gezelschap van een jonge blonde vrouw: Alaska Sanders. Bingo!

'Is dat uw dochter?' vroeg ik onschuldig, gebarend naar de foto.

'Nee, ik heb geen kinderen. Dat was een meisje dat hier werkte. Een geweldige meid.'

'Was?'

'Ze is jaren geleden overleden.'

'Wat verdrietig. Zo erg voor u. Auto-ongeluk?'

'Vermoord. Vermoord door twee ellendelingen uit de buurt. De een is dood, de ander zit voor de rest van zijn leven in de bak. Ik mag het niet zeggen, maar mocht hij er ooit nog uit komen, dan krijgt hij met mij te maken. Alaska – zo heette ze – was echt een fantastische vrouw. Onvoorstelbaar aardig. En moet je kijken hoe mooi ze was! Ze hebben haar gewurgd aan de oever van een meer, midden in de nacht. Toen een hardloopster haar dode lichaam zag liggen, was een beer zich erop aan het uitleven. Nou ja, laat ik u niet vervelen met mijn nare, oude verhalen. U hebt vast wel iets beters te doen.'

'Ik heb alle tijd. Mijn eerstvolgende afspraak is morgen om vier uur bij de boekwinkel.'

'Koffie?'

'Nou graag.'

—

9 oktober 1998

De eerste keer dat hij haar zag, regende het pijpenstelen. Het was pas ochtend, maar een zwaar wolkendek had Mount Pleasant en omstreken in een soort schemerduister gehuld.

Ze duwde de deur van de winkel open, maar durfde niet echt binnen te komen.

'Dag jongedame,' begroette Lewis Jacob haar in de veronderstelling dat ze een klant was.

'Ik kom voor de baan... Eric Donovan is een vriend van me, hij zei dat u iemand zocht. Hier ben ik dan.'

Die laatste woorden werden gevolgd door een verbijsterende glimlach.

'Ik ben Lewis Jacob, de eigenaar.'

'Alaska Sanders, uw toekomstige medewerkster?'

Lewis Jacob viel als een blok voor de charmes van de beeldschone jonge vrouw. Het sollicitatiegesprek was niet meer dan een gezellig babbeltje: ze kwam uit Salem, in Massachusetts, en was net ingetrokken bij haar vriend in Mount Pleasant.

'Wie is je vriend?' vroeg Lewis Jacob. 'Ik ken hem vast, zo groot is het stadje niet.'

'Hij heet Walter Carrey, hij runt samen met zijn ouders de winkel in jacht- en hengelsportartikelen.'

'De familie Carrey, natuurlijk. Heb je al eerder bij een tankstation gewerkt?'

'Laat ik beginnen met u te vertellen dat ik heel gemotiveerd ben, meneer Jacob. En heel ijverig.'

'Je hebt totaal geen ervaring, hè?'

Ze keek hem smekend aan. 'Ik heb op mijn zestiende een zomer in een ijswinkel gewerkt.'

Lewis Jacob besloot haar een kans te geven. Hij had echt hulp nodig en de weinige kandidaten die langs waren gekomen hadden hem niet overtuigd. Hij voelde dat Alaska goed voor de klanten zou zorgen. En inderdaad werd ze al snel door iedereen in het hart gesloten. Met de vaste klanten maakte Alaska bij de kassa altijd een praatje om te vragen hoe het ging, met hun familie, met de kinderen van wie ze de namen had onthouden, en 'is dat probleem met die leidingen waardoor u niet kon slapen al opgelost?' Ze was altijd goedgehumeurd. En die glimlach... Lewis Jacob moest er vaak aan denken. 's Avonds in bed, terwijl zijn vrouw naast hem al sliep, lag hij lang naar het plafond te staren. In het donker verscheen dan het glimlachende gezicht waarop hij zo gesteld was geraakt.

Maar Lewis Jacob zou er al snel achter komen dat die stralende glimlach slechts een façade was waarachter een diep verdriet schuilging.

~

'Ze had een deuk opgelopen,' vertrouwde Lewis Jacob me na zijn laatste slok koffie toe.

'Een deuk?'

'Een geheim, iets waaronder ze gebukt ging. Ze heeft me nooit verteld wat het was, maar toen ik op een avond opmerkte dat ze zo treurig keek, zei ze alleen maar: "Dat komt door wat er in Salem is gebeurd." Ik heb nooit geweten waarover ze het had. Maar weet u, je zou een boek over haar kunnen schrijven.'

We werden onderbroken door een belletje. Er was een klant binnengekomen. Lewis Jacob stond op.

'Ik moet het in mijn eentje doen op dit moment,' zei hij, terwijl hij het kantoortje uit liep om zijn plaats achter de kassa weer in te nemen. 'Alleen op zaterdag heb ik hulp. Het zijn zware tijden.'

Ons gesprek was afgelopen. Ik vertrok en ik wilde net weer in mijn auto stappen toen Lewis Jacob aan kwam rennen. 'Meneer Goldman!'

Ik dacht even dat hem nog iets over Alaska te binnen was geschoten. Maar hij had een plastic tas in zijn hand. 'U was uw candybars vergeten.'

~

Vrijdag 9 juli was de dag van mijn signeersessie in de boekhandel van Mount Pleasant. De lezers waren in groten getale komen opdagen en gedurende de drie uur dat ik daar zat, stond er steeds een lange rij tot op het trottoir van de hoofdstraat.

Om zeven uur was ik klaar. Een tikje duf kwam ik de winkel uit. De lucht voelde zacht aan, het was een aangename zomeravond. Ik wilde al in de richting van mijn hotel lopen toen een vrouwenstem me vroeg: 'Zou je nog een laatste exemplaar willen signeren?'

Ik draaide me om: het was Lauren Donovan. In haar ene hand had ze *De G van Goldstein* en in de andere *De waarheid over de zaak Harry Quebert.*

'Ik kon niet eerder komen,' verklaarde ze. 'Mijn dienst is net afgelopen.'

'Ik dacht dat je me niet kende.'

'Ik heb ze gisteren gekocht, nadat ik je was tegengekomen. Ik ben in de eerste begonnen, die is niet verkeerd.'

'Alleen maar niet verkeerd?'

'Het is niet verkeerd niet verkeerd te zijn.'

'Jij bent niet verkeerd.'

Ze moest lachen. 'Je bent echt een sukkel, Marcus, maar ik mag je wel.'

Ik liet me op een bankje zakken en haalde een pen uit mijn zak. 'Wat is je voornaam?' vroeg ik om niet te laten merken dat ik informatie over haar had gezocht.

'Lauren.'

Ik schreef iets in allebei de boeken. Nadat ik ze aan haar had teruggegeven, wierp ze een geamuseerde blik op het schutblad waarop ik had geschreven:

Voor Lauren,
van een sukkel.
M.G.

Ze schonk me een glimlach die ze volgens mij nog half onderdrukte. Haar ogen glinsterden.

'Kun je me een restaurant aanbevelen?' vroeg ik. 'Ik rammel.'

'Luini,' antwoordde ze onmiddellijk. 'Een uitstekende Italiaan. Mijn lievelingsrestaurant.'

'Dank je, Lauren. Tot ziens.'

Ik draaide me om alsof ik naar dat restaurant wilde lopen, terwijl ik geen idee had waar ik dat moest zoeken.

'Het is de andere kant op,' zei ze vrolijk.

Ik draaide me weer om.

'Ze zitten trouwens vol,' voegde ze er nog aan toe. 'Je krijgt echt geen tafeltje meer, maar ik wel.'

'Omdat je van de politie bent?'

'Nee, omdat ik gereserveerd heb.'

'We zouden een tafel kunnen delen,' opperde ik, 'als jij dat goedvindt. Ik beloof je dat je niet met me hoeft te praten.'

Ze zond me een schalkse blik. 'Dat lijkt me een eerbaar voorstel.'

Tijdens mijn reizen en tournees heb ik de kans en het geluk gehad heel wat Italiaanse restaurants te bezoeken. Luini in Mount Pleasant behoort in mijn ogen tot de beste, samen met Il Salumaio di Montenapoleone in Milaan. Alleen al voor de locatie zou je een omweg door New Hampshire maken. Het zit in een rustige straat, op de begane grond van een industrieel gebouw waarin vroeger een drukkerij gehuisvest was. En het heeft een geweldig binnenplein, met schitterende hortensia's en een enorme lindeboom met zoetgeurende bloesem. Een fontein maakt het decor af. Kaarsen zorgen voor de romantische touch.

'Met wie zou je hier eigenlijk gaan eten?' vroeg ik aan Lauren, nadat we door een gastvrouw naar een tafel naast de fontein waren gebracht.

'In elk geval niet met jou. Ooit kwam ik hier vaak met mijn broer.'

'Kon hij vanavond niet?' vroeg ik op gemaakt onschuldige toon.

'Mijn broer is... Het ligt nogal ingewikkeld met mijn broer. Het komt erop neer dat ik hier iedere vrijdagavond eet, als ik tenminste geen dienst heb.'

'Alleen?'

'Met mezelf zou ik willen zeggen. Dat is niet hetzelfde.'

Ik aarzelde of ik verder moest vragen over haar broer en moest proberen haar aan het praten te krijgen, maar ze leek er nog niet aan toe zich bloot te geven en ik wilde haar niet overhaasten. We bestelden wijn en hadden het al snel over luchtiger zaken. Wat we graag lazen, naar welke films en series we het liefst keken. Het was een aangename, zorgeloze avond. We flirtten in bedekte termen.

Toen we klaar waren met eten bleven we nog lang zitten. Het was een warme avond. Met het aantal glazen wijn werd de sfeer vertrouwelijker.

'Wat heeft jou ertoe gebracht schrijver te worden?' vroeg Lauren.

'Mijn neven.'

'Hoezo?'

'Vanwege wat hun is overkomen,' antwoordde ik kort en bondig. 'En jij? Wat heeft jou ertoe gebracht bij de politie te gaan?'

'Mijn broer.'

'Hoe dat zo?'

'Lang verhaal.'

Ze nam een slok wijn en ineens viel mijn oog op het horloge dat ze om haar pols had: een duur horloge van een Zwitsers merk met een gouden kast en een band van groen krokodillenleer. 'Mooi horloge,' zei ik.

'Het was van mijn broer. Nou ja, eigenlijk is het nog steeds van mijn broer.'

'Is je broer dood?'

'Hij zit in de gevangenis,' vertelde ze me uiteindelijk. 'Al elf jaar. Ik heb niet zoveel zin daarover te praten. Zullen we een ijsje gaan eten?'

Het was duidelijk dat het onderwerp taboe was. Ik moest haar vertrouwen zien te winnen. Ik vond haar heel leuk, ik voelde ook respect voor haar; ik vond het dan ook niet fijn dat ik niet volkomen eerlijk tegen haar kon zijn. Maar hoe moest ik dit uitleggen? Hoe moest ik al die onwaarschijnlijke toevalligheden verklaren: Helen Gahalowood, de anonieme brief, Nicholas Kazinsky, mijn niet-officiële onderzoek, het bewijs dat ik nodig had om te bewerkstelligen dat Lansdane het onderzoek naar de moord op Alaska Sanders zou heropenen? Waarmee wellicht de onschuld van haar broer zou worden bewezen...

Ik koos ervoor niets te zeggen. We gingen een ijsje halen op de hoofdstraat bij Deer Cup Ice Cream. Om één uur namen we afscheid, na het uitwisselen van onze telefoonnummers en een meer dan vriendschappelijke omhelzing.

Ik liep terug naar mijn hotel, dat heel dichtbij was. Toen ik de deur van mijn kamer opendeed, zag ik op tafel een doosje staan waarop iemand met de hand mijn naam had geschreven. Bij het zien van het handschrift voelde ik mijn hart sneller gaan kloppen. Dit kon niet waar zijn.

Ik maakte het doosje open en trof daarin een beeldje van een meeuw aan dat leek op het beeldje dat ik in een la van het oude bureau van Harry op de universiteit van Burrows had zien liggen. Er zat een briefje bij.

GA VOORAL NIET LESGEVEN AAN BURROWS.

Ik was verbijsterd: Harry was hier geweest. Hoe kon hij dit nu weten? Ik liep naar het raam en meende op straat een silhouet te zien.

Ik stormde de kamer weer uit en rende holderdebolder de trap af in een poging hem in te halen.

In de winter van 2008, een paar maanden voor de zaak Harry Quebert en ongeveer twee jaar voor de gebeurtenissen waarover dit boek verhaalt, werd ik geplaagd door een angstaanjagend writer's block. In de hoop mijn inspiratie terug te vinden bracht ik een paar weken bij Harry Quebert door.

HOOFDSTUK 12

Bij Harry Quebert

Aurora, New Hampshire
29 februari 2008

Ik was inmiddels negentien dagen bij Harry in zijn indrukwekkende huis aan de oceaan. Negentien dagen waarin ik had geprobeerd de basis te leggen voor mijn nieuwe roman, maar geen letter op papier had gekregen. Ik was contractueel verplicht mijn manuscript eind juni in te leveren; mijn uitgever, Roy Barnaski, dreigde met een rechtszaak als ik daaraan niet zou voldoen.

Het grootste deel van mijn tijd bracht ik door in de werkkamer van Harry op de begane grond van het huis. Die ochtend staarde ik wanhopig naar de blanco bladzijden voor me. Toch hadden de omstandigheden om te schrijven niet beter kunnen zijn: op de achtergrond zong Callas 'Casta Diva', terwijl aan de andere kant van het raam de sneeuw zacht en rustgevend naar beneden dwarrelde.

In een poging zo weinig mogelijk geluid te maken kwam Harry op zijn tenen de kamer in lopen om een dampende kop koffie en een muffin voor me neer te zetten.

'Doe geen moeite,' zei ik terneergeslagen. 'Ik zit hier helemaal niks te doen.'

Op opgeruimde toon riep hij uit: 'Eet zo'n lekkere muffin, ze komen net uit de oven. Je weet niet wat je proeft.'

'Ik weet sowieso niets meer,' verklaarde ik.

'O, Marcus, in godsnaam, doe niet zo dramatisch. Vandaag is een dag van hoop.'

'O ja?'

'Het is 29 februari. Dat is zo'n zeldzame dag dat we bijna niet meer weten wanneer die op de kalender staat. Eigenlijk is het een dag die niet bestaat. Een mooie dag om de zinnen een beetje te verzetten. Zullen we gaan langlaufen? Daar knap je vast van op.'

'Nee, dank je.'

'Zullen we dan wat filmklassiekers gaan kijken? Goed voor de inspiratie. We steken de haard aan en we drinken een paar koppen koffie met een stevige scheut whisky erin.'

'En daarna? Zoenen?'

Hij barstte in lachen uit. 'Marcus, je bent echt niet te genieten. Ga dan in elk geval even mee naar het strand, je hoofd een beetje laten doorwaaien.'

Warm ingepakt in onze dikke jassen liepen we langs het water. Het was ijskoud, maar dat voelde niet onaangenaam. De sneeuw kwam inmiddels in dikke vlokken naar beneden. Het was eb en op de plaatsen waar het water zich had teruggetrokken hadden zich zwermen krijsende meeuwen verzameld. Harry had het blik met de tekst SOUVENIR UIT ROCKLAND, MAINE meegenomen. Daarin bewaarde hij oud brood voor de vogels dat hij nu onder het lopen over het natte zand uitstrooide.

'Waarom voer je toch altijd die meeuwen?' vroeg ik.

'Dat heb ik ooit beloofd. Je moet je aan je beloften houden. Eigenlijk hou ik helemaal niet van meeuwen. Ze zijn luidruchtig en lui. Ze stropen afvalbakken en vuilstortplaatsen af of gaan achter vissersboten aan om vis te pikken. De meeuw is een vogel die moeilijkheden uit de weg gaat. Dat doet me aan iemand denken.'

'Heb je het nu over mij?' vroeg ik een tikje beledigd.

'Nee, over mij. Maar dat kun je niet begrijpen. Nog niet.'

Op dat moment snapte ik inderdaad niet wat hij bedoelde. En ik kon onmogelijk vermoeden wat ik een paar maanden later zou ontdekken.

Even liepen we zwijgend naast elkaar. Toen vroeg Harry plotseling:

'Weet je, Marcus, ik ben heel blij je een tijdje in huis te hebben, maar waarom ben je naar Aurora gekomen?'

'Ik hoopte hier inspiratie te vinden,' antwoordde ik alsof dat de duidelijkste zaak van de wereld was.

'Dacht je dat er bij mij ergens een toverdoos stond?'

'Ik dacht dat ik hier zou kunnen schrijven. Dat de verandering van omgeving zou helpen.'

'Maar je hebt in Aurora nog nooit echt geschreven. Waarom ben je niet teruggegaan naar de plaats waar je *De G van Goldstein* hebt geschreven?'

'Bij mijn ouders? Dat heb ik geprobeerd, maar dat was niets. Ik werd gek van mijn moeder.'

'Ik denk dat je hierheen bent gekomen, Marcus, in de hoop iets in de schoot geworpen te krijgen. In wezen heb je je gedragen als een meeuw. Maar je moet een trekvogel zijn.'

'Want...'

'Trekvogels volgen hun instinct. Ze ondergaan geen dingen, ze lopen op de zaken vooruit.'

'Sorry, Harry, maar ik weet niet of ik je nog kan volgen.'

'Vind je eigen wereld, Marcus. Vind een schrijfplek die bij jou past. Niet meer bij je ouders, want je bent een grote jongen. Ook niet bij mij, want je bent inmiddels een volwassen schrijver. Je bent niet meer de jonge Marcus, je bent Goldman, een succesvol schrijver. Omarm je succes door jezelf te omarmen, als je uit dat writer's block wilt komen.'

Een paar dagen na dit gesprek legde Harry een pakketje in cadeaupapier op mijn bureau.

'Wat is dat?' vroeg ik.

'Maak maar open. Er stonden een paar kramen op de parkeerplaats van de supermarkt. Ik zag dit toevallig en moest aan jou denken. Voor de dagen dat je twijfelt.'

In het pakketje zat een beeldje van een meeuw.

'We hebben allemaal een meeuw in ons, die neiging je er lui en gemakkelijk van af te maken. Geef daar vooral nooit aan toe, Marcus. Het merendeel van de mensen heeft een kuddementaliteit, maar jij bent anders. Omdat je schrijver bent. En schrijvers zijn unieke wezens. Vergeet dat nooit.'

Het beveiligingssysteem van mijn hotel was behoorlijk verouderd, maar de beelden van de camera bij de receptie lieten weinig twijfel over de identiteit van degene die een pakje voor me had afgegeven: Harry Quebert.

HOOFDSTUK 13
Eerste sporen

Mount Pleasant, New Hampshire
Zaterdag 10 juli 2010

Ik belde onmiddellijk Gahalowood om hem op de hoogte te brengen.

'Harry Quebert?' zei hij. 'Onmogelijk.'

Zijn stellige reactie verbaasde me. 'Waarom?' vroeg ik.

Na een korte aarzeling antwoordde hij: 'Ik was ervan overtuigd dat hij zelfmoord had gepleegd.'

'Zelfmoord? Dat zou hij nooit doen. Dan ken je hem niet.'

'Blijkbaar. Weet je zeker dat hij het is?'

Ik keek naar het screenshot dat de receptionist van het hotel voor me had geprint. De afdrukkwaliteit was slecht en hij droeg een pet, maar ik zou zijn gezicht uit duizenden hebben herkend.

'Heel zeker. Hij was hier om halfvijf, toen ik midden in die signeersessie zat, Dat kan geen toeval zijn.'

'Inderdaad. Als hij wist dat je in Mount Pleasant was, wist hij ook wanneer je in die boekhandel zou zijn. Wat zat er in het pakje dat hij heeft achtergelaten?'

'Een beeldje van een meeuw.'

'Nog meer van dat meeuwengedoe? Wat is dat? Een soort code tussen jullie?'

'Harry zei dat ik me niet als een meeuw moest gedragen. Dit is duidelijk een teken. Alsof hij me wil waarschuwen...'

'Waarschuwen waarvoor?'

Ik aarzelde. Ik had Gahalowood nog niet verteld over mijn recente afspraak met de universiteit van Burrows en ik had absoluut geen zin daar nu over te beginnen.

'Ik zou het niet weten, sergeant,' antwoordde ik uiteindelijk. 'Kun jij niet een onderzoekje naar hem doen?'

'Dat heb je me vorig jaar ook al gevraagd, schrijver, en je weet wat daar uit is gekomen: nergens bekend. Geen adres, creditcard of telefoonnummer te vinden. Hij stond op geen enkele passagierslijst van geen enkele luchthaven in het land. Een spook, zeg maar.'

Een spook. Zo kon je het wel noemen. Er viel een stilte.

Bij het voelen van mijn vertwijfeling voegde Gahalowood er nog aan toe: 'Ik zal het maandag op het hoofdbureau nog een keer natrekken. Misschien is er intussen nieuws.'

'Bedankt, sergeant.'

'Vertel me liever hoe het er bij jou voor staat, schrijver, na achtenveertig uur in Mount Pleasant.'

'Ik heb met Lewis Jacob, de man van het tankstation, gepraat. Het lijkt erop dat er iets is gebeurd in Salem, de stad waar Alaska vandaan kwam. Ik weet niet wat.'

'Het is een begin. We moeten sowieso naar Salem om met de ouders van Alaska te praten. Nog iets anders?'

'Ik heb Lauren Donovan, de zus van Eric Donovan, ontmoet. Ze is politieagente in Mount Pleasant.'

'Is ze bij de politie gegaan? Destijds studeerde ze biologie.'

'De veroordeling van haar broer heeft haar leven een andere wending gegeven. Ze heeft een organisatie opgericht die herziening van het proces eist. Ze lijken behoorlijk actief. Veel meer weet ik er niet van, ze is vrij gesloten.'

'Je moet haar echt aan het praten zien te krijgen. Ze heeft vast al veel aanwijzingen verzameld die voor ons ook nuttig kunnen zijn.'

'En hoe zou ik dat moeten doen zonder te verraden waarmee wij bezig zijn?'

'Je laat gewoon je gebruikelijke praatjes op haar los,' zei Gahalowood.

'Mijn gebruikelijke praatjes?' herhaalde ik verontwaardigd. 'Ik ben geen praatjesmaker, sergeant.'

'Je bent schrijver, dat komt op hetzelfde neer. Je hoeft alleen maar te zeggen dat je haar broer op internet hebt opgezocht en dat je toen haar organisatie tegenkwam; dat het je interesseert en dat je haar wilt helpen.'

'Ik heb je broer op internet opgezocht.' Twee uur na mijn gesprek met Gahalowood ging ik lunchen met Lauren. We hadden afgesproken bij Season. Zodra we op het terras zaten, gooide ik het eruit.

Over de menukaart die ze aan het bestuderen was keek ze me verbluft aan. 'Wát heb je gedaan?'

'Vat het vooral niet verkeerd op, maar ik was geïntrigeerd door wat je me gisteravond vertelde, dat je vanwege je broer bij de politie was gegaan. Ik kwam terecht op de website van de organisatie die je hebt opgericht. Geen diepgaand onderzoek of zo: je foto stond op de homepage.'

Haar gezicht betrok. 'Dat had je niet moeten doen...'

'Het spijt me. Het was niet kwaad bedoeld. Het was gewoon interesse in jou.'

Ze haalde haar schouders op. 'Nou ja, die site is openbaar. En hier weet iedereen het. Mijn broer wordt beschuldigd van medeplichtigheid aan de moord op een vrouw van tweeëntwintig. Dat was in 1999. Sindsdien zit hij in de gevangenis. Ik weet dat hij onschuldig is. Eric zou nog geen vlieg kwaad doen. Iedereen die hem kent is ervan overtuigd dat er sprake is van een gerechtelijke dwaling.'

'Waarom is hij dan gearresteerd?'

'Alaska, het slachtoffer, had een relatie met een goede vriend van mijn broer, een gast die Walter Carrey heette, die de moord heeft bekend en mijn broer erbij heeft betrokken. Nadat hij dat had gedaan heeft Walter het wapen van een politieman te pakken gekregen en zelfmoord gepleegd. Onmiddellijk daarna is mijn broer opgepakt. Hij heeft ongelooflijke pech gehad. Een van de zogenaamd overduidelijke bewijzen die de politie op de plaats delict had gevonden was een trui die hij aan Walter had uitgeleend die onder het bloed van het slachtoffer zat.'

'Maar als je broer onschuldig is waarom heeft hij dan schuld bekend?'

Onderzoekend keek Lauren me aan. 'Hoe weet je dat? Dat staat niet op onze website.'

'Dat heb ik ergens op internet gelezen,' loog ik met een zelfverzekerdheid die korte metten maakte met haar twijfels.

'Daar is hij toe gedwongen,' verklaarde Lauren. 'Sorry als ik een beetje stug overkom, maar het is een heel gevoelig onderwerp.'

Nu was het goed afgelopen, maar ik wist dat het uiteindelijk een keer moest misgaan. Daar kon je op wachten. 'We hoeven er niet over te praten,' zei ik.

'Nee, het is oké,' zei ze. 'Eigenlijk vind ik het wel prettig het erover te hebben.'

Tegen beter weten in vroeg ik verder: 'Waarom zeg je dat je broer tot een bekentenis gedwongen is?'

~

Concord, New Hampshire
Januari 2002

Het donkere silhouet van de staatsgevangenis voor mannen van New Hampshire werd gegeseld door een ijzige regen. Het was een troosteloze middag. Alles leek voor altijd uitgedoofd.

In een slecht verwarmde en vochtige bezoekruimte was Lauren Donovan getuige van een gespannen gesprek tussen haar broer Eric en zijn advocaat Patricia Widsmith, een jonge maar vastberaden strafpleiter. Ze was pas dertig, maar Lauren had het gevoel dat ze tot het uiterste zou gaan voor Eric. Ze werkte uit overtuiging en vroeg ook slechts een symbolische vergoeding, in de wetenschap dat de familie Donovan niet bepaald zwom in het geld.

Het proces van Eric zou over achtenveertig uur beginnen en de advocate maakte zich zichtbaar zorgen. Tot dan toe had ze Eric gesteund in zijn besluit schuld te ontkennen ten aanzien van de moord op Alaska Sanders, maar ze leek op het punt te staan van mening te veranderen. De inzet was aanzienlijk: als Eric schuld ontkende, zou hij worden blootgesteld aan een proces met onbekende afloop dat hem ook de doodstraf zou kunnen opleveren. Als hij schuld bekende daarentegen, zou hij daaraan in elk geval ontsnappen dankzij een afspraak met het Openbaar Ministerie.

‘Hoe bedoel je: als we het op een proces laten aankomen?’ vroeg Eric met gesmoorde stem. ‘Wil je nu ineens dat ik schuld beken? Wat bezielt je?’

‘Ik wil helemaal niets,’ zei Patricia met zachte stem. ‘We hebben nog achtenveertig uur tot het proces en ik vind het belangrijk dat je precies weet wat je te wachten staat. Daarom heb ik Lauren ook gevraagd erbij te zijn. We hebben nog tijd om na te denken. Zodra het proces eenmaal begonnen is, kunnen we niet meer terug. Zoals je weet hebben ze rechter Mike Peters met de zaak belast. Ik heb informatie ingewonnen en hij is vóór de doodstraf. Als de jury je schuldig acht, zal hij je ongetwijfeld ter dood veroordelen.’

‘Maar ik ben verdomme onschuldig!’ riep Eric getergd uit. ‘Zelfs jij verdenkt me nu al?’

‘Geen seconde, Eric. Maar ik zou een waardeloze advocaat zijn als ik mijn twijfels niet met je deelde. We hebben het over je leven! Over achtenveertig uur sta ik voor een jury die van de officier van justitie te horen krijgt dat jouw DNA is aangetroffen op een trui die onder het bloed van het slachtoffer zat, dat een aan haar gerichte dreigbrief uit jouw printer komt en dat je geen alibi hebt voor de nacht van de moord. Ik zal er alles aan doen je te verdedigen, Eric. Maar ik probeer al drie jaar met alles wat ik in me heb die bewijzen te ontkrachten en nu, achtenveertig uur voor het proces, heb ik niet voldoende in handen om je recht in de ogen te kijken en te zeggen dat ik je vrijspraak kan garanderen. Als je niet wordt vrijgesproken, betekent dat dat je schuldig wordt bevonden aan de moord op Alaska Sanders. Dan kun je de doodstraf niet meer ontlopen.’

‘We gaan in beroep!’ protesteerde Eric.

‘Uiteraard gaan we in beroep,’ zei Patricia. ‘Maar in New Hampshire is de wet heel duidelijk: de executie moet plaatsvinden binnen een jaar na veroordeling. Erg veel tijd om er iets aan te doen hebben we dus niet. En ik moet je nog een belangrijk detail vertellen. De wet bepaalt dat terdoodveroordeelden worden geëxecuteerd met een dodelijke injectie, tenzij dat niet kan. Welnu, New Hampshire heeft geen injectieruimte, en trouwens ook niet het benodigde materiaal.’

‘Dan wordt het dus de elektrische stoel?’ wist Lauren met moeite uit te brengen.

Patricia Widsmith wachtte heel even en zei toen: 'New Hampshire heeft geen elektrische stoel. Het wordt ophanging. Eric wordt opgehangen in deze gevangenis.'

'Wat?' riep Lauren ontzet uit. 'Dat kan niet! Er worden geen mensen meer opgehangen.'

'Er worden wel ergere dingen gedaan,' bromde Patricia.

Eric vertrok geen spier. Lauren barstte in tranen uit.

Lange tijd zei niemand iets. Op de achtergrond waren de weinig geruststellende geluiden van de gevangenis hoorbaar. Uiteindelijk vroeg Eric op sombere toon: 'En als we het voorstel van de officier van justitie accepteren?'

'Volgens de wetten van New Hampshire krijgt de dader van een halsmisdaad als de doodstraf niet wordt uitgesproken levenslang zonder mogelijkheid tot vrijlating. Dat is dus wat het Openbaar Ministerie in jouw geval zal eisen.'

'Hoe denk jij erover?' vroeg Eric aan Patricia.

'Eric,' kwam Lauren tussenbeide, 'je bent toch niet van plan schuld te bekennen? Je bent onschuldig, je gaat je goede naam toch niet op het spel zetten?'

'Lauren, ben jij erbij de dag dat ik word opgehangen?' viel Eric naar haar uit. 'Heb jij het lef toe te kijken terwijl ik aan een touw hang dood te gaan?'

Eric leek koud en hard. Lauren huilde.

'Eric,' vervolgde Patricia, 'wat je ook besluit, ik sta pal naast je. Ik zal je met hart en ziel verdedigen. Ik weet dat je onschuldig bent, daar ben ik tot in al mijn vezels van overtuigd. Ik zou hier niet zijn als dat niet zo was. Maar ergens denk ik dat je door schuld te bekennen ons de tijd kunt geven de bewijzen van je onschuld te vinden. Ik heb goede hoop dat dat gaat lukken. Maar wat heeft het voor zin je onschuld te bewijzen wanneer je al geëxecuteerd bent? Dan ben je alleen nog maar de zoveelste naam in de discussie over de doodstraf. Ik wil dat je vrijkomt. Daarvoor heb ik alleen een beetje tijd nodig. En jij bent de enige die me die tijd kan geven.'

~

'En daarom heeft Eric dus schuld bekend,' zei Lauren. 'Het was zijn enige kans aan de dood te ontsnappen en later alsnog onschuldig te worden verklaard. Hij heeft het voorstel van de officier van justitie geaccepteerd, er is geen proces geweest. Maar hij heeft het duur moeten bekopen met levenslang zonder mogelijkheid van strafvermindering. En al die tijd zijn Patricia en ik dus al bezig hem de gevangenis weer uit te krijgen. We hebben "Laat Eric Donovan vrij" opgericht om de zaak bij het grote publiek voor het voetlicht te brengen. En we doen vooral ook ons eigen onderzoek.'

'En hoever zijn jullie daarmee?' vroeg ik.

'We hebben dingetjes. Sporen. Maar na elf jaar onderzoek nog niets concreets wat tot heropening van het proces zou kunnen leiden. Het is om gek van te worden. Er zijn dagen dat ik er niet meer in geloof.'

'Na de veroordeling van je broer heb je dus besloten bij de politie te gaan?'

'Ja, om te proberen het systeem van binnenuit te hervormen. Om ware gerechtigheid te dienen en niet een parodie daarop waardoor onschuldigen in de gevangenis belanden. Maar ik dacht ook vooral: wie zou er nu beter kunnen ontdekken wat er die avond in april 1999 is gebeurd dan een politieagent in het stadje waar de moord is gepleegd?'

De zon weerkaatste op de wijzerplaat van haar horloge en veroorzaakte een lichtflits. Alsof het horloge wilde laten zien dat het er nog was. Ze wierp er een weemoedige blik op.

'Na de veroordeling van Eric heb ik gezworen me daar nooit bij neer te leggen. Hem nooit te laten vallen. Tijdens een van mijn bezoeken aan de gevangenis vertelde Eric me dat hij zich zorgen maakte over onze ouders. Hij wist dat de hele zaak zijn weerslag had gehad op de winkel, dat klanten wegbleven. Ik stelde hem gerust: "Dat gaat wel weer over, Eric, maak je daar maar niet druk om." Maar dat deed hij wel. "En het honorarium van Patricia? Hoe doen ze dat?" "Ze werkt gratis, dat doet haar advocatenkantoor soms. Het gaat allemaal goed, echt, geloof me maar." Toen vertelde hij me over het horloge dat hij onder een losse plank van de vloer in zijn slaapkamer bewaarde. Het was een bijzonder waardevol horloge, dat hij had verstopt om te zorgen dat het niet gestolen werd. Hij had het drie maanden voor zijn arrestatie gekocht voor een goede prijs met de bedoeling het door te verkopen met een mooie winst. Die dag heeft Eric me gevraagd dat horloge, waaraan hij nu niets meer had, te verkopen om met de opbrengst mijn ouders te helpen. Hij weet het niet, maar dat heb ik niet gedaan. Dan zou ik namelijk hebben geaccepteerd dat hij nooit meer uit de gevangenis zou komen. In plaats daarvan ben ik het horloge gaan dragen. Ik draag het totdat ik het aan hem kan teruggeven op de dag van zijn vrijlating. Het herinnert me aan de strijd die ik voer.'

'Een beetje alsof je ketenen om je pols draagt,' zei ik.

Dat vond Lauren geen fijne opmerking, waarschijnlijk omdat ik gelijk had.

'Waarom interesseert dit je zo, Marcus?'

'Twee jaar geleden deed ik een soortgelijk onderzoek. Een heel goede vriend van mij was gearresteerd voor moord. Alles wees in zijn richting. Het is me gelukt zijn onschuld te bewijzen en hem uit de gevangenis te krijgen.'

'Dat wist ik niet.'

'Dat is waar mijn boek *De waarheid over de zaak Harry Quebert* over gaat.'

'Ik moet dat boek echt lezen.'

Ze kon niet nalaten gelijk even op haar telefoon te kijken wat het internet te melden had over die zaak. Ze was zichtbaar onder de indruk van wat ze vond.

'Dat is bizar,' zei ze. 'Natuurlijk heb ik destijds het nieuws over de arrestatie van Harry Quebert gevolgd, zoals iedereen. Ik kende hem van naam, dat beruchte boek van hem heb ik nooit gelezen. Maar ik wist niet dat jij achter dat hele onderzoek zat. Je bent dus van de ene op de andere dag naar New Hampshire vertrokken om te proberen zijn onschuld te bewijzen?'

'Zo is het inderdaad gegaan. Op een ochtend in juni, toen ik het nieuws had gehoord, ben ik in mijn auto gestapt en New York uit gereden, wat iedereen daar ook van vond. Mijn uitgever, mijn agent, mijn familie... allemaal hebben ze geprobeerd het me uit mijn hoofd te praten...'

'Maar jij was er niet van af te brengen.'

'Ik wist dat Harry onschuldig was. Daar was ik absoluut van overtuigd. Hij had dat meisje nooit kunnen doden. Sommige dingen weet je gewoon. Je begrijpt wel wat ik bedoel.'

'Dat begrijp ik heel goed. Zo is het ook al elf jaar met mijn broer.'

Ik denk dat mijn verhaal over de zaak Harry Quebert Lauren uiteindelijk het gevoel gaf dat ik haar zou kunnen helpen met haar missie. Na de lunch stelde ze voor bij haar thuis nog een kop koffie te drinken zodat ze me kon laten zien wat ze tot nu toe bij elkaar had gesprokkeld om de onschuld van haar broer te bewijzen.

~

Lauren woonde in een leuk huis, opgetrokken uit rode baksteen. Het was een traditioneel ontwerp met een open veranda waar het op zomeravonden goed toeven zou zijn in comfortabele stoelen, met uitzicht op de rustige straat. Het huis werd omringd door een kleine maar schitterend verzorgde tuin.

We gingen naar de keuken. Nadat ze een verchroomd Italiaans apparaat twee kopjes espresso had laten produceren ging ze tegenover me aan het marmeren werkblad zitten. Uit een la haalde ze een kartonnen map: het dossier van de zaak Alaska Sanders. Ik zag helemaal voor me hoe ze daarin urenlang onvermoeibaar steeds weer hetzelfde zat te lezen.

En inderdaad bekende ze: 'Elke dag weer zit ik dit allemaal uit te pluizen. Tevergeefs. Ik weet zo onderhand niet eens meer wat ik zoek. Ik begin de hoop een beetje te verliezen.'

'Mag ik eens kijken?' vroeg ik.

'Uiteraard.'

Ik spreidde de papieren voor me uit. Als eerste begon ik over de trui.

'Die trui was inderdaad van mijn broer,' vertelde Lauren. 'Maar zoals ik eerder al zei, had hij hem na het vliegvissen uitgeleend aan Walter Carrey.'

'Ze waren heel goede vrienden, toch?'

'Van jongs af aan.'

Ze schoof wat met de papieren en ik zag een foto van een printer.

'En dat?' vroeg ik. 'Is dat de printer waarover je het had?'

'Ja. Alaska had dreigbrieven ontvangen, waarvan er ook een op haar dode lichaam is aangetroffen. De brieven vertoonden allemaal dezelfde printafwijking, waardoor de deskundigen van de politie onomstotelijk hebben kunnen vaststellen dat ze uit de printer van mijn broer kwamen.'

'Wat had je broer daartegen in te brengen?'

'Mijn broer woonde bij mijn ouders. Hij was net weer terug in Mount Pleasant na een verblijf van een paar jaar in Salem. Iedereen die toegang had tot het huis van mijn ouders had ook toegang tot de kamer van mijn broer en zijn printer. Maar belangrijker nog, een tijdje voor de moord op Alaska had Walter gevraagd of hij de printer van Eric mocht gebruiken omdat de zijne kapot was.'

'Walter heeft Alaska vermoord en geprobeerd Eric ervoor te laten opdraaien?'

Lauren trok een zuinig gezicht. 'Dat is de theorie die Erics advocate aanhangt...'

'Jij lijkt er niet in te geloven?'

Bij wijze van antwoord haalde Lauren nog een foto uit het dossier. Daarop stond een groepje jonge vrouwen dat het heel gezellig leek te hebben in een bar. Er was ook een man in beeld. Ik herkende hem onmiddellijk uit het politiedossier: het was Walter Carrey.

'Wie is dat?' vroeg ik zo argeloos mogelijk.

'Dat is Walter Carrey,' zei Lauren. 'Deze foto is genomen op de avond van de moord op Alaska Sanders in National Anthem, een café hier in de stad.'

'En?' vroeg ik.

'Deze foto bewijst dat Walter Carrey onschuldig is.'

'Hoe dat zo?'

'De avond van de moord waren Eric, Walter en ik samen in dit café. Eric en ik zijn om elf uur vertrokken, Walter is gebleven. Alaska is die nacht tussen een en twee uur vermoord. Walter heeft altijd beweerd dat hij op het tijdstip van de moord in het café was, maar dat kon niemand met zekerheid bevestigen. Deze foto is zijn alibi. Kijk maar eens goed naar het scherm achter de bar.'

Ze pakte een loep uit de la en gaf die aan mij. Op de voorgrond van de foto het groepje meisjes dat tegen de bar geleund stond. Op de achtergrond, boven een rij flessen sterkedrank, een gigantisch scherm. Te oordelen naar het beeld werd daarop een doorlopende nieuwszender vertoond. Met de loep kon ik vaststellen dat op dat moment het weerbericht voor het weekend te zien was. Zoals gebruikelijk op dit soort zenders kwamen onder in beeld korte berichten langs, met daarnaast de tijd van uitzending: 22:43 PT.

'De foto is om dertien over halfelf genomen,' constateerde ik. 'Royaal voor het tijdstip van de moord dus.'

'22:43 PT staat er,' corrigeerde Lauren, 'oftewel Pacific Time, de tijd aan de westkust. Hier was het drie uur later...'

'Dertien over halftwee,' riep ik uit.

'Precies,' beaamde Lauren. 'Op het moment dat Alaska werd vermoord was Walter Carrey nog in het café.'

Ik was verbijsterd. 'Hoe ben je aan die foto gekomen?'

'Ik heb hem kort na de arrestatie van mijn broer gevonden, toen ik zijn advocaat probeerde te helpen met zoeken naar bewijzen van zijn onschuld. De eigenaar van National Anthem had de gewoonte foto's te maken om op zijn website te zetten als reclame voor de sfeer in zijn café. En die avond leende zich daar goed voor. Ik wilde de avond reconstrueren en heb de eigenaar gevraagd of ik alle foto's mocht zien die hij die avond had genomen. Het waren er een heleboel. Ik heb ze stuk voor stuk bekeken tot ik deze tegenkwam.'

Ik moest moeite doen om mijn opwinding te onderdrukken: dit was het bewijs dat Gahalowood en ik nodig hadden om het onderzoek officieel te laten heropenen.

'Heb je het met iemand over deze foto gehad?' vroeg ik.

'Behalve met Patricia Widsmith niet, nee.'

'Waarom niet? Daarmee had Walter Carrey gerehabiliteerd kunnen worden.'

'Omdat mijn broer er dan alleen nog maar slechter voor zou hebben gestaan.'

Ik had zo mijn twijfels.

Dat ontging Lauren niet. 'Wat denk jij, Marcus?' vroeg ze.

'Dat je op het verkeerde spoor zit.'

'Hoezo?'

'Jij wilt koste wat het kost de onschuld van je broer bewijzen, maar je blijft duidelijk in een kringetje ronddraaien. Om Eric van alle blaam te zuiveren moet je de hele zaak oplossen. Je moet erachter komen wie Alaska Sanders echt heeft vermoord. Het lijkt erop dat je broer en Walter Carrey dat geen van beiden hebben gedaan. Wie dan wel?'

Lange tijd keek Lauren me aan, recht in mijn ogen. 'Marcus,' zei ze toen, 'ik ken je niet, maar om de een of andere reden vertrouw ik je. Voor het eerst in elf jaar voel ik me plotseling niet meer zo alleen. Denk je dat je me kunt helpen?'

Zondag aan het eind van de ochtend kwam Gahalowood me opzoeken in het hotel. Om geen last te hebben van eventuele nieuwsgierige oren bleven we in mijn kamer. Hij keek zorgelijk. Ik vroeg of dat met de zaak te maken had, hij antwoordde dat het vooral met het leven te maken had. Zoals gewoonlijk draaide hij eromheen.

HOOFDSTUK 14
Lauren

Mount Pleasant, New Hampshire
Zondag 11 juli 2010

Gahalowood schonk een kop koffie in en ging op een stoel zitten. Ik nam ook koffie en installeerde me op de rand van het bed.

'Weet je, schrijver, in mijn kantoor op het hoofdbureau van politie is een kast die ik bijna nooit opendoe. Hij werd met name door Vance gebruikt. Hij bewaarde er al zijn rotzooi in. En godsamme, wat had die man veel rotzooi. Je kent me en je weet dat ik eerder overdreven netjes ben. Hij was echt het tegenovergestelde. Hij verzamelde allerlei rommel. Volkomen nutteloze dingen die hij niet weg kon doen. 'Je weet maar nooit,' zei hij. En dan zei ik: 'Zolang ik het niet zie, heb ik er geen last van.'

~

16 april 1999

Gahalowood zat in zijn kantoor voor zich uit te staren. Tegenover hem de tafel van Vance met de gebruikelijke puinzooi: documenten, aantekeningen, pennen waarvan het grootste deel het niet meer deed. Hij miste zijn partner vreselijk. Hij was nu tien dagen dood. Elke ochtend bij het wakker worden leek het verdriet weer helemaal vers. Gahalowood kon zich er niet bij neerleggen. Hele dagen zat hij naar het bureau van Vance te staren. Hij zag hem zitten, een pen pakken, tot de ontdekking komen dat die leeg was, en hem weer neerleggen om een volgende te proberen. En nog een. 'Het pennenkerkhof' noemde Gahalowood het. Hij wist dat hij moest opruimen, de spullen van Vance weghalen. Dat had Lansdane hem gevraagd. Maar hij had de moed niet.

Zijn overpeinzingen werden onderbroken door een klop op de deur. Kazinsky kwam binnen, een dikke envelop in zijn hand. 'Dit is binnengekomen voor Vance,' zei hij.

Gahalowood maakte de envelop open: het was het verslag van de brandweerinspecteur over de brand in het appartement van Walter Carrey. De conclusie van zijn onderzoek was dat de brand was aangestoken; het vuur was op drie verschillende plaatsen begonnen. Er was een versneller gebruikt, waarschijnlijk benzine. Er zaten ook foto's bij. Daarop waren de door vlammen verwoeste kamers te zien, en vooral de slaapkamer waarin met grote letters op de muur geklad stond: ONTROUWE HOER.

'Die gast was echt geschift,' zei Kazinsky op verontwaardigde toon. 'Wil je dat ik dit aan het dossier Alaska Sanders toevoeg?'

'Dat heeft geen zin meer,' antwoordde Gahalowood. 'Het dossier is gesloten.'

'Zal ik het dan maar naar de politie van Mount Pleasant sturen, die de brand heeft afgehandeld? Als jij een begeleidend briefje schrijft, zorg ik dat het de deur uitgaat.'

Gahalowood, die totaal geen zin had om na te denken of papierwerk te doen, verzocht zijn collega: 'Weet je, Kazinsky, doe mij een lol. Haal het bureau van Vance leeg en stop alle zooi in een doos, inclusief die envelop. Flikker die doos dan maar in zijn kast. Ik wil er niets meer van zien.'

~

'Vance had geen directe familie,' verklaarde Gahalowood, 'maar ik dacht dat er ooit wel iemand zou komen om zijn spullen op te halen.

Een broer, een neef. Er is nooit iemand gekomen en met de kast is nooit iets gebeurd. Heel af en toe nam ik me voor hem leeg te halen, maar daar zag ik altijd onmiddellijk weer van af, uit vrees op herinneringen te stuiten. Ik hou niet van herinneringen, schrijver. Die leiden alleen maar tot nostalgische gedachten. En je weet hoe weinig geduld ik heb met nostalgie. Jij bent niet de enige die geplaagd wordt door spoken.'

'Waarom vertel je me dit allemaal, sergeant?'

'Omdat ons gesprek van gisteren me maar niet losliet. Ik heb me de hele dag zitten afvragen wat er in Salem gebeurd zou kunnen zijn. En hoe meer ik daarover nadacht, hoe meer ik me realiseerde dat Vance en ik ons onderzoek volledig op Mount Pleasant hadden geconcentreerd zonder ook maar enige aandacht voor Salem. Dat zat me zo dwars dat ik naar het hoofdkwartier ben gegaan en de kast van Vance heb opengetrokken. De doos waarin Kazinsky zijn spullen had gestopt had ik al snel gevonden. Daarin trof ik zijn pennen, een restaurantrekening, een stomerijbon, het rapport van de brandweerinspecteur, maar vooral dit.'

Hij haalde twee velletjes papier uit zijn zak. Kopietjes. De een van handgeschreven aantekeningen van Vance, de ander van een artikel.

Te midden van allerlei aantekeningen had Vance in hoofdletters geschreven:

WAAROM IS ALASKA NAAR MOUNT PLEASANT GEKOMEN?

Het artikel was van september 1998. Het kwam uit *Salem News*, dé krant van Salem en omstreken. De kop luidde kort en bondig: ALASKA SANDERS VERKOZEN TOT MISS NEW ENGLAND.

Ik vroeg aan Gahalowood: 'Wisten jullie dat Alaska aan schoonheidswedstrijden had meegedaan?'

'Natuurlijk wisten we dat. Dit artikel hebben we trouwens van Donna Sanders, de moeder van Alaska, gekregen. Maar kijk eens naar de datum: september 1998. Alaska wint een belangrijke schoonheidswedstrijd en vlak daarna gaat ze ervandoor naar Mount Pleasant. Dat is vreemd, toch? Ik besef nu dat we de vraag destijds verkeerd om hebben gesteld. De vraag is niet waarom Alaska naar Mount Pleasant is gekomen, maar waarom ze uit Salem is vertrokken.'

Dat was een heel goede vraag.

'We moeten naar Salem,' zei ik.

'Dat was ik wel van plan, ja,' verzekerde Gahalowood me. 'En jij? Nog verder gekomen met de zus van Donovan?'

'Ja, ik denk dat we het concrete bewijs hebben dat Lansdane ertoe zal dwingen het onderzoek te heropenen: Lauren Donovan heeft een foto in haar bezit die Walter Carrey vrijpleit.'

Het gezicht van Gahalowood lichtte op. 'En dat vertel je me nu pas? Zeg dat je een kopie van die foto hebt, schrijver.'

Ik stak mijn telefoon in de lucht. 'Toen ze even niet keek, heb ik een foto gemaakt. De kwaliteit is niet super.'

Ik liet Gahalowood het scherm van mijn telefoon zien. Hij herkende onmiddellijk Walter Carrey aan de rand van het beeld.

'Deze foto is genomen in National Anthem op het moment dat Alaska werd vermoord,' vertelde ik. 'Op het scherm op de achtergrond zie je hoe laat het is: dertien over halftwee oostkusttijd.'

'Nondeju!' riep Perry uit. 'We hebben ons bewijs. Stuur het naar me toe, dan sta ik er morgenvroeg mee bij Lansdane. Je weet dat het pijn aan mijn lippen doet jou een complimentje te maken, maar je bent echt verrekte goed.'

'Beloof me dat je behoedzaam te werk gaat, sergeant. Ik wil mijn relatie met Lauren niet op het spel zetten. Ze mag niet weten hoe en waarom het onderzoek wordt heropend. Anders zou ze me nooit meer vertrouwen.'

'Je vindt haar echt heel leuk?'

'Misschien.'

Op dat moment werd er op de deur geklopt. Gelijk daarna zei een vrouwenstem: 'Marcus, ik ben het, Lauren.'

Ik verstijfde, de sergeant ook.

'Wat komt zij hier doen?' fluisterde Gahalowood.

'Ik heb geen idee,' fluisterde ik terug.

'Ik weet niet of ze erg blij zal zijn mij hier te zien. Ik denk niet dat ze heel goede herinneringen bewaart aan onze ontmoeting elf jaar geleden.'

'Verstop je dan,' siste ik hem toe.

Hij haastte zich naar de badkamer.

'Niet in de badkamer,' zei ik op zachte maar dringende toon.

'Waarom niet?'

'Als ze nu nodig moet?'

Verbijsterd keek hij me aan. 'Jij spoort echt niet, schrijver. Dat meisje is hoteldebotel van je, ze deelt haar geheimpjes met je. Geloof me, ze komt echt niet naar jouw hotelkamer om gebruik te maken van het toilet.'

Weer geklop. En de stem van Lauren door de deur: 'Marcus? Ben je daar?'

'Ik kom eraan.'

Toen ik de deur opendeed, stond Lauren daar met in haar hand *De waarheid over de zaak Harry Quebert.* Zonder me te groeten zei ze: 'Ken jij Perry Gahalowood?'

Ik hoorde aan haar toon dat 'ja' geen goed antwoord was. Dus koos ik voor optie twee: 'Nee.'

'Hoezo nee? Je hebt een hele zomer samen met hem aan een onderzoek gewerkt. Ik heb je boek gelezen. Ik ben er gisteren aan begonnen nadat jij was vertrokken en ik heb het vannacht uitgelezen.'

Ik probeerde het met een grapje: 'Je vond het niks en nu wil je je geld terug, is dat het?'

'Ik meen het, Marcus. Hoe is je relatie met Gahalowood?'

'Slecht. We hebben elkaar kort ontmoet in het kader van het onderzoek, maar het is nu niet alsof ik bij hem en zijn vrouw en kinderen over de vloer kwam of zo.'

'In je boek schrijf je iets heel anders!'

'Het is een roman, Lauren. En het is het werk van een schrijver de werkelijkheid een beetje mooier te maken om de lezers te plezieren.'

'Gelukkig maar... Je bent toch geen boek aan het schrijven over mijn broer, hè?'

'Nee, natuurlijk niet. Hoe kom je erbij? Tot dit weekend wist ik helemaal niets over deze zaak.'

Ze leek opgelucht. 'Wat was je nu aan het doen?'

'Niets... Niets bijzonders,' antwoordde ik.

'Zin om samen met mij een ritje te maken? Ik wil de oceaan wel even zien.'

'Heel graag.'

Ik liet Perry in de badkamer achter en vertrok met Lauren. We stapten in mijn auto en reden in de richting van de Atlantische kust. We gingen de grens met Maine over en kwamen anderhalf uur later in Kennebunkport aan. Nadat we een rondje door het oude centrum hadden gelopen gingen we lunchen. En daarna nam Lauren me mee naar een strand waar ze graag kwam. Het was eb en we zwierven op blote voeten tussen de rotsen en de poeltjes vol krabben, grote garnalen en zeesterren door. Lauren reageerde enthousiast op iedere nieuwe ontdekking. Ik dacht eerst dat het de bioloog in haar was die de kop opstak, maar in werkelijkheid was het een deel van haar jeugd dat bovenkwam.

'Kom je hier vaak?' vroeg ik, terwijl ze trots een enorme krab liet zien.

Ze liet hem eerst weer in het water zakken en antwoordde toen: 'Ik kwam hier altijd met mijn ouders en mijn broer. Bijna elk weekend. Dit is de plek waar mijn liefde voor biologie is ontstaan. Wie had ooit kunnen denken dat ik bij de politie zou eindigen.'

Er viel een stilte. Ze staarde naar de horizon en zei toen: 'Als je het goedvindt, Marcus, wil ik die hele zaak voor vandaag verder laten rusten. Ik wil graag gewoon even alleen met jou zijn. Zonder spoken.'

'Dat vind ik prima.'

De middag liep ten einde toen we Kennebunkport verlieten om terug te gaan naar Mount Pleasant. De julizon fonkelde en zette het prachtige landschap van landelijk New Hampshire in een betoverende gloed. Toen we bij het stadje aankwamen, zei Lauren alleen maar: 'Laten we even bij mijn ouders langsgaan.' Ik stemde ermee in alsof het de normaalste zaak van de wereld was.

Janet en Mark Donovan, de ouders van Lauren, woonden in een leuk huis dat helemaal bij hen paste: eenvoudig, bescheiden, degelijk. Toen we er aankwamen, was Mark in zijn garage aan het klussen en was Janet in de tuin aan het werk. Ze keek op van het bloembed en schonk me in eerste instantie een behoedzame blik. Het volgende moment herkende ze me en brak er een glimlach op haar gezicht door. 'U bent in het echt nog knapper dan op televisie, meneer Goldman.'

De Donovans waren aardige mensen. We dronken thee op hun terras, een aangenaam moment. Op een gegeven ogenblik trokken Lauren en haar vader zich even terug – Mark wilde zijn dochter iets vragen over administratieve zaken die hem boven de pet gingen – en vertrouwde Janet me toe: 'Fijn dat u er bent, meneer Goldman. Lauren neemt niet vaak iemand mee.'

'Zeg alstublieft Marcus, mevrouw Donovan.'

'Zeg jij dan Janet.'

Ik schonk haar een glimlach.

Ze vervolgde: 'Is er iets tussen Lauren en jou?'

'Nee, maar ik mag je dochter erg graag. Ze is echt geweldig. En wat een persoonlijkheid!'

'Ze is inderdaad geweldig. Maar ik zou willen dat ze meer aan zichzelf zou denken en minder aan haar broer. Het lijkt soms alsof ze zich ergens schuldig over voelt. Ik neem aan dat ze het met jou over Eric heeft gehad?'

'Ja.'

'Lauren is zijn kleine zusje, maar ze heeft altijd de behoefte gehad hem te beschermen. Hij was altijd ook wel een beetje een goedzak die met zich liet sollen, terwijl zij volkomen het tegenovergestelde was. Op de middelbare school werd Eric een keer onder handen genomen door een stel potige jongens. Lauren schoot hem te hulp en bezorgde een van hen een gebroken neus. Ze werd voor twee weken geschorst. Mag ik eerlijk tegen je zijn, Marcus? Ik denk dat Eric nooit meer uit de gevangenis komt. Lauren moet haar leven leven. Ik zou willen dat ze voor haar eigen bestwil naar een plaats ver van New Hampshire verhuisde. Dat ze haar leven weer kan oppakken waar het elf jaar geleden is gestopt.'

Ik voelde me voldoende op mijn gemak bij haar om te durven vragen: 'Denk je dat Eric schuldig is?'

'Heb jij kinderen, Marcus?'

'Nee.'

'Voor een ouder blijft een kind altijd een kind. Dat soort vragen stel je jezelf nooit. Dat kunnen onze hersenen niet aan. Onvergankelijke liefde noemen we dat: een allesoverstijgende liefde die alleen kan voortkomen uit een ouder-kindrelatie.'

Na dit bezoek bracht ik Lauren naar huis. Ze nodigde me uit te blijven eten, een uitnodiging die ik maar al te graag aannam.

We kookten samen, met een glas Californische cabernet erbij. We praatten over van alles en nog wat. De gesprekstoon was luchtig. Lauren had haar masker afgezet. Haar glimlach was stralend, haar lach onweerstaanbaar.

Bij de tweede fles wijn hing er meer romantiek in de lucht. We hadden weinig aandacht voor het eten, en des te meer voor het per ongeluk aanraken van elkaars hand. Uiteindelijk zette zij de eerste stap. Ze stond op, zogenaamd om de borden af te ruimen, maar die raakte ze niet aan. Ze drukte haar lippen op de mijne, en ik beantwoordde haar kus.

Toen fluisterde ze: 'Als je wilt, kun je hier blijven slapen.'

'Heel aardig van je dat je me zo niet de deur uit zet.'

Ze lachte. 'Ik heb morgen vroege dienst. Ik zou de ochtend graag romantischer beginnen... Maar ik vind het fijn als je blijft.'

'Dan blijf ik. Ik laat sowieso geen kans voorbijgaan jou in uniform te zien.'

Ze glimlachte.

—

De volgende ochtend, maandag, was Lauren al heel vroeg haar bed uit. Nadat ik haar had horen douchen stond ik ook op. Toen ik de keuken in liep, had ze haar uniform al aan en zat ze een kop koffie te drinken. Ze schonk koffie voor mij in en gaf me een zoen. 'Ik ga de krant even pakken,' zei ze, terwijl ze de keuken uit liep. Ik nam een slok koffie. Ik voelde me goed.

Lauren verscheen weer in de deuropening. Zodra ik haar aankeek, zag ik dat ze woest was. Haar ogen schoten vuur.

'Rotzak!' schreeuwde ze. 'Mijn huis uit!'

Ik wist niet hoe ik het had. 'Lauren, wat is er in vredesnaam aan de hand?'

‘Wegwezen, Marcus. Ik wil je nooit meer zien.’

Vastberaden sleurde ze me naar de keukendeur, gooide die open, duwde me naar buiten en slingerde de krant die ze net had opgeraapt achter me aan. Ik begreep dat de verklaring voor haar gedrag in de *Mount Pleasant Star* te vinden moest zijn en vouwde de krant open. Tot mijn grote verbijstering zag ik op de voorpagina staan:

> MARCUS GOLDMAN HEROPENT ONDERZOEK ALASKA SANDERS
> De beroemde schrijver, die ooit de onschuld van Harry Quebert aantoonde, zou in Mount Pleasant zijn om onderzoek te doen naar de moord op Alaska Sanders. Dat valt in elk geval op te maken uit het bezoek dat hij onlangs bracht aan het archief van de *Mount Pleasant Star* [...]

Gahalowood was de eerste die ik op de hoogte bracht van het lek in de krant. Geïrriteerd riep hij uit: 'Je bent toch geen beginneling, schrijver? Hoe heb je zo'n fout kunnen maken?' Het was nog vroeg, het nieuws had nog geen tijd gehad de ronde te doen; Lansdane moest zo snel mogelijk worden ingeseind.

HOOFDSTUK 15
Domme onnadenkendheid

Mount Pleasant, New Hampshire
Maandag 12 juli 2010

De ware reden van mijn komst naar New Hampshire was aan het licht gekomen doordat ik bij mijn bezoek aan het archief van de *Mount Pleasant Star* vergeten was mijn zoekgeschiedenis te wissen. De receptionist was na mij gaan rondsnuffelen en was vervolgens onmiddellijk met zijn vondst naar de redactie gestapt. Hoe had ik zo slordig kunnen zijn? Ik was er kapot van. Op aanraden van Gahalowood ging ik terug naar Concord. Ik wilde sowieso zo snel mogelijk weg uit Mount Pleasant. Ik dacht aan Lauren, en aan haar ouders. Vooral aan haar moeder, die me haar vertrouwen had geschonken.

De zon klom langzaam hoger aan de horizon, terwijl ik in de richting van de hoofdstad van New Hampshire reed. Ik reed hard, er was nauwelijks verkeer, en sneller dan verwacht was ik in Concord. Toevallig kwam ik bij het verlaten van de snelweg langs de Fanny's waar Helen twee maanden eerder was overleden. Ik stopte op de parkeerplaats zonder te weten of dat was om haar te gedenken of omdat ik behoefte had aan koffie. Ik voelde me een beetje verloren.

Terwijl Amerika ontwaakte, begon het nieuws de ronde te doen onder de media, die in deze komkommertijd wel iets smeuïgs konden gebruiken. Al snel kwam het voorbij in elke nieuwsflits van die ochtend.

Mijn uitgever, Roy Barnaski, was door het dolle heen toen hij me belde. 'Deksels, Goldman!' jubelde hij. 'Al bezig met een nieuw boek! En ook nog een strafzaak. Briljant, dat is waar iedereen om vraagt. En de titel ligt voor de hand: *De zaak Alaska Sanders*. Wanneer kunnen we de verschijning tegemoetzien?'

'Er komt geen boek, Roy.'

'Bullshit, stiekeme gluiperd. Daar was je dus mee bezig toen je zogenaamd aan het signeren was.'

'Roy, ik ben er gewoon in geluisd door een of andere klootkommel die voor de plaatselijke krant werkt.'

'Je hebt je erin láten luizen,' verbeterde Roy. 'Om te zorgen dat er over je gepraat wordt. Want daar hou je zo van, narcistisch als je bent. En des te beter. Ik ga de marketingploeg bij elkaar roepen voor een conferencecall, oké? Dit is echt fantastisch!'

Ik verbrak de verbinding.

Chief Lansdane was duidelijk minder enthousiast dan Barnaski. Gahalowood en ik waren die ochtend nog maar amper in zijn kantoor of hij ontplofte zo ongeveer.

'Marcus, je bent of onnadenkend, of een enorme stommeling!'

'Misschien een beetje van allebei?' opperde Gahalowood.

'Ik ben niet in de stemming voor grapjes, Perry. Ik heb de gouverneur al aan de telefoon gehad en ik moet zo een persverklaring geven.'

'Ik ben slordig geweest,' gaf ik toe. 'Daar moet u geen boze opzet in zien.'

'O, wees gerust, Marcus, ik zie er ook geen boze opzet in, alleen maar een enorme stommiteit.'

'Het goede nieuws,' kwam Gahalowood tussenbeide, 'is dat we het bewijs hebben dat Walter Carrey onschuldig is.'

Hij liet Lansdane de foto zien die in National Anthem op het tijdstip van het misdrijf was genomen.

'Noem je dat goed nieuws?' bromde Lansdane. 'Ik noem dat serieuze stront aan de knikker.'

Ik besloot de discussie met Lansdane aan te gaan. 'Dit is het bewijs dat u wilde hebben om het dossier te heropenen, toch?'

'Die beslissing is aan mij!' bulderde hij.

'Maar vanaf het begin van deze zaak spreekt u zichzelf alleen maar tegen,' viel ik naar hem uit. 'U wilde dat ik onderzoek zou doen onder het voorwendsel dat ik met een boek bezig was: u bent op uw wenken bediend!'

'Rustig aan,' zei Gahalowood. 'Het heeft geen enkele zin ons hierover op te winden, we moeten iets doen. Chief, ik heb zo het gevoel dat deze situatie ondanks alles positief voor u kan uitpakken: we verstrekken geen enkele informatie in dit stadium, u gebruikt de schrijver als kop van Jut. U zegt dat u als gevolg van de berichten in de media er iemand van de politie op moet zetten om de boel in de gaten te houden.'

'En die iemand van de politie ben jij, neem ik aan?'

'Ja. Marcus en ik gaan in alle stilte door met ons onderzoek. Zonder ophef, dat beloof ik u. Het zal alleen maar over het boek van Marcus gaan en dat zal de tongen ongetwijfeld losmaken. Alles wordt pas openbaar gemaakt wanneer we de antwoorden op al onze vragen hebben. Zo zal het voor u allemaal een stuk makkelijker te behappen zijn.'

Lansdane keek ons aan. Zo te zien was hij nog steeds kwaad, maar hij had geen keus.

'De gouverneur dreigt dat het met me gedaan is als er eind van de maand nog geen resultaat is.'

'We doen ons uiterste best,' verzekerde Gahalowood hem.

'Anders is het ook met jou gedaan, Perry. Als het met mij gedaan is, is het met iedereen gedaan.'

Gahalowood plaatste een gevoelige voltreffer door op vlakke toon te zeggen: 'Weet u, chief, ik ben mijn vrouw al verloren. Om nu ook nog mijn werk te verliezen...'

Toen we het hoofdkwartier van de staatspolitie uit liepen, was ik in een grafstemming. Dat ontging Gahalowood niet. Nadat we in mijn auto waren gestapt, bleef ik enigszins wezenloos met mijn handen op het stuur zitten, zonder te starten.

'We hebben wel voor heter vuren gestaan, schrijver,' zei Gahalowood op troostende toon.

'Dat weet ik, sergeant.'

'Het is vooral de toestand met Lauren die je dwarszit, hè?'

'Klopt.'

'Ik vind het heel vervelend voor je, schrijver. Maar laten we het ook eens van de positieve kant bekijken: jij kunt een doorslaggevende rol spelen in het onderzoek waarmee zij al elf jaar bezig is. Ze móet wel weer contact met je opnemen.'

'We zullen zien, sergeant.'

'Oké, rijden maar. We gaan niet staan wortelschieten op de parkeerplaats.'

'Waar gaan we naartoe?'

'Het is de eerste dag van ons tweede onderzoek samen, schrijver. Dat moet gevierd. We gaan donuts en koffie halen.'

Ik glimlachte. 'Ik had niet gedacht je dat ooit te horen zeggen, sergeant.'

'Wat?'

'Dat je je verheugt op weer een onderzoek in mijn gezelschap. Als je bedenkt hoe we ooit zijn begonnen, ten tijde van de zaak Harry Quebert...'

'Sla je vooral niet te hard op de borst, schrijver. Sinds ik weduwnaar ben, hou ik gewoon niet meer zo van alleen zijn. Niemand houdt van alleen zijn als het hem wordt opgedrongen.'

'O, ik ging al bijna denken dat het een vriendschapsverklaring was.'

'Dat had je gedroomd. Hup, rijden.'

'En heb je behalve dat we ons gaan volproppen met donuts een plan van aanpak, sergeant?'

'Uiteraard. Weet je nog wat ik destijds tegen je heb gezegd, helemaal aan het begin van het onderzoek over Nola Kellergan?'

Ik kon me het advies van Gahalowood nog heel goed herinneren. 'Dat je je moet concentreren op het slachtoffer, niet op de moordenaar,' zei ik.

'Precies. We gaan naar de redactie van *Salem News*, schrijver. Het wordt tijd in het verleden van Alaska te gaan graven. En erachter te komen wat er in Salem is gebeurd.'

~

Anders dan de naam deed vermoeden zat de redactie van *Salem News* niet in Salem maar in Beverly, een aangrenzende stad. De krant was vijftien jaar geleden gefuseerd met de *Beverly Times* en deelde daarmee nu het kantoor op Dunham Road 32, op een industrieterrein.

Een slome receptioniste ontving ons met een ongeïnteresseerde blik. Maar toen we zeiden dat we in het archief van eind jaren negentig wilden zoeken keek ze ons ontsteld aan.

'Verder terug dan 2000 kan niet,' verklaarde ze. Ja, er was wel een digitaliseringsproject, maar 'ze' hadden het nooit afgemaakt.

Gahalowood liet haar de kopie zien van het artikel dat hij in het dossier van Vance had gevonden.

'We zoeken informatie over Alaska Sanders.'

Met samengeknepen ogen keek de receptioniste naar het papier. 'Dit zegt mij niets, maar ik kan Goldie roepen als u wilt. Ze is er.'

'Goldie?'

'Goldie Hawk. Ik zie dat haar naam onder het artikel staat. Ze werkt nog steeds voor de krant.'

Niet veel later kwam een elegante vrouw van rond de vijftig op ons af. Ze herkende me onmiddellijk.

'Marcus Goldman?'

Ik knikte. 'Aangenaam kennis met u te maken, mevrouw. En dit is sergeant Perry Gahalowood.'

'Uit het boek?'

'Uit het boek,' verzuchtte Gahalowood.

Alaska had de krant verschillende keren gehaald. Goldie Hawk kon ons alle artikelen laten zien die aan haar waren gewijd: ze waren van haar hand. Ze installeerde ons aan haar rommelige bureau en haalde een dikke map tevoorschijn waarin alle stukken zaten die ze ooit voor de krant had geschreven.

'Mijn moeder heeft alles nauwgezet bewaard. Toen ik vijftig werd, heeft ze me deze verzameling gegeven. Dan is dat nu tenminste nog ergens goed voor. De artikelen zijn in chronologische volgorde gerangschikt. Die over Alaska zitten ergens aan het begin.'

De eerste artikelen gingen over mini-missverkiezingen, schoonheidswedstrijden voor kinderen en jongeren.

'In die tijd was ik nog heel jong,' vertelde Goldie Hawk. 'Het was mijn eerste baan. De hoofdredacteur was een man van de oude stempel die vond dat *Salem News* voor alles een lokale krant was. We waren niet de *The New York Times,* hij wilde regionale onderwerpen: braderieën, sportevenementen en dus ook mini-missverkiezingen, die erg aansloegen. Uiteraard haalden alle andere journalisten daar hun neus voor op, maar ik ben ervoor gegaan. Met als resultaat dat ik hier vijfentwintig jaar later nog steeds zit. Dat kun je positief of negatief uitleggen.' Ze moest glimlachen om haar eigen overpeinzing. 'Nou ja, het verslaan van die verkiezingen diende ook een economisch doel, aangezien verschillende families waarvan de dochters daaraan meededen adverteerders van de krant waren.'

We vonden de artikelen die over Alaska gingen, waarvan het eerste uit 1993 stamde. Vanaf haar zestiende had ze talloze schoonheidswedstrijden gewonnen. Ik keek naar de foto's die in de loop der jaren van haar waren genomen. Ze zag er steeds stralend uit.

'En hoe zat het met Alaska zelf?' vroeg ik.

'Alaska is er pas op latere leeftijd in gerold. Een beetje per ongeluk. Omdat het goed ging, is ze ermee verdergegaan. Alaska was anders dan de andere meisjes...'

'Hoe dat zo?'

'Ze was hun in alle opzichten de baas: ze was intelligenter, volwassener, mooier. En ze was niet uit op roem. Ze had niet echt een groot ego, eigenlijk gaf ze daar niet om. Haar deelname aan die wedstrijden diende een tweeledig doel: doordringen in het filmwereldje en geld verdienen. Het prijzengeld bij die verkiezingen is niet verkeerd, ze spaarde zo een aardig appeltje voor de dorst bij elkaar. Ik weet nog dat ze het er een keer met mij over had en dat ik verbaasd was over haar volwassen benadering. "Ik laat mijn ouders het geld beheren," vertelde ze. "Ze storten tien procent op mijn privérekening en de rest op een rekening waar ik niet bij kan. Dat is de spaarpot waarmee ik te zijner tijd naar New York of Los Angeles kan vertrekken." Ik was onder de indruk van dit vastberaden meisje dat al een heel carrièreplan had. Ik was ervan overtuigd dat ik haar ooit op een filmposter zou tegenkomen. Geen moment had ik kunnen vermoeden dat ze in een gat in New Hampshire aan haar einde zou komen. Wat deed ze daar in vredesnaam?'

'Dat is een goeie vraag,' zei ik.

'U zult zien dat ik niets over de moord op haar heb geschreven. Dat heb ik aan een collega overgelaten. Ik had het gevoel dat ik haar zou bezoedelen door het over die smerige zaak te hebben.'

Het laatste artikel dat Goldie Hawk aan Alaska had gewijd was het artikel dat in het dossier van Vance had gezeten: een portret van de familie Sanders, gepubliceerd in de krant van maandag 21 september 1998. De zaterdag daarvoor had Alaska de belangrijke titel Miss New England binnengehaald.

'Dat was een belangrijke stap in haar carrière: het was haar eerste volwassen wedstrijd. Iedereen was laaiend enthousiast. Het leek me leuk een heel artikel aan haar te wijden dat verder ging dan die verkiezing. Met haar ouders gaan praten en het dagelijks leven schetsen van dit gezin waarin alles draaide om de carrière van de jonge vrouw die hopelijk ooit een groot Amerikaans actrice zou worden. We hebben ze ook met zijn drieën op de foto gezet.'

Ik boog me over de bewuste foto. Daarop stond Alaska in een witte mousseline jurk tussen haar ouders in, in de woonkamer van hun huis in de wijk Mack Park.

Twaalf jaar later zag de woonkamer van Robbie en Donna Sanders er nog precies hetzelfde uit. Dat constateerden Gahalowood en ik toen we na ons bezoek aan de redactie van *Salem News* bij hen langsgingen. Dezelfde skai bank, hetzelfde dikke tapijt, dezelfde snuisterijen op de planken. Volgens Gahalowood was zelfs het echtpaar Sanders niet veranderd.

Toen Donna Sanders de deur voor ons opendeed, zei ze alleen maar zacht: 'Het is dus waar? Jullie gaan het onderzoek heropenen?'

Voordat we het over Alaska konden hebben moesten we eerst een heel ritueel doorlopen. We werden in de woonkamer gezet, kregen koffie en moesten vooral een van Donna's versgebakken muffins nemen. Vervolgens begon Donna de inhoud van een kartonnen doos met herinneringen aan haar dochter voor ons uit te stallen: foto's, een haarborstel, concertkaartjes, een plastic armband, verschillende kitscherige diademen van schoonheidswedstrijden.

Terwijl Donna over de salontafel gebogen met haar schatten bezig was, zat Robbie met over elkaar geslagen armen op de bank.

'Daar krijgen we haar niet mee terug,' zei hij geërgerd bij het zien van de uitgestalde relikwieën. 'En met het heropenen van het dossier al helemaal niet. Waarom laten jullie ons niet gewoon met rust?'

'Maar Robbie, wil je het dan niet weten?' vroeg Donna verontwaardigd. 'Sergeant Gahalowood zegt dat de moordenaar nog vrij rondloopt.'

'Dat is maar een veronderstelling,' benadrukte Gahalowood. 'Ik vind het heel vervelend u deze beproeving nog een keer te moeten laten doormaken, maar als er ook maar enige twijfel is, moet die uit de weg worden geruimd.'

'Wat verandert dat voor ons?' vroeg Robbie Sanders op bittere toon.

'Niets. Het zal uw verdriet er helaas niet minder op kunnen maken. Maar ik vind het heel belangrijk erachter te komen wat er werkelijk is gebeurd. Vooral ook omdat er iemand misschien al elf jaar onschuldig vastzit.'

'Onschuldig met onweerlegbare bewijzen en een bekentenis!' tierde Robbie. 'Wat wilt u nu eigenlijk van ons, sergeant? Onze zegen om onze wonden weer open te halen?'

'Ik wil graag antwoorden op vragen, meneer Sanders. Vragen die ik misschien destijds al had moeten stellen.'

'Zoals?'

'Wie was Alaska echt?'

'Hoezo echt?'

'Wat waren haar dromen en verlangens, waar had ze spijt van, waar twijfelde ze aan? Ik vraag me af of ik in 1999 niet iets over het hoofd heb gezien. Ik heb net gehoord dat Alaska het destijds met haar werkgever heeft gehad over "iets wat in Salem is gebeurd". Dus vraag ik aan u, meneer en mevrouw Sanders: wat is er in Salem gebeurd dat bij uw dochter blijkbaar zijn sporen heeft nagelaten?'

Donna en Robbie Sanders keken elkaar verbijsterd aan.

'Voor zover wij weten niets,' antwoordde Donna uiteindelijk. 'Alaska was een vrolijke meid. Het leven lachte haar toe. Net als iedereen maakte ze zich weleens zorgen, maar ik kan me niet iets speciaals voor de geest halen. Misschien dat er op school iets gebeurd is? Dat zou u aan haar vrienden van destijds moeten vragen, ik kan u hun namen wel geven als u wilt. Ze was best gesloten, weet u.'

Vervolgens schetste Donna Sanders het portret van een jonge vrouw die door iedereen bewonderd werd. Alaska, hun enige kind, hun zonnestraaltje. Vrolijk, intelligent, grappig en lief. Alaska die altijd goedgehumeurd was, geprezen werd door haar leraren, geliefd was bij haar vrienden. Perfect en een perfectionist.

Als klein meisje had Alaska iedereen graag aan het lachen gemaakt. Altijd hing ze de clown uit, wat al snel was uitgelopen op oerkomische imitaties. Geen familiebijeenkomst of schoolvoorstelling sloeg ze over en ze werd alleen maar steeds beter.

'Ze was een geboren actrice,' vertelde Donna Sanders. 'Ze had waanzinnig veel talent. Voor haar twaalfde verjaardag zijn we een weekend naar New York gegaan. Ze wilde heel graag naar een stuk op Broadway. We hebben haar meegenomen naar *De koopman van Venetië*. Ik had gedacht dat ze zich stierlijk zou vervelen, maar ze vond het zo leuk dat ze zelf ook toneel wilde spelen. Ze is bij een plaatselijk toneelgezelschap gegaan en is daar tot het eind van de middelbare school gebleven. Ze had haar roeping gevonden: actrice worden. Alaska zag er ook graag leuk uit, ze was dol op shoppen. Om haar zakgeld een beetje aan te vullen was ze oppaswerk gaan doen. De kinderen liepen met haar weg, de ouders ook. Al snel had ze een aardige klantenkring. Maar toen ze een jaar of vijftien, zestien was, begon ze te veranderen, lichamelijk bedoel ik. In een paar maanden tijd onderging ze een complete metamorfose. Het fysiek onaantrekkelijke kind maakte plaats voor een jonge vrouw die met de dag mooier werd.'

~

Salem
Juni 1993

'Ik begrijp het, mevrouw Myers, geen probleem. Tot snel.' Alaska hing de hoorn weer op de haak van de telefoon in de keuken. Ze ging in kleermakerszit op het bankje zitten en liet haar hoofd op haar handen zakken, een toonbeeld van teleurstelling. Het was vrijdag, eind van de middag.

Donna Sanders kwam de keuken binnen en bij het zien van haar terneergeslagen dochter vroeg ze bezorgd: 'Wat is er aan de hand, lieverd?'

'Mevrouw Myers belde net. Ik hoef niet te komen oppassen. Haar man voelt zich niet goed, dus blijven ze thuis.'

'Kan gebeuren. Wat zit je dwars?'

'Mevrouw Myers klonk zo vreemd aan de telefoon. En het is al de derde afzegging in twee weken. Hoe kan ik nu zo mijn brood verdienen?'

Donna moest lachen.

'Weet je wat, liefie, we gaan vanavond gezellig met zijn tweetjes op stap. Naar het winkelcentrum, een beetje shoppen, een hapje eten en daarna naar de film.'

'Vindt papa dat wel goed?' vroeg Alaska. 'Laatst hoorde ik dat hij boos was over de creditcard.'

'Je vader is er vanavond niet. Het wordt een meidenuitje. En niemand die er iets van hoeft te weten.' Glimlachend pakte Donna Sanders een aardewerken pot van een plank, waaruit ze een handvol bankbiljetten haalde. 'Ik heb mijn eigen geheime reserve. Je weet toch wat ze zeggen? Als het niet op het afschrift van de creditcard staat, is het er nooit geweest.'

Het gezicht van Alaska lichtte op. Het idee van een uitje met haar moeder stond haar wel aan. Een halfuur later liepen de twee vrouwen een groot winkelcentrum in de buurt binnen. Ze deden precies wat Donna had voorgesteld: een beetje rondkijken, wat dingetjes kopen, een pizza eten bij New York Pizza en vervolgens naar de bioscoop. Ze wilden *Jurassic Park* zien, waar iedereen het over had. Terwijl ze in de rij stonden om kaartjes te kopen, stonden ze ineens oog in oog met het echtpaar Myers.

'Mevrouw Myers?' zei Alaska verbaasd. 'Bent u toch wél uitgegaan?'

Mevrouw Myers was zichtbaar in verlegenheid gebracht; haar man daarentegen leek geen idee te hebben waarover dit ging.

'Waarom zouden we níet zijn uitgegaan?' vroeg hij.

'Uw vrouw zei dat u zich niet lekker voelde,' verklaarde Alaska, die niet achterlijk was. 'Zo te zien gaat het een stuk beter met u. Fijn dat u zo snel bent opgeknapt.'

Mevrouw Myers was vuurrood.

De mensen voor hen liepen weg bij het loket en Donna Sanders besloot een einde te maken aan de gênante situatie. 'We zijn aan de beurt, Alaska. Fijne avond nog.' Ze trok haar dochter mee aan haar arm.

'Ze heeft tegen me gelogen, mam,' zei Alaska verontwaardigd.

'Ik weet het, lieverd.'

'Maar waarom doet ze dat? Ik zorg heel goed voor haar kinderen.'

'Daar twijfel ik niet aan, liefie.'

Donna Sanders wist heel goed waarom mevrouw Myers geen gebruik meer wenste te maken van de diensten van haar dochter. Zelf zag ze ook maar al te goed dat Alaska alle blikken naar zich toe trok. Waar haar dochter ook kwam, iedereen keek naar haar. Alaska was waarschijnlijk de enige die niet doorhad welke uitwerking ze op mensen – en vooral mannen – had, ook al was ze pas zestien. Mevrouw Myers, of welke andere moeder dan ook, wilde deze welgevormde jonge vrouw niet meer in de buurt van haar man hebben.

'Die arme Alaska kreeg een flinke dreun. Mevrouw Myers zorgde ervoor dat ze al haar klanten kwijtraakte. Het is een kleine gemeenschap, er wordt veel gepraat. Mevrouw Myers zei tegen haar vriendinnen dat ze niet van plan was haar man, die haar al een keer had bedrogen, met Alaska in de verleiding te brengen. En plotseling zagen al die onnozele halzen hun man als een perverseling die zich niet kon beheersen... Gezellig! Kijk uit voor Alaska, zeiden ze tegen elkaar, alsof mijn dochter een gevaarlijke vrouw was. Walgelijk vond ik het. Maar Alaska liet zich niet kisten. Die zomer vond ze, ter vervanging van het oppassen, een baantje in een ijssalon. En weer: veel klanten en veel fooien. Op een dag vroeg een van die klanten haar of ze mee wilde doen aan een mini-missverkiezing die hij organiseerde.

Hij zei dat ze grote kans op een prijs maakte. Dat ze zelfs model zou kunnen worden. Ze besloot mee te doen en toen won ze ook nog. Met duizend dollar op de koop toe. Voor Alaska was het een eyeopener. Ze werd zich bewust van haar uiterlijk. Ze deed de ene na de andere wedstrijd, en altijd had ze succes. Al snel werd ze benaderd voor reclamefoto's. Regionale dingen: een autodealer, een restaurant, een doe-het-zelfzaak. Binnen de kortste keren zag je haar overal in Salem. Ze was een plaatselijke beroemdheid. Mensen zeiden: "Hé, ben jij niet dat meisje van die reclame voor die pizzatent?" Na de middelbare school wilde ze niet naar de universiteit. Ze wilde zichzelf een kans geven door te breken als actrice. Ze verdiende haar brood met haar wedstrijden en reclames, en daarnaast liep ze allerlei castings af. Ze had zelfs een agente in New York. Het was serieus. Ze deed auditie voor rollen met opnamen die ze thuis maakte met de videocamera van mijn man. Alles wees erop dat ze haar dromen zou gaan verwezenlijken...'

Donna zweeg plotseling. Alsof ze geen woorden meer had. Ze stond op en pakte een dik ingebonden boek van de schoorsteenmantel.

'Laat toch,' zei Robbie, die zijn ergernis nauwelijks kon verhullen.

'Dan kunnen zij het ook zien,' zei zijn vrouw. 'Dan kunnen zij ook zien hoe mooi ze was.'

Ze legde het boek op de tafel voor ons en sloeg het open. Het was een door haar met zorg samengesteld album over haar dochter. Alles zat erin: gezinsfoto's, reclamefoto's voor een tuinmeubelwinkel, een pizzeria of een magazijnverkoop van banden. We zagen Alaska, springlevend en mooi.

Tussen de verzameling ingeplakte foto's zat ook een professionele foto gemaakt voor DM Agency in New York, zoals aan de bovenkant te lezen stond.

'Daar was ze zo trots op,' zei Donna Sanders. 'Moet je kijken wat een houding...'

'Wat is DM Agency?'

'Agentschap Dolores Marcado, dat was de vrouw die zich met Alaska bezighield. Ze zei dat ze enorm veel potentie had. Ze geloofde heel erg in haar. Dolores had tegen ons gezegd: "U zult zien dat uw dochter een ster wordt." Alaska heeft heel wat castings voor hoofdrollen gedaan. Ze sloot zich in haar kamer op met de videocamera. Kijk...'

'Niet de video's,' protesteerde Robbie Sanders. 'Daarvoor zijn de heren niet gekomen.'

Donna deed alsof ze de bezwaren van haar man niet hoorde en begon te prutsen met een oude videorecorder die er niet uitzag of hij het überhaupt nog deed. Op de beeldbuistelevisie die waarschijnlijk speciaal hiervoor was bewaard verscheen korrelig beeld. En kort daarna het gezicht van Alaska die de camera had aangezet. Ze glimlachte stralend, verschikte iets aan haar haar en deed een paar stappen achteruit zodat ze helemaal in beeld was. En plotseling was daar haar stem: 'Dag, ik ben Alaska Sanders, uit Salem in Massachusetts. Ik ben eenentwintig en ik doe auditie voor de rol van Anna.'

Gebiologeerd keken we toe terwijl zij haar tekst voordroeg. Het viel niet mee aan haar aantrekkingskracht te ontsnappen. Toen de band was afgelopen, vulde het scherm zich met witte sneeuw. Donna zette de televisie uit. Robbie Sanders veegde zijn tranen weg. Heel even was het geweest alsof Alaska Sanders er weer was.

'Het is elf jaar geleden dat ze is omgekomen,' zei Donna Sanders. 'Elf jaar en ik kan haar dood nog steeds niet accepteren. Ik heb nooit kunnen wennen aan het idee dat ze er niet meer is. Hoe zou ik in 's hemelsnaam vrede kunnen hebben met de gedachte dat iemand mijn dochter op een vreselijke nacht in april 1999 het leven heeft ontnomen? Haar kamer is er nog steeds, ik ben er niet aan geweest. Hij wacht op haar.'

'Niet de kamer,' smeekte Robbie haar.

Maar Donna was al onderweg naar de trap en nodigde ons uit haar te volgen. Met een ongemakkelijk gevoel liepen Gahalowood en ik achter haar aan. Ze liet ons haar spookmuseum zien, de kamer van een jonge vrouw die er nog precies zo uitzag als net op de beelden van de auditieopname van Alaska. Midden in de ruimte stond een rond bed met een heleboel roze kussens. Voor het raam een kaptafel van gelakt hout. De kledingkast was nog helemaal vol. Aan de muren hingen posters van bands uit die tijd – Goo Goo Dolls, The Smashing Pumpkins, blink-182 – waarvan de kleuren waren vervaagd onder invloed van tijd en zon. Bij de familie Sanders leek alles bevroren in 1999.

Uiteindelijk stelde ik Donna Sanders de vraag die me op de lippen brandde: 'Wat is er gebeurd waardoor Alaska in Mount Pleasant terecht is gekomen? Neem me niet kwalijk als ik een beetje bot overkom, maar als ik zo naar u luister, had de volgende fase van haar leven zich eerder moeten afspelen in New York of Los Angeles...'

'Maar u hebt helemaal gelijk, meneer Goldman,' zei Donna met een treurige glimlach.

'Wat is er gebeurd?'

'Ze kwam Walter Carrey tegen. Een loser zonder ambitie. Hij heeft haar het hoofd op hol gebracht. Hij was een mooie man, een tikje ruig, best aantrekkelijk. Hij had een rauw kantje. Een potige, ongepolijste kerel met iets duisters. Kortom, alles wat je op die leeftijd leuk vindt.'

'Wanneer heeft Alaska hem ontmoet?'

'In de zomer van 1998. In een bar die op dat moment populair was. Sinds haar eenentwintigste verjaardag ging ze regelmatig uit.'

'Weet u ook wanneer precies in die zomer van 1998 Walter en Alaska elkaar hebben leren kennen?' vroeg Gahalowood.

Donna Sanders dacht diep na. 'Dat weet ik niet meer. Juni of juli misschien... Het was in elk geval vóór de grote Miss New England-verkiezing. Die was eind september.'

'Wat was dat voor verkiezing?'

'Het was een van de meest prestigieuze wedstrijden van de regio, waarin kandidaten uit Massachusetts, Vermont, New Hampshire en Maine het tegen elkaar opnamen. Een professionele wedstrijd met een eerste prijs van vijftienduizend dollar.'

'En Alaska heeft gewonnen, toch?' vroeg ik, denkend aan het artikel uit *Salem News* dat aan de familie Sanders was gewijd.

'Precies. Haar overwinning heeft veel stof doen opwaaien, iedereen had het erover. Haar agente zei zelfs dat een regisseur uit Hollywood enthousiast over Alaska was geworden.'

'Wat is er daarna gebeurd?'

'Ongeveer een week na die wedstrijd kreeg Alaska slaande ruzie,' vertelde Donna.

'Ruzie met wie?'

'Haar vader.'

'Waarover?'

Het antwoord kwam van de overloop, van Robbie Sanders, die ons ongemerkt was gevolgd. 'Ik had marihuana in haar tas gevonden.'

Salem
Vrijdag 2 oktober 1998

Donna Sanders zou die dag dat ze was thuisgekomen van een tripje van twee dagen naar Providence, waar haar familie vandaan kwam, nooit vergeten. Ze had samen met haar zussen de verkoop moeten regelen van het huis van haar moeder, die een paar maanden daarvoor was overleden. Het was einde van de middag toen ze de oprit van het huis op reed. Een zwarte Ford Taurus stond half op de stoep geparkeerd, Walter Carrey zat achter het stuur. Hij groette haar met een vriendelijk gebaar.

'Hallo, mevrouw Sanders,' zei hij door het open raampje van zijn auto.

'Hallo, Walter. Wil je niet binnenkomen?'

'Nee, dank u. Ik ga ervandoor... Het is hommeles tussen uw man en Alaska.'

'Wat is er aan de hand?'

'Geen idee,' antwoordde hij, terwijl hij de auto in zijn achteruit zette. 'Ik zou Alaska komen ophalen voor een romantisch weekendje. Toen ik hier aankwam, stond Alaska ruzie te maken met uw man. Ze zei dat ik vast moest gaan en dat ze met haar eigen auto naar Mount Pleasant zou komen.'

Donna haastte zich naar binnen. Op de eerste etage hoorde ze geschreeuw. Ze rende de trap op. In de kamer van Alaska gingen haar dochter en Robbie tegen elkaar tekeer. Alaska stond als een gek spullen in een tas te gooien.

'Wat is hier aan de hand?' riep Donna uit.

Het werd even stil toen zij binnenkwam. Alaska zag er ontdaan uit. Donna had haar dochter nog nooit zo gezien.

'Wil je dat echt weten?' vroeg Alaska, in tranen maar met iets uitdagends in haar stem.

'Natuurlijk wil ik dat weten.'

Toen verklaarde Robbie Sanders: 'Ik heb marihuana in Alaska's spullen gevonden.'

'Papa!' schreeuwde Alaska.

'Alaska,' zei haar moeder diep teleurgesteld, 'nee, niet jij...'

'Jawel,' beet Robbie haar toe. 'Ze heeft ons vertrouwen beschaamd. Ik kan het niet geloven!'

'Alaska, je had me beloofd dat je daar nooit aan zou beginnen. Realiseer je je wel wat de gevolgen zijn? Als dit bekend wordt, kun je je titel van Miss New England kwijtraken. En je filmdromen vaarwel zeggen.'

Met nog een vernietigende blik op haar vader pakte Alaska haar tas en ging ervandoor, haar ogen glanzend van de tranen. Ze stormde de trap af, graaide haar autosleutels mee en gooide de deur achter zich dicht. Ze sprong in haar blauwe cabrio en reed weg.

Donna Sanders kwam het huis uit rennen in een poging Alaska tegen te houden. 'Wacht, liefje, wacht!'

Ze holde nog honderd meter achter de auto van haar dochter aan voordat ze het opgaf en haar alleen nog maar kon nakijken.

'Het had allemaal nog goed kunnen komen,' verzekerde Donna Sanders ons. 'Onze reactie op dat moment was natuurlijk ook een beetje overtrokken. Voor de Miss New England-verkiezing had Alaska een gedragscode ondertekend: ze had beloofd niet te drinken, niet te roken, geen drugs te gebruiken en niet naakt te poseren. Heel wat jaloerse moeders zouden haar maar al te graag door het slijk hebben gehaald als ze haar een joint hadden zien roken.'

'Het was maar een beetje wiet,' wierp ik tegen.

'Dit komt nu misschien een beetje dwaas op u over, meneer Goldman, maar mijn man en ik zijn allebei heel streng opgevoed. Voor ons was het roken van marihuana gewoon drugsgebruik, daar maakten we geen onderscheid in. Voor de wet valt het trouwens ook in dezelfde categorie als heroïne. En vergeet niet dat het de tijd was van het beleid "joint gerookt, rijbewijs kwijt". Als je betrapt werd terwijl je op een bankje een joint zat te roken, werd als onderdeel van de straf automatisch ook je rijbewijs voor een halfjaar ingetrokken.'

'Maar het is dus niet goed gekomen met Alaska...'

'Nee, ze nam het ons te zeer kwalijk. Alsof dit incident een woede in haar had losgemaakt die diep van binnen al had gesudderd. Ik denk dat die idioot van een Walter Carrey haar tegen ons heeft opgezet. Ik weet niet wat hij tegen haar heeft gezegd, of wat hij haar heeft voorgespiegeld, maar ze is bij hem in Mount Pleasant gaan wonen. Ze heeft zich vastgeklampt aan die sukkel die boven de winkel van zijn ouders woonde. Hij had haar volledig in zijn ban, daar kwam het op neer. Ze was meerderjarig, wat kon ik doen? Haar aan haar haren terug naar Salem sleuren? En wat heeft het haar opgeleverd? Ze werkte daar in een tankstation en is vermoord.'

'Hebt u geen lijmpogingen ondernomen?' vroeg ik.

'Ik heb alles geprobeerd. Tevergeefs. Ik hield me voor dat we gewoon een beetje geduld moesten hebben. Maar de tijd heelt helemaal geen wonden; de wrok en alles wat niet uitgesproken is, wordt alleen maar steeds groter. Ik heb een paar keer met Alaska in Mount Pleasant geluncht of een kop koffie gedronken. Maar er was iets kapotgegaan. Ze is zelfs niet thuisgekomen om Thanksgiving of kerst te vieren. Ik heb de hele eerste kerstdag gehuild.'

Na ons bezoek aan het echtpaar Sanders hadden we nog een groot deel van de dag over. Aangezien we toch al in Massachusetts waren, gingen we naar Boston – een halfuurtje rijden – om Patricia Widsmith, de advocate van Eric Donovan, op te zoeken.

HOOFDSTUK 16
Marcus met de Ford

Boston, Massachusetts
Maandag 12 juli 2010

Advocatenkantoor Cooper & Associates was gevestigd in een uit rode baksteen opgetrokken herenhuis, net achter het Massachusetts State House. We zaten midden in Beacon Hill, de wijk waar Emma Matthews ten tijde van onze relatie had gewoond.

Cooper & Associates was niet alleen bekend geworden met de verdediging in lastige strafzaken waarbij vooraanstaande figuren waren betrokken, maar ook met de gratis verdediging van zaken waarbij de rechtvaardigheid in het geding was. Zo hadden ze pas nog een man vrij gekregen die na tweeëndertig jaar in de gevangenis alsnog onschuldig was verklaard.

Gahalowood en ik moesten even geduld oefenen in een wachtkamer waarvan de muren waren behangen met krantenartikelen over de vele overwinningen die het kantoor in de loop der jaren had behaald. Uiteindelijk kwam een receptioniste ons halen.

'Advocaat Widsmith kan u nu ontvangen.'

We werden naar een smaakvol ingerichte kamer gebracht waar een vrouw van rond de veertig op ons zat te wachten: Patricia Widsmith. Sinds de zaak was afgesloten hadden Gahalowood en zij geen contact meer gehad.

'Eindelijk,' zei ze tegen hem. 'Het werd tijd dat u het onderzoek heropende. Ik wacht al elf jaar op dit moment.'

We namen plaats aan een glazen tafel en kregen Italiaanse koffie in porseleinen kopjes. Patricia Widsmith was eenvoudig gekleed, maar hoogstwaarschijnlijk was haar T-shirt van een designer en hadden haar gympen minstens vierhonderd dollar gekost. Ook aan haar sieraden was te zien dat ze een dik belegde boterham verdiende.

Onwillekeurig flapte ik eruit: 'Deze omgeving had ik niet echt verwacht.'

Ze glimlachte. 'Omdat ik Eric Donovan gratis verdedig? U had een kantoor in een kelder verwacht?'

Een tikje opgelaten stamelde ik: 'Nou ja, in elk geval niet zo luxe.'

'De filosofie van Sean Cooper, de oprichter van ons bureau, is altijd geweest: principes zijn duur, je moet ze wel kunnen betalen. Juist doordat we een prestigieus bureau zijn met klanten die veel te besteden hebben, kunnen we ook de minderbedeelden verdedigen.'

'Wat heeft u ertoe gebracht Eric Donovan te verdedigen?' vroeg ik. 'Zijn dossier is behoorlijk bezwarend. Moeilijk om daarin überhaupt de mogelijkheid van een gerechtelijke dwaling te zien.'

'Dat is uw mening. Ik kende Eric persoonlijk. Wanneer je hem kent, weet je dat hij die vrouw niet heeft kunnen vermoorden.'

'Waarvan kent u hem?'

'Uit Salem. We kwamen destijds in dezelfde uitgaansgelegenheden en het klikte tussen ons. Hij was een lieve jongen, altijd goedgehumeurd. Toen mijn relatie op sterven na dood was en ik behoefte had aan wat afleiding, ging ik regelmatig met hem op kroegentocht. Tot hij weer in Mount Pleasant ging wonen. Na zijn arrestatie heeft hij mijn hulp ingeroepen. Ik was er onmiddellijk van overtuigd dat hij onschuldig was.'

'Hoe verklaart u dan die stortvloed aan bewijzen tegen hem?'

'Hij is erin geluisd,' beweerde Patricia Widsmith.

'Door wie?'

'Daar ben ik nooit achter gekomen. Ik kan het niet bewijzen – en dat gaat me helaas ook niet meer lukken – maar ik denk dat Walter Carrey hem erin heeft geluisd.'

'Waarom?'

'Omdat Walter jaloers was op Eric. Hij dacht dat Eric een verhouding had met Alaska. Hij plande de moord op Alaska zo dat Eric de schuld in de schoenen geschoven zou krijgen. Dat zou waarschijnlijk ook zijn gelukt als hij niet met zijn auto tegen een boom was gereden, waardoor de politie al snel bij hem terechtkwam.'

'Het spijt me u te moeten tegenspreken,' onderbrak Gahalowood haar, 'maar er zijn twee dingen die uw theorie onderuithalen. Ten eerste heeft Alaska Walter Carrey slechts een paar uur voor de moord gedumpt, zodat hij amper tijd had zo'n plan in elkaar te draaien. Ten tweede weten wij, en u ook volgens mij, dat Walter een waterdicht alibi heeft voor het tijdstip van de moord.'

'Dan hebt u het over de door Lauren gevonden foto die zou bewijzen dat hij de nacht van de moord om dertien over halftwee in National Anthem was?'

'Ja.'

'Dat alibi blijft voor een rechter nog geen vijf minuten overeind. Zoals u weet, moet de moord op Alaska Sanders tussen een en twee uur 's ochtends hebben plaatsgevonden. Walter Carrey kan haar makkelijk rond een uur hebben vermoord en vervolgens om dertien over halftwee bij National Anthem zijn gefotografeerd.'

Die mogelijkheid had ik niet bedacht. Ik wierp een blik op Gahalowood, die geen krimp gaf.

'Dat verandert niets aan het feit dat Alaska Walter pas net had verteld dat ze bij hem wegging,' bracht Gahalowood daartegen in. 'Hij had toch tijd nodig om een val voor Eric Donovan op te zetten.'

'Ik weet dat Walter Carrey al voordat Alaska hem dumpte het vermoeden had dat Eric en Alaska samen iets hadden.'

'Als u doelt op de verdenking die Sally Carrey koesterde, moet ik zeggen dat ze die pas met haar zoon heeft gedeeld toen Alaska bij hem weg was. Uw argument houdt dus geen stand.'

'Walter wist het al veel eerder.'

'Hoe kunt u dat met zekerheid zeggen?'

Patricia Widsmith pakte een dik dossier uit de kast: haar eigen onderzoek naar de moord op Alaska Sanders. 'U moet dit vooral niet verkeerd opvatten, sergeant, maar ik begreep destijds al snel dat het onderzoek niet veel zou voorstellen. U had uw schuldigen, de zaak was afgerond. Dus moest ik zelf aan de slag. Samen met Lauren ben ik de deuren langsgegaan. Zo hebben we onze krachten gebundeld en uiteindelijk is het idee ontstaan een organisatie op te zetten. Ik heb de halve stad ondervraagd. Een van de belangrijke getuigenverklaringen komt van Regina Speck, de eigenaresse van Season, een leuk café aan de hoofdstraat. Ik weet niet of u het kent?'

'Ja,' bevestigde ik.

Patricia Widsmith bladerde door haar dossier tot ze gevonden had wat ze zocht.

'Sally Carrey, de moeder van Walter, had haar hart uitgestort bij deze Regina Speck. Hier, luister maar.

Ze [Sally Carrey] komt hier elke dag. Ongeveer een week voor de dood van Alaska vertrouwde ze me toe dat Alaska en Eric een relatie hadden. Ze had hen samen betrapt toen haar zoon de stad uit was. Ze zei dat haar zoon te naïef was, dat hij vast wel iets vermoedde, maar dat hij nog liever bedrogen werd dan dat hij alleen achterbleef.

Vervolgens zei Patricia Widsmith tegen ons: 'Als de moeder van Walter Carrey zich al tegen anderen uitsprak over een relatie tussen Alaska en Eric, moet ze het er ook wel met haar zoon over hebben gehad voordat Alaska bij hem wegging.'

'Zou ik dat dossier misschien van u mogen lenen om er een blik in te werpen?' vroeg Gahalowood.

'Ik zal vragen of ze een kopie voor u maken,' antwoordde Patricia Widsmith. 'U kunt alles heel simpel natrekken.'

'Als u twijfels had over het werk van de politie destijds, waarom hebt u ons dan niet op deze nieuwe getuigenverklaringen gewezen?'

Na een korte aarzeling antwoordde Patricia Widsmith: 'Het vermoeden van een relatie tussen Eric en Alaska was niet per se gunstig voor mijn cliënt.'

'En uw theorie is dat Walter Carrey uit jaloezie heeft gehandeld: hij heeft Alaska vermoord en ervoor gezorgd dat Eric de schuld kreeg?'

'Helemaal.'

'Ik ben benieuwd naar uw argumenten.'

De advocate spreidde verschillende pagina's van haar onderzoek voor ons uit. Het ging met name om de belastende onderdelen uit het politiedossier. Ze zei: 'Walter denkt dat Alaska en Eric een relatie hebben. Hij wil zich op hen allebei wreken: hij wil háár doden en hém laten lijden. Dus grijpt hij een vistripje aan om een trui van Eric in te pikken. Het eerste bewijs tegen hem heeft hij in handen. Vervolgens stuurt hij anonieme berichten aan Eric en Alaska met "Ik weet wat je hebt gedaan", ongetwijfeld om hen bang te maken. Hij verkneutert zich bij de gedachte dat ze 'm zitten te knijpen. Hij gaat zelfs zo ver dat hij de berichten bij Eric zelf print, wat heel eenvoudig is omdat hij daar constant rondhangt. Hij weet dat de politie na de dood van Alaska zo bij Eric zal uitkomen. Het verbaast me dat de politie dit scenario nooit heeft overwogen. Er is sprake van motief en gelegenheid: de twee elementen waar het in een moordonderzoek om draait.'

Gahalowood reageerde niet, maar die blik kende ik: hij was van zijn stuk gebracht. Patricia Widsmith had een punt gescoord. Ze ging verder: 'Nu Walter Carrey dood is, is mijn theorie helaas niet meer te verifiëren. Maar hij heeft het misdrijf wel bekend en we hebben alle reden om aan te nemen dat hij Eric met zich mee de afgrond in wilde sleuren. Niet alleen vanwege Alaska. Walter was zijn hele leven al jaloers op Eric.'

'Maar Eric en Walter waren vrienden, toch?'

'Sergeant, bent u nooit jaloers geweest op een van uw vrienden? Eric en Walter waren van jongs af aan bevriend, ze zijn samen in Mount Pleasant opgegroeid. Een tijdlang waren ze onafscheidelijk. Maar tegen de tijd dat ze volwassen werden, staken de eerste rancuneuze gevoelens de kop op. Eric ging naar een goede universiteit, terwijl Walter een minder interessant leven leidde. Eric woonde in Salem, had een prima baan, terwijl Walter uiteindelijk weer boven de winkel van zijn ouders woonde en voor hen werkte. De hele dag zat hij bij zijn moeder onder de plak. Vraag maar in Mount Pleasant hoe het er destijds aan toeging, dan begrijpt u het wel. En ik weet waarover ik het heb, want ik heb ze zelf samen gezien.'

'Eric en Walter?'

'Ja, één keer, in Salem. In een bar. Walter was bij Eric op bezoek. Op dat moment waren ze al een beetje uit elkaar aan het groeien.

Maar omwille van de lange vriendschap weigerde Eric nooit als Walter vroeg of hij een weekendje op zijn bank mocht crashen. Ik bedoel het niet onaardig, maar Walter was een beetje lomp. Hij was wanhopig op zoek naar een vriendin, zo heeft hij Alaska trouwens ook ontmoet.'

'Kende u Alaska zelf ook, destijds in Salem?'

'Nee, ze was een stuk jonger dan ik. Op die leeftijd maakt dat een groot verschil. Hebben jullie Eric Donovan al gesproken?'

'Nog niet,' antwoordde Gahalowood.

'We kunnen samen naar hem toe gaan als jullie willen,' opperde Patricia.

'Graag.'

'We kunnen morgenochtend gaan, als dat schikt. Ik ga sowieso naar de gevangenis voor de manifestatie.'

'De manifestatie?' vroeg Gahalowood. 'Welke manifestatie?'

'Elke tweede dinsdag van de maand komen we met "Laat Eric Donovan vrij" samen voor de staatsgevangenis waar Eric vastzit. Dat heb ik Lauren twee jaar geleden voorgesteld en dat werkt best goed. We moeten zorgen dat we gezien worden om aandacht te vragen voor de zaak van Eric en de heropening van zijn dossier te bewerkstelligen. Dat is helaas hoe het bij gerechtelijke dwalingen werkt: zolang de autoriteiten niet onder druk worden gezet doen ze niets. Degene die de meeste herrie maakt, heeft nog een kans eruit te komen, de anderen creperen in stilte. Kom ook, het is een mooie gelegenheid onze zaak te steunen.'

'Alles wat wij doen valt in het kader van een officieel politieonderzoek,' bracht Gahalowood haar in herinnering. 'We kiezen geen partij.'

'Wilt u weten hoeveel onschuldigen er in de Verenigde Staten in een cel zitten weg te rotten, sergeant?'

'U kunt niet een paar tragische fouten aangrijpen om het hele rechtssysteem in diskrediet te brengen.'

'Een paar tragische fouten?' riep Patricia verontwaardigd uit. 'Wat zou u zeggen als een van uw kinderen achter de tralies zat voor een misdrijf dat hij niet heeft gepleegd? Aan welke kant staat u eigenlijk, sergeant?'

'Aan de kant van de gerechtigheid.'

'Doe wat jullie goeddunkt. Ik ben morgenochtend om tien uur bij de gevangenis. Kom als jullie willen dat ik een ontmoeting met Eric regel.'

Terwijl we het advocatenkantoor uit liepen deed ik mijn best om Gahalowood ertoe over te halen de volgende ochtend naar de gevangenis te gaan.

Op sarcastische toon vroeg hij: 'Omdat je vriendin Lauren er dan ook is?'

'Omdat we met Eric Donovan moeten praten, sergeant.'

'Ik ben politieman,' zei hij. 'We kunnen hem spreken wanneer we willen, daar hebben we niemand voor nodig.'

'Ja, maar als we worden geïntroduceerd door zijn advocate en zijn zus zal hij ons eerder vertrouwen. Het gaat er niet om dat we hem zien, het gaat erom dat hij ons iets vertelt.'

'Daar kan ik je geen ongelijk in geven, schrijver.'

'Sergeant, waarom heb je niet tegen Patricia Widsmith gezegd dat de bekentenis van Walter Carrey afgedwongen was?'

'Omdat ik eerst moet weten of ze bereid is aan het eind van ons onderzoek te accepteren dat haar cliënt wellicht schuldig is. Kunnen we haar vertrouwen? Of zal ze met wat ik haar off the record vertel aan de haal gaan om met een procedurefout te schermen en ons als getuigen voor de rechtbank te laten verschijnen?'

We liepen naar mijn Range Rover. Bij de auto aangekomen vroeg ik aan Gahalowood: 'Vind je het erg om mijn auto te nemen en zonder mij naar Concord te rijden? Ik kom later achter je aan.'

Hij keek me argwanend aan: 'Wat is er aan de hand, schrijver?'

'Niets, sergeant. Ik moet gewoon nog even een boodschap doen.'

'Dat kunnen we ook samen doen, als je wilt. Of ik wacht op je. Hoe kom je anders terug in Concord?'

'Ik red me wel. Maak je niet druk. Tot later.' Ik gaf hem de sleutels. Hij drong niet verder aan. Ik zette koers naar een autoverhuurbedrijf dat ik eerder al had gezien. Bij de balie vroeg ik aan de medewerker: 'Ik heb een Ford nodig, heb je die? Het oudste model dat jullie hebben staan.'

De enige beschikbare Ford was een model uit een van de goedkoopste categorieën, precies wat ik zocht. Zodra ik achter het stuur zat, haalde ik het papiertje uit mijn zak waarop Emma Matthews de vorige keer dat ik in Boston was, inmiddels twee weken geleden, haar adres had geschreven.

Volgens de aanwijzingen van de gps reed ik naar Cambridge. Aan weerszijden van de straat waaraan Emma woonde, stonden mooie huizen, keurig in het gelid en van elkaar gescheiden door tuinen zonder heggen of hekken. Ik parkeerde zo onopvallend mogelijk in de buurt van nummer 24, zodat ik wel iets kon zien maar niet gezien zou worden. Na een tijdje zag ik Emma verschijnen, samen met een klein meisje dat over het gras buitelde. Ze speelden even buiten. Toen reed er een auto de oprit op. Een man in pak en stropdas stapte uit. Het kind rende op hem af en riep 'papa'. De papa knuffelde eerst het kind en vervolgens Emma. Ik keek naar het gezinnetje en zoog het gelukkige tafereel in me op. Ik vroeg me af of ik ook ooit een volmaakte huisvader zou kunnen zijn.

Plotseling ging het portier aan de passagierskant open. Ik schrok me rot. Het was Gahalowood.

'Sergeant, wat doe jij nu hier? Je bezorgde me bijna een hartverzakking.'

'Dat kan ik jou ook vragen, schrijver,' zei hij, terwijl hij zich op de passagiersstoel liet zakken. 'Ik neem aan dat je een goede reden hebt om vanuit deze huurauto dat gezinnetje te bespieden?'

Ik glimlachte treurig. 'Ik probeer me de Marcus met de Ford te herinneren: een jonge schrijver zonder succes, maar vol dromen en ambities.'

~

New York
Begin augustus 2005
(drie weken voor de breuk met Emma)

In zijn kantoor op de bovenste etage van de wolkenkrabber aan Lexington Avenue waarin Schmid & Hanson gevestigd was, had Roy

Barnaski alles voor me uit de kast gehaald: champagne, petitfours en een stortvloed aan complimenten. Mijn agent Douglas Caren en ik zaten tegenover hem aan de grote ebbenhouten tafel. Voor mij op tafel een contract en een pen. Ik hoefde alleen nog maar te tekenen. Mijn eerste contract als schrijver. Barnaski vond de eerste hoofdstukken van mijn boek geweldig en had me aangeboden het uit te geven.

'Weet je wat dit contract betekent, Marcus?' vroeg Barnaski. 'Zoveel geld dat je niet meer weet wat je ermee moet doen! Want je hebt een uitzonderlijk talent. Je boek is fantastisch en ik heb het gevoel dat de volgende boeken nog beter zullen worden.'

'Ik ben blij dat u zo enthousiast bent,' zei ik.

'Het gaat niet om mijn enthousiasme, maar om wat jouw pen gaat produceren. Dit is nog maar het begin van een lang avontuur, Marcus. Er zal hard gewerkt moeten worden.'

'Ik wil niets liever,' verzekerde ik hem.

Barnaski wees naar het contract en nam de voorwaarden nog even met me door: 'Een voorschot van een miljoen dollar voor je eerste boek dat zal worden gestort zodra je ons het manuscript in september hebt overhandigd. Je verplicht je tevens tot het schrijven van nog twee boeken. Het volgende moet klaar en ingeleverd zijn vóór juni 2008.'

'Ik zal u niet teleurstellen,' verklaarde ik.

Na die woorden tekende ik het contract met een zwierig gebaar. Barnaski glimlachte triomfantelijk. Hij pakte de fles champagne, liet de kurk eraf schieten, schonk drie coupes vol en zei toen plechtig: 'Op Marcus Goldman, de nieuwe ster aan het firmament van de Amerikaanse literatuur.'

Drie weken later, op 29 augustus 2005, had ik het manuscript van *De G van Goldstein* voor de laatste keer doorgelezen. Ik was er tot in de kleine uurtjes mee bezig geweest. Na een paar uur slaap sprong ik in mijn Ford en reed in één ruk naar Aurora om het resultaat aan Harry te laten zien.

'Dit is een belangrijke dag,' zei Harry, terwijl hij zijn blik op het manuscript op de terrastafel richtte.

We zaten buiten, genietend van de zomerochtend. De oceaan was superkalm. Op het strand onder ons was het een komen en gaan van meeuwen.

'Dit heb ik allemaal aan jou te danken, Harry.'

Harry wuifde mijn dankbetuiging onmiddellijk weg. 'Marcus, er is maar één persoon aan wie je je schrijverschap te danken hebt, en dat ben je zelf.'

Hij stond op, pakte zijn trommeltje met SOUVENIR UIT ROCKLAND, MAINE en haalde er wat stukjes brood uit om naar de meeuwen te gooien.

Die middag had ik met Emma afgesproken in Boston om samen de voltooiing van mijn werk te vieren. Toen ik bij Harry wilde vertrekken en hij me uitgeleide deed tot aan de deur, zag ik mijn barrel van een Ford naast zijn rode Corvette staan.

'Harry,' vroeg ik, 'zou ik jouw auto een paar dagen mogen lenen?'

'Natuurlijk,' antwoordde hij zonder ook maar een seconde te aarzelen.

Ik liet mijn Ford bij hem achter en vertrok achter het stuur van zijn bolide. Op de snelweg naar Massachusetts werd ik overvallen door een gevoel van lichtheid. Het was alsof ik de oude Marcus achter me liet.

Emma daarentegen reageerde een stuk minder enthousiast bij het zien van de Corvette. 'Wat is dat voor bak?' vroeg ze ontzet.

'Voor als we bij je ouders gaan eten,' verklaarde ik, en dat was niet helemaal een grapje.

'Hou op, Marcus,' zei Emma geïrriteerd. 'Daar kan ik niet om lachen. Wat is er met je auto gebeurd?'

'Mijn Ford hoort bij de oude Marcus.'

'De oude Marcus? Wat is dat voor bullshit? Nu je een boek hebt geschreven ben je van plan volledig te veranderen?'

'Ik verander niet, maar de manier waarop mensen naar me kijken wel.'

Ik had geen idee hoe waar dat zou blijken te zijn.

'Beloof me dat je dat ding terugbrengt,' zei Emma op dwingende toon.

'Dat beloof ik. Over een paar dagen ga ik terug naar Harry, die nu mijn manuscript aan het lezen is.'

'Ik hou van de Marcus die in een Ford rijdt,' benadrukte ze nog maar eens.

'Dat weet ik.'

Harry had beloofd me zo snel mogelijk iets te laten horen over mijn boek. Dat hij me binnen vierentwintig uur al zou bellen had ik niet verwacht, en dan ook nog eens op een onchristelijk tijdstip. Het was de avond van 30 augustus 2005. Het was rond halfelf, ik lag tegen Emma aan en streelde haar, omringd door de duisternis van haar kamer. Het enige licht kwam van de lichtjes van Boston die door het raam zichtbaar waren. We lagen daar met onze kleren nog aan. Zij droeg een korte rok die ik langzaam over haar bovenbenen omhoogschoof. Plotseling ging mijn telefoon, die nog in mijn broekzak zat. Haastig trok ik hem tevoorschijn met de bedoeling het gesprek weg te drukken, maar toen zag ik op het scherm dat het Harry was.

'Wie is het?' vroeg Emma bij het zien van mijn bedachtzame blik.

'Harry.'

'Die kun je morgen wel terugbellen.'

'Het is vast belangrijk als hij me op dit tijdstip probeert te bereiken.'

De telefoon bleef overgaan. Ik nam op. Met een zucht trok Emma haar rokje weer recht.

'Hallo, Harry?'

'Marcus...' zei hij met een akelige grafstem.

'Alles in orde, Harry?'

'Het gaat over je boek, Marcus. Het is ernstig. Ik heb iets ontdekt wat me zorgen baart. Ik moet je spreken. Je moet naar Aurora komen.'

'Nu?'

'Ja, nu.'

Hij leek me niet in zijn normale doen en ik beloofde onmiddellijk in de auto te stappen. 'Ik kom eraan, ik ben er over drie kwartier.'

Nadat ik de verbinding had verbroken, keek Emma me ongerust aan: 'Wat is er aan de hand, Marcus?'

'Harry wil me spreken over mijn boek.'

'Wat, nu? Je gaat midden in de nacht naar New Hampshire om over je boek te praten?'

'Hij zei dat het ernstig was.'

'Ernstig?' riep ze uit. 'Weet je wat ernstig is? Dat jij er midden in de nacht vandoor gaat. Dat boek kan wel tot morgen wachten. Ga niet.'

'Het spijt me, Emma. Harry is een vriend en het klonk alsof hij me nodig had.'

'Je gaat niet voor Harry, je gaat voor dat kloteboek van je!'

Ik trok mijn schoenen weer aan.

'Als je die deur door gaat...' dreigde Emma, buiten zichzelf van woede.

'Wat als ik die deur door ga?'

'Als je die deur door gaat, wil dat zeggen dat je niet meer de Marcus bent die ik altijd heb gekend.'

'Je kent me amper vijf maanden.'

'Als je nu weggaat, Marcus, is het over tussen ons.'

'Waarom? Omdat ik een vriend te hulp schiet?'

'Het is niet Harry die aan je trekt, maar je eigen ambitie. Je ambitie zal je grootste kwelgeest worden. Je zult er volledig door worden verteerd. Als je die ambitie niet in bedwang kunt houden, blijf ik niet bij je.'

Ik vertrok.

Ik zou Emma vijf jaar later pas weer zien, eind juni 2010 bij haar winkel in Cambridge.

Het was bijna middernacht toen ik die dertigste augustus 2005 in Aurora aankwam. Ik volgde de pikdonkere Ocean Road tot ik bij Goose Cove was. In het huis van Harry brandde geen licht, maar mijn Ford stond voor de deur. Hij moest wel thuis zijn. Ik klopte op de deur, maar er kwam geen enkele reactie. Ik besloot naar binnen te gaan. Ik maakte me zorgen. Niemand in de woonkamer. Ik riep zijn naam. Geen teken van leven. Ik liep het terras op en zag iemand bij een houtvuurtje op het strand zitten. Het was Harry.

Ik ging naar hem toe. 'Harry?'

Hij keek naar me op met een vreemde uitdrukking op zijn gezicht.

'O, Marcus, je bent gekomen.'

Zo te horen was hij stomdronken. In het zand lag een fles whisky. Hij raapte hem op en gaf hem aan mij. Om hem niet te kwetsen nam ik een slok. Ik voelde mijn hart tekeergaan in mijn borst. Ik had hem nog nooit zo gezien.

'Wat is er aan de hand, Harry?'

Hij keek me met een glazige blik aan en brabbelde toen: 'Jij bent meer dan zomaar een schrijver, Marcus. Je bent in staat van iemand te houden. Dat weet ik, dat heb ik in je boek gelezen. Dat is een zeldzame gave.'

Ik herhaalde mijn vraag: 'Wat is er aan de hand, Harry?'

'Het is 30 augustus 2005, Marcus. Precies dertig jaar.'

'Dertig jaar wat?'

'Dertig jaar dat ik op haar wacht.'

'Op wie wacht je?'

Hij gaf geen rechtstreeks antwoord. 'Je kunt je niet voorstellen hoe het is als iemand plotseling uit je leven verdwijnt zonder dat je weet wat er met die persoon is gebeurd. Is ze dood? Of nog ergens in leven? Denkt ze aan jou zoals jij aan haar denkt?'

'Ik weet niet of ik je helemaal kan volgen, Harry.'

'Dat is normaal. Kun je een geheim bewaren, Marcus? Het moeilijkste aan een geheim is niet om het te verzwijgen maar om ermee te leven.'

'Wat is dat voor geheim?'

'Dat kan ik je niet vertellen, Marcus. Je zou ontsteld zijn.'

'Jij kunt niet weten hoe ik reageer.'

'Ik heb het boek gevonden, Marcus.'

'Welk boek in vredesnaam?'

'Het boek dat in het dashboardkastje van je auto lag.' Uit zijn zak haalde hij een exemplaar van *De wortels van het kwaad*, het in 1976 verschenen boek waarmee hij beroemd was geworden. Onwillekeurig vroeg ik me af of het jaar 1975 en het feit dat Harry daaraan nu moest denken, iets met dat boek te maken hadden. Ik herkende het boek in zijn hand onmiddellijk: het was het boek dat ik al jaren overal mee naartoe sleepte en waarin ik heel veel aantekeningen had gemaakt. Bij mijn aankomst in Aurora had het op de passagiersstoel van de Ford gelegen, en omdat we van auto hadden geruild had ik het automatisch opgeruimd in het dashboardkastje. Ik begreep er helemaal niets meer van. En dat werd er niet beter op toen Harry zijn eigen boek in het vuur wierp.

'Wat doe je nou?' riep ik uit.

Ik wilde mijn boek nog redden, maar dat bleek onmogelijk. Ik brandde onmiddellijk mijn handen. Ik kon alleen maar machteloos toekijken terwijl het boek verteerd werd door de vlammen. Het gezicht van Harry op de achterkant krulde langzaam om, werd vervolgens zwart en verdween. Toen ik opkeek, zag ik de echte Harry toekijken hoe zijn beeltenis verbrandde.

Het volgende moment zei hij: 'Wat ik doe? Ik doe wat ik dertig jaar geleden met het manuscript van dat verdomde boek had moeten doen. Ik zou willen dat dat boek er nooit was geweest. Jij gaat heel veel succes hebben, Marcus. Jij wordt de schrijver die ik nooit ben geweest.'

Een paar maanden na die merkwaardige avond gebruikte ik een deel van het voorschot van Barnaski om mijn Ford te verruilen voor een zwarte Range Rover. Harry was de eerste aan wie ik mijn nieuwe aanwinst wilde laten zien. Mijn eerste ritje was dan ook naar Goose Cove om hem een bezoekje te brengen. Lange tijd bleef hij staan kijken naar de gloednieuwe auto die ik voor zijn huis had geparkeerd. Maar in plaats van me daarmee te feliciteren zei hij: 'En dat allemaal hiervoor, Marcus. Al die uren, al die jaren dat je aan het schrijven bent geweest, dat je je levensdrift in het papier hebt gestopt, alleen maar om je Ford die het nog heel goed deed – dat weet ik omdat ik er verschillende keren in heb gereden – in te ruilen voor een luxeauto. Ik neem het je niet kwalijk, Marcus. Jij kunt er ook niets aan doen, zo werkt het nu eenmaal in de maatschappij: geld is het enige wat nog echt indruk maakt. En weet je, het is een probleem waar alle kunstenaars tegenaan lopen. We hebben bewondering voor hen zolang ze onbekend zijn, en wanneer ze succes hebben kijken we op ze neer omdat ze net als iedereen blijken te zijn. Als effectenmakelaars, die geld met geld verdienen, geld uitgeven, is niemand daardoor geschokt. Al vinden we hun hebzucht weerzinwekkend. Dus verwachten we van kunstenaars dat ze het niveau een beetje ophalen, dat ze daar boven staan. Maar dat een kunstenaar die geld verdient dat ook graag uitgeeft, is natuurlijk heel normaal. Je zult tot de ontdekking komen, Marcus, dat succes een soort ziekte is. Je gaat je er anders door gedragen. Succes bij het grote publiek, beroemdheid, de manier waarop mensen naar je kijken... dat heeft invloed op je gedrag. Je kunt niet meer normaal leven. Maar wees niet bang: aangezien succes een ziekte als alle andere is, zorgt het ook voor zijn eigen antistoffen. Het bestrijdt zichzelf, in de kern. Succes is dus een geplande mislukking.'

Toen ik klaar was met mijn verhaal keek Gahalowood me nieuwsgierig aan.

'Dus Marcus met de Ford is wie je geworden zou zijn als je geen succes had gehad, is dat het?'

'Inderdaad,' antwoordde ik.

'En zou je dan gelukkiger zijn geworden?'

'Geen idee.'

'Maar je houdt nog steeds van haar?' vroeg hij, terwijl hij naar Emma in de verte gebaarde.

'Nee, maar ik hou van het ideaalbeeld dat ze vertegenwoordigt. Dat had ook mijn tante Anita kunnen zijn, of Helen.'

'Hou op met idealiseren, schrijver, en word eens een beetje praktisch. Een stel zit maar een paar maanden hele dagen gelukkig te wezen. Daarna wordt het hard werken, compromissen sluiten, frustratie en tranen. Maar dat is het allemaal waard, want het resultaat is een eenheid die niet uit chemie of magie is ontstaan maar die je zelf hebt gecreëerd. Liefde is er niet vanzelf, die wordt opgebouwd.'

Ik knikte en Gahalowood gaf me een broederlijk klopje op mijn schouder. 'Laten we die auto gaan inleveren,' zegt hij, 'en naar huis gaan.'

'Ik moet je eerst nog vertellen waarom ik hier ben.'

'Waarom je hier die mensen zit te bespieden? Dat heb je me net uitgelegd.'

'Nee, sergeant. Ik moet je vertellen waarom ik me in dit onderzoek heb gestort. Ik moet eerlijk tegen je zijn: ik weet niet meer of ik dit onderzoek doe ter nagedachtenis van Helen, om jouw geweten te ontlasten, of heel eenvoudig en heel egoïstisch voor mezelf. Zolang ik met deze zaak bezig ben, hoef ik namelijk niet aan mijn eigen leven te denken.'

Er viel een lange stilte voordat ook Gahalowood met een bekentenis kwam: 'Weet je waarom ik gisterochtend naar je hotel ben gekomen?'

'Om het over de voortgang van het onderzoek te hebben, neem ik aan.'

'Op zondagochtend, schrijver? Denk je dat ik op zondagochtend niets beters te doen heb dan naar Mount Pleasant rijden om een beetje te babbelen over een lopend onderzoek?'

'Je hebt vast wel iets beters te doen, ja,' antwoordde ik zonder goed te begrijpen waar hij naartoe wilde.

'Niet dus, schrijver. Dit is mijn realiteit. Ik heb niet zoveel meer in het leven. Behalve dit onderzoek, behalve jou.'

'Je hebt je dochters.'

'Die zijn zaterdagochtend voor drie weken naar een zomerkamp in Maine vertrokken. Malia als begeleider, Lisa als deelnemer. Dat was al bijna een jaar geleden gepland en ze wilden graag gaan. Ik denk dat het goed voor ze is er even uit te zijn na alles wat er is gebeurd. Dus ik zal op mijn beurt eerlijk tegen jou zijn, schrijver: zonder deze zaak zou ik me in mijn eentje thuis zitten vervelen en me vreselijk eenzaam voelen. Ik ga iets tegen je zeggen wat ik ongetwijfeld niet ga herhalen: dank je.'

Ik glimlachte. Hij glimlachte terug. Toen zei hij nog een keer: 'Laten we die auto inleveren en naar New Hampshire teruggaan. Onderweg kun je verder vertellen over die beroemde Marcus met de Ford.'

'Meer berucht dan beroemd dus, sergeant.'

Gahalowood moest lachen en sloeg zijn ogen ten hemel. 'Als je niet al bestond, schrijver, zouden ze je moeten uitvinden.'

Ik kende de mannenstaatsgevangenis van New Hampshire van de keren dat ik Harry daar een bezoekje had gebracht in de zomer van 2008. Toen ik die ochtend de bezoekersparkeerplaats op reed, werd ik dan ook overvallen door een onaangenaam déjà-vugevoel.

HOOFDSTUK 17
Het forellenparadijs

Mount Pleasant, New Hampshire
Dinsdag 13 juli 2010

De manifestatie vond plaats voor de ingang van de gevangenis zonder dat de toegang daarvan werd belemmerd. Een stuk of tien demonstranten stonden braaf op de stoep, netjes achter twee hekken. Ze zwaaiden met borden die opriepen tot de vrijlating van Eric Donovan, onder het toeziend oog van twee onverschillig kijkende agenten die in hun auto koffie zaten te drinken.

In de loop der seizoenen waren het steeds dezelfde mensen geweest die elke tweede dinsdag van de maand onvermoeibaar een uur lang hun steun kwamen betuigen, of het nu regende, vroor, sneeuwde, waaide of bloedheet was: Lauren Donovan, haar ouders Janet en Mark, advocate Patricia Widsmith en een paar vrienden van de familie, met name mensen die al met pensioen waren. Het verschil met voorgaande manifestaties was dat er deze keer journalisten aanwezig waren. Toen die Gahalowood en mij in het oog kregen, werden alle microfoons en camera's onmiddellijk op ons gericht.

'Bent u hier om actie te voeren voor Eric Donovan?' werd ons gevraagd.

'We zijn hier uitsluitend om met Eric Donovan te praten,' verklaarde Gahalowood. 'Onze aanwezigheid heeft niets te maken met welk evenement dan ook.'

‘Hoe gaat het met het onderzoek?’ wilde een journaliste weten.

‘We hebben het over een officieel politieonderzoek,’ verklaarde Gahalowood. ‘U zult begrijpen dat ik nog geheimhoudingsplicht heb.’

Gahalowood had van tevoren bedacht hoe hij ervoor kon zorgen dat hij niet in een lastige situatie met Patricia Widsmith en de familie Donovan terechtkwam en geen problemen kreeg met zijn positie en de noodzaak terughoudendheid te betrachten. Hij liep gelijk door naar de bezoekersingang en verdween in het bakstenen gebouw, terwijl ik me bij Patricia Widsmith voegde. Ze droeg een T-shirt met LAAT ERIC VRIJ.

‘Jullie hebben de media meegenomen,’ zei ze. ‘We hebben nog nooit zoveel journalisten gezien, ook al stuurden we bij elke manifestatie altijd een dag van tevoren een persbericht rond. Dankzij jullie is de belangstelling voor Eric weer opgelaaid. Dank daarvoor.’

‘Ik ben hier alleen maar om achter de waarheid te komen,’ zei ik.

Lauren, die tot dan toe naast Patricia had gestaan, liep onmiddellijk weg.

‘Dat gaat wel weer over,’ zei Patricia. ‘Eigenlijk mag ze je heel graag.’

‘Daar ben ik niet zo zeker van.’

‘Geloof mij nu maar, Marcus. Ik ken haar goed.’

Mijn blik kruiste die van Janet en Mark Donovan. Ik liep naar hen toe. ‘Het spijt me,’ zei ik.

‘Wat spijt je?’ vroeg Janet met zachte stem. ‘Dat je voor mijn zoon opkomt? Na elf jaar hadden we de hoop wel een beetje opgegeven, maar nu ben jij er.’ Ze drukte me de hand.

Mark Donovan gaf me een kameraadschappelijke klap op mijn schouder en fluisterde discreet: ‘Bedankt, jongen.’

Toen zei Janet Donovan: ‘Kom vooral nog eens langs, Marcus. Bij ons thuis of in de winkel. Wanneer je wilt. We willen maar al te graag met je over dit alles praten.’

Ik knikte en vroeg: ‘Denken jullie dat Eric zich een beetje voor ons zal openstellen?’

‘Het begin zou wel eens moeilijk kunnen zijn,’ waarschuwde Janet. ‘Na elf jaar in de gevangenis, op een extra beveiligde afdeling met moordenaars en verkrachters, is hij een stuk stugger geworden.’

'Waarom zou ik jullie vertrouwen? Het is uw schuld dat ik hier nu zit weg te rotten.'

Dat waren de eerste woorden van Eric Donovan toen hij Gahalowood in de bezoekruimte van de gevangenis zag zitten. Hij was inmiddels bijna veertig maar toonde een stuk ouder. Lichamelijk leek hij wel fit, maar zijn gezicht zag er vermoeid uit, getekend door de te lange opsluiting. Hij maakte aanstalten weer naar de deur te lopen en zich door de bewaker naar zijn cel te laten brengen, maar Patricia Widsmith floot hem onmiddellijk terug.

'Ga zitten, Eric, en stel je niet aan. Sergeant Gahalowood en Marcus Goldman zijn je kans hier eindelijk uit te komen. Dit gesprek was mijn idee.'

'Een gesprek waarover?' vroeg Eric met een stem die droop van sarcasme. 'Tijdens onze gesprekken van elf jaar geleden wilde u ook niet naar me luisteren.'

Gahalowood zei alleen maar: 'Ik wil weten waarom Walter Carrey je voor de moord op Alaska Sanders heeft laten opdraaien.'

Die opmerking trof doel. Eric zocht de blik van Lauren, die in een hoek van de ruimte zat. Ze zei niets maar haar aanwezigheid sprak voor zich: als zij niet een beetje vertrouwen in ons had gehad, had ze ons nooit met haar broer laten praten.

Gahalowood ging verder: 'Ik ben ervan overtuigd dat Walter Carrey Alaska Sanders niet heeft vermoord. Vooral omdat ik inmiddels weet dat zijn bekentenis niets waard was. Walter heeft gelogen. Over zichzelf en dus ook over jou. Ik weet waarom Walter schuld heeft bekend. Wat ik niet weet, is waarom hij jou daarbij heeft betrokken. Welke reden had hij om jou kapot te willen maken?'

'Hij dacht misschien dat ik iets had met Alaska,' antwoordde Eric. 'Dat is trouwens destijds ook ter sprake gekomen.'

'Dat was wat Sally Carrey dacht,' verduidelijkte Gahalowood.

'Waarschijnlijk had ze hem dat ook wijsgemaakt,' veronderstelde Eric.

'Iets klopt hier niet,' wierp Gahalowood tegen. 'Ik herinner me nog heel goed dat ik Walter de dag na de moord op Alaska in het bijzijn van zijn ouders heb ondervraagd. Zijn moeder had het inderdaad over een relatie tussen Alaska en jou, maar Walter wilde daar absoluut niet aan.'

'Precies,' kwam Patricia Widsmith tussenbeide. 'Het was de dag na de moord. Om geen verdenking op zich te laden had Walter Carrey er alle belang bij vooral geen blijk te geven van rancune vanwege dit bedrog.'

Gahalowood knikte, niet overtuigd. 'Ik snap wat u bedoelt, maar nogmaals: iets klopt hier niet. Sinds gisteren zit dit me al dwars en daarom hebben Marcus en ik de hele avond op het hoofdkwartier doorgebracht. Weten jullie wat we daar hebben gedaan? We hebben dossiers opgezocht van crimes passionnels. Want als Walter Alaska zou hebben vermoord omdat ze hem bedroog, zou dat een crime passionnel zijn geweest. Een moment van razernij waarin we iets onomkeerbaars doen. In alle dossiers die we hebben bestudeerd is er sprake van een onmiddellijke actie. Een soort impuls. Een man betrapt zijn vrouw met een ander in bed, of hij vindt compromitterende brieven, en hij handelt in een onbeheerste vlaag van emotie. Maar dat gaat niet op voor Walter.'

'Juist wel,' wierp Patrica tegen. 'U lijkt te zijn vergeten dat Walter Carrey Alaska heeft vermoord nadat ze hem slechts een paar uur daarvoor had gedumpt.'

'Walter heeft Alaska niet vermoord,' zei Gahalowood nogmaals. 'U weet net zo goed als ik dat een foto bewijst dat hij op het tijdstip van de moord in National Anthem was.'

'En u weet net zo goed als ik dat die foto niet standhoudt voor een jury,' zei Patricia. 'Walter zou Alaska hebben kunnen vermoorden en op tijd voor die foto weer in de bar hebben kunnen zijn. Ik zal eerlijk tegen u zijn, sergeant: ik snap niet waarmee u bezig bent. Elf jaar geleden hebt u het onderzoek binnen drie dagen afgerond. U had een opgenomen bekentenis van de moordenaar. En nu komt u gisteren mijn kantoor binnenvallen, er plotseling van overtuigd dat Walter Carrey onschuldig is. U hebt nog meer dan die ene foto, hè? U hebt iets ontdekt wat zijn bekentenis in twijfel trekt. En ik zou heel graag willen weten wat dat is.'

'In dit stadium kan ik u daarover helaas niet méér vertellen vanwege mijn geheimhoudingsplicht.'

'Lekker makkelijk om u achter uw functie te verschuilen.'

Gahalowood vertrok zijn lippen op een manier die ik maar al te goed van hem kende. Hij voerde zijn politie-act met verve op. Hij zorgde dat hij zijn gesprekspartner precies had waar hij haar hebben wilde, zodat hij haar in de hoek kon drijven.

'Goed dan,' zei hij. 'Laten we nog eens naar uw theorie kijken. Volgens u zou Walter Carrey Eric er op geraffineerde wijze hebben in geluisd met allerlei belastende bewijzen die naar hem zouden leiden. Oké. Dus handelt Walter Carrey die vrijdag 2 april wanneer Alaska bij hem weggaat niet in een vlaag van woede; hij zet een zorgvuldig voorbereid plan in werking. Het is geen impulsieve daad, het is een reeds lang geleden tot in de kleinste details geplande moord.'

'Dat is precies wat ik denk,' gaf Patricia toe. 'Walter had het zo gepland dat hij Alaska zou vermoorden en Eric ervoor zou laten opdraaien. Het zag ernaar uit dat zijn plan alle kans van slagen had: hij had de trui die Eric hem had geleend en de briefjes die hij bij hem had geprint. En u ben toch niet vergeten, sergeant, dat brokstukken van zijn auto in de buurt van de plaats delict zijn gevonden, een auto die hij nog op de dag van de moord heeft laten repareren. Als dat geen schuldbekentenis is! Het zou een perfect misdrijf zijn geweest als Walters auto hem niet had verraden.'

'Een perfect misdrijf?' herhaalde Gahalowood.

'Een perfect misdrijf is niet een moord waarbij totaal geen sporen worden achtergelaten. Er moet juist een zoethoudertje voor de rechercheurs zijn, iets wat de verdenking op de verkeerde persoon laadt.'

Gahalowood legde de foto's uit het brandweerrapport voor Eric op tafel.

'Wat is dat?' vroeg Eric.

'In de nacht van maandag 5 op dinsdag 6 april 1999 heeft Walter Carrey brand gesticht in zijn huis nadat hij eerst de muren had beklad met ONTROUWE HOER, onder andere de muur boven het bed.'

'Ik wist natuurlijk dat er brand was geweest bij Walter,' zei Eric. 'De smerissen zeiden dat hij alles zelf in de hens had gestoken. Maar van die teksten wist ik niets.'

'Ik ook niet,' zei Patricia verbaasd. 'Waarom zitten die foto's niet in het dossier?'

'Omdat we die pas hebben gekregen toen het onderzoek al was afgerond. En eerlijk gezegd leek het me destijds ook slechts een detail. Maar in werkelijkheid was het een heel belangrijk detail: Walter Carrey ging helemaal door het lint. Die maandagavond is hij doorgedraaid. Hij heeft de muren van zijn appartement beklad en de boel in de fik gestoken. Hij was totaal de weg kwijt. Blijkbaar had hij iets gehoord waardoor hij volledig van de kaart was.'

'De ontrouw van Alaska?' opperde Patricia Widsmith.

'Dat zou kunnen,' beaamde Gahalowood. 'Maar dat bewijst dan wel dat hij er tot die maandagavond, ná de moord dus, niet het flauwste vermoeden van had dat zijn vriendin hem wel eens ontrouw zou kunnen zijn. Hij had dus geen enkele reden haar twee dagen daarvoor te vermoorden en Eric daarvoor te laten opdraaien om de twee geliefden te straffen, zoals u veronderstelt. En u kunt natuurlijk aankomen met deskundigen met psychiatrisch geneuzel in de trant van "toen hij haar doodde, had hij het verdrongen en daarna werd hij zich pas bewust van de situatie" maar u zult moeten toegeven dat er iets niet klopt aan dit verhaal. En dat probeer ik u nu al de hele tijd duidelijk te maken.'

'Ik heb geen relatie met Alaska gehad!' riep Eric uit. 'Dat zweer ik u, en als Walter ook maar enige argwaan had gekoesterd, had ik dat wel geweten. Walter was impulsief. Niet iemand die doet alsof er niets aan de hand is en in het geheim sluwe plannetjes smeedt. Als hij had gedacht dat ik iets met Alaska had, zou hij me onmiddellijk een dreun hebben verkocht. Daar zou hij dan achteraf spijt van hebben gehad, maar zo was hij.'

'Je bedoelt dat hij niet vrijdagavond rustig een hamburger met jou zou zijn gaan eten in National Anthem om vervolgens zijn vriendin af te slachten en jou de schuld te geven.'

'Ondenkbaar,' bezwoer Eric.

'Ik geloof je maar al te graag,' zei Gahalowood. 'Je staat dus zelf ook niet achter de verdediging van je advocate. Wat mij weer terugbrengt bij mijn uitgangspunt: Walter heeft Eric er niet in geluisd. Walter heeft geen snode plannetjes gesmeed. Walter heeft niemand vermoord. Maar Walter zal uiteindelijk niet alleen een moord bekennen die hij niet heeft gepleegd maar daarin ook nog eens zijn jeugdvriend meeslepen. Dat noem ik een wraakactie. Vandaar dus nogmaals mijn vraag, Eric: wat is er tussen jullie gebeurd waardoor Walter zo'n wrok koesterde?'

Lauren en Patricia luisterden zwijgend, net als ik gebiologeerd door de briljante manier waarop Gahalowood te werk ging.

Eric keek hem aan met de blik van een schaap dat zijn herder kwijt is. Toen zei hij met vlakke stem: 'Walter en ik kenden elkaar van jongs af aan. Tot aan ons eindexamen hebben we samen op school gezeten. De winkels van onze ouders lagen bijna naast elkaar, we zijn bij elkaar opgegroeid. Een groot deel van ons leven hebben we samen doorgebracht. Ik begrijp alleen het verband met de dood van Alaska niet zo goed.'

'Het is mijn werk verbanden te leggen, Eric. Maar daarvoor moet je me dan wel alles vertellen.'

Het verhaal dat Eric Donovan vertelde, was het verhaal van een gelukkige jeugd in Mount Pleasant. Een aangenaam leven in een klein stadje, in de luwte van de boze buitenwereld. In de jaren tachtig, toen hij tien was, raakte hij bevriend met een jongen uit zijn klas: Walter Carrey.

Mount Pleasant
Zomer 1980

De eerste vier jaar dat Eric Donovan op de lagere school van Mount Pleasant had gezeten, had hij zijn tijd met name doorgebracht met drie andere jongens uit zijn klas. Op vrije dagen crosten ze op hun fietsen door Mount Pleasant, wat hun de naam De Fietsbende had opgeleverd.

Aan het eind van het vierde schooljaar kon De Fietsbende niets beters verzinnen dan redelijk onschuldig kattenkwaad uithalen, zoals het plegen van anonieme telefoontjes vanuit de telefooncel in de hoofdstraat en het krassen van hun initialen in bankjes. Op een middag zwierf Eric door Mount Pleasant op zoek naar de rest van de groep. Hij vond zijn vriendjes op het plein en ze deden nogal geheimzinnig. Nieuwsgierig liep hij naar hen toe: ze zaten te ginnegappen met een berg snoep tussen hen in.

'Wat zijn jullie aan het doen? Waarom zijn jullie mij niet komen halen? Ik maar wachten thuis!'

'Je had beter thuis kunnen blijven,' zei een van zijn vriendjes kortaf.

'Hoe komen jullie aan die snoepjes?'

'Heel relaxed, gewoon gepakt,' zei een van de twee anderen.

'Mag ik ook wat?' vroeg Eric.

'Je vindt ze vast niet lekker.' Nummer drie grinnikte even.

Eric begreep het onmiddellijk. 'Waar hebben jullie ze gepikt? In de winkel van mijn ouders?'

'Wat kan jou dat bommen? Ga je ons verklikken? Die ouwelui van jou hebben er toch meer dan genoeg, die missen ze echt niet.'

Eric kreeg een rood waas voor de ogen. Hij stortte zich op zijn vriendjes. Met één tegen drie maakte hij natuurlijk geen schijn van kans. Hij kreeg een flinke aframmeling. Toen hij met een bloedneus op de grond lag, gingen de drie anderen ervandoor met het dreigement: 'Als je ons verraadt, ben je er geweest! Blijf uit onze buurt, dombo.'

Eric had zijn gezicht schoongemaakt bij de fontein. Toen was hij naar de winkel van zijn ouders gegaan. Het bloed op zijn T-shirt had hij verklaard met een val van zijn fiets.

'Zoek je je vriendjes?' vroeg zijn moeder. 'Ze waren hier net nog.'

'Dat weet ik,' bromde Eric.

'Gaat het wel goed, lieverd?'

'Mwah, ik heb het een beetje gehad met die sukkels. Ik wou dat ik nieuwe vrienden had. Een échte vriend.'

'Waarom ga je niet met Walter spelen? Ik sprak zijn moeder net en die wordt een beetje gek van hem. Hij hangt de hele dag in de winkel rond, ze weet niet hoe ze hem naar buiten moet krijgen. Ze zegt dat hij geen vriendjes heeft.'

Bij gebrek aan beter liep Eric naar de winkel in jacht- en hengelsportartikelen een paar meter verderop. Walters moeder, Sally Carrey, begroette hem enthousiast. 'Zoek je Walter? Die zit achter. Hij vindt het vast heel leuk dat jij er bent.'

Via een kleine deur kwam Eric terecht in een slecht verlichte ruimte, volgestapeld met voorraden. Walter zat achter een werkbank in de hoek, druk bezig bij een vreemd metalen apparaat.

'Hoi Walter,' zei Eric.

'Hoi,' zei Walter terug zonder zijn ogen van zijn werk te halen. Met een tangetje draaide hij een gekleurde draad rond.

'Wat doe je?' vroeg Eric.

'Ik maak vliegen. Om mee te vissen.'

'Vliegen van draad?' vroeg Eric nieuwsgierig.

'Voor het vliegvissen.'

'Kan ik je helpen?'

'Je mag wel kijken als je wilt.'

Gefascineerd keek Eric toe hoe Walter draad om een vishaak wikkelde tot die eruitzag als een vlieg. Zodra hij klaar was, begon hij aan een volgende. Zo maakte Eric kennis met zijn indrukwekkende verzameling insecten. Nadat Eric een paar dagen had toegekeken, ging hij zelf ook aan de slag onder het toeziend oog van zijn nieuwe vriend. En toen Eric er uiteindelijk in was geslaagd zelf zijn eerste vlieg te maken, besloot Walter: 'Die moeten we gaan uitproberen.'

'Gaan we vissen?'

'Ja.'

'Ik heb nog nooit met een vlieg gevist.'

'Ik leer het je wel.'

De twee jongens pakten de benodigde spullen uit de winkel en fietsten toen naar Lake Skotam met in hun rugzak een opvouwbare hengel en lieslaarzen waarmee ze tot aan hun middel in het water konden lopen. Walter wees de weg, hij kende de goede visplekken als geen ander. Ze reden naar de parkeerplaats van Grey Beach, waar ze hun fietsen achterlieten. Eric dacht eerst dat ze vanaf het strand gingen vissen, maar Walter vertelde dat hun einddoel een rivier was. Ze gingen het bos in. Walter liep met vastberaden tred, hij wist precies waar hij naartoe op weg was. Na een kwartier kwamen ze bij de monding van een rivier. Ze volgden het water stroomopwaarts, tussen weelderig groeiende varens door, tot ze bij een kleine waterval aankwamen.

'Welkom in het forellenparadijs!' riep Walter uit.

De jongens maakten hun hengels klaar en liepen tot aan hun middel het water in. Walter liet Eric zien hoe hij moest werpen. Dat ging Eric in eerste instantie nog niet zo goed af: met de juiste polsbeweging moest je de vlucht nabootsen van een insect dat op het water neerstreek. Het duurde wel een paar dagen voordat hij eindelijk een keer beet had, omdat de forellen doorhadden dat ze bedrogen werden alvorens toe te happen. Walter daarentegen was er bijzonder handig in. Hij haalde de ene na de andere gespikkelde forel uit het water, die hij overigens onmiddellijk weer liet gaan.

Walter en Eric brachten de zomer samen in het forellenparadijs door. Daar werd een vriendschap gesmeed die twintig jaar zou duren. Totdat dood en gevangenis hen zouden scheiden.

~

In de bezoekruimte van de mannengevangenis deelde Eric Donovan geëmotioneerd zijn jeugdherinneringen met ons. Het was alsof de verhalen over die rivier en de daarin aanwezige vissen hem heel even aan zijn opsluiting ontrukten.

'Tot aan het eind van de middelbare school zijn we niet meer uit elkaar geweest. We deden alles samen, we zaten zelfs samen in het schoolhardloopteam van Mount Pleasant en hebben ook nog eens samen het regionale estafettekampioenschap gewonnen. Het was een bizarre overwinning. Niemand die ook maar een cent op ons durfde te zetten en toch haalden we de titel binnen.'

'En daarna?'

'Na de middelbare school zijn onze wegen rigoureus gescheiden. Ik ben gaan studeren in Massachusetts. Walter is het leger in gegaan. Zo kuierde ik in 1990 vrolijk over de campus, terwijl hij met zijn eenheid naar Saudi-Arabië werd gestuurd om aan de Golfoorlog deel te nemen. En toen ik mijn diploma kreeg, was hij in Somalië aan het vechten. U snapt hoezeer onze levens verschilden. Maar wat we ook allemaal hebben doorgemaakt – vooral hij –, we zijn al die jaren altijd samen blijven vliegvissen. Telkens wanneer hij verlof had, spraken we af in Mount Pleasant en gingen we naar het forellenparadijs. Om ons heen was alles veranderd, behalve dat ene plekje; dat was altijd hetzelfde gebleven. Van onze vangst bewaarden we twee vissen en dan maakten we een vuurtje op Grey Beach waarbij we tot diep in de nacht zaten te eten en te drinken, en vooral ook de wereld aan het verbeteren waren. Die avonden hadden we het gevoel dat ons niets kon gebeuren.'

'Heeft Walter lang in het leger gezeten?' vroeg Gahalowood.

'Een paar jaar. Ik weet nog dat zijn terugkeer naar het burgerleven samenviel met het WK voetbal dat dat jaar hier in de Verenigde Staten plaatsvond... Dat was in 1994. Die zomer zijn we samen naar een wedstrijd in Foxborough geweest. Ik had kaartjes, ik weet niet meer hoe ik daar aan was gekomen.'

'Wat is er gebeurd tussen Walters terugkeer naar het burgerleven en 1998?'

'Na het leger is Walter weer in Mount Pleasant komen wonen. In eerste instantie zei hij dat dat tijdelijk was. Hij betrok het appartement boven de winkel dat zijn ouders tot dan toe hadden verhuurd. Hij had het prima naar zijn zin. De winkel was helemaal zijn ding. Hij hield van jagen en vissen. Hij was in zijn element. De winkel liep beter dan ooit sinds Walter zich daarover had ontfermd. Mensen kwamen uit de hele regio voor zijn adviezen, hij was dé specialist. En als je van het buitenleven houdt, zit je in Mount Pleasant echt helemaal goed. Ik durf te beweren dat Walter gelukkig was.'

'En jij?'

'Na mijn studie heb ik een goede baan in Salem gevonden. Ik werkte voor een supermarktbedrijf. Ik was heel tevreden. Ik wilde in New Hampshire een regionale keten opzetten naar het voorbeeld van de winkel van mijn ouders. Er viel nog wel wat te ondernemen, vooral in het noordoosten van de Verenigde Staten.'

'En Walter kwam je in Salem opzoeken, toch?'

'Ja, hij kwam regelmatig.'

'Walter heeft Alaska dus via jou ontmoet?'

'Ja. Ik had inmiddels aardig wat vrienden in Salem, ik ging veel uit. Als Walter bij mij was, ging hij graag op de versiertoer. In Mount Pleasant was er een akkefietje geweest met zijn ex-vriendin Deborah Miles. Ik neem aan dat u daarover heeft gehoord...'

'Zeker.'

'Het kwam erop neer dat Walter in Mount Pleasant met de nek

werd aangekeken en dat Salem zijn toevluchtsoord was. Vanaf het voorjaar van 1998 kwam ik regelmatig een groepje meisjes tegen waarvan Alaska deel uitmaakte. Ze waren allemaal net meerderjarig geworden en mochten eindelijk lekker feesten. Toen Walter hen voor het eerst ontmoette, viel hij als een blok voor Alaska. Je kon Alaska ook moeilijk over het hoofd zien. Hij probeerde haar te versieren met mooie verhalen over zijn militaire verleden, zijn liefde voor het buitenleven en zijn ambities als fotograaf. Fotograaf... laat me niet lachen! Hij pikte mijn toestel om goede sier te maken. Dat droeg hij dan schuin over zijn borst alsof hij een of andere kunstenaar was, terwijl er vaak niet eens een filmpje in zat.'

Toen hij daaraan dacht, moest Eric Donovan even lachen. Alsof hij weer heel even in die lawaaiige bar in Salem zat te roken en te drinken, terwijl Walter naast hem met zíjn fotocamera meisjes inpalmde. Hij ging verder: 'Uiteindelijk is het wat geworden tussen Alaska en Walter. Daar heeft hij wel heel erg zijn best voor moeten doen. Maar volgens mij vond ze dat ruige kantje van hem wel leuk. Een tijdlang reisde hij op en neer, maar uiteindelijk is ze bij hem in Mount Pleasant gaan wonen. Destijds vond ik dat best bizar.'

'Hoezo bizar?' vroeg Gahalowood.

Eric glimlachte. 'Sergeant, als u Alaska had gekend, zou u dat niet vragen. Ze had de uitstraling van een prinses. Ze blies je omver. Niet alleen vanwege haar uiterlijk. Ze straalde gewoon. Ik herinner me de dag dat ze in Mount Pleasant aankwam nog goed. Zelf was ik net vanuit Salem weer naar het huis van mijn ouders verhuisd.'

'Waarom was je uit Salem vertrokken?'

'Ik was ontslagen vanwege een conflict met mijn baas. We hadden een té verschillende kijk op het beleid. Ik bedacht dat ik in de winkel van mijn ouders mooi de concepten zou kunnen testen waarmee ik later verder wilde. Bovendien ging het met mijn ouders ook niet super en kon ik ze zo een beetje ontlasten. Mijn vader had kanker. Gelukkig was het niet al te ernstig en is hij er inmiddels van hersteld, maar hij was wel erg moe. Ik vond het fijn bij hen te kunnen zijn. Ik was dus net weer een paar weken in Mount Pleasant, toen Alaska daar plotsteling aan kwam waaien.'

~

2 oktober 1998

De middag liep ten einde. Eric Donovan was bezig de boodschappen van een klant in de kofferbak van haar auto te zetten, toen hij een blauwe cabrio zag stoppen voor de winkel in jacht- en hengelsportartikelen van de familie Carrey. Het portier ging open en tot zijn grote verbazing zag hij Alaska uitstappen. Het was de eerste keer dat ze in Mount Pleasant was. Ze liet haar blik over de hoofdstraat gaan. Het was een sombere herfstdag: donkere wolken kondigden een regenbui aan. De eerste druppels begonnen al te vallen. Alaska haalde haar hand door het golvende haar dat over haar leren jasje viel en deed een paar stappen.

'Alaska?'

Toen ze zich omdraaide, zag ze Eric Donovan staan met een schort om waarop DONOVAN's geborduurd stond. Ze schonk hem een stralende glimlach. 'Hoi, Eric.'

'Wat brengt jou naar Mount Pleasant?' vroeg Eric.

'Mount Pleasant zien en dan sterven,' antwoordde Alaska lachend.

'Ben je hier voor het weekend?'

'In elk geval voor een paar dagen. Misschien langer. Ik moet nodig een beetje tot rust komen en de buitenlucht zal me goeddoen.'

Een week later, op vrijdagochtend 9 oktober, trof Eric Alaska bij Season. Ze zat een kop koffie te drinken.

'Kom je hier wonen?' vroeg hij bij wijze van grapje.

Ze glimlachte treurig. 'Inderdaad, even iets heel anders dan New York.'

'Hoe bedoel je?'

'Ik heb besloten hiernaartoe te verhuizen, in ieder geval voor een tijdje. Ik trek bij Walter in.'

'Hoezo kom je in Mount Pleasant wonen? Wat ga je hier doen dan?'

'Geen idee. Er waren problemen met mijn ouders, ik moest daar weg.'

'O, naar voor je. Als ik iets voor je kan doen...'

'Toevallig wel. Ik moet aan het werk, ik ben blut. Denk je dat ik misschien bij jouw ouders terechtkan?'

'Helaas is het niet zo'n goede tijd voor ons. Bovendien ben ik de gelederen net komen versterken, dus we hebben ook geen extra hulp nodig.'

Ze keek teleurgesteld. 'Walter heeft het ook aan zijn ouders gevraagd. Die vinden het prima dat ik kom helpen, maar willen me daarvoor niet betalen. De krenten! Mocht je iets horen, laat het me dan vooral weten.'

Ze legde geld op de toonbank en vertrok. Buiten haalde Eric haar weer in.

'Wacht, ik weet dat de oude Jacob van het tankstation iemand zoekt. Er hangt al maanden een advertentie op de deur. Het is het tankstation aan Route 21, net voor Grey Beach. Je kunt het niet missen.'

'Ik ga er zo naartoe. Bedankt.'

Het begon te regenen en Alaska liep haastig weg.

'Je gaat toch zeker niet bij een tankstation werken?' riep Eric haar nog na.

Met een gelaten uitdrukking op haar gezicht draaide ze zich naar hem om. 'Als je in de shit zit, kun je niet al te kieskeurig zijn.'

—

'Als je in de shit zit, kun je niet al te kieskeurig zijn,' herhaalde Eric. 'Dat waren haar exacte woorden. Ik heb me heel lang afgevraagd wat er in Salem was gebeurd.'

'De moeder van Alaska had het over een ruzie,' vertelde Gahalowood. 'Blijkbaar waren haar man en zij erachter gekomen dat Alaska wiet rookte.'

Daar moest Eric een beetje om lachen. 'Net als zoveel mensen van haar leeftijd rookte Alaska weleens een joint, ja. Om daarvoor uit Salem weg te vluchten en je in Mount Pleasant te begraven... Nee, naar mijn mening moet er toch echt een ernstiger reden zijn geweest.'

'Heeft Walter het er nooit met jou over gehad?'

'Nee, niet dat ik hem er niet naar heb gevraagd. Maar hij praatte eroverheen. Volgens hem waren ze elkaars grote liefde en uiteindelijk dacht ik dat Alaska het misschien gewoon naar haar zin had in Mount Pleasant. Het is ook een aangename plek om te wonen. Het bruist er natuurlijk niet zoals in New York en het heeft ook niet de glamour van Los Angeles, maar er heerst een gemoedelijke, eenvoudige sfeer die goud waard is. Ik zit u nu al een tijdje te vertellen over mijn leven en mijn herinneringen aan de tijden met Walter, sergeant, maar er komen alleen maar goede dingen bij me boven. Ik snap niet waar u naartoe wilt met dat verhaal over wraak. Ik denk nog vaak aan Walter. Zo probeer ik de boel hier een beetje te ontvluchten. In deze naargeestige gevangenis ga ik dan op mijn bed liggen, doe mijn ogen dicht en probeer me af te sluiten voor alles om me heen: de geluiden, de geur, het geschreeuw. In mijn hoofd klinkt dan het gelach van kinderen. Ik zie ons, Walter en mij, door de hoofdstraat rennen. We staan voor de winkels van onze ouders en dagen elkaar uit: we moeten bij de boekwinkel van Cinzia Lockart zijn voordat de volgende auto langskomt. En weg zijn we. Dat soort uitdagingen verzonnen we vaak. Zo zijn we aan het hardlopen verslingerd geraakt. Tegen de tijd dat we op de middelbare school zaten, waren we niet meer te stoppen. Vandaar ook dat we bij het hardloopteam terecht zijn gekomen, dat me uiteindelijk een studiebeurs heeft opgeleverd. Elke dag verlaat ik zo even mijn cel en ben ik samen met Walter terug in Mount Pleasant. Wanneer ik aan hem denk, sergeant, denk ik dus niet aan wraak; ik denk aan al die keren dat we zijn gaan vissen, aan forellen op een houtvuurtje op Grey Beach, aan hele nachten praten op het strand... En wanneer ik aan dat alles denk, verbaas ik me erover hoe makkelijk het leek.'

'Hoe makkelijk wát leek?'

'De vrijheid, sergeant.'

Bij het verlaten van de gevangenis vroeg Patricia Widsmith aan Gahalowood: 'Wat denkt u ervan, sergeant?'

'Ik zal niet ontkennen dat ik een beetje in de war ben. Als we Eric mogen geloven had Walter geen enkele reden hem kwaad te willen doen. En toch heeft hij dat wel gedaan. Walter heeft willens en wetens Eric ten onrechte beschuldigd. Waarom?'

Patricia Widsmith keek Gahalowood aan. 'Wil dat zeggen dat u veronderstelt dat Eric onschuldig is?'

'Je moet ergens van uitgaan om vooruitgang te boeken.'

Lauren en ik liepen zwijgend naast hen. Toen ze hoorde wat Gahalowood zei, verscheen er een hoopvolle glimlach op haar gezicht. Het liefst had ik haar hand gepakt. Ik hield me in. In plaats daarvan fluisterde ik alleen maar: 'Het spijt me...'

'Mij nog veel meer,' zei ze.

Op de parkeerplaats gingen we uit elkaar. Zodra ik alleen met Gahalowood in de auto zat, vroeg ik: 'Ben je er echt van overtuigd dat Eric Donovan onschuldig is?'

'Nee, ik heb tegen die advocate gezegd wat ze wilde horen. Ik ben ervan overtuigd dat Eric ons niet de volledige waarheid vertelt. Ik wil heel graag weten waarvoor Walter Carrey wraak heeft genomen door Eric van de moord op Alaska te beschuldigen. Er móet iets tussen hen zijn gebeurd. Ik heb de versie van Eric gehoord, nu zou ik die van Walter Carrey willen horen.'

'Walter Carrey is dood, hè, sergeant?'

'Dat weet ik, schrijver, dank voor het meedenken. We gaan met zijn ouders praten.'

Na de brand van april 1999 hadden Sally en George Carrey het pand in de oude staat laten herstellen: op de begane grond was de winkel in jacht- en hengelsportartikelen en het appartement erboven was op dit moment verhuurd aan een gemeenteambtenaar.

HOOFDSTUK 18
Sally en George Carrey

Mount Pleasant, New Hampshire
Dinsdag 13 juli 2010

Toen Gahalowood en ik de winkel in liepen, klonk er een elektronisch belletje en dook er uit de ruimte achter de winkel een vrouw op. Bij het zien van Perry verstrakte haar gezicht.

'Het is dus waar, sergeant? Jullie hebben het onderzoek heropend?'

'We beschikken over nieuwe feiten, mevrouw Carrey.'

Nu keek ze mij aan. 'U bent die schrijver, toch?'

'Ja, mevrouw. Ik ben Marcus Goldman.'

Ze draaide zich om om haar hoofd weer door de deuropening te steken en haar man te roepen: 'George, kom, het gaat over Walty.'

Sally en George Carrey stonden erop het gesprek bij Season, aan de overkant van de straat, voort te zetten. Uit respect voor hen had Gahalowood voorgesteld in de winkel te blijven, maar Sally Carrey had verklaard: 'Ik wil dat iedereen ziet dat we met de politie praten. We houden ons al elf jaar gedeisd, worden al elf jaar scheef aangekeken; het wordt hoog tijd dat onze zoon wordt gerehabiliteerd.'

Aangezien het terras vol zat, gingen we naar binnen. We zaten nog maar amper of Sally Carrey zei: 'Walter heeft geen zelfmoord gepleegd, hè? En hij heeft ook die politieman niet gedood...'

Gahalowood vertrok geen spier. 'Waarom denkt u dat?'

'Een moeder kent haar zoon. Walty was een militair, iemand met eergevoel. Hij was geen moordenaar. En ook geen lafaard. Dat u hier bent, wil zeggen dat u dat weet.'

'We zijn hier omdat we een aantal elementen van het onderzoek moeten verifiëren.'

'Wat wilt u precies van ons?' vroeg George Carrey, die minder happig leek de oude wonden weer open te halen dan zijn vrouw.

'Dat u ons over uw zoon vertelt. We willen hem graag via u wat beter leren kennen.'

'Na elf jaar worden jullie eindelijk wakker?' klaagde George Carrey.

'Ik begrijp dat dit moeilijk kan zijn,' gaf Gahalowood toe.

'Moeilijk? Stuitend zult u bedoelen.'

'George,' maande zijn vrouw hem, 'rustig aan.'

Hij zweeg, een gesloten uitdrukking op zijn gezicht. Toen beschreef Sally Carrey op rustige toon haar zoon Walter voor ons, een enigszins introverte jongen die graag buiten was.

'Hij was een eenling,' vertelde ze. 'Als kind had hij genoeg aan zichzelf. Hij knutselde zijn eigen vliegen en bracht zijn dagen door met vissen. Op zijn tiende kende hij al alle goede plekjes. In de winkel adviseerde hij klanten; zelfs ervaren vissers deden een beroep op hem. "Is die kleine er?" vroegen ze aan mij. "Eh, nee," moest ik dan vaak zeggen. "Die zit op school. U moet zaterdag komen. Maar wel 's ochtends. 's Middags gaat hij vissen." Als Walty niet op school zat of aan het vissen was, was hij in de winkel. Te vaak, vond ik eigenlijk. Ik wilde dat hij vriendjes had om mee te spelen. Daarover had ik zelfs mijn hart uitgestort bij Janet Donovan. Eric had een groepje vrienden en ik zou willen dat mijn zoon daarvan ook deel kon uitmaken. Op een dag kwam Eric de winkel binnenlopen. Ik vermoed dat zijn moeder hem had gevraagd een keertje aardig te doen tegen Walty. Binnen de kortste keren was er een klik tussen die twee en deden ze alles samen. Ze waren onafscheidelijk. Als Walty niet bij ons was, was hij bij de familie Donovan, en andersom. Ik herinner me nog dat ze altijd van het ene naar het andere huis renden. Zo hard mogelijk. Alsof het leven te kort was om gewoon te lopen. Altijd waren ze als gekken aan het draven. Ze moeten een jaar of vijftien zijn geweest toen de trainer van het hardloopteam van de middelbare school van

Mount Pleasant, die klant bij ons was, op een dag de winkel in kwam lopen met de vraag: "Was dat uw zoon die ik net voorbij zag stuiven?" "Ja." "Hij zit op de middelbare school van Mount Pleasant, toch?" "Inderdaad." "Waarom zit hij niet in het hardloopteam?" Zo is Walty dus in dat team gekomen. En Eric ook.'

'Eric was een goede hardloper,' bemoeide George zich ermee. 'Maar hij zou nooit bij dat team zijn gegaan als Walter hem niet had meegesleept. Walter had trouwens ook tegen de coach gezegd dat hij het zonder Eric niet zou doen.'

'Zo te horen,' zei Gahalowood, 'was het een mooie vriendschap.'

'Dat was het ook, tot het eind van de middelbare school,' verklaarde George Carrey.

'Hebt u het dan over iets speciaals?' vroeg Gahalowood.

'Ja,' antwoordde George Carrey. 'Het moment dat Eric Walter besodemieterde bij een hardloopwedstrijd.'

Februari 1988

Walter en Eric zaten in de eindexamenklas. Ze moesten aan de toekomst gaan denken. Allebei wilden ze naar de universiteit om een handelsstudie te gaan doen; urenlang waren ze bezig met het doornemen van de verschillende brochures. De universiteiten die te ver weg waren, vielen af: ze moesten makkelijk terug naar Mount Pleasant kunnen. Ook de te dure universiteiten werden weggestreept. Uiteindelijk viel hun keus op Monarch University in Massachusetts, waar een uitgebreid studieprogramma op handelsgebied werd aangeboden. Aangezien hun ouders niet de middelen hadden om hun opleiding te betalen overwogen de jongens in eerste instantie, net als veel jonge Amerikanen in hun situatie, een lening af te sluiten. Maar zowel Mark Donovan als George Carrey raadde hun dat af: 'Met zo'n studielening zeul je al een last met je mee nog voordat je met werken begint. Je kunt beter voor een beurs gaan.' Hoewel hun cijfers heel fatsoenlijk waren, waren ze niet goed genoeg om op grond daarvan een beurs te krijgen. Hun enige kans was een sportbeurs. Ze moesten alles op hun sportieve prestaties zetten. Twee maanden daarvoor hadden ze tot ieders verrassing het regionale estafettekampioenschap gewonnen. Daarmee zouden ze de aandacht van scouts van universiteiten kunnen trekken.

Mark Donovan en George Carrey vroegen de coach van het hardloopteam van de middelbare school van Mount Pleasant hun zoons te helpen. 'Ik moet u zeggen dat Mount Pleasant niet echt scouts aantrekt,' waarschuwde de coach. 'Zolang ik hier werk, heb ik nog nooit een beurs kunnen regelen voor een van mijn jongens. Maar Eric en Walter hebben natuurlijk bij dat kampioenschap wel verschillende favorieten van de troon gestoten. We zouden iets kunnen proberen. Dan denk ik aan het komende scholenkampioenschap begin maart. Dat blijft vrij lokaal, maar ik ga mijn best doen om een paar scouts ertoe over te halen te komen.'

De coach hield zich aan zijn woord. Hij deed zijn uiterste best om iedereen in zijn netwerk te bereiken. Maar zijn gesprekspartners waren niet overtuigd. 'Als die pupillen van jou zo geweldig waren, hadden we dat wel gehoord,' zeiden ze. Met de moed der wanhoop reed hij zelf naar Massachusetts voor een persoonlijk gesprek met de trainer van de universiteit van Monarch. 'Die twee jongens zijn uitmuntende sporters,' pleitte de coach voor hen. 'Het is hun grote droom hier in Monarch te komen studeren. Ze zullen zich het vuur uit de sloffen lopen.' Er was nog één plaats over in het team en de trainer zocht nog een pareltje. Al kon hij niet al te kieskeurig meer zijn, want verschillende hardlopers die hij eigenlijk had willen rekruteren waren al bezweken voor de verlokkingen van prestigieuzere universiteiten. 'Ik kom bij de scholenkampioenschappen kijken,' beloofde hij. 'Maar ik heb er maar één nodig. Degene die het meest indruk op me weet te maken.'

'Er is maar één plekje,' vertelde de coach een paar dagen voor de wedstrijd aan George Carrey. 'Ik heb de jongens wel verteld dat er een scout van Monarch komt, maar niet dat slechts een van hen kan worden geselecteerd. Ik wilde ze geen onnodige stress bezorgen. Ik heb tegen de trainer van Monarch gezegd dat Walter de beste is. Hij gaat als een speer, die zoon van u. Ik denk ook dat hij gekozen gaat worden. Dat wilde ik u graag vertellen.'

'Dank u, coach. Dank voor alles. Wat moet ik tegen Walter zeggen?'

'Niets. Zegt u vooral niets. Zorg er gewoon voor dat hij de dag van de wedstrijd goed uitgerust en in topvorm is.'

Op de bewuste dag gingen de families Donovan en Carrey samen naar het plaatselijke stadion om hun kampioenen aan te moedigen. De sfeer was gemoedelijk. Eric en Walter zouden eerst een sprint van honderd meter doen en later nog een langeafstandsloop van vier kilometer.

De deelnemers namen achter de lijn plaats voor de eerste wedstrijd. Eric kwam supergeconcentreerd over. Walter leek niet op zijn gemak en had moeite in de starthouding te gaan staan. Op het moment dat de scheidsrechter aanstalten maakte het startschot te geven holde Walter de baan af, naar de kleedkamers.

~

'Walter had last van een ernstige diarreeaanval,' verklaarde George Carrey. 'Hij heeft de wedstrijden niet kunnen lopen. De coach dacht dat het de zenuwen waren. Ik denk dat iemand hem stiekem iets heeft toegediend. Een laxeermiddel in zijn water of zo.'

'Wie zou zoiets hebben gedaan?' vroeg Gahalowood.

'Wie denkt u?' was de wedervraag van George Carrey. 'Eric Donovan. Nu Walter was uitgeschakeld kreeg hij de beurs van de universiteit van Monarch. Eric moet hebben gehoord dat er nog maar één plaats in het team over was. Hij wist heel goed dat Walter de favoriet was. Dus heeft hij hem uit de weg geruimd. Eric is altijd jaloers geweest op Walter. Ook wat Alaska betrof. Hij kon het niet aanzien dat mijn zoon iets had met zo'n mooie vrouw. Dus heeft hij haar vermoord en ervoor gezorgd dat Walter de schuld kreeg. Hij heeft hem erin geluisd, net als destijds met die hardloopwedstrijd.'

'Hebt u bewijzen voor deze beweringen?' vroeg Gahalowood.

'Voor de hardloopwedstrijd niet, nee. Wat Alaska betreft... Eric draaide om haar heen. Dat was mijn vrouw niet ontgaan. Maar dat weet u, want dat heeft ze u destijds verteld.'

'Inderdaad,' beaamde Gahalowood. 'Maar ik herinner me ook dat

Walter een eventuele relatie tussen Eric en Alaska de grootst mogelijke onzin vond. Had hij tegenover u twijfels aan de integriteit van Eric geuit?'

'Nee, maar u weet ook dat vriendschap soms blind maakt.'

'Hoe heeft Walter het drama van die wedstrijd opgenomen?'

'Gelaten, zoals altijd. Hij herhaalde wat de coach hem had aangepraat: "Het waren de zenuwen."'

'Eric is dus naar de universiteit gegaan en Walter...'

'Ondanks alles wilde hij nog steeds graag gaan studeren,' vertelde George Carrey, 'maar omdat ik hem ertoe had overgehaald zich niet in de schulden te steken met een studielening, zat er voor hem niets anders op dan het leger in te gaan om zijn studie te financieren. Drie jaar in dienst van Uncle Sam. Als tegenprestatie zou zijn universitaire opleiding worden betaald door de overheid. Het beviel hem goed in dienst. De eerste twee jaar verliepen gladjes. Hij was gestationeerd in Virginia en kwam regelmatig met verlof. Alles ging goed. En toen gingen de Verenigde Staten zich in de zomer van 1990 met een oorlog bemoeien.'

Met de annexatie van Koeweit door Irak op 2 augustus 1990 begon de Golfoorlog. Een paar dagen later stationeerden de Verenigde Staten hun troepen in de Saudische woestijn in het kader van de operatie Desert Shield. Een paar maanden lang beschermde Walter de olieputten van het wahabitische koninkrijk. Een paar maanden lang wachtte hij op een vijand die nooit kwam opdagen. De dagen waren gevuld met oefeningen, wachtlopen en vooral heel veel kameraadschap. Bij terugkomst uit de Golfoorlog had Walter geen schot gelost. De enigen die hij had gezien waren zijn wapenbroeders en hij was bij wijze van spreken het kamp tussen de woestijnduinen niet uit geweest. Hij had het een prettige ervaring gevonden en was helemaal volgepompt met patriottische overtuigingen. Dus besloot hij voor drie jaar bij te tekenen en werd al snel naar Somalië gestuurd. Daar kwam hij in een echte, smerige, gewelddadige oorlog terecht. Totaal andere koek dan het kampleven in Saudi-Arabië. De dagelijkse potjes flipperen en darten van Desert Shield maakten plaats voor gevaarlijke patrouilles door de straten van Mogadishu waarbij ze vanaf de daken werden bestookt door sluipschutters.

'Somalië was de hel,' verklaarde George Carrey. 'Tijdens onze zeldzame telefoongesprekken met Walter vertrouwde hij ons toe dat hij bang was. Bij een ondersteuningsmissie voor Delta Rangers die een rebellenleider gevangen moesten nemen beleefde hij een gruwelijke nacht. Hun eenheid liep in een hinderlaag. Hij heeft verschillende van zijn kameraden zien doodgaan. Volgens mij is er die nacht iets bij hem geknapt. Vanaf dat moment ging hij af en toe door het lint.'

Kort na de terugkeer van Walter naar de Verenigde Staten in 1994 kwam er een voortijdig einde aan zijn militaire carrière, na een incident op zijn basis in Pendleton, in Virginia.

'Wat voor incident?' vroeg Gahalowood.

'We zullen het niet mooier maken dan het is, sergeant. U kunt het uiteraard natrekken. Walter heeft een heftige woordenwisseling gehad met een meerdere. Ze zijn zelfs slaags geraakt.'

'Wat was er gebeurd?'

'De eerste luitenant die de leiding had over zijn eenheid was nogal wreed aangelegd. Hij wilde een volgens hem ongedisciplineerde soldaat afstraffen en beval Walter en nog een ploegje hem een pak slaag te geven. Walter weigerde. De gemoederen raakten verhit en het liep uit de hand. De zaak is intern afgehandeld: het leger gaf er de voorkeur aan het gedrag van de onderofficier in de doofpot te stoppen en Walter niet te straffen. Hij werd ontheven van zijn militaire verplichtingen. Daar had hij het volgens mij sowieso wel mee gehad.'

Moe en getekend door wat hij in Somalië had meegemaakt keerde Walter terug naar het burgerleven. Hij wilde maar één ding: een rustig leventje leiden in Mount Pleasant. Het familiebedrijf overnemen, in het weekend gaan vissen. Een beetje in de luwte blijven.

'Die studie heeft hij afgeblazen,' vertelde George Carrey verder. 'Daar had hij totaal geen interesse meer in. Hij zei: "Ik wil niet achter het leven aan rennen, ik wil het gewoon leven." Het appartement boven de winkel stond leeg, daar is hij ingetrokken. Hij werkte samen met ons in de winkel en stopte daar zijn hele ziel en zaligheid in. Mijn vrouw en ik dachten regelmatig na over ons pensioen, maar niemand die de zaak voor een goede prijs wilde overnemen. We vonden het een fijn idee hem op een gegeven moment aan onze zoon te kunnen overdoen.'

De terugkeer van Walter naar Mount Pleasant luidde een paar mooie jaren voor de familie Carrey in. Tot aan het najaar van 1998.

'Wat gebeurde er toen?' wilde Gahalowood weten.

'Op een dag dook Eric Donovan plotseling op,' antwoordde George Carrey. 'Ook hij bleek weer in Mount Pleasant te zijn komen wonen. Vanaf dat moment veranderde alles. Vooral toen Alaska hiernaartoe verhuisde. Zoals ik al eerder zei, denk ik dat Eric een oogje op haar had. Hij kon het niet uitstaan dat ze met Walter samen was en niet met hem. Daarom heeft hij haar vermoord.'

'Daar bent u van overtuigd?'

'Absoluut. Hij heeft haar vermoord en ervoor gezorgd dat alles naar Walter wees. Wij waren op vakantie in Maine toen we over de dood van Alaska hoorden. We zijn op stel en sprong teruggekomen. Ik weet nog dat Eric, toen wij thuiskwamen, voor onze winkel rondhing. Hij zag er nerveus uit. Ik vond hem onmiddellijk verdacht.'

'En Walter?' vroeg Gahalowood. 'Hoe was hij na de moord?'

'Hij was er kapot van, en in de war,' antwoordde Sally Carrey. 'U hebt hem zelf gezien.'

'Volgens mij raakte Walter als iets niet ging zoals hij wilde zijn zelfbeheersing nog wel eens kwijt,' merkte Gahalowood op. 'Zoals toen met zijn meerdere in het leger. Of met zijn vriendinnetje Deborah Miles. Of toen hij in de nacht van maandag 5 april zijn appartement in brand stak. Waarom is Walter die nacht plotseling zo doorgedraaid?'

'Ik heb geen idee,' zei Sally Carrey.

'Hij had grove verwensingen op de muur geklad: ONTROUWE HOER... Had hij die avond de bevestiging gekregen dat Alaska een verhouding had?'

'Geen idee,' zei Sally nogmaals.

'Maar zelf vermoedde u al langer dat er iets tussen Eric en Alaska was, toch?' vroeg Gahalowood.

'Ja, sinds ongeveer twee weken voor de moord op Alaska.'

'En wanneer hebt u dat aan Walter verteld?'

'Toen hij belde met de mededeling dat Alaska bij hem weg was. Dat was vrijdagmiddag, de dag voor de moord.'

~

Vrijdag 2 april 1999

'Mam? Ze is bij me weg!'

'Wat? Wie?'

'Alaska. Ik ging naar boven om een trui aan te trekken, ik had het koud. En toen stond zij daar, opgedoft alsof ze een afspraakje had, met laarsjes met hakken en zo. Ze leek niet blij me te zien en nadat ze zich snel weer had omgekleed, zei ze dat ze wat spullen was komen halen en dat ze bij me wegging.'

'O mijn god, Walty! Maar waarom?'

'Ik weet het niet, mam. Ik weet het echt niet.'

'Wil je dat we naar huis komen, Walty? Als we morgenochtend vroeg vertrekken, zijn we er rond lunchtijd.'

'Nee, dat hoeft niet. Je kunt er toch niets aan veranderen. Geniet maar van jullie vakantie. Ik weet niet zo goed wat ik moet doen.'

'Ga met haar praten,' opperde Sally Carrey. 'Ga bij haar langs op het tankstation en vraag om uitleg.'

'Haar kennende wil ze er dan alleen nog maar harder vandoor. Ze zei dat ze naar haar ouders ging, misschien moet ik haar even wat ruimte geven.'

'Als je maar niet alleen thuis blijft zitten vanavond. Ga de deur uit, een beetje afleiding zoeken.'

'Geen zorgen, mam. Eric heeft gevraagd of ik de ijshockeywedstrijd in National Anthem kom kijken.'

Er viel een korte stilte.

'Walty,' zei zijn moeder uiteindelijk, 'ik moet je iets vertellen. Vorige week, toen jij naar dat hengelsportcongres in Quebec was, heb ik Eric en Alaska samen gezien. Ze stapten uit jouw auto.'

'De auto van Alaska lekte olie. Ik had gezegd dat ze die van mij kon gebruiken terwijl ik weg was. Ze heeft Eric vast ergens opgepikt en naar huis gebracht.'

'Nee, Walty, ik zou willen dat dat waar was, maar het zag er heel verdacht uit.'

Walter moest er bijna om lachen. 'Eric en Alaska? Never!'

'Ik vind het vreselijk je pijn te moeten doen, Walty, maar als ze bij je weggaat, is dat waarschijnlijk omdat ze een ander heeft.'

'Dat vermoeden heb ik al een tijdje, ja,' zei Walter op treurige toon. 'Ik heb heus wel gemerkt dat ze veranderd is. En dat ze cadeautjes krijgt. Laatst had ze nieuwe pumps. Ze zei dat ze die in een winkel in Wolfeboro had gekocht. Ik heb het gecheckt en dat merk is alleen in een winkel in Salem te koop. Alaska heeft geen relatie met Eric, mam, maar waarschijnlijk wel met iemand die in Salem woont. Ik vraag me trouwens af of ze echt naar haar ouders is, want zo goed gaat het niet tussen hen. Als ze naar Salem is, gaat ze vast naar die man.'

Elf jaar nadat dit zich had afgespeeld zei Gahalowood tegen Sally Carrey: 'Iets begrijp ik niet. Volgens u vermoedde Walter al een tijdje dat Alaska hem bedroog. Tegelijkertijd beaamt u dat hij een impulsieve man is die wanneer de emoties hoog oplopen heel heftig kan reageren. Getuige zijn woedeaanval van die maandagavond waarbij hij zijn appartement in brand steekt. De vraag blijft: waarom draait Walter die avond zo door? Hij is geen tijdbom, hij is een impulsieve man die zich onmiddellijk afreageert. Hoe komt het dat hij er zo aan toe is? Hebben jullie hem die avond nog gezien?'

'Hij heeft bij ons gegeten,' zei George Carrey. 'Ik at niet mee, het was mijn kaartavond, maar ik heb hem nog wel gezien toen hij binnenkwam. Hij zag er heel normaal uit.'

'En daarna?' Nu richtte Gahalowood zich tot Sally Carrey.

'We hebben samen gegeten. Ik herinner me die avond nog goed... Hoe zou ik die nu kunnen vergeten? Het was de laatste keer dat ik mijn zoon levend heb gezien.'

Maandag 5 april 1999
Acht uur 's avonds

'Hoe gaat ie, Walty?' vroeg Sally Carrey aan haar zoon.

'Zo goed als maar kan.' Hij haalde zijn schouders op. 'Ik kan nog steeds niet geloven dat Alaska dood is.'

‘Ik weet het, lieverd. Het is verschrikkelijk.’

Sally had kalfsragout gemaakt, Walters lievelingsgerecht. Hij had er nog bijna geen hap van genomen.

‘Je moet eten, lieverd,’ zei ze.

‘Geen honger. Geen zin om te eten. Sorry.’

‘Ik heb *carrot cake* als toetje.’

‘Mam, ik moet je iets vertellen.’

‘Ik luister, je kunt me alles vertellen.’

‘Ik heb iets stoms gedaan, mam.’

‘Iets stoms?’ herhaalde Sally Carrey ongerust. ‘Hoezo iets stoms? Heeft het iets met Alaska te maken?’

‘Ja en nee. Zaterdagmiddag had iedereen het in de stad over wat er bij Grey Beach was gebeurd. Ik kwam Tim Jenkins tegen, je weet wel, die jongen die op de middelbare school bij mij in de klas zat en die nu bij de politie van Mount Pleasant werkt.’

‘Ja, ik weet wie je bedoelt.’

‘Tim vertelde me wat er bij Grey Beach was gebeurd. Hij zei dat ze scherven van een achterlicht en wat zwarte verf op een boomstam hadden gevonden.’

‘Ja, en?’ vroeg Sally Carrey met bonzend hart.

‘Zaterdag zag ik dat mijn auto een kapot achterlicht had. Er zat ook een deukje in de bumper. Ik was nergens tegenaan gereden, dat had ik wel gemerkt. Ik denk dat iemand die schade opzettelijk heeft toegebracht.’

‘Je bedoelt dat iemand de nacht van de moord jouw auto heeft genomen? Wie had de sleutel?’

‘Niemand, mam. Niemand had de sleutel van mijn auto.’

‘Je sluit je auto nooit af, en je appartement trouwens ook niet. Zo onvoorzichtig. Lieverd, dit is allemaal wel heel vreemd, dat moet je aan de politie vertellen. We kunnen nu naar het bureau gaan. Of ik kan chief Mitchell bellen als je dat liever hebt. Die kan ons dan in contact brengen met de inspecteurs die bij jou zijn geweest.’

‘Vooral geen politie! Omdat ik dus iets stoms heb gedaan. Toen Tim het over die scherven van een achterlicht had, moest ik onmiddellijk aan mijn auto denken. Ik raakte in paniek, dacht dat de politie daardoor bij mij zou uitkomen. Ze zouden horen over mijn akkefietje in het leger en het incident met Deborah. Ze zouden denken dat ik door het lint was gegaan vanwege de breuk met Alaska. Dus heb ik mijn vriend Dave Burke, die bij de Fordgarage werkt, om hulp gevraagd. Hij is 's avonds naar jullie huis gekomen. Ik had mijn auto stilletjes in jullie garage gezet zodat daar ongezien aan geklust kon worden.'

Sally was ontzet. 'Lieverd, wat heb je gedáán? Zo gaan ze denken dat je schuldig bent. Je vriend Dave zal ongetwijfeld door de politie worden ondervraagd, en dan zal hij ze alles vertellen.'

'Maak je geen zorgen, mam. Het komt wel goed. De politie heeft geen enkele reden met Dave te gaan praten. Hij zegt sowieso niets. We zijn vrienden.'

'Met vrienden moet je oppassen, Walt.'

'Hoezo?' vroeg Walter, die begreep dat zijn moeder ergens op zinspeelde.

'Pas op met Eric, lieverd. Ik vraag me af of hij niet degene is die Alaska heeft vermoord.'

~

'Ik wist niet dat jij Walter voor Eric had gewaarschuwd,' zei George Carrey tegen zijn vrouw.

'Ik moest wel. Ik had het gevoel dat deze zaak hem door de vingers glipte.'

Gahalowood kwam tussenbeide: 'Dit bewijst nogmaals dat Walter wanneer hij van streek raakt impulsief handelt en slechte beslissingen neemt. Hij raakt in paniek bij het zien van het kapotte achterlicht van zijn auto en gaat het onmiddellijk laten repareren. Werd hij boos toen u hem waarschuwde voor Eric?'

'Nee, helemaal niet. Hij bleef heel kalm. Hij zei nogmaals dat hij zijn vriend vertrouwde. Daarna is hij vertrokken. Hij was moe, hij zei dat hij behoefte had aan rust.'

'Hij is dus heel rustig bij u vertrokken?'

'Ja.'

'Hoe laat was dat?'

'Rond negen uur.'

'Maar waarom steekt hij dan een paar uur later zijn appartement in brand?'

'Dat weet ik niet,' moest Sally Carrey toegeven. 'Misschien kwam de reactie thuis pas.'

'Ik denk,' zei Gahalowood, 'dat hij iets heeft ontdekt. Ik zou heel graag willen weten wat. Wat ik me afvraag, mevrouw Carrey, is waarom u me nooit iets over dit gesprek hebt verteld. Waarom komt u nu pas met het verhaal over dat kapotte achterlicht dat hij heeft laten repareren?'

Bij het horen van die vraag ontplofte Sally plotseling. 'Omdat hij de volgende dag dood was, sergeant! Hij is bij mij de deur uit gegaan en dat was de laatste keer dat ik mijn zoon levend heb gezien. Wat had het nog uitgemaakt als ik u dit allemaal had verteld? Had ik hem daarmee zijn mooie gezicht kunnen teruggeven dat door die kogel zo gruwelijk was misvormd? Hebt u weleens iemand gezien die van dichtbij is neergeschoten, sergeant? Ik wel, en het was mijn zoon. Legt u me maar eens uit hoe mijn leven dat volledig aan diggelen ligt anders zou zijn verlopen als ik u dit had verteld. Het enige wat ik wist, was dat Walter die politieman nooit zou hebben kunnen doden, dat hij nooit zelfmoord zou plegen. Hij is een slachtoffer: slachtoffer van Eric Donovan, slachtoffer van de politie. Wanneer gaat u mijn jongen rehabiliteren, sergeant Gahalowood?'

De stem van Sally Carrey had door het café gegalmd en de aandacht van een serveerster getrokken. Sally stond op, haar man volgde haar voorbeeld, en samen vertrokken ze.

Gahalowood en ik bleven aan de tafel zitten. Afgezien van het personeel was het café binnen uitgestorven. Ik vroeg aan Gahalowood: 'Waarom heeft Eric ons niets verteld over dat gedoe met die wedstrijd?'

'Misschien omdat Eric, zoals de ouders van Walter denken, Walter zelf heeft uitgeschakeld?'

'Met een laxeermiddel?'

'Dat zou kunnen. Maar dat je tijdens een sportwedstrijd op school valsspeelt, wil nog niet zeggen dat je elf jaar later iemand vermoordt. Ik moet bekennen dat ik niet meer zo goed weet wat ik ervan moet denken. Het enige waarvan ik overtuigd ben, is dat Walter Carrey maandagavond 5 april 1999 zijn appartement in brand steekt omdat hij iets heeft ontdekt. Maar wat?'

Een paar meter bij ons vandaan stond een vrouw achter de bar niet heel overtuigend naar de kassa te staren. Ze leek ons in de gaten te houden.

'Bent u Regina Speck?' vroeg Gahalowood.

Ze keek hem verbaasd aan. 'Ja, hoe weet u dat?'

'Patricia Widsmith, de advocate van Eric Donovan, heeft het over u gehad.'

Ze liep naar onze tafel toe. 'En jullie zijn die agent en die schrijver over wie iedereen het hier heeft.'

'Ja, mogen we u een paar vragen stellen?'

'Natuurlijk.'

Gahalowood nodigde haar uit te gaan zitten. Ze nam tegenover ons plaats. Ik schatte haar een jaar of veertig; een stuk jonger dan ik uit de woorden van Patricia had geconcludeerd. Blijkbaar was ik niet de enige, want Gahalowood vroeg: 'Mevrouw Speck, hoe oud was u in 1999?'

'Toen was ik vierendertig.'

'En al eigenaar van dit café?'

'Ja. Om precies te zijn was het officieel nog van mijn vader, maar die kon na tien uur 's ochtends niet meer op zijn benen staan.'

'Hoe dat zo?'

'Hij dronk. Daaraan is hij een paar jaar geleden ook overleden.'

'Dat spijt me.'

'U kunt er ook niets aan doen. In 1999 was ik degene die Season runde. Mijn ouders waren gescheiden. Toen ik zeven was, heeft mijn moeder haar biezen gepakt om aan een nieuw leven te beginnen. Een kind kon ze daarbij niet gebruiken. Ik ben opgegroeid achter deze bar. Qua studie ben ik heel goed terechtgekomen. Mijn uitstekende cijfers op school leverden me een beurs voor Princeton op, waar ik economie heb gestudeerd. Na mijn afstuderen heb ik vijf jaar voor een groot accountantskantoor in New York gewerkt. Stomvervelend! Uiteindelijk ben ik naar Mount Pleasant teruggekeerd. Het was me plotseling overduidelijk geworden: waarom ergens anders gaan wonen als je het hier zo goed kunt hebben? Het was begin jaren negentig. Het drankprobleem van mijn vader ging van kwaad tot erger. En het café was langzaam aan het aftakelen. Dat ik weer hier ben komen wonen is de beste beslissing van mijn leven geweest. Ik heb het beheer van de zaak overgenomen, al mijn spaargeld erin gestoken en de boel opgeknapt naar het voorbeeld van de trendy adresjes in Manhattan. Een knusse inrichting, kwaliteitsproducten, het hele Italiaanse koffiescala: ristretto, espresso, macchiato, cappuccino, et cetera. Ik kan u wel vertellen dat het voor de mensen hier in eerste instantie een kleine shock was. Bij mijn vader waren ze meer gewend aan frieten gebakken in de olie van de vorige dag. Maar het wende snel en het loopt nog steeds als een trein.'

'Kunt u ons misschien iets meer vertellen over dat jaar 1999?'

'Daar valt niet zoveel over te vertellen. Het café draaide toen al op volle toeren. Wat wilt u weten?'

'Waren Eric Donovan en Walter Carrey klant bij u?'

'Ja, die kwamen hier regelmatig. Vooral Walter, die aan de overkant woonde en hier kwam ontbijten voordat hij de winkel opende.'

'En de moeder van Walter, is zij ook klant?'

'Sinds ik Season heb overgenomen steekt Sally Carrey zo ongeveer elke dag wel een keer de straat over om een espresso te drinken. Omdat het een aangename afwisseling is van het slootwater dat ze elders serveren, zegt ze, en vooral ook omdat het haar doet denken aan een reisje naar Rimini dat ze voor haar huwelijk ooit heeft gemaakt. Mama Carrey is waarschijnlijk vijftig jaar geleden één keer in Italië geweest en drinkt nu nog elke dag een sterke espresso ter herinnering aan die reis.'

'U kent haar dus goed...'

'Ik zie haar al twintig jaar bijna dagelijks. Dat schept een band.'

'Klopt het dat ze het met u heeft gehad over de eventuele ontrouw van Alaska aan Walter Carrey?'

'Ja. Kort voor de dood van Alaska trouwens. Ik herinner het me omdat ik er later ook nog met de advocate van Eric Donovan over heb gepraat.'

'Herinnert u zich nog wat Sally Carrey precies heeft gezegd?'

'Het was een kort gesprek, zoals altijd. Zij gaat aan de bar zitten, ik maak een espresso voor haar, we kletsen een paar minuten. Die dag leek ze zich ergens zorgen over te maken. Ik vroeg wat haar dwarszat en ze vertelde dat ze Alaska en Eric de vorige dag voor haar winkel had gezien. In haar ogen gedroegen ze zich als een stel. Ik vroeg haar: "Hoe kom je daar zo bij, Sally?" Ze antwoordde: "Ze hadden ruzie en hun woordenwisseling had iets hartstochtelijks." Ik vond het twijfelachtig. "Als ze iets samen hadden, zouden ze toch niet bij jou voor de deur gaan staan bekvechten?"'

'Waarom hebt u dit destijds niet verteld?' vroeg Gahalowood. 'We hadden getuigen opgeroepen zich te melden...'

'Met welke reden had ik naar de politie moeten stappen? Het was maar een gesprekje in een café, niet echt wereldschokkend. En bovendien hebben jullie twee of drie dagen na de moord op Alaska eerst Walter en vervolgens Eric opgepakt. Wat viel er nog toe te voegen? Uiteindelijk heb ik er wel met die advocate over gepraat omdat ze er vragen over stelde.'

'Ik begrijp het. En Eric Donovan? Kwam hij hier ook?'

'Soms. Maar meer aan het eind van de dag om zich te ontspannen met een drankje. En om mij te versieren, moet ik zeggen, maar ik had geen interesse.'

'Mag ik vragen wat u niet aanstond aan hem? Hij zag er goed uit en was best aardig, toch?'

'Hij was nog geen dertig, ik al bijna vijfendertig. Ik dacht na over kinderen, hij was net weer bij zijn ouders ingetrokken. Niet echt wat ik zocht. Bovendien moet ik sowieso niets hebben van jankers.'

'Jankers? Waarom was hij een janker?'

'Eric zat niet lekker in zijn vel. Hij was niet gelukkig.'

'Waar maakte u dat uit op?'

'Uit wat hij me heeft verteld. Op een avond waren we nog maar met zijn tweeën in de bar. Het was in het najaar van 1998, dat weet ik nog omdat ik kort daarna mijn man heb ontmoet. Eric en ik hadden gedronken en we waren behoorlijk aangeschoten. Op een gegeven moment trok hij mij naar zich toe om me te zoenen, maar ik duwde hem weg. Hij bood zijn excuses aan, maar schoot toen in de slachtofferrol. Hij zei zoiets als: "Ach, ze moeten me allemaal niet." We hebben nog even gepraat en hij had het over zijn vriendin in Salem die hem van de ene op de andere dag had gedumpt. Er was een andere man in haar leven gekomen. Hij voelde zich zo gekwetst dat hij besloot uit Salem te vertrekken. Hij heeft zijn baan opgezegd en is naar Mount Pleasant teruggekomen.'

'Hij was ontslagen, toch?' vroeg Gahalowood. 'Over die breuk met zijn vriendin had ik gehoord, ja, maar volgens mij had hij geen ontslag genomen. Hij was ontslagen vanwege onenigheid met zijn leidinggevende.'

Regina Speck glimlachte. 'Dat was de officiële versie. Voor zijn ouders. In werkelijkheid had hij de benen genomen. Hij had zijn baan opgezegd. Dat is in elk geval wat hij mij heeft verteld. U kunt het ongetwijfeld natrekken bij zijn toenmalige werkgever.'

We hadden Season net verlaten en liepen verder de hoofdstraat in, toen er een politieauto achter ons aan kwam. Een gespierde politieman in uniform stapte uit en liep op ons af.

'Jullie hadden op zijn minst de beleefdheid kunnen hebben even op het bureau langs te komen,' zei hij.

Ik kende deze man met wie Gahalowood elf jaar geleden had samengewerkt nog niet: het was chief Mitchell.

'Chief Mitchell,' begroette Gahalowood hem. 'Wat goed u weer te zien.'

'Sergeant Gahalowood, ik weet niet of ik blij moet zijn met dit weerzien of me zorgen moet maken over de redenen van uw aanwezigheid hier.'

Volgens Perry was chief Terry Mitchell nauwelijks veranderd sinds 1999, iets wat ik kon beamen na het bekijken van foto's uit de kranten van destijds. Hij was iets dunner en iets grijzer geworden, maar had nog hetzelfde rechte kapsel, dezelfde brede schouders en dezelfde wilskrachtige houding. Zelfs zijn zonnebril, een pilotenbril met grote, donkere glazen, leek de tand des tijds samen met hem te hebben doorstaan.

'Is er echt aanleiding het onderzoek naar de dood van Alaska Sanders te heropenen?' vroeg hij.

'Als dat niet zo was, zouden we hier niet zijn,' antwoordde Gahalowood.

'Wat hebben jullie?'

'Concrete en steekhoudende nieuwe bijzonderheden. Ik beloof u dat ik u zo snel mogelijk op de hoogte breng.'

'Waarom niet nu gelijk?' opperde Mitchell. Het hoofd van de politie van Mount Pleasant was duidelijk uit op informatie. Dat genoegen gunde Gahalowood hem niet, maar hij wilde hem ook niet tegen zich in het harnas jagen.

Hij hield het bij: 'Het zou kunnen dat sommige bewijzen niet goed zijn geïnterpreteerd.'

'Hebt u het dan over bewijzen tegen Eric Donovan?'

'Onder andere.'

'Onder andere? Walter Carrey heeft zijn misdrijf bekend, toch?'

Gahalowood draaide er een beetje omheen. 'Hij heeft inderdaad bekend, ja, maar wanneer je een onderzoek heropent, moet je bereid zijn alles ter discussie te stellen. Daarmee vertel ik u niets nieuws.'

'Hoor eens, sergeant, ik heb echt waardering voor u. Destijds hebt u zich ook steeds correct gedragen en zo. Maar dit is een rustig stadje: hoe minder gedoe, hoe beter het met iedereen gaat. Het heeft een tijd geduurd voordat de inwoners deze moord een beetje te boven waren. Het was het eerste misdrijf in dertig jaar, en gelukkig tot nu toe ook het laatste. Dit is een vredige plek, jullie moeten hier niet zomaar de boel overhoop komen halen.'

'Ik begrijp uw ongerustheid, chief Mitchell. We zullen discreet te werk gaan, maakt u zich geen zorgen.'

'Ik ga er niet over liegen: ik maak me wel een beetje zorgen. Als u er geen bezwaar tegen hebt, wil ik dat er een agent van ons met u meegaat zolang u binnen het rechtsgebied van de politie van Mount Pleasant bent. Uit respect voor de inwoners.'

Gahalowood schonk hem een sarcastisch glimlachje. 'Het eeuwige wantrouwen jegens de staatspolitie.'

'Ik bewijs u een dienst, sergeant. Mount Pleasant is een kleine gemeenschap. Met haar eigen regels. U zult het vertrouwen sneller winnen met iemand erbij die hiervandaan komt. U bent hier in het kader van een onderzoek van de staatspolitie, ik moet zorgen dat u welkom bent. Maar tegelijkertijd bent u hier wel bij mij op bezoek. U moet ook respect hebben voor de gastheer.'

'U hebt helemaal gelijk,' verzekerde Gahalowood hem. 'Zullen we morgen op het bureau afspreken om onze strategie door te nemen?'

'Dat lijkt me een goed idee,' zei chief Mitchell. 'Dan verwacht ik u morgenochtend bij mij.'

Met grote, hanige passen liep hij weg, zichtbaar tevreden met zijn intimiderend bedoelde optreden.

'Waarom gedraagt hij zich zo?' vroeg ik.

'Hij verdedigt zijn territorium. Vooral ook omdat hij over een paar maanden met pensioen gaat. Dat weet ik omdat ik informatie heb ingewonnen. Hij staat inmiddels vijftien jaar aan het hoofd van de politie in deze stad en heeft absoluut geen zin zijn carrière te beëindigen met een valse noot. En hij heeft alle reden zich zorgen te maken: als Eric Donovan onschuldig blijkt te zijn en er dus nog een moordenaar vrij rondloopt, zal dat een ongekend schandaal veroorzaken. Kom, dan gaan we naar jouw hotel, een kamer voor mij regelen.'

'Je gaat je hier installeren? Nu begrijp ik waarom je vanochtend een tas bij je had.'

'Je dacht toch niet dat ik je alleen liet, schrijver?'

'Maak je je zorgen om mij?'

'Als er een moordenaar vrij rondloopt, ben jij de volgende op zijn lijstje.'

'Overdrijf je nu niet een beetje, sergeant?"

'Als er hier iemand overdrijft, ben jij het.'

Ik glimlachte. 'Je zult zien dat het een aangenaam hotel is.'

'Ik kom hier niet om te ontspannen, maar om een onderzoek af te sluiten.'

'Dat weet ik, sergeant. Ik vroeg me trouwens af: wat zou je anders doen als je terug kon gaan naar 1999?'

'Wat wil je daarmee insinueren?'

'Er zijn inmiddels elf jaren verstreken, ongetwijfeld vol leermomenten.'

'Destijds,' antwoordde Gahalowood, 'heb ik niet genoeg vragen gesteld in het stadje. Dat is iets wat ik heb opgestoken van jou en van de manier waarop je in de zaak Harry Quebert te werk ging.'

'Sergeant, zeg je nu dat ik jou heb geleerd hoe je je werk moet doen?'

'Dat was absoluut niet wat ik net zei.'

'Ik ben diep geroerd, sergeant. Ik trakteer je op een etentje.'

'Ik hoef geen etentje van jou.'

'Kom op, doe niet zo sikkeneurig. Ga die hotelkamer regelen, dan neem ik je daarna mee naar een italiaan.'

Die avond aten Gahalowood en ik bij Luini. Toen we na het eten weer bij het hotel aankwamen, zag ik op een bankje een beeldje van een meeuw staan, net zo een als ik eerder in mijn kamer had aangetroffen.

Ik liep ernaartoe. Onder het beeldje lag een informatiepakket van de universiteit van Burrows, waarop met een rode viltstift geschreven was:

> MARCUS,
> MIJN ENIGE ECHTE RAADGEVING: GA NIET NAAR BURROWS.

'Wat betekent dat?' vroeg Gahalowood, die over mijn schouder had meegelezen.

'Het is een boodschap van Harry Quebert. Ik denk dat hij zinspeelt op de raadgevingen voor het schrijverschap die hij me destijds heeft gegeven.'

'Waarom heeft hij het over Burrows?'

'Ik heb afgesproken daar vanaf komend najaar een college schrijven te gaan geven.'

'En dat vertel je me nu pas? Bravo schrijver! Lesgeven aan de universiteit, dat noem ik een mooie promotie.'

'Harry lijkt het niet met je eens te zijn. Hij probeert het me uit het hoofd te praten, ik weet alleen nog niet waarom.'

Aan de ontbijttafel van het hotel las ik *De meeuwen van Aurora*. Ik was het boek gaan kopen in de winkel van Cinzia Lockart en had me er onmiddellijk in verdiept. Ik kende de tekst al heel goed, maar hoopte er toch nog een aanwijzing in te vinden over Harry en hoe zijn leven was verdergegaan.

HOOFDSTUK 19
De meeuwen

Mount Pleasant, New Hampshire
Woensdag 14 juli 2010

Gahalowood kwam bij me zitten. Ik stopte haastig mijn boek weg, maar hij had het al gezien. Ik was even vergeten dat niets hem ontging.

'Altijd en eeuwig die Harry Quebert,' zei hij.

'Het laat me niet los, ik kan er niets aan doen. Ik wil zo graag weten wat er van hem geworden is.'

Een ober schonk onze koffiekoppen vol.

'Ik heb wat telefoontjes gepleegd over Quebert,' vertelde Gahalowood. 'Dat had ik je beloofd. Maar ik heb niets gevonden. Nergens ook maar een spoor van hem: geen adres, geen creditcard, geen verkeersboete, geen telefoonnummer. Niets. Hij is volledig van de radar verdwenen. Als hij niet dat raadselachtige spelletje met jou speelde, zou je denken dat hij dood was.'

'Als hij weet dat ik hier ben, waarom komt hij dan niet gewoon naar me toe?' vroeg ik me af.

'Als hij naar je toe had willen komen, had hij dat wel in New York gedaan. Ik denk dat hij je ontloopt.'

'Waarom zou hij me ontlopen? Ik heb er alles aan gedaan om zijn onschuld aan te tonen.'

'Je hebt hem vrijgepleit van een moord, maar daarbij heb je een verontrustende ontdekking over hem gedaan. Ik denk dat hij daarmee niet kan leven.'

Gahalowood nam een slok koffie en keek op zijn horloge. 'We moeten gaan,' zei hij. 'De familie Donovan wacht.'

We hadden met Janet en Mark Donovan bij hen thuis afgesproken. Ze ontvingen ons op het terras, het terras waarop ik de zondag daarvoor met Lauren had theegedronken.

'Eric was een goeie jongen, een harde werker, ambitieus,' vertelde Mark Donovan. 'Zijn leraren op de middelbare school liepen met hem weg. We waren supertrots dat hij die studiebeurs had weten te bemachtigen. Hij heeft keihard gewerkt aan Monarch, is met mooie resultaten afgestudeerd en heeft al snel een verantwoordelijke baan gekregen bij een supermarktketen in Salem. Hij had het er erg naar zijn zin.'

'Sally en George Carrey vertelden ons dat Eric die beurs voor Monarch had gekregen omdat Walter verstek moest laten gaan bij het scholenkampioenschap.'

Janet Donovan haalde haar schouders op. 'Ze kunnen het verleden maar niet loslaten. Pas nog is me ter ore gekomen dat George Carrey Eric ervan beschuldigt Walter een laxeermiddel te hebben gegeven zodat hij niet kon meedoen. Dat is een ernstige beschuldiging; als ze destijds twijfels hadden, waarom hebben ze daar dan nooit iets over gezegd? Lekker makkelijk om de geschiedenis twintig jaar na dato te herschrijven.'

'U zult moeten toegeven dat het wel een ongelukkig toeval was,' ging Gahalowood er nog even op door.

Janet Donovan schonk hem een donkere blik die me heel erg aan die van haar dochter deed denken. 'Doet u onderzoek naar een moord of naar een scholencompetitie uit 1988?'

Op verzoenende toon pakte Gahalowood de draad van het gesprek weer op. 'U zei dat Eric in Salem was opgebloeid.'

'Heel erg,' beaamde Janet Donovan.

Mark Donovan had een fotoalbum in zijn handen. Hij sloeg het open en liet aan de hand van de foto's de gelukkige jaren van de familie Donovan de revue passeren.

'Eric was een heel lieve jongen,' benadrukte Mark Donovan nog maar eens. 'Zo'n jongen die nooit problemen veroorzaakt en altijd klaarstaat om te helpen. Heel gul. En begaafd. Deze foto's bijvoorbeeld: het merendeel daarvan heeft hij gemaakt. Ik weet nog dat we hem voor zijn zeventiende verjaardag een fotocamera hebben gegeven. Die wilde hij al heel lang dolgraag hebben. Hij vereeuwigde ons voortdurend van alle kanten. Wanneer Eric iets deed, ging hij er helemaal voor. Er zat destijds een professionele fotograaf in de hoofdstraat. Hij deed goede zaken; het waren andere tijden. Hij verkocht fotografiebenodigdheden en ontwikkelde foto's. Het hele stadje kwam bij hem. Hij mocht Eric graag. Hij heeft hem onder zijn hoede genomen en hem de grondbeginselen van het ontwikkelen van zijn negatieven in de donkere kamer bijgebracht.'

'Hoe heet die fotograaf?' vroeg Gahalowood.

'Jo Morgan. Maar u gaat hem niet meer vinden, hij is al jaren dood.'

'Eric heeft zich dus na zijn studie in Salem gevestigd en had het daar prima naar zijn zin. Waarom is hij dan teruggekomen naar Mount Pleasant?'

'Omdat ik kanker had,' zei Mark Donovan. 'Dat was behoorlijk hard bij hem aangekomen. Hij is bij ons ingetrokken, eigenlijk maar tijdelijk, maar hij is gebleven. Hij wilde ervoor zorgen dat ik genoeg rust en een goede behandeling kreeg. Een goeie jongen, dat zei ik toch.'

'Denkt u dat zijn terugkeer naar Mount Pleasant ook te maken kan hebben gehad met zijn ontslag?' vroeg Gahalowood.

'Dat is niet onmogelijk,' antwoordde Janet Donovan. 'Het was misschien het excuus dat hij nodig had om bij ons terug te komen. Je zegt niet zomaar een fijne baan op.'

'Hij is dus inderdaad ontslagen... hij heeft niet zelf ontslag genomen?'

'Ja, Eric heeft ons nooit anders verteld dan dat hij ontslagen is. Waarom vraagt u dat?'

'Gewoon even checken,' zei Gahalowood, zich er maar al te zeer van bewust dat alles wat hij de ouders vertelde vervolgens ook bij Eric terecht zou kunnen komen. 'Kunt u ook zeggen wanneer hij precies naar Mount Pleasant is teruggekeerd?'

'Ja, dat is heel simpel. Het was de dag voor Labor Day, het eerste weekend van september 1998 dus. Dat weet ik nog omdat dat weekend ook die vreselijke storm was die een deel van de oostkust verwoestte. Toen Eric voor de deur stond, dacht ik aan een verrassingsbezoekje omdat hij vrij was. Maar hij keek me aan en zei: "Nee, mam, ik ben voorgoed terug."'

Toen we bij het huis van de familie Donovan wegliepen, was Gahalowood ergens over aan het piekeren.

'We moeten natrekken of Eric is ontslagen of zelf ontslag heeft genomen. Als hij zelf ontslag heeft genomen betekent dat dat hij tegen ons heeft gelogen. Waarom zou je daarover liegen? Het is toch niet erg om je baan op te zeggen? Zeker niet als je voor je vader wilt zorgen. Het lijkt erop dat Eric, door te doen alsof hij ontslagen was, de schijn wilde wekken dat zijn terugkeer op toeval berustte. Wat doet denken aan een stiekeme vlucht uit Salem.'

Ik begreep onmiddellijk waar Gahalowood naartoe wilde. 'Wat ons weer brengt bij de vraag: wat is er in het najaar van 1998 in Salem gebeurd?'

'Inderdaad, schrijver. Hier ligt ongetwijfeld het verband tussen Eric en Alaska. In het najaar van 1998 vertrekken ze, een paar weken na elkaar, allebei uit Salem. Waarom? Wat is er in Massachusetts gebeurd? Een deel van het antwoord op onze vragen moeten we daar zoeken.'

Al pratend waren we bij mijn auto aangekomen. Daar werden we aangesproken door een vrouw op leeftijd. Ze had een langharige hond aan de lijn die bijna bezweek onder de hitte.

'U bent toch die schrijver die onderzoek doet?' vroeg ze aan mij.

'Ja, mevrouw.'

'Ik herken u, ik heb u weleens op televisie gezien. Mijn man zei dat u bij de familie Donovan was, hij had u zien aankomen. Was het leuk?'

Die vraag bracht me enigszins van mijn stuk. 'Leuk zou ik het niet willen noemen, maar het was wel interessant.'

'Interessant voor het onderzoek?'

'Ja. Meer kan ik daarover uiteraard niet zeggen, het is een politieonderzoek.'

Ze keek me strak aan. 'Ik ben niet echt mijn hond aan het uitlaten, ik wilde even met u praten.'

'Dat is heel aardig van u. Nou, we hebben even gepraat.'

Toen verduidelijkte ze: 'U hebt me niet goed begrepen. Ik wilde met u praten over wat er in 1999 bij de familie Carrey is gebeurd.'

Ze constateerde dat ik geïntrigeerd was en leek tevreden met het bereikte effect. Ze gebaarde naar een huis verderop en zei: 'Ziet u dat stulpje met die groene luiken daar? Daar woon ik. De Carreys zijn onze buren. Die maandagavond van de brand boven hun winkel is er vlak daarvoor iets bij hen thuis gebeurd. Ik zal die dramatische dagen niet snel vergeten. Die arme Alaska vermoord, brand in het appartement van Walter, en daarna zijn arrestatie en zijn dood. Een aaneenschakeling van tragische gebeurtenissen.'

'Wat is er die bewuste maandagavond bij de familie Carrey gebeurd?' vroeg Gahalowood.

'Een knallende ruzie. Mijn man kwam die avond rond een uur of negen thuis. Hij vertelde dat er bij de buren een heftige woordenwisseling gaande was. Ik was nieuwsgierig wat er aan de hand was. Dus ben ik op de veranda gaan zitten, zogenaamd om een sigaret te roken, maar vooral om mijn oor te luisteren te leggen. En ik hoorde een man schreeuwen. Wat hij zei, kon ik niet verstaan, maar het klonk behoorlijk serieus. Ik dacht dat het George Carrey was die zijn stem verhief tegenover zijn vrouw. Dat verbaasde me, want hij was geen man die snel kwaad werd. En toen vloog plotseling de voordeur open. Ik maakte me zo klein mogelijk op mijn bank om niet gezien te worden. Het was Walter Carrey die naar buiten kwam gestormd. Zijn moeder wankelde er op haar hakken achteraan en smeekte hem niet weg te gaan. Hij is met ronkende motor vertrokken. Daarna keerden de rust en de stilte weer.'

'Waarom hebt u dat niet aan de politie verteld?' wilde Gahalowood weten. 'Vooral ook omdat die nacht het appartement van Walter afbrandde.'

'Dat heb ik gedaan,' verzekerde de buurvrouw hem. 'Ik heb het de volgende dag bij chief Mitchell gemeld.'

De politie van Mount Pleasant was gevestigd in een bakstenen gebouw van twee verdiepingen. Te oordelen naar hun huisvesting en hun wagenpark ontbrak het de plaatselijke ordedienst niet aan financiële middelen. Chief Mitchell ontving ons in een royaal kantoor dat smaakvol was ingericht, waarschijnlijk op kosten van de belastingbetaler.

'Jammer dat ík achter ú aan moest hollen, sergeant,' verweet Mitchell Gahalowood. 'Ik had liever gezien dat u het voortouw had genomen.'

'Daarvoor hebt u ons niet echt de tijd gegeven,' was de reactie van Gahalowood.

'Jullie hadden anders wel tijd om bij Sally en George Carrey langs te gaan...'

'Zullen we ter zake komen, chief Mitchell? Wat verwacht u van ons?'

'Zoals ik gisteren al zei, wil ik dat de politie van Mount Pleasant bij het onderzoek betrokken wordt.'

'Dit valt onder de bevoegdheid van de staatspolitie.'

'Wat er in Mount Pleasant gebeurt, gaat de politie van Mount Pleasant rechtstreeks aan,' was chief Mitchell van mening. 'In aanmerking genomen wat er op het spel staat, wil ik graag mijn plaatsvervanger bij jullie detacheren.'

'Ik dacht eerder aan Lauren Donovan,' zei Gahalowood toen.

Chief Mitchell leek verbaasd. 'Waarom Lauren?'

'Zij is direct bij deze zaak betrokken. Niemand die geloofwaardiger overkomt dan zij.'

'Dat is nu juist het probleem: ze heeft haar persoonlijke overtuigingen. Ik heb altijd tegen haar gezegd dat die haar werk als politieagent niet in de weg mochten staan.'

'Die overtuigingen geven haar juist een voorsprong. Ik stel me zo voor dat ze al jaren met dit onderzoek bezig is. Daar moeten we ons voordeel mee kunnen doen. Hoe eerder we klaar zijn, hoe eerder u van ons af bent,' besloot Gahalowood.

'Ik heb toch liever dat mijn plaatsvervanger dit doet,' hield Mitchell vol.

'Chief,' zei Gahalowood op verzoenende maar vastberaden toon, 'ik begrijp dat u zich zorgen maakt. U wilt geen rotzooi en die komt er ook niet. Ik ben niet verplicht wie dan ook op sleeptouw te nemen. U lijkt te vergeten dat de staatspolitie zich niets door de plaatselijke politie hoeft te laten vertellen. Laten we in een goede verstandhouding samenwerken. U wilt een van uw mensen bij het onderzoek? Prima. Dat wordt Lauren Donovan. En daarmee basta.'

Chief Mitchell trok een zuinig gezicht. 'Oké,' zei hij, 'maar ze gaat overal mee naartoe, zelfs buiten het rechtsgebied van de politie van Mount Pleasant.'

'Helemaal goed,' zei Gahalowood.

Mitchell pakte zijn telefoon en gaf opdracht Lauren te laten komen. Niet veel later kwam ze opgewekt het kantoor binnenlopen, en bleef toen, bij het zien van Perry en mij, abrupt staan. 'U had naar mij gevraagd, chief?'

'Lauren,' zei hij, 'ik neem aan dat je je sergeant Perry Gahalowood nog wel herinnert? En dit is Marcus Goldman.'

'Die ken ik ook,' antwoordde ze op treurige toon.

'Lauren,' vervolgde chief Mitchell, 'zoals je weet heeft de staatspolitie het onderzoek naar de moord op Alaska Sanders heropend. Daarbij werken ze samen met de politie van Mount Pleasant. Ik detacheer jou bij dit onderzoek.'

Lauren was vast heel verbaasd, maar wist dit goed te verbergen.

'Tot uw orders, chief. Maar mag ik misschien vragen: waarom ik?'

'Op uitdrukkelijk verzoek van deze heren.'

'We denken dat jij ons goed zult kunnen helpen,' verklaarde Gahalowood.

Ik kende Lauren nog niet zo goed, maar wist wel dat ze het liefst zou hebben geweigerd, uit trots. Tegelijkertijd was dit de kans deze zaak eindelijk op te helderen, de kans waarop ze al elf jaar wachtte. Dus zei ze alleen nogmaals: 'Tot uw orders, chief.'

'Lauren,' voegde Mitchell eraan toe, 'ik wil elke dag een gedetailleerd verslag.'

'Komt in orde.'

Met een geforceerd aandoende glimlach zei Gahalowood vervolgens: 'Mooi, nu het onderzoek officieel van start is gegaan zou ik u graag wat vragen, chief Mitchell.'

'Ga uw gang, sergeant.'

'Een buurvrouw van de familie Carrey zou getuige zijn geweest van een heftige ruzie tussen Walter en zijn moeder op maandagavond 5 april, oftewel een paar uur voordat Walter zijn appartement in brand stak. Die buurvrouw zegt dat ze het daarover met u heeft gehad. Nu is mijn vraag waarom die informatie nooit bij ons terechtgekomen is.'

'Dat herinner ik me inderdaad vaag. U moet niet vergeten dat alles heel snel is gegaan. Walter meldt zich nadat hij een paar uur op de loop is geweest, en dan volgt het drama op het bureau van de staatspolitie. Toen hij eenmaal dood was, en bovendien eerst ook nog had bekend, leek het me niet nodig u lastig te vallen met getuigenverklaringen van ondergeschikt belang.'

Zodra we klaar waren bij chief Mitchell nam Lauren Gahalowood en mij mee naar de koffiekamer van het bureau. Er was verder niemand, we konden vrijuit praten.

'Mitchell is een eikel die eind van het jaar aftaait,' zei Lauren terwijl ze muntjes in de koffieautomaat gooide. 'Blij dat hij weggaat, een opluchting voor iedereen.'

'Ik voel geen liefde,' constateerde Gahalowood.

'In wezen is hij niet slecht, maar hij is veel te ouderwets. Hij werkt nog met oude methoden en heeft ook de bijbehorende mentaliteit.'

Lauren gaf me een van de bekertjes koffie die de automaat had geproduceerd. Dat interpreteerde ik als een zoenoffer.

'Nogmaals sorry, Lauren,' zei ik.

'Dat we gaan samenwerken wil nog niet zeggen dat ik je vergeef, Marcus.'

'Hij had geen keus,' schoot Gahalowood me te hulp. 'Het was hem officieel verboden ook maar iets te vertellen, op uitdrukkelijk bevel van het hoofd van de staatspolitie.'

Ze ging onmiddellijk in de tegenaanval. 'Heeft iemand u iets gevraagd, sergeant?'

Dat vond hij wel grappig. 'Dat vriendinnetje van jou is me er een!'

'Ik ben niet zijn vriendinnetje.'

'Ik verheug me er al op samen met jou op onderzoek te gaan, Lauren. Dat wordt vast heel leuk.'

Die middag kwamen we op uitnodiging van Lauren bij haar thuis bij elkaar om de stand van zaken te bespreken. Ze liet ons plaatsnemen in haar woonkamer en bood ons allerlei drankjes en koekjes aan. Ze was bot en gastvrij tegelijkertijd. Die vrouw was een wandelende paradox. Gahalowood had het hele dossier waaraan hij in 1999 was begonnen bij zich. Aangezien hij ons daarvan om te beginnen een samenvatting wilde geven, begon hij de verschillende onderdelen over de vloer uit te spreiden. Lauren onderbrak hem, gaf hem een rol tape en punaises en vroeg hem alles wat relevant was op de muur te hangen. Ze stak hem ook een paar viltstiften toe. 'Schrijf op wat u wilt. Als we klaar zijn verven we de muur wel weer. Er komt hier trouwens toch nooit iemand.'

Gahalowood aarzelde nog even, durfde de muur van de woonkamer niet goed als bord te gebruiken, maar Lauren stond erop en uiteindelijk ging hij aan de slag.

Kijkend naar Gahalowood die aandachtig stukken papier op de muur plakte waarop hij vervolgens een aantekening maakte, kreeg ik het gevoel dat hij een open boek voor me was. Zodra hij een pagina had opgehangen voegde hij er met een rode viltstift verschillende opmerkingen aan toe en legde die vervolgens aan ons uit. Voor onze ogen kreeg zijn gedachtegang vorm.

'Wat hebben jullie aan nieuwe elementen?' vroeg Lauren.

'Dit.' Gahalowood plakte het artikel uit *Salem News* dat hij tussen de spullen van Vance had gevonden op de muur.

ALASKA SANDERS VERKOZEN TOT MISS NEW ENGLAND

Ik nam het woord: 'Kort voordat Alaska in Mount Pleasant kwam wonen had ze een belangrijke schoonheidswedstrijd gewonnen. En haar acteercarrière begon vastere vorm aan te nemen. Ze had zelfs een agent in New York. De logische volgende stap zou zijn geweest dat ze daarnaartoe verhuisde. Maar plotseling vertrok ze naar Mount Pleasant. Waarom?'

'Die beslissing valt niet te verklaren,' voegde Gahalowood eraan toe, 'zelfs niet als je rekening houdt met de relatie met Walter. En in een onderzoek is alles wat niet te verklaren valt verdacht. We hebben uitvoerig met de ouders van Alaska gesproken en het is als volgt gegaan: op 19 september 1998 wordt Alaska verkozen tot Miss New England. Twee weken daarna, op 2 oktober 1998, verlaat ze het ouderlijk huis na een ruzie. Ze gaat bij haar vriend Walter Carrey wonen.'

'Alaska is nog heel jong,' bracht Lauren naar voren. 'Ze is kwaad op haar ouders en vlucht in een opstandige bui naar haar vriendje. Niet echt raar op die leeftijd.'

'Als ze er voor een weekendje vandoor was gegaan niet, nee,' beaamde Gahalowood. 'Maar in dit geval vestigt ze zich voor langere tijd in Mount Pleasant. Waarom zou je alles van de ene op de andere dag in de steek laten?'

'Wacht even, sergeant,' zei ik, terwijl ik mijn aantekeningen doornam. 'Gisteren vertelde Eric dat Alaska bij haar aankomst in Mount Pleasant tegen hem had gezegd dat ze koste wat het kost werk moest vinden. Ze zou het zo hebben verwoord: "Als je in de shit zit, kun je niet al te kieskeurig zijn." Kennelijk voelde ze zich in het nauw gedreven.'

'Ze had de deur van het ouderlijk huis achter zich dichtgegooid,' merkte Lauren op, 'natuurlijk is ze daarvan van slag. Nu bedenkt ze dat ze de consequenties moet aanvaarden en dus geld nodig heeft.'

'Maar ze heeft geld!' riep Gahalowood uit. 'Ze heeft net vijftienduizend dollar gewonnen met haar verkiezing tot Miss New England. En daarvóór heeft ze al aan veel meer wedstrijden deelgenomen, allemaal met een mooi prijzengeld. Die journaliste van *Salem News* vertelde ons dat Alaska zuinig was en haar geld opzijzette om haar vertrek naar New York te financieren. Waarom moet ze zo nodig bij dat tankstation gaan werken terwijl ze spaargeld heeft?'

'Ze wil haar reserves niet aanspreken?' opperde Lauren.

'Er is nog iets anders, daar ben ik van overtuigd,' verklaarde Gahalowood. 'Waarom zou ze anders tegen Eric zeggen dat ze "in de shit" zit?'

'Daar heb je gelijk in, sergeant,' zei ik.
'Dank je, schrijver.'
Lauren keek ons met een geïrriteerde blik aan. 'Sorry hoor, maar kunnen jullie elkaar niet gewoon bij de voornaam noemen?'
Gahalowood glimlachte. 'Hoe vaak mijn vrouw Helen dat niet heeft gezegd...'
'Uw vrouw heeft helemaal gelijk. Zeg haar maar dat ik het met haar eens ben.'
'Ze is een paar maanden geleden overleden.'
'Neem me niet kwalijk.'
'Dat kon jij niet weten.'
Na een korte stilte ging Gahalowood verder: 'Afgezien van de beweegredenen van Alaska is er nog een verhuizing die me intrigeert: die van Eric Donovan.' Gahalowood heeft expres 'Eric Donovan' gezegd om voor Lauren de benodigde afstand te scheppen. 'Vrijdag 4 september 1998 vertrekt hij uit Salem om naar Mount Pleasant terug te gaan. Is hij ontslagen? Heeft hij ontslag genomen? Ik wil zijn toenmalige werkgever opsporen en het hem vragen; dit zou belangrijk kunnen zijn.'
'Daar kan ik wel achteraan gaan,' zei Lauren, die haar best deed om zo losjes mogelijk te doen.
'Dank je. Eric, die Alaska uit Salem kent, verlaat de stad en keert terug naar Mount Pleasant. Ik weet niet of we dit een overhaast vertrek kunnen noemen, maar de verhuizing was op zijn minst onverwacht, aangezien zijn eigen ouders dachten dat hij hun gewoon een bezoekje kwam brengen toen hij onverwacht opdook.'
'Ik moet zeggen dat ik ook verbaasd was,' bekende Lauren.
'Wat is er gebeurd waardoor eerst Eric Donovan en vervolgens Alaska Sanders tussen 4 september en 2 oktober 1998 Salem voor Mount Pleasant verruilen? Hebben die twee acties iets met elkaar te maken? Ligt daar een geheime link tussen Alaska en Eric? Hadden ze een relatie? Ik weet dat Eric vlak voor zijn vertrek door zijn vriendin aan de dijk was gezet. Wie was die vriendin? Alaska? Was ze voor Eric naar Mount Pleasant gekomen, omdat ze er spijt van had dat ze hem had gedumpt?'
'Nee,' zei Lauren. 'Afgaand op de keren dat ik Alaska en Eric sa-

men heb gezien denk ik niet dat er iets tussen hen was.'
'Wie was de vriendin van Eric in Salem dan wel?'
'Geen idee. Hij heeft het met mij nooit over haar gehad.'
Vervolgens kwam Gahalowood terug op de dreigbrieven die Alaska had ontvangen.

IK WEET WAT JE HEBT GEDAAN.

Hardop vroeg hij zich af: 'Wilde Alaska zich in Mount Pleasant verborgen houden? Had ze in Salem ook al zulke bedreigingen ontvangen? Of is dat pas in Mount Pleasant begonnen? Eric, Alaska, die brieven... er móet een verband zijn. Maar welk? Wat ontgaat ons?'
Al pratend had Gahalowood een document opgehangen met als briefhoofd DM AGENCY.
'Wat is DM Agency?' vroeg Lauren.
'Agentschap Dolores Marcado. Zij was de agente van Alaska. Ik heb het nagetrokken: het agentschap bestaat nog steeds, ik heb zelfs een telefoonnummer. Ik heb twee belpogingen gedaan, maar er werd niet opgenomen.'
'Doe nog een poging,' stelde ik voor.
Dat deed Gahalowood en deze keer nam Dolores Marcado wel op.
'Ik was er ondersteboven van toen ik op het nieuws hoorde dat het onderzoek naar de moord op Alaska was heropend. Zo zonde, dat meisje was supergetalenteerd.'
'Volgens haar ouders,' zei Gahalowood, 'is Alaska naar New Hampshire vertrokken terwijl haar carrière net van de grond begon te komen.'
'Dat klopt. Haar bekroning tot Miss New England had deuren voor haar geopend. Diezelfde dag nog werd ik gebeld door een regisseur die een proefopname met haar wilde maken.'
'En Alaska was enthousiast?'
'Laaiend! Ze zag zichzelf al in New York, en op de rode loper. De regisseur stuurde haar een scène om te spelen. Ze heeft een opname van zichzelf gemaakt en die heb ik weer naar de regisseur gestuurd.'
'U kunt dus bevestigen dat dit zich allemaal ná haar verkiezing heeft afgespeeld?'

'Zeker. De regisseur was enthousiast. Hij wilde dat Alaska nog een tweede, langere scène opnam, maar toen ik haar belde, weigerde ze dat.'

'Met welke reden?'

'Dat ze net naar New Hampshire was verhuisd en dat ze haar carrière even liet voor wat hij was, in elk geval voorlopig.'

'Was u verbaasd?'

'Uiteraard! Drie weken daarvoor fantaseerde ze nog over Hollywood.'

'Mevrouw Marcado, zou ik misschien een kopie kunnen krijgen van de video van Alaska's laatste auditie, als u die nog hebt?'

'Als ik hem kan vinden, stuur ik hem naar u toe. We hebben alles digitaal opgeslagen voor het geval onze cliënten beroemd worden. Geweldige reclame natuurlijk. De eerste castings, de eerste stappen... dat heeft een bepaalde waarde. Nou ja, wat ik daarmee wil zeggen is dat ik hoop de video's van Alaska nog te kunnen opduikelen.'

Nadat Gahalowood de verbinding had verbroken zei hij: 'Tussen 19 september 1998, de datum waarop Alaska tot Miss New England werd verkozen, en 2 oktober 1998, de datum waarop ze Salem verliet, moet er iets zijn gebeurd dat heftig genoeg was om er haar acteercarrière voor op te geven. Heftig genoeg om zich in Mount Pleasant te begraven en achter de kassa van een tankstation te gaan werken. Heftig genoeg om dreigbrieven over te krijgen. Heftig genoeg om vermoord te worden.'

'En hoe zit het met Walter Carrey in dit alles?' vroeg ik. 'We hebben het over Eric gehad, en over Alaska, en over Salem. Maar niet over hem. Alsof hij er niets mee te maken heeft.'

'Hij heeft wel degelijk zijn duistere kanten,' constateerde Gahalowood, terwijl hij de foto's van de brand in het appartement van Walter ophing. 'Hij verliest snel zijn zelfbeheersing. Zou hij Alaska in een opwelling kunnen hebben gedood? Daarvoor is de moord te strak gepland, te sluw. En dan blijft ook nog de vraag: waarom zou hij twee dagen na de dood van Alaska brand stichten in zijn appartement? Daar is weinig impulsiefs aan.'

Ik gooide er een andere hypothese tegenaan: 'Hij wil een rookgordijn optrekken. Hij wil de schijn wekken dat hij door de geruchten over de ontrouw van Alaska is doorgedraaid.'

'Maar waarom is hij er dan vandoor gegaan?' wierp Gahalowood tegen. 'Als hij dit in scène had gezet, zou hij op de hulpdiensten hebben gewacht, de ontroostbare geliefde hebben uitgehangen en gezegd hebben dat hij in de vlammen had willen omkomen omdat hij zonder Alaska niet kan leven. Maar hij verdwijnt. Als je verdacht wilt overkomen moet je dat vooral doen.'

Het viel me op dat Lauren er nogal onrustig uitzag. Gahalowood ging verder: 'En dan nog iets raars: Sally Carrey die tegen ons beweert dat ze een paar uur voor de brand rustig met haar zoon heeft gegeten, terwijl de buurvrouw zegt getuige te zijn geweest van een fikse ruzie tussen hen. Ik ben geneigd de buurvrouw te geloven, omdat we inmiddels weten hoe impulsief Walter kan zijn. En die avond steekt hij na een heftige woordenwisseling met zijn moeder zijn appartement in brand, nadat hij eerst de muren heeft beklad met de woorden ONTROUWE HOER. We weten dat zijn moeder hem voortdurend probeerde aan te praten dat Eric en Alaska samen iets hadden. Wat heeft ze hem die avond verteld waardoor hij zo door het lint gaat? Ik denk dat wat hij heeft ontdekt ook de aanleiding is geweest om Eric de moord op Alaska in de schoenen te schuiven. Dat was een wraakactie. Waarvoor wilde Walter wraak nemen op Eric?'

Nu was Lauren lijkbleek. Nauwelijks hoorbaar wist ze uit te brengen: 'Ik moet jullie iets laten zien... Zelfs Patricia weet daar niets van.'

Ze liep weg en kwam terug met een envelop.

'Ik heb er nooit iets over gezegd omdat ik geen enkel verband met de zaak zag. Bovendien had ik op het moment dat ik ontdekte wat ik jullie nu ga vertellen al mijn twijfels aan de schuld van Walter. Ik had immers die foto gevonden die bewees dat hij op het tijdstip van de moord nog in National Anthem was. Ik wilde zijn ouders niet nog meer verdriet bezorgen, na alles wat ze al hadden moeten doormaken. Ik zag er het nut niet van in hun leven helemáál kapot te maken.'

'Waar heb je het over, Lauren?' vroeg Gahalowood.

'Nadat Eric veroordeeld was, kwam een fotograaf me opzoeken. Hij had een winkel in de stad, we kenden hem goed.'

'Jo Morgan,' las Gahalowood voor uit zijn aantekeningen.

'Hoe weet u dat?'

'Je moeder heeft zijn naam laten vallen. Ze zei dat Eric zijn foto's in Morgans donkere kamer mocht ontwikkelen.'

'Dat is precies waarover het gaat. Na de veroordeling van Eric kwam Jo me spullen van Eric brengen die nog bij hem in de zaak lagen: een lens, een statief, een flitser, dat soort dingen. Vervolgens gaf hij me een envelop. Hij zei dat het nooit zijn bedoeling was geweest zijn neus in Erics zaken te steken, maar dat hij nog wat negatieven had gevonden. Omdat hij dacht dat het om familiefoto's ging, had hij ze ontwikkeld om ze aan ons te kunnen geven. Hij zei: "Het waren niet alleen familiefoto's, Lauren. Het spijt me heel erg, maar ik kon het niet voor je verzwijgen. Dit zijn de afdrukken en de negatieven. Doe ermee wat je wilt. Ik hou mijn mond. Ik ben het allemaal al vergeten."'

Lauren haalde een foto uit de envelop. Gahalowood en ik bleven er sprakeloos naar staan kijken.

Op de foto zoende een volledig naakte Sally Carrey een nog heel jonge Eric Donovan vol op de mond.

Aan Route 21, een stukje buiten Mount Pleasant, een paar kilometer voorbij het tankstation, was een parkeerplaats waar bijna nooit iemand kwam. Naast de parkeervakken was een strook gras waarop een paar picknicktafels waren neergezet. Daar spraken we af met Sally Carrey.

HOOFDSTUK 20
Ontrouw

Mount Pleasant, New Hampshire
Donderdag 15 juli 2010

Gahalowood en ik waren te vroeg. Ik ijsbeerde over het asfalt, terwijl hij met het portier open op de passagiersstoel bleef zitten. Hij staarde naar de foto van Eric en Sally in innige omhelzing. Na het vinden van deze foto had Lauren haar broer om uitleg gevraagd. Hij had het over een kortstondig avontuurtje met de moeder van Walter gehad en haar gevraagd dit verder geheim te houden om geen nutteloos leed te veroorzaken. Dat had Lauren gedaan, aangezien ze destijds ook niet het belang van die foto voor het onderzoek had ingezien.

Er kwam een auto aan. Het was Sally Carrey. Ze parkeerde haar auto een paar meter achter de onze. Het duurde even voordat ze was uitgestapt. Aarzelend liep ze op ons af, duidelijk niet op haar gemak. Ik wist niet of Sally Carrey wist dat we haar geheim hadden ontdekt, maar aangezien we haar naar deze plek hadden laten komen vermoedde ze vast dat het om iets gevoeligs ging. Bij het zien van de benauwde uitdrukking op haar gezicht besloot Gahalowood haar niet langer te kwellen. Hij zei: 'We weten het van u en Eric Donovan.'

Ongerust keek Sally ons aan. Misschien vroeg ze zich af of het nog zin had te ontkennen. Maar Gahalowood stak haar de foto toe waarop zij en Eric, allebei naakt, elkaar zoenden. Tranen van paniek glansden in haar ogen.

'Van wie hebt u die?' vroeg ze.

'Niemand weet ervan,' stelde Gahalowood haar gerust. 'En ik ga ervan uit dat dat zo blijft. De foto is gevonden door Jo Morgan, de fotograaf, die hem aan Lauren Donovan heeft gegeven. Maar aangezien hij dood is en Lauren het geheim al meer dan tien jaar heeft bewaard, kunt u gerust zijn. We zijn er niet op uit u kapot te maken.'

'Dat hebt u al gedaan door me mijn zoon af te nemen, sergeant.'

Gahalowood gebaarde naar een picknicktafel en stelde voor even te gaan zitten om rustig te praten.

Zodra Sally tegenover ons zat, vroeg ze: 'Waarom heeft Lauren nooit iets gezegd als ze dit al zo lang weet?'

'Na de arrestatie van haar broer heeft ze iets ontdekt wat erop wijst dat Walter onschuldig is. Dat heeft ze nooit gezegd, omdat ze bang was dat het onderzoek zich dan nog verder op Eric zou concentreren. Toen ze deze foto vond, wilde ze u niet nóg meer leed berokkenen.'

'Lauren is een lieve meid,' zei Sally zacht.

'Zeker,' beaamde Gahalowood. 'Mevrouw Carrey, ik moet u nu wel vragen me iets meer te vertellen over die relatie tussen Eric en u. Het zou kunnen dat er een direct verband met ons onderzoek is. Ik beloof u dat we strikte geheimhouding zullen betrachten.'

Sally barstte in tranen uit. 'Dit is een nachtmerrie,' zei ze.

'Van wanneer is deze foto?' vroeg Gahalowood op vriendelijke toon.

'1987. De jongens waren zeventien. Ik drieënveertig. Ik leidde een rustig leventje. De winkel draaide goed, ik was gelukkig met mijn man en samen met Walter vormden we een leuk gezin. Ik weet niet wat er dat jaar precies is voorgevallen en hoe dit me heeft kunnen overkomen, maar het is gebeurd. Ik kende Eric al zijn hele leven en vanaf hun tiende waren Walter en hij onafscheidelijk. Hij was voortdurend bij ons over de vloer. En toen gingen ze op een mooie zomerdag het houten tuinhek opnieuw in de verf zetten. Het was bloedheet. Ik ben hun wat te drinken gaan brengen. Eric had zijn shirt uitgetrokken. Hij zag eruit als een jonge god. Toen ik hem een glas citroenlimonade gaf, raakte mijn huid de zijne. Er ging een schok door me heen. Ik realiseerde me dat ik verlangde naar dat gespierde lijf, naar die gebruinde huid. Ik was er zo van ondersteboven dat ik een ijskoude douche moest nemen om mijn opwinding weer een beetje de baas te worden. Een week lang zijn ze met dat rothek bezig geweest Een week lang heb ik vanuit het huis naar Eric staan kijken. En wanneer mijn fantasieën de overhand kregen, eindigde ik onder de douche. Ik schaamde me voor mijn driften. Ik dacht geen moment dat er ooit echt iets van zou komen.'

Ze zweeg even. Gahalowood moedigde haar aan verder te gaan: 'Maar dat is wel gebeurd.'

'Ja, toen ik het totaal niet verwachtte. Het was op een zaterdag eind augustus 1987.'

—

Zaterdag 29 augustus 1987

Die dag was Sally Carrey alleen thuis. Haar man was in de winkel en Walter was de hele dag weg. Ze wilde een taart bakken, maar kwam tot de ontdekking dat ze niet genoeg eieren meer had. Ze had natuurlijk even naar de buren kunnen lopen, of naar de winkel van Donovan kunnen gaan, maar daar was ze te lui voor. Die ene keer dat ze het huis voor zich alleen had, kon ze daar maar beter van genieten. Dus hield ze het bij een telefoontje om Janet Donovan te vragen een bestelling naar hun winkel te brengen, die George dan mee naar huis kon nemen.

Maar tien minuten later werd er aan de deur gebeld. Het was Eric. Hij bezorgde de bestellingen voor de winkel van zijn ouders.

'De boodschappen,' zei hij tegen Sally.

'Dank je, Eric, dat is heel aardig van je. Je had ze bij George kunnen achterlaten, dat had je een ritje bespaard.'

'Dat weet ik, maar ik wilde graag langskomen.'

'Walter is er niet.'

'Dat weet ik.'

Hij keek haar strak aan.

Ze vroeg of hij even wilde binnenkomen. 'Wil je iets drinken, Eric?'

'Graag, bedankt.'

Ze gingen naar de keuken. Ze deed de koelkast open, nerveus en opgewonden tegelijk. Ze wist niet meer wat ze moest doen. Maar ze wist wel wat ze wilde.

'Wil je een biertje?' vroeg ze.

'Lekker.'

Daarmee was het pact bezegeld. Door alcohol aan te bieden aan een minderjarige liet Sally zien dat ze bereid was de wet te overtreden.

Ze wipte de dop van een flesje en gaf het hem. Zwijgend nam hij een slok. Hij was ook nerveus. Het volgende moment pakte ze het flesje uit zijn hand en bracht het naar haar eigen lippen. En toen hield ze het niet meer: ze boog zich over hem heen en drukte haar mond stevig op de zijne. Hij pakte haar vast en kuste haar terug. Het flesje viel op de grond in stukken, maar dat merkten ze amper; ze hadden het veel te druk met elkaar.

'Dat was het begin van een hartstochtelijke affaire,' vertelde Sally. 'Toen we na afloop naakt in de woonkamer lagen en weer een beetje bij zinnen kwamen, voelde het goed. Ik voelde me niet schuldig of ongemakkelijk, maar juist heel sereen. Toen Eric weg moest om de rest van zijn bestellingen te bezorgen zei ik: "Ik wil je vaker zien." En hij zei: "Ik jou ook." Daarna was dat het enige waaraan ik nog kon denken. Maar waar moesten we afspreken? Ik kon geen enkel risico nemen. Er was wel een motel aan de weg naar Conway, maar ik dacht dat zo'n afgelegen plek juist eerder de aandacht zou trekken. Iemand ging zich uiteindelijk vast afvragen wat die jongen op zijn fiets daar kwam doen. Toen bedacht ik iets volkomen krankzinnigs. Mijn man en ik waren destijds het appartement boven de winkel aan het opknappen om het uiteindelijk te kunnen verhuren. Ik was de enige die daar doordeweeks kwam. George kwam er alleen op zondag om te klussen. Het appartement was vrij onopvallend te bereiken via een trap aan de achterkant van het gebouw. Dat werd dus de plaats waar ik met Eric afsprak. Vanuit school ging hij altijd bij de winkel van zijn ouders langs. Op een gegeven moment verdween hij dan en glipte stiekem naar het appartement waar ik op hem wachtte. Zodra we allebei binnen waren, stapelde ik zakken, gereedschap en planken voor de deur zodat we een eventuele indringer zouden horen. Maar ik wist dat er niemand zou komen. Te midden van iedereen hadden wij onze schuilplaats gevonden. En op een deken op de vloer gaf ik me volledig aan hem over. Wat er tussen ons was, was heel sterk. Hij maakte dat ik me méér vrouw voelde dan ik me ooit bij iemand anders had gevoeld. Nooit eerder, niet bij mijn man of bij wie dan ook, had ik ervaren wat ik bij hem ervoer. Ik kreeg seksuele voorlichting van een jongen van zeventien! Ik was dolverliefd, anders kan ik het niet noemen. Ik ben me er terdege van bewust dat dit hele verhaal op u wellicht enigszins belachelijk overkomt, of misschien wel idioot. Maar een paar maanden lang was dit mijn realiteit, een paar maanden waarin ik me levenslustiger en gelukkiger voelde. Vrijer ook. Toen het bijna kerst was, heeft Eric zelfs een nacht bij mij thuis doorgebracht. Ik begon aanzienlijke risico's te nemen met hem.'

~

Zaterdag 12 december 1987

De vader van George Carrey, die in een bejaardentehuis in Minneapolis woonde, was lelijk gevallen. Daarom zouden George en Walter het weekend bij hem doorbrengen.

Vanaf het moment dat haar man haar over het incident had verteld, was Sally erover gaan fantaseren Eric bij haar thuis uit te nodigen. Ze werd het een beetje zat zich steeds te moeten verstoppen in het appartement in aanbouw boven de winkel. Ze had het slim moeten spelen. Eerst had ze voorgesteld met zijn allen naar Minneapolis te gaan. Op het moment dat ze de tickets wilde gaan boeken had ze gezegd dat het wel jammer was de winkel te moeten sluiten en de inkomsten van een van de laatste weekends voor kerst mis te lopen. Vervolgens had ze voorgesteld dat zij zich zou opofferen en in Mount Pleasant zou blijven. Haar man had nog gevraagd: 'Vind je dat echt niet erg?'

Die zaterdag waren George en Walter dus al vroeg naar Minneapolis vertrokken. Zij had in haar eentje in de winkel gestaan. Er leek geen einde te komen aan de dag. Eric was nog langsgekomen, zogenaamd om te vragen hoe het met Walter was.

'Alles oké voor vanavond?' had ze hem gevraagd.

'Ik heb gezegd dat ik bij een vriend blijf slapen. Mijn ouders checken dat nooit.'

'Ik heb de achterdeur opengelaten. Kom wanneer je wilt en doe alsof je thuis bent.'

Om halfacht sloot ze de winkel af en haastte zich naar huis. Ze trof Eric in de kamer van Walter, waar hij strips zat te lezen. In eerste instantie was ze een beetje uit het veld geslagen. Even wilde ze alles afblazen. Zeggen dat hij naar huis moest gaan. Ze had zich enorm dwaas gevoeld in haar nieuwe lingerie; het liefst had ze zo snel mogelijk haar degelijke onderbroek en haar joggingpak aangetrokken. Maar het volgende moment zoende Eric haar en kreeg de hartstocht weer de overhand. Voor een tijdje. Toen ze hem de volgende ochtend naast zich in het echtelijk bed zag liggen voelde dat niet goed. Plotseling had ze overal spijt van. Voor het eerst voelde ze zich ook schuldig. Alsof ze in de ban van een betovering was geweest die ineens niet meer werkte. Bij het ontbijt at hij de chocoladecornflakes van Walter. Hij werkte twee kommen naar binnen en dronk daarna luidruchtig de overgebleven melk op. Ze zat ernaar te kijken met een onverwacht heldere blik. Ze nam het zichzelf ongelooflijk kwalijk. Ze had seks gehad met een kind. Daar moest een einde aan komen.

'Eric, we kunnen hier niet langer mee doorgaan. Straks worden we betrapt en doen we heel veel mensen verdriet.'

'Oké,' zei Eric. 'Ik begrijp het.'

~

'Onze verhouding is geëindigd waar ze was begonnen: in mijn keuken. Eric is net zo snel weer uit mijn leven verdwenen als hij erin was opgedoken. Daarna kwam hij nog steeds bij ons thuis, maar dan alleen voor Walter, en alles was weer als vanouds. Alsof er niets was gebeurd. Maar het beëindigen van een gepassioneerde relatie gaat niet zonder pijn. Dat gold ook voor ons. Ongeveer twee maanden nadat we er een einde aan hadden gemaakt kwam Eric de winkel binnen. Ik was alleen. Het was ergens in februari. Walter en Eric waren inmiddels wanhopig op zoek naar een studiebeurs. Het was vlak voor die bewuste scholencompetitie waarover we het laatst hadden, waarbij een scout van Monarch University naar de jongens was komen kijken en Walter acuut ziek was geworden.'

~

Februari 1988

'Hallo, Eric,' zei Sally toen hij de winkel in kwam lopen.

Eric groette niet terug. Zijn gezicht stond strak. Sally begreep onmiddellijk dat hem iets dwarszat.

'Ben je alleen?'

'Ja. Hoezo?'

'Het gaat over dat kampioenschap van overmorgen. Het is een superbelangrijke wedstrijd, weet je, er komt een scout van de universiteit van Monarch.'

'Dat heeft Walter me verteld, ja.'

'Ik wil niet dat Walter meedoet.'

'Wat is dat nu voor onzin?'

'Ik heb die beurs nodig. Ik had Monarch als eerste uitgezocht, Walter heeft me alleen maar nageaapt. Het zou niet eerlijk zijn als hij die beurs voor mijn neus wegkaapt. Maar dat gaat wel gebeuren, want hij is beter dan ik.'

Sally werd bang. Ze zag gevaar opdoemen.

Eric verklaarde bot: 'Ik wil dat je zorgt dat Walter niet meedoet. Dat is de enige manier waarop ik die beurs kan binnenhalen.'

'Doe even normaal, Eric. Wat zou ik tegen Walter moeten zeggen?'

'Je moet helemaal niets zeggen, je moet iets doen. Zorg dat hij niet aan die wedstrijd meedoet. Anders laat ik deze foto aan je man zien.'

Eric haalde een foto uit zijn jaszak en gaf die aan Sally. Het was een foto waarop ze elkaar, volkomen naakt, op de mond zoenden. Er ging een huivering door Sally heen. Ze herinnerde zich dat hartstochtelijke moment waarop Eric hun liefdesspel even had onderbroken om de camera te pakken die hij altijd met zich meesleepte nog heel goed. Half ongerust en half geamuseerd had ze gevraagd: 'Wat doe je?' Hij had geantwoord: 'Ik doe alsof we vrij zijn. Dit is wat ik zou doen als we openlijk van elkaar konden houden: ik zou de hele dag foto's van je maken. Maak je geen zorgen, er zit niet eens een rolletje in.' Hij had zijn arm om haar heen geslagen en haar gekust, terwijl hij met zijn andere arm de camera op hen richtte.

Nu kwam Sally tot de ontdekking dat Eric tegen haar had gelogen. Hoe had ze zo stom kunnen zijn! Ze haatte zichzelf.

Op onaangename toon zei Eric: 'Nog even voor de duidelijkheid: als Walter mij tijdens die wedstrijd verslaat, krijgt de hele stad deze foto te zien en weet iedereen dat je een smerige hoer bent.'

~

'U hebt er dus voor gezorgd dat Walter ziek werd op de dag van de wedstrijd?' vroeg Gahalowood.

'Ja,' bekende Sally huilend. 'Die ochtend heb ik een laxeermiddel in zijn bidon gedaan en hem aangemoedigd goed te drinken. "Je moet zorgen dat je genoeg vocht binnenkrijgt, lieverd. Dat heeft de coach zelf gezegd." Ik zag hem de bidon in een paar teugen leegdrinken. Ik had er zoveel in gedaan dat ik hoopte dat het onmiddellijk zou gaan werken en hij het huis niet eens meer uit zou kunnen. Maar in eerste instantie gebeurde er niets. We zijn in de auto gestapt en naar het stadion gereden. De hele rit zat ik vertwijfeld te wachten tot hij tegen zijn vader zou zeggen dat hij moest stoppen, maar hij voelde zich nog kiplekker. En tijdens de warming-up zag ik hem vrolijk over de baan dartelen. Ik begreep er niets van. Eric zond me donkere blikken. Ik probeerde mijn verwarring te verhullen met bemoedigende kreten. Tegelijkertijd wist ik dat Eric in staat was zijn dreigement uit te voeren en dat heel Mount Pleasant me dan in mijn nakie zou zien tongzoenen met een jongen van zeventien. Toen ze de startpositie innamen, dacht ik dat ik flauw zou vallen. En precies op dat moment rende Walter de baan af, naar de kleedkamers. Ik wist dat hij niet meer zou terugkomen.'

'En daarna?' vroeg ik.

'Daarna heb ik Eric maandenlang gemeden als de pest. Tot hij naar Monarch vertrok. Het moment dat hij de stad verliet, voelde als een bevrijding.'

'En bij zijn terugkomst?'

'Toen hij in het najaar van 1998 terugkwam, waren er intussen tien jaar verstreken. Ik had mijn best gedaan om die vreselijke herinneringen ergens ver weg te stoppen en hoopte dat hij dat ook had gedaan. Zodra ik hem om Alaska heen zag draaien was mijn wantrouwen gewekt. Ik wist hoe gevaarlijk hij kon zijn. Op maandag 5 april 1999 is alles uiteindelijk ingestort...'

'Toen Walter bij u kwam eten, bedoelt u? Een buurvrouw beweert dat Walter en u die avond hooglopende ruzie hebben gehad. Waarom hebt u daarover eergisteren niets verteld?'

'Omdat dat verband houdt met mijn affaire met Eric. Ik kon jullie daarover onmogelijk iets vertellen zonder die affaire te verraden. Nu jullie toch alles al weten, heb ik niets meer te verbergen. Jullie weten nog dat ik heb verteld dat Walter mij die maandagavond 5 april 1999 had bekend dat hij "iets stoms" had gedaan?'

'Ja, dat ging over de overhaaste reparatie van zijn auto.'

'Precies. Maar er was nog iets, wat ik expres uit mijn verhaal had weggelaten: Walter heeft het met mij over de trui van Eric gehad. Zijn politievriend die hem had verteld dat er stukken van een achterlicht bij Grey Beach waren aangetroffen, had ook de vondst genoemd van een grijze trui die onder het bloed zat.'

~

Maandag 5 april 1999

Nadat Walter onder het eten aan zijn moeder had bekend dat hij zijn achterlicht met spoed had laten repareren uit angst bij de moord op Alaska te worden betrokken, voegde hij eraan toe: 'Er is nog iets, mam. Iets wat nog erger is...'

'Wat dan?' vroeg Sally Carrey.

'De politie heeft een grijze trui gevonden die onder het bloed zat,' vertelde Walter aan zijn moeder. 'Een grijze trui met de letters M U.'

'Ja, en?' vroeg Sally Carrey ongerust.

'M U staat voor Monarch University. Die trui is van Eric. Twee weken geleden werden we tijdens het vissen overvallen door de regen en toen heeft hij hem aan mij uitgeleend.'

'Die trui lag bij jou thuis?' vroeg Sally.

'Hij lag op de achterbank van mijn auto. Voordat ik naar dat congres in Quebec vertrok, moest ik nog wat papieren uit mijn auto pakken. Ik rook een vieze lucht, dat was die natte trui. Ik had geen tijd meer om hem naar boven te brengen, dus heb ik hem in de kofferbak gegooid. De dag na mijn vertrek belde Eric. Hij wilde zijn trui terug. Ik zei dat die in de koffer van mijn auto lag en dat hij het maar aan Alaska moest vragen. Maar toen ik terugkwam uit Quebec leek de trui op mysterieuze wijze te zijn verdwenen. Eric bleef me er maar naar vragen, maar nu jij zegt dat je Eric uit mijn auto hebt zien komen terwijl ik op dat congres was, vraag ik me af of hij hem toch niet al had teruggepakt...'

Ontsteld vroeg Sally: 'Wil je daarmee zeggen dat Eric bij die moord betrokken is?'

'Ik heb geen idee, mam...'

~

Sally vertelde dat ze bij dat verhaal van Walter over die trui in paniek was geraakt.

'Ik was bang dat daardoor, en door die reparatie van zijn auto, alles naar Walter zou wijzen. Ik vroeg me zelfs af of Eric hem erin had geluisd. Ik wist waartoe Eric in staat was. Dus smeekte ik Walter Eric vooral niet te vertrouwen. Mijn waarschuwing verbijsterde hem en hij wilde weten waarom ik zijn vriend de schuld gaf. Hij werd kwaad. "Je bent Eric de hele tijd aan het zwartmaken, je beschuldigt hem er zelfs van het met Alaska te doen. Nu moet je ophouden!" Ik wilde alleen maar dat hij bij Eric uit de buurt bleef. Maar Walter wilde er niets van weten. Hij bleef maar zeggen dat ze al zo lang vrienden waren en dat hij hem volledig vertrouwde. Toen besloot ik hem te vertellen wat er tussen Eric en mij was gebeurd. Wat de gevolgen daarvan ook zouden zijn. Mijn zoon moest weten wie Eric Donovan echt was. Dus heb ik hem alles opgebiecht: mijn overspel in het appartement boven de winkel, de chantage, het laxeermiddel. Ik heb Walter nog nooit zo kwaad gezien; ik was bang dat hij de boel kort en klein zou slaan. Wat er daarna gebeurde, weten jullie. Hij is naar huis gegaan. Op de muren van het appartement waarin Eric en ik elkaar hadden bemind schreef hij een boodschap voor mij: ONTROUWE HOER. Vervolgens heeft hij de plek van alle ellende in brand gestoken en is ervandoor gegaan.'

Sally barstte in tranen uit.

Gahalowood zei: 'Eric had dus inderdaad zijn trui aan Walter uitgeleend, en u wist dat...'

'Ja.'

'En wat is er met die trui gebeurd? Weet u dat ook? Mevrouw Carrey, u moet ons nu alles vertellen.'

Na een korte aarzeling zei ze: 'Ik weet niet of u zich dat nog herinnert maar ik heb u destijds verteld dat ik Alaska en Eric ruzie heb zien maken toen Walter voor een congres in Quebec was.'

'Dat herinner ik me nog, ja,' beaamde Perry.

'De ruzie ging over die trui. Dat realiseerde ik me toen Walter het er die vijfde april over had. Wat hij me vertelde maakte de twee confrontaties waarvan ik getuige was geweest een stuk duidelijker. Tijdens de eerste zei Eric dat hij een trui zocht die hij aan Walter had uitgeleend. Hij vroeg zich af of die misschien in hun appartement lag. Alaska poeierde hem af met de mededeling dat hij zijn vriend maar moest bellen. De dag erna ondernam Eric een nieuwe poging. Hij wachtte Alaska op toen ze naar buiten kwam en vroeg of ze in de kofferbak van Walters auto wilde kijken. Vanuit de deuropening van de winkel hield ik hen onopvallend in de gaten, nieuwsgierig naar waar ze mee bezig waren. Net als de vorige dag leek het Alaska te irriteren dat Eric zo aandrong. Maar uiteindelijk maakte ze de kofferbak van Walters Ford open en zag Eric dat de trui daar niet in lag. Eric was die dag dus naar de bewuste trui op zoek, bijna twee weken voor de moord.'

'U had elf jaar geleden al kunnen bevestigen dat Eric zijn trui aan Walter had uitgeleend en nooit had teruggekregen, zoals hij beweerde. Waarom hebt u niets gezegd? Dat had het onderzoek een totaal andere richting kunnen geven.'

'Ik weet het,' riep Sally huilend uit. 'Daar denk ik elke dag aan. In het begin heb ik niets gezegd omdat ik helemaal kapot was. Mijn zoon was net dood. Toen ik hoorde dat die trui een direct bewijs tegen Eric was, wilde ik in eerste instantie wel contact opnemen met de politie. Maar ik bedacht me: Eric was een geboren manipulator. Stel dat hij die moord wél had gepleegd, dan wilde ik niet degene zijn die hem vrijpleitte. Dus heb ik niks gezegd. De tijd verstreek en toen het tot me doordrong dat ik over heel belangrijke informatie beschikte, was het al te laat: ik was bang beschuldigd te worden van het achterhouden van feiten. Ik heb me in stilzwijgen gehuld en wist niet hoe ik dat ooit nog kon doorbreken. U moest eens weten hoezeer ik mezelf dat verwijt, sergeant...'

Na deze bekentenis stortte Sally Carrey volledig in. 'Krijg ik er narigheid mee dat ik de waarheid heb verhuld?' vroeg ze met verstikte stem.

'Nee, mevrouw,' beloofde Gahalowood. 'U hebt al narigheid genoeg gehad.'

Hij stond op en liep naar een van de barbecues die op het gras stonden. Hij legde de foto en het negatief erin en stak ze in brand.

~

De bekentenis van Sally Carrey vormde een keerpunt in het onderzoek. Die liet misschien een donkere kant van het karakter van Eric zien, maar toonde vooral aan dat de beschuldigingen van Walter Carrey pure wraak waren geweest.

Om voor de hand liggende redenen was Lauren niet bij het gesprek aanwezig geweest. We gingen naar haar huis, waar ze op ons wachtte. Bij het horen van ons verhaal was ze stomverbaasd. 'Eric heeft Sally gechanteerd?'

'Zo heeft hij zijn studiebeurs binnengehaald,' verklaarde ik.

'Waarom heeft hij het daarover eergisteren dan helemaal niet gehad?' vroeg Lauren zich zichtbaar in de war af.

'Misschien had hij geen verband gelegd tussen dat voorval en de beschuldigingen van Walter,' opperde ik. 'Of was hij bang dat dat het er voor hem alleen maar erger op zou maken?'

‘Lauren,’ zei Gahalowood, ‘eerlijk gezegd had ik na het bezoek aan je broer geen enkele tastbare reden in zijn onschuld te geloven. Hoe paradoxaal ook, de onthullingen van Sally Carrey hebben me wel degelijk in de overtuiging gesterkt dat Walter en Eric Alaska geen van beiden hebben vermoord. Ik denk dat er iemand anders achter dit alles zit, iemand die de politie van het begin af aan heeft gemanipuleerd. Patricia Widsmith zei laatst dat een perfect misdrijf een misdrijf is waarbij de politie met opzet op het verkeerde been wordt gezet. Ik begin te denken dat ze gelijk heeft. Alles is perfect in elkaar gedraaid, en daar horen de geheimen van je broer ook bij. De ideale dader heeft geheimen waarvoor hij niet durft uit te komen, die hem alleen maar verder in het nauw drijven. Vandaar mijn vraag, Lauren: zou er nog iemand op de hoogte geweest kunnen zijn van de affaire tussen Eric en Sally Carrey? Of van de chantage van Eric?’

‘Ik zou het niet weten, sergeant,’ antwoordde Lauren. ‘Dat moet u aan hém vragen. En over Patricia Widsmith gesproken, die moet ik nodig op de hoogte gaan brengen van de nieuwe ontwikkelingen.’

Terwijl Lauren aan de telefoon was, ging Gahalowood voor de muur staan. Hij hing een nieuw blaadje op, waarop hij ‘chantage’ schreef.

Ik keek naar de plaatjes aan de muur: de uitschuifbare wapenstok die in het meer was gevonden, de trui met bloedvlekken, de dreigbrieven.

‘Wat sta je te denken, schrijver?’ vroeg Gahalowood.

‘Dat dit alles bij elkaar een bizarre puzzel is. En vooral ook dat er een verbindende factor moet zijn. Iets waar we met onze neus bovenop staan, maar wat we niet zien.’

‘Zoals?’ vroeg Gahalowood, die mijn veronderstellingen altijd serieus nam.

‘Je stelde net de goede vraag: wie wist er van de chantage door Eric? Zet daar de vragen over de andere elementen naast. De trui van Eric lag in de auto van Walter, wie kon daarbij? En wie had er toegang tot het huis van de familie Donovan en de printer van Eric? Op dit moment zie ik maar één iemand die aan alle voorwaarden voldoet: Sally Carrey.’

‘Nondeju, schrijver, je hebt gelijk! Ze neemt wraak op Eric. Ze knutselt een dader in elkaar zonder te kunnen vermoeden dat haar eigen zoon uiteindelijk de dupe zal worden van haar plannetje. Dat is helemaal niet gek gedacht, maar waarom moest Alaska dood?'

'Omdat ze denkt dat Alaska haar zoon bedriegt.'

Gahalowood bladerde even door zijn aantekeningen. 'Op het tijdstip van de moord zit Sally honderden kilometers verderop in Maine, op vakantie met haar man. Een vrij waterdicht alibi.'

'Ik hoef jou toch niet te vertellen, sergeant, dat je een alibi ook zelf kunt maken?'

Gahalowood trok een weinig overtuigd gezicht. 'Dat zou betekenen dat George Carrey ook in het complot zit. Twee ouders die samenspannen om Eric te straffen en het ontrouwe vriendinnetje te vermoorden: dat lijkt me een beetje kras.'

Ik had, met toestemming van de betrokkenen uiteraard, al mijn gesprekken in het kader van het onderzoek opgenomen met mijn telefoon. Een gewoonte die ik me had eigen gemaakt tijdens de zaak Harry Quebert. Op verzoek van Gahalowood luisterden we een paar fragmenten terug van het gesprek van twee dagen geleden met Sally en George Carrey. Vooral het moment waarop zij vertelde over het telefoontje van haar zoon met de mededeling dat Alaska bij hem weg was.

Walter hield vol dat er echt niets tussen Eric en Alaska was. Toen heb ik uiteindelijk gezegd dat Alaska hem waarschijnlijk voor een ander had verlaten. Hij zei dat hij dat al een tijdje vermoedde. Dat hij vond dat ze was veranderd. En vooral ook dat ze cadeautjes kreeg. Hij had het over een paar pumps die Alaska een paar dagen daarvoor ineens had gehad. Volgens haar had ze die in een winkel in Wolfeboro gescoord. Maar hij had het gecheckt: dat merk werd alleen in één winkel in Salem verkocht. Toen zei hij: 'Alaska heeft geen relatie met Eric, mam, maar waarschijnlijk wel met iemand die in Salem woont. Ik vraag me trouwens af of ze echt naar haar ouders is, want zo goed gaat het niet tussen hen. Als ze naar Salem is, gaat ze vast naar die man.'

'Het romantische etentje!' riep Gahalowood uit.

'Waar heb je het over?' vroeg ik.

'De dag voor haar dood had Alaska aan haar baas Lewis Jacob verteld dat ze die avond een romantisch etentje had. Destijds hebben we overwogen achter een minnaar aan te gaan, maar toen hebben we voor een andere koers gekozen. Alaska had een minnaar en dat was blijkbaar niet Eric, want die zat een hamburger te eten met Walter en zijn zus.'

Nu Lauren nog aan de telefoon was, zei ik snel: 'Of het is juist wél Eric. Hij spreekt ergens af met Alaska, voor dat romantische etentje, maar komt zelf niet opdagen. Zij probeert hem de hele avond te bereiken, hij reageert niet. Tot die middernachtelijke ontmoeting.'

'Probeer je me gek te maken of zo, schrijver? Die theorie van jou zou kunnen kloppen, op één detail na: die schoenen die uit een winkel in Salem komen...'

'Eric heeft vijf jaar in Salem gewoond,' merkte ik op. 'Die winkel kent hij vast wel.'

'Alleen wijst alles erop dat hij Salem is ontvlucht. Als dat zo is, zou hij echt niet zijn teruggegaan om een paar schoenen te kopen voor een meisje. Dan zou hij bij de stad uit de buurt zijn gebleven. De vraag is natuurlijk nog steeds of hij ontslagen is of ontslag heeft genomen.'

'Eric heeft ontslag genomen,' hoorden we Lauren plotseling achter ons zeggen. 'U had me gevraagd informatie in te winnen bij zijn oude werkgever. Dat heb ik gedaan. Ik heb zijn toenmalige baas gesproken, een sympathieke vent die aan het hoofd staat van een klein imperium. Hij mocht Eric graag. Hij herinnerde zich hem nog goed en had grote plannen met hem binnen zijn bedrijf. Tot verbazing van iedereen is Eric van de ene op de andere dag vertrokken, terwijl alles prima ging.'

'Achter dat vertrek gaat iets schuil,' zei Gahalowood.

'Dat denk ik ook, sergeant. Ik denk dat Eric ons maar een deel van het verhaal heeft verteld.'

'Het wordt tijd dat hij ons gaat vertrouwen. Leugens versterken de verdenkingen alleen maar.'

'Ik weet het,' moest Lauren toegeven. 'Als Patricia zegt dat hij jullie in vertrouwen moet nemen zal hij dat wel doen. Hij zweert bij haar. Waarom hadden jullie het over het ontslag van Eric?'

'Zijn ontslag doet denken aan een vlucht,' legde ik aan Lauren uit. 'Dat zou in zijn voordeel zijn. Alaska had een minnaar die haar cadeaus gaf, waaronder schoenen die je alleen in Salem kunt kopen. Als Eric Salem is ontvlucht, gaat hij daar geen schoenen kopen en is hij dus niet de minnaar.'

'Wat wil je daarmee zeggen?' vroeg Lauren.

'Ik denk dat de minnaar de moordenaar is,' zei Gahalowood. 'Daar zijn we destijds aan voorbijgegaan. We moeten hem vinden. En snel ook.'

'En waar beginnen we?' vroeg ik. 'Hij is elf jaar geleden in rook opgegaan en we hebben geen enkel spoor.'

'Dat is niet waar,' zei Gahalowood. 'We weten dat hij Eric en Walter kende omdat hij hen erin heeft geluisd. En we weten dat hij bekend is in Salem. Dat is een begin.'

'Over Salem gesproken, ik heb de door de ouders van Alaska verstrekte contactgegevens van haar vrienden nagetrokken. De meesten heb ik kunnen vinden. Degenen die ik heb gesproken hadden niet zoveel te vertellen. Niemand heeft het over dreigementen aan het adres van Alaska gehad.'

'We moeten ze persoonlijk gaan opzoeken,' bedacht Gahalowood. 'Wanneer de politie aan je keukentafel zit en naar het verleden vraagt, willen de herinneringen wel bovenkomen.'

Op dat moment werd Gahalowood gebeld. Het was de assistente van Dolores Marcado, de voormalige agente van Alaska, die een e-mailadres vroeg om hem een bestand toe te sturen: de video van de auditie van Alaska, opgenomen vlak na haar verkiezing tot Miss New England.

Een paar minuten later bekeken we die op de computer van Lauren. We zagen Alaska een lange monoloog voordragen. Ze was bijzonder overtuigend. We probeerden te ontdekken waar het filmpje was opgenomen. Achter haar hing een groot schilderij van een zonsondergang boven de oceaan. Niet iets wat aan het huis van de familie Sanders deed denken.

'Herken jij het?' vroeg ik aan Lauren.

'Nee, het zegt me niets.'

We speelden de beelden steeds opnieuw af. Het schilderij was onmogelijk te identificeren. Geen signatuur. Geen herkenbare details.

'Misschien heeft ze het bij een vriendin gefilmd,' zei Gahalowood. 'En misschien is het volkomen onbelangrijk.'

Maar we wisten allemaal dat in een onderzoek als dit niets onbelangrijk was. We bleven nog een hele tijd over de zaak zitten prakkeseren. We lieten alle elementen de revue passeren, stonden stil bij alle foto's en aantekeningen op de muur. Tot Gahalowood luidruchtig geeuwde en zei: 'Morgen verder. Ik ben kapot.'

Ik pakte mijn spullen om ook op te stappen. Maar Lauren stelde voor: 'Ik dacht dat wij misschien samen een hapje konden eten, Marcus.'

Dat wilde ik maar al te graag, maar het leek me goed haar een beetje geduld te laten oefenen. 'Ik kan helaas niet,' antwoordde ik. 'De sergeant wilde nog ergens naar kijken met mij... iets over de zaak...'

'Hij kan alles wat je wilt,' verklaarde Gahalowood. 'De sergeant wil rust. Een hamburger eten en een boek lezen op het terras van het hotel, zonder de schrijver die tegen me aan tettert.'

Lauren schonk me een verlegen glimlachje: 'Blijkbaar kun je toch wel.'

Maar onze plannen werden gedwarsboomd. Op dat moment werd er namelijk aan de deur gebeld. Het was Patricia Widsmith, die uit Boston was gekomen.

'Patricia,' zei Lauren verbaasd. 'Wat doe jij nu hier?'

'Wat ik hier doe? Jij belt me om me om de oren te slaan met informatie en denkt dat ik dan met mijn armen over elkaar blijf zitten? Ik wacht al elf jaar tot er beweging komt in deze zaak, we hebben geen minuut meer te verliezen. We kunnen Eric niet nog langer in de gevangenis laten creperen. Ik wil morgen een verzoek tot vrijlating indienen.'

Het gezicht van Lauren lichtte op. 'Maken we een kans?'

'Uiteraard! Niet alleen bevestigt Sally Carrey dat Eric die trui inderdaad aan Walter had uitgeleend, maar we weten nu ook dat Walter Eric erbij heeft gelapt uit pure wraak omdat hij er net achter was gekomen dat zijn moeder een verhouding met hem had gehad. Hulde aan u, sergeant, uw vergeldingstheorie blijkt de juiste. Walter heeft Alaska vermoord en Eric ervoor laten opdraaien.'

'Walter heeft Alaska niet vermoord,' zei Gahalowood.

'Maar hij heeft Eric onterecht de schuld in de schoenen geschoven,' zei Patricia Widsmith. 'Ik ga met de foto van Eric en Sally naar de rechter en neem maar van mij aan dat het dan snel geregeld is. Lauren, ik begrijp niet waarom je me niet eerder over die foto hebt verteld.'

'Die foto bewijst niets,' was Gahalowood van mening. 'Hoogstens laat die de rechter een donkere kant zien van Eric, die een vrouw heeft gechanteerd en haar heeft gedwongen haar zoon een laxeermiddel te geven. En neem dan maar van míj aan dat dat niet voor hem pleit.'

'Daar mag de rechter over beslissen. Waar is die foto?'

'Ik heb hem verbrand,' antwoordde Gahalowood. 'Samen met het negatief.'

'Wát hebt u gedaan?' riep Patricia uit.

'Ik heb die foto verbrand. Eric was er sowieso niet mee de gevangenis uit gekomen en het leven van Sally Carrey zou nog verder kapot zijn gemaakt. Dat verdient ze niet.'

'U hebt onderzoeksmateriaal vernietigd. Daarvoor kan ik u laten vervolgen, sergeant.'

Gahalowood en Patricia belandden in een heftige woordenwisseling. Terwijl zij in de woonkamer doorruzieden, nam Lauren mij mee naar de keuken, waar ze een fles wijn opentrok.

'Goed dat jullie die foto hebben vernietigd,' zei ze. 'Het is nergens voor nodig Sally, en mijn ouders, nog meer leed te berokkenen. Ik ben het ermee eens dat die foto alléén Eric niet gaat redden. Weet je, Marcus, elf jaar lang heb ik hoop gehouden. Maar sinds het onderzoek is heropend heb ik steeds meer vragen over Eric. Eigenlijk kennen we de mensen van wie we houden nooit helemaal.'

'We kennen onszelf niet eens,' zei ik.

Ze tikte met haar glas tegen het mijne. 'Proost, lieve filosoof.'

Ik glimlachte. Zij glimlachte ook.

'Lauren, ik...'

Ze legde me het zwijgen op met een vinger tegen mijn lippen. 'Sst, Marcus. Ik ben aan de beurt om iets te zeggen. Dank je. Dank je dat je er bent.'

Ze trok haar vinger terug en drukte haar lippen op de mijne om me te kussen.

Onze kus werd onderbroken door Gahalowood, die zijn keel schraapte. Hij stond in de deuropening met Patricia naast zich.

'De sergeant heeft gelijk,' gaf zij toe. 'Hij heeft me verteld over het spoor van de minnaar van Alaska. Dat zouden we in gevaar kunnen brengen door nu een verzoek tot vrijlating in te dienen, omdat we dan de voortgang van het onderzoek bekend zouden moeten maken. Als het verzoek tot vrijlating wordt afgewezen, blijft Eric niet alleen vastzitten, maar lopen we ook het risico de minnaar, die zich waarschijnlijk volkomen veilig waant, te waarschuwen.'

'In ruil daarvoor,' voegde Gahalowood eraan toe, 'nemen we de hele zaak nog een keer door met Patricia, die niet van álle aspecten van het onderzoek op de hoogte is.'

Voordat we verdergingen met de zaak, aten we eerst met zijn allen bij Lauren. Het was een gezellig en ontspannen moment. Ik begreep dat Gahalowood Patricia wel mocht toen hij na twee glazen wijn aan haar vroeg: 'Hoe houdt uw man het met u uit?'

Ze moest lachen en zei toen: 'Hij heeft het niet met me uitgehouden. Erg lang heeft het sowieso niet geduurd. Ik moet er wel bij zeggen dat ik getrouwd was met een psychiater; dat maakt het er niet simpeler op. En u, sergeant, hoe houdt uw vrouw het met u uit?'

'Ze heeft het niet met me uitgehouden.'

'Bent u ook gescheiden? U draagt wel een trouwring.'

'Ze is overleden. Drie maanden geleden.'

'O, mijn god, wat erg.'

Gahalowood veranderde van onderwerp.

Wanneer ik hen zo samen zag, dacht ik dat ze aan elkaar gewaagd waren: de lichtgeraakte sergeant en de vasthoudende advocate. Vuurwerk gegarandeerd. Gahalowood was absoluut niet bezig met een nieuwe relatie, maar over een paar jaar zouden zijn dochters het huis uit zijn en zou hij alleen met zijn herinneringen achterblijven. Erg veel tijd om hierover verder na te denken had ik niet, want ze waren al opgestaan om het onderzoek verder te bekijken.

Patricia wilde zich ervan verzekeren dat ze niets had gemist. Ze vergeleek de gegevens die zij had met wat er aan de muur hing.

'U had het over een incident dat niet in het dossier was opgenomen.'

'Ja, dat zijn die foto's daar,' wees Gahalowood. 'Ik heb ook een kopie van het rapport van de brandweerinspecteur voor u als u wilt.'

Hij rommelde door de papieren die over de salontafel verspreid lagen en gaf Patricia een paar velletjes. Hij vervolgde: 'Er is nog iets wat niet in het dossier terecht is gekomen omdat het niet heel overtuigend was, maar wat ik wel in de aantekeningen van mijn voormalige partner heb gevonden: een getuige zegt om tien over halftwee 's nachts een blauwe auto met nummerplaten uit Massachusetts door de hoofdstraat te hebben zien rijden.'

'En waarom zou dat relevante informatie zijn?'

'Alaska Sanders reed in een blauwe auto met nummerplaten uit Massachusetts. Wat deed ze daar? Wilde ze spullen ophalen bij Walter? Of had het iets met die afspraak met Eric te maken? Destijds wierp de aanwezigheid van die auto daar nogal wat vragen op. Helaas was de getuigenverklaring te vaag om aan het dossier te worden toegevoegd. Het OM zou het niet in overweging hebben genomen.'

'Maar voor ons is die verklaring van essentieel belang,' zei Patricia. 'Als Alaska om tien over halftwee nog leefde, zou Walter Carrey, ook al was hij om dertien over halftwee nog in National Anthem, wel degelijk de moordenaar kunnen zijn. Staat het tijdstip van overlijden echt vast?'

'Er zijn geen redenen daaraan te twijfelen,' zei Gahalowood. 'Bovendien ging de auto richting Grey Beach. Tien minuten later zou ze bij het meer zijn geweest. Tien voor twee dus. Dat klopt nog steeds. Maar volgens mij bevestigt het vooral dat de moordenaar haar daar opwachtte en dat hij haar bij aankomst onmiddellijk heeft vermoord. Eerst geeft hij haar een harde klap met de wapenstok en daarna wurgt hij haar. Walter had er pas later kunnen zijn. Dat is echt het verkeerde spoor, Patricia, dat leidt nergens toe.'

'Het valt niet mee een idee dat al elf jaar door je hoofd spookt los te laten. Wat hebben jullie nog meer aan niet-officiële informatie?'

'Een heftige woordenwisseling tussen Walter Carrey en Alaska op 22 maart 1999 voor een supermarkt in Conway.'

'Wat verstaan we dan onder een heftige woordenwisseling?' vroeg Patricia.

'Zo heftig dat de bedrijfsleider van de supermarkt de politie heeft gebeld. Die hebben een controle uitgevoerd. Het staat geregistreerd: "Stel in auto, geen zichtbare sporen van geweld. Ingrijpen niet nodig."'

Lauren wierp een blik op het document dat Gahalowood aanwees. 'De namen van Alaska en Walter worden daarin niet genoemd,' zei ze toen.

'Het is een onvolledig verslag,' gaf Gahalowood toe. 'Daarom zit het ook niet in het dossier. Bovendien droeg het ook niet veel bij aan de voortgang van het onderzoek.'

'Maar hoe weten jullie dat het Alaska en Walter waren?' drong Lauren aan.

'De bedrijfsleider van de supermarkt herkende Alaska van de foto die via de media was verspreid.'

'En Walter?'

'Het was zijn auto,' zei Gahalowood.

'Maar is hij ook geïdentificeerd?'

Gahalowood gaf geen antwoord; hij was van zijn stuk gebracht. 'Schrijver,' zei hij, 'die bewuste ruzie tussen Eric en Alaska waarover Sally Carrey ons vertelde. Ze zei dat Eric uit de auto van Walter stapte...'

Gahalowood bladerde door zijn aantekeningen. Plotseling klaarde zijn gezicht op. Hij ging verder: 'De dag van die woordenwisseling was Walter helemaal niet in Mount Pleasant. Hij was naar dat congres in Quebec.'

'Ja, en?' vroeg ik.

Gahalowood raadpleegde nog een keer zijn aantekeningen. 'Sally Carrey zei dat die ruzie in de week vóór de week waarin de moord werd gepleegd had plaatsgevonden. Wat wil zeggen dat dat hengelsportcongres in de week van 22 maart 1999 was!'

Lauren had het door. 'Op 22 maart controleerde de politie de auto van Walter op de parkeerplaats van de supermarkt in Conway. Walter was die dag waarschijnlijk al in Quebec.'

'Precies,' zei Gahalowood.

'Maar wie zat er dan bij Alaska in de auto?' vroeg Patricia.

Gahalowood maakte het verhaal af: 'Als ik Sally Carrey mag geloven, was het Eric. Ik denk dat we nodig met hem moeten gaan praten.'

In de staatsgevangenis had Eric ons hartelijk ontvangen.
Maar toen Gahalowood hem vertelde dat we op de hoogte
waren van zijn chantage vervaagde zijn glimlach
onmiddellijk.

HOOFDSTUK 21
Panische angst

Concord, New Hampshire
Vrijdag 16 juli 2010

'Hoe weet u dat?' stamelde hij. 'Dat moet Sally u dan hebben verteld...'

We bevonden ons in een kleine ruimte bestemd voor advocatenbezoek. Gahalowood en Patricia zaten aan een tafel met Eric tegenover hen, terwijl Lauren en ik vanuit een hoek toekeken.

'Ik heb ze de foto laten zien,' verklaarde Lauren met nauwverholen woede. 'Waarom heb je me gevraagd niets over die foto te zeggen, Eric? Zodat niemand zou weten wat een vuile streek je Sally Carrey hebt geleverd? Je hebt me gemanipuleerd, terwijl ik al elf jaar voor je vecht!'

'Shit.' Eric kreunde. 'Ik vind het walgelijk wat ik heb gedaan. Ik was een stomme sukkel. Ik was verliefd op Sally en toen ze me dumpte, wilde ik wraak nemen.'

'Als je gedumpt wordt, reageer je altijd zo?' beet Gahalowood hem toe.

'Natuurlijk niet.'

'O, je bent dus gewoon wraakzuchtig. Nog beter! Je begrijpt dat dat niet voor je pleit, Eric?'

'Maar sergeant, dat was twintig jaar geleden. Ik was nog een kind. Een zielige dwaas.'

'Wat nog meer?' vroeg Patricia op droge toon. 'Zijn er nog meer voorvallen uit je leven waarover je ons niets hebt verteld maar die wel belangrijk kunnen zijn voor het onderzoek?'

'Dat weet ik niet,' antwoordde Eric uit het veld geslagen. 'Ik neem aan dat alles belangrijk kan zijn.'

'Dat klopt,' kwam Gahalowood tussenbeide. 'Ik zal je geheugen even opfrissen: ben je samen met Alaska door de politie gecontroleerd toen jullie op maandag 22 maart 1999 in de auto van Walter Carrey op de parkeerplaats van een supermarkt in Conway zaten?'

Weer trok Eric een stuurs gezicht. Alsof hij betrapt was. Hij kon het niet nalaten te vragen: 'Hoe weet u dat?'

Patricia maakte een geïrriteerd gebaar.

Gahalowood ontplofte bijna. 'Omdat alles altijd uitkomt, Eric! Zo gaat het in het leven. Vertel ons er nu alles over, tot in de kleinste details. En als je doorgaat met dat liegen en die gaten in je geheugen sluit ik het dossier weer en laat ik je hier wegrotten.'

'Maar wat had ik dan moeten doen, sergeant, toen jullie me elf jaar geleden twintig uur achter elkaar bleven doorzagen? Zonder eten, zonder slapen. Toen jullie maar naar me bleven schreeuwen, en bleven zeggen dat ik er geweest was, dat ik geëxecuteerd zou worden, terwijl jullie intussen steeds weer met die trui van mij kwamen die onder het bloed van Alaska zat en met die dreigbrieven die uit mijn printer afkomstig waren. Kunt u zich voorstellen wat er door mijn hoofd ging? Ik was er duidelijk in geluisd. Het was een nachtmerrie, alles wees op mij! Het lukte me niet mezelf te verdedigen. Hoe hard ik ook schreeuwde dat ik onschuldig was, jullie wilden het niet horen. Alles wat ik zei werd tegen me gebruikt. Jullie hadden al besloten dat ik de dader was, sergeant, en jullie hebben me de krochten van de hel in gesleept. Dus kom me nu niet de les lezen en me vertellen wat ik had moeten doen! Kom me nu niet verwijten dat ik u niets heb verteld over een weinig verheffend voorval uit mijn jeugd dat volgens mij geen enkel verband met de zaak had en dat me alleen maar als een mafkees zou afschilderen. Of dat ik vergeten ben te vermelden dat ik door de politie ben gecontroleerd toen ik ruzie had met Alaska!'

Er viel een lange stilte. Eric en Gahalowood keken elkaar aan als twee leeuwen die elkaar naar de keel wilden springen. Uiteindelijk vroeg Patricia op zachte toon: 'Zou je ons iets meer over die ruzie kunnen vertellen, Eric? Wat is er daar voor die supermarkt tussen jou en Alaska gebeurd?'

'Het was een maandag. De precieze datum weet ik niet meer, maar als jullie zeggen dat het 22 maart was, zal het dat dus wel zijn geweest. Dat het maandag was, weet ik nog wel, omdat maandag mijn vrije dag was. Ik ben naar Conway gegaan, naar dat winkelcentrum waar een fotowinkel was die tweedehands spullen voor leuke prijsjes verkocht. Er waren ook nog een heleboel andere winkels, onder andere die supermarkt.'

Conway
Maandag 22 maart 1999

Toen Eric de fotowinkel uit kwam lopen viel zijn oog op de auto van Walter die over de parkeerplaats van het winkelcentrum reed. De auto werd nu achteruit gemanoeuvreerd. Eric kon de bestuurder niet zien, maar het kenteken zou hij uit duizenden hebben herkend. Geamuseerd keek hij van een afstandje toe terwijl de Ford Taurus met enige moeite tussen een busje en een MPV werd geparkeerd. Hij stond al klaar om Walter eens even lekker te stangen met zijn onhandigheid toen hij tot zijn verbazing Alaska uit de auto zag stappen. Ze was alleen. Geen Walter. Ze liep naar de supermarkt en hij onderschepte haar voor de ingang.

'Alaska?'

'Hoi, Eric.'

'Is Walter er ook?'

'Die is naar Quebec voor een hengelsportcongres.'

'Hoe is hij daarnaartoe gegaan, aangezien zijn auto nog hier is?'

'Met de pick-up van zijn vader. Zodat hij spullen kon meenemen. Mijn auto lekt olie, dus heb ik de zijne genomen. Nog meer vragen?' vroeg ze op verdedigende toon.

'Sorry, ik wilde niet nieuwsgierig zijn. Ik laat je aan je boodschappen. Fijne dag nog.'

Ze slaakte een zucht die nogal vertwijfeld klonk. 'Neem me niet kwalijk, Eric, ik ben niet echt in een goed humeur en ik voelde me schuldig omdat ik jou hier voor de supermarkt tegenkom waar ik mijn boodschappen ga doen, in plaats van in de winkel van je ouders.'

'Je moet doen wat jij wilt,' verzekerde Eric haar.

'Weet je wat ik niet prettig vind aan Mount Pleasant? Dat ik het gevoel heb dat iedereen iedereen bespiedt. Zelfs wanneer ik boodschappen doe, voelt het alsof mensen me beoordelen op wat ik in mijn karretje heb. Ik heb er altijd van gedroomd beroemd te worden, maar als beroemd zijn betekent dat je dan moet leven zoals in Mount Pleasant, bedank ik ervoor.'

Eric moest lachen. 'Ik beoordeel je helemaal niet, Alaska. Ga vooral rustig je boodschappen doen. Fijne dag nog.'

Hij draaide zich om, maar ze hield hem tegen. 'Ik ga bij Walter weg.'

'Wat?'

'Ik ga bij hem weg. Ik wil weg uit Mount Pleasant. Hou het nog even voor je, alsjeblieft. Ik wilde het gewoon aan iemand kwijt.'

Nadat Alaska hem dit had toevertrouwd, verdween ze haastig in de supermarkt. Eric wilde al weggaan, maar bedacht zich toen. Hij wilde hier meer van weten. Hij kon zo'n bekentenis niet van zich af laten glijden zonder voor zijn vriend op te komen. Hij moest met Alaska praten en besloot op haar te wachten. Toen ze weer tevoorschijn kwam met haar boodschappen vroeg hij: 'Waarom ga je bij hem weg?'

'Dat gaat je niets aan, Eric.'

'Heb je een ander?'

'Laat me alsjeblieft met rust.'

'Je kunt niet met zo'n botte mededeling komen en verwachten dat ik daar totaal niet op reageer.'

'Ik heb er al spijt van dat ik erover begonnen ben.'

'Daarvoor is het nu te laat. Wat is er aan de hand met Walter en jou, Alaska?'

Het irriteerde Alaska dat Eric zo aandrong. Ze waren harder gaan praten en trokken zo de aandacht van voorbijgangers. Plotseling brak

Alaska in tranen uit. 'Laat me met rust, Eric.'

'Ik weet dat Walter er kapot van zal zijn. Leg me dan tenminste uit waarom je bij hem weg wilt. Je kunt me niet zoiets vertellen en vragen het voor me te houden. Je brengt me in een onmogelijke situatie ten opzichte van Walter.'

Op dat moment kwam een man tussenbeide, het was de bedrijfsleider van de supermarkt.

'Gaat het wel goed, mevrouw,' vroeg hij aan Alaska.

'Ja, het gaat goed,' snauwde Eric.

'Ik had het niet tegen u,' zei de bedrijfsleider.

'Dit is iets persoonlijks!' viel Eric naar hem uit. 'Bemoei u met uw eigen zaken.'

~

'De bedrijfsleider van de supermarkt ging weer naar binnen,' vertelde Eric. 'En plotseling ging Alaska helemaal door het lint. Ze raakte in paniek en zei: "Shit, hij gaat de politie bellen. Hij gaat de politie bellen!" Toen rende ze naar haar auto en liet haar boodschappen gewoon staan. Ik begreep niet wat haar bezielde. Ik heb haar boodschappen gepakt en die naar de auto gebracht. Ze zat al achter het stuur, klaar om weg te rijden. Toen ik de kofferbak opendeed, schreeuwde ze: "Wat doe je, Eric? Ik moet hier weg!" Ze was volledig in paniek. Omdat ik bleef staan, is ze uiteindelijk weer uit de auto gesprongen, terwijl ze schreeuwde: "Rot op, Eric!"'

~

Conway
Maandag 22 maart 1999

'Rot op, Eric!'

'Alaska, wat is er met je aan de hand?'

Ze wilde hem wegduwen maar hij pakte haar bij haar handen.

'Je begrijpt het niet!' riep ze in tranen uit.

'Wat begrijp ik niet?'

'Laat me gaan!'

'Ik breng je thuis,' besloot Eric. 'Zo kun je niet rijden. Ik haal mijn auto later wel op.'

Zonder op de instemming van Alaska te wachten ging Eric achter het stuur zitten. Haastig sprong ze op de passagiersplaats. 'Rijden. Rijden!' beval ze hem. Maar Eric was nog maar amper opgetrokken, of een politieauto met zwaailicht kwam voor hen tot stilstand. Alaska deed haar best om zich een houding te geven. Alsof ze iets te verbergen had. Ze veegde haar tranen weg. Een agent liep naar hun auto toe en stak zijn hoofd door het raam dat Eric had laten zakken.

'Wat gebeurt hier?' vroeg hij.

'Niets,' verzekerde Alaska hem

'Niets? Er is bij ons een ruzie gemeld.'

Alaska glimlachte. 'Hebt u nooit onenigheid met uw vrouw, agent? Als je nu al niet eens meer een beetje kunt bekvechten in het openbaar zonder dat de politie eraan te pas komt...'

De agent controleerde snel het rijbewijs van Eric en de autopapieren. Aangezien alles in orde was, vertrok hij weer. Alaska liet haar tranen nogmaals de vrije loop, maar deze keer waren het tranen van opluchting.

Eric legde troostend een hand op haar schouder. 'Alaska, wat maakt je zo van streek?'

'De politie,' fluisterde ze.

~

'Het was alsof Alaska een panische angst had voor de politie,' zei Eric tegen ons.

'Heeft ze u uitgelegd waarom?' vroeg Gahalowood.

'Nee. Ik heb haar teruggebracht naar Mount Pleasant. We hebben de hele weg niets gezegd. Het was verwarrend haar zo van streek te zien. Ik heb de auto in de hoofdstraat geparkeerd, in de buurt van de winkel van Carrey, en ik heb de sleutels aan Alaska teruggegeven.'

'En Sally Carrey heeft jullie gezien,' constateerde Gahalowood.

'Dat is heel goed mogelijk. We stonden voor haar winkel. Ik had niets te verbergen.'

'Sally Carrey had het over een woordenwisseling tussen jullie.'

Eric fronste zijn wenkbrauwen, alsof hij probeerde het zich te herinneren.

'Ja,' zei hij. 'Het ging over mijn trui.'

'De trui die we vervolgens op de plaats delict hebben aangetroffen?'

'Die trui had ik twee dagen daarvoor, een zaterdag waarop we tijdens het vissen werden overvallen door een regenbui, aan Walter uitgeleend. Dat heb ik u laatst allemaal al verteld. En ik heb het u elf jaar geleden ook verteld... Nou ja, toen ik Alaska die maandag afzette, zag ik de trui niet op de achterbank liggen. Dan zal hij wel bij hen thuis zijn, dacht ik. Op de stoep vroeg ik het aan Alaska. "Ik heb geen idee waarover je het hebt, Eric." "Een grijze trui met het logo van Monarch University." "Die heb ik niet gezien en ik heb de laatste wassen gedaan." "Mag ik even met je mee naar boven lopen om te kijken? Ik ben nogal aan die trui gehecht." Toen werd Alaska kwaad. "Is dat alles waar jij mee bezig bent na wat we net hebben doorgemaakt? Vraag het maar aan Walter." "O, wil je echt dat ik Walter bel en hem alles vertel wat er net is gebeurd?" Ze is woedend weggelopen en naar boven, naar hun appartement gegaan.'

'En hoe zit het met die trui?' vroeg Gahalowood.

'Alaska zei dat ik Walter moest bellen en dat heb ik gedaan. Hij zei dat hij hem in de kofferbak van zijn auto had gelegd. Dus ben ik de volgende dag toen ik Alaska de Ford van Walter aan de straat zag parkeren de winkel van mijn ouders uit gelopen en heb haar gevraagd de kofferbak open te maken zodat ik mijn trui kon pakken. Ze zei dat ik haar op de zenuwen begon te werken met dat gedoe over die trui. Met tegenzin heeft ze de kofferbak opengemaakt, de trui lag er niet in. Ik begreep er niets van. Ik heb het er met Walter over gehad toen hij terug was uit Quebec. Hij zei dat Alaska hem misschien had gewassen en per ongeluk bij zijn kleren in de kast had gelegd, maar ik zei tegen Walter dat ik het al aan Alaska had gevraagd en dat zij had gezegd dat ze geen idee had waar die klotetrui was. De verwarring was compleet. Walter zei uiteindelijk dat hij het thuis ging nakijken. Ik dacht: die trui komt wel weer boven water. Maar aan het eind van de daaropvolgende week werd Alaska vermoord. Daarna ging het allemaal heel snel: drie dagen later zat ik in een verhoorkamer van de politie met die trui vol bloedvlekken als bewijsstuk tegen mij. Walter en Alaska, de enige twee personen die dat hele verhaal over mijn trui konden bevestigen, waren dood. Elke keer dat ik aan die trui denk, denk ik aan dat moment op die parkeerplaats in Conway, toen ik Alaska's boodschappen in de koffer zette. Lag die trui er toen in? Ik weet het niet. Telkens weer zie ik dat moment voor me: ik zie mezelf die kofferbak openmaken en ik vraag me af of dat rotding erin ligt. Heeft Walter tegen me gelogen over die trui? Of is hij uit de auto gestolen? De mensen in Mount Pleasant zijn goed van vertrouwen, elf jaar geleden nog meer dan nu. Auto's gingen vaak niet op slot, huizen alleen als iemand voor langere tijd afwezig was.'

De verklaring van Eric bevestigde de versie van Sally Carrey volledig. Maar dat zei Gahalowood nu nog niet. In plaats daarvan vroeg hij: 'We zitten nog ergens mee, Eric. Begin september 1998 vertrek je zo ongeveer van de ene op de andere dag uit Salem. Tegen je familie zeg je dat je ontslagen bent. Dat is niet waar: je hebt zelf ontslag genomen. Je bent uit Salem gevlucht. Waarom?'

'Gevlucht is een groot woord, sergeant. Ik wilde niet langer in Salem blijven: mijn vriendin had me gedumpt voor een ander, ik was van slag, mijn vader was ziek. Ik had er behoefte aan terug te keren naar de bron. Dat lijkt me niet zo raar. En ja, ik heb tegen mijn ouders gelogen over mijn ontslag. Maar u kent mijn ouders niet: die zouden een enorme scène hebben gemaakt als ik had verteld dat ik een goede, prima betaalde baan had opgezegd, terwijl zij vaak moeite hebben gehad de eindjes aan elkaar te knopen.'

Het verhaal van Eric over zijn vertrek uit Salem kwam overeen met dat van Regina Speck, de eigenaresse van Season.

We wisten nu dat Alaska een panische angst voor de politie had. Waarom? Er moest haast wel een verband zijn met haar overhaaste vertrek uit Salem en die briefjes met 'Ik weet wat je hebt gedaan'. Waarvoor was Alaska gevlucht?

Toen we de gevangenis uit kwamen, besloten Lauren, Gahalowood en ik naar Salem te gaan. Patricia moest terug naar Boston.

De ochtend liep ten einde toen we in Massachusetts aankwamen. We begonnen met bezoekjes aan de oude vriendinnen van Alaska die Lauren had weten op te sporen. Een groot deel kende Alaska uit de kindertijd of van de middelbare school en aan hun verhalen, die tot de achttiende verjaardag van Alaska gingen, hadden we niet veel. De verhalen van de vriendinnen die Alaska bij de schoonheidswedstrijden, in de laatste jaren van haar leven dus, had gemaakt wierpen daarentegen een interessant licht op de zaak. Ze heetten Brooke Rizzo, Andrea Brown, Stephanie Lahan en Michelle Spitzer. We spraken ze een voor een. Over één ding waren ze het allemaal eens: Walter Carrey was niet de grote liefde van Alaska.

BROOKE RIZZO:
Niemand wist wat ze in die Walter zag. Ik dacht dat het een bevlieging was. Hij kwam sowieso maar zelden. Ik dacht dat Alaska gewoon een beetje rondfladderde. Ik had nooit kunnen vermoeden dat ze bij hem zou gaan wonen in een uithoek van New Hampshire.

ANDREA BROWN:
Ik denk dat Alaska het wel leuk vond iets met een oudere kerel te hebben. Tegelijkertijd was het volgens mij haar eerste serieuze relatie. Nou ja, als je het serieus kon noemen.

STEPHANIE LAHAN:
We hebben nooit begrepen wat er is gebeurd, of waarom ze met Walter is vertrokken. Ze was net tot Miss New England verkozen, een filmcarrière lag voor haar open, het begin was er in ieder geval. Waarom zou je dat allemaal laten vallen?
[...]
Bedreigingen? Nee. Daarover heeft Alaska me in elk geval nooit iets verteld.

Brooke, Andrea en Stephanie konden geen van allen haar vertrek naar Mount Pleasant aan een specifieke gebeurtenis koppelen. De vierde vriendin, Michelle Spitzer, kwam pas met een reden, en met een naam die we nog niet eerder hadden gehoord.

MICHELLE SPITZER:

Wat er in Salem gebeurd zou kunnen zijn? Geen idee. Ze zal ongetwijfeld ondersteboven zijn geweest van de zelfmoord van Eleanor... dat waren we allemaal. U zegt dat Alaska bedreigingen zou hebben ontvangen? Van welke aard?

[...]

Had niemand u nog over Eleanor Lowell verteld? Ze was een van onze vriendinnen. Ze was heel mooi, maar had het vooral ook heel moeilijk met zichzelf. Totaal het tegenovergestelde van Alaska. Eleanor leed pijn, ze had voortdurend last van angsten. Ze was zelfs onder behandeling bij een psychiater.

[...]

Hoe Eleanor zelfmoord heeft gepleegd? In het water. Haar auto en haar kleren zijn teruggevonden op een strand bij Marblehead.

Dat die geest van Eleanor ineens opdook, vonden we intrigerend. Diezelfde dag nog gingen we naar de redactie van *Salem News* om navraag te doen bij Goldie Hawk, die ons vast meer informatie zou kunnen geven.

'Een trieste geschiedenis,' zei Goldie Hawk op spijtige toon. 'Ik heb Eleanor een paar keer mogen ontmoeten. Ze was het ideaalbeeld van een jong model: een doorschijnende schoonheid met een engelengezicht. Ze had reclamecampagnes gedaan voor prestigieuze merken. Ze was van een ander kaliber.'

'En haar dood?' vroeg Gahalowood.

'Afschuwelijk. Ze heeft haar ouders midden in de nacht een sms'je gestuurd om hun te zeggen dat ze niet verder wilde leven. Dat bericht lazen ze toen ze wakker werden. Het bed van Eleanor was leeg en ze hebben onmiddellijk de politie gewaarschuwd. De auto van Eleanor werd aangetroffen in Marblehead, op de parkeerplaats van Chandler Hovey Park. Haar kleren en persoonlijke bezittingen lagen op de rotsen in de buurt van de vuurtoren op de punt. De politie kwam tot de conclusie dat het om zelfmoord ging, waarschijnlijk door verdrinking.'

'Waarschijnlijk?'

'Haar lichaam is nooit gevonden.'

Gahalowood was verbouwereerd. Bij het verlaten van de redactie van *Salem News* zei hij tegen Lauren en mij: 'In augustus 1998 verdwijnt een jonge schoonheidskoningin in de buurt van een strand. Acht maanden later wordt een van haar vriendinnen, ook een schoonheidskoningin, vermoord aan de oever van een meer. In haar zak een briefje met: "Ik weet wat je hebt gedaan".'

Ik vroeg aan Gahalowood: 'Jij denkt dat er een verband is tussen deze twee overlijdens, sergeant?'

'Het lijkt me sterk dat het toeval is. Vooral ook omdat Alaska kort daarna halsoverkop uit Salem is vertrokken. De dood van Eleanor zou heel goed de reden van haar vlucht geweest kunnen zijn.'

'U denkt dat Alaska Eleanor heeft vermoord?' vroeg Lauren.

'Ik denk helemaal niets,' zei Gahalowood, die niet van overhaaste conclusies hield. 'Maar dat moeten we wel onderzoeken.'

Lauren moest de vraag die haar op de lippen brandde wel stellen: 'Sergeant, hoe hebben jullie deze Eleanor Lowell destijds over het hoofd kunnen zien?'

'We hebben geen aandacht geschonken aan Salem. We dachten dat de moord verband hield met Mount Pleasant. En tegelijkertijd was er ook niets in het onderzoek wat op Salem wees. Ik moet steeds maar weer denken aan dat idee van een perfect misdrijf. Volgens mij zijn we volledig met een kluitje in het riet gestuurd.'

Gahalowood wilde nog een bezoekje brengen aan de afdeling ernstige delicten van Salem, die ongetwijfeld met het onderzoek naar de verdwijning van Eleanor Lowell belast was geweest. En nu we toch in de stad waren, moesten we de ouders van Alaska ook naar de financiën van hun dochter vragen. We wilden begrijpen waarom ze ondanks haar spaargeld zo'n dringende behoefte aan werk had gehad toen ze in Mount Pleasant aankwam. Om zo efficiënt mogelijk te werk te gaan konden we de taken het best verdelen. Lauren ging met Gahalowood mee naar het politiebureau en ik nam een taxi naar de familie Sanders.

Donna Sanders was alleen thuis. 'Robbie is aan het golfen met vrienden. Hij heeft de laatste tijd nog meer behoefte zijn hoofd een beetje leeg te maken. Ik moet zeggen dat het ons behoorlijk raakt wat er allemaal gebeurt. Wilt u een kop koffie, meneer Goldman?' We zaten een tijdje te praten in haar woonkamer. Volgens mij voelde Donna Sanders zich erg alleen. Ze wilde graag over haar dochter praten, maar haar man meed het onderwerp. 'Iedereen rouwt op zijn eigen manier,' zei ze. Dat leek me een mooi moment om haar het auditiefilmpje te laten zien dat we van Alaska's agent hadden gekregen. Dat hadden we ook voor de vriendinnen van Alaska afgespeeld – ik had mijn laptop speciaal daarvoor meegenomen – maar geen van hen had de plaats waar Alaska zichzelf had gefilmd herkend. Dat gold ook voor Donna Sanders.

'Die opname heb ik nog nooit gezien,' zei ze.

'Alaska heeft dit gefilmd vlak nadat ze Miss New England was geworden. Herkent u de achtergrond?'

Ik speelde het filmpje nog een keer af, maar Donna verklaarde stellig: 'Nee, ik heb geen idee waar Alaska zou kunnen zijn. Is dat belangrijk?'

'Misschien. Dat schilderij zegt u niets?'

'Helemaal niets. Bent u speciaal naar Salem gekomen om me dit te laten zien, meneer Goldman?'

'Nee,' antwoordde ik. 'Ik was benieuwd naar het geld dat Alaska bezat. Ze had gespaard, toch? Al het geld dat ze met wedstrijden had gewonnen?'

'Ja, ze was heel spaarzaam. Ze had een rekening bij de Bank of New England. Dat is alles wat ik weet. Voor de rest was het Robbie die zich daarmee bezighield. Dat moet u aan hem vragen. Jammer dat hij er niet is. Ik zou hem wel voor u willen bellen op zijn mobiel, maar hij is niet te genieten als hij tijdens zijn partijtje golf wordt gestoord.'

'Dat begrijp ik, doet u geen moeite. Hebt u misschien oude bankafschriften van Alaska?'

'Als er iets is, ligt het in haar kamer. Ik heb zoveel bewaard... dat verwijt Robbie me nog steeds. Hij vindt dat we die kamer leeg moeten halen. Kom, dan laat ik het u zien.'

Even later zat ik aan het multiplex bureautje dat Alaska als puber had gebruikt om haar huiswerk aan te maken en brieven te schrijven. Donna Sanders haalde verschillende mappen tevoorschijn met daarin een ratjetoe aan herinneringen, al dan niet officiële documenten en foto's van haar dochter. Ik bladerde erdoorheen tot ik een oud afschrift van de Bank of New England tegenkwam. Het was een afschrift uit 1997, wat niet echt hielp, maar er stond wel een adres van een filiaal in Salem op, en de naam van een contactpersoon daar: Gary Stenson. De bank was nog open, dus ik waagde er een telefoontje aan zonder veel hoop die Gary uit 1997 te spreken te krijgen, maar de telefoniste verbond me zowaar door.

'Hallo?'

'Meneer Stenson? Met Marcus Goldman. Ik doe onderzoek naar de moord op Alaska Sanders, een cliënte van u.'

Zo met de deur in huis vallen zorgde onvermijdelijk voor enige beroering. Toen ik Stenson uitlegde hoe ik zijn naam had gevonden, stelde hij me voor: 'Kom naar de bank, ik wacht op u. Wel een beetje snel, want we gaan bijna sluiten.'

Twintig minuten later zat ik tegenover Gary Stenson in een filiaal van de Bank of New England. Stenson zou over een paar maanden met pensioen gaan, na meer dan veertig jaar voor de bank te hebben gewerkt. Hij had zilvergrijs haar en een dikke snor, waardoor hij eruitzag als een buitengewoon vriendelijke walrus. Hij droeg een overhemd met korte mouwen en een gestreepte stropdas.

'Ik heb over u gehoord,' zei hij. 'U weet dat ik in principe beroepsgeheim heb wat mijn klanten betreft.'

'Dat snap ik, ja.'

'Maar Alaska is geen klant meer, haar rekening is na haar overlijden gesloten. Ik heb dus geen exacte informatie over haar, wat mij de vrijheid geeft uw vragen te beantwoorden. Wat wilt u weten?'

'Kende u Alaska persoonlijk?'

'Ja, natuurlijk. Haar vader heeft ook een rekening bij deze bank. Ik ken hem al heel lang. Alaska was een geweldige jonge vrouw. U wilt niet weten hoe hard ik om haar dood heb gehuild. Ik was er kapot van. Ik kende haar niet heel goed, maar het voelde als enorm zonde. Waarom bent u geïnteresseerd in haar bankrekening?'

'Ik had begrepen dat Alaska een zuinige jonge vrouw was die geld opzij had gezet om haar droom in New York te gaan wonen te verwezenlijken. In oktober 1999, ongeveer twee weken nadat ze een prijs van vijftienduizend dollar had gewonnen, verhuist ze naar Mount Pleasant. Ze neemt onmiddellijk een baantje aan bij een tankstation. Zonder er ook maar over na te denken. Ik voel daar een urgentie die de indruk wekt dat ze blut is. Kunt u me daar misschien iets meer over vertellen?'

De kleine man tegenover me keek me onthutst aan. Uiteindelijk kwam er iets uit zijn mond wat ik totaal niet had verwacht: 'Potdomme...' Ik begreep dat hij aarzelde me iets te vertellen.

'Meneer Stenson,' moedigde ik hem aan, 'u beschikt misschien over informatie die van cruciaal belang is voor het onderzoek.'

'De cheque van vijftienduizend dollar waarover u het had, kwam Alaska samen met haar vader bij de bank storten. Het was een rekening met een volmacht van de ouders, zoals altijd bij een rekening voor een minderjarige. Maar die dag heb ik tegen Alaska gezegd: "Je bent sinds een paar maanden meerderjarig. Je hebt je vader niet meer nodig om je bankzaken te bekrachtigen." Dat gaf haar een trots gevoel. Ze voelde zich onafhankelijk. De dag daarna kwam haar vader, Robbie, nogmaals bij me langs, deze keer om het geld van zijn dochter over te maken naar een andere bank. Er stond vijftigduizend dollar op haar rekening. Hij vertelde dat hij het geld op een rekening wilde zetten die alleen op háár naam stond. Ik had geen enkele reden om hem niet te geloven, en bovendien was hij nog steeds gemachtigd op de rekening van Alaska. Hij kon doen wat hij wilde zonder dat ik daar vragen over stelde. Ik heb dus gedaan wat hij vroeg. Maar ongeveer twee weken later, de exacte datum weet ik niet meer, kwam Alaska langs om geld op te nemen. Toen ik vertelde dat haar vader alles naar een andere rekening had overgemaakt, werd ze lijkbleek. Ik zei dat er vast sprake was van een misverstand. Maar zij was in shock en ging woedend de deur uit.'

'Hebt u ooit nog gehoord hoe het precies zat?'

'Ja, ik heb haar vader een paar dagen later gesproken. Ik weet het ineens weer. Robbie Sanders kwam bij de bank langs omdat hij bang was dat zijn dochter een scène had geschopt. Hij had nog geen tijd gehad Alaska van de nieuwe rekening op de hoogte te brengen. Alles was inmiddels in orde.'

'En was dat ook zo?'

'Ik heb geen idee. Ik heb Alaska nooit meer gezien. Ze is naar New Hampshire vertrokken.'

Ik begreep dat het incident waarover Gary Stenson het zojuist had gehad had plaatsgevonden op 2 oktober 1998. Het was de echte reden van de ruzie tussen Alaska en haar vader die tot het vertrek van Alaska had geleid.

Ik moest onmiddellijk met Donna Sanders gaan praten, en vooral ook met haar man Terwijl ik onderweg was naar hun huis, werd ik gebeld door Gahalowood.

'Waar ben je, schrijver? Ik heb nieuws voor je.'

'Ik ook voor jou, sergeant. Ik ben weer onderweg naar de familie Sanders. Ik heb net ontdekt dat Alaska en haar vader op 2 oktober 1998 ruzie hebben gehad omdat hij haar bankrekening had leeggetrokken. Robbie Sanders heeft tegen ons gelogen: dat verhaal over die marihuana was flauwekul. Robbie had zijn dochter haar geld afhandig gemaakt.'

'Dat meen je niet! We zien elkaar bij de familie Sanders.'

'En wat ben jij bij de politie van Salem te weten gekomen, sergeant?'

'We hebben het dossier van Eleanor Lowell opgeduikeld. Er staat helaas niet zoveel in. We hebben de rechercheur gesproken die destijds met het onderzoek was belast, maar die ziet niet echt een verband tussen de dood van Eleanor en de dood van Alaska. Nu we er toch waren, hebben we gelijk alle belangrijke misdrijven die in 1998 in Salem zijn gepleegd de revue laten passeren. Er was er een dat onmiddellijk onze aandacht trok: op 8 oktober 1998 was er een buitengewoon gewelddadige inbraak bij de familie Sanders. Een politieman is aangereden door een zwarte Ford Taurus.'

'Een zwarte Ford Taurus?' riep ik uit.

'Ik wist dat je daar blij mee zou zijn.'

En de dag had nog meer verrassingen voor ons in petto.

Voor het huis van de familie Sanders stonden Gahalowood en Lauren al op me te wachten. We liepen met zijn drieën naar de deur. Donna Sanders bleek in een goed humeur. 'Ah, daar bent u weer,' zei ze. 'Dat komt goed uit. Robbie is terug van het golfen.'

Robbie dook achter zijn vrouw op. Gahalowood stelde Lauren aan hen voor, zonder daarbij haar achternaam te noemen. 'Lauren is van de politie van Mount Pleasant,' vertelde hij. 'Ze werkt met ons aan het onderzoek.'

Lauren gaf het echtpaar Sanders een hand. Ze droeg een dunne blouse waarvan ze de mouwen had opgerold.

'Meneer en mevrouw Sanders,' zei ze, 'we wilden het met u hebben over de inbraak die in 1998 bij u is gepleegd.'

Robbie Sanders zond haar een merkwaardige blik toe en zei toen: 'Het treft dat u over die inbraak begint. Waarom draagt u mijn horloge?'

De avond van de inbraak

Donderdag 8 oktober 1998

Om halftien 's avonds was Mack Park, een wijk van Salem, in duister gehuld. Er was niemand op straat. Er stond een koude herfstwind.

Niemand zag de zwarte Ford Taurus die met gedoofde lichten tot aan het huis van de familie Sanders reed en voorzichtig achteruit de oprit op draaide, klaar om onmiddellijk weer weg te rijden. Er zaten geen nummerplaten op de auto. Twee personen met bivakmutsen op stapten zonder geluid te maken uit de auto en verdwenen in de achtertuin van de familie Sanders. Daar verstopten ze zich tussen de struiken om niet gezien te worden. Een tijdlang bleven ze daar zitten om zich ervan te verzekeren dat het huis leeg was. Toen slopen ze naar de keukendeur. Een van de figuren tilde de mat op, en vervolgens een bloempot, alsof daar een sleutel zou moeten liggen. Maar er lag niets. Nu nam zijn partner de leiding: met zijn gehandschoende hand sloeg hij een van de ruitjes in de deur kapot, en stak vervolgens zijn hand naar binnen om het slot open te draaien. Ze gingen het huis binnen.

Francisco Rodriguez, een inwoner van de wijk die een sigaretje stond te roken op zijn veranda, meende het geluid van brekend glas te horen. Rodriguez was inspecteur bij de politie van Salem en hij vroeg zich af wat er aan de hand was. Toen zijn sigaret op was, liep hij een paar passen de straat in, al zijn zinnen op scherp, maar alles leek rustig.

In het huis waren de twee figuren doelgericht naar de werkkamer van Robbie Sanders gelopen. Ze hadden de kluis die daar stond opengemaakt en geleegd. Er zaten met name documenten in én een gouden horloge met een groenleren band. Nadat ze dat hadden gepakt, gingen ze er onmiddellijk weer vandoor. De hele operatie was zo gepiept. Ze verlieten het huis zoals ze waren binnengekomen: via de keuken en de tuin. Ze slopen langs een laatste struik en renden toen naar de auto. Tegelijkertijd zagen ze de man op straat die op de oprit afliep, geïntrigeerd door dic auto zonder nummerplaten: het was inspecteur Rodriguez. Een paar seconden lang bleven ze elkaar als verstijfd staan aankijken.

'Stap in!' beval de ene figuur de andere.

Rodriguez riep: 'Stop! Politie!'

De twee onverlaten zaten al in de auto, die onmiddellijk wegschoot. Rodriguez blokkeerde de oprit met zijn lichaam om de auto tegen te houden. Maar de Ford had al te veel vaart. Rodriguez, die inmiddels begreep dat de bestuurder niet ging stoppen, wilde nog opzijspringen, maar het was al te laat. Hij kreeg een opdonder van de motorkap en rolde over straat.

De auto verdween in de nacht.

Het zou een vermoeiend weekend vol onverwachte wendingen worden dankzij twee sporen die elkaar kruisten: op 2 oktober 1998 stal Robbie Sanders vijftigduizend dollar van zijn dochter. Op 8 oktober 1998 ontvreemdden goed ingelichte inbrekers een horloge dat getaxeerd was op dertigduizend dollar. Dat kon geen toeval zijn.

HOOFDSTUK 22

Oog om oog

Salem, Massachusetts
Vrijdag 16 juli 2010

Alles raakte in een stroomversnelling toen Robbie Sanders zijn horloge om de pols van Lauren herkende. Het was geen uniek exemplaar, maar de herkomst was makkelijk te verifiëren. Robbie Sanders had het horloge van zijn vader, Christian Sanders, en die had zijn initialen erin laten graveren. Op de achterkant van de kast troffen we inderdaad de beschaafde inscriptie C.S. aan die Lauren nooit was opgevallen.

'Het is inderdaad jouw horloge, Rob,' fluisterde Donna Sanders verbijsterd.

'Hoe komt u er aan?' vroeg haar man.

'Ik heb het gekregen,' vertelde Lauren. 'Van mijn broer.'

'En waar had uw broer het vandaan?'

'Dat weet ik niet.'

Lauren deed het horloge onmiddellijk af, alsof het in haar huid brandde. Robbie Sanders wilde het al terugpakken, maar Gahalowood was hem voor.

'Het spijt me, meneer Sanders,' zei hij, 'maar dit horloge is nu een bewijsstuk in het onderzoek naar de inbraak in uw huis in oktober 1998.'

'Die inbraak is al twaalf jaar geleden,' merkte Robbie Sanders op.

'Maar de zaak is nog niet afgedaan. Ik hoef u er toch niet aan te herinneren dat uw buurman ernstig gewond is geraakt toen hij de daders wilde tegenhouden.'

In de woonkamer van de familie Sanders schoven we de stukjes in elkaar van de grote puzzel die voor ons lag. Robbie en Donna Sanders gaven ons een gedetailleerd verslag van de avond van de inbraak: het was hun trouwdag en zoals elk jaar waren ze uit eten geweest bij een steakhouse in het centrum van de stad. Toen ze terugkwamen, was de straat verlicht met zwaailichten en stond de hele buurt bij hen voor de deur.

'Die arme Francisco Rodriguez,' verzuchtte Donna Sanders. 'Hij heeft het gered maar zijn leven lag aan barrels. Hij is verschillende keren aan zijn been geopereerd en heeft nooit meer normaal kunnen lopen. Hij heeft een kantoorbaan gekregen bij de politie en moest verhuizen omdat hij de trap in zijn huis niet meer op kon.'

'Maar volgens het rapport,' onderbrak Gahalowood haar, 'is dat horloge het enige wat bij de inbraak gestolen is. Klopt dat?'

'Ja,' antwoordde Robbie Sanders. 'Ze zijn door de achterdeur binnengekomen en gelijk doorgelopen naar mijn werkkamer.'

'Volgens het rapport,' ging Gahalowood verder, 'is Francisco Rodriguez gewaarschuwd door het geluid van brekend glas, dat afkomstig moet zijn geweest van een ingeslagen ruitje in de achterdeur. Tegen de tijd dat hij de straat op was gelopen en de verdachte auto op jullie oprit zag staan, stonden de inbrekers alweer buiten. Ze waren dus heel goed geïnformeerd.'

'Zeker,' beaamde Robbie Sanders.

'De kluis was niet opengebroken. U hebt aan de politie verklaard dat u in uw haast om naar het restaurant te vertrekken misschien vergeten bent hem dicht te doen.'

'We waren inderdaad aan de late kant die avond. Ik wilde onze reservering niet verspelen.'

'Jij bent altijd aan de late kant, Rob,' zei Donna, die onmogelijk kon vermoeden wat er zich in haar woonkamer zou gaan afspelen.

'Was uw horloge verzekerd?' vroeg Gahalowood.

'Ja.'

'En u hebt geen problemen gehad met de uitkering van de verzekering ondanks uw nalatigheid? Verzekeringsmaatschappijen houden niet zo van mensen die hun kluis niet op slot doen; meestal weigeren ze dan te betalen.'

'Klopt, ja,' zei Robbie Sanders. 'Ik heb er een advocaat op moeten zetten, maar uiteindelijk is het geregeld. Ik begrijp niet waar u naartoe wilt, sergeant. Waarom hebben we het hierover?'

'Omdat ik toen ik net van de politieacademie kwam, meneer Sanders, een tijdlang noodhulp heb moeten doen. Dat is de normale gang van zaken. Ik heb heel wat inbraken voorbij zien komen. En neem maar van mij aan dat slachtoffers heel vaak dingen aan hun aangifte toevoegen die zogenaamd ook gestolen zijn. En ze gaan al helemaal niet vertellen dat hun wellicht zelf iets te verwijten valt: een raam dat nog openstond, een deur die niet op slot was. Ze willen zeker weten dat de verzekeringsmaatschappij niet moeilijk gaat doen.'

'Neem me niet kwalijk, sergeant, maar ik begrijp nog steeds niet waar u naartoe wilt,' zei Robbie Sanders.

De spanning in de ruimte was voelbaar. Vol bewondering keek ik toe terwijl Gahalowood zijn eerste projectiel afschoot.

'Nou kijk, meneer Sanders, wanneer er een horloge van dertigduizend dollar uit je kluis wordt gestolen en je denkt dat je misschien vergeten was die kluis op slot te doen is het eerste wat je tegen de politie zegt: "Ik begrijp er niets van, hij was toch echt op slot. Dat controleer ik altijd twee keer voordat ik de deur uit ga." Waarom zou je, zoals in uw geval, aan de rechercheurs opbiechten dat u zelf fout zat? U bent toch het slachtoffer in deze zaak, niet de dader?'

'Natuurlijk ben ik het slachtoffer! Op dat moment was ik helemaal ondersteboven van wat er was gebeurd: dat onze buurman was aangereden, dat er iemand in ons huis was geweest. Het is gewoon niet in me opgekomen te liegen. Ik ben een eerlijk burger, sergeant.'

Ik nam het over: 'Meneer Sanders, we vragen ons af of die inbraak niet iets te maken had met een andere diefstal.'

'Van wat dan?'

'Van de vijftigduizend dollar van uw dochter die u van haar bankrekening hebt gehaald.'

Robbie Sanders kwam abrupt overeind. 'Hoe durft u?' schreeuwde hij.

Zijn vrouw slaakte een kreet, al was niet duidelijk of dat was om blijk te geven van ontzetting of om haar man te kalmeren. Ik dacht dat hij me een dreun zou gaan verkopen, maar hij begon te huilen als een kind. Donna Sanders was het spoor volledig bijster. 'Robbie, waar hebben ze het over? Robbie, wat gebeurt er allemaal?' Hij liet zich op de bank vallen, zijn vrouw sloeg haar armen om hem heen. Toen vertelde hij over de demonen waardoor hij destijds bezeten werd zonder dat zijn vrouw daarvan ooit iets had geweten.

'Het is allemaal heel snel gegaan,' vertelde Robbie Sanders. 'Ik had nog nooit echt gegokt totdat een paar klanten me per se wilden meenemen naar het casino. Dat was in 1997. Ik kon niet weigeren, ik wilde ze te vriend houden. En ik vond het ook wel leuk dat wereldje eens te zien. Toen ik aan een blackjacktafel ging zitten begon ik te winnen, keer op keer. Op een gegeven moment had ik bijna tienduizend dollar aan fiches verzameld. Ik was in trance. Hoe meer ik inzette, hoe meer ik won. Het opwindende gevoel van het winnen was zo sterk. En toen ging het ineens helemaal de verkeerde kant op: ik begon te verliezen en ik verloor steeds meer. En hoe meer ik verloor, hoe meer ik het goed wilde maken. Ik ben gestopt toen ik weer op nul stond. Die nacht kon ik niet slapen. Ik werd helemaal gek. Hoe had ik al dat geld kunnen laten lopen? Waarom was ik niet eerder gestopt? Ik kon maar aan één ding denken: terug naar het casino. En deze keer winnen. Vanaf dat moment ging ik regelmatig naar een casino onder het mom van een zakenetentje. In het casino van Salem kwam ik niet, uit angst te worden herkend. Maar wat ik won, verloor ik ook altijd weer. In het begin was er nog een soort evenwicht. Maar in de loop van 1998 begonnen de verliezen zich op te stapelen. Het lukte me niet die verliezen weer goed te maken, maar ik kon ook niet stoppen met spelen. Ik bezweek onder de schulden, ik had behoefte aan cash. Tegen het eind van de zomer van 1998 werd de druk van mijn schuldeisers steeds groter. Een van hen dreigde alles aan mijn vrouw te vertellen. Om hem te kalmeren heb ik hem het horloge van mijn vader als onderpand gegeven. Het horloge waaraan ik ongelooflijk gehecht was. Ongeveer twee weken later, toen ik met Alaska naar de bank ging om haar cheque van vijftienduizend dollar te storten, realiseerde ik me dat ik vrij toegang had tot haar geld. Terwijl we de bank weer uit liepen, was dat het enige waaraan ik kon denken. Op de rekening van mijn dochter stond genoeg geld om mijn horloge terug te krijgen en mijn schulden af te betalen. Om die donkere bladzijde van mijn leven om te slaan. En daarna zou ik het natuurlijk zo snel mogelijk terugstorten op de rekening van Alaska. Ik wilde sowieso hulp zoeken, ik had al een psycholoog gevonden die gespecialiseerd was in gokverslaving. Ik had alleen nog een klein duwtje in de rug nodig... al dat geld dat op de rekening van Alaska niets stond te doen... Dus ben ik naar de bank gegaan en heb ik haar rekening leeggetrokken. Het was maar een lening, ik was van plan het haar terug te betalen!'

'Maar Alaska kwam erachter,' zei ik.

'Ja. Het was op een vrijdag. Vrijdag 2 oktober 1998.'

Salem, Massachusetts
Vrijdag 2 oktober 1998

Het was eind van de middag. Toen Robbie de voordeur open en dicht hoorde gaan dacht hij eerst dat het zijn vrouw was die terugkwam uit Providence, waar ze wat erfkwesties met haar zussen had moeten regelen.

'Ben jij dat, Donna?' riep hij vanuit de woonkamer, waar hij de krant zat te lezen.

Geen reactie. Toen zag hij Alaska. 'O, hallo lieverd. Ik dacht dat jij al was vertrokken voor je weekend met Walter. Gaat het wel goed?'

Zijn dochter keek hem kwaad aan.

'Alaska?' vroeg Robbie.

'Waar is mijn geld?' vroeg ze.

Robbie trok wit weg.

'Alaska, lieverd, ik zal het uitleggen...'

'Waar is mijn geld?' schreeuwde ze.

'Luister even, dat ligt nogal ingewikkeld. Ik –'

'Gary Stenson van de bank zegt dat jij het op een andere rekening van mij hebt gezet. Waar heeft hij het over? Ik heb helemaal geen andere rekening.'

Robbie had geen andere keus dan haar alles op te biechten. 'Ik heb het allemaal uitgegeven. Ik had wat problemen...'

Alaska was verbijsterd. 'Maar daar had je het recht niet toe.'

'Ik betaal het je allemaal terug, dat beloof ik je!'

Hun woordenwisseling werd onderbroken door Walter, die Alaska kwam halen, zoals afgesproken.

'Sorry,' zei hij, 'maar ik hoorde geschreeuw, dus toen ben ik maar even binnengekomen.'

'Ga maar vast, ik kom met mijn eigen auto!' zei Alaska op gebiedende toon.

Walter maakte dat hij wegkwam.

'Alaska,' stamelde Robbie, 'ik kan het je uitleggen. Ik heb grote gokschulden gemaakt en toen moest ik het horloge van opa als onderpand geven. Je begrijpt dat ik dat horloge beslist terug moest krijgen voordat het verkocht zou worden en verdwenen zou zijn. Het is een familie-erfstuk, ooit is het van jou. Het is onbetaalbaar. Geef me een week, dan zorg ik dat je je geld terug hebt.'

Alaska kon haar oren niet geloven. 'Je hebt van mij gestolen om dat stomme horloge terug te krijgen. Ik haat je! Ik wil nooit meer met je praten! Ik wil je nooit meer zien!'

Ze stormde naar boven, vastbesloten het huis te verlaten. Haar vader kwam achter haar aan in een poging haar tot rede te brengen. In haar kamer pakte ze een leren weekendtas en begon daar spullen in te proppen.

Haar vader smeekte haar: 'Alaska, luister alsjeblieft naar me. Het komt allemaal goed.'

'Leugenaar! Dief!'

Plotseling ging beneden de deur open. Donna Sanders riep naar boven: 'Wat is hier aan de hand?'

'Alsjeblieft,' fluisterde Robbie tegen zijn dochter, 'zeg niets tegen je moeder. Ik betaal het je allemaal terug. Dat zweer ik je. Maar alsjeblieft, geen woord tegen haar.'

'Je had het recht niet dat te doen!' slingerde Alaska hem naar het hoofd.

'Als je moeder hoort wat er is gebeurd, zal ze willen scheiden. Je wilt toch niet dat je ouders gaan scheiden voor iets wat kan worden opgelost? Ik beloof het je.'

Donna verscheen boven aan de trap. 'Wat gebeurt hier?' riep ze uit toen ze bij de kamer van haar dochter was aangekomen.

Er viel een stilte. Het gezicht van Alaska was vertrokken van woede en tranen. Ze keek haar moeder aan en zei: 'Wil je dat echt weten?'

'Natuurlijk wil ik dat weten.'

Robbie kwam tussenbeide: 'Ik heb marihuana tussen de spullen van Alaska gevonden.'

'Papa!' riep Alaska uit.

'Alaska,' zei Donna Sanders diep teleurgesteld, 'nee, niet jij...'

'Toch wel!' beet Robbie haar toe. 'Ze heeft ons vertrouwen beschaamd. Ik kan het niet geloven.'

'Alaska, je had me beloofd dat je daar nooit aan zou beginnen. Realiseer je je wel wat de gevolgen zijn? Als dit bekend wordt, kun je je titel van Miss New England kwijtraken. En je filmdromen vaarwel zeggen.'

Met nog een vernietigende blik op haar vader pakte Alaska haar tas en ging ervandoor. Ze stormde de trap af, graaide haar autosleutels mee en gooide de deur achter zich dicht. Ze sprong in haar blauwe cabrio en reed weg.

~

Donna onderbrak het verhaal van haar man. Ze was ontdaan: 'Heb je dat verhaal van die marihuana verzonnen?'

'Ja, en Alaska heeft me niet tegengesproken. Ze is vertrokken om niet in de verdediging te hoeven gaan. Om mij te beschermen. Indirect heb ik de dood van mijn dochter op mijn geweten. Ik ben geen moordenaar, maar toch heb ik haar ook gedood.'

Donna Sanders barstte in tranen uit.

Hoe beroerd de ouders er ook aan toe waren, Gahalowood moest wel verdergaan: 'Het was Alaska die de avond van 8 oktober heeft ingebroken. Ze wist van het bestaan van het horloge en kende de code van de kluis. Ze wist ook dat jullie uit eten zouden zijn om jullie trouwdag te vieren. Ze heeft uw horloge gestolen om haar geld terug te krijgen. Of om wraak te nemen. Het was Alaska, dat was onmiddellijk duidelijk voor u. Daarom zei u tegen de politie dat u vergeten was de kluis op slot te doen. U wilde niet dat de politie bij uw dochter zou uitkomen.'

'Ja,' gaf Robbie Sanders toe. 'Ik wist gelijk dat zij het was geweest. Niet alleen omdat ze de code van mijn kluis kende, maar ook omdat we jarenlang een sleutel van de achterdeur onder de mat en daarna onder een bloempot hadden liggen. Ik had hem vlak daarvoor weggehaald omdat onze buurman Rodriguez, die sympathieke politieman, ons had gewaarschuwd voor een groeiende golf inbraken. En dan was er ook nog die zwarte Ford Taurus waarover de agenten het hadden. Ik wist dat Walter die ook bezat, maar dat heb ik ze natuurlijk niet verteld.'

Gahalowood richtte zich tot Donna Sanders nu: 'En u, mevrouw Sanders, verdacht u Alaska?'

Ze keek Gahalowood ontsteld aan. 'Denkt u nu echt dat ik ook maar een seconde heb kunnen vermoeden dat mijn man mijn dochter had bestolen en dat zij wraak wilde nemen? En denkt u dat ik verdomme wist in wat voor auto Alaska's vriendje reed? Of dat ik mijn dochter, mijn lieve dochter, ervan verdacht een politieman te hebben verminkt door hem te overrijden?'

We wisten niet of Alaska die avond de auto had bestuurd. Maar ze had ongetwijfeld in de auto gezeten, want Rodriguez had verklaard dat hij twee personen had zien zitten. Wie was de tweede geweest? Walter Carrey? Dat was wel waarschijnlijk. Helaas konden Walter en Alaska daarover geen van beiden meer opheldering geven. Wat we nu in elk geval wel wisten – althans, dat dachten we – was wat er in Salem was gebeurd en waar de dreigbrieven die Alaska had ontvangen over gingen. Ze was medeplichtig geweest aan een moordaanslag op een politieman en iemand had gedreigd dat te onthullen.

We begrepen nu beter dat Alaska in paniek was geraakt bij die politiecontrole in Conway, vooral ook omdat ze in de auto had gezeten die de avond van de inbraak was gebruikt. Om dit alles te kunnen bevestigen moest er nog één vraag worden beantwoord: was de zwarte Ford Taurus in kwestie echt die van Walter Carrey geweest? Volgens Gahalowood was er iemand in Mount Pleasant die die vraag kon beantwoorden en aan hem wilde hij die vraag dan ook onmiddellijk gaan stellen.

Vlak na de dood van Alaska had Walter Carrey zijn auto stiekem laten repareren door een van zijn toenmalige vrienden, Dave Burke, die als monteur in de Fordgarage van Mount Pleasant werkte. Aan hem ging Gahalowood zijn vraag stellen.

HOOFDSTUK 23
Klusjes

Mount Pleasant
Vrijdag 16 juli 2010

Gahalowood veronderstelde dat Walter, als hij inderdaad die politieman voor het huis van de familie Sanders omver had gereden, zijn auto in het diepste geheim had moeten laten repareren. 'Een aanrijding met een persoon,' zei hij, 'laat sporen achter op de carrosserie. Ik kan me niet voorstellen dat Walter, terwijl hij vermoedt dat zijn auto door de politie wordt gezocht, naar de eerste de beste garage gaat om de schade te laten herstellen. Ik denk dat hij naar zijn vriend gaat die monteur is.'

We kwamen aan het begin van de avond in Mount Pleasant aan. Dave Burke zat te eten met zijn gezin. De jonge monteur uit 1999 was nu chef werkplaats van de Fordgarage. Hij ontving ons voor de deur, zijn mond nog vol pasta. 'Sorry,' zei hij, 'maar mijn vrouw wil niet dat we het hierover hebben waar de kinderen bij zijn. Ze zouden er bang van kunnen worden.'

'We zullen u niet lang lastigvallen,' verzekerde Gahalowood hem. 'We hebben maar één vraag: is Walter Carrey in oktober 1998 met zijn auto bij u geweest om schade aan de motorkap te laten repareren?'

'Hm,' zei Dave Burke om aan te geven dat hij erover nadacht. 'Ik ga er niet om liegen: er is een tijd geweest dat ik een heleboel kleine reparaties clandestien deed en daarvoor contant werd betaald. Dan regelde ik iets met een klant van de garage. Het ging uitsluitend om krassen en lichte schade. Die kerels wilden dat hun auto er piekfijn uitzag en ik maakte dat snel en goed in orde. Ik kwam naar ze toe met wat spulletjes die ik uit de garage had gepikt: lak, vernis, gereedschap. Dan knapte ik het weer keurig op. Het kostte hun een stuk minder dan bij de garage, vooral ook omdat er niet nog van alles bij kwam. Walter liet regelmatig een kras door mij bijwerken. Hij zorgde goed voor zijn auto, hij wilde dat die er perfect uitzag.'

'Het ging niet om een oppervlakkige kras,' verduidelijkte Gahalowood, 'maar om iets groters.'

'Zoals u weet, heeft Walter me op de dag dat Alaska werd vermoord gevraagd zijn achterlicht en zijn bumper te repareren. Daarna ben ik met die klusjes gestopt.'

'Het incident waarover ik het heb, was nog voor de dood van Alaska, in oktober 1998 om precies te zijn. Is Walter naar u toe gekomen na een ongeluk? Nadat hij iets of iemand had geraakt?'

'O ja... nu u het zegt... Ik weet niet meer wanneer het was, maar hij had een hert tegen de motorkap gehad.'

'Een hért?'

'Dat zei hij tenminste. Het was een ingrijpender reparatie dan ik normaal gesproken deed. Ik wilde eigenlijk ook weigeren, maar Walter drong nogal aan. Hij wilde niet met zijn auto naar de garage, omdat je verplicht bent een aanrijding met wild bij de politie te melden en hij dat niet had gedaan. Hij was in overtreding en had geen zin een boete van tweehonderd dollar te betalen. Dus heb ik het toch maar gedaan. Ik ben er een paar avonden mee bezig geweest, in de garage van zijn ouders.'

Ik vroeg hem: 'Herinnert u zich nog wanneer die reparatie precies was? Dat is heel belangrijk voor ons...'

Dave Burke deed zijn ogen even dicht alsof hij een poging deed het moment terug te halen.

Ik probeerde hem te helpen: 'U zei dat u in de garage van de ouders van Walter was. Is er misschien een detail dat bij u bovenkomt? Een anekdote of een herinnering waardoor we het moment in de tijd kunnen plaatsen?'

Na lang nadenken zei Dave Burke: 'De kranten... ik had kranten op de vloer gelegd. En ik weet nog dat ik in het begin meer bezig was met het lezen van de artikelen dan met het repareren van die stomme auto. Tot grote ergernis van Walter trouwens.'

'Wat stond er in die kranten dat zo boeiend was?'

'De afzettingsprocedure van president Clinton!' riep Dave Burke plotseling uit. 'Nu weet ik het weer. We zaten midden in de Lewinsky-affaire en die heb ik gevolgd in de garage van de familie Carrey. Ik was er destijds nogal van onder de indruk: de president die uit zijn ambt zou worden gezet vanwege een blowjob.'

'Wanneer is de afzettingsprocedure van Clinton begonnen?' vroeg Lauren.

Ik raadpleegde internet op mijn telefoon. '8 oktober 1998,' zei ik.

'Bingo!' riep Gahalowood uit. 'De dag van de inbraak. Alaska was dus inderdaad samen met Walter Carrey.'

~

Die avond kwam Patricia Widsmith, hoe laat het inmiddels ook was, naar het huis van Lauren om niets van de laatste ontwikkelingen te hoeven missen. Ze was verbijsterd door wat we haar vertelden.

'Dus als ik het goed begrijp,' zei ze, 'haalt de vader van Alaska haar rekening leeg en neemt zij wraak door samen met Walter zijn horloge te jatten.'

'Precies,' beaamde ik. 'En het idee van zo'n strafexpeditie past ook wel bij Walter, die niet tegen onrechtvaardigheid kan én nogal impulsief kan reageren. Toen Alaska het over dat horloge had, heeft hij waarschijnlijk voorgesteld het te gaan halen.'

'Ze gaan dat horloge dus halen,' zei Patricia, 'maar dan? Hoe komt het aan de pols van Eric terecht?'

'Dat moeten we hem morgen zo snel mogelijk gaan vragen,' opperde Lauren.

'Heeft je broer jou nooit verteld hoe hij aan dat horloge kwam?' vroeg Patricia verbaasd.

'Nee.'

Ik zei tegen Lauren: 'Je hebt mij verteld dat Eric je na zijn veroordeling had gevraagd dat horloge te verkopen. Was dat echt om je ouders te helpen alle kosten te betalen of wilde hij ervan af vanwege de connectie met Alaska en dus met de moord?'

'Wat wil je daarmee precies zeggen?' vroeg ze.

Ik legde het uit: 'Wellicht weet Eric wat er in Salem is gebeurd en heeft hij Alaska daarmee gechanteerd. Hij heeft het horloge opgeëist in ruil voor zijn stilzwijgen...'

'Deze ongefundeerde beschuldiging verbaast me nogal, Marcus,' protesteerde Patricia.

'Ongefundeerd? We weten dat Eric in het verleden ook Sally Carrey heeft gechanteerd,' zei ik. 'Het zou dus niet zijn eerste keer zijn. Ik trek Erics onschuld niet in twijfel: dat hij Alaska chanteerde, wil niet zeggen dat hij haar heeft vermoord.'

'Maar hadden we niet vastgesteld dat Alaska geld nodig had?' bracht Patricia ons in herinnering. 'Ze kan het horloge ook gewoon aan Eric hebben verkocht, zonder dat hij iets heeft misdaan, toch? Wat denkt u ervan, sergeant?'

'Ik denk dat ik me afvraag of de dreigbrieven die Alaska ontving per se met die inbraak te maken moeten hebben gehad.'

'Waarmee anders?' vroeg Patricia Widsmith.

'De verdwijning van Eleanor Lowell.'

'Van wie?' vroeg Patricia nieuwsgierig.

'Eleanor Lowell, een jong model dat Alaska goed kende en dat in augustus 1998 onder verdachte omstandigheden is verdwenen.'

'Wat is het verband tussen de twee zaken?' wilde Patricia weten.

'Geen idee,' moest Gahalowood toegeven. 'Misschien is dat er helemaal niet. Maar ik moet zeggen dat ik dat verband onwillekeurig wel zoek, noem het mijn politie-instinct. Twee jonge vrouwen, uit dezelfde stad, die zeven maanden na elkaar onder verdachte omstandigheden doodgaan...'

'Kom nu toch, sergeant,' zei Patricia geïrriteerd, 'laten we er nu niet van alles bij gaan halen. Anders komen we er nooit uit. We zouden ons natuurlijk ook nog over de moord op Kennedy kunnen buigen, maar ik vrees dat we daar niet zoveel aan hebben.' Ze stond op en pakte haar spullen bij elkaar. 'Zo blijven we in een kringetje ronddraaien. Laten we afwachten wat Eric erover te zeggen heeft. We kunnen allemaal wel een beetje rust gebruiken. Ik moet nog een stukje rijden naar Boston. We zien elkaar morgenochtend in de gevangenis.'

'Mag ik misschien meerijden tot aan mijn hotel?' vroeg Gahalowood. 'Marcus kennende blijft hij hier vast nog even hangen en ik wil slapen.'

Ik moest glimlachen om zijn opmerking. Ik wist niet of Gahalowood Lauren en mij wat privacy wilde geven of dat hij zelf even met Patricia alleen wilde zijn. Ze vertrokken en ik bleef alleen achter in de woonkamer van Lauren, zonder te weten of ze daar wel blij mee was. Ze verdween in de keuken en kwam terug met een fles wijn, twee glazen en een kurkentrekker. Ze trok de fles cabernet open en schonk een glas voor me in. Toen zei ze: 'Vertel eens iets over jezelf, Marcus.'

'Wat wil je weten?'

'Toen we bij Luini zaten te eten, de avond na je signeersessie, vroeg je waarom ik bij de politie was gegaan en ik zei: "Vanwege mijn broer." Vervolgens vroeg ik waarom jij schrijver was geworden en jij zei: "Vanwege mijn neven." Over mijn broer hebben we het inmiddels uitgebreid gehad. Vertel eens over jouw neven.'

Die avond vertelde ik haar over Hillel en Woody, mijn neven uit Baltimore, de helden van mijn jeugd. Ik pakte de foto die ik pas van oom Saul had gekregen, genomen in 1995 in Baltimore. Een foto van mij met mijn neven en een jonge vrouw van onze leeftijd.

'Wie is zij?' vroeg Lauren.

'Alexandra,' antwoordde ik, 'een oude vriendin.'

'Een vriendinnetje?' vroeg Lauren op plagerige toon.

'Een oud vriendinnetje. Ze heeft veel betekend in mijn leven.'

'Wat is er gebeurd?'

'Een drama. Waar ik niet over wil praten.'

Ik legde de foto op een kast. Daar zou hij trouwens ook blijven liggen. Lauren streelde mijn gezicht en zei: 'Het leven is een aaneenschakeling van drama's. Daar moeten we niet in ten onder gaan.'

We kusten elkaar. Lang. Maar ik besloot de nacht niet bij haar door te brengen. Ik wilde niets overhaasten.

Het was al heel laat toen ik naar het hotel terugkeerde. Alles wat we die dag hadden ontdekt maalde nog door mijn hoofd. Toen ik binnenkwam, riep de nachtwaker me. Er lag een envelop voor mij. Ik maakte hem open en zag dat er een kaartje in zat voor een concert van een plaatselijk orkest en een tweederangs koor die samen de bekendste liederen uit *Madama Butterfly* ten gehore zouden brengen. Er was maar één iemand die me dit kaartje kon hebben gestuurd: Harry Quebert.

Toen Eric Donovan de bezoekruimte in werd gebracht was hij verbaasd ons allemaal weer in de gevangenis te zien. In tegenstelling tot de vorige dag zaten Gahalowood en Lauren aan tafel en stonden Patricia en ik in de hoek. Eric begreep onmiddellijk dat het feit dat zijn advocaat zich afzijdig hield voor hem weinig goeds voorspelde.

HOOFDSTUK 24
Lening met onderpand

Concord, New Hampshire
Zaterdag 17 juli 2010

Gahalowood kwam onmiddellijk ter zake: 'Herinner je je ons gesprek van gisteren nog, Eric? Ik zei dat ik de zaak zou laten vallen als je nog meer tegen me zou liegen...'

Eric keek geschrokken. 'Ik heb niet tegen u gelogen, sergeant. Waar hebt u het over?'

Lauren hield een plastic zak voor zijn neus met daarin zijn horloge, of liever gezegd dat van Robbie Sanders. Op zakelijke toon vroeg ze: 'Herken je dit voorwerp?'

'Ja, dat is mijn horloge,' zei Eric, een beetje van de wijs gebracht.

'Nee, dat is niet jouw horloge. Het is een gestolen horloge. Weet je waarom hij in een plastic zak zit? Omdat hij in verband wordt gebracht met een poging tot moord op een politieagent uit Salem.'

'Wat? Wacht even... ik heb geen idee waarover dit gaat.'

'Op 8 oktober 1998,' zei Lauren, 'hebben Alaska en Walter zich toegang verschaft tot het huis van Alaska's ouders, dit horloge gestolen en tijdens hun vlucht een politieman aangereden die hen wilde tegenhouden. Wil je zeggen dat je dat niet wist?'

'Natuurlijk wist ik dat niet.'

'Eric, wees voor één keer in je leven eerlijk: heb jij Alaska gechanteerd?'

'Welnee. Nou ja, zeg, hoe kom je daarbij?'

'Heb je haar berichten gestuurd om iets van haar gedaan te krijgen, zoals je dat met Sally Carrey hebt gedaan?'

'Nee, ik zweer het je!'

'Heb jij Alaska gedood? Ben jij verdomme degene die haar heeft vermoord?'

'Echt niet! Ik roep al elf jaar dat ik onschuldig ben.'

'Vertel op, dan. Voor de draad ermee. Hoe kom je aan dat horloge?'

'Alaska heeft het aan mij verkocht. Voor tienduizend dollar. Ze had heel hard geld nodig.'

Mount Pleasant
Januari 1999

Alaska had met Eric afgesproken in Season. Toen hij aankwam, zat ze al op hem te wachten aan een tafeltje achter in de zaak. Ze leek nerveus.

'Wil je iets drinken?' vroeg ze.

'Ik heb al koffie besteld bij Regina. Wat is er zo dringend?'

'Ik heb een probleem, Eric. Ik heb tienduizend dollar nodig.'

'Dat is niet misselijk. Waarvoor heb je dat geld nodig?'

'Ik ben het Lewis Jacob schuldig. Nou ja, dat gaat je verder ook niets aan. Kun je me helpen of niet?'

'Het is een flink bedrag om aan iemand voor te schieten. Hoe kom je erbij dat ik dat zou hebben?'

'Je had een goede baan in Salem, je woont bij je ouders, dus je hebt geen vaste lasten. Je hebt vaak nieuwe kleren. En ik kan je een onderpand geven.'

Eric vond haar antwoord wel grappig. 'Wat voor onderpand?'

Ze liet hem een gouden horloge zien.

Eric floot bewonderend. 'Allemachtig. Dat is geen kattenpis!'

'Ik weet het. Gouden horloge, band van krokodillenleer. Minstens dertigduizend dollar waard. Ik geef het je als onderpand. Ik krijg het terug wanneer ik het geld heb terugbetaald.'

'Als je me over een jaar niet hebt terugbetaald is het van mij.'

'Deal,' zei Alaska. 'Ik vraag je alleen dat horloge niet te dragen en vooral niets over onze afspraak tegen Walter te zeggen. Hij zou het niet begrijpen. Kan ik daarop rekenen? Dit moet tussen ons blijven.'

'Je geheim is veilig bij mij,' verzekerde Eric haar

'Wanneer kan ik het geld krijgen?' vroeg Alaska toen.

'Nu gelijk. De bank is aan de overkant.'

~

'We zijn naar de bank gegaan,' vertelde Eric. 'Ik heb geld opgenomen en Alaska heeft me het horloge gegeven. Na haar dood wist ik even niet wat ik ermee moest doen.'

'Waarom heb je er niets over aan de politie verteld?' vroeg Lauren.

'Dat zou het zoveelste bewijs tegen mij zijn geweest,' zei Eric. 'Ik voelde wel dat er iets niet in de haak was met dat horloge. Vooral ook omdat Alaska had gezegd dat ik het er niet met Walter over mocht hebben. Er met de politie over praten leek me destijds nog wel een graadje erger. Zei je nou dat ze het gestolen had?'

'De vader van Alaska had haar rekening leeggetrokken,' legde Gahalowood uit. 'Ze wilde wraak nemen of zich in elk geval schadeloosstellen. Die tienduizend dollar waren volgens Alaska dus voor Lewis Jacob?'

'Ja. Ik dacht dat ze ze misschien uit de kassa had gestolen, maar daar wilde ze verder niets over vertellen. Dat moet u aan Lewis vragen.'

'Dat gaan we ook zeker doen.'

Eric Donovan was automatisch steeds meer dingen gaan verzwijgen, wat het onderzoek niet had bevorderd. Alles wat hij de politie elf jaar geleden had kunnen vertellen en wat een ander licht op de zaak zou hebben geworpen, zou ook in zijn eigen nadeel hebben kunnen werken. In zekere zin had de vader van Alaska zichzelf op een soortgelijke manier klemgezet: allebei hadden ze gezwegen uit angst voor de gevolgen, maar daarmee hadden ze de moordenaar van Alaska de hand boven het hoofd gehouden. Ze waren schuldig aan stilzwijgen. En we zouden zo tot de ontdekking komen dat dat ook voor Lewis Jacob gold.

We zochten hem bij hem thuis op. Hij zat voor zijn huis in een houten Adirondack-stoel, de stoelen die je in New England zoveel ziet. Hij begroette ons op zijn innemende manier.

'Wil het onderzoek een beetje vlotten?' vroeg hij toen.

'Ja,' antwoordde Lauren. 'En we hebben nog een vraag over Alaska die u zou kunnen beantwoorden.'

'Ik wil u maar al te graag helpen. Kom binnen, daar is het aangenamer. En dan kunt u ook kennismaken met mijn vrouw, die vindt het altijd fijn als er mensen langskomen.'

'Het gaat wel om iets persoonlijks,' zei Lauren.

Daar moest hij om lachen. 'Na vijftig jaar huwelijk heb ik niets meer te verbergen. Phylis kent me door en door. Ik heb geen geheimen voor haar.'

Maar die bleken er toch wel te zijn. Het probleem met sommige geheimen is dat je geneigd bent ze zelf te vergeten. En op een dag komen ze dan zomaar weer naar de oppervlakte, als bij een riool dat overloopt.

Phylis Jacobs was in de keuken.

'Lieverd, dit gaat over het onderzoek naar Alaska,' kondigde haar echtgenoot aan.

Ze waren duidelijk blij dat ze bezoek hadden.

'Zit er schot in?' vroeg Phylis Jacob.

'Ja, mevrouw,' antwoordde Gahalowood. 'We zijn hier omdat we uw man willen vragen waarom Alaska hem begin 1999 tienduizend dollar moest betalen.'

Phylis Jacob was verbijsterd. Haar man werd lijkbleek. Hij liet zich op een stoel zakken en sloeg zijn handen voor zijn gezicht.

Gahalowood herhaalde de vraag: 'In januari 1999 heeft Alaska een horloge in onderpand gegeven in ruil voor tienduizend dollar die ze u schuldig zou zijn. Wat was er aan de hand, meneer Jacob?'

'Wat was er aan de hand, Lewis?' herhaalde zijn vrouw.

'Er was iets gebeurd op het tankstation.'

~

Zondag 3 januari 1999

Het was nog vroeg toen Lewis Jacob bij het tankstation aankwam. Normaal gesproken was hij op zondag vrij. Dan nam zijn medewerkster, Samantha Fraser, de honneurs waar. Hij mocht Samantha graag; een innemende jonge vrouw die door de klanten werd gewaardeerd. Ze werkte keihard: doordeweeks volgde ze een opleiding tot verpleegkundige, 's avonds werkte ze bij McDonald's en zondag in het tankstation. Samantha en Alaska leken op elkaar. Ze hadden alles mee. Hun enige zwakke plek was hun vriendje volgens Lewis Jacob. Hij vond dat Alaska werd beperkt door Walter, die haar alleen maar een bekrompen toekomst in Mount Pleasant kon beloven. Walter was tenminste nog aardig. Samantha had al jaren iets met Ricky, een oude bajesklant die haar om het minste of geringste sloeg.

Die zondag had Samantha Lewis Jacob gebeld. 'U moet echt even komen, meneer Jacob,' zei Samantha.

'Wat is er aan de hand?'

'Een probleem.'

'Wat voor probleem?'

Toen hoorde hij een spottende stem op de achtergrond: 'Ik zou maar snel komen, Jacob! Je hebt een groot probleem.'

'Wat gebeurt er, Samantha?' vroeg Lewis, bang dat ze slachtoffer was van een overval.

'Dat is Ricky, meneer Jacob. We moeten echt even met u praten. Als u niet hierheen komt, wil Ricky naar u toe komen.'

Dus was Lewis Jacob op stel en sprong vertrokken. Toen hij het tankstation binnenkwam, stonden Samantha en Ricky samen achter de balie.

'Smeerlap!' riep Rick op een toon die jolig en onvriendelijk tegelijk was.

Lewis begreep er niets van. Maar de knoop in zijn maag voorspelde niet veel goeds.

'Waarom hebt u dat gedaan, meneer Jacob?' vroeg Samantha. 'Ik dacht dat u een respectvol man was.'

'Wat gedaan?'

Ricky zwaaide met een kleine videocamera die hij kapot had getrapt.

'Wat is dat?' vroeg Lewis Jacob.

'Doe maar niet zo onschuldig,' beet Ricky hem op inmiddels agressieve toon toe. 'Dat ding zat verstopt in de kleedruimte van de meisjes. Je filmt je medewerksters terwijl ze zich omkleden? Gore viezerik! Word je daar geil van? Ik had de beelden graag willen zien, maar er zat geen cassette in. Waar zijn de banden, schunnige smeerpijp!'

Lewis was totaal verbijsterd. 'Ricky, Samantha, ik heb hier niks mee te maken,' bezwoer hij hun. 'Jullie moeten me geloven. Ik heb geen idee waar die camera vandaan komt.'

'Hou je kop, stuk stront,' beval Ricky hem. 'Ik wil die zielige verklaringen niet horen. Ik wil poen.'

'Ja, meneer Jacob,' deed Samantha er beleefd een schepje bovenop. 'We willen graag geld.'

'Als je betaalt, laat ik je met rust. Maar als je niet betaalt, steek ik je tankstation in de fik, en je huis, ik steek alles in de fik. Begrepen? En dan steek ik ook nog je ballen in de fik.'

Lewis Jacob begreep dat hij geen schijn van kans maakte Ricky ervan te overtuigen dat hij die camera niet in de kleedruimte had geplaatst. Op dat moment kon hij maar aan één ding denken: ze moesten hier weg.

'Hoeveel willen jullie?' vroeg hij.

'Honderd dollar,' zei Samantha.

'Nee, idioot, veel meer!' brulde Ricky.

'Vijfhonderd dollar,' zei Samantha toen.

'Nee, veel meer verdomme,' loeide Ricky. 'Ik wil twintigduizend dollar.'

'Dat heb ik niet,' zei Lewis. 'Zoveel geld heb ik niet. Dat zou ik jullie nooit kunnen betalen.'

'Hoeveel heb je dan wel?' vroeg Ricky, die niet heel bedreven in de kunst van het onderhandelen was.

'Ik zou jullie tienduizend dollar moeten kunnen geven.'

'En waarom zou ik dat geloven?' vroeg Ricky. 'Je hebt vast veel meer. Ik heb die kluis wel zien staan in je kantoor.'

'Die is zo goed als leeg,' jammerde Lewis. 'Ik kan het jullie wel laten zien...'

Lewis nam het stel mee naar zijn kantoortje. Hij deed de kluis open, waar driehonderd dollar in lag. Ricky graaide het geld onmiddellijk naar zich toe.

Lewis Jacob bewaarde zowel zijn privé- als zijn zakelijke bankpapieren in de kluis. Hij kon Ricky de laatste afschriften laten zien. 'Je ziet dat ik niet lieg. Op de gezamenlijke rekening van Phylis en mij staat tienduizend negenendertig dollar en veertig cent. Dat hebben we opzijgezet voor noodgevallen.'

'Dat komt goed uit,' zei Ricky. 'Dit is een enorm noodgeval. Ik wil mijn tienduizend dollar binnen een week.'

'Komt in orde,' beloofde Lewis.

Met een voldaan gezicht draaide Ricky zich om. 'Kom, Sam,' zei hij tegen zijn vriendin. 'We gaan.'

Samantha zond haar baas een enigszins beschaamde blik. 'Wilt u dat ik mijn dag nog afmaak, meneer Jacob?'

'Nee, dat is wel goed.'

'Een week, opa,' zei Ricky nog maar een keer. 'Als je die poen volgende week zondag niet hebt, kun je het schudden. Hier, hou die rotcamera maar, of wat er nog van over is.'

Ze vertrokken en lieten Lewis alleen met zijn wanhoop achter. Hij kon maar niet begrijpen wat er zojuist was gebeurd. Hij belde zijn vrouw om te zeggen dat Samantha ziek was, dat hij haar naar huis had gestuurd en dat hij op het tankstation moest blijven. Vervolgens begon hij na te denken: hij wist dat hij die camera niet in de kleedruimte had geplaatst. De enige twee andere personen die een sleutel hadden, waren Samantha en Alaska. Dat gedoe met die camera was dus of door Samantha en Ricky opgezet om hem geld af te troggelen, of door Alaska. Waarom zou zij zoiets hebben gedaan? Waarom zou ze de kleedruimte filmen en dus Samantha, de enige andere persoon die zich daar omkleedde? Lewis dacht nog iets verder na: hij had de winkel de vorige dag afgesloten. Zoals altijd had hij voor hij vertrok nog een blik in de kleedruimte geworpen. Als daar een camera had gestaan, had hij die moeten zien. Het was een piepkleine ruimte waarin je onmogelijk iets kon verstoppen. Als Alaska die camera daar dus had neergezet had ze dat vanochtend vóór openingstijd moeten doen. En als ze hier was geweest, moest dat zijn vastgelegd door de bewakingscamera's.

Lewis belde onmiddellijk zijn neef die het beveiligingssysteem had geïnstalleerd en die als enige wist hoe je de beelden van de harde schijf kon bekijken, maar de neef in kwestie had die dag geen tijd en de harde schijf werd na vierentwintig uur automatisch gewist.

Er zat dus niets anders op dan het persoonlijk aan Alaska te vragen.

~

'Was het inderdaad Alaska die die camera in de kleedruimte had geplaatst?' vroeg Gahalowood.

'Ja,' bevestigde Lewis Jacob. 'Ik heb haar diezelfde dag nog ontmaskerd. Ik heb haar gevraagd naar het tankstation te komen en haar de camera onder haar neus geduwd. "Is die van jou?" heb ik haar gevraagd. Bij het zien van haar gezicht begreep ik onmiddellijk dat dat een ja was. Ik vertelde haar wat er was gebeurd. Ze begon te huilen en zei dat het haar speet.'

~

Zondag 3 januari 1999

'Het spijt me zo, meneer Jacob,' snikte Alaska. 'Ik ben stom geweest.'

'Stom? Dat kun je wel zeggen, ja. Niet te geloven dat je me in zo'n situatie hebt gebracht. Ik ben zo teleurgesteld.'

'Het was gewoon een lolletje met Samantha,' legde Alaska uit. 'Maar die mafkees van een Ricky draaide helemaal door. Ik weet dat Samantha nog heeft geprobeerd hem ervan te weerhouden u schade te berokkenen.'

'En wat moet ik nu doen? Ricky tienduizend dollar betalen? Hij zegt dat hij het tankstation in brand steekt als ik dat niet doe, en daar acht ik hem toe in staat.'

'Ik zal het u allemaal terugbetalen,' beloofde Alaska. 'Tot op de laatste cent. U kunt het inhouden op mijn salaris zolang als maar nodig is. O, meneer Jacob, ik vind het zo erg dat ik u deze ellende heb bezorgd!'

'Ricky wil zijn geld uiterlijk zondag hebben. De enige manier waarop ik hem kan betalen is van de gezamenlijke rekening van Phylis en mij. Dat zal ze onmiddellijk merken. Ik moet het er met haar over hebben...'

'Doe dat niet!' smeekte Alaska hem. 'Ze zal er met andere mensen over praten, me misschien wel aangeven bij de politie. Er wordt zo snel gekletst in dit stadje. Ik zal zorgen dat u dat geld krijgt. Ik ga het regelen, dit komt allemaal door mij.'

'Waar ga je zoveel geld vandaan halen?'

'Maakt u zich over mij maar geen zorgen, meneer Jacob. Het komt allemaal goed. Dat ben ik u wel verschuldigd, u bent altijd zo goed voor mij en moet je kijken hoe ik u daarvoor bedank.'

~

'Een paar dagen later kwam ze me het geld brengen,' vertelde Lewis Jacob. 'Ik heb Ricky onmiddellijk betaald en daarmee was de kous af. We hebben het er nooit meer over gehad.'

'U weet dus niet waarom Alaska die camera in de kleedruimte had geplaatst?'

'Nee.'

'En Samantha? Wat is er van haar geworden?'

'De zondag daarop kwam ze om haar dienst te draaien alsof er niets was gebeurd. Ik vroeg haar wat ze daar in vredesnaam deed en zij vroeg met een onschuldig gezicht: "Ben ik ontslagen?" Ik zei dat dat inderdaad zo was en zij reageerde verdrietig en gepikeerd. "Ik ben erg op u gesteld, meneer Jacob." "Ik ook op jou, Samantha, maar je hebt me wel afgeperst." "Ik kon niet anders, u hebt toch gezien dat ik me tegenover Ricky nog van de domme probeerde te houden?" "Het spijt me, Samantha, maar je kunt hier niet blijven." Haar ontslag was van korte duur. Een paar dagen later stond ze weer voor mijn neus, haar gezicht gezwollen. Ze smeekte me haar weer aan te nemen omdat ik een stuk beter betaalde dan McDonald's. "Ricky zegt dat we geld nodig hebben, dat ik moet werken." "Werkt hij zelf ook?" "Nee, daar heeft hij niet zoveel mee." Alaska begon zich ermee te bemoeien. Ze verweet me Samantha te straffen voor iets was zíj had gedaan. "Het is niet eerlijk," zei ze. "Als u Samantha ontslaat, stap ik op." Ik wilde Alaska niet kwijt. Dus heb ik Samantha weer aangenomen. Maar een paar weken later nam Samantha van de ene op de andere dag zelf ontslag. Ze had haar studie eraan gegeven en ging op roadtrip met Ricky. Ik heb nooit meer iets van haar gehoord.'

'Waarom hebt u dat allemaal niet aan de politie verteld toen Alaska dood was gevonden?' vroeg Lauren.

'Daar heb ik over getwijfeld. Maar ik was bang dat ze zouden denken dat ik bij haar dood betrokken was.'

'Destijds,' zei Gahalowood, 'praatte u alleen maar in superlatieven over Alaska. Ook zonder dat verhaal van die camera hebt u nergens laten doorschemeren dat Alaska ook een sluwere kant had...'

'Sluw? Ze was helemaal niet sluw. Ze was gewoon een meisje van tweeëntwintig dat iets stoms had gedaan, wat ze overigens ook weer had goedgemaakt. En ik kneep 'm nog wel een beetje. Ricky en Samantha waren op dat moment dan wel verdwenen, maar ik was bang dat ze weer zouden opduiken en met nieuwe beschuldigingen zouden komen over die camera. Het zou mijn woord tegen het hunne zijn. De politie zou denken dat ik een perverseling was. Ik was de laatste die Alaska in leven had gezien en ze was amper een kilometer bij mijn tankstation vandaan dood aangetroffen. In eerste instantie heb ik dus niets gezegd. Dat zou ik waarschijnlijk uiteindelijk wel hebben gedaan als Walter niet twee dagen later was opgepakt. Het onderzoek was afgerond en ik dacht dat ik dit verhaal beter voor me kon houden.'

'Dat dacht u verkeerd,' zei Gahalowood op spijtige toon.

Toen zei Lewis Jacob, die ons waarschijnlijk toch graag van zijn goede trouw wilde overtuigen: 'Ik heb dit allemaal in mijn testament beschreven. Ik wilde het geheim niet meenemen in mijn graf.'

Op dat moment deed Phylis Jacob, die tot dan toe alleen maar verbluft naar haar man had zitten luisteren, eindelijk haar mond open. 'Heb jij een testament?'

'Ja, dat ligt bij notaris Brown. Samen met de cassette.'

'De cassette?' vroeg Gahalowood. 'Welke cassette?'

'Op zondag 28 februari 1999 is Samantha me thuis komen opzoeken om te zeggen dat ze ontslag nam. Het was al laat. Ik was heel verbaasd haar te zien. Ze zei: "Ik ga bij u weg, meneer Jacob. Ik moet wel. Ik heb mijn sleutel bij Alaska achtergelaten, die krijgt u morgen van haar." Samantha vertelde dat ze er samen met Ricky vandoor ging. Daarna gaf ze me een kleine digitale cassette en zei: "Geef die alstublieft aan Alaska. Die is van haar. Een herinnering." Ik heb de cassette van haar aangenomen, maar hem nooit aan Alaska gegeven. Ik wilde eerst zien wat erop stond, uit nieuwsgierigheid. Maar ik had het apparaat er niet voor. Een maand verstreek en toen werd Alaska vermoord. En ik had nog steeds die verrekte cassette. Zoals ik net al zei: ik was bang verdacht te worden. En bovendien kan het in een klein stadje snel gebeurd zijn met je reputatie. Mensen zouden mijn tankstation gaan mijden terwijl al mijn spaargeld erin zat. Ik dacht dat er op die cassette misschien beelden stonden van Alaska in de kleedruimte van mijn tankstation. Dat was gewoon vragen om moeilijkheden. Eigenlijk wilde ik er zo snel mogelijk vanaf, maar ik vond ook dat ik dat niet kon maken. Dus heb ik hem in een envelop gedaan die ik aan de notaris in bewaring heb gegeven. Met de instructie die na mijn dood te openen.'

~

Eddy Brown was al sinds 1955 notaris in Mount Pleasant. Hij was de oudste en inmiddels ook de enige jurist van het stadje. Hoewel hij de tachtig reeds was gepasseerd werkte hij nog steeds en ging hij nog iedere dag naar zijn kantoor. Toen we die zaterdag bij zijn huis aanbelden, moesten we een heel charmeoffensief in stelling brengen om hem van zijn luie stoel, zijn boek en zijn limonade los te rukken om met ons mee te gaan naar zijn kantoor. 'Kon het niet tot maandag wachten?' foeterde hij, terwijl ik hem in mijn auto hielp.

Notaris Brown was nog redelijk fit. En volgens mij vond hij onze inbreuk op zijn weekendroutine eigenlijk wel leuk. 'Het overkomt je niet elke dag dat je de politie bij een strafrechtelijk onderzoek kunt helpen,' zei hij. Vervolgens richtte hij zich tot mij: 'Ik heb je boeken gelezen, jongeman. Wil je mij in het volgende noemen? Daar zou je me een bijzonder groot plezier mee doen.' In het kantoor van Eddy Brown stond een grote kluis. 'Hierin liggen alle geheimen van de stad,' verkondigde hij maar al te graag. De envelop van Lewis Jacob had hij al snel gevonden. Daarin zat een digitale cassette en een brief gedateerd op 11 april 1999 en ondertekend door Lewis Jacob, waarin hij de feiten precies zo uiteenzette als hij een uur eerder voor ons had gedaan.

'Is er een kans dat die cassette nog af te spelen is?' vroeg Lauren.

'Ik hoop het,' zei Gahalowood. 'Ik ga er onmiddellijk mee naar onze technische teams in Concord. We gaan het zien.'

Dit voorval gaf het onderzoek een nieuwe wending. Wat nu als de dreigbrieven die Alaska had ontvangen niet over de inbraak bij haar ouders gingen maar over de camera die ze in de kleedruimte van het tankstation had verstopt?

IK WEET WAT JE HEBT GEDAAN.

Zouden die woorden van Ricky of Samantha afkomstig kunnen zijn? Waren ze erachter gekomen dat het Alaska was die die camera had geïnstalleerd? Hadden ze, nadat ze Lewis Jacob hadden afgeperst, ook nog Alaska willen chanteren? We moesten ze zien te vinden maar hadden slechts summiere aanwijzingen. We hadden alleen de volledige naam van Samantha, de achternaam van Ricky kenden we niet.

Nadat we de notaris weer bij zijn huis hadden afgezet, vroeg Gahalowood: 'Ga je met me mee naar Concord? Ik ga die cassette afgeven en mijn zoektocht naar Samantha en Ricky starten.'

'Sorry, sergeant, ik moet ervandoor.'

'Waar ga je naartoe, schrijver?'

'Ik ben ergens voor uitgenodigd.'

Die middag reed ik in mijn eentje naar Maine. Na een uur kwam ik aan in het charmante stadje Bridgton. Ik was te vroeg. Ik liep een rondje door de stad en toen het tijd was, ging ik naar het auditorium van de plaatselijke middelbare school waar het concert zou plaatsvinden. De plaatsen waren genummerd. Ik ging op mijn stoel zitten.

Langzaam maar zeker liep de zaal vol, alleen de stoel naast mij bleef leeg. Toen het licht uitging, was hij nog steeds leeg. De voorstelling begon met een eerste fragment uit *Madama Butterfly*: 'America forever'. Op dat moment kwam er een gedaante binnensluipen die naast me plaatsnam.

Het was Harry Quebert.

Toen de voorstelling was afgelopen liepen we zonder iets te zeggen met de stroom mee het auditorium uit. Op de parkeerplaats van de school stond een busje waar je iets te eten kon kopen. Zodra Harry de wagen zag staan zei hij: 'Ik trakteer.'

HOOFDSTUK 25
Madama Butterfly

Bridgton, Maine
Zaterdag 17 juli 2010

We aten hamburgers en frieten op een bankje aan de rivier. De stilte verried het wederzijds ongemak. Ik at hoewel ik geen honger had. Ik wist niet wat ik tegen hem moest zeggen, ik wist niet eens waar ik moest beginnen. Sinds de laatste keer dat ik hem had gezien, in december 2008, had ik op een weerzien gehoopt; dat het zo zou gaan had ik niet kunnen vermoeden.

Uiteindelijk vroeg ik hem: 'Hoe wist je dat ik in Mount Pleasant was?'

'De boekhandel had aangekondigd dat je kwam signeren. En bovendien heeft iedereen het weer over jou, Marcus. De zaak Alaska Sanders, het nieuwe onderzoek dat Amerika in de ban houdt. Je volgende boek?'

'Geen idee. Woon jij nog steeds in New Hampshire? Je leek in rook te zijn opgegaan. Ik heb je overal gezocht. Tevergeefs. Ik vraag me al anderhalf jaar af wat er van je geworden is...'

'Een spook. Dat is het beste wat me kon overkomen. Die roem waarmee ik me geen raad wist ben ik eindelijk kwijt. Ik ben een vrij man, Marcus.'

'Was je daarom verdwenen?'

'De echte reden doet er niet toe. Laten we het erop houden dat ik weg moest. Dat was beter voor iedereen.'

'En toen kreeg je plotseling de behoefte weer op te duiken met die meeuwenbeeldjes en die raadselachtige boodschappen?'

'Mijn boodschappen waren helemaal niet raadselachtig. Ik heb geschreven dat je vooral niet aan Burrows moet gaan lesgeven. Dat zou een grote vergissing zijn. Je bent daar niet op je plaats.'

'En waarom niet?' vroeg ik diep gekwetst. 'Ben ik niet goed genoeg om aan Burrows les te geven?'

'Integendeel. Je bent té goed. Aangezien ik het gevoel had – terecht, zoals nu blijkt – dat je niet had begrepen wat ik je probeerde te zeggen, wilde ik het er nog een keer persoonlijk met je over hebben. Vandaar deze afspraak.'

'En wat probeerde je me te zeggen, Harry?'

'Dat het tijd wordt helemaal jezelf te zijn. Jij bent Marcus Goldman. Een geweldige man, vasthoudend en getalenteerd. Een van de grootste schrijvers die ons land ooit zal kennen, dat zul je zien. Toen ik dus hoorde dat je het slechte plan had opgevat naar Burrows te gaan –'

Ik viel hem in de rede: 'Hoe wist je dat?"

Hij schonk me een geamuseerde glimlach. 'Na mijn ontslag hebben ze mijn e-mailaccount van de universiteit nooit geblokkeerd. Daarop ontvang ik nog steeds, naast een heleboel vreselijke reclame, berichten die voor de hele faculteit bestemd zijn. Zo ontdekte ik eind juni tot mijn afgrijzen ook een bericht van Dustin Pergal met ongeveer de volgende strekking: "Tot mijn genoegen kan ik jullie mededelen dat de schrijver Marcus Goldman onze gelederen zal komen versterken als docent. Hij zal een college over schrijven verzorgen. Marcus Goldman zal te vinden zijn in kamer C-223. Ik hoop dat jullie hem hartelijk verwelkomen." C-223, dat was mijn kamer, toch?'

'Ja.'

'Dat vond ik nogal verontrustend. Ik heb de indruk dat jij het verleden tot elke prijs wilt doen herleven, Marcus. Eerst met dat waardeloze schrijvershuis in Aurora, en nu met het overnemen van mijn kamer in Burrows. Het wordt tijd je eigen identiteit als schrijver te doen gelden. En vooral ook mijn voetsporen te verlaten... Vergeet niet wie ik ben, Marcus. Vergeet niet wat ik heb gedaan.'

'Ik vergeet juist niet wat je voor mij hebt gedaan.'

'Je weet waarover ik het heb, Marcus.'

'Dat doet er niet toe. Ondanks alles ben je mijn vriend.'

'Dat wil ik ook graag zijn. Maar we kunnen elkaar alleen blijven zien als jij me niet langer idealiseert en accepteert dat ik inderdaad gewoon je vriend ben. Meer niet. Als je me niet langer dat belachelijke etiket van mentor opplakt. Een kamer op Burrows... pf, wat een belachelijk idee. Jij bent voorbestemd voor dingen die ver van Burrows plaatsvinden: onderzoeken doen, het grote publiek laten dromen, het enthousiasme blijven voeden.'

'Ik weet niet of ik die roem wel wil, Harry. Ik denk dat ik liever een normaal leven heb, een rustiger leven.'

'Dat is onmogelijk, Marcus. Daar heb je weinig over te zeggen. Er brandt een vuurtje in jou, daar kun je niets aan doen.'

Het was intussen donker geworden. Sterren twinkelden aan de hemel. Harry bleef er even naar zitten kijken.

'Ik moet gaan,' zei hij. 'Ik moet nog een aardig stukje rijden.'

'Zien we elkaar nog eens?'

'Natuurlijk. Wat een rare vraag!'

'Mag ik je eraan herinneren dat je anderhalf jaar lang geen teken van leven hebt gegeven?'

'Dat is amper langer dan de tijd dat jij niets van je hebt laten horen na je eerste succes. Herinner je je die periode nog? Toen je eindelijk zin had om te komen was ik er. Maak je niet druk, we zien elkaar weer zodra jij daaraan toe bent, Marcus.'

'Ik ben eraan toe,' verklaarde ik.

'Nee, dat ben je niet. Zolang je niet accepteert wat je zelf bent, ben je er niet aan toe.'

'En wat ben ik dan?'

'Een groot schrijver.'

'Jij ook...'

'Verdomme nog aan toe, Marcus!' riep Harry uit. 'Ben je niet goed bij je hoofd of zo? Je hebt gewonnen, je hebt me ingehaald. Je naam, je roem, je succes: in alles ben je me voorbijgestreefd. Waarom blijf je me zo hardnekkig verheerlijken?'

'Het is voor mij nooit een wedstrijd geweest, Harry.'

'Maar voor mij wel. Vanaf de allereerste dag ben ik de strijd met je aangegaan. En jij hebt dat nooit gezien!'

Ik wist niet of hij me op de proef stelde of de waarheid sprak. 'Ga je gang,' zei hij, 'vraag het maar.'

'Wat?'

'Waarom ik ben verdwenen. Waarom ik op die dag in december 2008 toen ik bij jou vertrok heb gezworen je nooit meer te willen zien. Wil je weten waarom? Omdat een deel van mij zich dat hele jaar 2008, toen het jou niet lukte dat nieuwe boek te schrijven, verheugde over jouw ellende. Vanaf het moment dat je bij mij op de stoep stond, in februari 2008, hoopte ik dat je op je bek zou gaan, Marcus. Dat je je vingers zou branden. Dat je te pletter zou vallen. En weet je waarom? Omdat ik je terug wilde! Je succes had ons uit elkaar gedreven. We waren zo close geweest en poef! Daar was het succes, daar ging Marcus.'

'Het spijt me vreselijk, ik –'

'Maar dat is verdorie toch niet jouw schuld! Begrijp je nu echt niet wat ik probeer te zeggen? Je kunt je niet verontschuldigen voor je succes. Dat zit in je. Je kunt een rups niet verwijten dat hij een vlinder wordt. Het was je lot. Het was voorbestemd. En weet je, dat heb ik altijd geweten. Niets van dat alles kwam als een verrassing voor mij. En toen zag ik je begin 2008 ineens zenuwachtig, onzeker, verteerd door twijfel. Je was een gekwelde schrijver die niet tot schrijven in staat was, een marionet van Barnaski voor je gevoel. Je hebt het recht de waarheid te horen: ik vond het fijn je zo kwetsbaar te zien, omdat ik jaloers was op je succes. JALOERS! Hoor je dat? Ik wilde dat er een einde aan kwam, dat de bron opdroogde. Omdat jouw succes mij confronteerde met mijn eigen mislukkingen, mijn eigen demonen. Toen je bij mij kwam om te schrijven was ik elke keer dat ik vroeg of het boek een beetje vorderde blij dat dat niet zo was. En elke keer dat ik je een uitstapje of een activiteit voorstelde, dat ik je mee naar buiten nam, ver van het huis en ver van je werk, om te gaan hardlopen, een strandwandeling te maken, te langlaufen of wat dan ook, leidde ik je eigenlijk alleen maar af van je werk. Ik saboteerde je carrière. Ik wilde dat de roem je zou ontglippen.'

Er viel een lange stilte die Harry uiteindelijk weer verbrak. 'Je zult me wel haten...'

'Waarom zou ik jou in vredesnaam haten?'

'Omdat mensen die van elkaar houden niet jaloers op elkaar zijn.'

'Ik hou van jaloerse mensen; die weten waarvoor ze leven.'

Harry slaakte een zucht. 'Hoe staat het met de liefde, Marcus?'

Die vraag verraste me. 'Er is een meisje dat ik heel aardig vind.'

'Ik vraag je niet of je een vriendinnetje hebt, maar of je de liefde hebt gevonden.'

'Nee, je weet dat ik –'

'Ik weet het, Marcus. Dat is het hem nu juist. Ik weet dat er een meisje is van wie je lang geleden hebt gehouden en van wie je diep vanbinnen nog steeds houdt. Zij is de liefde van je leven.'

'Dat is lang geleden.'

'Het leven is kort, Marcus, zeker gemeten naar onze maatstaven. Niets is ooit echt lang geleden.'

'Ik ben haar uit het oog verloren...'

'Ik dacht al dat je dat zou gaan zeggen. Dus ben ik zo vrij geweest haar voor je op te sporen.'

Met die woorden stak hij me een envelop toe. Ik maakte hem open en wat ik daarin aantrof, deed mijn hart sneller kloppen.

Harry ging verder: 'Terugdenkend aan het jaar 2008 realiseerde ik me dat mijn vriendschap destijds tekortschoot. Wil je dat we vrienden zijn? Dan zal ik me daarnaar gedragen. Ik ben een van de weinigen die jou goed genoeg kennen om te weten dat jouw leven zonder haar niet compleet is. Ga haar opzoeken. Ik weet zeker dat zij ook op jou wacht.'

Voordat Harry vertrok, omhelsde hij me langdurig. Daarna verdween hij in de nacht. Ik moest me bedwingen om niet achter hem aan te gaan. Ik bleef nog een tijd op het bankje zitten en liet mijn gedachten de vrije loop, totdat een bericht op mijn telefoon me terugbracht in de werkelijkheid. Het was van Lauren. Ze stuurde me een foto van het kastje in haar woonkamer met daarop de foto van de neefjes Goldman en Alexandra die ik de vorige dag was vergeten. Lauren had erbij geschreven:

Je neefjes zijn er al. Nu alleen jij nog. Kom je?

Ik reed terug en stopte bij haar huis. Het was al laat. Het was een warme nacht. Lauren zat op de veranda op me te wachten.

'Waar was je?'

'Ik had een afspraak met een oude vriend.'

'O! Was het leuk?'

'Het was vreemd.'

Ik was in de war. Voelde me niet echt op mijn gemak daar. Mijn hand gleed over de envelop in mijn zak die ik van Harry had gekregen. Daarin zat een kaartje voor een concert van Alexandra Neville. Wanneer ik aan haar dacht, werd ik onmiddellijk weer overspoeld door jeugdherinneringen. Met de Goldmans-uit-Baltimore. Ik moest dat hoofdstuk van mijn leven opnieuw afsluiten.

DEEL DRIE

Gevolgen van het leven

Er waren drie dagen verstreken sinds de vondst van de videocassette. De technici van de staatspolitie hadden de inhoud tevoorschijn getoverd en nadat we die hadden gezien wilden we Samantha Fraser helemáál zo snel mogelijk vinden.

HOOFDSTUK 26
Samantha

Rochester, New Hampshire
Dinsdag 20 juli 2010

Die ochtend reden we door Rochester onder begeleiding van een indrukwekkende stoet politievoertuigen. Gahalowood, Lauren en ik zaten in een terreinwagen van de interventie-eenheid, bestuurd door een agent. Gahalowood had de bijrijdersstoel genomen, Lauren en ik zaten achterin. Onopvallend raakte ze mijn hand even aan. We hadden onze zondag in Kennebunkport op het strand doorgebracht, het onderzoek en alle toestanden een paar uur lang vergeten. Ik had mijn weerzien met Harry een beetje kunnen laten bezinken. Maar steeds weer moest ik aan dat concertkaartje en aan Alexandra Neville denken, en als ik aan haar dacht, had ik het onaangename gevoel Lauren te bedriegen. Ik wist niet goed hoe ik verder moest. Ik vond haar echt heel leuk, maar zou dat ook genoeg zijn?

De bestuurder zette de sirene aan, waardoor ik abrupt weer met beide benen in de werkelijkheid landde. We hadden het spoor van Samantha Fraser makkelijk kunnen vinden. Het slechte nieuws voor haar was dat ze in de gevangenis was beland. Het goede nieuws voor ons was dat ze voorwaardelijk vrij was en dat ze op bepaalde tijden van de dag huisarrest had. Ze woonde in een prefabwoning in een wijk van Rochester die als gevaarlijk bekendstond en waar wij nu dus met groot machtsvertoon kwamen binnenvallen.

De auto's kwamen tot stilstand en er volgde een snelle check of alles veilig was. Voor het huis met het juiste adres zat een vrouw op een plastic stoel naar het gedoe van de ordediensten te kijken. Ze was nog maar een schim van zichzelf. Haar haren, haar huid en haar lichaam waren grauw, haar blik was leeg en er zaten bijna geen tanden meer in haar mond. Ze schold op twee kinderen van een jaar of tien die met een bal aan het spelen waren. Volgens haar papieren was de vrouw zesendertig. Ze leek wel twintig jaar ouder. In de auto liet Gahalowood ons een foto zien.

'Erg veel gelijkenis is er niet meer,' zei hij, 'maar het is wel degelijk Samantha Fraser.'

'Wat is er met haar gebeurd?' vroeg Lauren.

'Crack. Kom, we gaan.'

Lauren, Gahalowood en ik stapten uit de auto, allemaal met een kogelwerend vest aan, en liepen op de vrouw af.

'Mevrouw Samantha Fraser? Ik ben sergeant Perry Gahalowood van de staatspolitie van New Hampshire.'

'Heb me netjes gedragen, chief,' verklaarde Samantha onmiddellijk.

'Daar twijfel ik niet aan. We zijn hier om met u over Alaska Sanders te praten.'

'Ken ik niet. Heb ook nooit niets gehoord of gezien.'

'Ze werkte samen met u bij het tankstation van Lewis Jacob in Mount Pleasant.'

Samantha vertrok haar gezicht op alle mogelijke manieren om haar geheugen wakker te schudden. Ze moest zich gewonnen geven. 'Neuh. Weet niet.'

'Ze was uw minnares,' zei Gahalowood toen.

~

De cassette die Lewis Jacob had bewaard had ons een verborgen kant van het leven van Alaska laten zien.

De eerste opname was van 21 september 1998. Daarop was Alaska te zien in hetzelfde geheimzinnige decor als bij de laatste auditie die ze naar Dolores Marcado had gestuurd, het decor dat niemand had kunnen thuisbrengen. Op de achtergrond hetzelfde schilderij van een zonsondergang in de oceaan. Tijdens de opname wordt duidelijk dat Alaska aan het testen is. Haar gezicht komt steeds dichterbij terwijl ze op de verschillende knopjes drukt. De camera heeft blijkbaar een los schermpje waarop ze het eindresultaat kan zien. Plotseling richt ze haar blik op iemand tegenover haar en zegt: 'Wow, dank voor deze camera! Als ik hiermee Hollywood niet haal... Ik hou van je, dank je, liefje.'

De volgende opname kwam er gelijk achteraan: het was de auditie die ze naar Dolores Marcado had gestuurd. Die camera was duidelijk een recent cadeau. Tegen wie had Alaska het gehad toen ze zei 'dank je, liefje'? Tegen Walter?

De volgende scène was twee maanden daarna opgenomen, op een zondag eind november 1998 in het tankstation van Lewis Jacob. Alaska filmt een jonge vrouw achter de balie die verlegen glimlacht: Samantha Fraser.

'Waarom film je me?' vraagt Samantha.

'Omdat ik daar zin in heb,' zegt Alaska, terwijl ze dichterbij komt.

Nu verschijnt Samantha in close-up. En de stem van Alaska klinkt: 'Dames en heren, Samantha Fraser!'

'Hoe kom je aan die camera?' vraagt Samantha.

'Een cadeautje uit een vorig leven, toen ik actrice wilde worden.'

'Je zou een supertoffe actrice zijn.'

'Dat gaat 'm niet meer worden.'

'Niet? Wacht, geef mij dat ding eens.'

Samantha bemachtigt de camera en nu verschijnt Alaska in beeld. Samantha zegt: 'Kijk, dit is Alaska Sanders, onze toekomstige ster.' Ze richt de camera op zichzelf. 'En dit is haar arme vriendin Sam die in de goot zal eindigen.'

Alaska moet lachen. Ze pakt de camera en draait hem zo dat de twee jonge vrouwen samen in beeld zijn. Plotseling geeft Alaska Samantha een snelle kus.

'Doe normaal! Niet hier,' roept Samantha verbijsterd uit. 'Straks ziet iemand ons nog.'

De volgende opname is van de zondag daarna. De camera gaat aan, Alaska houdt hem met uitgestrekte arm op hen gericht. De twee vrouwen bevinden zich naakt in de kleedruimte van het tankstation. Alaska zet de camera op een plank, checkt of hij goed gericht staat, en dan beginnen Samantha en zij elkaar te zoenen.

Elke zondag weer zien we Alaska en Samantha in het tankstation. We zien samenzweerderige opnamen waarop ze Lewis Jacob nadoen achter de balie of zijn taalgebruik imiteren. Ze krijgen de slappe lach en bespotten hem vol genegenheid. 'Mocht u dit ooit zien, meneer Jacob: we vinden u echt superlief,' roept Alaska in de camera. 'Zonder u hadden wij elkaar nooit ontmoet,' voegt Samantha eraan toe. Vervolgens graaien ze wat snoep en chips bij elkaar die ze in de ruimte achter de winkel stiekem gaan zitten opeten. Ze praten, ze lachen.

En dan weer Alaska en Samantha verstrengeld in de kleedruimte van het tankstation. Soms worden die intieme momenten verstoord door een klant. Dan klinkt het elektronische belletje omdat er iemand de winkel van het tankstation binnenkomt. 'Shit!' Haastig maakt Samantha zich los van haar geliefde om in haar kleren te schieten, terwijl Alaska vrolijk toekijkt.

Een volgende zondag zit Samantha in het kantoortje van Lewis Jacob en leest een quiz uit een tijdschrift voor. 'Welk dier ben jij? Ben je er klaar voor?'

'Kom maar op.'

'Opstaan 's ochtends doe je meestal: A) altijd even enthousiast, B) met grote moeite, C) je staat niet op, je gaat naar bed, omdat je de hele nacht druk in touw bent geweest.'

De twee uur durende opnamen gaven ons een kijkje in het geheime leven van twee jonge vrouwen.

De laatste opname was van 3 januari. Ze waren weer met ontbloot bovenlijf aan het zoenen in de kleedruimte. Plotseling klonk er een stem: 'Samantha?' Paniek bij Samantha. 'Shit, dat is Ricky. Wegwezen, jij, door de nooduitgang!' Alaska verdween. Samantha deed snel de camera uit.

Dat was de dag waarop Ricky de camera had ontdekt en vervolgens tienduizend dollar van Lewis Jacob had geëist. Elf jaar later zaten we bij Samantha Fraser en zouden we erachter komen wat er die dag was gebeurd. Van de mooie Samantha op de filmbeelden, de jonge vrouw met het bruine haar, het stralende gebit en het verleidelijke lichaam, was niets meer over. De Samantha Fraser van 2010, een vrouw met dun haar, een vlekkerig gezicht, een kapotte huid en een uitgemergeld lijf, keek gefascineerd naar de video die we haar in de zwijnenstal die voor woonkamer moest doorgaan lieten zien. 'Dat ben ik,' zei ze bij het zien van de mooie, lachende jonge vrouw. Toen vervolgens Alaska in beeld verscheen, fluisterde ze: 'Alaska... Alaska... Jij bent het...' zonder dat we wisten of ze haar herkende of gewoon herhaalde wat ze op de opname hoorde.

'Samantha,' vroeg Gahalowood, 'herinner je je deze vrouw?'

Ze keek de sergeant met lege ogen aan. 'De crack heeft al mijn herinneringen afgepakt,' jammerde ze.

Plotseling stond ze op om haar magere lijf naar een tafel te slepen waarop het een onbeschrijflijke bende was. Ze doorzocht de rotzooi alsof ze puzzelstukjes sorteerde, tot ze er een schoolschrift uit viste. Met een triomfantelijke glimlach riep ze: 'Alaska! Alaska!' Ze liep naar ons terug. Op het schrift dat ze aan Gahalowood gaf, stond met zwarte stift ALASKA.

Gahalowood sloeg het open. 'Het is een dagboek,' zei hij tegen ons.

'Geschreven door mij,' verklaarde Samantha. 'Op een dag begreep ik dat mijn hersenen langzaam aan het verdwijnen waren. Mijn geheugen werd gewist. Eerst vond ik dat niet zo erg. Alleen maar beter als ik mijn leven kon vergeten. Maar toen besefte ik dat ik haar ook zou vergeten en dat wilde ik niet. Zij is het enige mooie in mijn leven. Dus ben ik gaan schrijven.'

Fragmenten uit *Alaska*, door Samantha Fraser.

De eerste keer dat ik Alaska zag, maakte ik grapjes over haar voornaam. Zij zei: 'Alsof Samantha zoveel beter is', en we moesten lachen. Heel stom, maar wij vonden het grappig. Het was in het tankstation. Ze was langsgekomen om kennis te maken. Ze zei dat we collega's zouden worden. Dat zou me worst wezen, maar ze leek me wel aardig. Ze was vooral ook heel mooi. Ik had nog nooit zo'n mooie vrouw gezien. Bizar! Knap, vriendelijk, goedgekleed, intelligent. Zoals mijn oma zou hebben gezegd: het complete plaatje.

We konden het gelijk goed met elkaar vinden. De volgende zondag kwam ze weer langs om me gedag te zeggen. En de zondag daarna weer. En alle zondagen daarna. Dan had ik wat gezelschap; op zondag was het niet echt druk bij het tankstation. Ik weet niet waarom meneer Jacob per se open wilde blijven. Nou ja, ik klaagde niet, ik verdiende twee keer zoveel als bij de Mac voor half zoveel werk. Maar ik verveelde me wel een beetje. Dus was ik blij dat Alaska kwam. En ze was anders. Ze wist een hele hoop. Ik moest echt keihard mijn best doen voor mijn studie verpleegkunde. Ricky zei dat ik niks kon. Maar Alaska zei onmiddellijk: 'Jij komt er wel, lieve schat, je bent intelligent.'

Dat heb ik altijd onthouden, omdat niemand ooit zoiets tegen me had gezegd. Dat ik ergens zou komen, dat ik een schat was en ook nog eens intelligent. Toen ze dat zei, moest ik bijna huilen. Ik zei tegen haar dat Ricky me een verwaande trut vond met mijn studie. Zij zei dat Ricky een lul was. Ik heb tegen Ricky gezegd dat Alaska hem een lul vond. Ik wilde Alaska niet in de problemen brengen, ik wilde alleen zeggen dat Alaska ook vond dat hij rot tegen mij deed. Dat had ik niet moeten doen: Ricky was woest. Hij zei dat hij haar wel eens een lesje zou leren, dat ze hem respect moest betonen.

Alaska heeft dus kennisgemaakt met Ricky. Hij wachtte haar samen met mij op op het tankstation. Ik voelde me beroerd. Ik moest huilen en zo. Toen Alaska kwam, was ze natuurlijk superverbaasd. Gelukkig heeft Ricky haar niet geslagen maar alleen gedreigd. Hij heeft haar bij de keel gepakt en gezegd dat hij haar de volgende keer dat ze hem zou beledigen met zijn boksbeugel in haar buik zou slaan. Daarna liet hij haar weer los en vertrok. Alaska liet zich huilend op de grond zakken. Dat begreep ik want Ricky kan je superbang maken, daar kan ik van meepraten. Ik ging op mijn knieën naast haar zitten en ik vond het zo erg dat ik zelf ook moest huilen. Ik heb haar tegen me aan getrokken. En toen kuste ze me. Dat had ik totaal niet verwacht, maar ik vond het wel fijn. Ik vond het fijn toen ze haar tong in mijn mond liet glijden. Het was zacht, het was lekker. Het was teder, zoals zij het noemde.

Het zou nooit in me opgekomen zijn een vrouw te zoenen. Die dag, die zo klote was begonnen, zou een dag worden die ik nooit meer zou vergeten omdat Alaska en ik toen een soort stelletje zijn geworden. Elke zondag was ze bij mij in het tankstation. We hingen een beetje rond, we maakten lol, we zoenden, we deden dingen in de kleedruimte, we lazen tijdschriften en aten chips. We konden doen wat we wilden: er waren bijna nooit klanten en meneer Jacob had geen verstand van de beveiligingscamera's. Hij zei altijd dat alleen zijn neef daarmee iets kon.

Over camera's gesproken, Alaska had die van haar ook altijd bij zich. Voor de herinneringen, zei ze. Ze vond het ook grappig ons te filmen als we elkaar zoenden. Ik vond alles best bij haar. Ik heb zelfs iets tegen haar gezegd wat ik nog nooit tegen iemand had gezegd: 'Ik zou echt alles voor je doen.'

Ik heb ook aan Alaska gevraagd of ik door wat wij samen deden nu officieel lesbisch was. Alaska antwoordde dat dat ons geen moer kon schelen, dat we van iedereen konden houden. Dat was ik met haar eens maar ik wilde het toch graag weten. Ik zei dat ik ook erg op Ricky gesteld was, al sloeg hij me dan soms. Ze vroeg: 'Waarom blijf je bij een vent die je slaat?' Ik antwoordde: 'Dat weet ik niet, ik zit aan hem vast. Soms zit je aan iemand vast zonder te weten waarom.' Ze zei dat ze dat begreep, dat zij ook aan iemand vastzat. Maar zij wist wel waarom: ze was tot over haar oren verliefd. Dat deed wel even pijn toen ze dat zei. Ik realiseerde me dat ik zou willen dat ze tot over haar oren verliefd was op mij. Zo kwam ik er ook achter dat Mount Pleasant voor Alaska slechts een tussenstation was, met mij als aangenaam zondags tijdverdrijf. Dat begreep ik toen ik haar vroeg: 'Is Walter je grote liefde?' en zij zei: 'Nee, Walter kan me gestolen worden. Ik kan hier niet weg door iets wat wij samen hebben gedaan.' Ze vertelde dat er 'iemand anders' was. Iemand die haar uit het 'achterlijke Mount Pleasant' zou komen bevrijden. Ik vroeg waarop die iemand nog wachtte, en Alaska antwoordde: 'De scheiding.' Zodra de papieren waren getekend zouden ze naar New York vertrekken. Dat was waar Alaska van droomde: een leven in New York. Ze wilde actrice worden. In het begin, toen ik haar leerde kennen, zei ze dat die carrière naar de kloten was 'door iets wat in Salem was gebeurd'. Het duurde even voordat ze me het hele verhaal had verteld. Haar vader, die een enorme zak moet zijn, had haar spaargeld ingepikt. Ter compensatie had ze zijn horloge willen stelen. Ze is er samen met Walter op afgegaan, het moest een snelle actie zijn. Maar ze werden betrapt en Walter heeft de buurman, die ook nog eens politieagent was, overhoop gereden. Ik zei dat het niet háár schuld was dat die sukkel van een Walter iemand had aangereden. En die gast was trouwens niet eens dood. Ik wist dat Alaska die droom ooit ging waarmaken, dat ze een beroemd actrice zou worden, dat straalde ze gewoon uit. Tot het zover was, maakten we de filmpjes gewoon nog even zelf met haar camera.

Zoals alle dingen in mijn leven die goed zijn begonnen is ook dit slecht afgelopen. De eerste zondag in het nieuwe jaar waren Alaska en ik in de kleedruimte aan de gang gegaan. Met de camera aan en zo. Ik had mijn shirt uitgetrokken en zij was met mijn borsten bezig. En plotseling ging de deur van de winkel open en hoorden we de stem van Ricky. Ik was in paniek en zei tegen Alaska dat ze hem moest smeren via de nooduitgang. Zelf deed ik snel de camera uit. Een plek om hem te verstoppen was er niet, maar ik schoof er wat flessen schoonmaakmiddel voor en haalde de cassette eruit en stopte die in mijn zak. Ik durfde er niet eens over na te denken wat Ricky met Alaska zou doen als hij die beelden zou zien. Die camera alleen bewees niets.

Ricky duwde de deur van de kleedruimte open. Hij zag dat ik halfnaakt was en keek me heel vreemd aan. Toen gaf hij me een klap in mijn gezicht en riep: 'Vuile hoer! Bedien je de klanten zo?' Ik bleef kalm. 'Ricky, dit is de kleedruimte, ik kleed me om. Ik heb koffie over me heen gekregen.' Hij vond het een goede grap en zei: 'Eerst slaan, dan vragen.' Ik vroeg hem wat hij daar in vredesnaam kwam doen en hij zei: 'Checken of je niet iemand anders hebt.' 'Jij denkt dat ik je bedrieg?' 'Geen idee. Je bent zo anders de laatste tijd.' Toen pakte hij mijn borsten en zei: 'Ik ben in elk geval niet voor niets gekomen.' Hij heeft me met bruut geweld geneukt. Toen hij weer opkeek, zag hij de camera die op ons gericht stond en hij begon te schreeuwen. 'Wat is dat?' brulde hij.

Ik moest heel snel met een verklaring komen om te voorkomen dat hij de antwoorden er met zijn riem uit zou ranselen, en vooral ook dat hij dat bij Alaska zou doen. Dus riep ik uit: 'Shit hé, die vieze meneer Jacob filmt ons tijdens het omkleden!' 'Had je die smerige praktijken nog niet opgemerkt dan?' 'Welnee, Ricky, ik kijk toch niet op die planken? Ik kleed me snel om en begin aan mijn dienst.' Hij was buiten zichzelf van woede. Hij pakte de camera, maakte hem open om de cassette eruit te halen, maar zag dat hij leeg was. Hij gooide hem op de grond en trapte hem kapot. Hij schreeuwde: 'Wat een gore klootzak die Lewis Jacob! Ik zal het hem betaald zetten. Ik sla hem in elkaar.' Ik was bang dat hij die arme meneer Jacob echt iets zou aandoen, dus zei ik: 'Het zou dwaas zijn hem om te brengen. We kunnen hem beter geld vragen.' Dat vond hij een goed idee en hij zei dat ik hem moest bellen. Die arme meneer Jacob kwam onmiddellijk. Hij begreep natuurlijk helemaal niets van dat cameraverhaal. Ricky wilde hem afpersen. Ik heb nog geprobeerd de schade te beperken door honderd of tweehonderd dollar voor te stellen. Maar Ricky eiste tienduizend dollar van meneer Jacob om te zorgen dat hij niet in de problemen zou komen. Ik vond het echt heel erg voor meneer Jacob.

Daarna heb ik Alaska nog gesproken. Ze zei dat zij het allemaal zou regelen, dat zij de schuld op zich zou nemen en het geld aan meneer Jacob zou geven. Ze zei dat ik me geen zorgen hoefde te maken. Vóór haar had nog nooit iemand dat tegen mij gezegd. En toen ontsloeg meneer Jacob me. Nadat Ricky me een afranmeling had gegeven omdat ik zo stom was geweest een baantje te verliezen dat goed geld opleverde, huilde ik als een kind, niet om die klappen, maar om de zondagen met Alaska die ik tegelijk met mijn werk was kwijtgeraakt.

Alaska heeft ervoor gezorgd dat meneer Jacob me weer aannam. Wat ze gezegd heeft weet ik niet, maar ze heeft het geregeld. Ze heeft me beschermd. Ze was de eerste en de laatste persoon die mij in bescherming nam. Maar daarna kwam ze niet meer langs op zondag. Ik wachtte wanhopig. Elke keer dat de winkeldeur openging, hoopte ik dat zij het was. Het was alsof er iets kapot was gegaan. Door Ricky. Of misschien door ons. Ik heb altijd geweten dat Alaska van me hield als van een vriendin en een klein beetje meer. Een vriendin waarmee je iets verder kon gaan. Maar in werkelijkheid was ze verliefd op iemand anders.

Alaska Sanders is het mooiste wat me ooit is overkomen. Van mijn hele leven is zij de enige herinnering die ik wil bewaren.

~

Tegen de tijd dat Gahalowood klaar was met voorlezen zat Samantha te huilen.

'Wat een mooi verhaal,' zei ze, alsof ze het voor het eerst had gehoord. 'Gaat het goed met haar?'

'Met wie?'

'Alaska. Jullie zijn hier voor haar, toch? Ik hoop dat er niets met haar is gebeurd.'

Even wist Gahalowood niet wat hij moest zeggen. Toen zei hij: 'Het gaat goed met haar. We moesten u de groeten doen.'

Samantha Fraser glimlachte de paar tanden die ze nog had bloot. 'Zeg dat ik haar een dikke knuffel geef. En dat ik haar mis.'

We namen foto's van het schrift, zodat we een kopie hadden en het origineel bij Samantha konden achterlaten. Daarna kondigde Gahalowood via de politieradio aan dat we gingen vertrekken. Samantha schuifelde met ons mee naar buiten, waar ze de voetballende jongetjes nog maar eens de huid vol schold.

Op het moment dat we weer in de auto wilden stappen riep Samantha ineens: 'Kutprinter, ik ga ermee terug naar Duty's!'

Kutprinter, ik ga ermee terug naar Duty's. Dat moest wel iets met Alaska te maken hebben. Bij het horen van die woorden van Samantha keek Lauren ons vragend aan: 'Zei ze nou Duty's? Dat was een elektronicazaak in Mount Pleasant. Die is een paar jaar geleden failliet gegaan.'

HOOFDSTUK 27
Rare afwijkingen

Rochester, New Hampshire
Dinsdag 20 juli 2010

Gahalowood gebaarde naar zijn collega's dat ze nog even moesten wachten en liep terug naar Samantha. 'Wat zei u net?' vroeg hij.

'Dat weet ik niet meer,' antwoordde de schim.

De twee kinderen proestten het uit.

'Dat zegt ze de hele tijd, meneer de agent, daar kan ze niets aan doen. Het was niet tegen u of zo.'

'Wat zegt ze de hele tijd?'

'Kutprinter, ik ga ermee terug naar Duty's. Mijn vader zegt dat het iets van een tijd geleden is. Wij moeten er steeds om lachen.'

'Ben jij de zoon van Samantha?'

'Ja, meneer de agent. En dat is mijn broer. Zijn jullie hier voor mijn vader?'

'Nee, we wilden je moeder een paar vragen stellen. Hoe heet je vader?'

'Ricky. Ricky Positano.'

'Waar kunnen we hem vinden?'

'Dat zou ik niet weten.'

Zo kwamen we Ricky Positano weer op het spoor. We wilden hem heel graag spreken en zijn versie horen van wat er in het tankstation was gebeurd. Nu we zijn achternaam wisten, kon Gahalowood een team opdracht geven hem te traceren.

Intussen gingen Gahalowood, Lauren en ik naar het hoofdkwartier van de staatspolitie om voor chief Lansdane op een rijtje te zetten wat we tot nu toe hadden ontdekt. Chief Mitchell, die Lauren had gevraagd dagelijks verslag bij hem uit te brengen, werd ook uitgenodigd, waardoor hij zich onmiddellijk heel belangrijk voelde. Zo konden we hen allebei op de hoogte brengen van onze laatste vorderingen.

2 oktober 1998: Alaska ontdekt dat haar vader haar spaargeld heeft gestolen. Woedend vertrekt ze naar haar vriend Walter, bij wie ze sowieso het weekend zou doorbrengen, en besluit daar een paar dagen te blijven, waarschijnlijk niet met het plan zich daar ook echt te vestigen.

8 oktober 1998: Alaska Sanders zet een inbraak bij haar ouders op touw. Die loopt slecht af. Walter, die met haar mee is, rijdt een politieman die hen probeert tegen te houden omver. Alaska besluit langer in Mount Pleasant te blijven. Ze kan het horloge van haar vader niet verkopen zonder risico tegen de lamp te lopen. Dus neemt ze een baantje aan bij een tankstation.

November-december 1998: ze heeft een ambigue relatie met haar collega van het tankstation, Samantha Fraser. Alaska vertelt haar dat ze een relatie met iemand anders dan Walter heeft. Deze persoon moet haar komen bevrijden uit Mount Pleasant. Deze persoon woont waarschijnlijk in Salem (Alaska krijgt een paar pumps cadeau die alleen in een winkel in deze stad worden verkocht) en is bezig met een scheiding.
→ Alaska had een relatie met Walter en met Samantha. Ze is duidelijk biseksueel. Wie is die derde persoon op wie ze zegt tot over haar oren verliefd te zijn? Is het een man of een vrouw?

Januari 1999: Ricky Positano, de vriend van Samantha, ontdekt de camera in de kleedruimte. Hij denkt dat Lewis Jacob zijn medewerksters filmt en perst hem geld af. Lewis Jacob komt erachter dat de camera van Alaska is.

Februari 1999: Samantha zegt onverwacht haar baan bij het tankstation op. Waarom? Is er iets gebeurd?

3 april 1999: Alaska wordt vermoord. In haar zak wordt een briefje gevonden met 'Ik weet wat je hebt gedaan'.
→ Wat wordt haar verweten? De tragisch afgelopen inbraak bij haar ouders? Haar relatie met Samantha? De problemen die Lewis Jacob door haar heeft gekregen?

'We zijn er nog lang niet,' verklaarde Gahalowood, 'maar er komt wel steeds meer duidelijkheid.'

'Prima werk,' feliciteerde Lansdane ons. 'En nog iets over Eric Donovan?'

'Eric Donovan heeft een verhouding gehad met de moeder van Walter Carrey en haar daarmee gechanteerd. Dat zou voor Walter een goed motief geweest kunnen zijn hem ten onrechte te beschuldigen. Wat die trui met bloedvlekken van het slachtoffer betreft: Eric heeft altijd volgehouden dat hij die aan Walter had uitgeleend, en dat is nu door de moeder van Walter bevestigd.'

'Proberen jullie ons nu duidelijk te maken dat alle bewijzen tegen Eric Donovan een voor een teniet worden gedaan?' vroeg chief Mitchell.

'We hebben nog wel de kwestie van zijn printer die gebruikt is voor de dreigbrieven,' zei ik.

Lauren voegde eraan toe: 'Wat die printer betreft, zei Samantha Fraser net ook iets raadselachtigs: "Kutprinter, ik ga ermee terug naar Duty's."'

'Duty's?' herhaalde chief Mitchell. 'Die winkel die we in Mount Pleasant hadden?'

'Dat moeten we dus uitzoeken,' zei Lauren.

'Wat is Duty's?' vroeg Lansdane.

'Duty's,' vertelde Lauren, 'was een elektronicazaak in Mount Pleasant. De eigenaar was een nogal merkwaardige man, niet kwaadaardig maar wel een beetje een zwendelaar, die al een paar keer failliet was gegaan. U kent het type waarschijnlijk wel. Duty's heeft vier of vijf jaar geleden de deuren gesloten. Nu heeft hij een winkel in tweedehands artikelen in de buurt van Wolfeboro.'

'Denken jullie dat er een verband is met de printer van Eric Donovan?' vroeg Lansdane.

'Moeilijk te zeggen,' zei ik, 'maar daar moeten we wel achteraan.'

Gahalowood kwam tussenbeide: 'Waarom was Samantha Fraser geobsedeerd door die printer? Blijkbaar herhaalt ze dat zinnetje als een mantra. Kutprinter, ik ga ermee terug naar Duty's... Wat zou dat kunnen betekenen?'

'Zou Eric zijn printer daar ook hebben gekocht?' vroeg ik.

'Dat gaan we hem vragen,' antwoordde Lauren, 'maar ik denk haast van wel. Heel Mount Pleasant kocht destijds zijn spullen bij Duty's. Goedkoper kreeg je het nergens. Maar er was altijd wel iets aan de hand met de artikelen die hij verkocht. Zodra de mensen dat doorkregen, gingen ze ergens anders naartoe. En dus ging hij failliet.'

Die dag deden we wat Gahalowood en Kazinsky in 1999 niet hadden gedaan: we namen contact op met de fabrikant van de printer van Eric, waarvan het hoofdkantoor zich in Seattle bevond. Nadat we twee uur aan de telefoon hadden gehangen en van de ene naar de andere afdeling waren doorverbonden, hadden we eindelijk iemand te pakken die ons méér kon vertellen.

'Dat model is in 1997 op de markt gebracht. Er valt verder niets bijzonders over te vertellen, behalve dat er in april 1998 een partij met een klein defect van de band is gerold.'

'Een klein defect? Hoezo een klein defect?' vroeg Lauren.

'Ik zie hier dat het om een partij ging die in New Hampshire terecht is gekomen. Een kleine tweehonderd stuks, volgens het verslag van de groothandel. Maar geen zorgen, het grootste deel is naar ons teruggestuurd.'

'Om wat voor defect ging het?'

De man moest even bladeren om dat te vinden. 'Blijkbaar een probleem met een printerkop die minieme sporen achterliet. Het was met het blote oog bijna niet te zien, maar we hebben de apparaten toch maar teruggeroepen.'

Lauren, Gahalowood en ik waren verbijsterd.

'Waarom heb ik destijds geen moment overwogen dat het een fabrieksfout zou kunnen zijn?' Gahalowood nam het zichzelf hoogst kwalijk.

Het hoofdkantoor in Seattle kon ons niet verder helpen; de terugroepactie was via de regionale groothandel gegaan. De vertegenwoordiger van de groothandel in Manchester, in New Hampshire, werkte er al vijftien jaar en kon zich Neil Rogue, de eigenaar van Duty's, nog goed herinneren.

Aan de telefoon vertelde hij ons: 'Een aardige kerel, hoor, maar we doen geen zaken meer met hem.'

'Waarom niet?'

'Hij hield zich niet aan de regels. Tot een paar keer toe heeft hij zijn klanten niet op de hoogte gebracht van een terugroepactie omdat hij geen zin had in de administratie. Dat is niet zoals het hoort.'

'Hoe bedoelt u precies?' vroeg Gahalowood.

'Wanneer de fabriek een product levert waaraan iets mankeert – en neem maar van mij aan dat dat vaak genoeg gebeurt – moet dat worden teruggenomen en vervangen. Niet alleen omdat dat netjes is, maar ook omdat een gebrek bijvoorbeeld kortsluiting en brand kan veroorzaken: dan kan de fabrikant aansprakelijk worden gesteld en kunnen er enorme schadevergoedingen worden geëist. Als er dus een probleem is, vertrouwt de fabrikant op de groothandel, die weer op de detailhandelaar vertrouwt. Nou ja, destijds dan. Tegenwoordig, met internet en e-mail en zo, kan de klant natuurlijk rechtstreeks worden benaderd, maar daarvóór was het de verkoper die achter zijn verkopen moest aan gaan.'

Lauren vroeg: 'En ik neem aan dat Neil Rogue van Duty's dat niet deed. Klopt dat?'

'Hij deed het nooit. Hij wilde er niets van weten. "Verkocht is verkocht" zei hij en hij ging zijn klanten echt niet waarschuwen.'

'Dus als ik het goed begrijp,' vatte Gahalowood zijn verhaal samen, 'heeft Duty's in 1998 verschillende printers met dezelfde afwijking kunnen verkopen?'

'Zeker. Daar moet u Rogue maar naar vragen.'

Dat deden we. We zochten Neil Rogue op in zijn winkel met tweedehands artikelen aan de rand van Wolfeboro.

'Zij hebben makkelijk praten,' zei hij geïrriteerd over de groothandelaren. 'Ze sturen je idiote brieven met belachelijke procedures. Je moet het apparaat onmiddellijk vervangen, of de klant zijn geld teruggeven, en vervolgens een berg formulieren invullen en de apparaten met een mankement op eigen kosten terugsturen, en daarna kun je wachten tot het de hoge heren een keertje schikt het hele zootje goed te keuren en je terug te betalen. De kleine ondernemer is altijd de pineut!'

'U hebt dus geen terugroepactie voor die printers gedaan bij uw klanten?' concludeerde Lauren.

'Nee, dat zeker niet! Want als ik zo'n brief krijg over een artikel dat terug moet, smijt ik die onmiddellijk in de prullenbak. En als iemand ernaar vraagt, zeg ik dat ik die brief nooit heb ontvangen. Dan moet de afzender maar bewijzen dat ik die wel heb gekregen, toch?'

'Waarom hebt u, toen Eric werd opgepakt, niet verteld dat u hem een printer had verkocht?' vroeg Gahalowood.

'Nou ja, wat is dat nu voor vraag? Hoe kon ik nu weten dat er een verband was tussen een printer en een politieonderzoek? Ik verkoop elektronica, hè? Ik ben geen Sherlock Holmes.'

'Aan wie hebt u printers verkocht uit dezelfde partij als waar die van Eric uit kwam?'

'Pf, dat is wel een dingetje, me namen herinneren van elf jaar geleden. Ik kan me al amper herinneren wat ik bij de lunch heb gegeten.'

'Lewis Jacob, bijvoorbeeld?' opperde Lauren.

'Nou, wat grappig dat u over hem begint, want ik moest juist aan hem denken. Als er een iemand is die ik me herinner, is hij het wel. Hij kwam terug met zijn printer en zei dat hij de raarste dingen deed. Blijkbaar printte hij een paar keer hetzelfde. Ik heb hem getest en niets vreemds ontdekt. Maar hij maakte er een hele toestand van. Hij wilde dat ik de garantie in werking zou stellen, maar dat kon niet omdat ik dus niet aan terugroepacties en zo doe. Nou ja, hij bleef zo aandringen dat ik uiteindelijk dat hele waardeloze gedoe van terugsturen naar de fabriek heb moeten doen, wat me echt idioot veel tijd heeft gekost. Vanaf dat moment konden we elkaar niet meer luchten. Hij is nooit meer bij mij in de winkel geweest en ik heb nooit meer een druppel benzine bij hem gekocht.'

'Wanneer was dit?'

‘Dat weet ik echt niet meer. Was het het model printer waarover jullie het hadden of een ander? Geen idee.’

Als de printer teruggestuurd was naar de fabriek, moest die zeker op te sporen zijn. De juridische afdeling bleek de dossiers over vervangingen inderdaad twintig jaar te bewaren, vooral om in geval van een rechtszaak te kunnen bewijzen hoe zorgvuldig ze gehandeld hadden.

Het kostte ons een dag, maar uiteindelijk wisten we twee dingen zeker. Ten eerste maakte de printer van Eric, waarvan het serienummer in het politiedossier stond vermeld, deel uit van de partij printers met dat defect. En ten tweede had Lewis Jacob ook een printer uit diezelfde partij naar de winkel teruggebracht. Dat was op 3 maart 1999 geweest. Wat betekende dat Lewis Jacob die anonieme brieven aan Alaska had kunnen schrijven en dat hij zich daarna van zijn printer had ontdaan. Waarop doelde Samantha Fraser met haar ‘Kutprinter, ik ga ermee terug naar Duty’s’?

De dag liep ten einde toen we chief Lansdane van deze laatste feiten op de hoogte brachten.

‘Dus als ik het goed begrijp,’ zei hij, ‘waren er verschillende printers met dezelfde afwijking?’

‘Tweehonderd in de staat New Hampshire,’ antwoordde Gahalowood, ‘waarvan minstens twee in Mount Pleasant, maar waarschijnlijk meer.’

‘Is de benzinepomphouder nu verdacht?’

‘Misschien wel. Dit betekent dat de brieven van hem afkomstig zouden kunnen zijn.’

Lansdane twijfelde zichtbaar. ‘Maar dat verklaart niet waarom we een van die dreigbrieven bij Eric hebben aangetroffen.’

‘Omdat hij er ook een had ontvangen,’ zei Lauren. ‘Wat dus wil zeggen dat Eric niet de schrijver van de brief was maar degene aan wie die was gericht.’

‘Volgens jou,’ constateerde ik, ‘zou Lewis Jacob dus Eric en Alaska eenzelfde dreigbrief hebben gestuurd. Waarom?’

‘Omdat ze iets misdaan hadden?’ veronderstelde Gahalowood. ‘Wat zou verklaren waarom Eric ons nooit de waarheid heeft verteld over de brief die bij hem gevonden is. Hij wilde zichzelf niet nog verdachter maken.'

We wilden het hoofdkwartier net verlaten, toen een eenheid berichtte dat ze Ricky Positano in een bar in Rochester hadden gevonden. Zijn verhoor die avond zou een belangrijke onthulling opleveren.

Het was Ricky minder slecht vergaan dan Samantha. Een vergelijking met politiefoto's genomen bij de diverse arrestaties die als een rode draad door zijn leven liepen liet zien dat hij uiteraard ouder was geworden, en ja, ook wat dikker, maar zijn haar was nog steeds even zwart en hij had ze vooral ook nog allemaal op een rijtje.

'Natuurlijk heb ik ze nog allemaal op een rijtje,' zei hij verontwaardigd. 'Zeggen jullie dat omdat jullie Samantha hebben gesproken? Ik heb haar gedumpt toen ze crack begon te gebruiken. Crack is de hel. Het maakt je kop kapot.'

'U hebt wel twee kinderen met haar,' merkte Lauren op.

'Die kids zijn niet van mij,' protesteerde hij. 'Vroeger ging ze met iedereen naar bed voor een dosis, tegenwoordig wil niemand haar meer. Ze heeft die kinderen aangepraat dat ik hun vader ben, niet te geloven toch? Ik heb ze niet erkend of zo, maar ik wil ze best af en toe te eten geven. Ik ben de beroerdste niet.'

'O, nee?' vroeg Lauren met een sarcastische ondertoon.

Ricky, die duidelijk vaker met dit bijltje had gehakt, ging onmiddellijk in de tegenaanval: 'Is dat een badge van de politie van Mount Pleasant aan uw riem? Dan bent u wel een beetje ver buiten uw rechtsgebied, dametje. En niemand heeft me op mijn rechten gewezen.'

'U bent niet gearresteerd,' bracht Gahalowood hem in herinnering. 'We willen u alleen een paar vragen stellen.'

'Laat maar horen. Ik help altijd graag.'

'Waarom is Samantha crack gaan gebruiken? Kwam dat door de dood van Alaska Sanders?'

'Nee, gelukkig zaten we op dat moment al in Californië. We deden een roadtrip langs de Stille Oceaan. Iets van ons samen. Ik heb trouwens ook nog een nacht in de bak gezeten na wat bonje met een paar motoragenten.'

'Dat weet ik,' zei Gahalowood, 'ik heb het nagetrokken. De nacht van de moord zat u in een cel in Montecito.'

'Heb ik tenminste een keer niet voor niets achter de tralies gezeten. Anders zou ik vast verdacht zijn geweest...'

Ricky had onmiddellijk spijt van zijn uitspraak: hij had of te veel of niet genoeg gezegd.

'Waarom zou u verdacht worden van de moord op Alaska?' vroeg ik.

'Ik maakte maar een grapje.'

'We weten dat u Lewis Jacob tienduizend dollar hebt afgetroggeld,' nam Lauren het weer over. 'Gaat het daarom?'

'Hoor eens, die valstrikken van de politie ken ik, hè? Jullie doen alsof jullie alles weten om mij uit mijn tent te lokken. Ik wil een garantie op schrift: als ik praat, wil ik immuniteit.'

Het was te laat om de officier van jusitie nog te bellen maar we wilden wat Ricky ons te vertellen had niet tot morgen laten wachten. En aangezien hij van niets beschuldigd werd, konden we ondertekenen wat we wilden, het verplichtte ons tot niets. Dus stelde Lansdane snel een officieel ogend document op dat geen enkele juridische waarde had, maar dat er wel voor zorgde dat Ricky ging praten.

'Op een zondag eind februari belde Samantha me vanaf het tankstation. Ze was in paniek. Ze zei: "Kom snel, dit is echt dringend! Iemand wil ons chanteren."'

~

Zondag 28 februari 1999

Ricky was naar het tankstation gegaan. Samantha was in alle staten. Ze wapperde met een vel papier waarop geprint stond: 'Ik weet wat je hebt gedaan'.

'Dit lag op de grond in het kantoortje.'

'Shit,' foeterde Ricky, 'van wie zou dat kunnen zijn? Die ouwe Jacob?'

'Ik weet dat hij er gisteren niet was.'

'Wie dan wel?'

'Alaska,' zei Samantha. 'Die trut wil me chanteren.'

'Alaska? Wat kan zij nu weten? Heb je haar iets over die tienduizend dollar verteld?'

Samantha wilde niets toegeven, maar aan haar gezicht kon Ricky zien dat ze haar mond inderdaad voorbij had gepraat.

'Goddomme, Samantha, hoe kun je zo stom zijn? Ik heb nog een voorwaardelijke veroordeling aan mijn broek hangen. Als ik word gepakt gaat dit grapje me vijf jaar kosten. We moeten ervandoor!'

'Ik wil hier niet weg,' jammerde Samantha.

Ricky schudde haar door elkaar. 'Alaska heeft het er misschien al met iemand over gehad. Als zij de politie niet waarschuwt, doet iemand anders dat wel. Ik laat je hier niet alleen achter: jij slaat vast door en dan ben ik er geweest. Pak je spullen en bel Alaska. Ik zal haar duidelijk maken wat er gebeurt als ze mij komen zoeken.'

Samantha begon te huilen.

'Hou op met dat gejank en bel haar verdomme!'

'Ik wil niet dat je haar pijn doet.'

'Als zij geen domme dingen doet, komt het allemaal goed.'

Na het horen van de paniekerige stem van Samantha was Alaska onmiddellijk naar het tankstation gereden. Zodra ze Ricky in de winkel zag staan, begreep ze dat dat niet veel goeds kon betekenen. Hij begroette haar met een klap in haar gezicht die haar in een rek met candybars deed belanden.

'Wilde je mij verraden, takkewijf?'

'Waar heb je het over?' stamelde Alaska geschokt, haar hand tegen haar wang.

Hij wapperde de boodschap voor haar neus heen en weer. 'Wil je zeggen dat deze shit niet van jou komt?'

Alaska werd lijkbleek. 'Het is niet wat jij denkt. Dat zweer ik je.'

'Ik denk dat het is wat ik zie. Wat wilde je? Geld?'

Alaska keek haar vriendin smekend en in tranen aan. 'Samantha, die boodschap was niet voor jou bedoeld. Ik zweer het je!'

Samantha zei alleen maar: 'Ik heb mijn sleutel op het bureau van meneer Jacob gelegd. Zorg dat hij die terugkrijgt. Zeg dat ik ontslag heb genomen.'

Ricky en Samantha liepen naar de deur.

‘Samantha,’ riep Alaska haar na, ‘laat me het je uitleggen!’

Dreigend priemde Ricky een vinger in haar richting. ‘Hou je kop. Waag het niet ooit nog bij ons in de buurt te komen of contact met ons op te nemen. Begrepen?’

‘Die boodschap was niet voor jou bedoeld, Samantha,’ herhaalde Alaska op vertwijfelde toon. ‘Die heb ik gisteren geprint, en blijkbaar heeft de printer hem er nog een keer uitgespuugd. Die printer is niet goed.’

‘Luister niet naar haar,’ beval Ricky Samantha. ‘Stap in je auto, we zien elkaar thuis.’

Tot aan de benzinepompen holde Alaska met hen mee in een poging hen tegen te houden, terwijl ze op smekende toon tegen haar vriendin zei: ‘Wanneer je hem uitzet, print hij vaak nog een keer de laatste opdracht. Dat weet jij toch ook? We hebben nog tegen meneer Jacob gezegd dat hij hem moest gaan ruilen. Dat weet je toch nog wel? Samantha? Sam? Sam... wacht!’

Toen Samantha in haar auto stapte, liet Alaska zich op haar knieën op het asfalt vallen en schreeuwde: ‘Kutprinter, ik had ermee terug moeten gaan naar Duty’s.’

Dat waren de laatste woorden die Samantha uit de mond van Alaska had gehoord. Ze zouden haar de rest van haar leven blijven achtervolgen.

Zo kwamen we er dus achter dat Alaska niet bedreigd werd. Zij was degene die de dreigbrieven stuurde.

Het onderzoek stond op het punt een belangrijke wending te nemen. Stukje bij beetje zouden we de puzzel in elkaar gaan leggen waarvan de overduidelijke verbindende factor ons tot dan toe was ontgaan. De ontsteker noemde Gahalowood die: met één vonk zou een complete kettingreactie in werking worden gesteld.

HOOFDSTUK 28
Anonymus

Concord, New Hampshire
Woensdag 21 juli 2010

Om te beginnen bevestigde Lewis Jacob het verhaal van Ricky Positano. De printer op het tankstation gooide er uit zichzelf soms dingen dubbel uit. Doordat we het hierover hadden, kwam een herinnering bij hem boven. Kort na het onverwachte ontslag van Samantha was Alaska tekeergegaan tegen het apparaat omdat het twee keer dezelfde opdracht had uitgespuugd. Hij had haar nog nooit zo woest gezien, en omdat haar woede besmettelijk was, was hij met de printer teruggegaan naar Duty's. Na eindeloos gedraal had 'die ladelichter Neil Rogue' toegegeven dat zijn printer deel uitmaakte van een partij met een foutje en dat hij dus kosteloos vervangen zou worden.

We wisten nu zeker dat Alaska de schrijfster van de anonieme brieven was. De brieven die we bij haar hadden gevonden waren aan iemand anders gericht geweest en de boodschap in haar zak was blijkbaar nog onderweg naar de bestemming. Had ze zich op meerdere personen gericht? Of was het er maar één geweest? En was dat wat haar het leven had gekost?

We wisten ook dat Eric Donovan een van die brieven had ontvangen. Wat viel hem te verwijten waarover hij al die jaren niet had gepraat?

'Ik kón niets zeggen,' zei hij toen we hem ernaar vroegen in de staatsgevangenis. 'Het zou me alleen maar verdacht maken en me een motief geven voor de moord op Alaska.'

'Hoeveel brieven heeft Alaska je gestuurd?' vroeg ik.

'Twee. De eerste zat onder de ruitenwisser van mijn auto. De tweede gewoon in de brievenbus bij mijn ouders.'

'En wanneer ontdekte je dat Alaska achter die berichten zat? Voor of na je arrestatie?'

'Zie je wel,' kermde Eric, die geen antwoord durfde geven. 'Ik heb het gevoel dat de waarheid belastend voor mij is.'

'Genoeg gelogen!' zei Patricia Widsmith op dringende toon. 'Je moet ons nu alles vertellen.'

'Ik heb het voor haar dood ontdekt.'

'Wanneer?' vroeg Gahalowood.

'Een week ervoor.'

Patricia sloeg haar handen voor haar gezicht.

'Zie je wel,' riep Eric uit, 'het wordt er alleen maar erger van. En het enige wat ik wil, is hier weg.'

'Vertel ons dan verdomme gewoon de waarheid!' gelastte Gahalowood hem. 'Wanneer ben je er precies achter gekomen dat Alaska die brieven stuurde? Ik wil alles weten, tot in de kleinste details.'

Eric sloeg zijn ogen neer en vertelde: 'De dag van die beruchte ruzie op de parkeerplaats van de supermarkt. Die maandag 22 maart 1999 waarover we het laatst hebben gehad. Toen ik jullie vertelde wat er die dag was gebeurd heb ik niet helemaal de waarheid gesproken.'

'Heb je tegen ons gelogen?' viel Patricia tegen hem uit. 'Je hebt alweer gelogen!'

'Ik heb niet gelogen, ik heb er alleen wat dingen bij verzonnen. Die dag was er nog helemaal geen sprake van dat Alaska bij Walter weg zou gaan. In elk geval heeft Alaska het daarover met mij niet gehad. Dat verhaal had ik verzonnen om de echte reden van onze ruzie niet te hoeven vertellen.'

'Nou, ga dan nu maar met de billen bloot,' riep Gahalowood uit. 'Ik overweeg serieus je hier tot het eind van je leven te laten wegrotten.'

De waarheid over 22 maart 1999

Het was begin van de middag. Eric genoot van zijn vrije dag, alleen in het huis van zijn ouders. Vanuit de woonkamer zag hij een auto voor het huis stoppen. Hij hoorde het metalige, knarsende geluid van de klep van de brievenbus. Nieuwsgierig liep hij naar het raam en zag nog net de zwarte Ford Taurus van Walter wegrijden. Dat was vreemd. Walter was toch gisteren in de pick-up van zijn vader naar een congres in Quebec vertrokken? Eric liep naar buiten, deed de brievenbus open en haalde er een velletje papier uit waarop stond:

IK WEET WAT JE HEBT GEDAAN

Zijn hart begon harder te bonzen. Een week geleden had hij diezelfde boodschap ook al gekregen, toen had ze onder de ruitenwisser van zijn auto gezeten. Plotseling begreep hij het: Sally Carrey! Ze nam wraak voor de manier waarop hij haar had gechanteerd. En dat ze de auto van haar zoon had geleend was vast om hem om de tuin te leiden.

Eric sprintte terug naar binnen om zijn sleutels te pakken en sprong in zijn auto, vastbesloten Sally in te halen. Toen hij zich afgelopen najaar weer in Mount Pleasant had gevestigd, was hij wel bang geweest dat zijn aanwezigheid bij Sally in de buurt problemen zou geven. Dat had hij dus goed gezien. Hij had altijd al bittere spijt gehad van zijn gedrag van destijds, maar dat was nu nog wel een graadje erger geworden. Hij moest een manier vinden haar de mond te snoeren. Met dat tweede bericht had Sally zich in een machtiger positie gemanoeuvreerd: dat ze het in de brievenbus van zijn ouderlijk huis had achtergelaten wilde zeggen dat ze hem aan de schandpaal wilde nagelen en wilde dat zijn ouders vragen gingen stellen. Hij reed als een gek door de woonwijk. Bij het eerste kruispunt geen Ford te zien; hij besloot rechtdoor te gaan. Dat bleek de goede keus. Al snel kreeg hij de zwarte Ford Taurus in het oog, die Route 21 op reed. Hij besloot de auto op een afstandje te volgen. Zodra ze stopte, zou hij erop afgaan en haar om verantwoording vragen. Maar de auto stopte niet: hij reed langs het tankstation, langs de afslag naar Grey Beach, en verder, om uiteindelijk in te voegen op Route 28 in noordelijke richting.

Eric verloor de auto niet uit het oog en kwam zo twintig minuten later op de parkeerplaats van het winkelcentrum van Conway terecht. Hij zag dat de Ford werd geparkeerd. Hij parkeerde zijn eigen auto ook en sprong eruit om met de bestuurster te gaan praten. Tot zijn grote verrassing was dat niet Sally Carrey maar Alaska.

Even stond hij als aan de grond genageld. Alaska had hem niet gezien. Ze liep naar de supermarkt en ging naar binnen. Eric bleef bij de uitgang op haar staan wachten. Toen ze met haar boodschappen weer naar buiten kwam, slingerde hij haar in het gezicht: 'Ik weet wat je hebt gedaan!'

Ze schrok. Zodra ze Eric zag, probeerde ze zich een houding te geven. 'O, Eric, je hebt me de stuipen op het lijf gejaagd. Wat doe jij hier?'

'Ik weet wat je hebt gedaan,' herhaalde hij, terwijl hij met het papier wapperde.

Ze ontweek zijn blik en wilde verder lopen. Maar Eric hield haar tegen. 'Dacht je dat je er zo tussenuit kon knijpen? Je zult eerst met een verklaring moeten komen.'

'Ik heb geen idee waarover je het hebt, Eric.'

'Ik weet dat jij die anonieme brieven hebt achtergelaten, laatst onder mijn ruitenwisser en vandaag in de brievenbus van mijn ouders. Als je een probleem met me hebt, zeg het dan gewoon!'

~

'De rest is gegaan zoals ik jullie al heb verteld,' zei Eric. 'We kregen ruzie over die brieven. Toen de bedrijfsleider van de supermarkt zich ermee ging bemoeien en zei dat hij de politie zou bellen werd Alaska helemaal gek. Ze schreeuwde: "Shit, hij gaat de politie bellen. Hij gaat de politie bellen!" en ze rende naar haar auto zonder zich om haar boodschappen te bekommeren. Ik begreep niet wat haar bezielde, ik dacht dat ze het gesprek probeerde te ontlopen. Ik heb haar boodschappen opgeraapt en toen ik bij haar auto kwam, zat zij er al in. Ik heb haar kofferbak opengedaan om de boodschappen erin te zetten, maar ook om te zorgen dat ze niet weg kon. Huilend riep ze naar me: "Laat me gaan, Eric." Ze was duidelijk niet tot rijden in staat; ik wilde niet dat ze een ongeluk zou krijgen. Dus ben ik achter het stuur gaan zitten om haar terug te brengen naar Mount Pleasant. Op dat moment arriveerde de politie. Er vond een korte controle plaats, en daarna heb ik haar naar huis gebracht. Voor haar huis heb ik haar nog gevraagd naar die trui die ik Walter na het vissen had geleend, zoals ik jullie de vorige keer ook heb verteld, en toen begon ze, waarschijnlijk van alle emoties, tegen me uit te varen: "Is dat alles waar jij mee bezig bent na wat we net hebben doorgemaakt? Vraag het maar aan Walter." "O, wil je echt dat ik Walter bel en hem alles vertel wat er net is gebeurd?" Zo, nu weten jullie alles.'

'Wacht even,' zei Gahalowood. 'Je hebt net verteld dat Alaska je die brieven heeft gestuurd, maar je hebt niet verteld waarván ze je beschuldigde.'

'Ze gaf me de schuld van de dood van een van haar vriendinnen.'

Er viel een verbijsterde stilte.

'De dood van wie?' vroeg ik.

'Mijn toenmalige vriendin. Ik zei toch dat mijn vriendin bij me was weggegaan en dat ik daar zo van ondersteboven was dat ik uit Salem ben vertrokken?'

'Ja,' beaamde Gahalowood. 'Ga verder...'

'Ze was niet echt bij me weggegaan... ze had zelfmoord gepleegd. Ze had serieuze persoonlijke problemen. Vanbuiten was ze een heel mooie vrouw, maar vanbinnen was ze ernstig beschadigd. Haar zelfmoord was een vreselijke schok. Ook al was het tussen ons niet heel serieus geweest, ik was er kapot van. Ik bleef me maar afvragen of ik het had kunnen voorkomen. Ik moest hoe dan ook uit Salem weg. Maar waar kon ik naartoe? Toen ben ik dus teruggegaan naar mijn ouders. Ik wilde er niet meer aan denken. Ik heb het met niemand ooit over haar gehad, behalve met Walter. Om te voorkomen dat mijn ouders vragen zouden gaan stellen heb ik een ontslag als smoes gebruikt. En toen me na de moord op Alaska werd gevraagd waarom ik was teruggekomen, heb ik de kanker van mijn vader als extra reden opgegeven. Ik was bang bij de moord op Alaska betrokken te worden vanwege de brieven die ze me had gestuurd. Ik dacht dus dat ik beter maar kon zwijgen over de zelfmoord van Eleanor.'

'Eleanor?' herhaalde Gahalowood.

'Zo heette ze,' verduidelijkte Eric. 'Eleanor Lowell.'

Lauren, Gahalowood en ik keken elkaar verbouwereerd aan.

'Wat is er aan de hand?' vroeg Patricia, die onze reactie niet begreep. 'Heb ik iets gemist?'

'Vrijdagavond, bij Lauren, heb ik het hier nog over gehad,' bracht Gahalowood haar in herinnering. 'Een jonge vrouw die verdwenen is en van wie men denkt dat ze voor de verdrinkingsdood heeft gekozen.'

'O, ja, nu weet ik het weer.'

Ik vroeg aan Eric: 'Wanneer heeft Alaska die eerste anonieme brief onder je ruitenwisser geschoven?'

'Een paar weken voor de tweede. Begin maart 1999 zou ik zeggen.'

Ik draaide me om naar Gahalowood. 'Dat komt overeen met het moment waarop Samantha Fraser in het tankstation die geprinte boodschap van Alaska vond.'

Lauren vroeg aan haar broer: 'Als je zegt dat Alaska jou de schuld gaf van de dood van Eleanor, bedoel je dan dat ze dacht dat jij Eleanor had vermoord en het vervolgens op zelfmoord had laten lijken?'

'Nee, ze bedoelde het figuurlijk. Eleanor was kwetsbaar. Alaska beschuldigde me ervan haar psychisch te hebben mishandeld. Wat uiteraard niet waar was.'

'Eén ding begrijp ik niet,' kwam ik tussenbeide. 'Als Eleanor eind augustus 1998 zelfmoord pleegt en Alaska jou daarvan de schuld geeft, waarom komt ze dan pas in maart van het jaar daarop met die berichten?'

'Alaska wist dat Eleanor en ik samen iets hadden gehad omdat Eleanor haar dat destijds had toevertrouwd. Daar kwam ik achter rond kerst 1998, op een avond dat ik een paar biertjes was gaan drinken in National Anthem met Walter en Alaska. Ik weet nog dat het rond de feestdagen was, omdat we van die rare rode kerstmutsen ophadden. Alaska wilde me met alle geweld aan een vriendinnetje helpen. Ze wees me op meisjes die voorbijkwamen en zei: "Die is niet verkeerd, toch?" Ik zei dat mijn hoofd er niet naar stond. Zij zei dat je hoofd altijd wel naar een avondje lol stond. Toen heb ik haar verteld over mijn relatie met Eleanor en hoe kapot ik was geweest van haar zelfmoord. Op dat moment vertelde Alaska dus dat ze al wist van onze relatie. Het verbaasde me dat Eleanor er met haar over had gepraat. Ongeveer twee maanden later nam de moeder van Eleanor contact op met Alaska. Ze had iets ontdekt wat ze graag met Alaska wilde bespreken.'

~

22 maart 1999

Na de ruzie bij de supermarkt kalmeerde Alaska weer een beetje tijdens de rit naar Mount Pleasant. Nadat ze een tijdje in stilte hadden gereden vroeg Eric: 'Gaat het alweer een beetje beter?'

'Een beetje.'

'Waarom werd je zo hysterisch toen die bedrijfsleider zei dat hij de politie ging bellen?'

Na een korte aarzeling antwoordde Alaska: 'Ik weet het niet... Ik raakte in paniek... Ik was bang dat jij ze over mijn anonieme brieven zou vertellen...'

~

Ik onderbrak Eric: 'We weten inmiddels dat Alaska in werkelijkheid bang was ontmaskerd te worden voor de inbraak bij haar ouders waarbij een politieman ernstig gewond was geraakt.'

'Ja, bedankt, schrijver,' zei Gahalowood geïrriteerd. 'Ga alsjeblieft verder, Eric.'

Eric pakte het verhaal weer op waar hij gebleven was. 'Ik vroeg haar dus waarom ze zo in paniek geraakt was van de politie...'

~

22 maart 1999

Na een korte aarzeling antwoordde Alaska: 'Ik weet het niet... Ik raakte in paniek... Ik was bang dat jij ze over mijn anonieme brieven zou vertellen...'

'Kun je nu je weer wat rustiger bent misschien uitleggen waarom jij denkt dat ik Eleanor tot zelfmoord heb gedreven?'

'Een maand geleden heeft haar moeder contact met me gezocht. Ze wilde me graag spreken. Ze is naar Mount Pleasant gekomen.'

~

22 februari 1999

Alaska had met Maria Lowell, de moeder van Eleanor, afgesproken bij Season.

'Fijn je weer te zien, Alaska.'

'Dat is wederzijds, mevrouw Lowell. Ik moet vaak aan u denken, en aan Eleanor.'

Maria Lowell schonk haar een droevige glimlach. 'Het leven gaat snel, weet je. Je denkt dat je de tijd kunt inhalen, maar het is de tijd die óns inhaalt. Ik heb je moeder gesproken. Ze zei dat jullie enigszins gebrouilleerd zijn.'

'Dat is nogal ingewikkeld.'

'Het is vaak minder ingewikkeld dan je denkt. Dat heb ik Eleanor ook proberen duidelijk te maken. Maar niets leek de zwaarmoedigheid die haar kwelde te kunnen verlichten...'

'Ik weet het.'

'Ze had haar hele leven nog voor zich. Hoe vaak haar vader en ik dat niet hebben gezegd. Maar we stonden machteloos. Alaska, weet dat je niet alleen bent. Ook al voel je je alleen. Vraag hulp. Beloof me dat je, mocht je ooit donkere gedachten krijgen, daarover met iemand gaat praten. Praten is geen teken van zwakte. Integendeel. Het vereist moed eruit te willen komen.'

Maria Lowell leek erg geëmotioneerd. Uiteindelijk zei Alaska, die de reden van deze afspraak nog niet goed begreep: 'Ik vind het heel fijn u te zien, mevrouw Lowell, maar bent u helemaal hiernaartoe gekomen om dat tegen me te zeggen?'

'Nee, liefje,' zei Maria Lowell met weer zo'n droevige glimlach. 'Ik ben hier omdat ik erachter ben gekomen dat Eleanor problemen had waarover ze mij niets heeft verteld. Ze heeft er in haar eentje mee zitten worstelen en ik denk dat dat haar tot die zelfmoord heeft aangezet. En nu wil ik daar alsnog iets aan doen. Omdat het nooit te laat is.' Met die woorden haalde ze een notitieboekje tevoorschijn.

'Wat is dat?' vroeg Alaska.

'Ik heb me er eindelijk toe kunnen zetten Eleanors kamer een beetje op te ruimen. Ik heb haar dagboek gevonden. Sommige stukken zijn heel somber, andere heel mooi. Het kostte even tijd me er helemaal doorheen te werken. Deze passage wilde ik je graag laten zien.'

Alaska begon te lezen:

> Ik dacht dat hij van me hield, maar hij houdt er vooral van mij te laten lijden. Op 4 juli had hij me een etentje in een restaurant beloofd ter ere van de nationale feestdag. Terwijl ik me mooi stond te maken zei hij: 'Niet boos worden, Eleanor, maar we kunnen het beter niet doen. Het blijft riskant ons samen in het openbaar te vertonen, weet je... Het leeftijdsverschil en zo... Dat geeft maar aanleiding tot praatjes...' We zijn bij hem gebleven. Hij heeft kreeft besteld. Ik heb er amper van gegeten. Ik wilde hem laten zien dat ik verdrietig was. Toen hij mijn volle bord zag, zei hij: 'Waarom doe je zo moeilijk? Je weet heel goed waarom ik ons romantische etentje in een restaurant niet kon laten doorgaan. En geloof me, dat was voor mij een enorme teleurstelling. Het is niet fijn jou bij de minste tegenslag te zien mokken terwijl ik mijn uiterste best doe om het jou naar de zin te maken.' Hij denkt dat ik zit te mokken. Hij ziet niet hoezeer mij dit raakt. Hoe hard ik hem nodig heb. Dat hij de enige is die mij gelukkig kan maken. Soms krijg ik de indruk dat hij het leuk vindt spelletjes met me te spelen en me de grond in te boren. Dat geeft hem het gevoel dat hij controle over mij heeft.

'Ik wil die man vinden, Alaska,' zei Maria Lowell. 'Volgens mij heeft Eleanor zelfmoord gepleegd vanwege hem. Weet jij over wie dit gaat? Ik heb het aan al haar andere vriendinnen gevraagd, maar die moesten me het antwoord schuldig blijven. Eleanor had wel verteld dat ze iets had met een oudere man, maar zijn naam heeft ze nooit genoemd. Weet jij hier iets van? Je bent mijn laatste hoop.'

'Dit zegt me helemaal niets,' zei Alaska prompt.

'Weet je het zeker?' drong de moeder van Eleanor aan. 'Hij zou een blauwe auto hebben gehad, zegt dat je iets, een blauwe auto? Kijk maar, dat heeft ze hier geschreven, aan het eind van dit gedicht, ik weet zeker dat ze het over die man heeft.'

Maria Lowell liet haar een gedicht zien dat eindigde met:

> Wanneer ik in zijn blauwe auto stap, vraag ik me af waar hij met mijn hart naartoe gaat.
> Wanneer ik zijn blauwe auto zie, vraag ik me af of me geluk of ellende te wachten staat.

Na een lange aarzeling schudde Alaska haar hoofd. 'Ik heb geen flauw idee.'

Op het gezicht van Maria Lowell verscheen een wanhopige uitdrukking. 'En een grijs huis, weet je daar iets van? In een ander stuk heeft ze het over een grijs huis en rode esdoorns...'

Maar Alaska luisterde al niet meer. Ze leek met haar gedachten ergens anders. Ze schudde nogmaals haar hoofd. 'Het spijt me, maar dat zegt me helemaal niets... Ik zou echt niet weten over wie dit zou kunnen gaan...'

Een maand na dit gesprek met Maria Lowell zei Alaska in de zwarte Ford Taurus onderweg naar Mount Pleasant tegen Eric: 'Ik heb tegen mevrouw Lowell gezegd dat ik geen idee had wie het was. Ik heb je spontaan in bescherming genomen, ik weet niet eens waarom. Achteraf zat dat me wel dwars. Als jij Eleanor tot zelfmoord had gedreven moest je daarvoor boeten. Zo kreeg ik dat idee van die anonieme briefjes.'

'Maar ik heb Eleanor niet tot zelfmoord gedreven!' riep Eric uit. 'Waar zie je me voor aan?'

'Hou op, Eric. Die blauwe auto dat moet jij wel zijn. Ik herinner me nog goed dat je in Salem een blauwe Mustang had. Vreemd dat je die hebt weggedaan...'

'Ik heb hem verkocht toen ik naar Mount Pleasant verhuisde. Mijn buurman probeerde me hem al heel lang af te troggelen en hij bood een geweldig bedrag. Dat kwam goed uit: ik had net mijn baan opgezegd, ik kon het geld goed gebruiken. Voor de helft van het geld heb ik mijn tweedehands Pontiac gekocht en de rest heb ik op de bank gezet. Daarom kon ik je ook die tienduizend dollar lenen. Die kwamen niet zomaar uit de lucht vallen!'

Alaska wist niet goed wat ze met zijn antwoord aan moest. 'Ik weet niet of ik je kan geloven,' zei ze.

'Wacht,' ging Eric verder. 'Eleanor had het over 4 juli, toch? De enige 4 juli die wij samen hadden kunnen doorbrengen was 4 juli vorig jaar en toen was ik er niet. Ik was samen met Walter. We hadden besloten die vrije dagen te gaan kamperen en vissen. Eleanor had trouwens al gezegd dat ze met haar vriendinnen had afgesproken. In eerste instantie had ik háár gevraagd samen met mij te gaan kamperen. Dat leek me leuk. Maar zij moest er niets van weten. Weet je, Alaska, als er iemand was die in deze relatie te lijden had, was ik het wel. Zij behandelde mij beroerd. Ik was heel erg op haar gesteld geraakt, maar dat liet haar koud. Ik was gewoon een tussendoortje voor haar. Wanneer zij floot, kwam ik opdraven. Je vergist je als je denkt dat ik haar tot een wanhoopsdaad kon aanzetten. En in elk geval was ik dus niet degene die op 4 juli bij haar was.'

Toen het tot Alaska doordrong dat ze op een verkeerd spoor had gezeten, zei ze zacht: 'Dat betekent dat er iemand anders in haar leven was.'

~

'Er was dus een andere man in het leven van Eleanor,' vertelde Eric ons. 'Wie dat was, heb ik nooit geweten. Hierna kwam alles in een stroomversnelling. Twee weken later werd Alaska vermoord. Ik werd opgepakt en al snel meegezogen in de nachtmerrieachtige draaikolk aan belastende bewijzen tegen mij. Mijn trui, de printer, de brief... Ik kreeg al de moord op Alaska in de schoenen geschoven, ik wilde niet dat ze me ook nog eens de zelfmoord van Eleanor gingen aanrekenen. Vooral ook omdat Walter mijn enige alibi voor 4 juli was geweest en die was dood. Ik had het gevoel dat alles wat ik nog zei het alleen maar erger kon maken. Dus heb ik mijn mond gehouden tot ik niet anders meer kon.'

De tranen stonden Patricia in de ogen. 'Als je het aan mij had verteld, had ik je kunnen helpen. Ik had je hieruit kunnen halen.'

'Niemand kon iets voor mij doen,' beklaagde Eric zich. 'Dat er nu weer beweging in komt, is dankzij de recente getuigenverklaringen van Lewis Jacob en Samantha Fraser. Maar die mensen waren er destijds ook al! Hoe hebt u uw onderzoek zo kunnen afraffelen, sergeant?'

Een beladen stilte vulde de ruimte. Uiteindelijk zei Gahalowood tegen Patricia: 'U moet een verzoek tot vrijlating bij de rechter indienen. Ik zal contact opnemen met het OM om de nieuwe feiten aan hen door te geven. Binnen achtenveertig uur zou Eric vrij moeten zijn.'

In het tijdsbestek van een paar dagen was de hele bewijslast tegen hem in rook opgegaan: Sally Carrey had bevestigd dat Eric inderdaad zijn trui aan Walter had uitgeleend, de printer die voor de dreigbrieven was gebruikt bleek die van Lewis Jacob te zijn geweest, en die bewuste dreigbrieven waren niet aan Alaska gericht geweest, maar door haar verstuurd.

Toen we de gevangenis uit kwamen, wilde Lauren de naderende goede afloop voor haar broer vieren: 'Ik nodig jullie allemaal uit voor de lunch,' zei ze. Maar Gahalowood wees de uitnodiging af. Hij zat er zwaar doorheen. Hij nam het zichzelf ongelooflijk kwalijk dat hij zich destijds in 1999 zo makkelijk van het onderzoek had afgemaakt. Om hem een hart onder de riem te steken stelde ik voor met zijn tweeën te gaan eten bij een tent waar hij graag kwam: een keet met picknicktafels aan de doorgaande weg waar ze hamburgers hadden waar je je vingers bij opat. Daar zei hij ook nee tegen. 'Dank je, schrijver, maar ik moet even bij Helen langs.' Ik ging met hem mee naar de begraafplaats. Hij liet zich voor de grafsteen op zijn hurken zakken en legde er een hand op. Na een kort moment om zich te vermannen verklaarde hij: 'Ik denk dat ik mijn ontslag ga indienen.'

'Lansdane zal je ontslag weigeren te aanvaarden,' zei ik. 'Bovendien kun je dat gewoon niet maken. Je bent een geweldig politieman.'

'Ik had het niet tegen jou, schrijver. Ik had het tegen Helen. Door mijn fout heeft een man elf jaar opgesloten gezeten.'

'Dankzij jou wordt een gerechtelijke dwaling rechtgezet,' zei ik. 'Zonder jou zou Eric Donovan de rest van zijn leven in de gevangenis hebben doorgebracht.'

'Waarom zit je zo op mijn lip, schrijver? Kun je niet even verderop gaan kijken of ik daar misschien ben?'

Ik liet me niet van de wijs brengen. 'Jij kunt er niets aan doen, sergeant. Dat Eric Donovan in de gevangenis terecht is gekomen is de schuld van Vance, die Walter Carrey tot een bekentenis heeft gedwongen. Het is de schuld van Kazinsky die zijn mond heeft gehouden en het heeft laten gebeuren. Twee lafaards die zich liever van het leven beroofden dan dat ze hun verantwoordelijkheid namen.'

Plotseling schonk Gahalowood me een merkwaardige blik. 'Nondeju, schrijver...'

'Wat is er?'

'Het is verdorie overduidelijk!'

Ik begreep dat hij een ingeving had gekregen. 'Waar heb je het in vredesnaam over, sergeant?'

'Toen het onderzoek in 1999 was afgesloten, werd Kazinsky aangereden door een auto en belandde in een rolstoel. Op dat moment was Kazinsky de enige nog levende persoon die wist dat de bekentenis van Walter was afgedwongen. Klopt?'

'Klopt,' antwoordde ik.

'Nee, klopt niet,' verbeterde Gahalowood. 'Er was nog iemand die wist dat Walter Alaska niet had vermoord. De moordenaar! De moordenaar heeft een perfecte moord gepleegd: de politie denkt dat ze de dader hebben opgepakt. Walter Carrey is dood. Vance ook. Eric Donovan is klem komen te zitten in het systeem en gedwongen schuld te bekennen om de doodstraf te ontlopen. Maar er is nog iemand die weet dat Walter erin geluisd is: Kazinsky. Hij is de zandkorrel die de raderen van het perfecte misdrijf kan laten vastlopen. Hij moet dus verdwijnen. De moordenaar van Alaska heeft geprobeerd Kazinsky dood te rijden. Het was geen ongeluk! Waarom hebben we daar niet eerder aan gedacht?'

Een horde journalisten had zich verzameld voor de ingang van de staatsgevangenis. De deur ging open en Patricia Widsmith verscheen, een stralende glimlach op haar gezicht. Ze draaide zich om en zei iets tegen iemand achter haar. Het voelde alsof ze een verlegen kind moed insprak. Toen verscheen Eric Donovan, die zijn eerste stappen naar de vrijheid zette.

HOOFDSTUK 29
Vrijlating

Concord, New Hampshire
Vrijdag 23 juli 2010

Alle camera's en microfoons waren onmiddellijk op hem gericht en van alle kanten werden vragen op hem afgevuurd. Geschrokken van dit ontvangstcomité deinsde Eric in eerste instantie weer achteruit, maar toen zag hij Lauren en zijn ouders en stortte hij zich in hun armen. Nadat ze de media de plaatjes van het weerzien hadden gegeven waar de publieke opinie zeker van zou smullen, nam Patricia, omringd door Eric en de familie Donovan, het woord.

'Vandaag wordt een gezin eindelijk herenigd. Na elf jaar vol strijd, verdriet en lijden is Eric Donovan vrij en kan hij weer bij zijn dierbaren zijn. Maar ook al is Eric nu een vrij man, hij laat wel elf jaar van zijn leven voorgoed achter binnen de muren van deze vreselijke gevangenis. Elf jaar afgepakt van een volkomen onschuldig man. Elf jaar van nachtmerries, pesterijen en dagelijks geweld. Elf jaar hel. Eric Donovan was negenentwintig en had zijn hele leven nog voor zich toen hij werd vermorzeld in ons verrotte rechtssysteem dat mensen in het wilde weg veroordeelt op basis van afgeraffelde onderzoeken en overhaaste rechtszaken. Vanaf het moment dat hij werd gearresteerd is Eric op onaanvaardbare wijze onder druk gezet: door de politie en door het Openbaar Ministerie, dat hem heeft gedwongen schuld te bekennen met het dreigement dat hij de doodstraf zou krijgen als hij het waagde vol te houden dat hij onschuldig was. Doodgaan of voor altijd worden opgesloten, dat was de keuze waarvoor Eric zich gesteld zag. En nu zijn alle belastende bewijzen een voor een in rook opgegaan. Zoals de trui van Eric die met bloedvlekken van het slachtoffer niet ver van de plaats delict werd gevonden, waarvan een getuige nu alsnog bevestigt wat Eric al die tijd heeft gezegd: dat hij hem aan een vriend had uitgeleend. Of zijn printer met een zogenaamd unieke afwijking die volgens de rechercheurs was gebruikt voor het printen van de dreigbrieven, maar die een paar dagen geleden bleek te behoren tot een partij van tweehonderd printers met allemaal diezelfde afwijking. In 1999 heeft de politie de bewijzen volkomen partijdig geïnterpreteerd. Ze hadden een schuldige nodig, die hebben ze gecreëerd. Mocht u geschokt zijn door mijn verhaal, weet dan dat Eric Donovan helaas niet de enige is: door het hele land wachten onschuldige gevangenen in een dodencel op hun executie. Hoeveel zaken Eric Donovan zijn er nog nodig voordat de autoriteiten eindelijk hun ogen openen? En terwijl de doodstraf de laatste decennia in steeds meer landen ter wereld wordt afgeschaft, heeft de staat New Hampshire hem twintig jaar geleden weer ingevoerd. Je kunt je afvragen of dat uit berekening is geweest, aangezien we weten dat in deze staat bijna zestig procent van de inwoners de doodstraf acceptabel vindt. Zouden onze leiders de executie van onschuldigen uit electorale overwegingen steunen?'

Helemaal in haar rol van advocaat sprak Patricia zo de media toe. Maar Eric Donovan was nog niet officieel vrijgesproken. Het OM had besloten dat er overtuigende aanwijzingen waren om hem vrij te laten, maar had nog geen beslissing genomen over de noodzaak van een nieuwe rechtszaak. Die hing af van de definitieve resultaten van het politieonderzoek.

Tegelijkertijd vond er op slechts enkele kilometers van de gevangenis op het hoofdkwartier van de staatspolitie een andere persconferentie plaats. Vanaf een verhoging bracht chief Lansdane een zee van journalisten op de hoogte van de laatste ontwikkelingen in de zaak Alaska Sanders. Hij vertelde dat de bekentenis van Walter Carrey was afgedwongen door een politieman die daarna zelfmoord had gepleegd. Hij beloofde dat het allemaal tot in de finesses zou worden uitgezocht en dat de bewuste politieman, als de feiten naar behoren bewezen waren, postuum gedegradeerd en van zijn onderscheidingen ontdaan zou worden. Lansdane zat ook helemaal in zijn rol: hij verdedigde het concept van een onpartijdige politie die boven alle twijfel verheven was en niet aarzelde een grote schoonmaak in de gelederen te houden. Tot slot besteedde Lansdane nog even aandacht aan de goede samenwerking met de politie van Mount Pleasant en hij nodigde chief Mitchell, die ook van de partij was, bij hem op het podium uit voor een knap staaltje op-de-borst-klopperij. Gahalowood en ik stonden achter in de zaal. Met één oor luisterden we naar Lansdane, in het andere hadden we allebei een oortje van mijn telefoon waarop we de persconferentie van Patricia Widsmith via een lokale nieuwszender volgden.

Patricia Widsmith had het over de gebreken van het rechtssysteem, Lansdane roemde de samenwerking van alle politiemachten van het land om het recht te laten zegevieren. De waarheid zou wel ergens in het midden liggen. De vorige dag waren Gahalowood en ik eerst bij Sally en George Carrey en vervolgens bij Robbie en Donna Sanders langsgegaan om ze op de hoogte te brengen van de situatie en hun persoonlijk te vertellen wat er de volgende dag officieel bekend zou worden gemaakt. Robbie Sanders had gezegd: 'Ik weet niet wat me het zwaarst valt: dat de dood van onze dochter weer wordt opgerakeld of dat we naar mijn idee nooit zullen weten wat er is gebeurd.' George Carrey had ons op zijn beurt toegebeten: 'Onze zoon is dus eerst gedwongen een misdrijf te bekennen dat hij niet had begaan en vervolgens vermoord door de politie...' Ze eisten antwoorden. Wij beloofden dat ze die zouden krijgen. Gahalowood deed een uitspraak waarvan de diepere betekenis me op dat moment nog ontging: 'Het recht zal zegevieren.' Nadat we bij de families Sanders en Carrey waren geweest vroeg ik me af hoe je zoiets vreselijks ooit te boven komt. Hoe heel je het leven? Ik moest weer heel erg aan mijn neven Woody en Hillel denken, en aan wat hun was overkomen, en ik kwam tot de conclusie dat je het leven niet echt kon helen, dat je het alleen maar opnieuw kon opbouwen door het weer zin te geven.

Toen de persconferentie was afgelopen kwamen we chief Mitchell tegen, die het podium af kwam. 'Bedankt,' zei hij tegen ons.

'Bedankt waarvoor?' vroeg Gahalowood. 'Dat u door ons op televisie bent gekomen?'

Chief Mitchell veranderde snel van onderwerp. 'Is Lauren niet bij jullie?"

'Nee, die is bij haar broer. Ze is echt een opmerkelijk politievrouw.'

'Dat weet ik, ik heb haar zelf gerekruteerd. Ik weet niet of het u bekend is dat ik over een paar maanden met pensioen ga, sergeant, maar ik ga Lauren als mijn opvolger voordragen.'

'Daar zal uw plaatsvervangend chief misschien niet zo blij mee zijn,' veronderstelde Gahalowood.

'Daar ben ik me van bewust, daarom begin ik er nu ook over. Als u en chief Lansdane me een aanbevelingsbrief voor Lauren zouden kunnen sturen, kan ik die bij haar dossier doen. Ze weet nog van niets.'

Gahalowood knikte en we liepen weg.

'Chief Mitchell is niet zo dom als hij eruitziet,' zei ik.

Gahalowood reageerde niet op mijn opmerking en ik begreep dat hij met zijn gedachten elders was. 'Wat is er, sergeant?'

'Het gaat om Eric. Ik ben degene die hem na zijn arrestatie heeft verhoord. Ik wil best geloven dat dat een traumatiserend moment voor hem moet zijn geweest, en dat de angst voor de gevangenis iemand ertoe kan brengen van alles te bekennen in de hoop op clementie en sympathie van de rechercheurs. Dat gebeurt. Maar Eric heef helemaal niets bekend, hij heeft zich in stilzwijgen gehuld. In eerste instantie heeft hij gezegd dat hij onschuldig was, maar hoe meer de bewijzen tegen hem zich opstapelden, hoe zwijgzamer hij werd.'

'Je hebt jezelf niets te verwijten, sergeant.'

'Ik verwijt mezelf ook niets. Integendeel. Wat ik wil zeggen is dat ik Eric nooit had moeten verhoren. Ik was kapot. Ten prooi aan allerlei emoties. Ik was net voor de tweede keer vader geworden, mijn partner was vermoord... dat dacht ik, althans. Lansdane wilde me overigens ook naar huis sturen, maar ik weigerde te gaan. Dat had ik niet moeten doen. Ik was niet in staat Eric te verhoren. Ik heb het met de moed der wanhoop gedaan, maar ik heb hem beslist niet onder druk gezet, verre van dat. Waarom heeft hij er dan voor gekozen zijn mond te houden? Er klopt iets niet. Ik weet nog dat ik, toen het Openbaar Ministerie besloot hem vast te zetten, nog lang bang ben geweest als getuige te worden opgeroepen. Zijn verdediging zou geen spaan van me hebben heel gelaten en overtuigend hebben kunnen aanvoeren dat ik nooit in die verhoorkamer terecht had moeten komen na alles wat ik had doorgemaakt. Maar ik werd niet opgeroepen omdat Eric schuld bekende. Waarom heeft hij uiteindelijk schuld bekend?'

'Dat heeft Lauren ons verteld: omdat hij bang was de doodstraf te krijgen.'

Gahalowood leek niet overtuigd. 'Ik vraag me af of hij destijds misschien bang was dat we iets anders tegen hem zouden vinden.'

'Zoals?'

'Een zaak in een zaak,' zei Gahalowood. 'Ik denk aan die blauwe auto waarover Alaska het had. De blauwe auto die de link tussen Eric en Eleanor Lowell vormt. Bij het ontkrachten van de eerdere bewijzen hebben we een nieuw motief ontdekt: uit een gesprek met de moeder van Eleanor maakt Alaska op dat Eric zijn vriendinnetje tot zelfmoord heeft gedreven. Ze stuurt Eric anonieme brieven, hij betrapt haar en confronteert haar ermee. Vervolgens probeert hij haar ervan te overtuigen dat het niet zijn schuld was, maar toch blijft hij bang dat ze het aan de moeder van Eleanor vertelt. Dus vermoordt hij Alaska om zijn geheim veilig te stellen.'

'Nu vergeet je de brief die we in de zak van Alaska hebben aangetroffen. Die was niet voor Eric bestemd, want die wist inmiddels dat zij de briefschrijfster was.'

'Eric vertelde dat hij er twee had ontvangen, toch? Een daarvan hebben we destijds bij hem teruggevonden. Foutje, volgens hem. Hij dacht dat hij hem had weggegooid, maar hij lag nog achter in een la. Maar waar is de andere gebleven? Misschien heeft hij die in de zak van Alaska gestopt nadat hij haar had vermoord om zo een vals spoor uit te zetten en de politie te doen geloven dat Alaska slachtoffer was geworden van een chanteur. En wat die beruchte trui betreft, die ziet hij op 22 maart 1999 bij de supermarkt in Conway in de kofferbak van de auto liggen wanneer hij Alaska's boodschappen daarin zet. Vervolgens begint hij er expres over als ze samen op de stoep staan, zodat anderen dat kunnen horen: waar is de trui die hij aan Walter heeft uitgeleend? Zoals hij al had verwacht stuurt Alaska hem met een kluitje in het riet, en waarschijnlijk is hij 's nachts teruggekomen om zijn trui uit de kofferbak van de Ford te halen, geholpen door het feit dat niemand in Mount Pleasant zijn auto op slot doet. Het zou een volmaakt misdrijf zijn geweest. Maar Eric had niet bedacht dat zijn chantage van Sally Carrey zich tegen hem zou keren en dat Walter hem uit wraak van de moord zou beschuldigen en alle aandacht van de politie op hem zou vestigen.'

'Sergeant, denk je nu dat we een dader hebben bevrijd?'

'Ik heb geen idee, schrijver, maar het laat me niet los. Eén raadsel is ook nog niet opgelost: die scherven van het achterlicht van een zwarte Ford Taurus die in het bos zijn gevonden. Was dat de auto van Walter Carrey? Het kan toch geen toeval zijn dat zijn achterlicht op de avond van de moord kapot was?'

Ik opperde: 'Als Walter Carrey, zoals blijkt uit de foto die Lauren heeft gevonden, op het tijdstip van de moord in National Anthem was, zou iemand anders zijn autosleutels kunnen hebben gepakt om met de zwarte Ford Taurus naar Grey Beach te rijden. Na het plegen van zijn misdrijf rijdt de moordenaar in zijn haast om weg te komen een achterlicht kapot. Terug in Mount Pleasant parkeert hij de auto weer op zijn plaats en legt hij de sleutels terug waar hij ze gevonden heeft. Op dat moment is Walter nog steeds in de bar. En wie kan weten dat Walter Carrey in National Anthem is? Iemand die daar eerder nog samen met hem was...'

'Eric Donovan,' zei Gahalowood.

'Precies, sergeant.'

'Nondeju, schrijver, dat is een hypothese die hout snijdt.'

Een bijzonder merkwaardig verschijnsel deed zich voor: hoe verder we in het onderzoek kwamen, hoe meer zorgen we ons over Eric Donovan begonnen te maken. Hij was, zoals Gahalowood het noemde, 'de dader die steeds weer bovenkwam'. Hoe meer van de bewijzen tegen hem werden ontkracht, hoe meer nieuwe verontrustende feiten er opdoken. Alsof alles toch steeds weer bij hem uitkwam. Hadden we te snel aangenomen dat Eric onschuldig was? Hadden we ons onderzoek onterecht gebaseerd op het uitgangspunt dat Eric niet schuldig kon zijn omdat de bekentenis van Walter Carrey was afgedwongen?

Of Eric was inderdaad de moordenaar van Alaska, of iemand had zijn uiterste best gedaan om hem tot dader te bombarderen. Gahalowood zei: 'Zolang we ook nog maar de geringste twijfel aan Eric hebben, blijven we ons op hem blindstaren en zien we niet wat ons ontgaat.' Er was wel een manier om hem vrij te pleiten: we moesten uitzoeken of het ongeluk waarvan Kazinsky het slachtoffer was geworden ook echt een ongeluk was geweest. Als we konden vaststellen dat Kazinsky met opzet was aangereden en we een verband konden vinden tussen dat incident en de zaak Alaska Sanders, zou dat een overtuigend bewijs van de onschuld van Eric zijn omdat hij op dat moment in de gevangenis had gezeten.

Dus gingen we diezelfde dag nog naar Barrington om met de weduwe van Nicholas Kazinsky te praten. Het was vreemd naar dat huis terug te keren. Gahalowood had Sienna Kazinsky overigens pas één keer eerder ontmoet: op de begrafenis van Vance.

Toen ze de deur voor ons opendeed, glimlachte ze. 'Perry, wat doe jij hier nou?'

'Hallo, Sienna, ik wilde even met je praten.'

Ze keek naar mij, herkende me en begreep onmiddellijk waarom we daar waren. 'Dit gaat zeker over de zaak Alaska Sanders?'

We gingen in de woonkamer zitten waarin haar man ons had opgebiecht wat er op die vreselijke avond van 6 april 1999 in de verhoorruimte was gebeurd.

'Nicholas had het vaak over jou in de tijd dat hij nog bij de politie was,' vertelde Sienna aan Gahalowood. 'Hij had je hoog zitten. Toen hij in die rolstoel belandde, voelde hij zich erg eenzaam. Een bezoekje van jou zou hij zeker hebben kunnen waarderen. Jammer dat je pas komt nu hij dood is.'

Uit haar woorden maakten we op dat Sienna Kazinsky niets wist van ons bezoek aan haar man een paar uur voordat hij zelfmoord had gepleegd. Dat was misschien maar beter ook.

Ze voegde er nog aan toe: 'Waarom ben je niet op zijn begrafenis geweest?"

Gahalowood haalde zijn schouders op. 'Ik had moeten komen.'

Na een korte stilte begon Sienna spontaan te vertellen: 'Toen ik die dag thuiskwam, was hij niet in de woonkamer en ook niet in de keuken. Ik riep hem, maar hij gaf geen antwoord. Ik vond hem in zijn werkkamer, het bloed zat overal. Hij had een kogel door zijn kop geschoten met zijn revolver. Ik had een hekel aan dat wapen. Hij zei dat het voor onze veiligheid was. Hij zei: "Een alarmsysteem is goed, een wapen is beter." Op zijn bureau lag een briefje.'

Mijn liefste Sienna,

Eindelijk is het allemaal afgelopen.
Ik hou van je en ik wacht geduldig op je in het paradijs.

Nicholas

Sienna stond op en ging met haar rug naar ons toe voor het raam staan. Precies zoals haar man in zijn rolstoel had gedaan. Ze zei: 'Nicholas zat hier graag in zijn stoel naar de straat te kijken. Dat kon hij uren volhouden. In de weken na zijn ongeluk dacht ik dat ik een leven met een invalide man niet zou aankunnen. Nu hij er niet meer is, realiseer ik me dat ik een leven zonder hem niet aankan.'

'Sienna,' vroeg Gahalowood, 'waarom heeft Nicholas zelfmoord gepleegd?'

'Ik vermoed dat het leven in een rolstoel hem te veel was geworden. Ik zeg "ik vermoed" omdat we na een zware eerste tijd uiteindelijk samen aan dit leven gewend waren geraakt. Wanneer we op stap gingen, kreeg hij weleens medelijdende blikken, ja. Ik wist wat de mensen zeiden wanneer ze ons in een restaurant tussen de tafels door zagen laveren. Maar ik was trots. Trots dat we ondanks zijn handicap samen verder waren gegaan. Sommige stellen kunnen zich op vier benen verplaatsen maar komen desondanks niet vooruit. Wij wel. Wij kwamen vooruit in ons eigen tempo. Waarom is Nicholas er dan toch ineens uit gestapt? Ik vraag me af of er niet iets anders was... De dag van zijn dood had hij bezoek gehad. Dat weet ik omdat ik in de woonkamer drie kopjes heb aangetroffen en een bordje met mijn koekjes die hij bezoek altijd aanbood. Ik weet niet wie er die dag zijn geweest, misschien oud-collega's. Te veel herinneringen, een moment van wanhoop? Ik zal het nooit weten. Maar vertel me liever waarom je hier bent, want dit is geen beleefdheidsbezoek. Gaat het inderdaad over de zaak Alaska Sanders?'

'Ik zal er niet omheen draaien, Sienna. Ik heb zo mijn vraagtekens bij dat ongeluk van Nicholas. Ik vraag me af of dat echt een ongeluk was, of wellicht een moordaanslag.'

'Een moordaanslag? Maar wie zou Nicholas nu dood willen hebben?'

'Dat is precies wat wij ook zouden willen weten. Het zou kunnen dat Nicholas gevoelige informatie had over de zaak Alaska Sanders. Je weet misschien dat Eric Donovan, de man die al elf jaar in de gevangenis zat voor de moord op die jonge vrouw, vanochtend is vrijgelaten?'

'Ja,' bevestigde Sienna, 'dat heb ik op het nieuws gezien. Wat heeft Nicholas daarmee te maken?'

'Nicholas zei dat dat ongeluk op 30 januari 2002 had plaatsgevonden...'

'Ja, dat klopt.'

'Een paar dagen na de veroordeling van Eric Donovan tot levenslang voor de moord op Alaska dus.'

'Klinkt niet als een heel sterk verband,' vond Sienna. 'En als iemand Nicholas echt had willen doden, waarom heeft hij de klus na het ongeluk dan niet afgemaakt?'

'Te riskant,' zei ik. 'Dan zouden er verdenkingen zijn gerezen. De politie zou onmiddellijk hebben begrepen dat het om een moordaanslag ging. Ze zouden een onderzoek zijn begonnen en misschien wel bij de zaak Alaska Sanders zijn uitgekomen. De moordenaar moest voorzichtig zijn.'

'Maar jij was ook bij die zaak betrokken, Perry,' zei Sienna. 'Waarom heeft niemand geprobeerd jou te vermoorden?'

'Omdat ik, in tegenstelling tot Nicholas, niet aanwezig was bij de zogenaamde bekentenis van de verdachte die we hadden opgepakt.

De echte moordenaar van Alaska wist dat die bekentenis afgedwongen was. Als hij Nicholas uitschakelde, zou daarmee de laatste persoon die de waarheid had kunnen onthullen uit de weg geruimd zijn.'

'Daarover hadden ze het net op de televisie: ze zeiden dat een politieman destijds iemand onder dwang had laten bekennen...'

'Die politieman was Vance,' vertelde Gahalowood. 'Vance heeft een verdachte gedwongen schuld te bekennen aan een misdrijf dat hij niet had begaan.'

Sienna Kazinsky was ontzet. 'Was Nicholas daarbij betrokken? Heeft hij daarom zelfmoord gepleegd?'

'Er is een onderzoek ingesteld, Sienna. Wat er gaat gebeuren weet ik niet.'

'Ze moeten hem met rust laten, hij is dood. Doe iets, Perry!'

'Het spijt me heel erg, Sienna.'

Plotseling keek ze ons argwanend aan. Toen riep ze uit: 'Jullie waren het! Die kopjes die hier op de dag van zijn dood stonden, waren van jullie; jullie hebben hem allemaal rare ideeën aangepraat. Het was niet gelijk tot me doorgedrongen, maar je vertelde net dat je van Nicholas had gehoord dat zijn ongeluk op 30 januari 2002 was geweest. Als je hem pas nog had gesproken, had Nicholas me dat wel verteld... Wat betekent dat jullie zijn laatste bezoekers waren.'

'Sienna...' zei Gahalowood op smekende toon.

Ze trilde van woede. 'Wegwezen, allebei! Rot op uit mijn huis! Jullie hebben een dood op je geweten.'

Gahalowood wilde het nog verder uitleggen, maar Sienna Kazinsky was veel te kwaad om voor rede vatbaar te zijn. Ik trok de sergeant met me mee naar buiten onder de verwensingen en beledigingen van Sienna die buren en voorbijgangers verschrikt deden opkijken. Voordat wij in de auto zaten, had de racistische overbuurvrouw de politie al gebeld, die onmiddellijk aan kwam scheuren in de persoon van de agent die me in juni ook had aangehouden, toen ik naar het huis van Kazinsky had zitten kijken.

'U weer?' zei hij.

'U komt als geroepen,' zei ik. 'We moeten een bezoekje brengen aan het bureau. Waarschuw uw baas vast dat we eraan komen.'

En zo kwamen Gahalowood en ik weer bij captain Martin Grove terecht, de man die aan het hoofd stond van de politie van Barrington.

'Wat brengt u deze keer hier, meneer Goldman?'

'Vragen over Nicholas Kazinsky,' antwoordde ik.

'Over zijn zelfmoord?'

'Over zijn ongeluk. We willen weten wie het onderzoek daarnaar heeft geleid.'

Sinds chief Lansdane me in juni persoonlijk van het bureau was komen ophalen genoot ik hier enig aanzien. Captain Grove had helemaal geen zin in moeilijke toestanden terwijl het weekend over een paar uur begon. 'Het is verdorie vrijdag,' zei hij op klaaglijke toon. 'Kunnen jullie niet maandag terugkomen?'

'We gaan hier niet weg voordat we de informatie hebben die we nodig hebben.'

Het ongeluk was behandeld door rechercheur Paul Ricco, die die dag vrij was maar door zijn baas werd gesommeerd op stel en sprong naar het bureau te komen. Een halfuur later kwam Ricco in korte broek en op sandalen binnenzeilen.

'Voor zover ik me herinner, stond er niet veel bijzonders in het dossier,' zei hij terwijl hij Gahalowood en mij meenam naar de kelder van het gebouw, waar het archief was. Daar viste hij een dun dossier tevoorschijn dat hij aan ons gaf. Op een tafeltje in een hoek spreidde Gahalowood de paar documenten die het bevatte uit.

In het rapport stonden met name dingen die we al wisten: op een winterochtend gaat Kazinsky in alle vroegte zijn gebruikelijke rondje hardlopen door de wijk. Het is donker en het regent. Aangezien op de stoep de wachtende vuilnisbakken in de weg staan, gaat hij op de weg lopen. Vlak voor het kruispunt met Campbell Street wordt hij aangereden door een auto die Norris Street af komt denderen.

'Kijk hoe dun het dossier is,' zei rechercheur Paul Ricco, 'we hadden echt helemaal niets. De enige getuige was een chauffeur die net zijn schoolbus bij de remise had opgehaald.'

Volgens het verslag van het verhoor had de buschauffeur geen voorrang gekregen van een auto die veel te hard reed.

Het was veertien over zes, ik reed op Campbell Street. Ik was het kruispunt al op gereden toen uit Norris Street een auto op volle snelheid opdook. Zonder licht! Hij remde niet voor de stopborden en schoot zo het kruispunt over. Het was maar goed dat ik heel voorzichtig reed, vooral ook met het oog op gladheid. Ik kon nog remmen, het ging op een haar na goed. Gelukkig had ik geen kinderen bij me. Ik was behoorlijk geschrokken, maar automatisch keek ik toch naar de nummerplaat. Je ziet niet veel, vooral niet als het zo snel gaat. Je probeert overal naar te kijken, alles te onthouden, maar uiteindelijk heb je helemaal niets gezien. Gebeurt dat vaker met getuigen? Het enige wat ondanks het donker is blijven hangen is dat het een nummerplaat uit Massachusetts was. Het was een wit nummerbord en zelfs met het weinige licht dat erop viel, heb ik duidelijk gezien dat aan de bovenkant Massachusetts stond. Dat viel me op, ik weet ook niet waarom, ik denk dat ik een nummerbord uit New Hampshire had verwacht. Ik had geen tijd meer om de cijfers te lezen, daarvoor was de auto al te ver weg. En je zag echt geen ene moer.

'Een nummerbord uit Massachusetts,' zei ik, terwijl ik opkeek van het papier.

'Is dit alles wat jullie hebben?' vroeg Gahalowood.

'Dit is alles, ja,' bevestigde Ricco. 'We hebben het dossier al snel gesloten bij gebrek aan informatie. We wilden de staatspolitie er nog bij halen, maar die lachten ons in ons gezicht uit. Dat jaar was er in de Verenigde Staten zevenhonderdduizend keer sprake van doorrijden na een ongeluk en daarbij vielen honderdzeventigduizend gewonden en achttienhonderd doden.'

'Er komt niet nog iets bij u boven wat niet in het dossier terechtgekomen is?' vroeg Gahalowood. 'Iets heel kleins misschien? Het zou belangrijk kunnen zijn.'

'We hadden natuurlijk wel die telefoontjes van het gekke mens,' herinnerde rechercheur Ricco zich.

'Het gekke mens?'

'Zo noemen we een buurvrouw van de familie Kazinsky. Ze woont tegenover hen. Ze zit voortdurend achter haar raam en belt de politie voor elk wissewasje. Ze bleef me destijds maar aan mijn kop zeuren.'

'Wat wilde ze van u?'

'Ze beweerde dat ze op de dag van het ongeluk vóór zes uur 's ochtends heel lang een blauwe auto voor het huis van de familie Kazinsky had zien staan. De auto was uiteindelijk weer vertrokken en de buurvrouw had de politie toch maar niet gebeld. U begrijpt: volkomen nutteloze informatie...'

'Een blauwe auto?' herhaalde Gahalowood. 'Weet u dat zeker?'

'Dat is wat ze zei. U kunt het haar zelf gaan vragen, ze zal maar wat graag met u willen praten.'

Captain Grove en rechercheur Ricco waren maar al te blij ons te zien aftaaien en de overbuurvrouw van de familie Kazinsky ontving ons ronduit verrukt. Ze nam er alle tijd voor de politiepenning die Gahalowood haar liet zien te bewonderen.

'Er gebeuren rare dingen bij de familie Kazinsky,' zei ze, terwijl ze ons haar huis binnenliet.

'We zijn toevallig bezig met onderzoek naar het ongeluk waarvan Nicholas Kazinsky slachtoffer is geworden en waardoor hij verlamd is geraakt. Rechercheur Ricco zei dat u die dag iets verdachts had gezien.'

'Ah, eindelijk iemand die me gelooft. Die lapzwansen van de politie hier zeggen steeds dat ik lastig ben omdat ik zo vaak bel, maar daar zijn ze voor, toch?'

'Zeker,' zei Gahalowood om haar een plezier te doen. 'Wat hebt u die dag gezien?'

'Die ochtend stond er al vóór zes uur een blauwe auto langs de stoep aan mijn kant geparkeerd. Hij heeft er minstens twintig minuten gestaan. Dat weet ik omdat ik altijd vroeg op ben en graag kijk naar wat er buiten gebeurt. Er zat iemand in de auto, dat was duidelijk. Maar het was te donker om die persoon goed te zien. Ik kon alleen een over het stuur gebogen silhouet onderscheiden. Ik zou graag naar buiten zijn gegaan om poolshoogte te nemen, maar de regen kwam echt met bakken uit de lucht. Uiteindelijk ben ik thee gaan zetten en zei ik tegen mezelf dat ik, als de auto er nog steeds stond wanneer ik terugkwam, de politie zou bellen.'

'En hebt u die gebeld?' vroeg ik.

'Nee, want toen ik terugkwam, was de auto weg.'

Gahalowood merkte op: 'U zegt dat je die ochtend buiten bijna niets kon zien, maar toch weet u dat de auto blauw was...'

'Omdat het licht van een lantaarnpaal er gedeeltelijk op viel. Daardoor kon ik dat silhouet ook zien. Het was een blauwe auto, daar durf ik mijn hand voor in het vuur te steken.'

Volgens de overbuurvrouw was de geheimzinnige auto rond zes uur vertrokken. Oftewel op het moment dat Kazinsky naar buiten kwam voor zijn rondje hardlopen. De auto was hem op een afstandje gevolgd en had het juiste moment afgewacht. Toen Kazinsky uiteindelijk de stoep af was gegaan om de vuilnisbakken te ontwijken had de auto hem aangereden en was op hoge snelheid verdwenen. Een blauwe auto, met een nummerplaat uit Massachusetts.

'Een blauwe auto, net als de auto waarover de moeder van Eleanor het had,' zei ik tegen Gahalowood.

Hij knikte en voegde eraan toe: 'De nacht waarin Alaska werd vermoord heeft een getuige een blauwe auto met een kenteken uit Massachusetts hard door de hoofdstraat van Mount Pleasant zien rijden. Dat had de auto van Alaska geweest kunnen zijn, we hebben steeds gedacht dat zij daar had gereden vlak voordat ze bij Grey Beach gedood zou worden... Maar in werkelijkheid was ze al dood. Het was de auto van de moordenaar die bij het strand vandaan kwam.'

Dezelfde moordenaar die zich vervolgens van Nicholas Kazinsky had willen ontdoen omdat hij de zandkorrel in het raderwerk van de perfecte moord op Alaska Sanders was: hij zou de onschuld van Walter Carrey en daardoor ook van Eric Donovan kunnen bewijzen.

De moordenaar van Alaska had dus Kazinsky willen doden, en die constatering pleitte Eric Donovan definitief vrij, omdat hij ten tijde van het ongeluk in de gevangenis had gezeten.

Wie was die ongrijpbare schim die dood en verderf zaaide vanuit een blauwe auto?

Was er een link met Eleanor Lowell?

Aangezien het dossier over het doorrijden na het ongeluk van Kazinsky nagenoeg leeg was en we met de feiten van de zaak Alaska Sanders een beetje in een kringetje bleven ronddraaien, moesten we het spoor van Eleanor Lowell gaan natrekken.

Wat was er op de avond van 30 augustus 1998 met haar gebeurd? Was het zelfmoord? Of een perfect georganiseerde moord, net zo perfect als de valstrik die voor Eric Donovan was gespannen?

En als alles nu eens met elkaar te maken had?

Wat was de link tussen Eleanor Lowell en de zaak Alaska Sanders? Het antwoord was ongetwijfeld te vinden in Salem, waar Lauren, Gahalowood en ik die ochtend naartoe gingen om met de ouders van Eleanor te praten.

HOOFDSTUK 30
Leven en dood van Eleanor Lowell

Salem, Massachusetts
Zaterdag 24 juli 2010

Gahalowood en ik waren bijna klaar met ons ontbijt op het terras van het hotel en zaten nog op Lauren te wachten, toen Patricia Widsmith onverwacht opdook. Met een bijna verlegen glimlach, die ik niet van haar kende, kwam ze op ons tafeltje af en zei: 'Dank. Dank aan jullie allebei. Jullie hebben een man die door iedereen in de steek was gelaten zijn vrijheid teruggegeven. Gisteren tijdens de persconferentie was ik een beetje hard. Ik had jullie openlijk moeten bedanken, maar dat heb ik niet gedaan en daar heb ik spijt van.'

'Geen probleem,' verzekerde Gahalowood haar. 'Sergeant Vance had al veel eerder uit de politie gezet moeten worden. Dat krijg je als niemand zijn verantwoordelijkheid neemt.'

'Dat hebben jullie wel gedaan,' constateerde Patricia.

'Een kop koffie?'

'Graag.' Ze schoof een stoel achteruit en kwam bij ons aan tafel zitten.

'Wat brengt u zo vroeg in de ochtend in Mount Pleasant?' vroeg Gahalowood.

'Ik kom Eric opzoeken.'

'Hoe gaat het met hem?'

'Hoe gaat het met iemand die elf jaar achter de tralies heeft gezeten en opnieuw moet leren leven? Hij is niet meer dezelfde man, dat zal hij moeten accepteren, en zijn familie ook. De terugkeer in de maatschappij zal misschien een nog grotere beproeving blijken dan het moment dat hij gevangen werd gezet. Eric wil weer bij zijn ouders in de winkel gaan werken... daar zal hij worden blootgesteld aan de blikken van de klanten en ik weet niet of dat goed voor hem is.'

'Waar bent u bang voor?' vroeg ik.

'Zolang de moordenaar van Alaska niet is gevonden zullen de inwoners van Mount Pleasant hem als de dader blijven beschouwen. Dat is een veelvoorkomend probleem bij veroordeelden die vrijgesproken worden op basis van een dossier vol fouten. Wanneer alle bewijzen zijn ontkracht blijft er een inhoudsloos onderzoek over: er is inmiddels te veel tijd verstreken om het misdrijf alsnog te kunnen oplossen. Je kunt je wel voorstellen hoe traumatisch dat is voor de familie van een slachtoffer, die nu met lege handen staat. Voor degene die vrijgesproken is begint een nieuwe lijdensweg: hij moet een plaatsje zien te vinden in een maatschappij waarin hij door iedereen met argwaan wordt bekeken. Mensen hebben over het algemeen vertrouwen in ons rechtssysteem, vooral wanneer ze er zelf nooit mee te maken hebben gehad. Ze denken onwillekeurig dat iemand die helemaal niets verkeerds heeft gedaan nooit voor zo lang in de gevangenis had kunnen verdwijnen. Dat gaat Eric dus helaas ook ervaren zolang de moordenaar van Alaska niet is opgepakt.'

'Wat dat betreft heb ik goed nieuws,' kondigde Gahalowood aan.

'Goed nieuws?' herhaalde een stem achter ons verheugd.

Het was Lauren. Haar haar was nog nat van de douche. Ze was een uur geleden uit mijn hotelkamer vertrokken om zich thuis te gaan omkleden. De vorige avond was ze, nadat ze samen met haar broer bij haar ouders had gegeten, langs het hotel gelopen. Het was bijna middernacht geweest. Ze had nog licht zien branden achter het raam van mijn kamer en me een berichtje gestuurd: 'Als je niet slaapt, kijk dan uit het raam.' Ik sliep niet, ik lag te lezen. Ik was naar het raam gelopen en Lauren had glimlachend naar me opgekeken. 'Mag ik bovenkomen?' had ze gevraagd. 'Uiteraard.' Ze was naar me toe gekomen en we hadden de nacht samen doorgebracht. Op een gegeven moment had ze tegen me gefluisterd: 'Dankzij jou heb ik mijn broer terug. Ik heb mijn bestaansrecht terug. Hoe had ik toen ik je drie weken geleden aanhield voor te hard rijden ooit kunnen vermoeden dat jij de loop van mijn leven zou gaan veranderen...' Zoals elke keer hadden haar woorden me een ongemakkelijk gevoel bezorgd. Ik vond Lauren heel leuk, maar ik was me maar al te bewust van het verschil in de gevoelens die we voor elkaar koesterden.

Aan de ontbijttafel ging Lauren tussen Patricia en mij in zitten. Onder de tafel greep ze mijn hand en kneep er hard in.

'Wat is dat goede nieuws?' vroeg ze, terwijl ze een stuk brood pakte.

'We hebben gisteren een ontdekking van doorslaggevende aard gedaan,' antwoordde Gahalowood. 'Ik denk dat dit wel eens het keerpunt in ons onderzoek kan worden. Zegt de naam Nicholas Kazinsky jullie iets?'

'Is dat niet een van de politiemensen die bij het oorspronkelijke onderzoek betrokken waren?' vroeg Patricia.

'Precies,' beaamde Gahalowood. 'Hij is afgelopen maand overleden. Zelfmoord. Hij heeft de laatste acht jaar van zijn leven in een rolstoel doorgebracht nadat hij door een auto was aangereden.'

'Wat heeft dat met onze zaak te maken?' wilde Patricia weten.

'Nicholas Kazinsky was de avond van de dood van Walter Carrey in de verhoorruimte aanwezig. Hij was de enige die wist dat de bekentenis van Walter was afgedwongen en dat zijn dood het gevolg van een exces was. Hij wist dus ook dat Eric, als Walter een misdrijf had bekend dat hij niet had begaan, onschuldig moest zijn. En dus wordt Kazinsky eind januari 2002, niet lang na de veroordeling van Eric, aangereden door een auto. Hij overleeft het, maar is voor de rest van zijn leven gehandicapt. Alles wijst erop dat Nicholas Kazinsky niet het slachtoffer was van een ongeluk maar van een moordaanslag.'

'En wie zou hem dan hebben willen doden?' vroeg Lauren.

'De enige andere persoon die wist dat Walter en Eric geen van beiden de dader waren,' zei Patricia, bij wie het was begonnen te dagen. 'De echte moordenaar van Alaska Sanders.'

'Inderdaad,' bevestigde Gahalowood. 'Als de moordenaar Kazinsky het zwijgen oplegde, wist hij zeker dat hij nooit ontmaskerd zou worden.'

'Wat zouden de aanslag op Kazinsky en de moord op Alaska Sanders met elkaar gemeen hebben?' vroeg Lauren, die nog niet helemaal overtuigd leek.

'Een blauwe auto met een kenteken uit Massachusetts,' verklaarde Gahalowood. 'De blauwe auto die Kazinsky probeerde dood te rijden zou dezelfde auto kunnen zijn als de auto die na de moord op Alaska op hoge snelheid door Mount Pleasant reed. En diezelfde blauwe auto komt misschien ook voor in een gedicht dat Eleanor Lowell heeft geschreven.'

'Eleanor Lowell is dat meisje dat zelfmoord heeft gepleegd, toch?' vroeg Patricia.

'Klopt.'

'Er is hoogstwaarschijnlijk een link tussen Alaska en Eleanor Lowell,' legde ik uit. 'Die briefjes met "Ik weet wat je hebt gedaan" gaan over Eleanor. Dat Alaska anonieme berichten gaat sturen wil zeggen dat ze ergens mee zit. Op 22 maart 1999 bewijst Eric aan Alaska dat hij Eleanor niet tot zelfmoord heeft gedreven. Op dat moment begrijpt Alaska dat er een andere man in het leven van Eleanor was. Wij denken dat alles om die minnaar draait. Alaska had ook een minnaar, die, te oordelen naar de cadeautjes die ze van hem kreeg, in Salem woonde. Als dat nu eens een en dezelfde persoon was? Als Alaska erachter was gekomen dat haar minnaar ook de minnaar van Eleanor was, en als ze had begrepen dat Eleanor om hem zelfmoord had gepleegd? Alaska en Eleanor waren vriendinnen, ze woonden allebei in Salem. Ze zouden heel goed iets met dezelfde man gehad kunnen hebben.'

'Daarom wilden jullie vanochtend naar Salem,' begreep Lauren.

'Ja.' Gahalowood keek op zijn horloge. 'We moeten trouwens gaan.'

'Hou me op de hoogte,' zei Patricia. 'Dan zal ik Eric tijdens mijn bezoek naar zijn relatie met Eleanor vragen. Hij zal mij ongetwijfeld makkelijker iets vertellen.'

~

Stephen en Maria Lowell, de ouders van Eleanor, ontvingen ons in hun royale villa in Salem. We hadden onze komst de vorige dag aangekondigd. We zaten nog maar amper in hun woonkamer, of Maria Lowell vroeg: 'Wat is er aan de hand?'

'Zoals ik u aan de telefoon al heb uitgelegd,' antwoordde Gahalowood, 'willen we het graag over uw dochter hebben.'

'U zei ook dat het met de moord op Alaska Sanders te maken had. Hoe dan?'

'We weten nog helemaal niets zeker, mevrouw Lowell. Wat kunt u ons vertellen over uw dochter Eleanor?'

Maria Lowell slaakte een zucht. 'Ik weet niet waar ik moet beginnen. Ik heb foto's voor jullie opgezocht, en alles wat ik van haar heb bewaard. Ze schreef veel. Ze had een artistieke kant.'

Ze liet ons foto's van haar dochter zien, genomen in de zomer dat ze was verdwenen. Eleanor was een knappe blondine met een mager gezicht en steil haar dat op haar schouders viel. Een koele schoonheid.

'Ze was heel gevoelig,' vertelde Stephen Lowell. 'Van jongs af aan leek ze zich het leed van anderen aan te trekken. Ze nam het verdriet en de problemen van de mensen om haar heen over en maakte die tot de hare.'

'Ze leed aan een ernstige zwaarmoedigheid,' voegde Maria Lowell eraan toe. 'We stonden machteloos tegenover haar sombere gevoelens. Op haar twaalfde heeft ze een eerste zelfmoordpoging gedaan. En toen ze zestien was nog een. Beide keren had ze een hoeveelheid kalmerende middelen geslikt en ons toen gewaarschuwd. De artsen dachten dat het om een schreeuw om hulp ging. Ze heeft twee keer in een zogenaamd rusthuis gezeten. Een psychiatrische kliniek, zeg maar.'

'Bleef ze onder behandeling?'

'Ja, ze is bij verschillende psychiaters geweest tot ze de juiste had gevonden. Dokter Benjamin Bradburd, een heel goede arts, ondanks alles.'

'Hoezo ondanks alles?'

'Omdat hij niet heeft kunnen voorkomen dat ze er een einde aan heeft gemaakt. Maar ja, als iemand heeft besloten dat het klaar is...

Kijk, dit zijn de gegevens van dokter Bradburd, hij wacht op uw telefoontje. Hij zou eigenlijk vandaag op vakantie gaan, maar heeft dat uitgesteld tot morgen om met jullie te kunnen praten. Ik heb ook een lijstje gemaakt met de vriendinnen van Eleanor.'

'Ik meen te weten,' zei Gahalowood, 'dat Eleanor als model werkte?'

'Ja,' bevestigde Maria Lowell, 'ze poseerde voor tijdschriften en zat vaak in New York. Ze was succesvol. Maar ik weet niet of die manier van leven goed voor haar was. Wanneer ze in Manhattan was, ging ze naar zogenaamde chique avondjes maar wat daar gebeurde was allesbehalve chic, als u begrijpt wat ik bedoel.'

'Drugs?'

'Ja,' beaamde Maria Lowell, 'volgens mij gebruikte Eleanor cocaïne. Ik heb herhaaldelijk geprobeerd haar te waarschuwen voor haar manier van leven, maar daarop reageerde ze nogal agressief. Ze zei dat haar carrière voor zich sprak en dat ik me met mijn eigen zaken moest bemoeien. Aangezien ze meerderjarig was, wist ik niet wat ik kon doen.'

Ik pakte de draad van het gesprek weer op. 'Neem me niet kwalijk, meneer en mevrouw Lowell, maar ik moet even terugkomen op de verdrietige gebeurtenissen van 30 augustus 1998. Hoe ging het in die tijd met Eleanor?'

'Ik dacht best wel oké,' antwoordde Stephen Lowell. 'Eleanor leek goed in haar vel te zitten. Dokter Bradburd heeft ons uitgelegd dat iemand die suïcidaal is op het moment dat hij tot actie wil overgaan vaak iedereen om de tuin leidt. Zijn dierbaren denken dat het beter met hem gaat, terwijl het eigenlijk de aankondiging van het einde is.'

'Toch was Eleanor echt heel blij,' voegde Maria Lowell er nog aan toe, 'dat ze in de jury van de Miss New England-verkiezing zat.'

'De schoonheidswedstrijd?' vroeg ik.

'Ja, weet u daar iets van?'

'De wedstrijd werd in september 1998 door Alaska Sanders gewonnen.'

'Precies,' beaamde Maria Lowell. 'Eleanor had zelf twee jaar eerder gewonnen. De organisatoren hadden haar gevraagd in de jury zitting te nemen, waarop ze enthousiast ja had gezegd. Het is een prestigieuze wedstrijd, en bovendien was het goed voor haar imago en naamsbekendheid.'

'Wanneer was ze daarvoor gevraagd?' vroeg Gahalowood.

'Begin augustus, als ik me goed herinner. In elk geval een paar weken voor die tragische 30 augustus 1998. De avond van haar dood heeft Eleanor gesport in plaats van gegeten, zoals ze maar al te vaak deed. Nadat ze had gedoucht zei ze dat ze nog even wegging. Ik vroeg haar waarnaartoe en ze zei dat ze zin had om te gaan zwemmen. Het was nog hartstikke licht en heel warm. Ik dacht dat ze met vrienden naar het strand van Devereux ging, in Marblehead, een stadje verderop. Daar kwam ze vaak. Toen ik rond elf uur naar bed ging, sliep mijn man al. Toen ik om halfzeven wakker werd, had ik een berichtje op mijn mobiele telefoon. "Ik heb de kracht niet meer om verder te gaan," had ze geschreven. Ik heb onmiddellijk de politie gewaarschuwd en de politie heeft contact opgenomen met de vriendinnen van Eleanor. Die vertelden dat ze de avond met haar hadden doorgebracht in Chandler Hovey Park. Rond halftwaalf waren ze allemaal vertrokken maar Eleanor had nog even willen blijven. De politie is naar Chandler Hovey Park gegaan en heeft daar de spullen van Eleanor aan de voet van de vuurtoren gevonden. Kleren, portemonnee, telefoon: het lag er allemaal. Dagenlang is er gezocht in de oceaan, ook al wees alles erop dat ze dood was. Haar lichaam is nooit gevonden. De politie is tot de conclusie gekomen dat het zelfmoord door verdrinking was.'

'En u, wat denkt u daarvan?'

Maria Lowell zond hem een ontgoochelde blik. 'Sinds haar eerste poging vond ik het iedere dag dat ik Eleanor levend voor me zag weer een wonder. Ik denk dat dat uw vraag wel beantwoordt... Jullie hebben nog niets verteld over de link tussen Eleanor en Alaska, behalve dat ze elkaar kenden natuurlijk.'

Lauren nam het woord: 'In februari 1999 bent u Alaska gaan opzoeken in Mount Pleasant. U hebt haar vragen gesteld over een relatie die Eleanor zou hebben gehad met een oudere man. Naar aanleiding van wat u in het dagboek van uw dochter had gelezen vermoedde u dat deze man de reden was dat Eleanor zelfmoord had gepleegd.'

'Dat klopt. Hoe weten jullie dat?'

'Alaska heeft er met een vriend over gepraat,' verklaarde Lauren. 'Bent u er nog achter gekomen wie die man was?'

'Nee, helaas niet. En ik heb al haar vriendinnen er uitgebreid naar gevraagd. Ik heb het er ook met de politie over gehad, maar die waren niet geïnteresseerd. Ze zeiden dat iets uit een dagboek als bewijs geen enkele waarde had.'

'Zouden we dat dagboek mogen zien?' vroeg Lauren.

Maria Lowell rommelde in de doos met relikwieën van haar dochter. Ze haalde er een boekje uit en liet ons de fragmenten lezen die ze ook aan Alaska had laten zien. Daarna zei ze: 'Ik wist al dat het een oudere man was, omdat Eleanor dat aan een van haar vriendinnen had verteld. Een paar weken na mijn bezoek aan Alaska heb ik nog een boekje gevonden.'

Ze viste een schoolschrift uit de doos en bladerde erin tot ze het stukje had gevonden dat ze zocht.

Hij praat over zijn scheiding alsof het een bevrijding is. Hij zegt: 'Wanneer ik vrij ben, ben ik van jou. Dan kunnen we ons in het openbaar vertonen.' Maar ik denk dat hij dat dan nog steeds niet zal doen, ook niet als hij gescheiden is. Hij schaamt zich. Vanwege ons leeftijdsverschil.

Lauren vatte samen: 'Eleanor had dus een relatie met een man die een stuk ouder was dan zij, die op het punt stond te scheiden en die in het bezit was van een blauwe auto.'

'Ja,' beaamde Maria Lowell.

Ik nam het weer over: 'We vragen ons af of Alaska wellicht een relatie had met de minnaar van Eleanor. Het is nog maar een veronderstelling die we proberen uit te diepen. Hebt u enige aanwijzing omtrent de identiteit van deze man?'

'Geen enkele.'

'Zijn er nog andere dingen die u over uw dochter te weten bent gekomen en die wij ook zouden moeten weten?' vroeg Gahalowood. 'Een detail, hoe onbeduidend het ook lijkt, kan al belangrijk zijn.'

'Er is inderdaad wel iets wat me niet loslaat. In de zomer dat Eleanor is overleden heb ik, toen ik de was deed, in een van haar broekzakken een buskaartje gevonden. Op 5 juli 1998 had ze in Rockland, in Maine, een kaartje terug naar Salem gekocht. Ik ben me altijd blijven afvragen wat ze in vredesnaam in Rockland deed.'

'Wacht even,' zei Gahalowood. 'In haar dagboek vertelt Eleanor over een teleurstellende avond met haar minnaar op 4 juli. De volgende dag koopt ze een buskaartje van Rockland naar Salem. Wil dat zeggen dat haar minnaar in Rockland woonde?'

'Die vraag heb ik me ook gesteld. Ik heb haar vriendinnen ernaar gevraagd, maar weer konden zij me niet wijzer maken. Ik ben zelfs naar Rockland gegaan om de foto van mijn dochter in verschillende winkels te laten zien, maar niemand herkende haar.'

'Mevrouw Lowell,' vroeg Gahalowood gebarend naar de dagboeken van Eleanor, 'zouden we die mogen meenemen? U krijgt ze uiteraard terug.'

Zoals Maria Lowell ons had aangeraden namen we contact op met dokter Benjamin Bradburd, die voorstelde dat we op zijn praktijk zouden langskomen zodat hij zijn aantekeningen over Eleanor erbij kon pakken. Hij was een gerenommeerd arts die regelmatig door de rechtbank werd geraadpleegd vanwege zijn psychiatrische expertise. Hij was elegant, slank en verzorgde zich duidelijk goed. Hij liep tegen de zestig.

'Eleanor is een patiënte die me altijd is bijgebleven. Ze stelde zichzelf heel veel metafysische vragen. Ze nam het leed van anderen op zich. Ze had een complexe persoonlijkheid, enigszins manipulerend en met een lichte bipolaire stoornis die we met een passende medicatie hadden kunnen behandelen. Maar Eleanor hield zich nooit aan de voorgeschreven dosering en bleek ook nog eens af en toe cocaïne te gebruiken. Ik was bang voor het effect van zo'n cocktail. Toen ik hoorde dat ze dood was, kon ik alleen maar denken dat we het toch hadden moeten proberen. Dat is iets waarvan ik altijd spijt heb gehad.'

'U zegt "dat ze dood was", maar haar lichaam is nooit gevonden,' zei Lauren.

'Ik herhaal alleen de conclusie van de politie. Die me overigens ook wel logisch lijkt. Ik weet dat het lichaam nooit is gevonden, wat altijd vreselijk is voor de familie, die niet fatsoenlijk kan rouwen. Ik wil ook de ambivalentie vermijden waardoor mensen zouden kunnen denken dat ze nog ergens in leven is.'

'Is het mogelijk dat ze met voorbedachten rade verdwenen is?' vroeg ik.

Dat vond dokter Bradburd bijna grappig. 'Eleanor wilde niet verdwijnen. Integendeel. Ze droomde ervan beroemd te worden.'

'Ze maakte al carrière als model,' merkte Gahalowood op.

'Ze wilde méér,' verduidelijkte Bradburd. 'Ze zag zichzelf al als Hollywoodster. Het gebeurde weleens dat ze op straat werd herkend en dat haar werd gevraagd "Ben jij dat meisje van die reclame?" Dat vond ze vreselijk. Ze wilde meer zijn dan een gezicht. Ze wilde een naam zijn en actrice worden. Ze had al wel pogingen gedaan aan filmcastings mee te doen, maar zonder succes.'

'Net als Alaska,' zei ik.

'Wie?' vroeg Bradburd.

'Alaska Sanders,' verduidelijkte ik, 'het meisje naar wie we onderzoek doen. Zij wilde ook actrice worden. Er zijn veel overeenkomsten tussen Eleanor en Alaska. We vragen ons zelfs af of ze niet dezelfde minnaar hadden. Heeft Eleanor het tegen u nooit over Alaska gehad?'

'Nooit. Ik weet wel dat Maria Lowell heeft geïnformeerd naar een man met wie Eleanor een relatie zou hebben gehad. Ze heeft me laten zien wat Eleanor over hem had geschreven. Het zou een oudere man zijn geweest, blijkbaar aan het scheiden. Maar tijdens onze sessies heeft Eleanor nooit iets over hem verteld. Dat zou ik hebben genoteerd of anders wel onthouden.'

'Schijnbaar waren zelfs haar vriendinnen er niet van op de hoogte,' voegde Gahalowood eraan toe. 'Zou ze het allemaal verzonnen kunnen hebben?'

'Nee, dat lijkt me niet waarschijnlijk,' antwoordde Bradburd. 'Dat soort verzinsels zijn juist bedoeld om te delen, om een reactie bij anderen op te roepen. Eleanor heeft haar notities geheimgehouden. Ik denk dat ze zich schaamde voor deze verhouding die haar in de greep had. Ze was te intelligent om niet te beseffen dat ze in een ongezonde relatie verwikkeld was geraakt.'

'Heeft Eleanor het met u ooit over Rockland gehad?' vroeg Gahalowood nog.

'Rockland? Nee. Daarvan kan ik me ook niets herinneren. Het spijt me dat ik u niet méér heb kunnen helpen.'

De praktijk van dokter Bradburd was niet ver van de wijk waar de ouders van Alaska woonden. Dus besloten we hun een onverwacht bezoek te brengen na ons gesprek met de psychiater. Robbie en Donna Sanders waren allebei thuis. We werden verrassend hartelijk ontvangen.

'Dat komt goed uit,' zei Robbie. 'Ik stond op het punt naar Mount Pleasant te vertrekken.'

'Hoezo?' vroeg Lauren.

'Omdat ik u wilde spreken,' zei hij.

'Mij?'

'Ja. Ik heb iets voor u. Zoals ik al zei, was ik al bijna onderweg. Een kwartier later en we waren elkaar misgelopen.'

Robbie Sanders pakte een vrij grote doos en gaf die aan Lauren.

'Wat is dat?' vroeg ze.

'Maak maar open.'

Dat deed Lauren. In de doos lag het gouden horloge.

'Ik wil graag dat u dat aan uw broer teruggeeft,' zei Robbie Sanders.

'Maar...' stamelde Lauren verbijsterd, 'dat kan ik niet accepteren. Het is uw horloge. Ik wist niet eens dat u het al terug had...'

'Eergistermiddag kwam sergeant Gahalowood ons vertellen dat uw broer was vrijgelaten. Hij heeft ons het hele onderzoek uit de doeken gedaan. Ik wist niet dat Eric uw broer was, dat zag ik op de televisie pas.'

'Meneer Sanders, dat horloge is van u. Het is van u gestolen bij een inbraak...'

'De politie heeft het gevonden en bij me teruggebracht. Ik kan ermee doen wat ik wil. En ik wil het aan uw broer teruggeven omdat het hem toebehoort. Hij heeft het te goeder trouw van mijn dochter gekocht. Elf jaar geleden is het leven van uw broer on hold gezet; in tegenstelling tot mijn dochter kan hij zijn leven nu weer oppakken.

Dit is mijn manier om te proberen iets goed te maken wat deels door mijn schuld is gebeurd.'

Donna Sanders vroeg: 'Was er een speciale reden voor uw bezoek?'

'Ja,' antwoordde Gahalowood. 'We hebben een nieuw aanknopingspunt waarover we het met u willen hebben. Kent u een jonge vrouw die Eleanor Lowell heet?'

Donna Sanders keek ons behoedzaam aan. 'Natuurlijk ken ik Eleanor Lowell. Dat is dat ongelukkige meisje dat tien jaar geleden zelfmoord heeft gepleegd. Vlak voor de Miss New England-verkiezing als ik me goed herinner.'

'Dat herinnert u zich goed. Wat kunt u me over haar vertellen?'

'Niet zo heel veel. Ze deed modellenwerk, op een heel ander niveau dan Alaska. Eleanor was al carrière aan het maken. Ik weet nog dat Alaska me foto's van haar in tijdschriften heeft laten zien toen ze nog geen twintig was. Wat heeft dat te maken met het onderzoek naar de moord op onze dochter?'

'Het zou kunnen dat er een verband is,' verklaarde Gahalowood. 'Alaska en Eleanor waren vriendinnen, toch?'

Donna Sanders proestte even. 'Vriendinnen? Dat meent u niet. Alaska had niets tegen Eleanor, maar Eleanor had een hartgrondige hekel aan Alaska.'

'O, echt? Weet u dat zeker?'

'Heel zeker! Eleanor was stikjaloers. Ze wilde doorbreken in de filmwereld, maar dat lukte haar voor geen meter. Ze zag heel goed dat Alaska wél datgene had wat het verschil maakte. Eleanor wist ook dat de titel van Miss New England een springplank zou vormen voor de acteercarrière van Alaska. Toen ze Eleanor voor de jury hadden gevraagd was Alaska daar kapot van. Ze bleef maar tegen me zeggen: "Zij gaat ervoor zorgen dat ik het niet word." Eleanor Lowell was een jaloerse vrouw. Als u met haar vriendinnen gaat praten zullen zij dat bevestigen.'

'We hebben inderdaad al een lijstje met mensen die we willen spreken,' vertelde Gahalowood. 'Alaska was dus bang dat Eleanor haar deelname aan de wedstrijd zou saboteren. Wat is er uiteindelijk gebeurd?'

'Eleanor heeft zelfmoord gepleegd,' antwoordde Donna Sanders prompt, om zich daarna pas te realiseren wat ze precies had gezegd: Eleanor had zelfmoord gepleegd en Alaska had de wedstrijd gewonnen.

Donna en haar man keken elkaar aan. Ze leken plotseling nogal van hun stuk gebracht. Lauren, Gahalowood en ik wisselden een veelbetekenende blik. Toen ging Gahalowood verder: 'Afgezien van een eventuele rivaliteit tussen Eleanor en Alaska denken we dat er een derde persoon is die hen met elkaar verbindt. Dat zou een man kunnen zijn die hoogstwaarschijnlijk in Salem woonde, die destijds al wat ouder was, gescheiden of bijna gescheiden, en die in een blauwe auto met een kenteken uit Massachusetts reed.'

'Dat zegt me niets,' moest Donna Sanders bekennen.

'Mij ook niet,' gaf haar man toe. 'Wat voor soort relatie zou er tussen die man en Alaska zijn geweest?'

'Ze waren wellicht minnaars,' vertelde Lauren.

'Willen jullie nu zeggen dat er, terwijl ze met Walter Carrey was, nog een man in haar leven was?' vroeg Donna Sanders verbaasd.

'Ja.'

'Dat zijn wel heel veel mannen voor Alaska.' Onverwacht moest Donna heel hard lachen.

'Wat heb jij nou, Donna?' vroeg haar man.

'O, Robbie, was jij nooit verbaasd dat Alaska nooit een vriendje mee naar huis nam? Ze was bloedmooi, superaantrekkelijk, en had nooit iemand...'

'Ik snap niet waar je naartoe wilt,' zei Robbie tegen zijn vrouw.

'U wist dat uw dochter van vrouwen hield?' vroeg Lauren.

'Ik wist dat ze nieuwsgierig was.' Donna glimlachte. 'We hebben het er samen nooit over gehad. Ik voelde dat ze nog aan het ontdekken was wat haar verlangens en lusten precies waren en ik wilde haar niet overhaasten. Ik wilde wachten tot ze eraan toe was er met mij over te praten.'

'Hoe hebt u haar seksuele geaardheid ontdekt?' wilde Lauren weten.

'Toen Alaska een jaar of twintig was, kwam een vriendinnetje van de middelbare school vaak bij ons thuis. Haar naam ben ik vergeten, maar ze was aardig, beleefd en bescheiden. Niet bijzonder knap. Op een middag had ik muffins gemaakt en wilde ik hun er een paar brengen op de kamer van Alaska. Toen ik de deur opendeed, zagen of hoorden ze me niet. Ik kon daarentegen alles zien: mijn dochter had haar broek en slipje naar beneden geschoven en hield zich aan de stijlen van haar bed vast, terwijl het gezicht van haar vriendinnetje van de middelbare school zich ter hoogte van haar kruis bevond.'

'Donna, toe nou!' zei haar man ontdaan.

'O, arme Robbie, je bent zo heerlijk ouderwets.'

'En Walter?' vroeg ik.

'Walter was maar een gril. Misschien was Alaska nog zoekende. Het was in elk geval niets serieus. Als dat incident met haar bankrekening met die akelige inbraak tot gevolg er niet was geweest, zou ze vast nooit bij hem in Mount Pleasant zijn gaan wonen.'

~

Terug in Mount Pleasant aten Gahalowood en ik bij National Anthem. We zaten er goed en dronken nog een paar biertjes. In de zomer was er op zaterdagavond livemuziek en de sfeer was bijzonder aangenaam. Later op de avond voegden Lauren en Patricia, die bij de familie Donovan hadden gegeten, zich bij ons om een drankje mee te drinken.

'Jammer dat jullie er niet bij waren bij mijn ouders,' zei Lauren op spijtige toon.

Gahalowood had de uitnodiging met een goede reden afgeslagen.

'Het onderzoek is nog niet afgesloten,' legde hij uit. 'Ik zou niet willen dat er twijfels aan de geloofwaardigheid van ons werk ontstonden doordat onze relatie met Eric te close is.'

'Dat begrijp ik,' zei Lauren. 'Gelukkig maar dat er niets is tussen uw partner Marcus en de zus van de voormalige schuldige.'

Gahalowood barstte in lachen uit. Hij lachte zelden. Het deed me goed hem zo ontspannen te zien. De band zette een oud funknummer in en Patricia pakte Gahalowood bij de hand en trok hem mee de dansvloer op. Ik bleef alleen achter met Lauren, die haar armen om mijn nek sloeg. Ze kuste me en keek me toen plotseling serieus aan.

'Hoe gaat het met je?' vroeg ik.

'Redelijk. Het is raar Eric weer bij mijn ouders te zien. En niemand weet hoe hij zich moet gedragen. Te beginnen met mezelf. En dan had Patricia me al gewaarschuwd dat het moeilijk zou worden... Ik dacht erover morgen met Eric naar het strand van Kennebunk te gaan. Dat leek me voor ons allebei wel goed.'

'Inderdaad een goed plan,' beaamde ik.

Ze keek me recht in de ogen. 'Marcus, straks is dit onderzoek afgerond, en dan?'

'Hoezo, en dan?'

'Hoe gaat het dan met jou en mij? Ik heb nog nooit iemand als jij in mijn leven gehad, Marcus. Ik weet niet hoe ik je hier moet houden en kan voorkomen dat je teruggaat naar New York.'

'Wie zegt dat ik terug wil naar New York?'

'Wat moet je in Mount Pleasant?'

Ze had gelijk.

Terwijl ik naar Lauren keek, dacht ik aan Emma, aan Helen, aan tante Anita, en vroeg ik me af wat het verband tussen die vrouwen was. Ik begon me te realiseren dat ik door hen een droombeeld van een kalm en vredig leventje in stand kon houden, en de onmogelijke zoektocht daarnaar. De zoektocht naar het ingebeelde leven van mijn oom Saul en zijn gezin, de Goldmans-uit-Baltimore, van wie ik heel lang had gedacht dat ze gespaard waren gebleven voor problemen en kwellingen. Achter die door mij gekoesterde illusie wachtte er iemand op mij. En dat was niet Lauren. Daaraan had Harry me laatst na de opera nog herinnerd. Er was iemand zonder wie mijn leven niet compleet was. En terwijl Lauren het tegen mij had over onze toekomst samen, waren mijn gedachten bij het kaartje voor het concert van Alexandra Neville dat Harry me had gegeven, een concert dat morgen zou plaatsvinden. Ik twijfelde of ik ernaartoe moest gaan. Ik werd heen en weer geslingerd tussen het verlangen het verleden te helen en de concrete toekomst die Lauren me bood. Had ik het recht haar te laten lijden?

Het was één uur 's ochtends toen Gahalowood en ik van National Anthem naar ons hotel liepen.

'Zeg, sergeant,' zei ik tijdens de wandeling, 'dat dansje met de advocate...'

'Ik ga je onmiddellijk de mond snoeren, schrijver. Daar was niets sensueels aan. We moesten bij Lauren weg.'

'Bij Lauren weg? Waarom?'

'Patricia is tegen Eric over Eleanor Lowell begonnen. Blijkbaar deed hij nogal ontwijkend, vreemd. Alsof er iets niet klopte.'

'Zoals?' vroeg ik.

'Patricia kon het me niet precies uitleggen. Ze noemde het intuïtie. Toen ze hem naar zijn oude auto had gevraagd, was hij boos geworden. Hij beweert dat hij hem heeft verkocht, maar dat hij daarvan geen enkel bewijs heeft. De auto zou contant betaald zijn.'

'En wat komt er bij jou dan boven, sergeant?'

'Twijfel, schrijver. Alweer twijfel.'

Gahalowood en ik reden naar Salem om met de vriendinnen van Eleanor Lowell te praten. Zwijgend en in gedachten verzonken zaten we in de auto, piekerend over de nieuwe onthullingen van Patricia Widsmith. Zelfs zij begon te twijfelen aan de onschuld van Eric.

HOOFDSTUK 31
Twijfels

Salem, Massachusetts
Zondag 25 juli 2010

Lauren was niet met ons meegegaan. Zij was samen met Eric naar Kennebunk, naar het strand uit hun kinderjaren. Patricia had met Gahalowood afgesproken dat zij van hun afwezigheid gebruik zou maken om Janet en Mark Donovan nog eens voorzichtig aan de tand te voelen over hun zoon.

Op het moment dat we de grens met Massachusetts overgingen, vroeg Gahalowood: 'Waar denk je aan, schrijver?'

'Aan Eric Donovan, sergeant.'

'Hm... Ik ook. Hij is de verbindende factor in dit hele verhaal. Hij lijkt overal bij betrokken, terwijl er geen bewijzen meer tegen hem zijn...'

'Hij heeft in elk geval niet geprobeerd Kazinsky te vermoorden, aangezien hij toen in de gevangenis zat. Er zat iemand anders achter het stuur van die blauwe auto. De auto die de gemene deler is tussen Alaska, Eleanor en Kazinsky.'

Het was wel duidelijk dat de minnaar van Eleanor Lowell, die oudere man die op het punt stond te scheiden, een cruciaal stuk van de puzzel vormde. We hoopten dat de vriendinnen van Eleanor ons wat aanvullende informatie over hem zouden kunnen geven.

'Bij wie beginnen we?' vroeg Gahalowood.

Ik pakte de lijst die de moeder van Eleanor voor ons had gemaakt en die we nog niet nader hadden bestudeerd.

'We kunnen de volgorde van Maria Lowell aanhouden,' stelde ik voor. 'Bovenaan staat Melissa Williams, een vriendin uit haar kindertijd met wie ze alle scholen samen heeft doorlopen. Dan Tiffany Paulson, die Eleanor in de psychiatrische kliniek heeft leren kennen toen ze allebei zestien waren. Daarna Brooke Rizzo, een vriendin die ook model was en –'

Gahalowood onderbrak me. 'Die naam komt me bekend voor. Wie zijn de anderen?'

Ik snapte wat hij bedoelde en herkende onmiddellijk de namen van de vriendinnen van Alaska die ons negen dagen geleden op het spoor van Eleanor Lowell hadden gezet. 'Andrea Brown, Stephanie Lahan en Michelle Spitzer,' noemde ik op. De namen die Donna Sanders ons eerder ook had gegeven! We hadden deze vrouwen allemaal al gesproken, maar dan over Alaska.

'De cirkel lijkt zich te sluiten,' riep Gahalowood uit. 'Eenzelfde blauwe auto, eenzelfde groep vriendinnen... ik begin me af te vragen of de verdwijning van Eleanor en de moord op Alaska niet met elkaar te maken hebben.'

'Bedoel je dat Eleanor geen zelfmoord heeft gepleegd?'

'Ze deelden misschien een minnaar; stel dat ze ook een moordenaar deelden? Dat is iets om serieus naar te kijken...'

We begonnen onze gesprekken met Michelle Spitzer, die ons als eerste over Eleanor had verteld.

MICHELLE SPITZER:

We waren zeker allemaal vriendinnen, dat had ik u toch al verteld? We waren elkaar tegengekomen bij verschillende wedstrijden en hadden met elkaar een clubje gevormd.

[...]

Of we jaloers waren? Nee, alleen Alaska en Eleanor hadden er hun beroep van gemaakt. De rest had als puber meegedaan aan die wedstrijden, gewoon voor de lol. In 1998 was dat allang verleden tijd. Sommigen van ons waren aan het studeren, anderen al aan het werk.

[...]
Eleanor was manisch-depressief. Ze had weinig zelfvertrouwen. Je moest haar nemen zoals ze was. Ik weet dat ze een tijd heeft gerotzooid met een ouwe vent. Ze vertelde er nooit iets over, was heel gesloten. Het moest een man van in de vijftig zijn. Dit moet u aan Brooke vragen, die is dol op dit soort verhalen. Mij interesseerde het niet echt. Ik vond het eerlijk gezegd nogal treurig.

BROOKE RIZZO:
Waarom ik u niet over Eleanor Lowell heb verteld? Geen idee. U hebt het ook niet over haar gehad. Het ging over Alaska, Walter, Mount Pleasant; ik heb de link met Eleanor niet gelegd. Wat heeft de zelfmoord van Eleanor met het onderzoek naar de moord op Alaska te maken?
[...]
O ja, dat gedoe met die ouwe kerel... Ik heb nooit geweten wie het was... De moeder van Eleanor heeft het nog proberen uit te vogelen, maar Eleanor had haar geheim goed afgeschermd. Toen ik een keer aan Eleanor vroeg waarom ze er nooit iets over vertelde, antwoordde ze: 'Om hem niet in de problemen te brengen.'
[...]
Nee, die ouwe kerel was niet Eric Donovan. Eric was niet oud. [...] Ja, ik kende Eric. We kwamen hem vaak tegen bij het uitgaan. Eleanor had tegen niemand gezegd dat zij samen iets hadden. Op een avond dat we met zijn allen uit waren heeft ze het me in vertrouwen verteld. Walter had duidelijk een oogje op Alaska en ik zei tegen Eleanor dat hij er goed uitzag. Dat het een lekker ding was. Toen zei zij dat ze de voorkeur gaf aan Eric en dat ze het trouwens ook regelmatig samen deden, maar dat dat geheim moest blijven zodat de ouwe kerel het niet zou horen. Alsof ze bang voor hem was. Ik heb haar een keer gevraagd wat ze toch in die ouwe vent zag. Ze zei: 'Ik ben verliefd. Het is niet anders.'

ANDREA BROWN:
Jaloezie tussen Eleanor en Alaska? Ja, maar dat kwam later pas. Heel lang is er nooit iets tussen hen geweest. Ze hadden allebei zo hun ei-

gen carrièreplan: Eleanor was model, Alaska wilde actrice worden. Maar die zomer had Eleanor zich in het hoofd gehaald dat ze ook naar Hollywood wilde. Waarom weet ik eigenlijk niet. Alaska vertelde ons over haar agente in New York die in haar geloofde, en ik vermoed dat dat Eleanor irriteerde. Maar ik geloof niet dat Eleanor Alaska kwaad wilde doen. Ik heb in ieder geval in het openbaar nooit spanningen gezien. Wel herinner ik me nog een gesprek tijdens een lunch van Eleanor en mij. Ze was net gevraagd voor de jury van Miss New England. Ik zei: 'Misschien kun je Alaska een beetje helpen. Goed voor haar carrière als ze wint.' Ze zond me een vernietigende blik en zei: 'Dat nooit. Ik wil niet dat die trut wint. Ze begint me te overschaduwen.' Hebt u het hierover al met Stephanie gehad? Haar moeder en de moeder van Alaska waren goed bevriend.
[...]
Ja, je kunt wel zeggen dat Eleanor niet bang uitgevallen was. 's Zomers ging ze graag zwemmen bij Chandler Hovey Park. Dan bleef ze tot laat, soms helemaal alleen. Ze zei dat ze niet bang was voor rondzwervende types, dat ze altijd een uitschuifbare wapenstok in haar tas had voor het geval dat.

PERRY GAHALOWOOD (heel verbaasd):
Zegt u nu dat Eleanor rondliep met een uitschuifbare wapenstok?

ANDREA BROWN:
Ja. 's Avonds had ze die altijd in haar tas. Hoezo?

PERRY GAHALOWOOD:
Omdat Alaska Sanders met zo'n wapen is gedood.

STEPHANIE LAHAN:
Ja, ik heb wel wat meegekregen van spanningen tussen Alaska en Eleanor rond de Miss New England-verkiezing. De moeder van Alaska heeft het er met de mijne over gehad. In dat kleine wereldje is iedereen jaloers op iedereen.
[...]
Tja, het kwam de familie Sanders natuurlijk wel goed uit dat Elea-

nor er niet meer was. Ik weet niet of Alaska de verkiezing gewonnen zou hebben als zij nog in de jury had gezeten. Het schijnt dat Eleanor vastbesloten was haar kansloos te maken.

[...]

Nee, ik heb die vent van haar nooit ontmoet. We hadden het er wel vaak over onder elkaar. Wie was die ouwe knakker die ze zo verafgoodde? We hebben nooit iets over hem geweten. Nou ja, begin augustus 1998 ben ik nog wel íéts te weten gekomen. Dat herinner ik me nog omdat het de laatste keer was dat ik Eleanor heb gezien. We hadden afgesproken om een kop koffie te drinken, zij had een kleine weekendtas bij zich. Ik vroeg waar ze naartoe ging, maar dat wilde ze niet zeggen. Omdat haar auto bij de garage stond voor een reparatie vroeg ze of ik haar bij het busstation wilde afzetten. Dat heb ik gedaan en daarna ben ik haar stiekem gevolgd. Ik dacht dat ze had afgesproken met die kerel van haar en ik wilde zó graag weten hoe hij eruitzag. Maar ze is gewoon in een bus naar Rockland, in Maine, gestapt. Alleen.

Als Eleanor op 4 juli met haar minnaar in Rockland was geweest en ze er in augustus weer naartoe was gegaan, wilde dat zeggen dat onze man daar woonde.

Na ons gesprek met Stephanie Lahan zei Gahalowood tegen mij: 'Een blauwe auto, een kenteken uit Massachusetts, een oudere man die in scheiding lag, en Rockland in Maine. Voeg alle stukken bij elkaar en we hebben de hoofdprijs!'

We zaten net weer in mijn auto toen Gahalowood werd gebeld door een agent die dienst had achter de balie van het hoofdkwartier van de staatspolitie. 'Het spijt me dat ik u op een zondag moet storen, sergeant. De moeder van sergeant Vance staat hier en ze wil u graag spreken.'

We reden onmiddellijk terug naar New Hampshire. In het kantoor van Gahalowood zat een kleine, broze vrouw op ons te wachten.

'Mevrouw Vance?'

'Perry!'

Ze stortte zich spontaan in zijn armen. Ze hadden elkaar nog maar één keer eerder gezien: op de begrafenis van Matt Vance.

'Wat komt u hier doen?' vroeg Gahalowood.

'Ik moest je spreken. Over wat ze op de televisie zeggen... over de zaak Alaska Sanders. Dat was de laatste zaak van Matt, toch?'

'Dat klopt, ja.'

'Ze zeiden dat een politieman een verdachte had gedwongen te bekennen en dat er sprake was geweest van een exces. Gaat dat over Matt? Als hij het was, zeg het me dan alsjeblieft. Ik moet het weten, ik heb het recht te begrijpen wat er gebeurt.'

'Mevrouw Vance,' zei Gahalowood, 'ik vind het heel erg dat ik u dit moet vertellen. Maar aangezien u hiernaartoe bent gekomen om de waarheid te horen ben ik u die verschuldigd.'

Gahalowood deed voor de moeder van zijn voormalige partner de gebeurtenissen van dinsdag 6 april 1999 die hadden geleid tot de dood van Walter Carrey en de zelfmoord van Matt Vance uit de doeken. Aan het eind van zijn verhaal keek de kleine vrouw hem verbijsterd aan. Toen ze eindelijk weer tot spreken in staat was, zei ze tegen Gahalowood: 'Ik herinner me nog een van de eerste zaken van Matt, toen hij bij de politie in Bangor zat. Een meisje van zeventien was vermoord terwijl ze na een gezellig avondje bij een vriendin naar huis liep. Gaby heette ze. Het arme kind was doodgeslagen en zo verminkt dat haar eigen ouders haar niet hadden kunnen identificeren. Ze hebben de dader nooit gevonden en toen zijn meerdere zei dat hij het dossier moest sluiten bij gebrek aan aanknopingspunten was Matt daar ziek van. Hij zei: "Dit kan toch niet, ma? We kunnen ons niet gewonnen geven. Ik heb de ouders van dat meisje beloofd dat we degene zouden vinden die haar dat had aangedaan." In de jaren daarna vertelde hij me regelmatig dat hij elke ochtend aan dat meisje moest denken. Steeds weer zag hij dat kapotgeslagen gezichtje. "Het was menselijke puree," zei hij. Die zaak is hem altijd blijven achtervolgen. Tot twee keer toe heeft hij een man die bij de moord op Gaby betrokken geweest zou kunnen zijn een pistool in de mond gestoken om hem te laten bekennen. Tegen mij zei hij: "Ik zag het lichaam van Gaby weer in die greppel liggen en zag voor me hoe die vent op haar gezicht stond in te beuken en toen ging ik door het lint." Uiteindelijk heeft een collega hem verlinkt en is hem door zijn meerderen verzocht een baan elders te zoeken, ergens waar het spookbeeld van Gaby hem met rust zou laten. Helaas is Gaby hem, zoals te verwachten was, tot in New Hampshire gevolgd. Vanwege haar heeft Matt nooit kinderen gewild. Hij zei dat hij nooit wilde meemaken wat de ouders van Gaby hadden meegemaakt. Hij heeft nooit echt een serieuze relatie gehad, ook daardoor volgens mij. Hij was té gekweld. De laatste keer dat ik Matt heb gesproken was het weekend voor zijn dood. Hij vertelde me aan de telefoon dat hij met een zaak bezig was, een jonge vrouw die dood was gevonden aan de oever van een meer. Haar naam ben ik nooit vergeten, want die was heel apart: Alaska. Hij zei: "Ik ga ermee stoppen, ma. Ik kan dit werk niet meer aan. Ik ga deze zaak oplossen en met het oplossen van deze zaak vergeef ik mezelf dat ik de moordenaar van Gaby nooit heb kunnen vinden." Dat was ons laatste gesprek.'

Mevrouw Vance zweeg. Er viel een afgrijselijke stilte.

'Ik vind het heel erg wat er allemaal is gebeurd,' zei Gahalowood uiteindelijk op zachte toon.

'Jou valt niets te verwijten, Perry. Jij was er niet bij.'

'Daarom juist.'

Toen zei ze: 'Op de televisie zeiden ze dat mijn zoon postuum gedegradeerd gaat worden. Dat moeten ze vooral doen als dat goed is voor de publieke opinie. Misschien kunnen ze gelijk zijn grafsteen vernielen, als ze toch bezig zijn. Maar ik weet niet of dat veel gaat veranderen: die arme jongen krijgt er zijn leven niet mee terug, en Alaska ook niet. Maar jij kunt er wel iets aan doen, Perry, door deze zaak op te lossen. Ik voel dat de ziel van Matt onrustig door zijn kist zwerft, op zoek naar verlossing. Geef hem die, Perry. En ook de ouders van dat meisje. Vind de moordenaar. Tijdens ons laatste telefoontje zei Matt: "Het enige wat ik wil, is naar de ouders van Alaska toe stappen en zeggen dat het recht –"'

'Heeft gezegevierd,' maakte Gahalowood haar zin af.

'Hoe wist je dat?'

'Uw zoon heeft dat ook tegen mij gezegd.'

Op de terugweg naar Mount Pleasant vertrouwde Gahalowood me toe: 'Ik ben moe, schrijver. Het wordt tijd dat we die zaak afronden. En daarna stop ik er ook mee.'

'Wil je weg bij de politie, sergeant?'

'In ieder geval voor een tijdje. Weet je wat de droom van Helen was? Met ons gezin de wereld rond zeilen. Dat wil ik doen wanneer we hier klaar zijn. Eropuit met mijn dochters.'

'Dat klinkt als een mooi plan,' zei ik.

'Er is misschien voor jou ook wel een plaatsje aan boord, schrijver.'

'Dank je, sergeant, maar ik heb nog wel wat dingetjes te doen voordat ik jullie zeiltocht kan komen verpesten.'

'Je verpest helemaal niets, schrijver. Integendeel.'

~

Eind van de middag zat ik in mijn hotelkamer in Mount Pleasant te spelen met het concertkaartje dat ik van Harry had gekregen. Het concert van Alexandra Neville zou die avond plaatsvinden. Nog even en het tijdstip voor dit weerzien was aangebroken. Zou ik ernaartoe gaan?

Lange tijd bleef ik besluiteloos zitten, met in mijn ene hand de foto van mijn neven, haar en mij, en in de andere het kaartje. Uiteindelijk besloot ik te gaan. Ik ging er stilletjes vandoor, ik had geen zin aan wie dan ook rekenschap af te leggen. In de kamer naast de mijne was Gahalowood verdiept in de documenten die de moeder van Eleanor ons had gegeven. Op het moment dat ik in mijn auto stapte, kwam er een bericht van Lauren binnen:

Kom je naar mij?

Mijn antwoord:

Nee, ik blijf rustig in het hotel als je dat niet al te erg vindt. Ik ben kapot.

Ik vertrok.

Ik reed naar Boston, naar TD Garden, waar basketbalwedstrijden, ijshockeywedstrijden en grote concerten plaatsvonden.

Ik weet niet wanneer u dit boek leest, maar als u iets weet van populaire muziek rond 2010 hebt u ongetwijfeld van Alexandra Neville gehoord, dé zangeres van dat moment.

Toen ik er eenmaal was, passeerde ik de kaartcontrole en ging op zoek naar mijn plaats.

Ik had haar niet achter me gezien.

Ze was me zo ver mogelijk gevolgd, maar had bij gebrek aan een kaartje bij de ingang moeten achterblijven.

Ze keek me na, ontsteld door mijn leugen.

Het was Lauren.

De dag na het concert nodigde Lauren me uit voor een kop koffie bij Season. Ze zat aan een tafeltje op me te wachten, haar armen over elkaar geslagen, een sombere uitdrukking op haar gezicht. Ze begroette me met een koel 'ga zitten'.

HOOFDSTUK 32
Vinalhaven
Maandag 26 en dinsdag 27 juli 2010

'Goeie avond gehad?' vroeg ze.

'Mwah, gaat wel. En jij?'

'Je denkt toch niet dat ik gek ben, Marcus? Met wie was je naar dat concert?'

Ik deed geen poging het te ontkennen. Ik vroeg alleen hoe ze daarachter was gekomen.

'Ik zag je gisteren je hotel uit komen. Ik had mijn auto net voor de deur geparkeerd. Je zag me niet, je stapte nogal gehaast in je auto en dus stuurde ik je: "Kom je naar mij?" Het was een vraag. Maar jij dacht dat het een uitnodiging was en zei dat je rustig op je hotelkamer wilde blijven terwijl ik je zag weggaan! Vuile leugenaar! Ik dacht dat jij een goeie vent was, Marcus, dat je anders was. Maar je bent geen haar beter dan alle anderen. Heb je een liefje in Boston zitten? Was je met haar naar dat concert?'

'Lauren, je gaat me vast niet geloven, maar ik was in mijn eentje naar dat concert.'

'Dat zal wel!'

'Harry Quebert heeft me dat kaartje gegeven. Ik heb hem afgelopen zaterdag weer gezien. Hij stelde voor dat ik naar dat concert zou gaan.'

'Waarom?'

'Dat is nogal ingewikkeld, maar hij wilde me met iemand herenigen. Iemand die een belangrijke rol in mijn leven heeft gespeeld.'

'Een ex dus.'

'Ja.'

'Wie is ze?'

'Het meisje van de foto.'

'Wat?'

'Het meisje op de foto met mijn neven, Alexandra. Het gaat om haar.'

'En?'

'Ik ben op afstand gebleven, heb alleen naar haar gekeken. Ik durfde niets te zeggen, niets te doen.'

'Jullie hebben niet met elkaar gepraat?'

'Nee.'

'Heb je gevoelens voor haar?'

Ik liet een korte stilte vallen, keek haar in de ogen en bekende toen: 'Ik geloof het wel.'

Ze klemde haar handen om haar koffiebeker alsof ze me die het liefst naar mijn hoofd had gegooid. Op dat moment ging mijn telefoon: het was Gahalowood.

'Schrijver, waar ben je?'

'In Season, met Lauren.'

'Kom allebei naar het hotel, ik heb iets gevonden.'

~

Gahalowood was zo opgewonden over wat hij had ontdekt, dat de spanning tussen Lauren en mij hem ontging. Aan een tafel in het restaurant van het hotel liet hij ons een van de dagboeken van Eleanor Lowell zien.

'Ik heb het helemaal gelezen,' zei hij, 'en kijk wat ik ben tegengekomen.' Hij gebaarde naar een pagina die was volgeschreven in een klein handschrift.

> *Ik ga weer naar hem toe. Hij zei dat hij niet wist wat hij zonder mij moest. Sinds die ellende van 4 juli had ik mezelf beloofd daar niet*

meer heen te gaan, maar hij heeft me nodig en ik kan hem niet in de steek laten. Hij wilde me zelfs met de auto komen halen, maar ik wilde hem de rit besparen, zeker nu alles in de stad vaststaat door die idiote parade. Ik heb nooit begrepen wat er zo leuk is aan die enorme kreeften.
Ik neem de bus. Zodra ik daarin zit, wordt mijn lichaam ongeduldig. Het enige wat ik nog wil is weer bij hem zijn. Samen in onze bubbel, in ons paradijs.
Wanneer ik de misthoorn hoor, knijpt mijn hart samen; ik weet dat hij heel dichtbij is. Ik ga naar zijn toevluchtsoord, de plek waar niemand ons kan vinden. Waar niemand ons kan storen. Een plaats waar we ons kunnen afzonderen.
In dat grijze huis, omringd door rode esdoorns, waar ik me vrouw voel, kunnen we een liefdespaar zijn. Daar zijn we veilig.

'In dit stuk,' legde Gahalowood uit, 'heeft Eleanor het over een busrit na een rampzalig verlopen 4 juli. Ik vermoed dat het om de busrit naar Rockland gaat waarover Stephanie Lahan ons heeft verteld. Eleanor heeft het over kreeften, en kreeften horen bij Maine, wat ons weer in Rockland brengt...'

'Dat kan ik volgen, sergeant,' zei Lauren.

Gahalowood ging verder: 'Eleanor heeft het ook over een parade. Dus ben ik gaan checken of er ergens in Maine in augustus een parade was met de kreeft als symbool. En dat was in de roos: sinds 1947 vindt elk jaar in Rockland het Kreeftenfestival plaats, waarbij onder andere een optocht van reuzenkreeften door het stadscentrum trekt.'

'Eleanor gaat haar minnaar opzoeken in Rockland, in een grijs huis omringd door rode esdoorns,' vatte ik samen. 'Er klinkt een misthoorn, waarschijnlijk is er een vuurtoren in de buurt, dat moet ons zoekgebied behoorlijk kunnen beperken.'

Gahalowood knikte terwijl hij Lauren en mij aankeek. Toen zei hij: 'Jullie weten wat ons te doen staat...'

'Op naar Rockland!' zei Lauren.

Het was drie uur rijden naar Rockland. We zouden er waarschijnlijk moeten overnachten, dus namen we wat spullen mee. Rockland met alles wat erbij hoorde strekte zich uit over veertig vierkante kilometer. Ook al wisten we dat er een vuurtoren in de buurt moest zijn, het zou nog een hele klus worden dat grijze huis te vinden. Om efficiënter te kunnen werken gingen we met twee auto's: Gahalowood en ik in een auto, Lauren in de andere.

Eind van de ochtend waren we ter plaatse en we gingen onmiddellijk aan de slag. Lauren zou het noordelijke deel van de stad uitkammen, Gahalowood het zuidelijke. Ik zou te voet de winkels in het centrum langsgaan met een foto van Eleanor, in de hoop dat er ergens een herinnering zou bovenkomen.

De dag werd een aaneenschakeling van doodlopende sporen: er werden meerdere grijze huizen gevonden, sommige met esdoorns eromheen, andere niet. Al die huizen moesten gecheckt worden, en iedere keer was het mis. Er waren huizen bij die pas na 1998 waren gebouwd. Er waren er ook die twaalf jaar geleden een andere kleur hadden gehad en intussen waren overgeschilderd. In sommige huizen woonden mannen die te jong of te oud waren om destijds de minnaar te zijn geweest. Gahalowood had zelfs de politie van Rockland om hulp gevraagd, die zich bijzonder bereidwillig had getoond, maar het had helaas niets opgeleverd. Mijn rondje langs de winkels met de foto van Eleanor was ook alleen maar verspilde moeite.

Aan het eind van de middag hadden we nog niets gevonden. Lauren besloot te stoppen en naar Mount Pleasant terug te gaan. Gahalowood en ik gingen nog door tot het vallen van de avond. Toen het te donker werd om nog iets te kunnen zien namen we onze intrek in een motel. Hoe vermoeiend de dag ook was geweest, we waren te onrustig om te kunnen slapen. Dus bleven we buiten, voor onze kamer, op plastic stoelen bier zitten drinken.

'Gaat het wel goed, schrijver?' vroeg Gahalowood. 'Je lijkt niet in je gewone doen. Je hebt de hele dag geen woord gezegd, wat niets voor jou is. Ik heb je onuitstaanbare gekakel gemist.'

'Het gaat om Lauren, sergeant.'

'Ah, nu je het zegt, het leek inderdaad alsof ze niet zo blij met je was.'

'Ik weet het... Ik heb iets stoms gedaan.'

'Ernstig?'

'Ja en nee. Ik heb tegen haar gelogen, wat nooit goed is. Ik ben erg aan Lauren gehecht... Maar ik zit met heel veel vragen.'

'Waarover?'

'Een oude kwestie waarover ik je ooit nog weleens zal vertellen.'

'Wanneer jij er klaar voor bent, luister ik graag.'

'Sergeant, hoe wist je dat Helen de ware was?'

Gahalowood haalde zijn schouders op. 'Wil je een eerlijk antwoord?'

'Ja.'

'Dat weet ik pas sinds ze er niet meer is. Natuurlijk hield ik meer van haar dan van wie dan ook. Natuurlijk heb ik haar ten huwelijk gevraagd omdat ik de rest van mijn leven met haar wilde doorbrengen. Natuurlijk heb ik, ondanks de ups en downs, nooit getwijfeld aan mijn liefde voor haar. Maar weet je wat het wil zeggen dat iemand "de ware" is? Dat wil zeggen dat je je, als ze doodgaat, realiseert dat je samen met haar had willen doodgaan. Je wereld stort in. Zonder haar functioneer je niet. Ik voel me als een kapotte machine, schrijver. Met het verlies van Helen is ook mijn eigen gebruiksaanwijzing kwijtgeraakt.'

'We gaan je helen, sergeant.'

'Ik weet niet of dat te helen is, schrijver. En weet je, het is misschien maar goed ook dat dat niet kan. Dat betekent dat je echt van iemand hebt gehouden. Het doet heel erg pijn, maar het geeft wel zin aan ons korte leven.'

~

De volgende ochtend vroeg hervatten Gahalowood en ik onze zoektocht naar het grijze huis. We reden de kust af tot ver buiten Rockland, in de hoop een huis in de buurt van een vuurtoren te vinden. Nog steeds tevergeefs.

Aan het eind van de ochtend, na uren vruchteloos zoeken, keerden we diep teleurgesteld terug naar Rockland. Zonder ook maar het begin van een spoor en met het gevoel in een kringetje rond te draaien. We dronken een kop koffie aan de haven. Naast ons laadde een visser zijn kreeftenfuiken uit. We keken er zwijgend naar. Een veerboot vol dagjesmensen voer de haven uit. Ik was jaloers op hen. Ik was aan vakantie toe. Toen we de koffie ophadden, vroeg ik aan Gahalowood: 'Wat doen we nu, sergeant?'

Zelfs hij moest zich gewonnen geven. 'We gaan terug naar Mount Pleasant, schrijver.'

Ik knikte. Op dat moment liet de veerboot van zich horen. Drie lange signalen. Drie geluiden als van een misthoorn. Gahalowood en ik keken elkaar verbijsterd aan.

'Potverdrie, sergeant, heb je dat gehoord?'

'En of ik dat gehoord heb.'

Hij riep naar de visser: 'Meneer, waar gaat die veerboot naartoe?'

'Vinalhaven,' antwoordde de visser.

'Vinalhaven?' herhaalde Gahalowood.

'Het eiland Vinalhaven. Een uur met de veerboot. Kent u dat niet?'

'Nee. Wonen daar ook mensen?'

'Tweeduizend ongeveer. Het is nogal populair geworden. Veel vakantiegangers.'

Gahalowood haalde het dagboek van Eleanor uit zijn zak. Hij herlas de passage waarin ze het had over een toevluchtsoord, een plek waar ze zich konden afzonderen, waar niemand hen kon vinden.

Daar was een eiland natuurlijk bij uitstek geschikt voor. Vinalhaven bleek een geliefd vakantieoord te zijn. Een plaats waar een wat oudere man die midden in een scheiding zat een beetje rust kon vinden.

Een halfuur later reed Gahalowood zijn auto de veerboot op. Zodra we op het eiland waren, gingen we weer op zoek naar een grijs huis omringd door rode esdoorns. We bekeken zo ongeveer alle huizen op Vinalhaven, het een na het ander. Uiteindelijk kwamen we terecht bij een huisje aan het water dat helemaal aan de beschrijving beantwoordde: het was opgetrokken uit grijze planken en er stonden enorme rode esdoorns omheen. We parkeerden de auto een stukje verderop, om niet op te vallen, en liepen naar het huis toe. Het zag er verlaten uit. Er was geen auto te bekennen. Op de brievenbus stond geen naam.

Gahalowood belde aan. Geen reactie. Ik liep een rondje om het huis. Door de ramen kon ik zien dat er inderdaad niemand was. Terwijl ik mijn blik door de woonkamer liet gaan zag ik iets wat ik totaal niet had verwacht. 'Sergeant, kom eens kijken!'

Gahalowood kwam aanrennen. 'Wat is er?'

'Kijk eens in de woonkamer, de muur achterin, achter die stoel...'

Gahalowood tuurde door het raam. 'Nondeju, schrijver...'

Aan de muur hing een schilderij van een zonsondergang boven de oceaan. Het schilderij uit het filmpje van Alaska. Dit was de plaats waar ze haar laatste auditie had opgenomen.

Op hetzelfde moment hoorden we het geluid van een motor. Er kwam een auto aan. In een reflex trok Gahalowood me de struiken in. We zagen een blauwe auto van minstens tien jaar oud opdoemen, die voor het huis tot stilstand kwam. Het portier aan de bestuurderskant ging open en bij het zien van de man die uit de auto tevoorschijn kwam, keken Gahalowood en ik elkaar verbluft aan.

Een kustwachtschip met daarop verschillende voertuigen van de staatspolitie en van de sheriff van Knox County voer langzaam de oceaan over, begeleid door een vlucht meeuwen.

HOOFDSTUK 33
Een grijs huis

Vinalhaven, Maine
Woensdag 28 juli 2010

Vanaf de brug zagen Gahalowood en ik het eiland Vinalhaven dichterbij komen. Lauren en chief Lansdane waren ook van de partij en Gahalowood was zo aardig geweest zelfs chief Mitchell bij de operatie te betrekken.

Het was twaalf uur 's middags. We waren op weg naar het grijze huis omringd door rode esdoorns voor de arrestatie van Benjamin Bradburd. Hij was de oudere, gescheiden man die in een blauwe auto reed (een Chrysler Sebring, gekocht in maart 1998 en nog steeds in zijn bezit) en die begin jaren negentig dit tweede huis had aangeschaft. We hadden ook ontdekt dat zijn moeder, Rosemary Bradburd, een voormalige schoonheidskoningin was die aan de wieg had gestaan van de Miss New England-verkiezing, waarvan hij nu zelf lid van het organisatiecomité was.

Sinds de vorige dag, sinds we hadden begrepen dat Benjamin Bradburd de minnaar van Eleanor was naar wie we zo koortsachtig op zoek waren geweest, stonden Gahalowood en ik te popelen om hem te ondervragen. Het liefst hadden we hem ter plekke gearresteerd, maar dat lag nogal gevoelig: wettelijk gezien had Gahalowood geen enkel gezag in Maine. Dus waren we zo stilletjes mogelijk weer vertrokken en bij gebrek aan een mobiel netwerk naar Vinalhaven, het plaatsje waaraan het eiland zijn naam te danken had, gegaan om Lansdane vanuit een telefooncel te bellen. Lansdane was niet blij geweest met ons initiatief. 'Je bent op een eiland in Maine, buiten je jurisdictie, en je hebt je zonder huiszoekingsbevel op privéterrein begeven. Bravo! Je weet toch wel dat je hele onderzoek door een procedurefout in de soep kan lopen? Kom onmiddellijk terug naar New Hampshire. Ik verwacht jullie morgenochtend vroeg in mijn kantoor. Dan vertellen jullie me alles over de verdenking die op die Benjamin Bradburd rust. Ik zal onmiddellijk de plaatselijke autoriteiten waarschuwen en persoonlijk met jullie meegaan om de man in te rekenen.' We hadden gedaan wat hij zei. We hadden het eiland met de laatste veerboot verlaten en waren teruggegaan naar New Hampshire. Perry had voorgesteld dat ik bij hem in Concord zou blijven slapen, omdat dat makkelijker was. Dat aanbod had ik geaccepteerd. Ik wist sowieso niet of ik wel naar Mount Pleasant wilde. Zo was ik teruggekeerd in het huis van de familie Gahalowood, in de 'kamer van Marcus' in het souterrain. Ik lag al in bed toen Lauren belde.

'Perry belde net,' zei ze. 'Jullie hebben de moordenaar van Alaska dus gevonden...'

'Dat zal morgen blijken.'

'Perry heeft me gevraagd morgenochtend naar het hoofdkwartier van de staatspolitie te komen. Ik hoop dat je dat niet erg vindt...'

'Het is net zo goed jouw onderzoek als het mijne. Waarom zou ik dat erg vinden?'

'Sinds dat concert waar jij zogenaamd in je eentje naartoe bent gegaan heb ik het gevoel dat er tussen ons iets is stukgegaan...'

Lauren had natuurlijk gelijk maar ik wist niet wat ik daarop moest zeggen. Uiteindelijk verbraken we de verbinding.

~

Twaalf uur na dit gesprek keek ik, op de brug van het kustwachtschip dat Vinalhaven naderde, naar Lauren die naast me stond. Haar haar werd door de wind langs mijn gezicht geblazen.

We legden aan in de haven van Vinalhaven. De vakantiegangers keken nieuwsgierig toe terwijl alle voertuigen aan land werden gereden. Zoveel politie hadden ze hier waarschijnlijk nog nooit gezien. Toen de hele stoet de boot af was, gingen we op weg. Tien minuten later kwamen we aan bij het huis van Benjamin Bradburd. De politiemensen verspreidden zich snel om het huis te omsingelen en de toegang tot het omringende groen en de oceaan te blokkeren. De blauwe auto stond er nog steeds.

Gahalowood, Lansdane, Lauren en ik liepen naar de deur. Benjamin Bradburd, die het geluid van de motoren had gehoord, deed al open voordat we hadden geklopt.

'Wat is er aan de hand?' vroeg hij verbouwereerd.

'Benjamin Bradburd,' zei Gahalowood, 'u bent gearresteerd voor de moord op Alaska Sanders.'

'Jullie zijn niet goed wijs!' protesteerde Benjamin Bradburd toen we hem in zijn woonkamer verhoorden. 'Waarom zou ik Alaska Sanders hebben gedood?'

'Dat willen we graag van u horen,' antwoordde Gahalowood.

'Hoe vaak moet ik nog zeggen dat ik haar niet heb vermoord?'

Lauren liet hem een foto van Alaska zien. 'Kijkt u eens goed naar dit gezicht, weet u zeker dat dat u niets zegt? Alaska is in 1998 tot Miss New England verkozen, een wedstrijd die ooit op initiatief van uw moeder is gestart en waarvan u lid van het organisatiecomité bent.'

'Ja, o ja, nu ik haar gezicht zie, herinner ik me haar weer.'

'Maar toen we het laatst in uw praktijk over haar hadden,' ging Lauren verder, 'deed u alsof die naam u niets zei.'

Bradford klemde zijn tanden op elkaar. Zijn hele houding straalde irritatie uit.

'Kom op.' Gahalowood begon zich ook kwaad te maken. 'Voor de draad ermee! Waarom hebt u gelogen over Alaska?'

'Ik heb niet gelogen; op dat moment wist ik het echt niet. Ik heb geen lijstje in mijn hoofd van alle winnaressen van de Miss New England-verkiezing.'

'U liegt!' riep Gahalowood uit. 'U liegt en dat kan ik zien. Ik vraag het u nog een keer: waarom hebt u gelogen over Alaska?'

Na een korte aarzeling sloeg Bradburd zijn ogen neer en zei: 'Vanwege Eleanor.'

'U had een relatie met haar,' constateerde Lauren.

'Hoe zijn jullie daarachter gekomen?' vroeg Bradburd.

'Dankzij haar dagboek,' zei Gahalowood. 'U bevestigt dus dat u haar minnaar was?'

'Ja, oké,' gaf hij toe. 'Het is waar. Ik had het niet moeten doen, ik was haar psychiater... Maar ze was meerderjarig, ik heb niets illegaals gedaan.'

'Ze heeft zelfmoord gepleegd vanwege u.' Gahalowood priemde een beschuldigende vinger in zijn richting. 'U hebt haar het laatste zetje gegeven. In haar dagboek heeft ze beschreven hoe u haar behandelde. Hoe kón u... U was haar arts, u moest voor haar zorgen, niet haar tot zelfmoord aanzetten.'

'Haar ziekte heeft haar tot zelfmoord aangezet,' verdedigde Bradburd zich. 'Ze was heel kwetsbaar.'

'Precies. U wist dat ze heel kwetsbaar was en toch hebt u haar een ellendige zomer bezorgd.'

'Het was een ingewikkelde zomer. Mijn leven viel uit elkaar. Ik lag in scheiding, wat deels door Eleanor kwam omdat mijn vrouw had ontdekt dat we een verhouding hadden. Eleanor was verliefd op mij en ik wist niet hoe ik me uit de situatie moest bevrijden.'

'Want u was niet verliefd op haar?'

'Nee, ik zou ook niet weten hoe ik datgene wat er tussen ons was moest noemen. Ze was mijn laatste patiënte op dinsdag. Met haar sloot ik mijn dag af. Op dat late tijdstip was mijn assistente al weg. Op een avond begin 1998 heb ik een moment van zwakte gehad. Ik was me er al een tijdje van bewust dat Eleanor me aantrekkelijk vond en zelf was ze, zoals jullie weten, allesbehalve lelijk. Ik had het niet moeten laten gebeuren, maar ik ben overstag gegaan. In mijn praktijk, halverwege de sessie. Ik bezwoer mezelf dat nooit meer te doen. Maar de daaropvolgende dinsdag kon ik toch weer geen weerstand bieden. En elke dinsdag daarna sloten we de sessie af met seks op de bank in mijn praktijk. Niet heel verheffend. Zodra het zomer werd, hoopte ik dat er met mijn verkassing naar Vinalhaven een einde aan onze relatie zou komen, maar ze wilde per se hiernaartoe komen, tot een paar keer toe. Toen ik voorstelde de relatie te beëindigen dreigde ze in verkapte bewoordingen me te verraden bij het artsengenootschap. Ze kon mijn carrière maken of breken. Dus ben ik haar blijven zien in de hoop dat mijn gedrag haar zou ontmoedigen. Ze liet zich echter niet ontmoedigen. Integendeel. Ze wilde steeds meer. Uiteindelijk eiste ze zelfs een plaats in de jury van de Miss New England-verkiezing. Ze zei dat dat goed zou zijn voor haar carrière. Ik heb voor haar bemiddeld bij mijn moeder en die zei ja. Ik dacht dat Eleanor me daarna wel met rust zou laten. Maar nee, ze wilde dat we echt een stel zouden worden. Ze wilde dat we ons samen en plein public zouden vertonen. Ik probeerde een beetje tijd te rekken door te zeggen dat ik nog midden in die scheiding zat, maar ik realiseerde me dat dat excuus een beperkte houdbaarheid had. Ik wist niet hoe ik hier ooit nog uit moest komen.'

Ik vroeg aan Benjamin Bradburd: 'Wat voelde u toen u hoorde dat ze zelfmoord had gepleegd?'

'Opluchting. Een enorme opluchting. En ik voelde me heel erg schuldig. Nu nog gaat er geen dag voorbij dat ik er niet aan denk... Dat ik me niet afvraag wat er zou zijn gebeurd als ik níet had toegegeven aan mijn dwaze driften. Mijn leven zou er heel anders hebben uitgezien. Ik zou nog getrouwd zijn, ik zou misschien eindelijk kinderen hebben gehad.'

Er viel een stilte. Gahalowood ging verder: 'Alaska Sanders had ontdekt dat u een verhouding had met Eleanor. Ze wist dat u Eleanor tot zelfmoord had gedreven. U zei het net zelf al: het zou een gigantische smet op uw carrière hebben kunnen worden. Méér dan een smet, u zou de gevangenis in zijn gegaan. U hebt misbruik gemaakt van uw overwicht op Eleanor door haar te verleiden en u vervolgens van haar te ontdoen. Alaska had alles ontdekt, is met haar beschuldigingen bij u gekomen en u hebt haar gedood om uw geheimpje en uw erbarmelijke carrière te beschermen.'

'Dat is een volkomen ongefundeerde beschuldiging!' Benjamin Bradburd sprong zo abrupt op dat verschillende agenten zich op hem storten om hem te dwingen weer te gaan zitten.

Gahalowood hield de druk op de ketel: 'Hoe heeft Alaska het verband met u gelegd? U was ook háár minnaar, nietwaar? U was degene met wie ze de avond van 2 april 1999 een afspraakje had voor een zogenaamd romantisch etentje en tijdens dat etentje hebt u haar gedood.'

'Uw fantasie is op hol geslagen, sergeant. Als ik u was, zou ik er serieus over nadenken een psychiater te raadplegen. U hebt geen enkel bewijs voor wat u allemaal beweert. Ik zou bijna moeten glimlachen om uw scenario, ware het niet dat het te zielig voor woorden is. Deze grap heeft nu wel lang genoeg geduurd. Ik eis dat ik mijn advocaat mag bellen. Zonder hem zeg ik geen woord meer.'

'U hebt recht op een advocaat op het bureau van de staatspolitie van Maine waar we u nu mee naartoe nemen.'

'U neemt me helemaal nergens mee naartoe!' brulde Bradburd. 'U hebt helemaal niets tegen mij.'

'U gaat de gevangenis in. U hebt een van uw patiënten tot zelfmoord aangezet. U gaat hoe dan ook de gevangenis in. Verder kunt u zwijgen zoveel u wilt. We hebben een hele berg overtuigende aanwijzingen tegen u. U bent een bijzonder intelligent man, vandaar dat we er elf jaar over hebben gedaan u te ontmaskeren.'

Vanuit een streng bewaakte stoel in zijn woonkamer was Benjamin Bradburd getuige van de doorzoeking van zijn huis. Toen hij zag dat Gahalowood het schilderij van de zonsondergang boven de oceaan van de muur haalde, zei hij: 'Jullie gaan toch niet mijn hele huis leeghalen?'

'Maakt u zich vooral niet druk, dokter Bradburd,' zei Gahalowood. 'Waar u naartoe gaat, zult u het niet nodig hebben.'

We vonden niets in het huis.

Terwijl wij binnen bezig waren, doorzochten agenten het terrein om het huis. Toen ze stuitten op een put die deels schuilging onder struikgewas en hoog opgeschoten onkruid, waarschuwden ze ons onmiddellijk. Het was een oude stenen put afgesloten met een zware houten plaat, ongetwijfeld om ongelukken te voorkomen.

Gahalowood vroeg of ze Bradburd ernaartoe wilden brengen.

'Wat is dit?' vroeg Gahalowood.

'Dat ziet u toch? Een oude put. Die hebben we nooit gebruikt.'

'Hebt u nog andere verrassingen op uw terrein?'

'Ik snap niet waarom u zich hier zo in vastbijt, sergeant.'
Bradburd had iets irritant zelfverzekerds.

De put intrigeerde ons. De houten plaat werd eraf gehaald. Er bleek een diepe schacht onder te zitten. In de lichtbundel van een zaklantaarn zagen we iets op de bodem liggen. Gahalowood wilde weten wat dat was. Hij vroeg of er zo snel mogelijk een brandweerteam kon worden gestuurd met materieel om in de put af te dalen.

Alle aandacht was gericht op wat er rond de put gebeurde. In een onbewaakt ogenblik nam Bradburd, die geen handboeien omhad, de benen. Hij vluchtte richting het bos. Alle aanwezige politiemensen zetten de achtervolging in, maar Bradford rende verbazingwekkend hard. Met een paar passen had hij de rand van het dichte bos bereikt en het volgende moment was hij verdwenen in een omgeving die hem vertrouwd was, maar voor de politiemensen volkomen onbekend terrein.

~

Er waren twee uur verstreken sinds Bradburd ervandoor was gegaan. Ondanks de zoekacties bleef hij onvindbaar. Teams van de kustwacht en van de maritieme eenheid van de staatspolitie van Maine controleerden alle boten die Vinalhaven verlieten. Bradburd kende het eiland als zijn broekzak, maar erg ver kon hij niet komen.

In diezelfde tijd waren ook de brandweerlieden aangekomen om de put te inspecteren. Een man aan een touw daalde af in de schacht. Al snel begon de radio van zijn collega's boven te knetteren.

'Een lichaam!' riep de brandweerman vanaf de bodem van de put. 'Er ligt hier een volledig vergaan lichaam.'

De man vroeg of ze hem weer omhoog konden halen. Zodra hij weer boven was, opende hij zijn hand om ons te laten zien wat hij tussen de menselijke resten had gevonden. Een gouden kettinkje met de letters van een voornaam: Eleanor.

Vijf dagen na onze ontdekking in Vinalhaven presenteerden Gahalowood, Lauren en ik onze conclusies over de zaak Alaska Sanders aan chief Lansdane.

HOOFDSTUK 34
De ommekeer

Concord, New Hampshire
Maandag 2 augustus 2010

Het lichaam dat in de put was gevonden was inderdaad van Eleanor Lowell. Ze had geen zelfmoord gepleegd, zoals iedereen al die jaren had gedacht. Ze was overleden aan de gevolgen van ernstig schedelletsel toegebracht met een stomp voorwerp. Net als Alaska.

Benjamin Bradburd was op zijn beurt dood gevonden in een schuurtje van een huis op Vinalhaven. Hij had zelfmoord gepleegd met wat hij ter plekke had kunnen vinden: hij had een plastic zak over zijn hoofd getrokken en die bij zijn nek met plakband dichtgeplakt. Hij was gestikt. Gahalowood had me verteld dat dit een relatief veel gebruikte methode was. 'Je moest eens weten hoe efficiënt dit is, schrijver. Als je het eenmaal hebt gedaan, kun je niet meer terug. Je krijgt het plakband onmogelijk nog los en in de paniek bedenken mensen zelden dat je een gat in het plastic kunt maken.'

In het kantoor van Lansdane legde Gahalowood uit: 'Eleanor en Alaska zijn met hetzelfde wapen gedood. Op de plek waar het wapen het wandbeen van Eleanor heeft geraakt heeft de patholoog-anatoom een metaalsplinter gevonden afkomstig van de wapenstok waarmee Alaska is gedood.'

'Door Benjamin Bradburd dus?' zei Lansdane.

'Dat denken we,' verklaarde Gahalowood. 'Helaas hebben we daarvoor geen officieel bewijs. Maar we hebben wel een motief: Alaska dacht dat Bradburd Eleanor tot zelfmoord had gedreven. Toen ze daarover tegen hem was begonnen, was hij bang dat het lichaam van Eleanor gevonden zou worden. Dus heeft hij Alaska gedood om haar het zwijgen op te leggen.'

'Wat was de band tussen Alaska en Bradburd?' vroeg Lansdane.

Lauren antwoordde: 'Waarschijnlijk waren ze minnaars. Helaas zullen we dat, nu Alaska en Bradburd allebei dood zijn, nooit zeker weten. Maar dat zou wel alles verklaren.'

Gahalowood nam het weer over: 'We begrepen niet precies hoe het zat met Eric Donovan. Waarom alles bij hem leek uit te komen. De moordenaar moest wel een bepaalde connectie met hem hebben. Toen we doorhadden dat Benjamin Bradburd een relatie had met Eleanor, die weer een relatie had met Eric Donovan, begonnen de draden van het verhaal zich een beetje te ontwarren.'

Ik ging verder: 'Op 30 augustus 1998 is Eleanor 's avonds met haar vriendinnen op het strand van Chandler Hovey Park. Rond halftwaalf gaan ze naar huis, behalve Eleanor, die nog wat langer van de avond wil genieten. Waarschijnlijk komt Benjamin Bradburd haar opzoeken op het strand. Hun relatie is bijzonder gespannen. Benjamin wil van haar af, maar zij weigert de relatie te beëindigen. Ze krijgen ruzie. Het komt tot een handgemeen. Eleanor wordt bang en pakt haar wapenstok om zich te verdedigen. Benjamin maakt hem haar afhandig en gebruikt hem tegen haar. Hij geeft haar een dodelijke klap. Waarschijnlijk was dat niet met voorbedachten rade. Vanaf de telefoon van Eleanor stuurt hij een berichtje naar Maria Lowell om de schijn van een zelfmoord te wekken. Vervolgens neemt hij het lichaam mee naar Vinalhaven om het in de put van zijn tweede huis te laten verdwijnen.'

'En toen?' vroeg Lansdane.

Gahalowood vervolgde: 'Een maand na de dood van Eleanor – en hier zit de link tussen de twee verhalen – ontdekt Alaska dat haar vader haar bankrekening heeft leeggetrokken. Ze vlucht naar Mount Pleasant. In eerste instantie voor tijdelijk. Wanneer ze daar een paar dagen is, vat ze het plan op haar vaders horloge te stelen, uit wraak. Maar het loopt mis en een politieman die probeert in te grijpen raakt zwaargewond. Bang voor de gevolgen trekt Alaska zich terug in Mount Pleasant. Op afstand onderhoudt ze haar relatie met een man uit Salem die ze bij de Miss New England-verkiezing heeft ontmoet: Benjamin Bradburd. Ze ontmoeten elkaar stiekem, hij geeft haar cadeaus. Er gaan een paar maanden voorbij. Na een bezoek van de moeder van Eleanor denkt Alaska te hebben begrepen dat Eric Donovan, die een relatie had met Eleanor, haar tot zelfmoord heeft gedreven. Ze heeft het erover met Benjamin Bradburd. Die probeert haar wellicht ertoe over te halen vooral niets te doen. Maar Alaska is koppig. Ze stuurt Eric anonieme brieven. Wanneer Eric ontdekt dat zij de afzender is en haar ervan weet te overtuigen dat hij niet verantwoordelijk is voor de dood van Eleanor, begrijpt Alaska niet alleen dat er nog een andere man in het leven van Eleanor was, maar ook dat die man Benjamin Bradburd is.'

'Hoe dan?' vroeg Lansdane.

'In haar dagboek schrijft Eleanor over een man met een blauwe auto die in een grijs huis omringd door rode esdoorns woont. Alaska kent dat huis maar al te goed; ze is er op zijn minst één keer geweest, in september 1998, en heeft er een auditie voor een casting opgenomen. Het is het huis van haar minnaar, Benjamin Bradburd. Die ontdekking zal ze met haar leven moeten bekopen. Op 2 april 1999 lokt Bradburd Alaska 's avonds in een hinderlaag op Grey Beach. Hij geeft haar een klap op haar hoofd met een wapenstok, net zoals hij Eleanor heeft gedood. Bradburd is een bijzonder intelligente man die overal aan heeft gedacht. Hij kan manipuleren als de beste. Om iedereen op het verkeerde been te zetten creëert hij een ideale dader, van wie de politie zal ontdekken dat hij een relatie had met Eleanor en dat hij gechanteerd werd door Alaska: Eric Donovan. Bradburd misleidt de rechercheurs door in de buurt van de plaats delict een trui van Eric Donovan, besmeurd met bloed van het slachtoffer, neer te leggen.'

'Hoe komt Bradburd aan die trui?'

'Een week voor de moord op Alaska,' verklaarde Lauren, 'wanneer Bradburd ongetwijfeld al bezig is met het plannen van zijn perfecte moord, gaat Walter Carrey voor een congres een paar dagen naar Quebec. Dat is het moment waarop Bradburd de trui van Eric tegenkomt, misschien wanneer hij in afwezigheid van Walter een stiekem bezoekje brengt aan Alaska. We weten dat Eric die trui een paar dagen daarvoor tijdens het vissen aan Walter heeft uitgeleend. Walter had de trui in de kofferbak van zijn auto laten liggen, maar misschien had Alaska hem mee naar boven genomen, bijvoorbeeld om hem te wassen. En misschien beklaagt ze zich bij Bradburd over die trui waar Eric om zeurt. In elk geval begrijpt Bradburd dat het om een trui van Eric gaat, en hij pikt hem in.'

Lansdane vroeg zich hardop af: 'Maar waarom zou Alaska nog met Bradburd hebben afgesproken als ze denkt dat hij verantwoordelijk is voor de dood van Eleanor?'

'Ze speelt toneel. Om geen argwaan te wekken. Ze zal al snel weggaan uit Mount Pleasant en een groot deel van haar leven achter zich laten. Na de moord op Alaska, wanneer eerst Walter en vervolgens Eric wordt gearresteerd, beseft Bradburd dat zijn perfecte moord is gelukt. Toch is er nog één persoon die alles op losse schroeven kan zetten: Kazinsky, de man die bij het verhoor van Walter aanwezig is geweest. Bradburd weet dat Walter een misdrijf heeft bekend dat hij niet heeft begaan en dat Kazinsky die bekentenis waarschijnlijk heeft afgedwongen. Kazinsky moet worden uitgeschakeld.'

'En dus probeert Bradburd Kazinsky te doden door hem aan te rijden,' zei Lansdane.

'Precies,' bevestigde Lauren.

Na deze uiteenzetting klapte Lansdane luidruchtig in zijn handen. 'Bravo,' zei hij op goedkeurende toon, 'zaak opgelost deze keer.'

Toen zei Gahalowood: 'Er is nog wel één dingetje. Die verdomde scherven van een achterlicht van een zwarte Ford Taurus die in het bos zijn gevonden Ik begrijp nog steeds niet wat die daar deden.'

'Toeval bestaat, Perry.'

'Ik vertrouw toeval niet, chief.'

Lansdane wilde de zaak sluiten. Vooral om de gouverneur tevreden te stellen, wiens ultimatum bijna verliep.

'Je moet weten wanneer je moet loslaten, Perry. Deze zaak heeft je elf jaar achtervolgd, het wordt tijd het verleden te laten rusten.'

~

Die dag gingen Gahalowood, Lauren en ik naar Robbie en Donna Sanders om hun te vertellen dat het onderzoek naar de moord op hun dochter eindelijk was afgesloten. Gahalowood deed verslag van alles wat er was gebeurd. Aan het eind van zijn relaas zei hij: 'Het recht heeft gezegevierd.' Achter haar ouders hing een foto van Alaska. Ik had het gevoel dat ze naar ons glimlachte.

Het werd tijd om afscheid te nemen.

We gingen terug naar Mount Pleasant, voor de laatste keer. Ik zou het stadje nog gaan missen. Ondanks alles wat er was gebeurd, had ik het er naar mijn zin gehad.

Gahalowood en ik haalden onze spullen op in het hotel en zeiden onze kamers op. Vervolgens gingen we nog een laatste keer naar de hoofdstraat. Eerst naar de winkel in jacht- en hengelsportartikelen van de familie Carrey om hen gedag te zeggen, toen naar de winkel van de familie Donovan, waar Eric was. Hij gaf Gahalowood een warme handdruk en zei: 'Bedankt, sergeant.'

Gahalowood knikte. Aangezien hij niet goed wist hoe hij daarop moest reageren zei hij slechts: 'Succes, Eric. Ik hoop dat je je leven weer op de rails krijgt.'

Toen zei Eric: 'Lauren vertelde dat u het uzelf kwalijk neemt, sergeant. Wat er elf jaar geleden is gebeurd. Ik wil dat u weet dat ik het u nooit kwalijk heb genomen. Vance wel, ja, en Patricia nu ook. Maar u hebt alleen uw werk als politieman gedaan. Daarom staat u nu ook hier. U bent een goed mens, sergeant Perry Gahalowood. God zegene u.'

Toen we de winkel uit liepen, stond Lauren daar op me te wachten. Gahalowood liep door om ons wat tijd alleen te gunnen.

Ik zei tegen Lauren: 'Over dat concert van Alexandra Neville –'

Ze viel me in de rede: 'Je had gezegd dat dat meisje op de foto Alexandra heette, ja. Maar ik had niet begrepen dat het om Alexandra Neville ging. Wie had dat nu kunnen vermoeden?'

'Hoe ben je er uiteindelijk achter gekomen?'

Ze schonk me een treurige glimlach. 'Ik werk bij de politie, Marcus. Vergeet dat niet.'

In haar hand had Lauren een tijdschrift over de sterren van dat moment. Ze sloeg het open en liet me een artikel zien over Alexandra Neville en haar relatie met een ijshockeyspeler van de Florida Panthers. Vervolgens pakte ze haar telefoon en zocht de foto die ze me twee weken eerder had gestuurd. De foto van de foto uit Baltimore uit 1995 die ik bij haar had laten liggen, waarop mijn neven en dat meisje stonden.

Lauren vervolgde: 'Toen ik door dat tijdschrift bladerde, begreep ik het. Het meisje van de foto is Alexandra Neville. Zij is je grote jeugdliefde...'

Ik knikte.

'Wat is er tussen jullie gebeurd?' vroeg ze.

'Er heeft een drama plaatsgevonden bij de Goldmans-uit-Baltimore. Een drama waarbij ik mijn neven Woody en Hillel ben kwijtgeraakt.'

'Wil je erover praten?' bood ze aan.

'Ik geloof het niet.'

Even keek ze me recht aan. Haar glanzende ogen verrieden een mengeling van spijt en verbittering.

'Ik weet niet wat er met je neven en Alexandra is gebeurd, maar het is wel duidelijk dat het aan je vreet. Het weerhoudt je ervan verder te gaan en iemand anders te ontmoeten. Het weerhoudt je ervan gelukkig te zijn. Ik wens je toe dat je daar ooit mee in het reine kunt komen, Marcus. Je bent echt een geweldige man, je verdient het je verleden achter je te kunnen laten.'

Ik maakte een onhandig groetend gebaar. Het liefst had ik mijn armen om haar heen geslagen, maar ik was bang dat dat niet gepast zou zijn. Lauren en ik wisten op dat moment allebei dat we elkaar nooit meer zouden zien.

'Ga je terug naar New York?' vroeg ze.

'Ja.'

'Ik wilde je nog bedanken. Voor alles. En je vertellen dat chief Mitchell me heeft gevraagd hem op te volgen als hoofd van de politie van Mount Pleasant.'

'Ik ben supertrots op je,' zei ik zacht.

Ik zag een traan over haar wang glijden.

Lauren vertrok en ik liep naar Gahalowood, die tegen een auto geleund op me stond te wachten.

'Gaat het wel, schrijver?'
'Jawel.'
Een tijdlang bleven we zwijgend staan. Ook wij moesten voorlopig afscheid nemen van elkaar. Ik ging terug naar New York en hij naar Concord. Uiteindelijk zei Gahalowood: 'Dus, schrijver, we hebben het onderzoek afgerond en nu gaan we allebei naar huis?'
'Iets zegt me dat we elkaar snel weer zullen zien, sergeant.'
'Je weet dat er bij mij altijd een kamer voor je is. Kom wanneer je wilt.'
'Dank je, sergeant. Wanneer komen de meisjes terug van kamp?'
'Volgend weekend. En jij, heb jij nog plannen?'
'Niet echt. Ik zou me eind augustus bij de universiteit van Burrows moeten melden om het nieuwe studiejaar voor te bereiden...'
'Ga je dat echt doen?'
'Ik heb nog geen flauw idee.'

Ik reed in één ruk naar Manhattan. Ik ging terug naar mijn appartement. Ik voelde me alleen. Ik bladerde door mijn fotoalbum, het fotoalbum waaraan mijn moeder zo'n hekel had. Ik bleef lang op, ik had geen slaap. Uiteindelijk ging ik aan mijn bureau zitten en zette mijn computer aan. Ik opende het tekstverwerkingsprogramma en typte de titel van mijn nieuwe roman:

De zaak Alaska Sanders
Door Marcus Goldman

Na drie weken schrijven onderbrak ik het werk aan mijn boek even om mijn nieuwe functie aan de letterenfaculteit van de universiteit van Burrows op te pakken.

HOOFDSTUK 35
Zij die het weten

Burrows, Massachusetts
Maandag 23 augustus 2010

Bij aankomst daar wachtte me een warm welkom door de rector, Dustin Pergal. Hij stelde me voor aan mijn collega's. Eerst was er een lange vergadering over het lesprogramma, gevolgd door een gezamenlijke lunch. Daarna pas liep Pergal met me mee naar het oude kantoor van Harry. Naast de deur hing al een bordje met mijn naam. Bijna twaalf jaar nadat ik Harry Quebert hier had leren kennen trad ik in zijn voetsporen. Ontroerd ging ik de kamer binnen. Sinds mijn laatste bezoek leek er niets veranderd.

'Als je nog iets mist, zeg het dan vooral,' zei Pergal, die vanuit de deuropening naar me stond te kijken. 'We hebben een klein budget voor nieuwe meubels, mocht je die willen.'

'Bedankt, maar dit is perfect. Alles is perfect zoals het is.'

Ik ging achter het bureau zitten en keek om me heen. Pergal verdween. Ik trok een la open, de la waarin ik in juni dat beeldje van een meeuw had aangetroffen. Het lag er nog steeds. Met daaronder de oude krant waaraan ik tijdens mijn vorige bezoek geen aandacht had besteed. Nu pakte ik hem. Hij moest minstens twintig jaar oud zijn, als het niet meer was. Ik keek naar de datum en begreep het onmiddellijk.

Met de krant in mijn hand haastte ik me het kantoor uit. In de gang kwam ik Dustin Pergal weer tegen.

'Alles goed, Marcus?'

'Ja, hoor. Geen zorgen, ik kom terug. Ik weet niet wanneer, maar ik kom terug...'

'Ga je weg?'

'Ik heb een belangrijke afspraak.'

'Met wie?'

Ik antwoordde niet en liet hem gewoon daar staan. Hij had geen idee wat er aan de hand was. Op bijna geamuseerde toon riep hij me na: 'Of je nu student of docent bent, Marcus, met jou wordt het in elk geval nooit saai.'

De krant die ik had gevonden was afkomstig uit Lionsburg, een Canadees stadje aan de grens met de Verenigde Staten. Het vergeelde exemplaar dateerde van 30 augustus 1975. Een uiterst belangrijke dag in het leven van Harry omdat dat de dag was waarop Nola Kellergan verdween. Die krant had daar niet toevallig gelegen: het was een aanwijzing die Harry maanden geleden had achtergelaten, zodat ik hem zou kunnen vinden. Waarschijnlijk woonde hij daar.

Na een paar uur rijden kwam ik aan in Lionsburg. Nu moest ik alleen Harry nog zien te vinden. Ik reed naar het gemeentehuis met de bedoeling mensen daar naar hem te vragen. Maar toen ik mijn auto had geparkeerd viel mijn oog op een boekwinkel. Met open mond staarde ik naar de naam: De wereld van Marcus.

Een tikje onder de indruk liep ik naar binnen. Ik werd verwelkomd door een blonde vrouw die vaag op Nola Kellergan leek, maar dan in de versie van ruim boven de veertig.

'Kan ik iets voor u doen?' vroeg ze.

'Is Harry er ook?'

De vrouw draaide zich om en riep naar achteren: 'Lieverd, er is hier iemand voor jou.'

Harry kwam tevoorschijn. Hij keek me stralend aan. 'Marcus,' zei hij, 'eindelijk heb je me gevonden.'

~

De daaropvolgende dagen bracht ik bij Harry door. Het deed me heel erg denken aan mijn bezoekjes aan Aurora, op één ding na: er was nu een vrouw in zijn leven, Nadya, met wie ik in de winkel had kennisgemaakt. Ze woonden samen in een leuk huisje in het centrum van Lionsburg met een overdekt terras, dat geen uitzicht bood op de oceaan zoals in Goose Cove, maar op een rustige straat. De eerste dag werd ik rond vijf uur wakker. Ik liep het terras op, dat baadde in het ochtendlicht. Het was al warm. Terwijl ik de omgeving in me opnam, hoorde ik de stem van Harry achter me: 'Ik zie dat je nog steeds bij het krieken van de dag opstaat...'

Hij zat in een houten stoel, ik had hem niet gezien. Hij had een kop koffie in zijn handen en een tweede kop stond, nog dampend, voor mij klaar op een bijzettafeltje. Ik ging naast hem zitten.

'Waarom ken je me toch zo goed?' vroeg ik, nadat ik een slok koffie had genomen.

'Omdat ik je vriend ben, Marcus. Een vriend is iemand die je goed kent en die je toch aardig vindt.'

Ik moest even glimlachen.

Hij ging verder: 'Dat je hier bent, wil zeggen dat je de krant in de la van mijn oude bureau hebt gevonden. Daaruit maak ik op dat je die colleges aan de universiteit van Burrows gaat geven.'

'Eén semester maar,' zei ik. 'Dat had ik toegezegd. Ik kon Dustin Pergal toch niet laten zitten?'

'Moet ik je eraan herinneren dat Pergal je van die universiteit wilde verwijderen toen je er nog studeerde?'

'Ik weet het, maar dat was in het verleden. Dat moeten we achter ons kunnen laten.'

'En dat zeg jij?' zei hij op geamuseerde toon. 'Weet je, Marcus, dat ik je Burrows uit het hoofd heb proberen te praten was een onhandige poging van mij je aan te moedigen je eigen leven te leven. Niet tot elke prijs loyaal te willen zijn, maar te doen wat goed voor jóu is.'

'Ik geloof dat ik niet meer zo goed weet wat goed voor mij is.'

'Daar ben ik me van bewust,' zei Harry. 'En ik ben er om je te helpen.'

Tijdens die paar dagen met Harry was daar onmiddellijk weer die hechte band die in de loop der jaren tussen ons was ontstaan. We praatten aan één stuk door, alsof we de verloren tijd wilden inhalen, op zijn terras, in zijn woonkamer, in het restaurant vlak bij zijn huis waar we úren doorbrachten, net als vroeger bij Clark's. En in zijn boekwinkel, waar hij op een middag een exemplaar van *De waarheid over de zaak Harry Quebert* van een plank viste.

'Dit boek,' zei hij, 'heb ik zó vaak gelezen. Ik heb je nooit verteld hoe trots ik op je ben, Marcus. Ik realiseer me dat ik het heel onbeholpen heb aangepakt met die afspraak voor de voorstelling van *Madama Butterfly* in juli. Ik wilde niet nodeloos mysterieus doen, maar ik was zenuwachtig voor het weerzien. Ik wist niet hoe ik in je leven kon terugkeren nadat ik er zo abrupt uit was verdwenen. Destijds dacht ik in eerste instantie dat ik het jou kwalijk nam dat je mijn geheim had doorgeprikt, maar toen besefte ik dat ik met name bang was je kwijt te raken. Ik dacht dat je me zou haten nadat je de waarheid over *De wortels van het kwaad* had ontdekt.'

'Ik heb je nooit iets kwalijk genomen, Harry. Ik heb uit alle macht geprobeerd je te vinden.'

'Ik bewonder je, Marcus. En ik ben je eeuwig dankbaar. Dankzij jou, dankzij jouw onderzoek in 2008, heb ik Nola eindelijk kunnen laten rusten. Ik hoef niet meer op haar te wachten, ik leef niet meer in het verleden. Ik heb mijn leven weer kunnen oppakken. En wat ik dankzij jou met name heb begrepen is dat onze demonen nooit verdwijnen. We raken eraan gewend en uiteindelijk maken ze deel uit van ons dagelijks leven zonder in de weg te zitten. Je hebt iets in mij geheeld, Marcus, en ik wilde hetzelfde voor jou doen. Daarom heb ik je dat kaartje voor het concert van Alexandra Neville gegeven. Als eyeopener, om te zorgen dat je haar weer zou gaan opzoeken. Ze is de vrouw van je leven, Marcus. Het is nog niet te laat alles met haar weer in orde te maken. Ondanks alles wat er bij jouw familie in Baltimore is gebeurd. Dat concertkaartje was om je duidelijk te maken dat het leven doorgaat, dat er maar een klein vonkje nodig is om het in gang te zetten. Na dat concert had je achter de coulissen kunnen gaan, je had Alexandra Neville kunnen laten weten dat je er was. Je had haar weer kunnen spreken. Waarom heb je dat niet gedaan?'

'Ik heb geen idee, Harry. Het is te ingewikkeld.'

'Zo ingewikkeld is het niet, Marcus. Ik denk nog vaak aan die eenendertig raadgevingen voor het schrijverschap waarover jij het in *De waarheid over de zaak Harry Quebert* hebt en waarvan ik volgens jou de geestelijk vader zou zijn. Er is maar één raadgeving die ik je had moeten geven, die alle andere vervangt.'

'En dat is?'

'Stel jezelf de vraag: waarom schrijf ik? Zodra je die vraag hebt beantwoord weet je wat jou tot een schrijver maakt. Weet jij waarom je schrijft, Marcus?'

Na een lange stilte moest ik bekennen: 'Ik weet het niet, Harry. Ik weet het niet meer.'

'Ik kan niet in jouw plaats antwoord geven, Marcus, maar ik zal je zeggen wat ik denk. Jij schrijft om te helen. Met *De waarheid over de zaak Harry Quebert* heb je mij geheeld. Met *De zaak Alaska Sanders*, waaraan je naar eigen zeggen bent begonnen, zul je ongetwijfeld je vriend Gahalowood helen. Het is heel edelmoedig van je je zo om iedereen te bekommeren, Marcus, maar misschien wordt het tijd aan jezelf te denken. Natuurlijk kun je de rest van je leven Amerika blijven doorkruisen als de avontuurlijke, literaire weldoener die alle smerige moorden komt oplossen, maar daar heel je jezelf niet mee. Dat heelt niet wat er met je familie in Baltimore is gebeurd. Daar krijg je Alexandra of je neven niet mee terug. Het wordt tijd jezelf te vergeven, Marcus, en dat gaat alleen lukken door te schrijven.'

Zo zou Harry Quebert, mijn hervonden vriend en mentor, me er uiteindelijk toe aanzetten een beslissing te nemen die de loop van mijn leven zou veranderen: ik ging een schrijvershuis zoeken.

'Dat appartement van je in New York is prima,' zei hij, 'maar je hebt een plek nodig om je aan het schrijven te wijden. Een plek waar je je helemaal op jezelf kunt terugtrekken. Jouw Goose Cove.'

'Ik hou erg van New England,' verklaarde ik.

'Vergeet New England, Marcus. Jouw identiteit ligt elders. Een plek die kenmerkend is voor jou. Doe je ogen dicht en denk aan een stad.'

'Baltimore,' zei ik zonder aarzelen. 'Maar ik geloof niet dat ik zin heb naar Baltimore te gaan.'

'Het hoeft niet per se Baltimore te zijn, maar we gaan vooruit. Wanneer ik Baltimore hoor, denk ik uiteraard aan je familie, aan je neven. Je hebt nog nooit over de Goldmans-uit-Baltimore geschreven, Marcus. Er moet een plaats zijn waar je dat graag zou willen doen. Dat is de plaats waar Goldman Marcus zou kunnen helen.'

Toen ik donderdag 26 augustus Lionsburg eindelijk verliet, voelde ik me rustiger. Anders. Er werd een bladzijde van mijn leven omgeslagen. Voordat ik weer in de auto stapte, kuste ik Nadya op de wang en omhelsde ik Harry langdurig. 'Tot snel,' zei ik.

'Laat wat van je horen, Marcus. En kom wanneer je wilt. Je bent hier thuis.'

'Nadya en jij zijn ook van harte welkom in New York.'

'Niet in New York,' zei Harry met een geamuseerde glimlach. 'Ik kom naar je schrijvershuis zodra je dat eindelijk gevonden hebt.'

Ik begon aan de terugweg. Onder het rijden luisterde ik naar beroemde opera-aria's. Ik was net de grens tussen Canada en New Hampshire over toen Gahalowood belde.

'Schrijver,' zei hij op verslagen toon, 'we hebben de plank verschrikkelijk misgeslagen. Benjamin Bradburd had een alibi voor de moord op Alaska. Hij is niet onze man. Ik weet niet hoe het mogelijk is, maar we hebben ons ongelooflijk laten beduvelen.'

In de dagen nadat de zaak was afgesloten had dat kapotte achterlicht waarvan de stukken in het bos waren gevonden Gahalowood maar niet losgelaten. In eerste instantie had hij geprobeerd er niet aan te denken, maar het onbehaaglijke gevoel kwam steeds weer boven.

HOOFDSTUK 36
Dwaling

Salem, Massachusetts
Donderdag 26 augustus 2010

Ik ontmoette Gahalowood in Salem, voor het huis van Benjamin Bradburd.

'Wat is er aan de hand, sergeant?'

'Geloof me, schrijver, ik zou je nooit voor niets hebben lastiggevallen. Ik wilde je al een tijdje bellen om te zeggen dat er iets niet klopte...'

'Gooi het eruit, sergeant. Wat zit je dwars?'

'Alles klopte in onze theorie: Bradburd die de trui van Eric steelt en hem achterlaat als bewijsstuk. Dat briefje dat hij in de zak van Alaska had kunnen stoppen. Maar hoe zit het dan met die scherven van dat achterlicht? Kon dat echt toeval zijn, zoals Lansdane zei? Uiteindelijk ben ik teruggegaan naar de praktijk van Bradburd. Ik heb zijn volledige archief doorzocht. Hij bewaarde een hele hoop dingen ter meerdere eer en glorie van zichzelf. Volgens mij was hij nogal narcistisch aangelegd. En kijk eens was ik heb gevonden...'

Gahalowood zwaaide met een artikel uit de *Canaan Standard*, een lokale krant uit Connecticut, gedateerd 3 april 1999.

FEESTELIJKE BIJEENKOMST ARTSENGENOOTSCHAP CANAAN GEWIJD AAN PSYCHIATRIE

Vrijdag 2 april 1999 vierde het Artsengenootschap van Canaan zijn twintigste verjaardag met een galadiner in het stadhuis. Eregast was psychiater Benjamin Bradburd uit Salem, in Massachusetts, die een lezing heeft gehouden over het belang van psychotherapie in gevangenschap [...]

Gahalowood zei: 'De avond waarop Alaska is vermoord hield Bradburd een lezing op drie uur rijden van Mount Pleasant. We hebben ons vergist, hij kan de moordenaar niet zijn.'

'Waarom heeft hij dan zelfmoord gepleegd?'

'Omdat hij niet de gevangenis in wilde voor de moord op Eleanor.'

'Maar Alaska en Eleanor zijn met hetzelfde wapen vermoord...' zei ik. 'Wat is dan de link tussen de twee moorden?'

'Dat vraag ik me ook af, schrijver. Volgens mij staan ons nog meer verrassingen te wachten. Daarom wil ik samen met jou het huis van Bradburd nog een keer doorzoeken. Hebben we iets gemist?'

We gingen aan de slag en begonnen met de werkkamer van Bradburd.

'Zo te zien verzamelde hij graag nutteloze aandenkens,' constateerde Gahalowood.

Er gingen tientallen volkomen onbelangrijke documenten door onze handen. Bradburd leek inderdaad de hebbelijkheid te hebben gehad alles te willen bewaren. We konden de laatste twintig jaar van zijn leven deels herleiden aan de hand van rekeningen, lidmaatschapskaarten van sportscholen of videotheken, oude foto's en vliegtickets. Zo hier en daar stonden er ook aantekeningen op. Tijdens de eerste huiszoeking hadden we er niet echt aandacht aan besteed omdat het gewoon oude souvenirs waren. Toen viel mijn oog op een uitnodiging voor een bruiloft.

Steven Hart & Bella Swede gaan trouwen
30 augustus 1999
Hotel Plaza, Boston

‘Kijk dan, sergeant, die datum! Benjamin Bradburd was uitgenodigd voor een bruiloft op de avond dat Eleanor Lowell werd vermoord. Is hij daar ook echt geweest?’

‘Daar gaan we snel achter komen.’

Zonder problemen vond Gahalowood het telefoonnummer van Steven Hart. Hoewel het al laat was, belde hij onmiddellijk. Steven Hart vertelde dat hij drie jaar geleden gescheiden was van Bella Swede, maar bevestigde dat Benjamin Bradburd te gast was geweest op de bruiloft. ‘Is hij laat vertrokken?’ vroeg Gahalowood.

‘Voor zover ik me herinner, is hij in het hotel blijven slapen. Heeft dit iets te maken met zijn dood? Zo tragisch! Weten ze al iets meer over wat hem tot die daad gedreven heeft?’

Gahalowood luisterde al niet meer naar Steven Hart. Hij keek me aan met een mengeling van onbegrip en vastberadenheid. Iemand was erin geslaagd ons vanaf het begin van dit onderzoek om de tuin te leiden.

‘Laten we aannemen dat Bradburd erin geluisd is en Eric Donovan ook. Dan moet de moordenaar in verband te brengen zijn met Benjamin, Eric Donovan, Eleanor en Alaska,’ zei Gahalowood.

‘En Kazinsky,’ voegde ik eraan toe.

Ik had samen met de uitnodiging ook de foto die eronder lag uit de doos met herinneringen gevist. Gahalowood zag het en pakte hem op. Het was een trouwfoto: een trouwfoto van Benjamin Bradburd.

‘De bruid!’ riep Gahalowood uit. ‘De bruid!’

Ik keek naar de foto en mijn mond zakte open.

Binnen een uur stonden Gahalowood en ik bij het advocatenkantoor van Patricia Widsmith op de stoep, samen met een delegatie van de politie van Boston om haar te arresteren. Toen ze ons binnen zag komen, wist ze onmiddellijk hoe laat het was.

HOOFDSTUK 37
Eindspel

Boston, Massachusetts
Vrijdag 27 augustus 2010

'U weet waarom we hier zijn?' vroeg Gahalowood.

Ze schonk hem een treurige glimlach. 'Sinds die middag in juli dat ik jullie mijn kantoor binnen zag komen ben ik erop voorbereid mijn lot onder ogen te moeten zien. Elf jaar lang is het goed gegaan. Tot jullie je ermee begonnen te bemoeien.'

Ze stond op en liep naar het raam. Alsof ze nog een laatste keer wilde genieten van de stralende zon waarin Boston zich deze zomermiddag koesterde.

Gahalowood pakte een paar handboeien.

'Neem me niet gelijk mee,' verzocht Patricia. 'Ik heb geen zin jullie dit allemaal te vertellen in een van die duistere verhoorruimtes waarin ik maar al te vaak heb gezeten.'

'Oké,' zei Gahalowood. 'Ik ga u uw rechten voorlezen en uw verklaring opnemen, die tegen u gebruikt kan worden.'

'Die rechten hoeft u me niet voor te lezen, sergeant. Die ken ik en ik zie ervan af. Hoe zijn jullie erachter gekomen?'

'We misten een verbindende factor tussen de hoofdrolspelers in deze zaak: Eleanor Lowell, Alaska Sanders, Eric Donovan en Benjamin Bradburd. Toen we ontdekten dat u de ex-vrouw van Bradburd was, werd alles duidelijk.'

'Ik wist dat het zo zou aflopen.'

Gahalowood zette de opnamefunctie van zijn mobiele telefoon aan. 'Ga uw gang,' zei hij.

'Mijn naam is Patricia Widsmith. Tijdens mijn korte huwelijk heb ik heel even Bradburd geheten. In de nacht van 2 op 3 april 1999 heb ik Alaska Sanders vermoord.'

Ze zweeg. Haar gezicht was verstard in een soort grijns.

'Ik doe dit werk al heel lang,' zei Gahalowood, 'maar nu moet ik toch bekennen dat ik geen flauw idee heb wat er gebeurd kan zijn waardoor het zover is gekomen.'

'Wat wilt u weten?'

'Alles.'

'Waar moet ik beginnen?'

'Bij het begin.'

'Dan moeten we teruggaan naar januari 1998. Ik was een jaar getrouwd met Benjamin. Hij was een formidabele man. Ik was stapelverliefd. Benjamin was vijftien jaar ouder dan ik. Ik had me altijd aangetrokken gevoeld tot oudere mannen. Hij had een waanzinnig charisma, misschien dat dat me een gevoel van geborgenheid gaf. We hebben elkaar ontmoet tijdens een symposium over de doodstraf. Hij had heel lang in gevangenissen gewerkt en streed voor een nieuwe benadering van gevangenschap. We hadden gelijk een klik. Hij was een man met overtuigingen, dat vond ik leuk aan hem. Toen we samen iets kregen, was ik wel een beetje bang voor de reacties van de mensen om me heen, vanwege zijn leeftijd. Totdat ik me realiseerde dat iedereen met hem wegliep. Iedereen vond hem aardig. Mijn vriendinnen had hij volledig voor zich ingenomen, mijn moeder was dol op hem. Hij was intelligent, lief, vriendelijk, hulpvaardig. Een man uit duizenden. Het is allemaal best snel gegaan. Ik ben bij hem ingetrokken in zijn mooie huis in Salem. Hij had een goede baan. Ik werkte al als advocate in Boston, ik stond aan het begin van mijn carrière. Al snel vroeg hij me ten huwelijk. Ik zei ja. Zonder ook maar de geringste twijfel.'

~

Januari 1998

Eén jaar getrouwd en nu al bedrogen!

Patricia had haar man net met een andere vrouw betrapt. Ze haastte zich het gebouw waarin de praktijk was gevestigd uit en vluchtte haar auto in. Ze was verbaasd over haar eigen reactie: waarom was ze weggelopen in plaats van de confrontatie met hem aan te gaan? Waarom had ze geen scène gemaakt? Op dinsdag bleef Benjamin altijd tot laat op de praktijk om de rekeningen te controleren en administratie te doen. Dus werkte zij op dinsdag ook wat langer op kantoor in Boston. Daarna zagen ze elkaar thuis. Maar die avond was ze eerder naar huis gegaan en had ze hem willen verrassen. Ze was gestopt bij een Chinees afhaalrestaurant waar ze graag kwamen, had de halve kaart besteld en was met al dat eten zonder waarschuwing vooraf naar de praktijk gegaan. Toen ze de deur had opengedaan, had ze een vrouw horen kreunen en iemand gesmoord horen grommen. Op haar tenen was ze de gang door geslopen. De deur van de spreekkamer had op een kier gestaan en door de opening had ze Benjamin op de bank die voor zijn patiënten bestemd was naakt de liefde zien bedrijven met een vrouw. In eerste instantie had Patricia als aan de grond genageld staan kijken naar het tafereel waaraan maar geen einde leek te komen. Toen was ze zonder geluid te maken weer vertrokken, en had ze zich in haar auto verschanst om te huilen zonder dat iemand het zag. Ze voelde ongeloof en machteloosheid tegelijk. Ze had altijd gedacht dat zij een vrouw was die geen overspel duldde, dat ze een man die haar ontrouw was onmiddellijk zou verlaten. Maar nu ze daadwerkelijk was bedrogen voelde ze zich verlamd. Het enige wat ze kon doen was naar huis gaan en in bed kruipen. Ze vreesde het moment dat hij thuiskwam en toen het zover was, deed ze alsof ze sliep. Zonder te douchen schoof hij onder de dekens en trok haar tegen zich aan. Verstijfd, ijskoud en vervuld van walging bleef ze liggen.

De volgende dag wilde ze haar hart bij iemand luchten maar deed dat uiteindelijk toch niet. Ze schaamde zich. Was Benjamin niet degene die zich moest schamen? Hij leek er heel rustig onder te blijven. Goedgehumeurd als altijd. Hij merkte niet eens dat zij ergens mee zat.

Een week verstreek. De volgende dinsdag keerde ze stilletjes terug naar de praktijk en was door de deuropening nogmaals getuige van zijn overspel. En weer deed ze niets. Weer stond ze als verlamd. De dinsdagavond werd rendez-vous-avond: voor Benjamin met die vrouw en voor Patricia met hen allebei. Soms ging ze naar boven om naar hen te kijken terwijl ze bezig waren. Soms bleef ze in haar auto zitten en at ze dat vermaledijde Chinese eten dat ze steeds weer ging halen.

Hun relatie kachelde achteruit. In stilte. Benjamin leek zich nergens van bewust. Patricia wachtte tot hij haar zou vragen wat er mis was, tot hij aandacht aan haar zou besteden, maar zijn gedachten waren elders. Bij de andere vrouw. Patricia wilde niet meer door hem worden aangeraakt, en hoe minder hij haar aanraakte, hoe meer ze hem samen zag met de andere vrouw. Obscene beelden regen zich aaneen in haar hoofd. Doordat ze daar elke dinsdagavond was, had ze het gevoel onzichtbaar te worden. Niemand die haar nog opmerkte. Zelfs hij zag haar niet, achter het stuur van haar auto, aan de overkant van de straat. Wanneer hij het gebouw uit kwam lopen met de andere vrouw glimlachten ze naar elkaar en namen ze beleefd afscheid, trots op hun volmaakte toneelstukje. Zo kreeg de vrouw die Patricia altijd op de rug zag een gezicht. Ze was klein, blond en piepjong, met een doorschijnende huid en droevige ogen. Al snel had ze ook een naam bij dat gezicht: Eleanor, een patiënte van haar man. De schaamte die Patricia ervoer, werd alleen maar groter: als ze de misstappen van haar man zou onthullen, zou iedereen weten dat hij een vrouwenversierder was die het deed met een patiënte die qua leeftijd zijn dochter had kunnen zijn. Ze had absoluut geen zin de vrouw van een vrouwenversierder te worden, de vrouw die scheef werd aangekeken. Ze had absoluut geen zin het vanwege hem te moeten ontgelden.

In Salem had Patricia vriendschap gesloten met een aardige jongen, Eric Donovan. Ze kwamen in dezelfde uitgaansgelegenheden en in de loop der tijd waren ze het steeds beter met elkaar gaan vinden.

In die verderfelijke tijden had Patricia weleens overwogen met Eric naar bed te gaan, met het idee dat dat bevrijdend zou kunnen werken. Die gedachte had ze ook onmiddellijk weer laten varen, maar ze zocht hem wel regelmatig op in de Blue Lagoon, een bar die erg in was op dat moment. Soms nam Eric een jeugdvriend van hem mee, Walter, een aardige, zij het enigszins lompe vent, die altijd net iets te hard zijn best deed om de aandacht te trekken.

Op een avond in maart had Patricia de Blue Lagoon voor het laatst bezocht. Ze kwam er een groepje meisjes tegen waartoe ook Eleanor bleek te behoren. Toen ze haar zag, draaide haar maag zich om en had ze het gevoel te moeten overgeven. En om het nog erger te maken fluisterde Eric in haar oor terwijl hij naar Eleanor gebaarde: 'Haar vind ik echt heel leuk. Kun jij niet met haar gaan praten en me dan aan haar voorstellen of zo?' Vervuld van weerzin had Patricia haar biertje van de bar gepakt om een stuk verderop te gaan zitten, maar toen ze zich omdraaide, was ze tegen een jonge vrouw op gebotst. Allebei hadden ze zich verontschuldigd en daarbij had het kunnen blijven als Patricia niet, toen ze de bar had verlaten en weer in haar auto zat, datzelfde meisje door de verlaten straat had zien lopen. Ze was erg mooi en Patricia vond het maar niets dat ze daar op die tijd zo in haar eentje liep. Ze stopte naast haar en liet haar raampje zakken.

'Ben je lopend?'

'Ja, ik heb te veel gedronken om nog in de auto te stappen. Alle anderen zijn al weg en er is geen taxi meer te krijgen. Een stukje lopen kan geen kwaad.'

'Stap in, dan breng ik je wel thuis.'

De jonge vrouw stapte in. Patricia was onmiddellijk in de ban van haar schoonheid. Haar gezicht, haar glimlach, haar ogen, haar haar. En dat lichaam. En die voornaam die ze nooit meer zou vergeten: Alaska.

'Waar woon je, Alaska?'

'In Mack Park.'

Patricia kon het niet laten onder het rijden regelmatig een blik op haar passagier te werpen. Haar schoonheid werkte als een magneet. Ze vond haar sensueel, terwijl ze nog nooit eerder zo naar een vrouw had gekeken. Haar blikken ontgingen Alaska niet.

'Wat is er?' vroeg ze een tikje verlegen.

'Niets. Ik kijk naar je. Ik vind je... heel mooi. Nou ja, wow... je hebt gewoon iets.'

Alaska's lach klonk warm en welluidend. 'Dank je. Jij bent ook mooi.'

'Ik viste niet naar een complimentje,' verduidelijkte Patricia haastig.

'Dat weet ik.'

Toen Patricia Alaska bij het huis van haar ouders afzette, was de sfeer even voelbaar geladen. Eigenlijk wilde Patricia Alaska's telefoonnummer vragen, maar ze durfde niet. Ze vond het lastig dat het een vrouw was, lastig dat zij tien jaar ouder was, terwijl Benjamin seks had met een patiënte die dertig jaar jonger was dan hij.

Patricia ging naar huis. Benjamin sliep al. Ze nam een uitgebreide douche. Ze was zich bewust van een volkomen nieuw soort opwinding. Het voelde aangenaam.

Twee weken later liep Alaska op een dinsdagavond naar huis, toen ze aan een van de hoofdstraten van Salem Patricia in haar auto zag zitten eten. Alaska vond het een grappig gezicht en klopte op het raam. 'Wat doe jij hier?' vroeg ze.

'Ik zit te wachten,' antwoordde Patricia.

'Op wie zit je te wachten?'

Voor het eerst had Patricia zin haar hart te luchten. Te vertellen wat ze doormaakte. Ze nodigde Alaska uit bij haar in de auto te stappen en vertelde haar alles.

'Je man is dus in zijn kantoor zijn minnares aan het neuken, en jij wacht beneden voor de deur. Maar waar wacht je dan op?'

'Ik wacht tot hij klaar is.'

Patricia huilde intussen. Ze zag het niet meer zitten. Ze was het zat zo met zich te laten sollen. Alaska pakte haar hand en drukte er een lange kus op. Weer kreeg Patricia dat aangename gevoel.

Toen zei Alaska: 'Mannen zijn zwaar shit.'

Patricia moest lachen. Alaska bracht haar gezicht naar dat van Patricia en ze zoenden elkaar. Na een sensuele kus vroeg Patricia: 'Wat doe jij de komende dagen?'

'Niets bijzonders, hoezo?'

'We zouden een paar dagen weg kunnen gaan, met zijn tweetjes.'

'Wat? Zomaar? Nu?'

Patricia knikte, zenuwachtig voor de reactie van Alaska. Ze had zin om zich nu in dit avontuur te storten. Te genieten van het moment. Er gebeurde iets tussen hen, daar wilde ze gewoon helemaal in meegaan. Ze dacht dat het waarschijnlijk geen lang leven beschoren zou zijn. Dat deze plotselinge aantrekkingskracht slechts een voorbijgaande bevlieging was. Ze was dertig geworden zonder ooit ook maar te overwegen iets met een vrouw te beginnen. Waarom zou daarin nu opeens verandering komen? Ze verlangde gewoon naar deze pure schoonheid.

'Oké,' zei Alaska.

'Echt?'

'Ja, we leven maar één keer, toch? Ik ga even thuis wat spullen halen en tegen mijn ouders zeggen dat ik vannacht bij een vriendin slaap en morgen naar New York vertrek voor een auditie.'

Doordat Alaska het over haar ouders had, moest Patricia onwillekeurig aan haar leeftijd denken. Ineens begon ze te twijfelen.

Toen Alaska dat merkte, zei ze: 'Ik woon nog bij mijn ouders, ik wil ze niet onnodig ongerust maken. En als ik ze niet ongerust wil maken, kan ik ze maar beter niet vertellen dat ik een paar dagen op stap ga met een vrouw die ik amper ken, geen idee waarnaartoe.'

Weer moest Patricia lachen. Ze zette Alaska bij haar ouders af en reed toen behoedzaam naar huis. Ze constateerde dat het licht in de slaapkamer aan was en dat Benjamin waarschijnlijk onder de douche stond. Ze sloop naar binnen, pakte de sleutels van het huis in Vinalhaven die in de gang hingen en vertrok weer net zo stilletjes. Ze zou haar man een berichtje sturen dat ze in Boston bleef vanwege een spoedzaak. Op haar werk zou ze zich ziek melden. Ze haalde Alaska weer op, die nu een weekendtas bij zich had.

'Ik heb kleren voor je meegenomen, zoals je had gevraagd,' zei Alaska. 'Ik denk dat ze wel passen.'

'Dank.'

Ze vertrokken die avond. Ze reden naar Rockland, in Maine, waar ze in het holst van de nacht aankwamen. Ze namen een kamer in een motel en stortten naast elkaar in bed, doodmoe van de rit. De volgende ochtend gingen ze met de veerboot naar Vinalhaven. Tijdens de overtocht verslond Patricia Alaska, die met haar haren in de wind van de omgeving stond te genieten, met haar ogen.

Op het eiland, in het grijze huis omringd door rode esdoorns, bracht Patricia twee verbijsterende dagen door.

Twee dagen waarin ze leerde de liefde te bedrijven met een vrouw.

Twee dagen van puur en intens geluk zoals ze nooit eerder had ervaren.

In Vinalhaven veranderde haar leven voor altijd.

~

'Ik zal die twee dagen in april in Vinalhaven nooit vergeten,' zei Patricia tegen ons. 'Het was ongelooflijk. Alaska heeft me nieuw leven ingeblazen. Ze heeft me de kracht gegeven die ik nodig had om de touwtjes van mijn leven weer in handen te nemen. Ze heeft me aangemoedigd: "Ga weg bij die rotzak. Hij verdient je niet. Je bent beter af zonder hem." Ik was beter af zonder hem dankzij haar. Terug in Salem ben ik de confrontatie met Benjamin aangegaan. Ik heb gezegd: "Ik weet alles, gore smeerpijp! Je hebt seks met een patiënte. Ik weet zelfs hoe ze heet. Je ontmoet haar iedere dinsdagavond in je praktijk, wanneer je zogenaamd de administratie doet!" De reactie van Benjamin was verbijsterend: ik had gewild dat hij het ontkende zodat we stevig ruzie konden maken, maar in plaats daarvan haalde hij zijn schouders op en zei: "Ik ben niet de eerste en ook niet de laatste die een avontuurtje heeft. Dat gebeurt." En vervolgens ging hij verder met het lezen van zijn krant.

Toen ik Benjamin er na een afwachtende houding van maanden eindelijk op aansprak, realiseerde ik me dat ik ons huwelijk gewoon had laten doodbloeden. Misschien dat ik, als ik gelijk had gereageerd, nog puf zou hebben gehad onze relatie te redden. Maar nu was ik er klaar mee. Die man leek ineens een vreemde voor me. Ik wilde er een streep onder zetten. Gek, zoals we een relatie kunnen opbouwen en die vervolgens in een vloek en een zucht kapot kunnen maken. De tactiek van de verschroeide aarde. Benjamin en ik zijn uit elkaar gegaan. Ik heb een appartement gehuurd. Aangezien ik behalve Alaska niemand ooit iets over de ontrouw van Benjamin had verteld, heb ik daar na onze breuk ook niet over uitgeweid. Ik wilde geen drama, geen toestanden. Ik wilde verder. Dus heb ik geduldig de verwijten van mijn moeder aangehoord, die vond dat ik me een geweldige man had laten ontglippen. Zij zagen elkaar daarna overigens nog regelmatig.'

'Jullie zijn dus gescheiden,' zei Gahalowood.

'Niet onmiddellijk. Benjamin was nogal een krent. We hadden geen huwelijkse voorwaarden opgemaakt en zijn familie zat goed in de slappe was. Zijn geld liet me koud, maar ik wilde hem graag een beetje kwellen. Dus heb ik hem gevraagd waar ik recht op had: de helft van zijn bezittingen. Hij werd helemaal gek.'

~

April 1998

'Je gaat niet de helft van mijn bezit opeisen voor één jaar huwelijk!' schreeuwde Benjamin woest.

'Toen we trouwden ging het over voor- en tegenspoed. Allebei nemen we datgene wat voor de ander het belangrijkst was: jij hebt mij mijn gevoel van eigenwaarde afgepakt, ik pak jouw geld.'

'Je gevoel voor eigenwaarde... overdrijf niet zo!'

'Overdrijven? Kom op, Benjamin, ik heb je die blonde meid zien neuken.'

'Wat kun jij melodramatisch doen, zeg! Daarom ben je ook zo'n goede advocate. Ik hoop dat je niet allerlei flauwekul over mij aan je vrienden vertelt.'

'Maak je geen zorgen, je geheim is veilig bij mij. En als je moeder ernaar vraagt, zal ik zeggen dat het niet meer ging tussen ons.'

'Waarom zou mijn moeder jou vragen stellen?'

'Die malloot met haar stomme Miss New England-verkiezing maakt zich vast zorgen om de familiereputatie.'

'Praat niet zo over mijn moeder die jou altijd in je waarde heeft gelaten!'

De scheiding van Benjamin was een keerpunt in het leven van Patricia. Nu kon ze zich helemaal aan Alaska wijden. De hartstocht doofde niet uit. Integendeel. Die werd alleen maar groter. Het appartement waar Patricia naartoe verhuisde, werd de cocon van hun geheime liefde. Nooit eerder had ze zo van iemand gehouden. De liefde van Alaska was onvoorwaardelijk.

Weken gingen voorbij. Elke dag constateerde Patricia tot haar verbazing dat ze nóg meer van Alaska hield. Ze dachten over de toekomst na. Alaska wilde graag ooit in Manhattan gaan wonen. Of in Los Angeles. Patricia vond dat een aanlokkelijk idee, maar Alaska wilde de goede gelegenheid afwachten om zich daar te vestigen.

'Ik heb geen zin daar te verkommeren als serveerster in afwachting van de rol van mijn leven,' had Alaska verklaard.

'Ik kan voor ons allebei werken,' had Patricia gezegd. 'Dan kun jij je op je audities concentreren.'

'Ik wil niet de actrice zijn die door haar vriendin wordt onderhouden. Ik heb trouwens ook wat geld opzijgezet. Maar voorlopig wil ik daar niet aankomen. We zitten hier goed, in Salem. Bovendien voel ik dat er snel duidelijkheid zal komen.'

Alaska hoopte dat dit een belangrijk jaar in haar carrière als actrice zou worden: sinds kort had ze een agente in New York, die haar steeds meer castings bezorgde. Ze oefende haar teksten met Patricia en vervolgens maakte ze een opname in haar kamer bij haar ouders thuis, met dank aan de oude videocamera van haar vader.

'Je kunt je filmpjes ook bij mij opnemen, als je wilt,' stelde Patricia op een dag voor.

'Nee, mijn moeder zoekt na afloop altijd het beste filmpje voor me uit en ik wil niet dat ze vragen gaat stellen.'

'Vragen over ons?'

'Ja.'

Patricia had zichzelf ook vragen over hun relatie gesteld. Zij was inmiddels zover dat ze die omarmde. Alaska, die bang was voor de mening van anderen, duidelijk nog niet.

'Mensen zijn stom,' zei Patricia uiteindelijk. 'Het zal ons worst wezen wat ze denken.'

'Ja, maar zo werkt het niet. Ik wil graag carrière maken, niet de mentaliteit drastisch veranderen. Ken jij veel beroemde actrices die officieel een relatie met een vrouw hebben?'

Patricia onderbrak haar verhaal. Tot dan toe had ze haar plaats bij het raam niet verlaten. Nu deed ze een paar stappen opzij en trok een la open. Gahalowood hield haar bewegingen nauwlettend in de gaten. Ze pakte een foto en gaf die aan ons. Op de foto zagen we een twaalf jaar jongere versie van haar, samen met Alaska in New York.

Op zachte toon zei ze: 'Mijn schatje, zo lief, zo mooi. Mijn engeltje. Mijn beauty. Begin juni 1998 werd ze tweeëntwintig. Ik heb haar een weekend meegenomen naar New York. We deden net alsof we er woonden. Ik wilde graag een beetje dromen. Onze echtscheidingsprocedure was vastgelopen. Ik zei tegen Benjamin dat ik bereid was af te zien van de helft van zijn bezit in ruil voor het huis op Vinalhaven. Dat deed ik deels omdat ik hem gek wilde maken: hij was dol op dat huis. Maar ook omdat ik me daar de zomers zag doorbrengen met Alaska. Dat zou ons toevluchtsoord kunnen worden. Benjamin wilde natuurlijk dat ik afstand zou doen van alles, maar hij had geen enkel pressiemiddel. Hij had een gerenommeerd advocaat in de arm genomen en volgens mij gaf die hem weinig hoop wat de uitkomst van onze scheiding betrof. Ik was niet van plan toe te geven.

Aan het begin van die zomer ontstond het gerucht dat Alaska niet in mannen geïnteresseerd was. Ze was gezien met "een oudere vrouw". Alaska had zich net ingeschreven voor de Miss New England-verkiezing op aanraden van haar agente, die zei dat haar carrière daarmee in een stroomversnelling zou kunnen komen. Op een ochtend belde Alaska me enigszins paniekerig op kantoor: "Ze beginnen te zeggen dat ik op vrouwen val." Ik wilde het een beetje relativeren en zei op geamuseerde toon dat dat toch ook zo was, maar zij reageerde bits: "Ik vind dit niet om te lachen. Dit is een ramp! Ik ken die mensen van Miss New England, die zijn hartstikke ouderwets." Die avond ging Alaska met haar vriendinnen naar de Blue Lagoon en kwam daar Walter Carrey tegen, die al een tijdje om haar heen draaide. Aan het eind van de avond trok ze hem op de parkeerplaats, waar iedereen bij was, plotseling naar zich toe en zoende hem vol op de mond.'

Ik vroeg: 'Dus Alaska was alleen iets met Walter Carrey begonnen om haar seksuele geaardheid te verhullen?'

'Ja,' antwoordde Patricia. 'Het was de bedoeling dat Walter zijn rol tot aan de verkiezing zou spelen. Hij was er geknipt voor. Het voelde geloofwaardig omdat hij aantrekkelijk, sportief, goedgebouwd en heel aardig was. Hij deed ook niet moeilijk, viel Alaska niet lastig en het mooiste was dat hij niet in Salem woonde, zodat hij er slechts af en toe zou zijn en ons niet in de weg zou lopen. Alaska zei dat ze niet met elkaar naar bed gingen. Ik denk dat ze dat zei om mij een plezier te doen, of om me gerust te stellen, maar ik was me ervan bewust dat ze eenentwintig was, dat haar hormonen vrij spel hadden en dat ze ongetwijfeld nog bezig was met haar seksuele geaardheid. Eerlijk gezegd vond ik de aanwezigheid van Walter geen probleem. Ik voelde me niet bedreigd. Paradoxaal genoeg maakte Walter onze relatie sterker: Alaska accepteerde nu makkelijker dat wij samen waren. Ze permitteerde zich zelfs nieuwe vrijheden, zoals stiekem mijn hand vasthouden onder tafel in een restaurant, of me snel omhelzen in een verlaten straat. Alles ging super. Maar dat zou niet lang duren. Er begon een rivaliteit te broeien: Eleanor Lowell was jaloers op Alaska.'

~

Juni-juli 1998

Sinds Alaska officieel iets met Walter had, deed ze ook haar best om zo vaak mogelijk over mannen te praten. Zo gaf ze sinds kort, wanneer ze met haar vriendinnen in de Blue Lagoon was, commentaar op iedere jongen die langskwam. Binnen het vriendinnengroepje koesterde Eleanor Lowell een groeiende jaloezie jegens Alaska. Zij was degene die de geruchten over homoseksualiteit stilletjes de wereld in had geholpen. De irritatie van Eleanor werd alleen nog maar groter toen Alaska een hoop heisa begon te maken over Eric Donovan, die ze naar eigen zeggen bijzonder aantrekkelijk vond. Ze vroeg zich zelfs af of ze er wel goed aan had gedaan Walter te kiezen in plaats van zijn vriend Eric. Dat Alaska over Eric was begonnen was puur toeval. Ze wist niet dat Eleanor en hij sinds een tijdje het bed deelden. Op een avond trok Eleanor Alaska met zich mee. Ze greep haar bij haar kleren en zei op felle, waarschuwende toon: 'Ik zou maar een beetje uitkijken als je geen problemen wilt. Blijf van Eric af.'

'Eric Donovan?'

'Eric Donovan. Hij is van mij.'

'Heb jij iets met Eric? Is hij die mysterieuze vent van jou?'

'Afblijven, oké? En mond dicht. Eric en ik willen niet dat dit bekend wordt.'

Toen Alaska Patricia over dit voorval vertelde, zei Patricia niet dat Eleanor ook de minnares van Benjamin was; dat had ze tot dan toe niet verteld en ze zag het belang er ook niet van in. Maar ze begreep wel dat deze Eleanor Lowell een niet te vertrouwen slet was.

~

Gahalowood en ik luisterden zwijgend en geboeid naar Patricia. Ze had haar plaats bij het raam weer ingenomen en ging verder: 'Toen ik er een paar dagen geleden achter kwam dat Eleanor niet goed behandeld werd door haar minnaar, terwijl ik wist dat die minnaar Benjamin was, begreep ik dat hij zich die zomer op haar had gewroken. Hij was de grip op de situatie volledig kwijt. Al het chagrijn dat de echtscheidingsprocedure bij hem bovenbracht, stortte hij over Eleanor uit. Plotseling was ze bij hem uit de gratie en hij weigerde zich met haar in het openbaar te vertonen, ongetwijfeld uit angst dat ik dat voor de rechter tegen hem zou gebruiken. In juli werd Alaska eindelijk geselecteerd om mee te doen aan de Miss New England-verkiezing. Aan het eind van de maand hoorde ze dat Eleanor tot jurylid was benoemd. Begin augustus sprak Eleanor met Alaska in een café af om haar allerlei rottigheid naar het hoofd te slingeren en haar toe te bijten dat ze er alles aan ging doen te zorgen dat Alaska niet zou winnen. "We zijn die verhalen over die waardeloze acteercarrière van jou meer dan zat. Hou het maar bij de rol van stiekeme lesbo, daar ben je heel goed in." Hoe sterk Alaska normaal gesproken ook was, hier was ze kapot van. Ze raakte helemaal in de put. Ik zei tegen haar dat we sowieso naar New York zouden gaan, maar zij zei weer dat ze daar niet naartoe wilde om in een restaurant te gaan werken. Ik wilde haar tegen elke prijs helpen. En er was iets wat ik kon doen.'

'Eleanor Lowell vermoorden,' opperde Gahalowood.

'Nee!' riep Patricia uit. 'Natuurlijk niet! Dat is geen moment bij me opgekomen. Ik ben Benjamin gaan opzoeken in Vinalhaven. Ik heb gezegd dat ik, als hij zou zorgen dat Alaska de Miss New England-verkiezing won, de scheidingspapieren zou tekenen zonder ook maar een cent van hem te vragen.'

'En dat vond hij goed?'

'Uiteraard. Zo kwam hij er met een koopje van af. Maar ik heb niets tegen Alaska gezegd. Ik wilde dat die overwinning een triomf zou zijn, niet het resultaat van een onsmakelijke afspraak van een weerzinwekkend stel. En toen kwam de avond van 30 augustus 1998. Alaska en ik zaten fruits de mer te eten in een restaurant aan de kust. Ze zag er nogal ontredderd uit. "Wat is er met je, lieverd?" vroeg ik. "Zit die ellendige Eleanor je nog steeds dwars?" "Ja, ik heb het gevoel dat ze allemaal nare praatjes over me rondstrooit. Ze werkt me de groep uit. Vanavond zijn ze met zijn allen naar Chandler Hovey Park gegaan om te zwemmen, maar niemand heeft mij meegevraagd." Ik kon er niet tegen Alaska zo te zien lijden. Zelf was ze zo lief en zachtaardig; ze verdiende dit niet. Ik moest iets doen. Ik moest haar beschermen tegen het gekonkel van Eleanor. Mijn besluit stond vast.

Na ons etentje heb ik Alaska naar huis gestuurd onder het voorwendsel dat ik de volgende ochtend vroeg een afspraak in Boston had, zodat het niet handig was dat ze bij mij bleef slapen. Ze is vertrokken en ik ben naar Chandler Hovey Park gegaan. Ik heb mijn auto aan de rand van de bijna verlaten parkeerplaats neergezet. Het zal rond halfelf zijn geweest. Er stonden maar drie andere auto's, helemaal aan de andere kant. Omhuld door het duister keek ik naar de figuren van vier jonge vrouwen die op het strand heen en weer liepen bij het licht van de lantaarnpalen. Dit is wat er die nacht is gebeurd.'

30 augustus 1998
Halftwaalf 's avonds

Het geluid van stemmen was sinds een paar minuten verstomd. Van een afstandje zag Patricia dat de meisjes hun spullen bij elkaar aan het zoeken waren. Ze zat ze intussen al een uur te bespieden. Ze wilde met Eleanor praten, eisen dat ze Alaska met rust liet, maar dat wilde ze niet doen waar de anderen bij waren. Al snel verplaatsten de vrouwen zich naar de parkeerplaats. Patricia zag dat een van de vrouwen op het strand was achtergebleven. Ze zat een sigaret te roken. De drie anderen doken op in het licht van de parkeerplaats. Eleanor was er niet bij. Zij was dus degene die op het strand was achtergebleven. De drie vrouwen stapten in twee auto's en verdwenen zonder de aanwezigheid van Patricia te hebben opgemerkt.

Zodra ze een flink stuk uit de buurt waren, stapte Patricia met bonzend hart uit haar auto. Ze keek om zich heen. Er stonden twee huizen in de buurt, maar om het ene stond een dikke, hoge muur, ongetwijfeld ter bescherming tegen nieuwsgierige blikken en overlast. Het andere huis was helemaal donker.

Zonder geluid te maken liep Patricia in de richting van Eleanor. Die zat in badpak en op een badhanddoek naar de oceaan te staren. Patricia maakte haar aanwezigheid kenbaar en Eleanor maakte een schrikbeweging.

'Shit hé, ik schrok me dood,' zei ze.

Ze herkende het gezicht van de vrouw tegenover haar en voegde eraan toe: 'Jij bent toch de vrouw van Benjamin?'

'Het verbaast me dat je me kent,' zei Patricia.

'Ik heb foto's van je gezien. Benjamin zegt dat je een enorm rotwijf bent.'

'Dat kan ik ook van jou zeggen.'

'Hé, ga je lekker? Heb je een probleem met mij? Ben je jaloers omdat ik het met je man doe?'

'Ik heb vooral medelijden met je. Bedankt dat je me van hem hebt bevrijd.'

'Verbeeld ik het me of is het geen toeval dat je hier bent?' vroeg Eleanor. 'Ben je gekomen om ruzie te zoeken?'

'Ik wil geen moeilijkheden, ik kom je alleen vragen Alaska met rust te laten. En haar deelname aan de Miss New England-verkiezing niet te saboteren.'

'O, mijn god, jij bent het!' riep Eleanor met een akelige glimlach op haar gezicht uit. 'Jij bent het vriendinnetje van Alaska. Jij hebt aan Benjamin gevraagd haar te laten winnen. Ik begreep al niet waarom hij me al twee weken aan mijn kop zeurt over haar en zegt dat zij zijn lievelingskandidaat is, dat we haar misschien een beetje moeten steunen, omdat zijn moeder dat wil. Zijn moeder, maak dat de kat wijs! Het gaat om een afspraak met jou. Wat heb je hem in ruil daarvoor beloofd? De scheiding? Is hij daarom de laatste tijd zo vrolijk? Nou meid, vergeet het maar. Ga jij nu maar met de poes van Alaska spelen en laat mij met rust.'

~

'De gemoederen raakten steeds verder verhit,' vertelde Patricia ons. 'Eleanor dreigde onze relatie openbaar te maken, ik werd kwaad en het kwam tot een handgemeen. In eerste instantie stelde dat niet veel voor, maar toen gaf Eleanor me een harde duw. Ik viel op de grond. Ze rende naar haar spullen en kwam terug met een uitschuifbare wapenstok in haar hand. Ze wilde me slaan, maar ik wist haar te ontwijken. Toen gaf ik haar ook een duw en rolden we over de keien. Ik slaagde erin haar de wapenstok te ontfutselen en in een soort reflex deelde ik daar een vlugge, harde klap mee uit. Ik raakte haar vol in haar gezicht en ze viel plat op de grond. Bewegingloos. Ik had haar gedood.

Ik werd overvallen door paniek. Ik heb getwijfeld of ik de politie moest bellen, ik dacht dat die vanzelf wel zou komen. Ik heb gehuild. Maar er gebeurde niets. Het was een volmaakt rustige nacht. Beetje bij beetje kwam ik weer bij mijn positieven. De vloed kwam op. Niemand had me gezien, ik moest me van het lichaam ontdoen, de oceaan eiste zijn plek op en zou eventuele bloedsporen wissen. Ik ben naar mijn auto gerend. In de kofferbak lag altijd een deken. Daarin heb ik het lichaam van Eleanor gerold, om geen bloedsporen op het gras of de parkeerplaats achter te laten waardoor de politie argwaan zou krijgen. Ik dacht dat ze, als er helemaal geen sporen zouden zijn, vanzelf aan verdrinking zouden denken. Ik legde Eleanor in de kofferbak van mijn auto en ben nog even teruggegaan om de wapenstok op te rapen en mee te nemen, zodat ik die verderop ergens kon weggooien. Terwijl ik daarmee bezig was, hoorde ik een bericht binnenkomen op de telefoon van Eleanor. Ik zag het scherm oplichten tussen haar spullen. Op dat moment kreeg ik het idee haar dood als zelfmoord te vermommen. Alaska had me verteld dat Eleanor in het verleden twee zelfmoordpogingen had gedaan. Ik pakte haar telefoon, scrolde door haar contacten en stuurde een bericht aan het nummer waar "mama" bij stond: "Ik heb de kracht niet meer om verder te gaan". Ik heb de telefoon teruggelegd en ben vertrokken. Ik ben gaan rijden zonder te weten waarnaartoe. Ik moest me ontdoen van het lichaam. Ik wilde in beweging blijven, niet stoppen, zorgen dat ik niet in een toevallige politiecontrole terechtkwam, want dat was waar mensen door de mand vielen. En toen moest ik plotseling denken aan de put bij het huis op Vinalhaven. Ik wist dat Benjamin die avond naar een bruiloft in Boston was. Steven en Bella, die in eerste instantie mijn vrienden waren, hadden ervoor gekozen hém uit te nodigen. Nou ja, er zou die avond dus niemand in Vinalhaven zijn. Ik heb koers gezet naar Rockland. Daar zou ik bij het krieken van de dag aankomen en dan zou ik nog maar twee uur op de eerste veerboot hoeven wachten. Dat leek me goed te doen. Ter hoogte van Portland ben ik bij een benzinestation gestopt omdat mijn tank bijna leeg was. Ik herinner me dat het bloedheet was. Het was een tropische nacht, ik zweette me kapot. Toen de tank bijna vol was, hoorde ik plotseling geluid uit de kofferbak. Iemand die tegen het deksel bonkte. Gevolgd door gekreun. Toen begreep ik dat Eleanor niet dood was.'

Eleanor Lowell was niet dood. Ze was alleen maar bewusteloos geraakt van de klap en kwam nu langzaam weer bij. Patricia slaagde erin haar opkomende paniek de kop in te drukken. Ze was de enige bij de pomp, niemand die iets kon horen. Zo kalm en ontspannen mogelijk liep ze de winkel in om te betalen voor de benzine.

HOOFDSTUK 38
Bekentenissen

Boston, Massachusetts
Vrijdag 27 augustus 2010

'Op dat moment had u nog kunnen stoppen,' zei Gahalowood tegen Patricia.

'En dan de gevangenis in gaan voor poging tot moord? Ik was er geweest. Als ik haar nu nog op het strand had achtergelaten... Maar ik had haar in de kofferbak gestopt met de bedoeling me van haar te ontdoen. Daar kon ik wel dertig jaar voor krijgen.'

'Wat hebt u toen gedaan?'

'Ik ben weer gaan rijden. En ik ben blijven rijden, met steeds weer een omweggetje, tot ik precies op tijd voor de veerboot in de haven van Rockland aankwam. Ik hoopte dat ze in al die uren dat ik onderweg was geweest zou zijn bezweken. Of dat ze op zijn minst weer buiten bewustzijn zou zijn geraakt. In dat stadium denk je niet meer echt na. Dan handel je alleen maar. Probeer je je hachje te redden. Ik heb mijn auto op de veerboot naar Vinalhaven gezet. De overtocht leek eindeloos te duren. Eleanor, die op een gegeven moment moest zijn ingedommeld, begon plotseling weer te kloppen. Maar het geluid van de machines en de oceaan overstemde haar roep om hulp. Uiteindelijk zijn we op Vinalhaven aan land gegaan en ben ik naar het huis gereden. Het was zeven uur 's ochtends, ik kwam niemand tegen. Het huis was leeg, zoals ik had verwacht. Eleanor maakte geen geluid meer. Na heel lang aarzelen opende ik de kofferbak. Ze had haar ogen halfdicht, ik wist niet of ze dood was of nog leefde. Ik raapte al mijn moed bij elkaar: nog even doorbijten, dan was het allemaal achter de rug. Ik pakte haar vast en tilde haar uit de koffer. Op dat moment greep ze me bij de arm en deed ze haar ogen wijd open. Ik schrok me helemaal kapot. Ik sleepte haar naar de put, waar ik de houten plank al vanaf had gehaald. Ik sleurde haar mee zo goed en zo kwaad als het ging. Mijn hele lijf trilde en ik had het gevoel dat ik moest overgeven. Ik heb haar op het muurtje van de put gesjord. Ze keek me nog steeds aan. Uiteindelijk heb ik haar een laatste duw gegeven en deed haar eigen gewicht de rest. Met een doffe klap landde ze op de bodem van de put. Ik vermoed dat de val haar heeft gedood. Misschien ook niet. Ik heb de put weer dichtgedaan en ben teruggelopen naar mijn auto. Ik heb een paar keer overgegeven in het gras. Nu moest ik alleen die wapenstok nog kwijt. Op dat moment viel mijn oog op de kleine garage waarin Benjamin altijd zijn Chrysler Sebing had staan, zodat hij niet met een auto de veerboot op hoefde. Voor sommige overtochten moest je van tevoren reserveren, wat een spontane actie in de weg kon staan. Dus had Benjamin een auto speciaal voor het eiland gekocht en liet hij zijn gewone auto meestal in de haven van Rockland staan. Bij aankomst op Vinalhaven was er altijd wel een eilandbewoner die hem naar zijn huis wilde brengen. Nou ja, de garage was afgesloten met een hangslot waarvan de code nooit was veranderd. Het kostte me dus geen enkele moeite de deur open te maken. De sleutels van de auto zaten in het contact. Ik verstopte de wapenstok onder een van de matten. Mocht het lichaam van Eleanor door een ongelukkig toeval ooit in de put worden gevonden, dacht ik, dan zou de politie bij een huiszoeking de wapenstok in de auto aantreffen en zou alles erop wijzen dat Benjamin de dader was. Ik probeerde me zo goed mogelijk in te dekken. Daarna was ik zo moe dat ik een paar uur in het gras heb liggen slapen. Ik werd wakker van mijn telefoon. Het was bijna twaalf uur 's middags. Het was Alaska, die belde om me te vertellen dat Eleanor verdwenen was, dat ze haar moeder een bericht had gestuurd met de mededeling dat ze er een eind aan wilde maken en dat haar spullen waren gevonden bij de vuurtoren van Chandler Hovey Park. De politie dacht dat ze zelf voor de verdrinkingsdood had gekozen.'

September 1998

Hoewel er geen lijk was gevonden, was de politie al snel tot de conclusie gekomen dat Eleanor zelfmoord had gepleegd. Patricia, die werd achtervolgd door de gebeurtenissen van de nacht van 30 augustus, deed haar best om zichzelf niet te verraden.

Zaterdag 19 september werd Alaska tot Miss New England gekozen. Onmiddellijk daarna vroeg een regisseur haar auditie te doen voor een belangrijke rol. Als alles goed ging, zouden Patricia en zij binnenkort naar New York kunnen vertrekken. Eindelijk! Patricia stond te trappelen. Ze moest nodig uit Salem weg, vergeten wat daar was gebeurd. Maar ze wilde een verdacht overhaast vertrek vermijden.

De dag na de verkiezing van Alaska hield Patricia zich aan haar woord en kwam met Benjamin een scheiding overeen waarbij zij geen enkele financiële compensatie eiste. Het enige wat ze vroeg was nog twee dagen te mogen doorbrengen op Vinalhaven, om afscheid te nemen van het huis dat haar zo dierbaar was geweest.

Dat vond Benjamin oké en Patricia vertrok met de sleutels. Ze wilde Alaska meenemen naar Vinalhaven om haar verkiezing tot Miss New England te vieren. Maar wat ze vooral wilde, was zich ervan verzekeren dat er geen stank uit de put kwam en dat haar geheim daar voor altijd veilig was. Op de veerboot gaf ze Alaska het cadeau dat ze voor haar had gekocht: de allernieuwste digitale videocamera. Diezelfde middag filmde Alaska in de woonkamer van het huis, met op de achtergrond dat schilderij van een zonsondergang boven de oceaan, haar auditie. De auditie die alle deuren voor haar zou moeten openen. Maar dat gebeurde uiteindelijk niet. En dat kwam door Walter Carrey.

Het weekend van 25 september, het weekend na Alaska's kroning tot Miss New England, kwam Walter naar Salem. Alaska wilde van de gelegenheid gebruikmaken om haar relatie met hem te verbreken. Ze spraken af in een café, waar hij aankwam met bloemen en chocola.

'Ik heb een verrassing voor je,' zei hij, voordat Alaska haar mond had kunnen opendoen. 'Om je overwinning te vieren neem ik je volgend weekend mee naar Mount Pleasant om je voor te stellen aan mijn ouders en aan iedereen! Ik wil dat ze je eindelijk een keer ontmoeten, na alles wat ik over je heb verteld.'

'Walter,' zei Alaska, ernstig in verlegenheid gebracht door wat ze hem ging aandoen, 'ik vind het heel erg dat ik dit tegen je moet zeggen.'

'Wat moet je tegen me zeggen?'

'Ik wil bij je weg. Het is uit tussen ons.'

'Wat? Maar dat kun je niet zomaar doen!'

'Het spijt me heel erg. Echt. Je bent een lieve jongen, maar het gaat niet werken tussen ons. Ik wil in New York gaan wonen en jouw leven is in Mount Pleasant.'

Walter voelde alle bloed uit zijn gezicht wegtrekken. Hij moest er bijna van huilen. 'Alaska, dat kun je niet maken... Ik heb tegen iedereen gezegd dat Miss New England mijn meisje is. Als jij niet met me meegaat, zal niemand me geloven. Ze zullen denken dat ik een fantast ben.'

'Walter, ik vind het echt heel erg.'

'Je begrijpt het niet... Vier jaar geleden heb ik een probleempje gehad met een ex-vriendin. Ik ging door het lint, ben naar haar huis gegaan, zij werd bang en belde de politie. Sindsdien word ik door iedereen uitgekotst. Jij bent mijn redding. Als ze me met jou zien, als ze me zien met de geweldige Alaska Sanders, Miss New England, zal ik onmiddellijk in ieders achting stijgen, zelfs wanneer je daarna bij me weggaat. Ik zal geen paria meer zijn. Ga bij me weg als je wilt, maar kom volgend weekend met me mee naar Mount Pleasant. Twee dagen maar. Daarna laat ik je met rust. Dat beloof ik je.'

~

'Alaska heeft uiteindelijk ja gezegd,' vertelde Patricia ons. 'Ze heeft ja gezegd tegen die stomme uitnodiging. Zelf zou ik dat nooit hebben gedaan. Maar Alaska dacht altijd aan anderen. Ze was veel te lief. "Hij heeft me zo hard gesmeekt, ik kon echt niet meer weigeren," zei ze tegen mij. "Bovendien ben ik hem dat ook wel verschuldigd nadat ik hem de hele zomer heb gebruikt. Twee dagen, dat overleef ik wel. En als dat die arme jongen nu aan een betere reputatie helpt... Het is echt een goeie gast." Het was de bedoeling dat ze twee dagen in Mount Pleasant zou blijven, maar die vrijdag, net voordat ze zou vertrekken, kwam ze tot de ontdekking dat haar vader haar bankrekening had leeggetrokken om zijn schulden te betalen. Dus besloot ze nog een paar dagen langer in Mount Pleasant te blijven om duidelijk te maken hoe boos ze was en een beetje afstand te nemen. Maar toen heeft die sukkel van een Walter haar dus aangepraat dat ze wraak moest nemen door het horloge van haar vader te stelen. Ik neem aan dat Alaska over het horloge is begonnen, maar ik weet dat het idee van een inbraak van Walter kwam. Die week was toevallig de trouwdag van de ouders van Alaska. Ze wist dat ze die donderdagavond niet thuis zouden zijn. Dus zijn ze ernaartoe gereden, in de veronderstelling dat het een eitje zou worden. Totdat Walter de politieman die hen had betrapt overhoop reed.'

Oktober 1998

De dag na de inbraak ontmoetten Walter en Alaska Patricia op de parkeerplaats aan Route 21, net na de afslag naar Grey Beach. Walter was Patricia in het verleden in Salem weleens tegengekomen in de Blue Lagoon. Alaska had gezegd dat Patricia een heel goede vriendin was die ze volledig konden vertrouwen.

'Shit hé, wat hebben we gedaan,' jammerde Alaska.

'Gaan we nu de bak in?' vroeg Walter ongerust.

'Rustig aan,' zei Patricia. 'Alles komt goed. Niemand gaat de gevangenis in als jullie niet in paniek raken. Ik heb een van mijn contacten bij de politie van Salem gesproken: ze hebben geen enkele aanwijzing.'

'Ik had mijn nummerplaten eraf gehaald,' vertelde Walter.

'Bravo! Geniaal! Je had beter helemaal niets kunnen doen. Wat bezielde jullie in vredesnaam?'

Alaska huilde. 'Sorry,' bleef ze maar herhalen. 'Sorry. Ik heb er zo'n spijt van.'

'Maak je geen zorgen, niemand zal bij jullie uitkomen. Walter, kun je je auto onopvallend laten repareren, niet in een officiële garage dus?'

'Ja, ik heb het al aan mijn maat Dave gevraagd. Die vindt het geen probleem dat voor me te doen in de garage van mijn ouders. Ik heb gezegd dat ik een hert heb geraakt en dat ik een boete wil ontlopen.'

'En waar is je auto nu?'

'In de garage van mijn ouders, veilig voor nieuwsgierige blikken.'

'Perfect. Alaska, jij blijft een tijdje in Mount Pleasant.'

'Wat?'

'We moeten wachten tot deze zaak is overgewaaid. We willen niet dat de politie lucht krijgt van jouw ruzie met je ouders. Blijf hier een maandje, of twee, uit de wind zitten. Daarna kunnen we terug naar het normale leven.'

Die ochtend keerde Walter, na hun stiekeme afspraak met Patricia, terug naar de winkel van zijn ouders. Alaska ging met hem mee. Ze had nu een bron van inkomsten nodig. Maar Sally en George Carrey maakten duidelijk dat ze geen geld hadden om iemand in dienst te nemen. Een tikje uit het veld geslagen ging ze koffiedrinken bij Season, waar ze Eric Donovan tegenkwam, die sinds de dood van Eleanor weer in Mount Pleasant woonde. Ze vertelde hem dat ze werk zocht. Eric zei dat zijn ouders op dat moment ook niemand konden aannemen, maar dat Lewis Jacob nog wel een medewerker voor zijn tankstation zocht.

Een maand verstreek.

Patricia kwam Alaska regelmatig opzoeken. Om onopgemerkt te blijven vermeden ze Mount Pleasant en spraken ze af in een café of motel in een naburige stad, meestal Conway of Wolfeboro. In het begin was het erg moeilijk voor Alaska. Ze had het gevoel vast te zitten in Mount Pleasant en geen kant op te kunnen.

Patricia had geprobeerd haar gerust te stellen: 'Maak je niet druk. Je hoeft hier niet je hele leven te blijven. Zodra de politie de zaak heeft gesloten bij gebrek aan aanknopingspunten kun je terugkomen naar Salem.'

'En Walter? Hoe kan ik er zeker van zijn dat hij het geheim niet verraadt?'

'Waarom vraag je dat?' wilde Patricia weten. 'Hij heeft meer te verliezen dan jij. Hij zat achter het stuur van die auto...'

Er rolde een traan over Alaska's wang. Toen vertelde ze Patricia wat er twee avonden daarvoor was gebeurd: 'Walter wilde me aanraken, maar ik weigerde. Ik wil niets meer van hem weten, zoals ik tegen jou heb gezegd.'

'Hoor eens, Alaska, als je –'

'Ik haat die gast,' riep Alaska uit. 'Ik moet niets meer van hem hebben. Wat ik je probeer te vertellen is dat hij me laatst tot seks heeft gedwongen met het dreigement dat hij alles bekend zou maken als ik niet deed wat hij zei.'

'Wat? Wat zeg je nou?'

'Hij zei: "Je bent niet naar Mount Pleasant gekomen om mij te laten zien hoe je slaapt." Hij heeft me allerlei walgelijke dingen laten doen. Als ik lief was voor hem zou hij lief zijn voor mij, zei hij. Hij zal me niet laten gaan, Patricia, het is een smeerlap. Hij heeft het ook over jou gehad...'

'Over mij?' herhaalde Patricia. 'Wat heeft hij dan gezegd?'

'Hij vroeg waarom ik jou hierbij had betrokken, wat de relatie tussen ons was. Hij zei dat hij me, als ik niet zou doen wat hij wilde, bij de politie zou aangeven voor die inbraak. Dan zou hij ook vertellen dat jij ervan op de hoogte was en daarmee zou je ongetwijfeld problemen krijgen. "Je wilt toch niet dat iedereen in de problemen komt vanwege jou, Alaska?"'

Vertwijfeld sloot Patricia even haar ogen. Voor dit moment was ze bang geweest. Als de politie belangstelling voor haar kreeg, zouden ze wellicht ook bij Eleanor Lowell, de op geheimzinnige wijze verdwenen minnares van haar man, terechtkomen. Ze kon geen enkel risico nemen. Ze realiseerde zich dat het nog niet zo makkelijk zou worden Alaska uit Mount Pleasant los te rukken.

~

Patricia onderbrak haar verhaal. Ze keek Gahalowood en mij aan. Ze vroeg om water en ik gaf haar een flesje dat op de kast stond. Nadat ze een slok had genomen, sloeg ze haar ogen weer neer.

'Begin 1999 was Alaska inmiddels drie maanden in Mount Pleasant. De druk die Walter op haar uitoefende werd alleen maar groter. Hij maakte haar leven tot een hel. Hij dwong haar niet alleen tot seks, maar hield haar ook gevangen door haar er regelmatig aan te herinneren dat hij haar bij de politie zou aangeven als ze bij hem weg zou gaan. Wat moest ik doen? Alaska liep een enorm risico maar ik ook: ik was bang dat Walter wanneer hij mij bij die inbraak zou betrekken een doos van Pandora zou openen en de politie op het spoor van Eleanor zou zetten. Ik was de vrouw van de psychiater van Eleanor, de link zou snel gelegd zijn. Ze zouden verder kunnen gaan spitten en zich kunnen gaan afvragen of Eleanor echt wel verdronken was. En als de politie ging twijfelen aan de doodsoorzaak van Eleanor zou ik de sjaak zijn. Dat wist ik. Ik wist dus niet hoe ik Alaska kon helpen, of hoe ik ons uit de greep van Walter Carrey kon bevrijden. En als ik al van slag was, moest Alaska dat helemaal zijn. Maar ik kon helaas niet voor haar zorgen zoals ik dat zou hebben gewild. Ik zat op mijn werk in een nogal heftige periode. Het advocatenkantoor waarvoor ik destijds werkte, was met een grote zaak bezig die ik als advocaat moest aansturen: een rechtszaak tegen een oliemagnaat die in maart zou plaatsvinden. Er stond voor iedereen heel veel op het spel. Ik was er dag en nacht mee bezig. Ik voelde me vreselijk schuldig over het feit dat ik geen tijd aan Alaska kon besteden, dat ik me niet méér om haar kon bekommeren. Maar wat had ik anders kunnen doen? Mijn carrière aan de wilgen hangen om samen met haar in Mount Pleasant weg te kwijnen? Alaska nam het me overigens niet kwalijk. Die was, zoals altijd, alleen maar lief. Ze zei: "Geen zorgen, ik begrijp het helemaal. Het is je werk, dat is belangrijk. En bovendien is het mijn eigen schuld dat ik hier vastzit. Jij gaat niet je carrière op het spel zetten om hier naar mijn geklaag te gaan zitten luisteren. Beloof me alleen dat je me, wanneer die rechtszaak klaar is, meeneemt naar een plek ver hiervandaan." Dat beloofde ik haar. Het proces zou 1 april worden afgesloten. Ik hield mezelf voor dat ik tegen die tijd wel een manier zou hebben gevonden om Walter op een zijspoor te zetten. Maar ik zag wel dat het niet goed ging met Alaska. Ik wist niet hoe lang ze dit nog zou volhouden. En toen vertelde Alaska me kort na Nieuwjaar dat ze het horloge van haar vader van de hand had gedaan. Dat ze het had verkocht aan Eric Donovan. Ik reageerde nogal hysterisch: "Als Eric het probeert door te verkopen aan een juwelier, ben je erbij. Zo lopen mensen tegen de lamp. De juwelier zal onmiddellijk zien dat het horloge gestolen is en de politie waarschuwen. Het is met ons gedaan." Ze zei dat ik me geen zorgen hoefde te maken, dat Eric had beloofd het in elk geval een jaar niet te verkopen en dat ze het tegen die tijd ongetwijfeld wel weer terug had kunnen kopen. Eric had haar ook verzekerd dat hij met niemand over het horloge zou praten, vooral niet met Walter. Ik kon maar niet begrijpen waarom ze zoiets had gedaan en toen ik op een verklaring bleef aandringen, barstte ze uiteindelijk in tranen uit en vertelde over Samantha. Dat ze een vriendinnetje had gevonden om haar ellendige leventje een beetje op te vrolijken. Dat ze niets verkeerds had gedaan. Ze had alleen maar wat afleiding gezocht, iemand om mee te lachen en de rest te vergeten. Dat ze dit nooit met mij had durven delen omdat ze bang was dat ik me dan verraden of bedrogen zou voelen, terwijl het echt "alleen maar voor de lol" was. Daarna heeft ze me alles over Samantha verteld: de zondagen samen, het geflirt, de spelletjes met de camera. En dat alles uit de hand was gelopen toen Ricky, de vriend van Samantha, tienduizend dollar van Lewis Jacob had geëist. Ik realiseerde me dat de situatie er niet beter op werd. Ik zei tegen Alaska dat ze daar niet langer kon blijven, dat Mount Pleasant haar noodlottig zou worden. Maar toen was het Alaska die *míj* geruststelde. Ze zei dat het allemaal goed zou komen. Dat ik me op mijn werk moest concentreren en dat we 2 april zouden vertrekken, zoals gepland. "En wat doen we met Walter?" Ik was er nog niet gerust op. Ze antwoordde: "Walter heeft nog niet ontdekt dat ik het horloge heb weggedaan. Zonder dat horloge heeft hij helemaal niets tegen mij. Ik ga ervoor zorgen dat hij de komende tijd goedgehumeurd is en dat hij pas merkt dat het horloge weg is wanneer wij al zijn gevlucht. Dan kan hij ons niets meer doen."'

Patricia zweeg. Ze was behoorlijk van streek. Na een lange stilte moedigde Gahalowood haar aan verder te gaan. 'Wat gebeurde er daarna?' vroeg hij zacht.

'Ik heb Alaska onmiddellijk aangeboden Eric het geld terug te geven, maar dat wilde ze niet. Ze wilde zelf de consequenties aanvaarden. Zo was Alaska. Een heel groot hart, en koppig als een ezel. Ik ben extra mijn best gaan doen voor haar en probeerde mijn afwezigheid te compenseren met attenties. Ik bedolf haar onder de cadeaus, waaronder die schoenen uit een winkel in Salem die Walter waren opgevallen. Alaska moest het zien vol te houden tot 2 april. Ik had gepland dat we op een lange vakantie zouden gaan. Als ik die rechtszaak in maart zou winnen, zou mijn naam als advocaat gevestigd zijn. Ik wilde samen met Alaska voor een paar maanden naar Zuid-Amerika vertrekken om weer nader tot elkaar te komen en vooral ook om van een afstandje te bekijken wat Walter zou gaan doen. Zou hij echt de politie inseinen? Als ik zag dat er in Salem problemen opdoemden, zouden we gewoon niet teruggaan. We zouden ons vestigen in een land zonder uitleveringsverdrag met de Verenigde Staten. Het enige wat voor mij telde was dat ik bij Alaska kon zijn. Als Walter zo slim was zijn mond te houden, zouden we na de zomer terugkomen en in New York gaan wonen. Ik zou zorgen dat ik daar bij de balie ingeschreven zou worden en als advocaat kon gaan werken. Zij zou zich eindelijk op die gedroomde acteercarrière kunnen storten. Op 2 april zou ons nieuwe leven beginnen. Maar helaas kwam alles tien dagen voor ons vertrek op losse schroeven te staan.'

Walter was voor een paar dagen uit Mount Pleasant vertrokken naar een hengelsportcongres in Quebec. Patricia had haar werk even on hold gezet om Alaska te verrassen met een nachtje in een luxehotel in de buurt.

HOOFDSTUK 39
De beslissing

Mount Pleasant, New Hampshire
Maandag 22 maart 1999

Patricia was nog nooit in Mount Pleasant geweest. Ze was niet verder gekomen dan de parkeerplaats aan Route 21 waar ze de dag na de inbraak in oktober 1998 met Alaska en Walter had afgesproken. Van Alaska had ze nooit langs mogen komen. 'Ik zou een vriendin op doorreis kunnen zijn met wie je gewoon een kop koffie kunt drinken, toch?' had Patricia gezegd. 'Dat is het probleem niet, maar als Walter ons ziet, gaat hij zich ongetwijfeld dingen afvragen. Hij zal willen weten of het met de inbraak te maken heeft en in paniek raken. Dat maakt alles alleen maar ingewikkelder.'

Maar die maandag wilde Patricia van de afwezigheid van Walter gebruikmaken om eindelijk met eigen ogen te kunnen zien waar Alaska de laatste vijf maanden van haar leven had doorgebracht.

Ze begon bij het tankstation aan Route 21. Daar was Alaska niet. De benzinepomphouder, Lewis Jacob begreep ze, vertelde haar dat Alaska die middag vrij had genomen. Patricia wist dat Alaska en Walter boven de familiezaak woonden. Ze reed verder naar de hoofdstraat en vond zonder enige moeite de winkel in jacht- en hengelsportartikelen. Maar toen ze daar bijna was, zag ze Eric en Alaska op de stoep staan. Het leek wel of ze ruzie hadden.

Patricia reed door omdat ze niet wilde dat Eric haar zag. Vervolgens belde ze Alaska en sprak met haar af in een café in Conway. Een halfuur later kwam Alaska daar aan in de zwarte Ford Taurus van Walter.

'Wat is er met jouw auto gebeurd?' vroeg Patricia.

'Die lekt olie,' antwoordde Alaska op geïrriteerde toon.

'Gaat het wel goed, lieverd? Je lijkt niet helemaal in je hum.'

'Nee, het gaat helemaal niet goed.'

'Wat is er aan de hand?'

'Ik heb ruzie gehad... met Eric...'

'Waarover?'

'Dat doet er niet toe.'

Plotseling barstte Alaska in tranen uit.

'Wat is er?' vroeg Patricia bezorgd.

Alaska keek om zich heen. Er was niemand in de buurt, ze kon vrijuit praten.

'Ik heb iets stoms gedaan, Pat. Ik heb er heel erg spijt van. Ik ben bang dat Eric met de politie gaat praten, dat hij ze op mijn spoor zet... Ik ben bang dat ze bij Walter uitkomen, en daarna bij mij.'

'Heb je met Eric over de inbraak gepraat?'

'Nee,' zei Alaska, terwijl ze drie dezelfde vellen papier uit haar tas haalde.

Op alle drie stond dezelfde boodschap: 'Ik weet wat je hebt gedaan'.

'Wat is dat?' vroeg Patricia.

'Anonieme brieven. Aan Eric gericht. Ik heb vandaag de tweede bij hem afgeleverd en ben betrapt. Hij weet dat ik ze heb geschreven.'

'En wat voor vreselijks heeft Eric gedaan dat je hem dreigbrieven stuurt?'

'Ik dacht dat hij Eleanor Lowell had vermoord.'

Patricia dacht even dat ze zou flauwvallen. Haar hart begon sneller te kloppen en ze kreeg het heel erg warm. Ze dacht dat Eleanor vergeten was. Het dossier was gesloten. Er waren inmiddels zeven maanden verstreken sinds die vreselijke nacht van 30 augustus. Waarom wekte Alaska deze geest plotseling weer tot leven?

'Hoezo dacht je dat hij Eleanor had vermoord?' stamelde Patricia, die haar best deed om zo kalm mogelijk over te komen.

'Niet letterlijk vermoord,' verduidelijkte Alaska. 'Maar dat hij de reden was dat ze zelfmoord had gepleegd.'

Toen vertelde Alaska dat Maria Lowell haar een paar weken daarvoor had opgezocht en haar had toevertrouwd dat ze op zoek was naar een man met een blauwe auto die Eleanor tot haar wanhoopsdaad had gedreven. Alaska wist dat Eric en Eleanor een relatie hadden gehad, dat had Eleanor haar zelf verteld. Eric reed destijds in een blauwe cabriolet. Daaruit had ze geconcludeerd dat hij de man was naar wie Maria Lowell op zoek was. Dus had ze Eric die berichten gestuurd om hem onder druk te zetten en bang te maken, aangezien ze niet wist hoe ze hem er rechtstreeks op moest aanspreken. Maar omdat hij die dag had ontdekt dat zij achter die berichten zat, had ze het hem allemaal moeten uitleggen.

'En?' vroeg Patricia.

'En ik weet nu dat hij het niet was. Eleanor heeft het over een 4 juli met die man, en zij hebben de avond van 4 juli niet samen doorgebracht. Ik heb hem ten onrechte beschuldigd en hij was woest. Nu ben ik bang dat hij er met iemand over praat, of de politie erbij haalt.'

'Dat betwijfel ik,' zei Patrica op geruststellende toon. 'Waarom zou hij dat doen? Maar waarom heb je diezelfde boodschap eigenlijk zo vaak geprint?' Patricia keek naar de drie vellen papier.

Alaska glimlachte. 'Dat komt door die stomme printer in het kantoortje van meneer Jacob. Die gooit er zelfstandig nog een paar achteraan.'

'Geef die maar aan mij.' Patricia pakte de papieren en stopte ze in haar tas. 'Ik zal ze wel vernietigen.'

Alaska vervolgde: 'Er was dus iemand anders in het leven van Eleanor. Iemand die haar ertoe heeft gebracht zelfmoord te plegen. Die persoon moeten we vinden.'

'Dat is niet jouw probleem,' zei Patricia.

'Eleanor kon een kreng zijn, ja. Maar ze was te jong om te sterven. Dat kan ik niet zomaar laten gaan.'

Patricia deed haar best om een ander onderwerp aan te snijden. Een tijdje later verlieten ze het café en stapten ze allebei in hun eigen auto om naar een leuk hotel op het platteland te rijden waar Patricia een kamer had gereserveerd voor een romantisch nachtje. Dat dacht ze althans.

Die middag genoten Patrica en Alaska van de luxe faciliteiten van het hotel. Ze lieten zich masseren en namen vervolgens samen een heerlijk bad. Terwijl Alaska haar tenen over de kraan van het bad liet glijden vroeg ze plotseling: 'Was jouw ex-man niet de psychiater van Eleanor?'

'Dat zou kunnen.'

'Ja, nu weet ik het weer, het was dokter Benjamin Bradburd. Dat is jouw ex-man!'

Patricia kreeg een knoop in haar maag. 'Weet je dat zeker?' vroeg ze met een stem waarin haar ongemak doorklonk.

'Ja,' bevestigde Alaska. 'Ik herinner het me plotseling weer. Salem is maar een kleine stad, weet je.'

Na die woorden kwam Alaska overeind en stapte uit bad.

'Waar ga je naartoe?' vroeg Patricia.

'Ik moest ineens ergens aan denken.'

'Waaraan dan?'

'De moeder van Eleanor heeft me stukken uit het dagboek van haar dochter voorgelezen. Eleanor had het over een blauwe auto, en over een grijs huis omringd door rode esdoorns, volgens mij. Die blauwe auto weet ik zeker. Maar na het horen van "blauwe auto" was ik geobsedeerd door Eric en kon ik nergens anders meer aan denken. Dat verhaal over dat grijze huis heb ik nauwelijks meegekregen, maar dat komt nu weer boven. Heb ik dat goed gehoord? Ik moet mevrouw Lowell bellen om het te checken.'

'En dan?' vroeg Patricia, die ook uit het bad gestapt was en achter Alaska aan liep zonder zich te bekommeren om het spoor van water dat ze achterliet.

'Een grijs huis omringd door rode esdoorns. Dat moet ik echt even checken bij mevrouw Lowell, dat is een heel belangrijk detail. Waar is mijn telefoon?'

Alaska begon koortsachtig in haar tas te graven zonder aandacht te besteden aan Patricia.

'Waarom is dat zo belangrijk? Kun je even stoppen en uitleggen wat er aan de hand is?'

'Het huis van je ex-man op Vinalhaven. Dat is een grijs huis omringd door rode esdoorns. En in de garage staat een blauwe auto. Eleanor schrijft dat hij haar kwam ophalen in zijn auto. Het moet Benjamin Bradburd zijn geweest die haar ophaalde in de haven van Vinalhaven toen zij hem kwam opzoeken. Hij is degene door wie ze zelfmoord heeft gepleegd! Ik moet...'

Alaska zweeg geschokt.

'Wat? Wat is er nu weer?' stamelde Patricia, volledig van haar stuk door wat er op dat moment gebeurde.

'Je zult vast denken dat ik gek ben,' zei Alaska.

'Nee, kom op, vertel!'

'Zou hij haar misschien hebben gedood? Eleanor is onuitstaanbaar; hij is tot het uiterste geprikkeld. Ze zijn op het strand van Chandler Hovey Park. Op dat tijdstip is er verder niemand. Geen enkele getuige. Hij doodt haar per ongeluk in een vlaag van woede en ontdoet zich van het lichaam op het eiland Vinalhaven! O, mijn god, ik moet Maria Lowell nú spreken. Ah, daar is die rottelefoon.'

Alaska pakte haar telefoon en scrolde door haar contacten om het nummer van de moeder van Eleanor te vinden.

Op dat moment zei Patricia op ernstige toon: 'Leg dat ding neer.'

'Wacht even, ik moet alleen...'

'Leg dat ding neer!' schreeuwde Patricia.

Alaska verstijfde verbijsterd. 'Wat héb jij?' vroeg ze.

Patricia barstte in tranen uit. Ze moest de waarheid nu wel aan Alaska opbiechten. Als zij de moeder van Eleanor over haar vermoedens omtrent Benjamin Bradburd zou vertellen, zou de politie het onderzoek heropenen, het huis in Vinalhaven nog een keer binnenstebuiten keren, het lijk in de put vinden en daarop ongetwijfeld DNA-sporen van Patricia aantreffen.

Patricia was wanhopig. Ze wierp zich aan de voeten van Alaska. 'Vergeef me. Vergeef me. Ik smeek je: vergeef me!'

Het was de dag van hun vertrek. Eindelijk. Vandaag zou Patricia Alaska komen halen. Met zijn tweeën zouden ze vluchten, ver van Mount Pleasant, ver van Walter. Ze zouden vrij zijn. Eindelijk.

HOOFDSTUK 40
De nacht van de moord

Mount Pleasant, New Hampshire
Vrijdag 2 april 1999

Toen Alaska om acht uur 's avonds het tankstation verliet, hoefde ze niet ver te gaan voor haar romantische etentje. Ze reed naar Grey Beach en parkeerde haar blauwe cabrio op de parkeerplaats van het strand. Ongerust constateerde ze dat er geen andere auto stond. Waar was Patricia? Ze wilde haar bellen maar haar telefoon had geen bereik. Uiteindelijk stapte ze uit en liep een stukje bij haar auto vandaan in de hoop een netwerk op te pikken. Tevergeefs. Ze vroeg zich af of Patricia al op het strand was en riep haar naam. Patricia antwoordde van ergens beneden. Ze was al bij het meer. Alaska haastte zich over het pad naar haar toe.

Op het strand aangekomen bleef Alaska even verrukt staan: Patricia had een romantische picknick voor haar georganiseerd. Op een kleed stonden allemaal heerlijke hapjes waar Alaska dol op was. Een fles champagne stond in een ijsemmer. Het geheel werd verlicht door een stuk of tien dikke kaarsen.

Alaska rende naar Patricia toe en omhelsde haar. 'Ik heb nog nooit zoiets moois gezien,' zei ze, terwijl ze het tafereel bewonderde. 'Ik stond op de parkeerplaats te wachten. Waar is jouw auto?'

'Op het bospad. Dat was makkelijker om dit allemaal uit te laden.'

'Jij kent alle geheimen van Mount Pleasant.' Alaska glimlachte. 'Ik vind het te gek dat je me vanavond meeneemt.'

'Dit stadje behoort straks tot het verleden,' zei Patricia.

'Ja.'

'En Walter?' vroeg Patricia. 'Die vermoedt niets?'

'Hij betrapte me vanmiddag,' moest Alaska toegeven. 'Ik was rond een uur of vijf even naar het appartement gegaan om wat spullen te halen. Hij was alleen in de winkel, dus ik dacht niet dat ik hem zou tegenkomen. Maar hij stond er ineens. Ik ben de confrontatie aangegaan. Ik heb gezegd dat ik bij hem wegging. Hij zei dat hij me, als ik vertrok, zou aangeven. Ik zei dat ik niet bang meer voor hem was en dat ik het horloge had weggedaan. Hij werd lijkbleek. Hij is in de geheime bergplaats gaan kijken en kwam woest terug. "Waar is het horloge, trut?" schreeuwde hij. Ik antwoordde dat het daar al een tijd niet meer lag en ben naar beneden gelopen. In de deuropening greep hij me bij de arm en maakte een dreigend gebaar met zijn vinger. "Ik geef je achtenveertig uur om je gezonde verstand terug te vinden. Als je zondagavond niet terug bent, bel ik de politie."'

'Maar zondagavond zitten wij veilig in Costa Rica.' Patricia glimlachte naar haar.

Alaska glimlachte terug. Ze kusten elkaar.

Het werd een superromantische avond. Het was redelijk fris, maar de twee vrouwen hielden elkaar warm, dicht tegen elkaar aan genesteld onder een dikke deken. Het voelde goed. Tijdens het eten dronken ze een fles champagne. En daarna nog een. Ze praatten over de reis die hun te wachten stond: de volgende middag zouden ze naar Costa Rica vliegen. Die nacht zouden ze in een hotel in de buurt slapen en morgen zouden ze naar de luchthaven van Boston rijden om het vliegtuig naar San José te nemen.

Tegen halftwaalf kwam Alaska overeind om een paar stappen op het keienstrand te doen. Ze richtte haar blik op het meer. ''s Avonds is het nog mooier,' zei ze. Dat waren haar laatste woorden. Iets raakte haar onverwacht keihard op haar achterhoofd. Ze zakte in elkaar.

~

'Onmiddellijk nadat ik haar die klap had gegeven ben ik zelf ook in elkaar gezakt,' vertelde Patricia. 'Ik begon te huilen. Ik voelde me misselijk worden. Ik reageerde totaal anders dan bij Eleanor. Ik kon niet meer nadenken. Het enige wat ik wilde, was wegrennen. Ik besloot het lichaam daar achter te laten en ervandoor te gaan. De wapenstok, die onder het bloed zat, moest ik kwijt. Die heb ik zo hard mogelijk het meer in geslingerd.'

Plotseling zweeg Patricia. Alsof ze alles had gezegd. Toen voegde ze er nog aan toe: 'Zo heb ik haar dus gedood. Nu weten jullie alles.'

'Wacht even,' zei Gahalowood. 'Het einde van het verhaal ontbreekt nog. Hoe zit het met de trui van Eric Donovan en met het briefje dat we in de zak van Alaska hebben gevonden?'

Patricia schonk hem een treurige glimlach. 'Dat kan ik u vertellen, maar die mise-en-scène was niet mijn idee. Die had Alaska bedacht.'

'Alaska?'

Patricia knikte. 'U herinnert zich misschien nog dat ik u zojuist over 22 maart 1999 heb verteld, de dag waarop ik Alaska moest vertellen dat ik Eleanor had vermoord?'

'Ja, maar wat heeft dat ermee te maken?'

'Dat zult u zo begrijpen...'

~

22 maart 1999

Patricia had net in de hotelkamer aan Alaska opgebiecht dat ze Eleanor Lowell had gedood. Alaska was in shock. Ze verkeerde op de rand van een zenuwinzinking. Kreten, tranen en vlagen van woede wisselden elkaar af. Ze bleef maar herhalen tegen Patricia: 'Weet je wel wat je hebt gedaan?'

En uiteindelijk antwoordde Patricia: 'Ik heb het voor jou gedaan...'

'Probeer nu niet mij hierbij te betrekken!' schreeuwde Alaska haar toe. 'Ik heb je niets gevraagd. Je hebt haar levend in die put gegooid. Je bent een monster!'

Patricia probeerde Alaska tegen zich aan te trekken om haar te kalmeren, maar Alaska rukte zich los. Ze zei dat die handen hadden gedood. Tot een paar keer toe moest ze overgeven. En ze bleef maar zeggen: 'Dit is niet waar. Het kan niet waar zijn.'

Toen Alaska tegen één uur nog steeds niet rustiger was geworden, bood Patricia haar een slaappil aan. Sinds het drama van 30 augustus had ze die altijd bij zich. Zonder kon ze niet meer slapen. Na wat tegenstribbelen nam Alaska de pil toch maar aan en viel als een blok in slaap. Patricia lag de hele nacht klaarwakker naast haar. Ze was doodsbang.

De volgende ochtend kroop Alaska, nadat ze eindelijk weer wakker was geworden, tegen Patricia aan. Ze bood haar excuses aan voor haar reactie van de vorige dag. Terwijl ze Patricia onder de kusjes bedolf, fluisterde ze: 'Geen zorgen, we hebben het er nooit meer over. Alles is vergeten.' Ze bleven heel lang in bed liggen. Alaska deed alleen nog maar méér haar best om Patricia haar liefde te betonen. Ze bleef maar zeggen dat alles vergeten was. Maar als alles vergeten was, waarom had ze het er dan voortdurend over? Patricia werd verteerd door angst. Ze had er vreselijk spijt van dat ze haar geheim aan Alaska had onthuld, maar hoe had ze haar er anders van kunnen weerhouden de moeder van Eleanor te bellen?

Plotseling kwam er een idee bij Alaska boven. 'Schatje,' zei ze tegen Patricia, 'ik weet hoe we je hieruit gaan redden. We gaan een perfecte moord in elkaar draaien.'

'Waar heb je het over?' vroeg Patricia niet op haar gemak.

'Je weet toch dat ik dol ben op detectives? De laatste die ik heb gelezen was best goed. Het ging over een perfecte moord. Een man die zijn vrouw vermoordt en de politie op een door hem zorgvuldig opgebouwd verkeerd spoor zet dat naar een andere dader leidt. Het einde van het boek is ook behoorlijk wreed: de echtgenoot gaat vrijuit en iemand van het personeel belandt onterecht in de gevangenis. De echte moordenaar legt vervolgens aan de lezer uit dat een perfecte moord geen misdrijf is waarvan de dader nooit wordt gevonden, maar een misdrijf waarvan de moordenaar iemand anders de schuld in de schoenen weet te schuiven.'

'Ik snap niet waar je naartoe wilt,' zei Patricia.

'We gaan zorgen dat Walter de schuld krijgt van de moord op Eleanor. Ik pik een kledingstuk van hem en dat gooien we in de put, bij het lijk. We laten ook een spoor van hem achter op Vinalhaven waardoor de rechercheurs bij zijn auto uitkomen.'

'Zoals?' vroeg Patricia.

'Een scherf van een koplamp bijvoorbeeld. We zouden nu een van zijn lampen kapot kunnen maken. Zijn auto staat op de parkeerplaats. Dan leggen we de stukken op de parkeerplaats van het huis op Vinalhaven. Ik zeg tegen Walter dat ik ergens tegenaan ben gereden. Hij zal geen enkele argwaan koesteren. Wanneer we op 2 april vertrekken, rijden we via Salem, waar ik bij de moeder van Eleanor langsga om haar over mijn twijfels omtrent Walter te vertellen. De zomer dat Eleanor is overleden was Walter vaak in Salem. Alles past in elkaar. Tijdens mijn bezoek doe ik of ik naar de wc moet en dan verstop ik een van die brieven met "Ik weet wat je hebt gedaan" in de kamer van Eleanor. Haar moeder vertelde dat ze de kamer aan het opruimen was, dus die brief gaat ze zeker vinden. Met zo'n vreemde boodschap zal ze ongetwijfeld naar de politie stappen en dan zal ze zeker ook Walter noemen, omdat ik het met haar over hem heb gehad. De politie zal bij hem langsgaan. Voordat ik het appartement van Walter verlaat, verstop ik daar de andere twee brieven die ik heb geprint. De politie zal denken dat Walter Eleanor bedreigde. Bewijzen te over. Walter zal er niets aan kunnen doen. Hij zal veroordeeld worden voor de moord op Eleanor. Dan zijn wij voorgoed van hem af en heb jij niets meer te vrezen.'

Patricia leek nogal in de war. 'Dank je, lieverd. Dank je uit de grond van mijn hart. Maar het is beter dat jij hierbuiten blijft. En wat heeft Walter met Vinalhaven te maken? Dat gaat niet werken. Ik wil het liefst dat we dit allemaal vergeten, schatje, als je het niet erg vindt.'

'Natuurlijk niet. We doen wat jij wilt. We praten er nooit meer over. We vergeten alles. Ik hou van je, ik wil alles voor je doen.'

Na die woorden verdween Alaska naar de badkamer om een douche te nemen. Zodra Patricia het water hoorde lopen verstijfde ze volledig. Alaska had ervoor gezorgd dat die nacht van 30 augustus haar weer levendig voor de geest stond. Patricia zag weer voor zich hoe ze het lichaam van Eleanor naar haar auto had gesleept en een afscheidsbericht naar 'mama' had gestuurd; ze hoorde weer het doffe geklop tegen het deksel van de kofferbak op dat tankstation in Portland. Ze herinnerde zich het verbijsterde gezicht van Eleanor toen ze de kofferbak had opengemaakt. Het geluid waarmee het lichaam op de bodem van de put terecht was gekomen. Een tijdlang was ze erin geslaagd dit te vergeten. Ze wilde het opnieuw vergeten. Maar dat kon niet meer. Niet nu Alaska het allemaal wist. Patricia was veroordeeld tot een leven vol angst: haar vrijheid hing af van het zwijgen van een meisje van tweeëntwintig. Hoe kon ze er zeker van zijn dat Alaska haar mond zou houden? En wat zou er gebeuren als ze ooit uit elkaar zouden gaan? Als hun liefde slechts een bevlieging was geweest?

~

Patricia veegde een traan weg. Ze keek weer naar de foto van Alaska en haarzelf in New York en ging verder: 'Ik weet beter dan wie ook wat je in de gevangenis te wachten staat. Ik schatte in dat mijn kwetsbare Alaska mij zou kunnen veroordelen tot een leven van opsluiting op een paar vierkante meter, een leven waarin ik heel slecht behandeld zou worden. Die 23 maart 1999 heb ik mijn best gedaan om te doen alsof er niets aan de hand was. We hebben het gehad over ons vertrek naar Midden-Amerika, en over onze gezamenlijke toekomst. Ik heb mezelf gedwongen de liefde met haar te bedrijven. Na het ontbijt wilde Alaska me per se meenemen naar een "heel bijzondere" plek, de enige plek waar ze zich prettig had gevoeld in Mount Pleasant. Ze reed met me naar Grey Beach. Zo heb ik die plaats ontdekt. We hebben een tijdje op het strand doorgebracht. Omdat ik het koud had, ben ik als eerste teruggegaan. Toen ik op de parkeerplaats de zwarte Ford Taurus waarin Alaska reed weer zag staan, wist ik dat ik geen andere keus had dan haar te doden. Mijn kleine Alaska. Zo lief. Zo volmaakt. Maar te nieuwsgierig. Uiteindelijk was er iets wat sterker was dan onze liefde: mijn vrijheid. Ik ging haar ombrengen en daarbij zou ik alle aanwijzingen voor een perfecte moord die ze me een paar uur eerder had gegeven nauwlettend opvolgen.

De Ford was niet op slot. Aangezien Alaska er nog niet was, had ik tijd om de auto even te doorzoeken. Ik zocht iets wat ik bij het lijk zou kunnen achterlaten, waardoor de verdenking op Walter zou vallen. In de kofferbak vond ik precies datgene waarover Alaska het die ochtend had gehad: een kledingstuk. Een trui in een mannenmaat die wel van Walter moest zijn. Een grijze trui met de letters M U. Ik heb de trui gepakt en die in mijn eigen auto verstopt. Even later kwam Alaska de parkeerplaats weer op lopen. Ik stak haar twee blaadjes met de "Ik weet wat je hebt gedaan"-tekst toe. "Hier, verberg die in het appartement. Zorg dat Walter ze niet ziet, maar dat de politie ze bij een huiszoeking wel zal vinden." Alaska schonk me een stralende glimlach. "Je gaat mijn plan uitvoeren?" "Ja," antwoordde ik. "De derde brief hou ik bij me zodat we die bij de hand hebben wanneer jij op 2 april bij mevrouw Lowell op bezoek gaat." Alaska was heel trots. Ze omhelsde me. Ze beloofde me dat ik dankzij haar plan veilig zou zijn. Om van haar af te komen zei ik dat ik terug moest naar Boston. "Ik kan niet wachten tot die tien dagen voorbij zijn," zei Alaska bij haar vertrek. Ze is teruggereden naar Mount Pleasant.'

'En diezelfde 23 maart,' begreep Gahalowood, 'zag Eric Alaska bij terugkomst in Mount Pleasant in de hoofdstraat parkeren en vroeg hij of ze zijn trui uit Walters kofferbak kon halen. Eric vertelde ons dat hij, nadat hij Alaska op 22 maart voor het eerst naar die trui had gevraagd, Walter had gebeld, die had gezegd dat zijn trui in de kofferbak lag. Toen hij de drieëntwintigste de Ford Taurus zag, volgde hij dus de aanwijzingen van Walter... Alleen lag de trui op dat moment niet meer in de kofferbak. U had hem. U dacht dat hij van Walter was...'

Patricia knikte. 'Dat was mijn eerste fout. Toen Alaska van Grey Beach was vertrokken, wist ik dat ik haar dáár tien dagen later zou vermoorden. Weet u, ik heb in mijn leven heel wat criminelen gesproken. Ze zijn het er allemaal over eens dat bij een ernstig misdrijf de eerste keer moeilijk is, maar dat de drempel als die hobbel eenmaal genomen is een stuk lager wordt. Ik zeg niet dat het makkelijk was Alaska te doden, ik zeg dat het makkelijk was de beslissing te nemen. Die 23 maart op Grey Beach wist ik dat ik Alaska daar zou doden. Ik wilde dat het een mooie plek was, dat alles goed zou verlopen. Het mocht vooral niet weer zo'n droevige vertoning worden als met Eleanor, die ik helemaal naar Vinalhaven had moeten vervoeren. Die dag deed ik net alsof ik van Grey Beach vertrok, maar een paar minuten later was ik er alweer terug om de locatie uitgebreid te bekijken. Die dag heb ik volgens de aanwijzingen van mijn lieve Alaska mijn perfecte moord tot in de finesses voorbereid. Ik had het bospad gevonden dat naar Route 21 leidde. Dat zou een volmaakte plaats zijn om de scherven van het achterlicht van Walters auto achter te laten. Daar vlakbij stond ook die verlaten caravan waarin ik de trui van Walter kon verstoppen. De rechercheurs zouden hem probleemloos kunnen vinden, zonder dat het al te opvallend was. En de brief van Alaska met "Ik weet wat je hebt gedaan" die ik in haar zak zou schuiven nadat ik haar had vermoord zou de politie op het spoor van een wraakactie zetten. Eric zou de politie ongetwijfeld over het horloge van Alaska vertellen en dat horloge zou Alaska, en vervolgens ook Walter, met die inbraak in verband brengen. En aangezien Alaska tegen Eric had gezegd dat hij vooral niet met Walter over dat horloge mocht praten, zou de cirkel rond zijn. Walter zou als een rat in de val zitten. Met het volste vertrouwen in mijn plan ben ik teruggegaan naar Salem. In de daaropvolgende dagen kwam ik tot de ontdekking dat de omstandigheden me gunstig gezind waren: Benjamin zou de avond van 2 april een lezing houden in Canaan. Hij bleef er maar over opscheppen. Ik wist dus dat er dat weekend niemand in Vinalhaven zou zijn. Dat bracht me op het idee de auto van Benjamin op te halen, zodat die van mij niet in Mount Pleasant gezien zou worden. Hoeveel voorzorgsmaatregelen je ook neemt, je weet nooit of er niet ergens een getuige is. Dus reed ik op donderdag 1 april 1999 van Salem naar het eiland Vinalhaven. En op de veerboot die me met de blauwe Chrysler terugbracht naar het vasteland voelde ik me steeds nerveuzer worden. Over vierentwintig uur zou ik mijn lieve Alaska gaan vermoorden.'

Patricia had Alaska een keiharde klap met de wapenstok gegeven. Het lichaam van de jonge vrouw lag op het strand, uit haar hoofd stroomde bloed. Patricia had het gevoel dat ze zou gaan flauwvallen. Maar ze moest sterk blijven. Ze moest haar plan uitvoeren. Even wist ze niet wat ze met haar wapen moest doen, maar toen slingerde ze het het meer in. Het zou stom zijn dat ding bij zich te houden en ermee betrapt te worden bij een toevallige politiecontrole.

HOOFDSTUK 41
Perfecte moord

Mount Pleasant, New Hampshire
Nacht van vrijdag 2 op zaterdag 3 april 1999

Patricia moest haar sporen uitwissen. Ze rolde het picknickkleed met alles erop en eraan op om mee te nemen. Ook pakte ze de champagne-emmer en de kaarsen. De paar stenen waar wat kaarsvet op was gedropen gooide ze in het water. Nadat ze zich ervan had vergewist dat ze geen enkel spoor had achtergelaten ging ze snel de plastic zak pakken die ze in de struiken had verstopt. Daarin zaten de grijze trui en het briefje met 'Ik weet wat je hebt gedaan'. Ze stopte het briefje in de achterzak van Alaska's broek. Daarin trof ze ook haar mobiele telefoon. Die nam ze mee om zich er later van te ontdoen. Ze wist dat die telefoon de politie naar haar zou kunnen leiden.

Vervolgens pakte Patricia de grijze trui om er wat bloed van Alaska op te doen. Toen ze zich naar het hoofd van de vrouw boog, voelde ze zich weer misselijk worden. Ze schraapte al haar moed bij elkaar. Kom op, Patricia, druk die trui even tegen haar gezicht, dan is het klaar. Dan ben je voor altijd veilig.

Maar toen Patricia dichter bij het gezicht van Alaska kwam, hoorde ze een zacht gereutel. Alaska was niet dood. Hoewel het bloed maar uit haar schedel bleef stromen, was ze bij bewustzijn. Haar geopende ogen keken in haar richting. Ze smeekten haar. Patricia begon te huilen, alle tranen die ze in haar lijf had. Ze liet zich op haar knieën naast Alaska zakken en streelde haar haar. Ze fluisterde lieve woordjes, zei dat ze van haar hield en dat ze nu voor altijd van haar zou houden omdat hun liefde nooit meer voorbij kon gaan. Een paar minuten verstreken. Hoewel de dood heel dichtbij was, kwam hij maar niet. Alaska bleef Patricia aankijken, met een mengeling van droefenis en liefde. Patricia wist niet meer wat ze moest doen. Ze wachtte, en wachtte. Er ging een uur voorbij. Alaska verkeerde nog steeds in doodstrijd. Het was ondraaglijk. Dus pakte ze de grijze trui, stak haar handen erin en kneep Alaska zo hard mogelijk de keel dicht. En hoe harder Patricia kneep, hoe harder ze huilde. Haar gezicht stroomde over van de tranen. Toen ging Alaska dood. Eindelijk.

Patricia pakte haar spullen en verdween in het bos. Ze gooide de grijze trui die nu onder het bloed van Alaska zat in de oude caravan en stapte weer in haar auto. Het enige wat ze nog moest doen om het plan van Alaska exact te volgen was op het bospad een spoor achterlaten van de zwarte Ford Taurus van Walter.

Het was vijf over halftwee toen de blauwe Chrysler langzaam de hoofdstraat van Mount Pleasant in reed. Patricia reed stapvoets, niet alleen om zich ervan te verzekeren dat er niemand was – geen voorbijgangers, geen politiesurveillance –, maar ook om de Ford Taurus van Walter te vinden tussen de langs de stoep geparkeerde auto's. Een klein stukje voor de winkel in jacht- en hengelsportartikelen zag ze hem staan. Met een zware hamer die ze speciaal hiervoor had meegenomen sloop ze naar de Ford Taurus. Ze gaf een harde klap op de achterbumper en vervolgens nog een op het rechterachterlicht, dat aan gruzelementen vloog. Ze raapte de stukken op, stapte snel weer in de Chrysler en verdween in de nacht. Het geluid van het brekende achterlicht had echter de aandacht getrokken van een bewoonster van de straat. Cinzia Lockart, de eigenaresse van de boekhandel, liep naar het raam van haar woonkamer en kon nog net een blauwe auto met een kenteken uit Massachusetts zien wegrijden.

Elf jaar na deze moord ontlastte Patricia haar geweten met het laatste deel van haar bekentenis. 'Ik ben naar het bospad gereden en heb daar de brokstukken van het achterlicht goed in het zicht onder een boom neergelegd. Nadat ik de boom met de hamer had bewerkt heb ik er de verfschilfers op achtergelaten die ik van de carrosserie van de Ford had gehaald.'

'En twee dagen later werd Walter gearresteerd,' zei Gahalowood. 'Omdat alles naar hem wees. Zelfs de trui, die dan wel niet van hem was maar die Eric hem had geleend, en waarop dus DNA-sporen te vinden waren van beide mannen.'

Patricia knikte. 'Om een mij destijds onduidelijke reden heeft Walter bekend en heeft hij Eric Donovan ervan beschuldigd dat die medeplichtig was aan de moord. Pas door jullie onderzoek snapte ik waarom: zijn bekentenis was afgedwongen en omdat hij net had ontdekt hoe Eric Sally had gechanteerd, heeft hij wraak genomen door hem in zijn ondergang mee te sleuren.'

Gahalowood veronderstelde: 'Waarschijnlijk bedacht Walter pas nadat hij in de verhoorruimte die trui van Eric had gezien die nu bewijsstuk was geworden dat hij Eric in zijn val kon meenemen.'

'Dat zou kunnen,' zei Patricia. 'Na zijn arrestatie heeft Eric zijn familie gevraagd contact op te nemen met mij met het verzoek hem bij te staan als advocaat. Zo kwam ik erachter hoe de zaak zich ontwikkelde. Ik realiseerde me dat mijn plan ondanks alles ging werken. Ik ben onmiddellijk naar Eric toe gegaan en ben zijn advocaat geworden. Dan zou ik immers overal met mijn neus bovenop zitten en vooral ook op Eric. Tijdens de verhoren heb ik hem schaamteloos gemanipuleerd. Hij was volledig in paniek en volgde mijn adviezen op alsof ik een orakel was. Ik moedigde hem aan vooral zo weinig mogelijk te zeggen. Ik liet hem in de waan dat dat zijn rechtszaak ten goede zou komen, terwijl ik heel goed wist dat het over het algemeen de schuldigen zijn die zwijgen en dat dit dus in zijn nadeel zou werken. Daar kwam dat gedoe met die printer nog bij, waarop ik uiteraard niet had gerekend maar wat heel goed uitkwam. Tussen de verhoren door zette ik Eric keihard onder druk en praatte ik hem een schuldgevoel aan. Hij was de kluts volledig kwijt. Hij maakte geen schijn van kans, dat wist ik. Toen Lauren zelf een onderzoek wilde instellen om de onschuld van haar broer te bewijzen zat ik daar ook onmiddellijk bovenop om de controle te houden over eventuele voortgang daarin en zo nodig valse bewijzen te creëren. Zolang Eric in de gevangenis zat, was ik veilig. Als klapstuk heb ik hem ervan weten te overtuigen dat het zijn redding zou zijn schuld te bekennen. En omdat hij tot alles bereid was om de doodstraf maar te ontlopen heeft hij dat gedaan. Toen wist ik dat mijn moord perfect was. Nou ja, bijna. Er was nog één detail dat geregeld moest worden: Kazinsky, de politieman die bij het verhoor van Walter was geweest. Ik wist dat Walter onschuldig was. Ik vermoedde dus dat hij was gedwongen te bekennen. Als Kazinsky dat ooit zou opbiechten, zou alles in gevaar komen. Ik moest hem ook uit de weg ruimen, ik had geen keus. Ik ben hem gaan bespieden en kwam tot de ontdekking dat hij 's ochtends heel vroeg ging hardlopen. Op een ochtend in januari heb ik gebruikgemaakt van een skivakantie van Benjamin in Brits-Columbia om de blauwe Chrysler in Vinalhaven te gaan halen en daarmee Kazinsky omver te rijden. Dat ging mis. Kazinsky was niet dood, ondanks de harde klap. Iedereen dacht dat het een ongeluk was geweest en ik kon niets meer doen zonder aandacht te trekken. Ik was gedwongen hem verder met rust te laten. Ik had genoeg tijd om de schade aan de Chrysler te laten repareren en hem weer in de garage in Vinalhaven te zetten voordat Benjamin terugkwam van vakantie. De jaren verstreken en de hele zaak leek vergeten. Ik had een perfect misdrijf gepleegd. Elf jaar lang heeft mijn plan perfect gewerkt. Totdat jullie hier met zijn tweeën aan kwamen zetten.'

'En Benjamin Bradburd?' vroeg Gahalowood.

'Lauren en Eric kenden Benjamin natuurlijk geen van beiden. Ze wisten dat ik getrouwd was, meer niet. Toen Lauren vertelde dat jullie spoor bij ene dokter Benjamin Bradburd was uitgekomen wist ik dat ik het risico liep door de mand te vallen. Maar ik ben kalm gebleven. Mijn geluk was dat hij zelfmoord pleegde. Bijna was het goed gegaan aangezien jullie het onderzoek toen afsloten. Ergens verbaasde het me niet dat Benjamin voor de dood koos. Ik wist hoe belangrijk zijn reputatie voor hem was en het schandaal rond Eleanor Lowell zou een einde hebben gemaakt aan zijn carrière als arts, zou funest zijn geweest voor de goede naam van zijn moeder en de Miss

New England-verkiezing hebben bezoedeld. Benjamin zei altijd tegen me: het leven is een machtsspel. Alaska en ik hadden het volmaakte misdrijf in gang gezet. De enige zandkorrel in de geoliede machine waren jullie, Perry en Marcus. Ik moet zeggen dat jullie een waanzinnig team zijn.'

~

Die dag keerden Gahalowood en ik na de bekentenis van Patricia Widsmith naar Mount Pleasant terug. We stopten bij Grey Beach. We daalden af naar het strand. Langs het pad plukte ik twee wilde bloemen.

Gahalowood deed een paar stappen op het keienstrand en richtte zijn blik toen op het meer. 'Iets meer dan elf jaar geleden stond ik hier ook, schrijver, samen met mijn partner Matt Vance. Op die stenen die er nog steeds hetzelfde bij liggen troffen we het lichaam aan van een ons onbekende jonge, blonde vrouw en een enorme zwarte beer die door een plaatselijke politieagent was doodgeschoten. De vrouw heette Alaska Sanders. Ik wist absoluut niets van haar. Al helemaal niet dat ze mijn leven ingrijpend zou veranderen.'

Ik gaf een van de bloemen aan Gahalowood. We gooiden ze in het water en bleven ernaar staan kijken terwijl ze op het kalme oppervlak zacht op en neer deinden.

'Ter nagedachtenis aan Alaska Sanders,' zei ik.

Gahalowood knikte. 'Ik ben blij dat we eindelijk weten wat er met haar is gebeurd. Dat heb ik aan jou te danken, schrijver.'

Na een korte stilte voegde hij eraan toe: 'Ik geef het niet graag toe, maar ik breng mijn tijd graag met jou door.'

'Dat geldt ook voor mij, sergeant. Ik breng ook graag tijd met jóu door.'

'Je zou een poosje bij me kunnen komen logeren, als je wilt.'

'Dat is heel aardig van je, sergeant, maar het wordt tijd dat ik niet langer meelift op het leven van anderen en mijn eigen leven ga leiden.'

'Dat is goed om te horen, schrijver.'

We moesten allebei lachen.

Op plotseling serieuze toon ging Gahalowood verder: 'Dank je, schrijver.'

'Waarvoor?'

'Je hebt mijn leven geheeld. Ik hoop dat ik jou ooit kan helpen het jouwe te helen.'

EPILOOG

Een jaar na het oplossen van de zaak Alaska Sanders

Mijn roman *De zaak Alaska Sanders* verscheen in september 2011. Het boek vormde een mijlpaal in mijn leven. Een keerpunt. Het was de afsluiting van de periode 2006-2010, een heel belangrijke en moeilijke periode, zoals ik eerder al zei.

Een paar weken na de verschijning van mijn boek maakte Gahalowood de droom van zijn vrouw waar: hij vertrok met zijn dochters op wereldreis op een zeilschip dat hij Helen had gedoopt. De dag van hun afvaart stond ik samen met hen op een kade in Portsmouth. Chief Lansdane was er ook. We hielpen ze met de allerlaatste voorbereidingen. Perry en zijn dochters zouden een jaar wegblijven. Met kerst 2012 moesten ze terug zijn.

'Ik blijf onverdroten op je wachten, sergeant. Zorg goed voor jezelf en voor de meisjes.'

'Daar kun je van op aan, schrijver.'

Ik stak Gahalowood een tas toe. 'Ik heb wat boeken voor je meegenomen. Goeie detectives waarmee je wel een paar avonden zoet bent.'

Hij schonk me een geamuseerde glimlach. 'Ik heb voor jou ook wat te lezen bij me.' Hij gaf me een envelop. Ik wilde hem gelijk openmaken.

'Nee, niet nu,' zei hij om me tegen te houden. 'Wacht tot ik vertrokken ben.'

Dat deed ik. Letterlijk. De boot was nog maar amper los van de kade of ik maakte de envelop open. Er zat een relatief dun dossier in met een stempel van de politie van Bangor, in Maine, waarop met stift geschreven stond: ZAAK GABY ROBINSON. Het was de onopgeloste moord die Vance was blijven achtervolgen: begin jaren negentig was een meisje van zeventien vermoord toen ze na een gezellig avondje naar huis liep. De dader was nooit gevonden.

Gahalowood riep vanaf zijn boot: 'Ik heb ook een kopie van het dossier mee. We spreken elkaar over een jaar!'

Ik zette mijn handen als een toeter aan mijn mond om terug te roepen: 'Je bent echt volkomen geschift, sergeant.'

'Daarom zijn we ook zulke goede vrienden, schrijver.'

Ik had toen nog geen idee wat een druk jaar het voor mij zou worden.

Een paar dagen na het vertrek van Gahalowood werden de filmrechten voor *De zaak Alaska Sanders* verkocht, tot het onuitsprekelijke genoegen van mijn uitgever Roy Barnaski. Bij het tekenen van het contract vroeg Barnaski me wat ik met dat geld van plan was. 'Ik ga een huis kopen,' antwoordde ik. 'Een schrijvershuis.'

En dat deed ik.

In november 2011 kocht ik een huis in Boca Raton, in Florida, waarin ik begin 2012 mijn intrek nam. Ik reed ernaartoe. Toen ik uit New York vertrok, sneeuwde het, maar een dag later al zou ik me in de tropische warmte van Florida kunnen koesteren. Onderweg toetste ik het nummer in van een teruggevonden vriend. Ik was niet meer alleen.

'Boekhandel De wereld van Marcus,' antwoordde de stem van Harry Quebert.

'Harry, met Marcus.'

'Marcus! Hoe gaat het?'

'Ik ben onderweg naar Florida.'

'Heb je dat huis waarover je me hebt verteld uiteindelijk gekocht?'

'Ja.'

'Daar ben ik blij om. Eindelijk kun je hun spoor gaan volgen. Eindelijk kun je hun verhaal vertellen.'

Ik glimlachte en keek naar een foto die aan het dashboard hing: een foto van de complete familie Goldman-uit-Baltimore. Ik had het gevoel dat ze me alle vier welwillend aankeken.

'Het is tijd,' zei Harry.

'Tijd waarvoor?' vroeg ik.

'Tijd om te helen.'